Weil ich euch liebte

LINWOOD BARCLAY

WEIL ICH EUCH LIEBTE

Thriller

Aus dem Amerikanischen
von Silvia Visintini

Weltbild

Die amerikanische Originalausgabe erschien 2011 unter dem Titel
The Accident bei Bantam Dell, New York.

Besuchen Sie uns im Internet:
www.weltbild.de

Genehmigte Lizenzausgabe für Verlagsgruppe Weltbild GmbH,
Steinerne Furt, 86167 Augsburg

Ein Unternehmen der Droemerschen Verlagsanstalt
Th. Knaur Nachf. GmbH & Co. KG, München
Übersetzung: Silvia Visintini
Umschlaggestaltung: Thomas Jarzina
Umschlagmotiv: © Jana Leon, getty images
Gesamtherstellung: GGP Media GmbH, Pößneck
Printed in the EU
ISBN 978-3-86365-068-1

2014 2013 2012 2011
Die letzte Jahreszahl gibt die aktuelle Lizenzausgabe an.

PROLOG

Sie hießen Edna Bauder und Pam Steigerwald und waren Grundschullehrerinnen aus Butler, Pennsylvania. In New York waren sie noch nie gewesen. Obwohl New York natürlich nicht aus der Welt war. Aber wenn man in Butler lebte, konnte man durchaus diesen Eindruck gewinnen. Als Pams vierzigster Geburtstag vor der Tür stand, versprach ihr ihre Freundin Edna ein Geburtstagswochenende, das sie niemals vergessen würde. Und mit dieser Vorhersage sollte sie zu hundert Prozent recht behalten.

Entzückt nahmen die beiden Ehemänner zur Kenntnis, dass ein reines Damenwochenende geplant war. Als sich auch noch herausstellte, dass zwei Tage Shoppen, eine Broadway-Aufführung und die Sex-and-the-City-Tour auf dem Programm standen, waren sie sich einig: dann lieber zu Hause bleiben und sich die Kugel geben! Also setzten sie ihre Frauen in den Bus, sagten, amüsiert euch schön, aber trinkt nicht zu viel, denn in New York wimmelt es von Straßenräubern, das weiß jeder, und da müsst ihr eure fünf Sinne beisammenhalten.

Edna und Pam fanden ein Hotel in der Nähe der Kreuzung 50. Straße und 3. Avenue zu einem, zumindest für New Yorker Verhältnisse, annehmbaren Preis. Dafür, dass sie dort nur schlafen wollten, war er allerdings immer noch ganz schön gesalzen. Sie hatten sich geschworen, zu sparen und nicht mit dem Taxi zu fahren. Doch die U-Bahn-Netzpläne sahen aus wie das Schaltschema für das Space Shuttle, und da dachten sie: Was soll's? Sie gingen zu Bloomingdale's und Macy's und in einen riesigen Schuhladen am Union Square, in den sämtliche Geschäfte von Butler hineingepasst und noch immer genügend Platz fürs Postamt gelassen hätten.

»In diesem Laden sollt ihr meine Asche verstreuen, wenn ich mal tot bin«, sagte Edna beim Anprobieren von einem Paar Sandalen.

Eigentlich wollten sie auf die Aussichtsplattform des Empire State Building, doch die Warteschlange war endlos, und wenn man nur achtundvierzig Stunden für den Big Apple hat, stellt man sich nicht drei davon in eine Schlange, und so ließen sie's sein.

Pam wollte in dem Lokal zu Mittag essen, wo Meg Ryan in diesem Film einen Orgasmus vorspielt. Sie bekamen einen Platz genau neben dem Filmtisch – der sogar extra mit einem Schild gekennzeichnet war. In Butler würden sie aber allen erzählen, dass sie am echten Tisch gesessen hätten. Edna bestellte sich ein Pastrami-Sandwich mit einem Knish, obwohl sie nicht die leiseste Ahnung hatte, was ein Knish war. Pam sagte: »Ich will genau das, was sie hat!«, und die beiden kriegten sich vor Lachen nicht mehr ein. Die Kellnerin verdrehte nur die Augen.

Nachher beim Kaffee sagte Edna beinahe übergangslos: »Ich glaube, Phil trifft sich mit dieser Kellnerin aus Denny's Café.« Dann brach sie in Tränen aus, und Pam fragte sie, wie sie denn auf diese Idee käme, und dass sie Ednas Phil für einen anständigen Mann halte, der sie nie betrügen würde, und Edna sagte, sie glaube auch nicht, dass er es tatsächlich mit der Kellnerin trieb oder so was, aber er ginge jeden Tag auf einen Kaffee da hin, also hatte das etwas zu bedeuten. Und sie, Edna, rühre er schon lange nicht mehr an.

Ach, komm, sagte Pam. Wir haben doch alle so viel um die Ohren, wir haben Kinder, Phil hat zwei Jobs, wer hat denn da noch genug Energie?

»Vielleicht hast du recht«, meinte Edna.

»Schluss mit diesen düsteren Gedanken«, sagte Pam. »Du hast mich hierhergebracht, damit ich mich amüsiere.« Sie schlug ihren New-York-Führer an der Stelle auf, die sie mit einem Klebezettel markiert hatte. »Dagegen hilft nur Konsumtherapie. Auf in die Canal Street.«

Edna hatte keine Ahnung, was das sein sollte. Pam erklärte ihr, dort könne man Handtaschen – Designerhandtaschen oder zumindest Taschen, die wie Designertaschen aussahen – zu einem Spottpreis erstehen. Man müsse sich halt durchfragen. Sie habe in einer Zeitschrift gelesen, die besten Stücke finde man in keinem Schaufenster. Um ein echtes Schnäppchen zu machen, müsse man in die Hinterzimmer oder so ähnlich.

»Keiner versteht mich so wie du, Süße«, sagte Edna.

Also schwangen sie sich ins nächste Taxi und sagten, sie wollten zur Canal Street, Ecke Broadway. Doch an der Kreuzung Lafayette und Grand Street kam das Taxi abrupt zum Stehen.

»Was ist los?«, fragte Edna den Fahrer.

»Unfall«, antwortete er mit einem Akzent, den Pam nicht zuordnen konnte. Von Salvadorianisch bis Schweizerisch war alles drin. »Kann nicht abbiegen. Aber ist nicht mehr weit. Nur paar Straßen da lang.«

Pam zahlte, und sie marschierten los, Richtung Canal Street. An der nächsten Ecke hatte sich eine Menschentraube gebildet. »O Gott«, sagte Edna

Sie schaute weg, doch Pam blieb wie gelähmt stehen. Ein Mann lag mit gespreizten Beinen auf der Motorhaube eines

Taxis, das in eine Ampel gerast war. Sein Kopf hatte die Windschutzscheibe durchstoßen, und sein Oberkörper hing über das Armaturenbrett. Ein völlig verbeultes Fahrrad klemmte zwischen den Vorderrädern des Taxis. Der Platz am Steuer war leer. Vielleicht hatte man den Fahrer schon ins Krankenhaus gebracht. Feuerwehrleute und Polizisten untersuchten den Wagen und forderten die Umstehenden auf zurückzutreten.

»Scheiß Fahrradkuriere«, sagte jemand. »Ein Wunder, dass da nicht öfter was passiert.«

Edna ergriff Pams Ellbogen. »Ich kann da nicht hinsehen.«

Als sie endlich die Ecke Canal Street und Broadway erreichten, hatten sie den schrecklichen Anblick zwar noch nicht ganz verarbeitet, doch »So was passiert halt« wie ein Mantra oft genug vor sich hin gebetet, um doch noch das Beste aus diesem Wochenende zu machen.

Mit der Kamera ihres Handys knipste erst Pam ein Foto von Edna unter einem Straßenschild mit der Aufschrift »Broadway«, dann machte Edna eines von Pam. Ein Passant bot an, Fotos von ihnen beiden zu schießen, doch Edna sagte, nein danke, und später zu Pam, das sei sicher nur ein Trick gewesen, um ihnen die Handys zu stehlen. »Ganz blöd bin ich schließlich auch nicht«, meinte Edna.

Sie schlenderten die Canal Street in östlicher Richtung entlang und kamen sich plötzlich wie im Ausland vor. Sahen so nicht die Märkte in Hongkong oder Marokko oder Thailand aus? Eng aneinandergequetschte Läden, deren Waren sich auf die Straße ergossen?

»Nicht gerade Sears«, sagte Pam.

»So viele Chinesen«, sagte Edna.

»Ich glaube, das kommt daher, dass wir in Chinatown sind«, meinte Pam.

Ein Obdachloser in einem Trikot der Toronto Maple Leafs bat um ein paar Münzen. Ein anderer Mann wollte ihnen ein Flugblatt aufdrängen, doch Pam hob abwehrend die Hand. Schwärme halbwüchsiger Mädchen kicherten und gafften, und manche schafften es sogar, sich zu unterhalten, während sie sich über Ohrstöpsel mit Musik beschallen ließen.

Die Schaufenster der Läden waren vollgestopft mit Halsketten, Uhren und Sonnenbrillen. Ein Schild vor einem der Läden verkündete: »WIR KAUFEN GOLD«. Von einer Feuerleiter hing ein langes vertikales Schild mit der Aufschrift: »Tattoos – Body Piercing – Zubehör für Henna-Körperbemalung – Körperschmuck en gros – Bücher Magazine Kunstobjekte 2. Stock«. Weitere Schilder warben für »Leder« und »Pashmina«. Es gab unzählige Werbebanner mit chinesischen Schriftzeichen. Und sogar einen Burger King.

Die beiden Frauen betraten einen Laden und stellten fest, dass es in Wirklichkeit ein paar Dutzend waren. Wie in einem Mini-Einkaufszentrum oder auf einem Flohmarkt hatte jedes Geschäft seine eigene kleine Glaszelle. Und seine eigenen Spezialprodukte. Schmuck, DVDs, Uhren, Handtaschen.

»Guck mal hier«, sagte Edna. »Eine Rolex.«

»Die ist nicht echt«, sagte Pam. »Sieht aber toll aus. Glaubst du, irgendwer in Butler merkt den Unterschied?«

»Glaubst du, irgendwer in Butler weiß überhaupt, was eine Rolex ist?« Edna lachte. »Oh! Schau dir mal diese Taschen an!«

Fendi, Coach, Kate Spade, Louis Vuitton, Prada. »Und die Preise. Unglaublich«, sagte Pam. »Was würdest du normalerweise für so eine Tasche hinblättern?«

»Viel, viel mehr.«

Der chinesische Ladeninhaber fragte, ob er helfen könne. Pam, die den Eindruck erwecken wollte, sie kenne sich hier bestens aus, was nicht so leicht war, wenn einem ein Reiseführer New York aus der Tasche lugte, fragte: »Wo haben Sie denn die richtigen Schnäppchen?«

»Was?«, fragte er zurück.

»Die sind ja ganz hübsch«, meinte sie. »Aber wo haben Sie die wirklich erstklassigen Stücke?«

Edna schüttelte nervös den Kopf. »Aber die sind doch nicht schlecht. Wir können uns hier was aussuchen.«

Doch Pam ließ nicht locker. »Eine Freundin hat mir gesagt – ich weiß nicht, ob jetzt speziell bei Ihnen –, es soll noch andere Taschen geben, die nicht ausgestellt sind.«

Der Mann schüttelte den Kopf. »Fragen Sie sie«, sagte er und zeigte auf einen Stand noch tiefer in diesem Ladenlabyrinth.

Pam ging hin, warf einen flüchtigen Blick auf die Taschen und fragte die alte Chinesin in der glänzenden roten Seidenjacke, wo sie die guten Stücke versteckt halte.

»Hah?«, sagte die Frau.

»Die besten Taschen«, erklärte Pam. »Die besten Imitationen.«

Die Frau sah Pam und Edna lange an. Wenn das verdeckte Ermittlerinnen waren, dann waren es die besten, die ihr je untergekommen waren. Schließlich sagte sie: »Gehen Sie hinten raus, dann links, suchen Sie die Tür mit der Nummer acht drauf. Da gehen Sie rein. Andy wird Ihnen weiterhelfen.«

Pam warf Edna einen begehrlichen Blick zu. »Danke!«, sagte sie, packte Edna am Arm und führte sie zu einer Tür am Ende des schmalen Korridors.

»Das gefällt mir nicht«, sagte Edna.

»Keine Panik, ist doch nichts dabei.«

Doch selbst Pam stutzte, als sie zur Tür hinausgingen und sich plötzlich in einer engen Hintergasse wiederfanden.

Müllcontainer, überall verstreuter Abfall, ausrangierte Haushaltsgeräte. Die Tür fiel hinter ihnen ins Schloss, und als Edna den Griff packte, stellte sie fest, dass sich die Tür nicht öffnen ließ.

»Na, toll«, sagte sie. »Als ob mich der Unfall vorhin nicht schon genug geschockt hätte.«

»Sie hat gesagt, links, also halten wir uns links«, sagte Pam.

Schon wenige Schritte weiter stießen sie auf die Metalltür, auf die eine Acht gemalt war. »Sollen wir klopfen oder gehen wir einfach rein?«, fragte Pam.

»Du hattest die grandiose Idee, nicht ich«, erwiderte Edna.

Pam klopfte leise, und als nach zehn Sekunden niemand geöffnet hatte, zog sie am Griff. Die Tür war nicht verschlossen. Vor ihnen lagen ein paar Stufen, die in ein dunkles Treppenhaus führten. Doch unten war ein schwacher Lichtschimmer zu sehen.

»Hallo? Andy?«, rief Pam.

Keine Antwort.

»Gehen wir«, sagte Edna. »Ich habe in dem anderen Laden ein paar Taschen gesehen, die waren perfekt.«

»Jetzt sind wir schon einmal da«, meinte Pam, »dann können wir uns auch umsehen.« Sie stieg die Treppe hinunter und spürte, wie die Temperatur bei jedem Schritt weiter sank. Unten spähte sie in einen Raum, dann blickte sie wieder zu Edna hoch. Sie grinste von einem Ohr zum anderen. »Das ist so abgefahren.«

Edna folgte ihr in den engen Raum. Er war von oben bis unten vollgestopft mit Handtaschen. Sie lagen auf Tischen, hingen von Haken an den Wänden und an der Decke. Vielleicht war es die Kälte hier unten, aber das Ganze erinnerte Edna an einen Fleischkühlraum, nur dass statt Rindfleisch überall Lederwaren baumelten.

»Ich muss tot sein«, sagte Pam. »Wir sind im Handtaschenhimmel.«

Im flackernden Licht der Neonröhren über ihren Köpfen begannen sie, sich durch die Taschen auf den Schautischen zu wühlen.

»Wenn das eine Fendi-Imitation ist, fresse ich einen Besen«, sagte Edna, während sie eine der Taschen genauer unter die Lupe nahm. »Das Leder fühlt sich so echt an. Ich meine, das Leder ist doch auf jeden Fall echt, oder? Nur die Logos sind gefälscht. Ich würde zu gern wissen, wie viel die hier kostet.«

Pam erblickte an einem Ende des Raums eine Tür mit einem Vorhang davor. »Vielleicht ist dieser Andy ja da drin?« Sie ging auf die Tür zu.

»Warte«, sagte Edna. »Wir sollten von hier verschwinden. Schau uns doch an. Wir sind in einem Keller in New York City, irgendwo weit ab vom Schuss, und kein Mensch weiß, dass wir da sind.«

Pam verdrehte die Augen. »Meine Güte, das ist Pennsylvania, wie es leibt und lebt!« Jetzt stand sie vor dem Durchgang und rief: »Mr. Andy? Die chinesische Dame sagte, wir sollen uns an Sie wenden.« Sie hätte sich ohrfeigen können für ihre Dummheit. Chinesische Dame! Eine wahrhaft hilfreiche Personenbeschreibung in Chinatown.

Edna unterzog das Futter der gefälschten Fendi-Tasche einer eingehenden Prüfung.

Pam zog den Vorhang zur Seite.

Edna hörte ein komisches Geräusch, eine Art »Pfft«, und sah in die Richtung, aus der es gekommen war. Da lag ihre Freundin schon auf dem Boden und regte sich nicht.

»Pam?« Sie ließ die Tasche fallen und rannte zu ihr. »Pam, alles in Ordnung mit dir?«

Beim Näherkommen sah sie, dass Pam, die auf dem Rücken lag, einen roten Punkt mitten auf der Stirn hatte und dass daraus etwas hervorsickerte. Als sei Pam leckgeschlagen.

»O Gott, Pam?«

Der Vorhang wurde zur Seite geschoben, und ein großer, dünner Mann mit dunklem Haar und einer Narbe über einem Auge trat hervor. Er hatte eine Pistole, und die war genau auf Ednas Kopf gerichtet.

Das Letzte, was Edna sah, direkt hinter dem Vorhang in dem anderen Raum, war ein alter Chinese, der an einem Schreibtisch saß. Er lag mit der Stirn auf der Tischplatte, und ein Blutrinnsal floss ihm aus der Schläfe.

Das Letzte, was Edna hörte, war eine Frau – nicht Pam, denn Pam hatte ein für alle Mal ausgeredet –, die sagte: »Wir müssen hier weg.«

Das Letzte, was Edna dachte, war: Nach Hause. Ich will nach Hause.

ZWEI MONATE SPÄTER

EINS

Wenn ich gewusst hätte, dass das unser letzter gemeinsamer Morgen war, hätte ich mich im Bett zu ihr gedreht und sie in den Arm genommen. Und natürlich hätte ich sie nicht mehr losgelassen, wenn es möglich gewesen wäre, so etwas zu wissen – wenn ich irgendwie in die Zukunft hätte sehen können. Und dann wäre alles anders gekommen.

Ich hatte schon eine Weile an die Decke gestarrt, als ich schließlich das Laken zurückschlug und die Füße auf das Parkett setzte.

»Wie hast du geschlafen?«, fragte Sheila, während ich mir noch die Augen rieb. Sie legte mir die Hand auf den Rücken.

»Nicht besonders. Und du?«

»Bin immer wieder aufgewacht.«

»Ich hab gespürt, dass du wach warst, aber ich wollte dich nicht nerven, falls du doch schläfst«, sagte ich mit einem Blick über die Schulter. Die ersten Sonnenstrahlen des Tages drangen durch die Vorhänge und spielten mit Sheilas Zügen. Sie lag da und sah mich an. Der frühe Morgen ist zwar nicht unbedingt die ideale Tageszeit, um die Menschen von ihrer Schokoladenseite zu zeigen, aber bei Sheila war das anders. Sie war immer schön. Sogar wenn sie, wie jetzt, ein sorgenvolles Gesicht machte.

Ich wendete den Kopf wieder ab und sah hinunter auf meine Füße. »Ich konnte ewig nicht einschlafen. Irgendwann um zwei muss ich dann doch weggedöst sein, und als ich wieder auf die Uhr sah, war's fünf. Seither lieg ich wach.«

»Glen, alles wird gut«, sagte Sheila. Sie strich mir beruhigend mit der Hand über den Rücken.

»Hm, ja. Ich bin froh, dass du daran glaubst.«

»Es geht auch wieder aufwärts. Alles verläuft zyklisch. Auch eine Rezession dauert nicht ewig.«

Ich seufzte. »Diese anscheinend schon. Wenn ich unsere aktuellen Aufträge abgearbeitet habe, sieht's mau aus. Hier ein bisschen was, dort ein bisschen was, letzte Woche habe ich ein paar Angebote rausgeschickt – eins für eine Küche, eins für einen Kellerausbau –, aber die Leute haben nicht zurückgerufen.«

Ich stand auf, drehte mich um und sagte: »Und was hast du zu deiner Entschuldigung vorzubringen? Warum starrst du die ganze Nacht an die Decke?«

»Ich mach mir Sorgen um dich. Und … mir geht auch so einiges durch den Kopf.«

»Was denn?«

»Nichts«, sagte sie schnell. »Ich meine, das Übliche. Dieser Kurs, den ich gerade mache, Kelly, deine Arbeit.«

»Ist was mit Kelly?«

»Aber nein. Ich bin eine Mutter, und sie ist acht. Den Rest kannst du dir ja denken. Aber wenn ich den Kurs hinter mir habe, kann ich dir mehr helfen. Dann wird alles leichter.«

»Als du beschlossen hast, diesen Kurs zu belegen, brummte der Laden, und es gab einen guten Grund, ihn zu machen. Aber jetzt weiß ich nicht, ob wir überhaupt genug Arbeit für dich haben werden«, sagte ich. »Ich hoffe nur, es reicht für Sally.«

Sheila hatte ihren Buchhaltungskurs Mitte August begonnen, und jetzt, zwei Monate später, machte er ihr mehr Spaß, als sie je gedacht hätte. Sie sollte eines Tages die laufende

Buchhaltung für den Betrieb übernehmen, Garber-Bau, die Firma, die einmal meinem Vater gehört hatte und die jetzt ich leitete. Sie konnte das sogar von zu Hause aus tun und dadurch Sally Diehl, unsere »Bürodame«, entlasten, die sich dann mehr auf allgemeine Verwaltungsaufgaben und den Telefondienst konzentrieren, Lieferanten Dampf machen und Kundenanfragen bearbeiten konnte. Für die Buchhaltung blieb ihr normalerweise keine Zeit, und so saß ich abends bis Mitternacht zu Hause am Schreibtisch, um sie abzuarbeiten. Doch jetzt, wo die Aufträge ausblieben, hatte ich keine Ahnung, wie sich alles weiterentwickeln würde.

»Und jetzt diese Brandgeschichte –«

»Es reicht«, sagte Sheila.

»Sheila, eins meiner Häuser ist abgebrannt, verdammt noch mal. Jetzt sag du mir bloß nicht, alles wird gut.«

Sie setzte sich im Bett auf und verschränkte die Arme vor der Brust. »Ich werde nicht zulassen, dass du dir und mir alles vermiest. Das tust du nämlich.«

»Ich sage nur, wie's ist.«

»Und ich sage dir, wie's sein wird«, antwortete sie. »Alles wird gut. Weil wir nämlich dafür sorgen werden. Du und ich. Wir beißen uns durch. Wir finden immer einen Ausweg.« Einen Moment sah sie weg, als wolle sie noch etwas sagen, sei sich dessen aber nicht ganz sicher. Schließlich sagte sie: »Ich hab da ein paar Ideen.«

»Was für Ideen?«

»Ideen, die uns weiterhelfen. Über diese Durststrecke zu kommen.«

Ich stand mit geöffneten Armen da und wartete.

»Du bist so im Stress, so mit deinen eigenen Problemen beschäftigt – damit will ich nicht sagen, dass es nicht Riesenprobleme sind –, dass es dir gar nicht aufgefallen ist.«

»Was hätte mir auffallen sollen?«, fragte ich.

Sie schüttelte den Kopf und lächelte. »Ich habe Kelly neue Kleider für die Schule gekauft.«

»Ja, gut.«

»Und zwar wirklich schöne.«

Ich kniff die Augen zusammen. »Soll heißen?«

»Ich hab ein bisschen Geld verdient.«

Ich hätte gedacht, das wüsste ich bereits. Sheila hatte einen Teilzeitjob an der Kasse eines Baustoffgroßmarkts – ungefähr zwanzig Stunden die Woche. Dort hatten sie zwar erst kürzlich diese Selbstbedienungskassen installiert, doch solange die Leute damit nicht umgehen konnten, würde Sheila ihren Job behalten. Und seit letztem Sommer half sie unserer Nachbarin, Joan Mueller, die von zu Hause aus arbeitete, bei deren Buchhaltung. Ihr Mann Ely war vor einem Jahr bei der Explosion einer Bohrinsel vor Neufundland ums Leben gekommen. Sie musste sich noch immer mit der Ölgesellschaft um die Abfindung herumstreiten und hatte deshalb begonnen, als Tagesmutter zu arbeiten. Jeden Morgen wurden vier, fünf Vorschulkinder bei ihr abgeliefert. Und an den Schultagen, an denen Sheila arbeitete, blieb Kelly bei Joan, bis einer von uns beiden nach Hause kam. Sheila hatte mit Joan ein Buchhaltungssystem entwickelt, mit dem sie immer verfolgen konnte, wie viel die Eltern ihr schuldeten und wer was bezahlt hatte. Joan liebte Kinder, konnte aber kaum bis zehn zählen.

»Ich weiß, dass du dazuverdienst«, sagte ich. »Joan und der Baumarkt. Alles hilft.«

Sie nickte nicht, schüttelte aber auch nicht den Kopf. »Damit kann ich kaum unsere Fertiggerichte finanzieren. Ich rede von richtigem Geld.«

Meine Augenbrauen schossen in die Höhe. Dann ging mir ein unangenehm grelles Licht auf. »Sag mir, dass du dir kein

Geld von Fiona geben lässt.« Ihrer Mutter. »Du weißt genau, was ich davon halte.«

Sie sah mich gekränkt an. »Herrgott, Glen, du weißt doch, ich würde nie –«

»Ich mein ja nur. Da wär's mir ja noch lieber, du würdest Drogen verkaufen, statt Geld von deiner Mutter zu nehmen.«

Da blinzelte sie, schlug jäh die Decke zurück, stand auf und ging ins Bad.

»Ach, komm«, sagte ich.

Ich glaube, später in der Küche war Sheila nicht mehr sauer auf mich. Ich hatte mich zwei Mal entschuldigt, und jetzt versuchte ich, aus ihr herauszukitzeln, was das für Ideen waren, mit denen sie mehr Geld ins Haus bringen wollte.

»Wir können heute Abend darüber reden«, sagte sie.

Wir hatten am Abend zuvor das Geschirr nicht abgewaschen. In der Spüle standen zwei Kaffeetassen, mein Whiskyglas und Sheilas Weinkelch mit einem dunkelroten Bodensatz. Ich stellte ihn auf die Küchenarbeitsplatte, weil ich Angst hatte, der Stiel könne abbrechen, wenn noch mehr Geschirr im Becken landete.

Beim Anblick des Weinglases musste ich an Sheilas Freundinnen denken.

»Triffst du dich zum Mittagessen mit Ann oder so?«, fragte ich.

»Nein.«

»Ich dachte, ihr hättet was ausgemacht.«

»Vielleicht treffe ich mich Ende der Woche mit Belinda und Ann, obwohl ich mir dann jedes Mal ein Taxi nach Hause nehmen muss und mir eine Woche lang der Schädel brummt. Egal, ich glaube, Ann hat heute einen Arzttermin oder so, irgendwas wegen einer Versicherung.«

»Alles in Ordnung mit ihr?«

»Ihr geht's gut.« Pause. »Mehr oder weniger.«

»Soll heißen?«

»Ich weiß nicht. Ich glaube, es läuft gerade nicht so gut zwischen ihr und Darren. Bei Belinda und George übrigens auch nicht.«

»Was ist denn los?«

»Keine Ahnung.«

»Also, was hast du dann vor? Du hast heute ja keinen Dienst, oder? Wenn ich wegkomme, wollen wir mittags zusammen essen? Ich dachte da an was ganz Schickes, wie zum Beispiel den Hot-Dog-Stand am Park.«

»Der Kurs ist heute Abend«, sagte sie. »Muss auch noch ein paar Sachen erledigen, und dann wollte ich noch bei Mom vorbeischauen.« Sie warf mir einen Blick zu. »Nicht, um sie anzuschnorren.«

»Alles klar.« Ich beschloss, keine Fragen mehr zu stellen.

Kelly kam in die Küche und hörte das Ende unseres Gesprächs. »Was gibt's zum Frühstück?«

»Möchtest du Cheerios, Cheerios oder Cheerios?«, fragte Sheila.

Kelly tat, als müsse sie überlegen. »Ich glaub, ich nehm Müsli«, sagte sie und setzte sich an den Tisch.

Frühstück war bei uns nichts, wofür sich die Familie am Tisch versammelte, anders als beim Abendessen. Obwohl: Auch beim Abendessen klappte das nicht immer, insbesondere wenn ich wieder einmal von einer Baustelle nicht wegkam oder Sheila arbeitete oder auf dem Sprung zu ihrem Kurs war. Aber abends versuchten wir es wenigstens. Morgens war es aussichtslos. Ich nahm meinen Toast und meinen Kaffee im Stehen zu mir und überflog dabei üblicherweise die Schlagzeilen der Morgenzeitung auf der Arbeitsplatte. Sheila löffelte Joghurt und Obst, und Kelly schaufelte ihre Frühstücksflocken möglichst schnell in sich hinein, damit sie nicht matschig wurden.

Während sie den nächsten Löffel zum Mund führte, fragte sie: »Wieso geht man freiwillig abends zur Schule, wenn man erwachsen ist und da gar nicht mehr hin muss?«

»Wenn ich mit diesem Kurs fertig bin«, sagte Sheila, »dann kann ich deinem Vater mehr helfen, das hilft der ganzen Familie und damit auch dir.«

»Wie soll mir das helfen?«, fragte Kelly.

Da schaltete ich mich ein. »Weil die Firma, wenn sie gut geführt wird, mehr Geld abwirft, und das hilft dir.«

»Weil du mir dann mehr kaufen kannst?«

»Nicht unbedingt.«

Kelly trank von ihrem Orangensaft. »Ich würde nie abends zur Schule gehen. Oder im Sommer. Da lass ich mich eher umbringen.«

»Wenn du wirklich gute Noten schreibst, wird das auch nicht nötig sein«, sagte ich mit einem warnenden Unterton. Ihre Lehrerin hatte schon angerufen, weil Kelly ihre Hausaufgaben nur unvollständig erledigte.

Darauf wusste Kelly nichts zu sagen und konzentrierte sich auf ihre Cheerios. Auf dem Weg zur Tür umarmte sie ihre Mutter, ich musste mich mit einem Winken begnügen. Sheila merkte, dass mir die abweisende Geste nicht entgangen war, und sagte: »Das kommt davon, wenn man so gemein ist.«

Gegen zehn rief ich zu Hause an.

»Hi«, sagte Sheila.

»Ah, du bist zu Hause. Ich war mir nicht sicher, ob ich dich erwischen würde.«

»Bin noch da. Was gibt's?«

»Sallys Vater.«

»Was ist mit ihm?«

»Sie hat ihn vom Büro angerufen, und als er sich nicht meldete, ist sie heimgefahren. Ich hab sie gerade angerufen, um mich zu erkundigen, wie's ihm geht. Es ist vorbei.«

»Er ist tot?«

»Ja.«

»O Gott. Wie alt war er denn?«

»Neunundsiebzig, glaub ich. Er war ja schon fast sechzig, als Sally auf die Welt kam.« Sheila kannte die Geschichte. Der Mann hatte eine zwanzig Jahre jüngere Frau geheiratet und es trotzdem geschafft, sie zu überleben. Sie war schon vor zehn Jahren an einem Aneurysma gestorben.

»Was ist passiert?«

»Keine Ahnung. Ich meine, er hatte Diabetes, und mit dem Herz hatte er's auch. Könnte ein Herzinfarkt gewesen sein.«

»Wir müssen was für sie tun.«

»Ich habe ihr gesagt, ich komme vorbei, aber sie sagte, sie hätte jetzt alle Hände voll zu tun. Die Beerdigung ist wahrscheinlich in ein paar Tagen. Wir können alles besprechen, wenn du aus Bridgeport zurück bist.« Wo Sheilas Kurs stattfand.

»Wir helfen ihr. Wir waren immer für sie da.« Ich sah Sheila direkt vor mir, wie sie den Kopf schüttelte. »Hör mal«, sagte sie. »Ich mach mich jetzt auf die Socken. Ich habe Lasagne für dich und Kelly gemacht. Nach der Schule geht sie zu Joan und –«

»Alles klar. Danke.«

»Wofür?«

»Dafür, dass du nie aufgibst. Dich nicht unterkriegen lässt.«

»Ich tu halt, was ich kann.«

»Ich liebe dich. Ich weiß, ich kann ein richtiger Kotzbrocken sein, aber ich liebe dich.«

»Dito.«

Jetzt war es schon nach zehn. Sheila hätte längst zu Hause sein müssen.

Zum zweiten Mal innerhalb von zehn Minuten probierte ich es auf ihrem Handy. »Hallo, hier ist Sheila. Ich bin entweder gerade am Telefon, habe es nicht bei mir oder Angst ranzugehen, weil ich gerade mit dem Auto unterwegs bin. Bitte hinterlassen Sie eine Nachricht.« Dann der Piepton.

»Hallo, ich noch mal«, sagte ich. »Ich steh tausend Ängste um dich aus. Ruf zurück.«

Ich legte das Schnurlostelefon zurück in die Ladeschale und lehnte mich mit verschränkten Armen an die Arbeitsplatte. Sheila hatte, wie versprochen, für Kelly und mich zwei Portionen Lasagne in den Kühlschrank gestellt, beide mit einer Frischhaltefolie luftdicht verschlossen. Als wir nach Hause gekommen waren, hatte ich Kellys Portion in der Mikrowelle aufgewärmt. Sie hätte gerne noch mehr gehabt, doch ich fand die Auflaufform nicht, aus der ich ihr einen Nachschlag hätte geben können. Ich hätte ihr allerdings meine Portion abtreten können, denn die stand ein paar Stunden später immer noch unberührt herum. Ich hatte keinen Hunger.

Mir schwirrte der Kopf. Keine neuen Aufträge in Sicht. Der Brand. Sallys Vater.

Und selbst wenn ich so spät abends noch Appetit bekommen hätte, der Umstand, dass Sheila immer noch nicht zu Hause war, machte mich langsam kirre.

Ihr Kurs am Bridgeport Business College war schon vor über anderthalb Stunden zu Ende gegangen, und die Heimfahrt dauerte gerade mal eine halbe Stunde. Sie war also schon eine Stunde überfällig. Gar so lang war das eigentlich nicht, und es gab genügend Erklärungen dafür.

Vielleicht war sie noch mit jemandem etwas trinken gegangen. Das war schon ein paarmal vorgekommen. Vielleicht gab es einen Stau auf der Autobahn. Es reichte, dass jemand eine Reifenpanne hatte, um den ganzen Verkehr ins Stocken zu bringen. Und ein Unfall würde sowieso alles lahmlegen.

Nichts davon war jedoch eine Erklärung dafür, dass sie nicht ans Handy ging. Es war nicht ungewöhnlich, dass sie nach dem Kurs vergaß, es wieder anzumachen, aber dann schaltete sich die Mailbox sofort ein. Doch das Handy klingelte. Vielleicht hatte sie es so tief in ihrer Tasche vergraben, dass sie es nicht hörte.

Ich fragte mich, ob sie vielleicht nach Darien gefahren war, um ihre Mutter zu besuchen, sich verplaudert und schließlich den Kurs hatte sausenlassen. Widerwillig rief ich an.

»Hallo?«

»Fiona, ich bin's, Glen.«

Im Hintergrund hörte ich jemanden flüstern. »Wer ist denn das, Schatz?« Fionas Mann Marcus. Formal gesehen Sheilas Stiefvater, doch als Fiona ihn geheiratet hatte, war Sheila schon längst zu Hause aus- und mit mir zusammengezogen.

»Ja?«, sagte Fiona.

Ich erzählte ihr, dass Sheila noch nicht aus Bridgeport zurück sei, und fragte, ob sie vielleicht bei ihr sei.

»Sheila war heute gar nicht bei mir«, sagte sie. »Ich habe jedenfalls nicht mit ihr gerechnet. Sie hat nichts davon gesagt, dass sie herkommen wollte.«

Das kam mir merkwürdig vor. Als Sheila meinte, sie würde vielleicht bei Fiona vorbeischauen, dachte ich, sie habe das mit ihrer Mutter schon abgesprochen.

»Ist irgendwas, Glen?«, fragte Fiona in frostigem Ton, der weniger Besorgnis als Argwohn ausdrückte. Als könne ich was dafür, dass Sheila so lange wegblieb.

»Nein, alles bestens«, sagte ich. »Geh wieder ins Bett.«

Ich hörte leise Schritte die Treppe herunterkommen. Kelly

kam in die Küche spaziert. Sie warf einen Blick auf die noch unberührte zweite Portion Lasagne und sagte: »Isst du die nicht?«

»Hände weg!«, sagte ich in der Hoffnung, dass mein Appetit sich vielleicht doch noch melden würde, wenn Sheila wieder da war. Ich sah auf die Küchenuhr. Viertel nach zehn. »Warum bist du nicht im Bett?«

»Weil du noch nicht gesagt hast, ich soll ins Bett gehen.«

»Was hast du denn die ganze Zeit gemacht?«

»Ich war am Computer.«

»Geh ins Bett«, sagte ich.

»Das war für die Schule«, sagte sie.

»Schau mich an.«

»Am Anfang schon«, sagte sie wie zu ihrer Verteidigung. »Und als ich fertig war, habe ich mit meinen Freundinnen gechattet.« Sie schob die Unterlippe vor, um sich ein paar blonde Locken wegzupusten, die ihr in die Augen gefallen waren. »Warum ist Mom noch nicht da?«

»Ihr Dingsda, ihr Kurs, hat wahrscheinlich länger gedauert«, sagte ich. »Ich schick sie dir für einen Gutenachtkuss hinauf, wenn sie heimkommt.«

»Aber woher soll ich wissen, ob ich ihn bekommen habe, wenn ich schlafe?«

»Sie wird's dir morgen früh sagen.«

Kelly sah mich misstrauisch an. »Dann bekomm ich vielleicht gar keinen, aber ihr zwei würdet sagen, ich hab einen gekriegt.«

»Jetzt bist du uns auf die Schliche gekommen«, sagte ich. »Das Ganze ist ein Schwindel, den wir uns ausgedacht haben.«

»Wie du meinst.« Sie wandte sich um, schlurfte aus der Küche und tapste wieder nach oben.

Ich nahm den Hörer und versuchte es nochmals auf Sheilas Handy. Als ich ihre Ansage hörte, murmelte ich »Scheiße« und legte auf, bevor die Mailbox ansprang.

Ich ging hinunter in mein Kellerbüro. Durch die holzgetäfelten Wände wirkte der Raum dunkel und bedrückend. Und der Papierwust auf dem Schreibtisch trug auch nicht zur Aufheiterung der Atmosphäre bei. Seit Jahren schon wollte ich dieses Zimmer renovieren – vor allem die Täfelung durch Gipskartonplatten ersetzen und diese weiß streichen, damit es nicht mehr so klein wirkte – oder hinten am Haus anbauen, etwas Luftiges mit vielen Fenstern, auch im Dach. Doch wie das nun mal so ist mit Leuten, die Häuser bauen und renovieren: Für das eigene nimmt man sich nie Zeit.

Ich ließ mich auf den Stuhl hinter dem Schreibtisch fallen und schob ein paar Papiere von hier nach da. Etliche Rechnungen von Lieferanten, die Pläne für eine neue Küche, die wir gerade oben in Derby bauten, ein paar Notizen zu einer freistehenden Doppelgarage in Devon, deren zukünftiger Besitzer dort seine zwei Corvette-Oldtimer unterbringen wollte.

Auch ein vorläufiger Bericht der Feuerwehr Milford war darunter. Es ging um die Ursache für den Hausbrand letzte Woche, das Haus, das wir für Arnett und Leanne Wilson in der Shelter Cove Road bauten. Ich überflog das Schreiben und las vielleicht zum hundertsten Mal das Ende: »Mögliche Brandursache: technischer Defekt im Schaltkasten.«

Es handelte sich um ein einstöckiges Wohnhaus mit drei Schlafzimmern. Wir hatten es an der Stelle eines Vorkriegsbungalows erbaut, den bestimmt bald ein starker Ostwind umgeblasen hätte, wenn wir nicht vorher mit der Abrissbirne angerückt wären. Das Feuer war kurz vor eins ausgebrochen. Der Rohbau war fertig. Holzrahmen und Mauern hochgezogen, Dach an Ort und Stelle, Elektroinstallationen fix und fertig. Wir verlegten gerade Rohre, und Doug Pinder, meine rechte Hand, und ich holten uns den Strom für unsere Tischkreissäge aus den frisch eingebauten Steckdosen. Ken Wang, unser Chinese mit dem Südstaatenakzent – seine Eltern waren von Peking nach Kentucky ausgewandert, als er noch in den Windeln lag, und wir lachten uns jedes Mal schlapp, wenn er »Herrschaften« sagte –, und Stewart Minden, unser Neuzugang aus Ottawa, der ein paar Monate bei Verwandten in Stratford wohnte, waren im Obergeschoss und versuchten zu verstehen, wo die Armaturen im großen Bad hin sollten.

Doug roch den Rauch zuerst. Dann sahen wir ihn auch schon aus dem Keller hochsteigen.

Ich brüllte zu Ken und Stewart hinauf, sie sollten zusehen, dass sie so schnell wie möglich aus dem Haus kamen. Sie stürzten die teppichlose Treppe herunter und zusammen mit Doug zur Tür hinaus.

Dann tat ich etwas sehr, sehr Dummes.

Ich rannte hinaus zu meinem Pick-up, schnappte mir den Feuerlöscher und hetzte zurück ins Haus. Auf halbem Weg hinunter in den Keller wurde der Rauch so dick, dass ich nichts mehr sah. Ich hielt mich an dem provisorischen Holzhandlauf fest und gelangte so bis zur untersten Stufe. Wenn ich aufs Geratewohl mit dem Feuerlöscher herumspritzte, dachte ich, würde ich bestimmt auch den Brandherd treffen und das Haus retten.

Wirklich saublöd von mir.

Ich musste sofort loshusten, und meine Augen brannten wie verrückt. Ich machte kehrt und wollte wieder hinaufrennen, fand jedoch die Treppe nicht mehr. Ich streckte meine freie Hand aus und schwenkte sie auf der Suche nach dem Handlauf hin und her.

Ich stieß auf etwas, das weicher war als Holz. Ein Arm.

»Komm her, du Blödarsch«, sagte Doug und packte mich. Er stand auf der untersten Stufe und zog mich zu sich.

Als wir röchelnd und hustend zur Haustür hinausstürzten, bog der erste Feuerwehrwagen um die Ecke. Nur wenige Minuten darauf war das ganze Haus umstellt.

»Sag Sheila nicht, dass ich noch mal da reingegangen bin«, bat ich Doug. »Sie würde mich umbringen.«

»Und es würde dir recht geschehen, Glenny«, sagte Doug.

Viel mehr als das Fundament war von dem Haus nicht übrig, als der Brand gelöscht war. Jetzt lag alles in den Händen der Versicherung, und wenn die auf stur schaltete, würde ich die Tausende, die der Wiederaufbau des Hauses kostete, aus eigener Tasche berappen müssen. Da war es wahrlich kein Wunder, dass ich nächtelang an die Decke starrte.

Etwas Derartiges war mir noch nie passiert. Ein Objekt durch einen Brand einzubüßen hatte mir nicht nur einen fürchterlichen Schrecken eingejagt, sondern mich auch völlig verunsichert. Wenn ich mich auf etwas verlassen konnte, dann auf die Qualität meiner Arbeit, darauf, dass ich das, was ich anpackte, auch richtig machte.

»Jeder fällt mal auf die Schnauze«, hatte Doug gesagt. »Dann stehen wir auf und machen weiter.«

Doug hatte gut reden. Es war schließlich nicht sein Name, der auf der Autotür stand.

Ich dachte, ich sollte vielleicht doch etwas essen, und stellte meine Lasagne in die Mikrowelle. Ich setzte mich an den Küchentisch und stocherte in meinem Teller herum. Das Zeug war innen noch kalt, aber ich hatte einfach keine Lust, die Prozedur zu wiederholen. Hätte ich den Kopf nicht so voll gehabt, hätte ich sie bestimmt auch kalt verschlungen. Lasagne war eine von Sheilas Spezialitäten, und wenn sie welche machte, in der bräunlichorangen Auflaufform – Sheila würde sagen, sie habe die Farbe einer Kakipflaume –, war immer genug für zwei, drei Mahlzeiten da. Also würde es in ein, zwei Tagen wieder Lasagne geben, vielleicht sogar Samstagmittag. Mir war's recht.

Ich aß nicht mal die Hälfte, dann spannte ich die Folie wieder über den Teller und stellte ihn in den Kühlschrank.

Kelly war schon im Bett und hatte die Nachttischlampe an, als ich nach ihr sah. Sie las noch. *Gregs Tagebuch.*

»Licht aus, Mäuschen.«

»Ist Mom schon da?«, fragte sie.

»Nein.«

»Ich muss mit ihr reden.«

»Worüber denn?«

»Nichts.«

Ich nickte. Wenn Kelly etwas auf dem Herzen hatte, dann besprach sie das normalerweise mit ihrer Mutter. Sie war zwar erst acht, hatte aber trotzdem schon jede Menge Fragen über Jungs, die Liebe und die vielen neuen Dinge, die, wie sie wusste, in den nächsten Jahren auf sie zukommen würden. Das war, ich musste es zugeben, nicht gerade mein Spezialgebiet.

»Sei nicht böse«, sagte sie.

»Ich bin nicht böse.«

»Über manche Sachen redet sich's mit Mom eben leichter. Aber ich habe euch beide gleich lieb.«

»Gut zu wissen.«

»Ich kann nicht einschlafen, solange sie nicht da ist.«

Da waren wir schon zwei.

»Leg deinen Kopf aufs Kissen. Dann döst du vielleicht trotzdem ein.«

»Bestimmt nicht.«

»Mach das Licht aus und probier's mal.«

Kelly schaltete ihre Lampe aus. Ich küsste sie auf die Stirn, schlüpfte aus dem Zimmer und schloss leise die Tür hinter mir.

Noch eine Stunde verging. Ich versuchte es noch einige Male auf Sheilas Handy. Wanderte zwischen meinem Büro im Keller und der Küche hin und her, weil ich dabei an der Haustür vorbeikam und auf die Einfahrt hinausschauen konnte.

Kurz vor elf, ich stand wieder in der Küche, rief ich ihre Freundin Ann Slocum an. Jemand hob ab und legte wieder auf. Nur damit das Klingeln aufhörte. Wahrscheinlich Anns Mann. Darren. Würde ihm jedenfalls ähnlich sehen. Aber es war natürlich auch schon spät.

Also rief ich Belinda an, Sheilas andere Freundin. Die beiden hatten vor Jahren zusammen in der Bücherei gearbeitet. Ihre beruflichen Wege hatten sich getrennt, doch sie waren in engem Kontakt geblieben. Belinda war jetzt Immobilienmaklerin. Nicht unbedingt der ideale Job in Zeiten wie diesen, da die Leute lieber verkauften als kauften. Trotz Belindas unkalkulierbaren Arbeitszeiten gelang es ihr und Sheila, sich ein paarmal im Monat zum Mittagessen zu treffen, manchmal mit, manchmal ohne Ann.

Belindas Mann George meldete sich mit verschlafener Stimme. »Hallo?«

»George, Glen Garber hier. Tut mir leid, dass ich um diese Zeit noch störe.«

»Mensch, Glen, wie spät ist es denn?«

»Spät, ich weiß. Kann ich mit Belinda sprechen?«

Ich hörte gedämpfte Stimmen, ein Geschiebe und Geraschel, dann war Belinda am Apparat. »Glen! Alles in Ordnung?«

»Sheila hatte heute Abend ihren Kurs, und jetzt ist es schon so spät, und sie geht nicht ans Handy. Sie haben nicht zufällig was von ihr gehört, oder?«

»Was? Was reden Sie da? Sagen Sie das noch mal.« Jetzt klang Belindas Stimme richtiggehend verstört.

»Hat Sheila sich bei Ihnen gemeldet? Normalerweise ist sie um diese Zeit längst von ihrem Kurs zurück.«

»Nein. Wann haben Sie zuletzt mit ihr gesprochen?«

»Heute Morgen«, sagte ich. »Sie kennen doch Sally aus dem Büro?«

»Ja.«

»Ihr Vater ist gestorben, und ich habe Sheila angerufen, um es ihr zu sagen.«

»Dann haben Sie also fast den ganzen Tag nichts mehr von ihr gehört?« In Belindas Stimme lag eine gewisse Schärfe. Nicht direkt ein Vorwurf, aber irgendwas in der Art.

»Hören Sie, ich ruf nicht an, um Panik zu verbreiten. Ich wollte nur wissen, ob Sie vielleicht was gehört haben.«

»Nein. Nichts«, sagte Belinda. »Glen, wenn sie heimkommt, sagen Sie ihr bitte, sie soll mich sofort anrufen, ja? Ich meine, jetzt, wo Sie mir auch einen Schrecken eingejagt haben, will ich wissen, ob sie gut nach Hause gekommen ist.«

»Ich werd's ihr sagen. Sagen Sie George, es tut mir leid, dass ich Sie beide geweckt habe.«

»Sie soll mich auf jeden Fall anrufen, hören Sie?«

»Versprochen«, sagte ich.

Ich legte auf und ging nach oben. Ich öffnete die Tür zu Kellys Zimmer einen Spalt und fragte: »Schläfst du?«

Aus der Dunkelheit kam ein hellwaches: »Nee.«

»Zieh dir schnell was an. Ich geh Mom suchen und will dich nicht allein im Haus lassen.«

Sie machte die Nachttischlampe an. Ich dachte schon, sie würde mit mir zu diskutieren anfangen, mir vorhalten, sie sei schon alt genug, um allein zu Hause zu bleiben, doch sie sagte: »Was ist passiert?«

»Keine Ahnung. Wahrscheinlich nichts. Bestimmt ist sie mit jemandem einen Kaffee trinken gegangen und hört ihr Handy nicht. Aber vielleicht hat sie auch eine Reifenpanne oder so was. Ich will die Strecke abfahren, die sie normalerweise nimmt.«

»Ich komme«, sagte Kelly und schwang die Beine aus dem Bett. Sie war nicht besorgt. Für sie war das ein Abenteuer. Sie zog sich ihre Jeans über den Schlafanzug. »Bin in zwei Sekunden fertig.«

Ich ging wieder nach unten, zog meine Jacke an, vergewisserte mich, dass ich mein Handy dabeihatte. Sollte Sheila doch noch anrufen, wenn wir schon aus dem Haus waren, würde sie es als Nächstes am Handy probieren. Kelly hüpfte in meinen Pick-up, schnallte sich an und sagte: »Kriegt Mom jetzt Ärger?«

Ich startete und warf Kelly einen Blick zu. »Ja, und zwar Hausarrest.«

Kelly kicherte. »Ich glaub's auch.«

Als wir aus der Einfahrt waren und die Straße entlangfuhren, fragte ich Kelly: »Hat Mom irgendwas gesagt, was sie heute vorhat? Wollte sie zu ihren Eltern und hat sich's dann anders überlegt? Hatte sie überhaupt Pläne?«

Kelly überlegte. »Ich glaube nicht. Kann sein, dass sie in der Apotheke war.«

Die war gleich bei uns um die Ecke. »Warum glaubst du, dass sie dort war?«

»Ich habe neulich gehört, wie sie am Telefon zu jemandem gesagt hat, sie muss noch irgendwelche Medikamente bezahlen.«

Darauf konnte ich mir keinen Reim machen, also ließ ich es sein.

Wir waren noch keine fünf Minuten unterwegs, da war

Kelly schon eingenickt, den Kopf auf der Schulter. Wenn ich meinen Kopf länger als eine Minute so halten müsste, hätte ich einen Monat lang ein steifes Genick.

Ich fuhr über die Schoolhouse Road zur Auffahrt auf die Interstate 95 West. Das war die schnellste Verbindung zwischen Milford und Bridgeport, insbesondere zu dieser Stunde, und auch die Strecke, die Sheila am wahrscheinlichsten nehmen würde. Die ganze Zeit hielt ich Ausschau nach einem Subaru Kombi auf dem Seitenstreifen der Gegenfahrbahn.

Das war natürlich reine Spekulation. Aber irgendwas zu tun, egal was, war immer noch besser, als zu Hause rumzusitzen und sich Sorgen zu machen.

Ich ließ die andere Seite der Autobahn nicht aus den Augen, konnte aber weder Sheilas noch sonst einen Wagen auf dem Seitenstreifen entdecken.

Ich hatte Stratford schon beinahe hinter mir und fuhr gerade auf den Ortseingang von Bridgeport zu, da sah ich blinkende Lichter auf der anderen Seite. Nicht direkt auf der Straße, sondern eher auf einer Autobahnausfahrt. Ich stieg aufs Gas, um so schnell wie möglich die nächste Ausfahrt erreichen und wenden zu können.

Kelly schlief.

Ich fuhr von der I 95 ab, unterquerte sie und fuhr in der Gegenrichtung wieder rauf. Als ich mich der Abfahrt näherte, bei der ich die Lichter gesehen hatte, blinkte tatsächlich das Blaulicht eines Streifenwagens, der die Fahrbahn blockierte. Ich fuhr langsamer, aber der Polizist winkte mich weiter. Ich konnte die Abfahrt nicht weit genug einsehen, um erkennen zu können, was da los war, und mit Kelly im Wagen auf den Seitenstreifen einer vielbefahrenen Autobahn zu halten schien mir nicht sehr klug.

Also fuhr ich bei der nächsten Ausfahrt ab. Bestimmt

konnte ich mich über Ortsstraßen zurück- und dann vom unteren Ende der Ausfahrt hocharbeiten. Zehn Minuten später war ich wieder da. Die Polizei hatte keine Straßensperre errichtet, weil hier ohnehin niemand auffahren würde. Ich fuhr am Beginn der Ausfahrt auf den Standstreifen und konnte zum ersten Mal sehen, was da eigentlich los war.

Ein Unfall. Und zwar ein richtig schwerer. Zwei Fahrzeuge. So übel zugerichtet, dass man die Wagentypen kaum erkennen konnte. Auch nicht, wie es zu dem Unfall gekommen sein mochte. Der mir nähere Wagen schien ein Kombi zu sein. Seitlich davon stand der andere, irgendeine Limousine. Es sah aus, als habe die Limousine den Kombi seitlich gerammt.

Sheila fuhr einen Kombi.

Kelly schlief noch immer tief und fest, und ich wollte sie nicht wecken. Ich stieg aus, drückte die Tür vorsichtig zu und ging die Ausfahrt hoch. An der Unfallstelle befanden sich drei Streifen- und zwei Abschleppwagen sowie ein Feuerwehrfahrzeug.

Beim Näherkommen konnte ich die Unfallfahrzeuge deutlicher erkennen. Die Knie begannen mir zu zittern. Ich warf einen Blick zu meinem Pick-up zurück, vergewisserte mich, dass ich Kelly am Beifahrerfenster sehen konnte.

Ein Polizist hinderte mich am Weitergehen.

»Tut mir leid, Sir«, sagte er, »Sie können hier nicht weiter.«

»Was ist das für ein Wagen?«, fragte ich.

»Bitte, Sir –«

»Der Kombi da. Was ist das für eine Marke?«

»Ein Subaru«, antwortete der Polizist.

»Nummer?«, fragte ich.

»Wie bitte?«

»Ich muss das Nummernschild sehen.«

»Glauben Sie, Sie wissen, wessen Wagen das ist?«, fragte er.

»Lassen Sie mich das Schild sehen.«

Er ließ mich näher kommen, führte mich zu einer Stelle, von der aus ich das Heck des Kombis sehen konnte. Das Kennzeichen war deutlich zu lesen.

Ich erkannte die Kombination aus Ziffern und Buchstaben.

»Oh, Gott«, sagte ich, und alle Kraft schien mich zu verlassen.

»Sir?«

»Das ist das Auto meiner Frau .«

»Wie heißen Sie, Sir?«

»Glen Garber«, sagte ich. »Dieser Wagen, er gehört meiner Frau. Das ist ihr Kennzeichen. Oh, Gott.«

Der Polizist trat einen Schritt auf mich zu.

»Ist ihr was passiert?«, fragte ich, und mein ganzer Körper fühlte sich an, als hielte ich mich an einem stromführenden Kabel fest. »Wissen Sie, wo sie sie hingebracht haben? In welches Krankenhaus? Können Sie's rausfinden? Ich muss da hin. Ich muss sofort da hin.«

»Mr. Garber«, sagte der Polizist.

»Nach Milford?«, fragte ich. »Nein, warten Sie, Bridgeport ist näher.« Ich wollte mich schon umdrehen und zum Wagen zurücklaufen.

»Mr. Garber, Ihre Frau wurde nicht ins Krankenhaus gebracht.«

Ich hielt in der Bewegung inne. »Was?«

»Sie ist noch im Wagen. Es tut mir leid, aber –«

»Was reden Sie denn da?«

Ich sah mir die verbeulten Überreste des Subaru genauer an. Der Polizist musste sich irren. Hier waren nirgendwo Sanitäter, niemand von den herumstehenden Feuerwehrleuten hantierte mit einem Rettungsspreizer, um sich zum Fahrer durchzuarbeiten.

Ich rannte zum Wagen, vor zur eingedrückten Fahrerseite, sah durch das, was von der Tür übrig geblieben war, in den Fahrgastraum hinein.

»Sheila«, sagte ich. »Sheila, mein Schatz.«

Das Fensterglas war in Millionen rosinengroße Scherben zerborsten. Ich fing an, sie ihr von der Schulter zu bürsten, sie ihr einzeln aus dem blutverklebten Haar zu picken. Wieder und immer wieder sagte ich ihren Namen.

»Sheila? Lieber Gott, bitte, Sheila …«

»Mr. Garber«, sagte der Polizist hinter mir. Ich spürte eine Hand auf meiner Schulter. »Bitte kommen Sie mit.«

»Sie müssen sie da rausholen«, sagte ich. Benzingeruch stieg mir in die Nase, und ich hörte etwas tropfen.

»Das werden wir, ich versprech's Ihnen. Bitte, kommen Sie mit.«

»Sie ist nicht tot. Sie müssen –«

»Bitte, Sir. Es tut mir leid. Aber es gab keine Vitalzeichen mehr.«

»Nein, Sie irren sich.« Ich streckte meinen Arm in den Wagen und legte ihn um ihren Kopf. Der kippte zur Seite.

Da wusste ich es.

Der Polizist fasste mich fest am Arm und sagte: »Sie müssen weg vom Auto. Es ist gefährlich, hier stehen zu bleiben.« Er zog mich mit Gewalt weg, und ich wehrte mich nicht. Nach zehn, zwölf Metern musste ich stehen bleiben. Ich beugte mich vor und stützte die Hände auf die Knie.

»Alles in Ordnung mit Ihnen?«

Den Blick zu Boden gerichtet, sagte ich: »Meine Tochter ist bei mir im Wagen. Können Sie sie sehen? Schläft sie?«

»Ja, ich seh das Obere ihres Kopfes. Sieht aus, als ob sie noch schläft.«

Ich atmete mehrmals tief ein, dann richtete ich mich wieder

auf. Sagte wahrscheinlich zehn Mal hintereinander »Oh, Gott«. Der Polizist stand da und wartete geduldig, bis ich mich so weit erholt hatte, dass er mir ein paar Fragen stellen konnte.

»Ihre Frau heißt Sheila? Sheila Garber?«

»Genau.«

»Wissen Sie, was sie heute Abend getan hat? Wo sie hinwollte?«

»Sie hatte heute Abend einen Kurs. Am Bridgeport Business College. Sie lernt Buchhaltung und so was, um mir in der Firma zu helfen. Was ist passiert? Was ist hier passiert? Wie konnte das passieren? Wer, zum Teufel, hat diesen anderen Wagen gelenkt? Was hat er gemacht?«

Der Polizist senkte den Kopf. »Mr. Garber, im Moment sieht es so aus, als sei bei diesem Unfall Alkohol im Spiel gewesen.«

»Was? Trunkenheit am Steuer?«

»So sieht es aus, ja.«

Jetzt mischte sich Wut zu meinem Schock und meiner Trauer. »Wer hat diesen Wagen gefahren? Was für ein hirnverbrannter Idiot –«

»Im anderen Wagen saßen drei Menschen. Einer hat überlebt. Ein Junge auf dem Rücksitz. Die beiden Toten sind sein Vater und sein Bruder.«

»Mein Gott, wer setzt sich denn besoffen hinters Steuer, wenn er seine Jungen dabeihat und –«

»Danach sieht es leider nicht aus, Sir«, sagte der Polizist.

Ich sah ihn an. Worauf wollte er denn hinaus? Dann fiel der Groschen. Nicht der Vater hatte am Steuer gesessen, sondern einer der Söhne.

»Einer der Jungen ist besoffen gefahren?«

»Mr. Garber, bitte. Sie müssen sich beruhigen. Sie müssen

mir zuhören. Wie's aussieht, hat Ihre Frau den Unfall verursacht.«

»Was?«

»Sie hat die falsche Auffahrt genommen, ist dann auf halber Strecke stehen geblieben, mitten auf der Fahrbahn, ohne Licht. Wir gehen davon aus, dass sie eingeschlafen ist.«

»Was reden Sie denn da, zum Teufel noch mal?«

»Und dann«, fuhr er fort, »kam der andere Wagen mit hundert von der Autobahn herunter. Der Fahrer muss den Wagen Ihrer Frau erst im letzten Moment gesehen haben und ist dann voll auf die Bremse gestiegen.«

»Aber er war besoffen, oder?«

»Das wollte ich nicht damit sagen, Mr. Garber. Bitte verzeihen Sie mir, wenn ich Sie das frage, aber setzte sich Ihre Frau öfter ans Steuer, wenn sie getrunken hatte? Normalerweise geht das schon eine ganze Weile so, bis jemand tatsächlich einen Unfall baut –«

Sheilas Wagen ging in Flammen auf.

ZWEI

Ich hatte jedes Zeitgefühl verloren. Wie lange stand ich schon vor Sheilas Kleiderschrank? Zwei Minuten? Fünf? Zehn?

In den vergangenen zwei Wochen hatte ich nicht oft hineingeschaut. Ich hatte es sogar tunlichst vermieden. Direkt nach ihrem Tod musste ich natürlich ein wenig darin herumsuchen. Der Sarg würde zwar geschlossen bleiben, trotzdem brauchte der Bestattungsunternehmer was zum Anziehen für sie. Er hatte sein Bestes getan. Die Glasscherben hatten Sheila wie Schrotkugeln durchsiebt. Und die Wirkung der nachfolgenden Explosion, durch die auch das Wageninnere in Mitleidenschaft gezogen worden war, hatte dem Bestatter die Arbeit auch nicht gerade leichter gemacht, obwohl die Feuerwehrleute den Brand schnell gelöscht hatten. Das Ergebnis war etwas, das eine entfernte Ähnlichkeit mit Sheila hatte, als sie noch lebte.

Aber ich musste die ganze Zeit daran denken, wie es Kelly gehen würde, wenn sie Sheila bei der Gedenkzeremonie so sah, dieses Etwas, das ihrer Mutter nur vage ähnelte. Und wie alle anderen Gäste sich genötigt sehen würden zu sagen, dass der Bestatter wahre Wunder vollbracht hatte, was uns beide nur daran erinnern würde, in welchem Zustand das Objekt seiner Bemühungen gewesen war.

Wir nehmen einen geschlossenen Sarg, hatte ich entschieden.

Der Bestatter sagte, genau so würden sie es machen, dennoch brauche er etwas zum Anziehen für Sheila.

Also suchte ich ein dunkelblaues Kostüm heraus, Unterwäsche, Schuhe. Davon hatte Sheila jede Menge, und ich wählte ein Paar halbhohe Pumps. Davor hatte ich schon ein Paar mit höheren Absätzen in der Hand gehabt, doch dann fiel mir ein, dass Sheila die immer unbequem gefunden hatte, und ich stellte sie zurück.

Damals, als ich ihr diesen begehbaren Kleiderschrank gebaut hatte, indem ich ein paar Meter von unserem großen Schlafzimmer abknapste, hatte Sheila zu mir gesagt: »Nur damit das klar ist: Dieser Schrank gehört mir ganz allein. Für dich reicht diese erbärmliche kleine Telefonzelle da drüben, mehr wirst du dein Lebtag lang nicht brauchen, und ich verbitte mir jeden Übergriff auf mein Territorium.«

»Was mir Sorgen macht«, hatte ich erwidert, »ist, dass du auch einen Flugzeughangar füllen könntest, wenn ich dir einen bauen würde. Dein Zeug dehnt sich immer auf den Raum aus, den man ihm zugesteht. Jetzt mal ehrlich, wie viele Taschen braucht ein einziger Mensch?«

»Und wie viele Elektrowerkzeuge braucht ein einziger Mensch für eine einzige Arbeit?«

»Sag mir nur, hier und jetzt, dass du dich auf dein Territorium beschränken wirst. Dass du nie, nie, nie irgendwas von deinen Sachen in meinen Schrank stopfen wirst, der eh schon nicht größer ist als eine Minibar.«

Statt einer direkten Antwort legte sie die Arme um mich, drängte mich an die Wand und sagte: »Weißt du, was ich glaube, wofür dieser Schrank noch groß genug ist?«

»Keine Ahnung. Aber wenn du's mir sagst, könnte ich mein Maßband rausholen und nachmessen.«

»Oh, es gibt auf jeden Fall etwas, das ich gern nachmessen würde.«

Das war einmal.

Jetzt stand ich vor dem Kleiderschrank und fragte mich,

was ich mit dem ganzen Kram tun sollte. Aber vielleicht war es noch zu früh, mich damit zu beschäftigen. Mit all diesen Blusen und Pullovern und Kleidern und Röcken und Schuhen und Taschen und Schuhkartons vollgestopft mit Briefen und Andenken, und alle verströmten ihren Duft, das, was ihr Wesen ausgemacht und was sie zurückgelassen hatte.

All das zu sehen machte mich traurig. Und es machte mich wahnsinnig.

»Zum Teufel mit dir«, sagte ich leise.

Mir fiel wieder ein, dass ich damals auf dem College etwas über die verschiedenen Phasen der Trauer gelernt hatte: Verhandeln, Nicht-wahrhaben-Wollen, Akzeptanz, Zorn, Depression, wenn auch nicht unbedingt in dieser Reihenfolge. Woran ich mich nicht erinnerte, war, ob man diese Phasen vor seinem eigenen Sterben oder nach dem Tod eines nahestehenden Menschen durchlief. Damals jedenfalls klang es mir nach ausgemachtem Schwachsinn, und heute eigentlich auch noch. Was ich jedoch nicht verleugnen konnte, war dieses überwältigende Gefühl, das seit Sheilas Beerdigung vor ein paar Tagen in mir rumorte.

Zorn.

Natürlich war ich am Boden zerstört. Ich konnte es nicht fassen, dass Sheila nicht mehr da war. Wusste nicht, wie es ohne sie weitergehen sollte. Sie war die große Liebe meines Lebens, und jetzt hatte ich sie verloren. Natürlich trauerte ich. Wenn ich einen Augenblick für mich allein hatte, sicher sein konnte, dass Kelly mich nicht dabei ertappen würde, leistete ich mir den Luxus, mich völlig gehenzulassen. Ich stand unter Schock, fühlte mich leer, deprimiert.

Aber eigentlich war ich nur eines: rasend. Ich kochte vor Wut. Ein Gefühl, das mir völlig fremd war. Reiner, unverdünnter Zorn. Und es gab kein Ventil dafür.

Ich musste mit Sheila reden. Es gab ein paar Fragen, die ich loswerden musste.

»Verdammt noch mal, was hast du dir dabei gedacht? Wie konntest du mir das antun? Wie konntest du Kelly das antun? So was Hirnverbranntes! Scheiße, was in aller Welt ist in dich gefahren? Wer oder was bist du eigentlich? Was ist aus der klugen, vernünftigen Frau geworden, die ich geheiratet habe? Die wäre nämlich ganz bestimmt nicht in diesen Wagen gestiegen.«

Tausend Fragen gingen mir durch den Kopf. Und nicht nur manchmal. Ständig. In jeder wachen Minute.

Wie kam meine Frau dazu, sich sternhagelvoll ans Steuer zu setzen? Warum sollte sie so etwas für sie völlig Untypisches tun? Was hatte sich in ihrem Kopf abgespielt? Welche Dämonen hatte sie die ganze Zeit vor mir verborgen? Als sie den Zündschlüssel umdrehte, anscheinend mit mehr Alkohol als Blut in den Adern, hatte sie da ihren Verstand noch so weit beisammen, dass sie wusste, was sie tat? War ihr klar, dass sie mit ihrem Leben spielte, und nicht nur mit ihrem?

Hatte sie das alles vielleicht mit Absicht getan? Wollte sie sterben? Hatte sie eine geheime Todessehnsucht mit sich herumgetragen?

Ich musste es wissen. Der Wunsch, das zu wissen, war wie ein Schmerz. Und nichts und niemand konnte diesen Schmerz lindern.

Vielleicht hätte ich Sheila bedauern müssen. Mitleid für sie empfinden müssen, dass sie, aus mir unverständlichen Gründen, etwas so Wahnsinniges getan und letztendlich den Preis für so viel Unverstand gezahlt hatte.

Aber davon spürte ich nichts. Wut und Enttäuschung darüber, was sie ihren Hinterbliebenen angetan hatte, war alles, was ich fühlen konnte.

»Es ist unverzeihlich«, flüsterte ich. »Absolut un-«

»Dad?«

Ich fuhr herum.

Kelly stand neben dem Bett. Sie trug Jeans und eine leichte Jacke, einen Rucksack über eine Schulter gehängt. Das Haar hatte sie sich mit einem roten Gummi zu einem Pferdeschwanz hochgebunden.

»Ich bin fertig«, sagte sie.

»Gut«, antwortete ich.

»Hast du mich nicht gehört? Ich hab dich gerufen. Mindestens hundert Mal.«

»Tut mir leid.«

Sie schaute an mir vorbei in den Kleiderschrank ihrer Mutter und machte ein vorwurfsvolles Gesicht. »Was machst du da?«

»Nichts. Rumstehen.«

»Du denkst doch nicht daran, Moms Sachen wegzuschmeißen?«

»Eigentlich hab ich an überhaupt nichts gedacht. Aber, ja, irgendwann muss ich auch entscheiden, was mit ihren Kleidern geschehen soll. Ich meine, bis du sie tragen kannst, sind sie längst aus der Mode.«

»Ich will sie nicht tragen. Ich will sie behalten.«

»Na gut«, sagte ich besänftigend.

Damit war sie anscheinend zufrieden. Sie blieb noch einen Augenblick stehen, dann sagte sie: »Kannst du mich jetzt bringen?«

»Bist du sicher, dass du da hin willst?«, fragte ich. »Bist du schon so weit?«

Kelly nickte. »Ich will nicht die ganze Zeit mit dir zu Hause rumsitzen.« Sie biss sich auf die Unterlippe. »Ist nicht bös gemeint.«

»Ich hol nur meine Jacke.«

Ich ging hinunter und holte sie aus der Garderobe. »Hast du alles?«

»Ja.«

»Schlafanzug?«

»Ja.«

»Zahnbürste?«

»Ja.«

»Hausschuhe?«

»Ja.«

»Hoppy?« Den Stoffhasen, den sie noch immer mit ins Bett nahm.

»Daaad. Ich hab alles, was ich brauche. Wenn du mit Mom weggefahren bist, musste sie dir immer sagen, was du mitnehmen sollst. Und das ist doch nicht das erste Mal, dass ich woanders übernachte.«

Da hatte sie recht. Es war nur das erste Mal, dass sie über Nacht weg war, seit ihre Mutter nicht mehr bei uns war.

Es würde ihr guttun, aus dem Haus zu kommen, bei Freunden zu sein. Meine Gesellschaft konnte niemandem zuträglich sein.

Ich rang mir ein Lächeln ab. »Deine Mutter sagte immer, hast du dies eingesteckt, hast du das eingesteckt, und ich sagte, ja klar, ich bin doch nicht ganz vertrottelt. Und die Hälfte von den Sachen, die sie aufzählte, hatte ich natürlich vergessen, und dann musste ich mich ins Schlafzimmer schleichen und sie holen. Einmal hatte ich sogar vergessen, Unterwäsche zum Wechseln einzupacken. Ganz schön blöd, was?«

Ich dachte, sie würde vielleicht zurücklächeln, aber keine Chance. Ihre Mundwinkel waren in den vergangenen sechzehn Tagen nicht oft nach oben gegangen. Manchmal, wenn wir aneinandergekuschelt auf der Couch saßen, lachte sie über etwas Lustiges im Fernsehen. Doch wenn sie sich dabei ertappte, hörte sie gleich wieder auf, so als hätte sie kein Recht mehr zu lachen, als gäbe es für sie nichts Lustiges mehr. Es war, als schämte sie sich, dass es überhaupt noch etwas gab, das sie fröhlich stimmen konnte.

»Hast du dein Telefon?«, fragte ich, als wir schon im Wagen saßen. Ich hatte ihr nach dem Tod ihrer Mutter ein Handy gekauft, damit sie mich jederzeit erreichen konnte. Und ich sie natürlich auch. Was für ein Luxus für ein Kind ihres Alters, dachte ich, als ich es kaufte, stellte jedoch bald fest, dass sie keineswegs das einzige war. Immerhin lebten wir in Connecticut, wo manche Kinder mit acht schon ihren eigenen Psychiater hatten, von einem Telefon ganz zu schweigen. Und ein Mobiltelefon war heutzutage ja längst nicht mehr nur ein Telefon. Kelly lud Lieder darauf, fotografierte damit und filmte sogar kurze Videos. Einiges davon konnte mein Handy bestimmt auch, doch ich benutzte es hauptsächlich zum Telefonieren und dazu, auf Baustellen zu fotografieren.

»Hab ich«, sagte sie, ohne mich anzusehen.

»Ich will ja nur sichergehen«, sagte ich. »Wenn etwas ist, wenn du heimkommen willst, dann ruf mich an. Egal, wie spät es ist. Ich komm auch um drei Uhr morgens, wenn irgendwas –«

»Ich will auf eine andere Schule«, sagte Kelly und sah mich erwartungsvoll an.

»Was?«

»Ich hasse meine Schule. Ich will woandershin.«

»Warum?«

»Da nerven alle.«

»Geht's auch ein bisschen genauer, Kleines?«

»Die sind alle gemein.«

»Was meinst du mit ›alle‹? Emily Slocum mag dich. Sonst hätte sie dich nicht eingeladen, bei ihr zu übernachten.«

»Alle anderen hassen mich.«

»Jetzt erzähl mir ganz genau, was passiert ist.«

Sie schluckte, sah zu Boden. »Sie nennen mich –«

»Wie, mein Schatz. Wie nennen sie dich?«

»Säuferkind.«

Ich spürte, wie mein Kiefer sich anspannte.

»Wegen Mom und dem Unfall, du weißt schon.«

»Deine Mutter war keine – sie hat nicht getrunken. Sie war keine Säuferin.«

»War sie doch«, sagte Kelly. »Deshalb ist sie auch tot. Und deshalb hat sie auch andere umgebracht. Das sagen alle.«

Wieder biss ich die Zähne zusammen. Warum sollten sie das auch nicht sagen? Sie hatten die Schlagzeilen gelesen, die Nachrichten gesehen. Alkoholfahrt einer Mutter. Drei Tote in Milford.

»Wer nennt dich so?«

»Ist doch egal. Wenn ich es dir sage, gehst du zum Direktor, und der staucht sie zusammen, und dann müssen alle darüber reden, und ich würde am liebsten ganz woanders hingehen. In eine Schule, in der keiner war, den Mom umgebracht hat.«

Die beiden Menschen in dem Wagen, der in Sheilas Auto gefahren war, waren Connor Wilkinson, neununddreißig, und sein zehnjähriger Sohn Brandon.

Und als wäre das nicht schon schlimm genug, war Brandon auch noch Schüler an Kellys Schule gewesen.

Der andere Sohn, Brandons sechzehnjähriger Bruder Corey, hatte überlebt. Er hatte hinten gesessen, angeschnallt, durch die Windschutzscheibe nach vorne geschaut und Sheilas auf der Autobahnabfahrt geparkten Subaru genau in der Sekunde gesehen, in der sein Vater »Mein Gott!« schrie und voll auf die

Bremse trat, leider zu spät. Corey behauptete, er habe Sheila schlafend hinter dem Lenkrad sitzen sehen, und zwar direkt vor dem Aufprall.

Connor hatte sich nicht die Mühe gemacht, sich anzuschnallen. Die Polizei fand ihn halb aus dem Wagen geschleudert, Oberkörper auf der Motorhaube. Als ich am Unfallort ankam, waren seine und Brandons Leiche bereits abtransportiert worden. Brandon war zwar angeschnallt gewesen, seinen schweren Verletzungen jedoch erlegen.

Er war in der sechsten Klasse gewesen, drei Jahrgänge über Kelly.

Ich hatte geahnt, dass sie es sehr schwer haben würde, wenn sie in die Schule zurückkehrte. Ich hatte in der Zwischenzeit mit dem Direktor gesprochen und erfahren, dass Brandon allgemein beliebt, ein brillanter Schüler, ein herausragender Fußballspieler gewesen war. Ich hatte mir Sorgen gemacht, dass einige Schüler Kelly dafür büßen lassen könnten, dass ihre Mutter die Schuld am Tod eines der beliebtesten Jungen der Schule trug.

Schon an Kellys erstem Schultag hatte ich einen Anruf erhalten. Doch nicht, weil jemand etwas zu ihr gesagt hätte, sondern wegen etwas, das Kelly getan hatte. Eine ihrer Mitschülerinnen hatte sie gefragt, ob sie die Leiche ihrer Mutter gesehen hätte, bevor man sie aus dem Wagen holte, ob sie geköpft worden sei oder sonst was Cooles in der Art. Da war Kelly dem Mädchen so kräftig auf den Fuß getreten, dass es nach Hause geschickt werden musste.

»Vielleicht ist Kelly ja noch nicht so weit, dass sie wieder die Schule besuchen kann«, hatte der Direktor gesagt. Ich hatte Kelly zur Rede gestellt, mir sogar von ihr zeigen lassen, was sie getan hatte. Sie hatte sich vor das Mädchen hingestellt, ein Knie gehoben und ihr dann mit aller Wucht den Absatz in den Fuß gerammt. »Sie wollte es nicht anders«, hatte Kelly gesagt.

Sie versprach, so etwas nicht noch mal zu tun, und ging am nächsten Tag wieder zur Schule. Danach kamen mir keine Klagen mehr zu Ohren, weshalb ich annahm, dass alles in Ordnung war oder zumindest den Umständen entsprechend.

»Das müssen wir uns nicht gefallen lassen«, sagte ich zu ihr. »Am Montag stehe ich beim Direktor auf der Matte, und diese Biester, die das zu dir sagen, werden –«

»Kann ich einfach auf eine andere Schule gehen?«

Auf der ganzen Fahrt die Broad Street entlang, durch die Innenstadt und am Milford Green vorüber, hielt ich mit meinen Händen krampfhaft das Lenkrad fest. »Wir werden sehen. Ich werde mich am Montag drum kümmern, gut? Nach dem Wochenende?«

»Immer heißt es ›wir werden sehen‹. Du sagst, du tust was, und dann tust du's nicht.«

»Wenn ich sage, ich tu's, dann tu ich's auch. Aber das heißt, dass du mit Kindern zusammen bist, die nicht bei dir in der Nähe wohnen.«

Sie sah mich nur an. Das »Was du nicht sagst« blieb unausgesprochen.

»Genau darum geht's, hab schon kapiert. Und im Moment klingt das auch ganz gut, aber was ist in sechs Monaten, in einem Jahr? Am Ende kapselst du dich von deiner nächsten Umgebung komplett ab.«

»Ich hasse sie«, sagte Kelly leise.

»Wen? Ist es eine Sie, die dich ärgert?«

»Mom«, sagte sie. »Ich hasse Mom.«

Ich musste schlucken. Ich hatte mich sehr bemüht, meine eigenen Gefühle, meinen Zorn nicht nach außen dringen zu lassen. Dass Kelly sich genauso verraten fühlte wie ich, hätte mich nicht wundern dürfen. »Sag so was nicht. Das meinst du nicht wirklich.«

»O doch. Sie hat uns im Stich gelassen, und sie hatte diesen idiotischen Unfall, wegen dem mich jetzt alle hassen.«

Ich umklammerte das Lenkrad noch fester. Wäre es aus Holz gewesen, hätte ich es bestimmt zerbrochen. »Deine Mutter hat dich sehr geliebt.«

»Warum hat sie dann so was Bescheuertes gemacht und damit mein Leben zerstört?«

»Kelly, deine Mutter war nicht bescheuert.«

»Und sich zu betrinken und dann mitten auf der Straße zu parken, war das vielleicht nicht bescheuert?«, schnauzte sie.

Da tickte ich aus.

»Das reicht!« Ich hieb mit der geballten Faust aufs Lenkrad. »Verflucht noch mal, Kelly, glaubst du, ich weiß auf alles eine Antwort? Glaubst du, ich werde nicht langsam wahnsinnig, weil ich mir nicht erklären kann, was deine Mutter dazu getrieben hat, etwas so Dämliches zu tun? Glaubst du, es ist leicht für mich? Glaubst du, mir gefällt es, dass deine Mutter nicht mehr da ist und ich dich jetzt alleine großziehen muss?«

»Gerade hast du gesagt, sie war nicht dämlich«, sagte Kelly, und ihre Unterlippe zitterte.

»Ja, gut. Was sie getan hat, das war dämlich. Mehr als dämlich. Es war das Dümmste, was ein Mensch tun kann, zufrieden? Und das Ganze ergibt überhaupt keinen Sinn, weil deine Mutter sich nie im Leben ans Steuer gesetzt hätte, wenn sie betrunken gewesen wäre.« Wieder schlug ich auf das Lenkrad.

Dabei wusste ich genau, wie Sheila reagiert hätte, wenn sie das gehört hätte. Sie hätte gesagt, ich wüsste doch, dass das nicht ganz der Wahrheit entsprach.

Es ist schon Jahre her. Wir waren noch nicht mal verlobt. Wir hatten gefeiert. Alle von der Firma mit ihren Frauen und

Freundinnen. Ich hatte so viel getrunken, dass ich kaum stehen konnte. Erst recht nicht Auto fahren. Sheila wäre zwar wahrscheinlich auch dran gewesen, wenn sie ins Röhrchen hätte blasen müssen, aber fitter als ich war sie auf jeden Fall.

Doch es war unfair, diesen Vorfall mitzuzählen. Damals waren wir um einiges jünger. Dümmer. Jetzt hätte Sheila so etwas mit Sicherheit nicht mehr gemacht.

Leider hatte sie doch.

Ich sah zu Kelly hinüber. Ihre Augen füllten sich mit Tränen.

»Wenn Mom so was nie getan hätte, warum ist es dann passiert?«, fragte sie.

Ich fuhr an den Straßenrand. »Komm her«, sagte ich.

»Ich bin angeschnallt.«

»Dann schnall dich ab und rutsch rüber.«

»Ich sitz hier ganz gut«, sagte sie und hielt sich an der Tür fest. Da blieb mir nur, die Hand auszustrecken und ihren Arm zu berühren.

»Tut mir leid«, sagte ich. »Es ist nur, ich weiß es auch nicht. Deine Mutter und ich sind schon seit Jahren zusammen. Ich kannte sie besser als irgendjemanden sonst auf der Welt, und ich liebte sie mehr als irgendjemanden sonst auf der Welt, zumindest bis du gekommen bist, und dann habe ich dich genauso geliebt. Was ich damit sagen will, ich verstehe genauso wenig wie du, was da passiert ist.« Ich drückte ihre Schulter. »Aber bitte, bitte sag nie wieder, dass du sie hasst.« Ich hatte ein schlechtes Gewissen, weil sie das sagte, denn ich glaubte, dass meine Gefühle auf sie abfärbten.

Ich war zwar stinksauer auf Sheila, aber ihre Tochter wollte ich trotzdem nicht gegen sie aufhetzen.

»Ich bin halt nur so wütend auf Mom«, sagte Kelly und sah aus dem Fenster. »Und es macht mich ganz krank, dass ich wütend bin, wenn ich doch eigentlich traurig sein müsste.«

DREI

Ich legte den Gang wieder ein. Kurz darauf blinkte ich und bog in den Harborside Drive. »Welches ist noch mal das Haus von Emily?«

Eigentlich hätte ich es erkennen müssen. Emilys Mutter, Ann Slocum, und Sheila hatten sich vor sechs, sieben Jahren kennengelernt, als sie beide ihre Töchter zum Babyschwimmen angemeldet hatten. Während sie sich abmühten, den Kleinen die Badeanzüge an- und später wieder auszuziehen, tauschten sie ihre Erfahrungen als junge Mütter aus. Sie waren in Kontakt geblieben, und weil wir nicht allzu weit voneinander entfernt wohnten, kamen die Mädchen schließlich in dieselbe Schulklasse.

Kelly zu Emily zu chauffieren und wieder abzuholen war etwas, um das Sheila sich normalerweise gekümmert hatte, daher wusste ich nicht gleich, welches das Haus der Slocums war.

»Das da«, sagte Kelly und zeigte hin.

Ja, dieses Haus kannte ich. Hier hatte ich Kelly schon häufiger abgesetzt. Ein ebenerdiges Gebäude, Mitte der sechziger Jahre gebaut, vermutete ich. Hätte hübsch sein können, wenn es besser in Schuss gehalten worden wäre. Da und dort hingen die Dachrinnen herunter, die Dachschindeln sahen aus, als würden sie's auch nicht mehr lange machen, und ganz oben auf dem Schornstein hatte die Feuchtigkeit einigen der Ziegel arg zugesetzt. Die Slocums waren nicht die Einzigen, die Reparaturen im Haus auf die lange Bank schoben. Im Augenblick war das Geld knapp, und Reparaturen wurden erst in Auftrag gegeben, wenn es gar nicht mehr anders ging, und manchmal nicht einmal dann. Bei einem undichten Dach konnte man mit einem Eimer darunter deutlich günstiger Abhilfe schaffen als mit neuen Schindeln.

Ann Slocums Mann Darren musste die Familie mit einem Polizistengehalt ernähren, das ohnehin nicht üppig war und jetzt wahrscheinlich noch kärglicher, weil die Stadt mit Überstunden knauserte. Ann hatte ihre Stelle im Vertrieb einer Zeitung in New Haven schon vor beinahe anderthalb Jahren verloren. Sie hatte zwar etwas anderes gefunden, um etwas dazuzuverdienen, doch ich konnte mir vorstellen, dass auch bei ihnen das Geld knapp war.

Seit einem Jahr veranstaltete sie sogenannte »Taschenpartys«, bei denen Frauen Imitate von Designertaschen zu einem Bruchteil dessen kaufen konnten, was die echten kosteten. Erst kürzlich hatte ihr Sheila für so eine Party unser Haus zur Verfügung gestellt. Da war ganz schön was los gewesen, wie bei einem dieser Tupperware-Spektakel – oder zumindest wie ich mir diese Tupperware-Dinger vorstelle.

Zwanzig Frauen fielen bei uns ein. Sally aus der Firma kam und auch Doug Pinders Frau Betsy. Was mich besonders überraschte, war, dass sogar Sheilas Mutter Fiona mit ihrem Mann Marcus aufkreuzte. Fiona konnte sich eine echte Louis-Vuitton-Tasche leisten, wenn sie eine wollte. Ich konnte mir beim besten Willen nicht vorstellen, dass sie mit einer Fälschung herumlaufen würde. Doch Sheila, die sich Sorgen machte, Ann könne nicht genug verkaufen, hatte ihre Mutter gebeten, auch zu kommen. Schließlich war es Marcus, der Fiona dazu überreden konnte.

»Sheila zuliebe«, hatte er offenbar zu ihr gesagt. »Du musst ja nichts kaufen. Aber tu's für deine Tochter, geh hin.«

Ich wollte ja nicht zynisch sein, aber ich fragte mich, wie sehr es Marcus tatsächlich darum ging, seiner Stieftochter einen Gefallen zu tun. Immerhin konnte man bei so einer Veranstaltung mit einem hohen Frauenaufkommen rechnen, und Marcus interessierte sich sehr für Frauen.

Er und Fiona waren als Erste da, und als die Damen eine nach der anderen zur Tür hereinspazierten, ließ er es sich nicht nehmen, jede einzeln zu begrüßen, sich vorzustellen und ein Glas Wein anzubieten. Außerdem kümmerte er sich darum, dass jede einen Sitzplatz hatte und in aller Bequemlichkeit ihrer Lust an Leder und gefälschten Marken frönen konnte. Sein Getue war Fiona sichtlich peinlich. Nach einiger Zeit zog sie ihn beiseite und sagte: »Mach dich nicht so zum Affen.«

Als Anns Verkaufsmaschinerie in Gang gekommen war und ich mich mit Marcus und ein paar Dosen Bier auf die hintere Veranda verzogen hatte, sagte er, fast als müsse er sich entschuldigen: »Keine Angst, ich bin noch immer rasend verliebt in deine Schwiegermutter. Aber ich mag Frauen eben.« Er lächelte. »Und ich glaube, sie mögen mich.«

»Ja«, bestätigte ich, »du bist ein Frauenschwarm.«

Ann machte an diesem Abend ein ganz gutes Geschäft. So um die zweitausend Dollar – selbst gefälschte Designertaschen konnten mehrere hundert Dollar kosten –, und Sheila durfte sich eine Tasche aussuchen, zum Dank, dass sie ihr Haus zur Verfügung gestellt hatte.

Reparaturen an ihrem Haus konnten die Slocums sich zwar nicht leisten, aber anscheinend brachten Taschen und ein Job bei der Polizei immer noch genug ein, dass Ann mit einem drei Jahre alten BMW herumkutschieren konnte und Darren einen glänzenden roten Dodge Ram Pick-up in der Einfahrt stehen hatte. Als wir ankamen, war nur der Pick-up da.

»Übernachtet noch jemand bei Emily?«, fragte ich.

»Nee«, antwortete Kelly, »nur ich.«

Ich hielt am Bordstein.

»Alles klar mit dir?«, fragte ich sie. Sie hatte sich inzwischen die Tränen abgewischt und war anscheinend wieder die Alte.

»Alles klar.«

»Ich bring dich zur Tür.«

»Dad, du musst nicht –«

»Na, komm.«

Wie ein verurteilter Sträfling schleppte Kelly sich selbst und ihren Rucksack zur Tür.

»Keine Angst«, sagte ich. »Ihr werdet viel Spaß haben, sobald du deinen Dad losgeworden bist.« Im Vorübergehen bemerkte ich das Schild »Zu verkaufen« in der Heckscheibe von Darren Slocums Pick-up. Eine Telefonnummer war auch angegeben.

Ich wollte gerade klingeln, da hörte ich einen Wagen in die Einfahrt biegen. Es war Ann in ihrem BMW. Beim Aussteigen ergriff sie eine Tüte von Walgreens, der Drugstore-Kette.

»Hallo!«, sagte sie mehr zu Kelly als zu mir. »Gerade hab ich ein bisschen was zum Knabbern für euch geholt.« Dann erst sah sie mich an. »Hi, Glen.« Nur zwei Worte, aber sie waren voller Anteilnahme.

»Ann.«

Die Haustür ging auf, und Emily stand vor uns, das blonde Haar zu einem Pferdeschwanz gebunden. Sie musste uns vom Fenster aus gesehen haben. Sie kreischte los, als sie Kelly sah. Meine Tochter hatte gerade noch Zeit, mich mit einem undeutlichen »Tschüs« zu verabschieden, dann waren sie schon auf und davon.

»Das nenn ich einen tränenreichen Abschied«, sagte ich zu Ann.

Sie lächelte, ging an mir vorbei und nahm dabei meinen Arm, um mich in die Diele zu führen.

»Danke, dass Kelly heute hierbleiben darf«, sagte ich. »Sie ist total aus dem Häuschen.«

»Keine Ursache.«

Ann Slocum war Mitte dreißig, zierlich und hatte kurzes, schwarzes Haar. Schicke Jeans, ein seidiges blaues T-Shirt und passende Armbänder. Das Ganze wirkte recht einfach, hatte sie aber wahrscheinlich mehr gekostet, als ich für einen Makita Bohrhammer mit variabler Geschwindigkeit und sämtlichem Zubehör hinblättern müsste. Ihre Arme waren schön straff und der Bauch unter den kleinen Brüsten flach. Sie sah aus wie jemand, der regelmäßig ins Fitnessstudio ging, doch entsann ich mich, dass Sheila einmal gesagt hatte, Ann habe ihre Mitgliedschaft dort gekündigt. Wahrscheinlich konnte man so was auch zu Hause machen. Von Ann ging etwas Besonderes aus, wie ein Duft. Wie sie sich bewegte, wie sie den Kopf neigte, wenn sie einen ansah, wie sie einem zu verstehen gab, dass sie wusste, dass man sie ansah, wenn sie vorüberging. Eine Frau wie sie konnte einem ganz schön den Kopf verdrehen, wenn man sich nicht in Acht nahm.

Ich nahm mich in Acht.

Darren Slocum kam aus dem Esszimmer. Er war durchtrainiert, etwa einen Kopf größer als Ann und ungefähr in ihrem Alter, nur dass sein Haar vorzeitig ergraut war. Mit seinen hohen Wangenknochen und den tiefliegenden Augen sah er ziemlich einschüchternd aus, was für ihn sicher kein Nachteil war, wenn er Autofahrer an den Straßenrand winkte, weil sie das Tempolimit in Milford überschritten hatten. Er streckte mir eine Hand entgegen. Sein Händedruck war kräftig, gerade noch erträglich, und ließ keinen Zweifel aufkommen, wer hier die Vorherrschaft beanspruchte. Doch auch wenn man Häuser baut, ist man es gewohnt, ordentlich zuzulangen. Und das tat ich auch. Ich legte meine Handfläche fest an die seine und drückte, was das Zeug hielt. Da hast du, du Mistkerl.

»Hey«, sagte er. »Wie geht's denn so?«

Sheila und Ann waren Freundinnen, und Belinda war die Dritte im Bunde. Doch diese Freundschaft war reine Frauensache, Zutritt für Ehemänner verboten, und wahrscheinlich war ich nicht der einzige Ehemann, dem das nur recht war.

»Mensch, Darren, was für 'ne blöde Frage«, sagte Ann peinlich berührt und sah mich entschuldigend an.

Ihr Mann warf ihr einen Blick zu. »Verzeihen Sie. Das sagt man halt so.«

Mit einem Kopfschütteln gab ich ihm zu verstehen, dass er sich keine Gedanken machen solle, doch für Ann war die Angelegenheit noch nicht erledigt. »Erst denken, dann reden.«

Wie schön. Ich war mitten in einen Ehezwist geraten. Ich versuchte abzulenken, indem ich sagte: »Das wird Kelly richtig guttun. Sie hatte jetzt zwei Wochen lang nur mich zur Gesellschaft, und ich war nicht unbedingt ein blendender Unterhalter.«

Ann sagte: »Emily wollte partout, dass Kelly bei ihr übernachtet. Sie hat uns Tag und Nacht bekniet, bis wir es erlaubt haben. Vielleicht tut es ja allen gut.«

Aus der Küche drang das Gekicher und Gegacker der Mädchen zu uns. Ich hörte Kelly rufen: »Pizza, ja!« Darren sah verstört in die Richtung, aus der der Krach kam.

»Wir werden gut auf sie aufpassen«, sagte Ann, und dann, zu ihrem Mann: »Stimmt's, Darren?«

Er riss den Kopf herum. »Hmm?«

»Ich sagte, wir werden gut auf sie aufpassen.«

»Aber sicher«, sagte er beinahe abweisend. »Selbstverständlich.«

»Ich sehe, Sie wollen Ihren Pick-up verkaufen.«

Darrens Miene erhellte sich. »Interessiert?«

»Im Augenblick bin ich eigentlich nicht –«

»Ich mach Ihnen auch einen Wahnsinnspreis. Er hat 310 PS und zweieinhalb Quadratmeter Ladefläche, genau das Richtige für jemanden wie Sie. Machen Sie mir ein Angebot.«

Ich schüttelte den Kopf. Ich brauchte keinen neuen Pick-up. Und für den Totalschaden an Sheilas Subaru würde ich auch keinen Cent bekommen. Sie hatte den Unfall verursacht, also würde die Versicherung nicht zahlen. »Tut mir leid«, sagte ich. »Wann soll ich Kelly denn wieder abholen?«

Ann und Darren wechselten einen Blick. Ann, die Hand schon an der Türklinke, sagte: »Am besten sie ruft Sie an. Sie wissen ja, wie die zwei drauf sind. Wenn sie nicht früh genug ins Bett kommen, werden sie morgen nicht unbedingt mit den Hühnern aufstehen.«

Als ich in unsere Einfahrt bog, schaute Joan Mueller von nebenan gerade aus dem Fenster. Gleich darauf trat sie vor die Haustür. Hinter ihrem Bein guckte ein etwa vierjähriger Junge hervor. Nicht ihrer. Joan und Ely hatten keine Kinder gehabt. Der Kleine war wahrscheinlich einer ihrer Schützlinge.

»Hallo, Glen«, rief sie, als ich ausstieg.

»Joan«, sagte ich und wollte eigentlich gleich ins Haus gehen.

»Wie läuft's?«, fragte sie.

»Geht so.« Höflichkeitshalber hätte ich zurückfragen müssen, wie's bei ihr lief, doch ich war nicht in Plauderstimmung.

»Hast du einen Moment Zeit?«, fragte sie.

Man bekommt nicht immer, was man will. Also marschierte ich über den Rasen, sah zu dem kleinen Jungen hinunter und lächelte.

»Du kennst doch Mr. Garber, Carlson, oder? Das ist ein netter Mann.« Der Junge versteckte sich noch kurz hinter ihrem Bein, dann rannte er ins Haus zurück. »Er ist der Letzte«, sagte Joan zu mir. »Sein Vater muss jeden Moment da sein. Alle anderen wurden schon abgeholt. Und dann war's das für diese Woche. Das Wochenende habe ich wieder ganz für mich allein!« Sie lachte nervös. »Die meisten Leute holen ihre Kinder freitags früher ab, weil sie eher Schluss machen, im Gegensatz zu Mr. Bain – Carlsons Vater. Er arbeitet auch freitags seine vollen Stunden.«

Joan hatte so eine weitschweifige, nervöse Art, für mich noch ein Grund mehr, ihr aus dem Weg zu gehen.

»Gut siehst du aus«, sagte ich, und das war nicht einmal gelogen. Joan Mueller sah gut aus. Anfang dreißig, das braune Haar zu einem Pferdeschwanz hochgebunden. Ihre Jeans und ihr T-Shirt saßen wie angegossen und brachten ihre Figur voll zur Geltung. Wenn es etwas zu beanstanden gab, dann vielleicht, dass sie ein bisschen zu wenig Fleisch auf den Knochen hatte. Seit ihr Mann gestorben war und sie schwarz als Tagesmutter arbeitete, hatte sie wohl um die zehn Kilo abgenommen. Unruhe, Besorgnis, von den vier, fünf Kindern, hinter denen sie ständig hinterher sein musste, gar nicht zu reden.

Sie wurde rot, strich sich eine Haarsträhne hinters Ohr. »Na ja, die Kinder halten mich halt ständig auf Trab, das kannst du dir ja vorstellen. Kaum glaubst du, du hast sie alle vor der Glotze oder mit Basteln zur Ruhe gebracht, spaziert eins davon, und wenn du das wieder eingefangen hast, haut dir das nächste ab – ich schwör dir, das ist, wie einen Sack Flöhe zu hüten.«

Ich stand nicht einmal einen Meter von ihr entfernt und war mir ziemlich sicher, Alkohol in ihrem Atem zu riechen.

»Wolltest du irgendwas Bestimmtes von mir?«

»Ich – na ja, hmm –, der Wasserhahn in der Küche tropft und tropft. Wenn du, ja, wenn du mal – irgendwann mal – ein bisschen Luft hast, aber ich weiß ja, wie beschäftigt du bist –«

»Vielleicht am Wochenende«, sagte ich. »Wenn ich mal eine freie Minute habe.« Im Laufe der Jahre, insbesondere, wenn im Betrieb nicht viel zu tun war, hatte ich immer wieder privat kleinere Sachen für die Nachbarn gemacht. Den Muellers hatte ich vor ein paar Jahren den Keller ausgebaut, ganz allein, einen Monat lang, jeden Samstag und Sonntag.

»Ja klar, verstehe, ich will dich nicht noch um dein bisschen Freizeit bringen. Ich verstehe das völlig.«

»Also dann«, sagte ich, lächelte und schickte mich an zu gehen.

»Wie geht's denn Kelly? Sie war nicht mehr bei mir nach der Schule, seit – na ja.« Ich hatte das Gefühl, Joan Mueller wollte mich nicht gehen lassen.

»Ich habe sie jeden Tag von der Schule abgeholt. Und heute übernachtet sie bei einer Freundin.«

»Aha«, sagte Joan. »Dann bist du heute Abend also allein?«

Ich nickte, sagte aber nichts. Ich war mir nicht sicher, ob Joan einen Versuchsballon gestartet hatte oder nicht. War das möglich? Der Tod ihres Mannes lag ja schon eine Weile zurück, aber ich hatte Sheila erst vor zwei Wochen verloren.

»Hör mal, ich –«

»Oh, sieh mal«, sagte Joan in gespielter Aufgeregtheit, als ein blassroter Ford Explorer in ihre Einfahrt bretterte. »Das ist Carlsons Vater. Du solltest ihn wirklich kennenlernen.« Ins Haus hinein rief sie: »Carlson! Dein Dad ist da!«

Ich war nicht im Geringsten daran interessiert, den Mann kennenzulernen, fand es aber auch nicht richtig, gerade jetzt zu verschwinden. Der Vater, ein hagerer, drahtiger Mann, kam auf uns zu. Er trug zwar einen Anzug, hatte aber zu langes und zu strähniges Haar, um ein Bankmensch zu sein. Er hatte diesen langsamen, wiegenden Gang. Nichts Übertriebenes. Ein bisschen wie ein Motorradfahrer – ein paar davon hatten im Lauf der Zeit stundenweise bei mir ausgeholfen. Ich überlegte, ob er wohl einer dieser Wochenendkrieger war. Er musterte mich unverhohlen von oben bis unten, so dass ich es auch ja merkte.

Carlson schlüpfte aus dem Haus. Ohne stehen zu bleiben und seinen Vater zu begrüßen, ging er direkt zu dem Geländewagen.

»Carl, das hier ist Glen Garber«, sagte Joan. »Glen, das ist Carl Bain.«

Interessant, dachte ich. Statt seinen Sohn »Carl jun.« zu nennen, hatte er ihm den Namen Carlson gegeben. Ich hielt ihm die Hand hin, und er schüttelte sie. Sein Blick huschte von Joan zu mir. »Nett, Sie kennenzulernen«, sagte er.

»Glen ist Bauunternehmer«, verkündete Joan. »Er hat seine eigene Firma. Er wohnt gleich nebenan.« Sie zeigte auf mein Haus. »Da, gleich in dem Haus.«

Carl Bain nickte. »Also, dann bis Montag«, sagte er, ging zu seinem Explorer und fuhr davon.

Joan winkte ihm ein wenig zu überschwenglich hinterher. Dann wandte sie sich mir zu und sagte: »Danke für das eben.«

»Für was?«

»Ich fühl mich einfach sicherer mit dir nebenan.«

Als sie ins Haus ging, warf sie mir einen Blick zu, der mir in seiner Freundlichkeit ein wenig über das unter Nachbarn übliche Maß hinauszugehen schien.

VIER

»Wie fühlt sich das an?«, fragte Emily.

»Wie fühlt sich was an?«, fragte Kelly zurück.

»Wenn man keine Mom hat.«

Sie saßen in Emilys Zimmer auf dem Boden, ein Haufen Kleider um sie herum verstreut. Kelly hatte Emilys Sachen anprobiert, und Emily hatte die Klamotten angezogen, in denen Kelly gekommen war, ebenso wie die, die sie zum Wechseln mitgenommen hatte. Kelly hatte gerade gefragt, ob sie ihre Oberteile für eine Woche tauschen könnten, als Emily mit der Frage herausplatzte.

»Nicht sehr angenehm«, antwortete Kelly.

»Wenn meine Mom oder mein Dad sterben müssten, dann wär's mir wahrscheinlich lieber, dass Dad stirbt. Ich hab ihn gern, aber ich finde es schlimmer, wenn die Mutter stirbt, weil Väter von den meisten Dingen keine Ahnung haben. Wünschst du dir, dass es deinen Dad erwischt hätte?«

»Nein, mir wär's am liebsten keinen von beiden.«

»Willst du Spion spielen?«

»Wie geht das?«

»Hast du dein Handy dabei?«

Kelly hatte es in ihrer Hosentasche und kramte es hervor.

»Also«, sagte Emily, »wir verstecken uns im Haus und jede versucht, die andere zu fotografieren, ohne dass die es merkt.«

Kelly grinste. Das würde bestimmt Spaß machen. »Einfach nur fotografieren oder Videos machen?«

»Für Videos gibt's mehr Punkte.«

»Wie viele?«

»Also, für ein Foto gibt's einen Punkt, für ein Video gibt's einen Punkt pro Sekunde.«

»Ich finde, es sollten fünf Punkte sein«, sagte Kelly. Nach kurzer Debatte kamen sie überein, dass ein Foto fünf und jede Sekunde Video zehn Punkte wert sein sollte.

»Wenn wir uns beide gleichzeitig verstecken, wie finden wir uns dann?«, fragte Kelly.

Daran hatte Emily nicht gedacht. »Gut, dann versteckst du dich zuerst, und ich such dich.«

Kelly war schon auf den Beinen. »Du musst bis fünfhundert zählen. Aber nicht fünf, zehn, fünfzehn, zwanzig, sondern eins, zwei, drei –«

»Das ist zu viel. Bis hundert.«

»Aber nicht schnell«, schärfte Kelly ihrer Freundin ein. »Nicht eins-zwei-drei-vier, sondern eins. Zwei. Drei –«

»Gut! Dann los. Los!«

Das Handy fest umklammert, stürmte Kelly aus dem Zimmer. Sie lief den Flur entlang und überlegte, wo sie sich verstecken sollte. Mit einem raschen Blick ins Badezimmer überzeugte sie sich, dass dieses kein gutes Versteck bot. Wäre sie zu Hause gewesen, hätte sie sich in die Duschwanne stellen und den Vorhang vorziehen können, doch die Slocums hatten eine Dusche mit Glastür. Sie öffnete eine Tür, aber dahinter befand sich ein Wäscheschrank, und die Einlegeböden standen zu weit vor, um sich zwischen sie und die Tür zu zwängen.

Sie öffnete eine weitere Tür und erblickte ein Bett, das genau so groß war wie das, in dem ihre Eltern schliefen, allerdings hatte ihr Vater das ganze Ding jetzt für sich allein. Auf diesem Bett lag eine wollweiße Decke, und an allen vier Ecken gab es hohe Holzpfosten. Das musste das Schlafzimmer von Mr. und

Mrs. Slocum sein. Es hatte ein eigenes Bad, doch auch hier war die Dusche – das beste Versteck – mit einer Glastür versehen, und über der Badewanne hing kein Vorhang.

Kelly lief durchs Zimmer und öffnete die Tür des Kleiderschranks. Er war vollgestopft mit Kleidern, die auf Bügeln hingen, und der Boden war übersät mit Schuhen und Taschen. Kelly stieg hinein und schlüpfte zwischen Blusen und Kleider. Sie zog die Tür nicht ganz zu, sondern ließ einen etwa fünf Zentimeter breiten Spalt offen. Wenn Emily hereinkam, konnte sie sie filmen, wie sie das ganze Zimmer durchstöberte. Und wenn sie schließlich die Schranktür öffnete, würde Kelly »Überraschung!« schreien.

Ob Emily sich wohl ins Höschen machen würde?

Kelly drückte auf eine Taste ihres Handys und das Display leuchtete auf. Sie wählte die Kamerafunktion und drückte auf das Videosymbol.

Kelly stieß mit dem Fuß gegen etwas, das sie für eine Tasche hielt. Etwas klimperte darin. Kelly kniete sich hin, steckte die Hand hinein, ertastete das, was vermutlich das Geräusch verursacht hatte, und zog es heraus.

Sie hörte etwas. Durch den Spalt in der Schranktür sah sie, wie die Schlafzimmertür aufging.

Sie steckte den Gegenstand in die vordere Tasche ihrer Hose. Das Handy hielt sie noch in der Hand.

Doch es war nicht Emily, die das Schlafzimmer betrat. Es war ihre Mutter. Es war Ann Slocum.

Oh-oh, dachte Kelly.

Ob sie wohl Ärger bekam, weil sie sich im Kleiderschrank der Hausfrau versteckte? Kelly verhielt sich mucksmäuschenstill, als Emilys Mutter um das Bett herumging, nach dem Telefon auf dem Nachttisch griff und eine Nummer eingab.

»Hey«, sagte sie und hielt sich den Hörer dicht vor den

Mund. »Kannst du reden? Ja, ich bin allein … also ich hoffe, deinen Handgelenken geht es wieder gut … musst du eben lange Ärmel tragen, bis die Schrammen verschwunden sind … wegen des nächsten Mals … Mittwoch ginge vielleicht, wenn's bei dir geht. Aber eins muss ich dir sagen: Ich brauche mehr für … verschiedene Auslagen und – warte mal, ich bekomme gerade noch einen Anruf … gut, bis dann! – Hallo?«

Kelly bekam nicht einmal die Hälfte von dem mit, was gesprochen wurde, weil Mrs. Slocum so flüsterte. Mit angehaltenem Atem lauschte sie, die Furcht, entdeckt zu werden, lähmte sie.

»Was soll das? … doch nicht … anrufen … mein Handy ist aus … keine gute Zeit … Kleine hat jemanden zum Übernachten … Ja, ist er … aber … wir haben eine Abmachung … das Geld und … etwas anderes zurück … Geschäft ist Geschäft. Für neue Angebote bin ich immer offen.«

Ann Slocum hielt inne und schaute zum Kleiderschrank.

Plötzlich hatte Kelly große Angst. Sich im Schrank der Mutter einer Freundin zu verstecken war eine Sache. Darüber würde sie sich vielleicht aufregen. Aber wenn ihre Privatgespräche belauscht wurden, brachte sie das wahrscheinlich auf die Palme.

Kelly ließ die Arme sinken und presste sie in Soldatenmanier an den Körper, als würde sie dadurch wie von Zauberhand dünner, weniger auffällig werden. Die Frau begann wieder zu reden.

»Gut, wo soll das über die Bühne gehen … alles klar. Aber … keinen Blödsinn … mit einer Kugel im Kopf enden – was zum –«

Jetzt blickte Ann Slocum direkt in den Spalt.

»Eine Sekunde, da ist jemand – was, zum Teufel, hast du da drin verloren?«

FÜNF

Ich saß mit einem Bier an meinem Schreibtisch und starrte das gerahmte Foto darauf an. Sheila und Kelly, im Winter vor zwei Jahren, eingemummelt gegen die Kälte, Schnee auf den Stiefeln, mit den gleichen rosa Fäustlingen. Sie standen vor einer Auswahl von Weihnachtsbäumen, der ganz links machte schließlich das Rennen, ihn nahmen wir mit, um ihn im Wohnzimmer aufzustellen.

»Sie sagen Säuferkind zu ihr«, sagte ich. »Ich dachte, das solltest du vielleicht wissen.« Ich hob eine Hand, wie um eventuelle Einwände vonseiten des Fotos abzuwehren. »Ich will das nicht hören. Ich will überhaupt nichts von dir hören, dass du's nur weißt.«

Ich nahm einen Schluck aus der Flasche. Das war erst meine erste. Ich würde noch ein paar brauchen, um da hinzukommen, wo ich mich haben wollte.

Es war einsam im Haus ohne Kelly. Würde ich überhaupt schlafen können? Vermutlich würde ich gegen zwei Uhr morgens aufstehen, ins Wohnzimmer hinuntergehen und den Fernseher einschalten. Mit ein bisschen Glück würde ich im Fernsehsessel einnicken und dann den Sonnenaufgang erleben.

Irgendwie fand ich es nicht richtig, ganz allein in dem großen Bett zu schlafen.

Das Telefon klingelte. Ich riss den Hörer von der Gabel. »Hallo?«

»Hey, Glenny, wie geht's?« Doug Pinder, meine rechte Hand in der Firma.

»Hey«, antwortete ich.

»Was machst du so?«

»Bier trinken«, sagte ich. »Vorhin habe ich Kelly zum Übernachten zu einer Freundin gebracht. Das ist die erste Nacht ohne sie, seit …«

»Scheiße, du bist allein?«, fragte Doug aufgeregt. »Wir sollten was unternehmen. Es ist Freitagabend. Raus auf die Piste, einen draufmachen.« Doug war ein Mensch, der selbst die Witwe von General Custer noch vor Ablauf einer Woche nach dessen letztem Gefecht aufgefordert hätte, sich in den Saloon zu schwingen, ein paar zu heben und sich auszutoben.

Ich sah auf die Uhr. Kurz nach neun. »Ich glaub nicht. Ich bin ziemlich erledigt.«

»Ach, komm schon. Wir müssen ja nicht unbedingt raus. Ich sitz hier nur rum. Betsy ist unterwegs, ich hab 'ne sturmfreie Bude, also schieb dir deine vier Räder unter den Hintern und roll rüber. Wie wär's mit einem Abstecher in die Videothek? Und bring Bier mit.«

»Wo ist Betsy?«

»Weiß der Himmel. Wenn das Schicksal es gut mit mir meint, stelle ich keine Fragen.«

»Mir ist wirklich nicht danach, aber dank dir fürs Angebot. Ich glaub, ich trink das Bier hier, hol mir noch eins, schau ein bisschen fern und geh dann ins Bett.«

Ich zögerte das Zubettgehen beinahe jeden Abend hinaus. Das Bett war der Ort, der mich am allermeisten daran erinnerte, wie sehr sich mein Leben verändert hatte.

»Du kannst nicht ewig Trübsal blasen, mein Freund.«

»Es ist doch noch nicht mal einen Monat her.«

»Ach ja, na, das ist wirklich noch nicht so lang. Hör mal,

Glenny, ich wollte dich nicht beleidigen. Ich weiß schon, manchmal bin ich wie der Elefant im Porzellanladen, aber es ist nicht so gemeint.«

»Schon gut. Hör mal, nett von dir, dass du dich gemeldet hast, wir sehen uns am Mon-«

»Warte mal. Ich hätte schon heute auf der Arbeit damit kommen sollen, aber da war's so hektisch.«

»Was gibt's denn?«

»Ja, also, ich tu das wirklich nicht gern, das schwör ich bei Gott, aber erinnerst du dich noch, dass ich dich vor einem Monat oder so um einen kleinen Vorschuss gebeten habe?«

Ich seufzte. »Ich erinnere mich.«

»Und ich war dir wirklich sehr dankbar. Hat mich echt rausgerissen. Verflucht, Glenny, du bist ein Lebensretter, ehrlich.«

Ich wartete.

»Also, es ist nämlich so. Wenn du deinem Herzen noch mal einen Stoß geben könntest, wär ich dir auf ewig verbunden, Mann. Ich steck momentan ziemlich in der Klemme. Ich bitte dich ja nicht um ein Darlehen oder ein Almosen oder so, nur um einen Vorschuss.«

»Wie viel?«

»Einen Monat vielleicht? Lohn für die nächsten vier Wochen jetzt, und ich schwör dir, das ist das letzte Mal.«

»Wovon willst du denn einen Monat lang leben, nachdem du abbezahlt hast, was du jetzt abzahlen musst?«

»Ach, mach dir da bloß keine Sorgen. Das hab ich voll im Griff.«

»Du bringst mich wirklich in eine unangenehme Lage, Doug«, sagte ich. Ich spürte, wie sich mir die Nackenhaare sträubten. Ich mochte den Kerl wirklich, aber im Augenblick war ich nicht in der Stimmung für diese Nummer.

»Komm schon, Mann. Wer hat dich denn aus diesem brennenden Keller gezogen?«

»Ich weiß, Doug.« Das war die Karte, mit der er zurzeit am häufigsten auftrumpfte.

»Und das ist wirklich das allerletzte Mal, dass ich dich darum bitte. Dann ist wieder alles paletti.«

»Das hast du letztes Mal auch schon gesagt.«

Ein leises Lachen, selbstkritisch. »Ja, da hast du wahrscheinlich recht. Aber es ist echt so, ich bin grad dabei, so einiges zu deichseln, und warte drauf, dass mein Glück sich wendet. Und ich glaube, das wird bald passieren.«

»Doug, das ist keine Sache von Glück. Du musst ein paar Tatsachen ins Gesicht sehen.«

Er ließ ein gekünsteltes Lachen hören. »Hey, ich bin ja wohl nicht der Einzige, dem das Wasser bis zum Hals steht. Das halbe Land steckt in der Krise. Ich meine, wenn es der Wall Street passieren kann, dann kann's doch wohl jedem passieren. Du weißt doch –«

»Wart mal«, unterbrach ich ihn. »Da kommt gerade noch ein Anruf.«

Ich drückte auf die Taste. »Hallo?«

»Ich will nach Hause«, flüsterte Kelly beschwörend. »Komm und hol mich. Mach schnell.«

SECHS

Belinda Morton hatte George gesagt, sie hätte an diesem Abend eine Hausbesichtigung. »Du weißt doch, dieses Objekt, das neu hereingekommen ist, das Paar, das nach Vermont zieht.«

George sah sich gerade eine Gerichtsshow an und schenkte ihr keine Beachtung. Sie brauchte nur eine Entschuldigung, um das Haus zu verlassen, und als Immobilienmaklerin musste sie schließlich zu jeder Tages- und Nachtzeit Gewehr bei Fuß stehen. Aber um ganz sicherzugehen, dass George keine Fragen stellte, wartete sie, bis die Lieblingssendung ihres Mannes lief. George liebte *Judge Judy*. Anfangs hatte Belinda geglaubt, er sei von den verschiedenen Streitfällen so fasziniert – um unbezahlte Mieten, sitzengelassene Geliebte, die Autos zerkratzten, Frauen, die wollten, dass ihre Freunde ihnen die Kaution zurückzahlten, die sie für deren Entlassung aus der Untersuchungshaft hingeblättert hatten. Dann aber war sie zu dem Schluss gekommen, dass es die Richterin selbst war, deretwegen er sich vor die Glotze hockte. Sie hatte es George angetan, ihre natürliche Autorität, die Art, wie sie den Gerichtssaal und alle, die darin saßen, dominierte.

Hätte George Belinda Beachtung geschenkt, wäre ihm wahrscheinlich aufgefallen, dass sie in letzter Zeit eigentlich kaum mehr Termine außer Haus hatte. Der Immobilienmarkt war im Keller. Kein Mensch kaufte. Und die, die verkaufen mussten – zum Beispiel Menschen, die arbeitslos geworden waren und monatelang vergeblich nach einer neuen Arbeit gesucht hatten –, packte die schiere Verzweiflung. Einmal waren es die Krankenhäuser, die massenhaft Betten stilllegten und Krankenpfleger entließen. Dann hieß es im Erziehungsministerium, Lehrer müssten scharenweise entlassen werden. Vertragshändler machten dicht. Sogar bei der Polizei musste man sich wegen Budgetkürzungen von etlichen Mitarbeitern trennen. Nie hätte Belinda gedacht, dass sie einmal den Tag erleben würde, an dem die Leute mir nichts, dir nichts wegzogen. Soll sich die Bank das Haus doch unter den Nagel reißen, uns ist das scheißegal, wir hauen ab. Die packten einfach ihre Sachen und verließen ihr Zuhause. Gut, manche Häuser wollte man ja nicht einmal geschenkt haben. Aber unten in Florida standen ganze Wohnanlagen fast leer, und Interessenten kamen aus Kanada herunter und schnappten sich eine Ferienwohnung im Wert von zweihundertfünfzigtausend Dollar für gerade mal dreißigtausend.

Die Welt versank im Chaos.

Schön wär's, dachte Belinda, wenn ein kollabierender Immobilienmarkt momentan ihre einzige Sorge wäre.

Noch vor wenigen Wochen hatten fallende Hauspreise, das nahezu völlige Ausbleiben von Kaufinteressenten und fetten Provisionen auf ihrem Bankkonto Belinda schlaflose Nächte beschert. Doch damals musste sie sich wenigstens nur um ihre finanzielle Zukunft Gedanken machen. Wie sie ihr Dach über dem Kopf behalten und die Leasing-Raten für den Acura bezahlen konnte.

Um ihre persönliche Sicherheit hatte sie nicht gefürchtet. Nicht im Traum hätte sie gedacht, dass ihr jemand etwas antun könnte.

Ganz anders als jetzt.

Belinda musste noch einen Weg finden, an die siebenunddreißigtausend Dollar zu kommen. Aber selbst dann wäre sie nur kurzfristig aus dem Schneider. Letzten Endes musste sie sich die gesamten zweiundsechzigtausend Dollar besorgen. Ihre Kreditkarten hatte sie schon mit Bargeldabhebungen von insgesamt zehntausend Dollar ausgereizt, dazu kam noch ein Dispokredit von fünftausend. Und ihren Freunden würde sie auch die achttausend zurückzahlen müssen, die sie beigesteuert hatten. Wenn die noch mal fünfzehn-, zwanzigtausend für ihren Pick-up bekämen und ihr damit unter die Arme greifen würden, wäre das toll, aber irgendwann musste sie auch diese Schulden begleichen. Allerdings stand sie lieber bei ihnen in der Kreide als bei deren Lieferanten.

Die Lieferanten wollten ihr Geld. Das hatten sie Belindas Freunden unmissverständlich klargemacht. Und es war ihnen egal, wessen Schuld es war, dass sie es noch nicht bekommen hatten.

Die Freunde machten Belinda dafür verantwortlich. »Das ist deine Schuld«, erklärten sie. »Mit diesen Leuten legt man sich nicht an. Die wollen dieses Geld von uns, und wir wollen es von dir.«

Belinda hatte versuchte, sich zu verteidigen. »Es war ein Unfall«, sagte sie ihnen immer wieder. »So was passiert halt.«

Ein Unfall? Wohl kaum, hatten sie zu ihr gesagt. Wenn zwei Wagen aus keinem ersichtlichen Grund ineinanderfahren, das ist ein Unfall. Aber wenn einer der beiden Fahrer beschließt, etwas sehr, sehr Dummes zu tun, nun, dann gerät das Ganze in eine gewisse Grauzone, nicht wahr?

Der Wagen ist ausgebrannt, hatte Belinda gesagt. »Was wollt ihr eigentlich von mir, verdammt noch mal?«

Niemand wollte Ausreden hören.

Irgendwie musste sie dieses Geld beschaffen. Ein Grund mehr, das Zeug loszuwerden, das sie noch hatte. Hier ein paar

Hunderter, dort ein paar, alles half. Wenn diese Arschlöcher die Ware nur zurücknehmen würden. Damit ließe sich ein großer Teil der Schulden tilgen. Aber leider hatte sie es hier nicht mit einem Warenhaus zu tun. Eine Rückgabe war bei diesen Leuten nicht vorgesehen. Sie wollten nur ihr Geld.

Heute Abend war sie unterwegs, um ein paar Kunden zu beliefern. Einen Mann in Derby, der für seinen Typ-2-Diabetes Avandia brauchte, und einen anderen, nur ein paar Straßen weiter, der Propecia gegen seine Glatze nahm. Belinda überlegte, ob sie einige dieser Tabletten für sich abzweigen, sie zerdrücken und George unter seine Frühstücksflocken mischen sollte. Der extratiefe Scheitel, den er sich seit Jahren kämmte, täuschte doch niemanden. Am anderen Ende der Stadt gab es eine Frau, die ihr Viagra abkaufte. Ob die vielleicht genau das tat, woran Belinda dachte? Die Pille zerstampfen und sie ihrem Mann in sein Lieblingseis mischen? Ihn dann ins Bett locken. Und Belinda konnte auch noch den Mann in Orange anrufen und nachfragen, ob ihm nicht vielleicht das Lisipronil für sein Herz langsam ausging.

Ursprünglich hatte sie sich eine Homepage zulegen wollen, dann jedoch hatte die festgestellt, dass das Geschäft über Mundpropaganda recht gut lief. Es gab fast niemanden, der nicht das eine oder andere verschreibungspflichtige Medikament brauchte, und heutzutage versuchte doch jeder, die Sachen billiger zu bekommen als in der Apotheke. Es gab ja kaum jemanden, dessen Versicherung ihm die Medikamente bezahlte, und die, die eine hatten, mussten sich Sorgen machen, wie lange das noch so bleiben würde. Deshalb gab es eine rege Nachfrage nach dem, was Belinda anzubieten hatte. Ihre verschreibungspflichtigen Medikamente – die sie, nebenbei gesagt, ohne Rezept abgab – wurden weiß Gott wo hergestellt, irgendwo in China, vielleicht in genau denselben Fabriken, aus denen die gefälschten Fendi-Taschen kamen, die Ann Slocum verkaufte. Und genau wie diese Taschen konnte man sie für einen Bruchteil dessen erstehen, was das Original kostete.

Belinda redete sich ein, sie erweise der Menschheit einen Dienst. Sie half den Leuten, an Medikamente zu kommen. Und sie half ihnen, Geld zu sparen.

Ein wirklich gutes Gefühl hatte sie bei dieser Nebenbeschäftigung allerdings nicht. Wenigstens nicht so gut, dass sie George davon erzählen mochte. Er konnte sich ganz schön anstellen, wenn es um Markenrechte und Urheberschutz ging. Vor fünf Jahren hätte er beinahe einen Herzinfarkt bekommen, als Belinda in Manhattan eine von den gefälschten Kate-Spade-Taschen kaufen wollte, die ganz in der Nähe von Ground Zero auf einer Decke zum Verkauf angeboten wurden.

Also lagerte sie die Medikamente nicht bei sich zu Hause.

Sie brachte sie ins Haus der Torkins.

Das Haus von Bernard und Barbara Torkin stand bereits seit dreizehn Monaten zum Verkauf. Damals hatten sie sich entschlossen, quer über den Kontinent zu Barbaras Eltern nach Arizona zu ziehen. Bernard hatte das Angebot seines Schwiegervaters, eines Toyota-Vertragshändlers, angenommen, bei ihm im Verkauf zu arbeiten, als GM seine Saturn-Produktion einstellte und das Autohaus, in dem er sechzehn Jahre lang gearbeitet hatte, dichtmachte.

Das Torkin-Haus war klein und bestand aus Keller, Erdgeschoss und erstem Stock. Hinten grenzte es an einen Schulhof. Der Nachbar auf der einen Seite hielt sich drei Hunde, die tagein, tagaus bellten. Der auf der anderen reparierte Motorräder.

Dieses Objekt an den Mann zu bringen war ein Ding der Unmöglichkeit. Belinda hatte den Torkins geraten, mit dem

Preis herunterzugehen, doch darauf ließen sie sich nicht ein. Nie im Leben würden sie für vierzig Prozent weniger verkaufen, als sie selbst bezahlt hatten. Sie würden warten, bis der Markt sich wieder erholt hatte, und dann verkaufen.

Das kann dauern, dachte Belinda.

Das Gute an der Sache war, dass das Torkin-Haus das ideale geheime Warenlager für Belinda Morton war. Und heute Abend würde sie hinübergehen, in ihre »Apotheke«, wie sie es gern nannte, und ein paar Aufträge abwickeln.

Vorsichtig stieg sie mit ihren hohen Absätzen die Kellertreppe hinunter. Kühl war es hier unten, und das Licht von oben wurde immer schwächer, weil die Küchentür langsam zufiel. Gerade noch rechtzeitig erreichte sie die Kette, die in der Mitte des Raums von der Decke baumelte, um die nackte Glühbirne dort oben einzuschalten. Ihr Licht drang jedoch nicht in die Ecken des Raums.

Mit seinen Mauern aus Betonschalsteinen und der Decke mit den freiliegenden Trägern war der Keller für potenzielle Interessenten nicht gerade ein Kaufanreiz. Immerhin war der Boden betoniert und nicht aus gestampfter Erde. Eine Waschmaschine und ein Trockner sowie eine Werkbank bildeten so ziemlich die gesamte Einrichtung. Abgesehen vom Heizkessel. Und darauf steuerte Belinda jetzt zu.

Sie duckte sich unter einem Heizungsrohr durch in den knapp einen Meter breiten Raum zwischen dem Kessel und der kalten Mauer. Ganz oben, wo die hölzernen Deckenträger auf den Schalsteinen auflagen, gab es eine Lücke. Sie fasste hinein. Die Gläser hatte sie gerade so weit nach hinten geschoben, dass sie nicht zu sehen waren. Fünfzehn standen da, nur die gängigsten Medikamente. Fürs Herz, gegen chronisches Sodbrennen, bei Diabetes. Für die Potenz. Hier hinten gab es so wenig Licht, dass sie die Gläser herunterholen und auf die Werkbank stellen musste, um zu erkennen, was sie brauchte.

Sie merkte, dass sie zitterte. Ihr war klar, dass sie mit dem, was sie heute Abend verkaufen würde, maximal fünfhundert Dollar zusammenbekam. Sie musste sich etwas einfallen lassen.

Vielleicht konnte sie die Torkins zu ein paar Renovierungsmaßnahmen überreden. Ihnen eine E-Mail nach Arizona schicken und behaupten, sie könne einen besseren Preis für ihr Haus erzielen, wenn sie ein paar Schönheitsreparaturen vornehmen ließen. Ein bisschen Farbe, die morschen Bretter auf der vorderen Veranda ersetzen, jemanden beauftragen, das Gerümpel im äußersten Winkel des Grundstücks zu entsorgen.

Ihnen sagen, sie könne das für zweitausend Dollar machen lassen. Das Geld selbst behalten. Was würden sie tun? Ins nächste Flugzeug steigen und nach Milford kommen, um sich zu vergewissern, dass die Arbeiten ausgeführt worden waren. Nicht sehr wahrscheinlich.

Sie hatte noch zwei Klienten, die außerhalb wohnten und denen sie ein paar Reparaturen aufschwatzen konnte. Sobald sie ihre Schulden losgeworden wäre, würde sie, sollte es sich als notwendig erweisen, schon einen Weg finden, die Arbeiten tatsächlich machen zu lassen. Wenn sie was von einem bevorstehenden Besuch der Eigentümer in der Gegend läuten hörte, würde sie etwas unternehmen müssen. Eins stand jedenfalls fest: Belinda wäre es tausendmal lieber, diesen Leuten zu erklären, warum an ihrem Haus nichts repariert worden war, als den anderen, warum sie deren Geld nicht hatte.

Sie hielt das erste Glas ins Licht, um das Etikett lesen zu können. Die blauen Wunderpillen. George hatte sie einmal ausprobiert. Nicht die hier, nicht die gefälschten. Er hatte sie sich von seinem Arzt verschreiben lassen und wollte ihre Wirkung testen. Die Nebenwirkung bestand in rasenden Kopfschmerzen. Während er zugange war, sagte er eins übers andere Mal, er brauche Paracetamol, sonst würde ihm der Schädel platzen.

Belinda schraubte gerade den Deckel ab, da hörte sie den Boden über ihr knarren.

Sie erstarrte. Einen Augenblick herrschte Stille. Alles Einbildung, sagte sie sich.

Doch dann hörte sie es wieder.

Jemand ging in der Küche umher.

Sie war sich sicher, die Haustür hinter sich abgeschlossen zu haben. Sie wollte nicht, dass jemand sie dabei überraschte, wie sie ihrem Apothekerhandwerk nachging. Aber vielleicht hatte sie es ja doch vergessen. Jemand hatte das »Zu verkaufen«-Schild vor dem Haus und ihren auf der Straße geparkten Acura gesehen, die Visitenkarte entdeckt, die sie auf dem Armaturenbrett liegen hatte, und daraus geschlossen, hier sei Tag der offenen Tür.

»Hallo?«, rief sie zaghaft. »Ist da wer?«

Keine Antwort.

Belinda rief noch einmal. »Haben Sie das Schild gesehen? Sind Sie wegen des Hauses hier?«

Wenn, wer immer da oben rumspazierte, aus irgendeinem anderen Grund hier war, zum Beispiel, um da zu pennen, rumzumachen oder das Haus zu verwüsten, wusste er nun, dass er nicht allein hier war. Und wenn derjenige oder diejenigen auch nur ein bisschen was in der Birne hatten, würden sie Leine ziehen.

Aber Belinda hatte keine Schritte gehört, die zur Haustür rannten.

Ihr Mund war trocken, und sie versuchte zu schlucken. Sie musste hier raus. Doch der einzige Weg hinaus führte über diese Treppe, und die führte geradewegs in die Küche.

Sie beschloss, die Polizei anzurufen. Sie würde in ihr Handy flüstern, ihnen sagen, dass sie schnell herkommen sollten, dass jemand im Haus war, dass jemand –

Das Handy war in ihrer Tasche. Ein Chanel-Imitat, das sie bei einer von Anns Taschenpartys erstanden hatte. Und die Tasche lag oben, auf dem Küchentisch.

Die Tür am Ende der Treppe ging auf.

Ob sie sich verstecken sollte? Aber wo? Hinter dem Heizkessel? Wie lange konnte es dauern, bis man sie da entdeckte? Fünf Sekunden?

»Sie haben dieses Grundstück widerrechtlich betreten!«, rief sie. »Es sei denn, Sie möchten dieses Haus kaufen. Sonst haben Sie hier nichts verloren.«

Die Umrisse eines Mannes füllten den Türrahmen aus. Er sagte: »Sie sind Belinda.«

Sie nickte. »Das – das stimmt. Ich bin die Maklerin für dieses Haus. Und Sie sind?«

»Ich bin nicht wegen des Hauses hier.«

Das Küchenlicht beleuchtete ihn von hinten, deshalb war sein Gesicht kaum zu erkennen. Aber er musste mindestens eins achtzig groß sein, dünn, mit kurzem, dunklen Haar. Er trug einen dunklen Maßanzug und ein weißes Hemd, keine Krawatte.

»Was wollen Sie dann?«, fragte sie. »Kann ich Ihnen irgendwie behilflich sein?«

»Sie haben nicht mehr viel Zeit.« Er sprach mit gleichgültiger Stimme, beinahe ohne jede Betonung.

»Das Geld«, flüsterte sie. »Sie sind wegen des Geldes hier.«

Der Mann schwieg.

»Ich bin gerade dabei«, sagte sie und bemühte sich, ihre Stimme tatenfreudig klingen zu lassen. »Wirklich. Ich häng mich da voll rein. Aber damit Sie verstehen, was geschehen ist. Der Unfall. Der Wagen hat gebrannt. Wenn der Umschlag also im Wagen war –«

»– ist das nicht mein Problem.« Er stieg eine Stufe hinunter.

»Ich sag's Ihnen ja nur, damit Sie wissen, dass es noch ein bisschen dauert. Ich meine, wenn ihr Schecks annehmen würdet«, sie versuchte ein nervöses Lachen, »ich könnte Ihnen einen ausstellen, auf meinen Dispokredit. Vielleicht nicht gleich für alles, nicht heute, aber –«

»Zwei Tage«, sagte er. »Fragen Sie Ihre Freunde. Die wissen, wie Sie mich erreichen.«

Er wandte sich um, stieg die eine Stufe zur Küche wieder hoch und verschwand.

Belindas Herz flatterte. Würde sie gleich in Ohnmacht fallen? Sie merkte, wie sie zu zittern anfing.

Ehe sie sich in Tränen auflöste, wurde ihr klar, was sie eben gesagt hatte.

Wenn der Umschlag also im Wagen war –

Sie war immer davon ausgegangen, dass er dort war. Die anderen auch. Jetzt hatte sie zum ersten Mal in Erwägung gezogen, dass er es vielleicht nicht war. Wie standen die Chancen, dass es ihn noch gab? Eins zu einer Million? Und selbst wenn er im Auto gewesen war, wie groß war die Chance, dass er nicht in Rauch aufgegangen war? Der Wagen hatte gebrannt, doch soweit sie wusste, konnte der Brand gelöscht werden, bevor das Fahrzeug komplett ausbrannte. Belinda hatte gehört, der Sarg sei hauptsächlich aus Sorge um die Kleine geschlossen gewesen, nicht, weil die Leiche ein Raub der Flammen geworden wäre.

Es gab da ein paar Fragen, die sie stellen musste.

Unangenehme Fragen.

SIEBEN

Fünf Minuten später stand ich wieder vor dem Haus der Slocums.

Ich hatte eigentlich damit gerechnet, dass Kelly schon an der Haustür auf mich warten würde, doch ich musste klingeln. Als sich nach zehn Sekunden noch immer niemand hatte blicken lassen, läutete ich Sturm.

Es war Darren Slocum, der mir öffnete und mich verdutzt ansah. »Hey, Glen«, sagte er, die Augenbrauen fragend zusammengezogen.

»Hi«, sagte ich.

»Was gibt's?«

Ich ging davon aus, dass er wusste, wieso ich da war. »Ich hole Kelly ab.«

»Aha?«

»Ja. Sie hat mich angerufen. Können Sie sie holen?«

Er zögerte. »Ja, klar, Glen. Warten Sie einen Moment, ich schau nach, was los ist.«

Er verschwand durch ein Zimmer auf der linken Seite, und ich betrat die Diele, ohne dass er mich dazu aufgefordert hätte. Rechts befand sich ein geräumiges Wohnzimmer mit einem Großbildfernseher und zwei Ledersofas. Auf dem Couchtisch lag ein halbes Dutzend Fernbedienungen, nebeneinander aufgereiht wie auf dem Bauch liegende Soldaten.

Ich hörte jemanden kommen, doch es war Ann, nicht Kelly.

»Hallo?«, sagte sie mit der gleichen erstaunten Miene wie

Glen vorhin. Vielleicht bildete ich mir das ja nur ein, aber auch sie schien mir beunruhigt. Sie hatte ein schwarzes Schnurlostelefon in der Hand. »Ist alles in Ordnung?«

»Darren ist gerade auf der Suche nach Kelly«, sagte ich. War es ein Anflug von Panik, der da über ihr Gesicht huschte? Nur eine Sekunde lang.

»Stimmt irgendwas nicht?«

»Sie hat mich angerufen«, erwiderte ich. »Ich soll sie abholen.«

»Davon weiß ich gar nichts«, sagte sie. »Was ist denn los? Hat sie gesagt, was los ist?«

»Sie hat nur gesagt, ich soll kommen und sie abholen.« Ich konnte mir eine Reihe von Gründen denken, warum Kelly beschlossen hatte, doch nicht bei Emily zu übernachten. Vielleicht war sie noch nicht so weit, so bald nach dem Tod ihrer Mutter außer Haus zu schlafen. Sie und Emily hatten sich möglicherweise gestritten. Oder sie hatte einfach zu viel Pizza gegessen, und ihr war speiübel.

»Sie hat gar nicht gefragt, ob sie telefonieren darf«, sagte Ann.

»Sie hat ihr eigenes Handy.« Langsam ärgerte ich mich über Ann. Ich wollte doch nur Kelly abholen und wieder verschwinden.

»Tja, was sagt man dazu?«, begann Ann, und einen Moment hatte ich den Eindruck, sie vermied es, mich anzusehen. »Achtjährige Mädchen mit ihrem eigenen Handy. Als wir Kinder waren, gab's das alles noch nicht.«

»Nein«, antwortete ich.

»Ich hoffe, die Mädchen haben sich nicht in die Haare gekriegt oder so was. Sie wissen ja, wie sie sein können. Gerade noch beste Freundinnen, und im nächsten Moment –«

»Kelly«, rief ich durchs Haus. »Daddy ist da!«

Mit erhobener Hand deutete mir Ann, nicht so laut zu sein. »Sie kommt bestimmt gleich. Ich glaube, sie haben eine Zeitlang in Emilys Zimmer am Computer ferngesehen. Wir haben ihr zwar keinen Fernseher im Zimmer erlaubt, aber wer braucht einen Fernseher, wenn er einen Computer hat? Heute kann man sich ja alles, was im Fernsehen kommt, am Computer ansehen. Und ich glaube, sie waren gerade dabei, eine Geschichte zu schreiben, sich irgendein Abenteuer auszudenken oder was –«

»Wo ist Emilys Zimmer?«, fragte ich und wollte ins Esszimmer gehen. Bestimmt fand ich mich rascher im Haus zurecht, als die Slocums Kelly zur Tür bringen konnten.

Doch dann kam Kelly plötzlich aus dem Wohnzimmer, Darren folgte ihr. Es sah aus, als setze Kelly alles daran, ihren Vorsprung zu wahren.

»Gefunden«, sagte er.

»Hey, Dad«, sagte sie mürrisch.

Sie hatte ihre Jacke an, den Rucksack in der Hand, kam zu mir und drückte sich an mich. Der Reißverschluss des Rucksacks war nicht richtig zu, und eines von Hoppys Ohren guckte hervor.

»Alles in Ordnung, mein Schatz?«, fragte ich.

Sie nickte.

»Ist dir schlecht?«

Sie zögerte einen Augenblick und nickte dann. »Ich will nach Hause«, sagte sie.

»Ich weiß nicht, was sie hat«, sagte Darren zu mir, als gebe es Kelly gar nicht. »Ich hab sie gefragt, aber sie macht den Mund nicht auf.«

Kelly sah ihn nicht an. Ich brachte ein »Danke« heraus und ging mit ihr zur Haustür. Als wir draußen standen, murmelten auch Ann und Darren etwas, dann schlossen sie die Tür hinter uns. Ich blieb mit Kelly vor dem Haus stehen und beugte mich zu ihr, um den Reißverschluss ihrer Jacke zuzuziehen. Im Haus erhoben sich Stimmen.

Als ich Kelly angeschnallt hatte und wir das Haus der Slocums hinter uns gelassen hatten, fragte ich. »Also? Was war los?«

»Mir geht's nicht so gut.«

»Was hast du denn? Bauchweh?«

»Mir ist irgendwie komisch.«

»Die Pizza?«

Kelly zuckte mit den Achseln.

»Ist irgendetwas passiert? War was mit Emily?«

»Nein.«

»Nein, es ist nichts passiert? Oder nein, es war nichts mit Emily?«

»Ich will einfach nach Hause.«

»Hat Emily oder sonst jemand was gesagt? Über deine Mutter?«

»Nein.«

»Du hast ein Gesicht gemacht, als wolltest du mit Mr. Slocum nicht einmal reden. War was mit ihm?«

»Ich weiß nicht.«

»Was soll das heißen, du weißt es nicht?« Wieder begannen sich mir die Nackenhaare zu sträuben. »Ich hatte da eben ein ungutes Gefühl neben ihm. Keine Ahnung, was es war, aber da war etwas, das ich nicht mochte. Hat er … hat er dich irgendwie bedrängt?«

»Gar nichts ist passiert«, sagte Kelly, doch sie sah mich dabei nicht an.

Meine Gedanken führten mich in eine Richtung, in die ich nicht wollte. Ich hatte das Gefühl, ich müsse ihr gewisse Fragen stellen, doch es fiel mir schwer, das auch zu tun.

»Hör mal, wenn etwas passiert ist, dann sag's mir.«

»Ich kann nicht.«

Ich sah zu ihr hinüber, doch sie starrte noch immer geradeaus. »Du kannst nicht?«

Kelly schwieg.

»Es ist was passiert, aber du kannst nicht darüber reden, meinst du das mit ›ich kann nicht‹?«

Kelly leckte sich über die Lippen.

»Musstest du jemandem versprechen, dass du nichts sagst?«

Nach einer Weile sagte sie: »Ich will keinen Ärger bekommen.«

Ich bemühte mich, meine Stimme so gleichgültig wie möglich klingen zu lassen. »Du kriegst bestimmt keinen Ärger. Erwachsene … manchmal kommt es vor, dass sie von Kindern verlangen, etwas für sich zu behalten, aber das ist nicht richtig. Wenn Erwachsene so was verlangen, dann nur, um etwas zu vertuschen, das sie getan haben. Nicht, weil du etwas Schlimmes getan hast. Und auch wenn sie sagen, du bekommst Ärger, wenn du darüber redest, das stimmt nicht.«

Kellys Kopf hob und senkte sich ein paar Millimeter.

»Das … was da passiert ist«, tastete ich mich vor. »War da Emily dabei? Hat sie es gesehen?«

»Nein.«

»Wo war Emily denn?«

»Keine Ahnung. Sie hatte mich noch nicht gefunden.«

»Dich gefunden?«

»Zuerst hab ich mich versteckt, und dann sollte sie sich verstecken.«

»Vor ihrem Vater?«

»Nein«, sagte sie ungeduldig. »Wir haben uns voreinander versteckt. An verschiedenen Orten im Haus, aber jede sollte versuchen, sich an die andere anzuschleichen.«

»Alles klar«, sagte ich. Langsam verstand ich. »Ist sie dann zu dir gekommen? Hat sie dich gefunden?«

Kopfschütteln.

Wir fuhren gerade am Krankenhaus vorüber. Hier bogen wir normalerweise in die Seaside Avenue ab, die uns dann zu unserem Haus brachte, welches weder am Meer lag noch Meerblick hatte. Doch ich hatte das Gefühl, dass Kelly, wenn wir in unsere Einfahrt bogen, nicht mehr weiterreden würde. Also fuhr ich an unserer Straße vorbei und zuckelte die Bridgeport Avenue entlang. Wenn es Kelly aufgefallen war, dass wir nicht nach Hause fuhren, behielt sie es jedenfalls für sich.

Also dann, genug gezaudert. Das war jetzt mein – unser – Leben. Vater und Tochter mussten über etwas reden, das Vater liebend gern Mutter überlassen hätte.

»Mäuschen, es fällt mir wirklich schwer, dich das zu fragen, aber ich muss, verstehst du?«

Sie sah mir in die Augen, dann wandte sie sich ab.

»Hat Mr. Slocum irgendwas mit dir gemacht? Hat er dich angefasst? Hat er was getan, obwohl du nicht wolltest, dass er es tut? Denn wenn er's getan hat, dann war das nicht richtig von ihm, und wir müssen darüber reden.« Es schien mir undenkbar. Der Kerl war Polizist, verdammt noch mal! Aber meinetwegen konnte er der Chef vom FBI sein. Wenn er mein Kind angefasst hatte, würde ich ihn windelweich prügeln.

»Er hat mich nicht angefasst«, sagte sie.

»Gut.« Neue Szenarien drängten sich mir auf. »Hat er etwas zu dir gesagt? Dir was gezeigt?«

»Nein, er hat nichts davon getan.«

Ich atmete tief aus. »Was dann, Liebes? Was hat er getan?«

»Er hat gar nichts getan, kapiert?« Kelly drehte sich um und sah mir direkt ins Gesicht, so als würde sie mir gleich Vorwürfe machen. »Er nicht. Sondern sie.«

»Sie? Wer?«

»Emilys Mutter.«

ACHT

»Emilys Mutter hat dich angefasst?«, fragte ich. Das schien mir noch weniger denkbar.

»Nein, sie hat mich nicht angefasst«, sagte Kelly. »Sie war schrecklich böse auf mich.«

»Böse auf dich? Warum sollte sie böse auf dich sein?«

»Ich war in ihrem Zimmer.« Sie sah mich nicht an.

»In ihrem Zimmer? In ihrem Schlafzimmer, meinst du?«

Kelly nickte. »Wir haben doch nur gespielt.«

»Gespielt? Im Schlafzimmer von Emilys Eltern?«

»Ich hab mich doch dort nur versteckt. Im Kleiderschrank. Ich hab nichts Schlimmes gemacht. Aber sie war so sauer, weil sie nicht wusste, dass ich da drin war, und sie hat telefoniert.«

Ich war zwar fassungslos, andererseits aber auch erleichtert. Der schlimmste aller Fälle schien vom Tisch. Kelly in einem Zimmer, in dem sie nichts zu suchen hatte, versteckt in Anns und Darrens Kleiderschrank, tja, wenn ich Emily in meinem Schlafzimmerschrank erwischt hätte, wäre ich wahrscheinlich auch sauer gewesen.

»Also gut, damit ich das auch richtig verstehe«, sagte ich. »Du hast dich in ihrem Schlafzimmer versteckt, und dann kam sie herein, um zu telefonieren?«

Kelly nickte. »Sie kam herein und setzte sich aufs Bett, direkt vor den Kleiderschrank, und rief jemanden an, und ich hatte schreckliche Angst, dass sie mich sieht, weil die Tür nicht ganz zu war, aber ich dachte, wenn ich versuche, sie zuzumachen, dann sieht sie das, also hab ich nichts gemacht.«

»Alles klar«, sagte ich.

»Sie hat mit jemandem gesprochen, und dann hat sie mit jemand anderem gesprochen und –«

»Sie hat aufgelegt und jemand anderen angerufen?«

»Nein, da muss jemand sie angerufen haben, während sie noch mit der ersten Person telefonierte. Und als sie mit der zweiten Person gesprochen hat, da hat sie mich wahrscheinlich im Schrank atmen gehört, und sie hat aufgehört zu reden, und sie hat die Tür aufgemacht, und sie wurde böse und sagte, ich soll rauskommen.«

»Du hättest da gar nicht erst rein dürfen«, sagte ich. »Und schon gar nicht in den Kleiderschrank. So was macht man nicht.«

»Siehst du, jetzt bist du auch böse.«

»Nein, ich sag dir das nur. Was hat sie denn gesagt?«

»Sie hat mich gefragt, ob ich gelauscht habe.«

Ehe ich mich's versah, waren wir auf dem Weg nach Devon, also bog ich an der Naugatuck Avenue links ab und fuhr über die Milford Point Road wieder zurück. »Wahrscheinlich hätte sie das, was sie am Telefon gesagt hat, nicht gesagt, wenn sie gewusst hätte, dass noch jemand im Zimmer war.«

»Ganz bestimmt nicht«, sagte Kelly.

»Was?«, fragte ich. »Was hat sie denn gesagt?«

Sie sah mich an. »Du meinst, du willst, dass ich es dir sage? Obwohl ich's gar nicht hätte hören dürfen? Heißt das nicht, dass du dann irgendwie mithörst?«

Ich schüttelte den Kopf. »Du hast recht, es geht mich nichts an, genauso wenig wie dich. Aber ich meine, ganz allgemein, worum ging es denn? Warum war sie denn so außer sich, dass du mitgehört hast?«

»Bei dem ersten Anruf oder bei dem zweiten?«

»Bei beiden, würde ich sagen.«

»Weil auf den Ersten war sie ja nicht sauer. Sondern auf den Zweiten.«

»Auf den zweiten Anrufer? Auf den war sie sauer?«

Nicken.

»Weißt du, wer das war?«

Kopfschütteln.

»Also, was hat sie gesagt?«

»Ich kann nicht darüber reden«, sagte Kelly. »Mrs. Slocum hat gesagt, ich darf nicht.«

Ich ließ mir das durch den Kopf gehen. Kelly hatte unerlaubterweise ein Gespräch belauscht. Was Ann Slocum am Telefon zu sagen hatte, ging weder Kelly noch mich was an. Andererseits wollte ich der Sache auf den Grund gehen. Ich wollte wissen, ob Anns Reaktion angemessen war oder ob sie eine Grenze überschritten hatte.

»Gut, was genau sie am Telefon gesagt hat, kann uns egal sein, aber was hat sie hinterher zu dir gesagt?«

»Sie hat mich gefragt, wie lang ich mich schon da verstecke, und dann hat sie gefragt, ob ich gehört habe, was sie gesagt hat, und ich habe gesagt: Nein, eigentlich nicht, das hat aber nicht ganz gestimmt, und dann hat sie gesagt, dass ich das nicht hätte tun dürfen und dass ich niemand weitersagen darf, was sie gesagt hat.«

»Mir zum Beispiel«, sagte ich.

»Überhaupt niemand. Sie sagte, ich darf es Emily nicht weitersagen und Mr. Slocum auch nicht.«

Das war interessant. Anfangs dachte ich, Kelly hätte etwas mitbekommen, das nur die Familie Slocum etwas anging und allgemein nicht für fremde Ohren bestimmt war. Doch jetzt sah es so aus, als hätte sie etwas ganz Konkretes gehört.

»Hat sie gesagt, warum?«

Kelly schüttelte den Kopf. »Nö. Sie hat nur gesagt, ich darf nichts sagen. Und sie hat gesagt, dass sie nicht erlauben würde, dass Emily und ich Freundinnen bleiben, wenn ich jemals wem was sage.« Ein feuchter Schimmer trat in ihre Augen. »Ich hab eh nicht so viele Freunde, und ich will nicht, dass Emily nicht mehr meine Freundin ist.«

»Natürlich willst du das nicht«, sagte ich und bemühte mich, meinen Ärger vor ihr zu verbergen. »Wie ging's dann weiter?«

»Sie ist rausgegangen.«

»Aus dem Schlafzimmer?« Nicken. »Ihr seid nicht beide rausgegangen?« Kopfschütteln. »Warte mal. Sie hat sich aufgeregt, weil du dich in ihrem Schlafzimmer versteckt hast, und dann bleibst du da drin? Wie kommst du dazu?«

»Weil ich musste. Sie hat gesagt, ich muss da jetzt drinbleiben, bis sie weiß, was sie mit mir anfangen soll. Sie hat gesagt, das ist jetzt so was wie eine Auszeit. Und sie hat das Telefon mitgenommen.«

In mir begann es zu gären. Was bildete sich diese Frau eigentlich ein?

»Da hab ich dich angerufen«, sagte Kelly. »Als sie die Tür aufmachte, hatte ich das Handy schon wieder eingesteckt, und sie hat gar nicht mitbekommen, dass ich eins hab.«

»Warum hattest du das Handy überhaupt in der Hand?«

»Wenn Emily die Tür aufmacht, wollte ich ›Überraschung!‹ rufen und filmen, wie sie kreischt.«

Ich schüttelte ein wenig den Kopf. »Also gut, sie ist rausgegangen, hat dir gesagt, du sollst drinbleiben, und da hast du mich angerufen.« Sie nickte. »Sehr gescheit von dir. Hat sie beim Rausgehen abgeschlossen?«

»Keine Ahnung. Ich weiß nicht mal, ob die Tür ein Schloss

hat. Aber sie hat gesagt, ich soll mich nicht rühren, und ich wollte keinen Ärger, also bin ich dageblieben. Aber sie hat nicht gesagt, dass ich dich nicht anrufen soll. Da hab ich dich halt angerufen. Aber ich hatte Angst, dass sie sich noch mehr aufregt, deshalb habe ich geflüstert. Als du gekommen bist, hat Mr. Slocum nach mir gerufen, und da bin ich rausgekommen.«

Ich schluckte. »Liebes, was sie da getan hat, das war falsch. Du hattest zwar nichts in ihrem Schrank zu suchen, aber das hätte sie nicht tun dürfen. Ich werde morgen ein Wörtchen mit ihr reden.«

»Dann weiß sie, dass ich es dir erzählt hab, und Emily darf nicht mehr meine Freundin sein.«

»Ich sorge dafür, dass das nicht passiert.«

Kelly schüttelte heftig den Kopf. »Und wenn sie sauer wird?«

»Liebes, Emilys Mutter wird dir nichts tun oder so was.«

»Vielleicht tut sie aber dir was.«

»Mir? Was sollte sie mir denn tun?«

»Sie könnte dir eine Kugel in den Kopf jagen«, sagte Kelly. »Jedenfalls hat sie das zu der Person gesagt, mit der sie telefoniert hat. Dass sie das mit ihr macht.«

NEUN

Als Glen Garber mit seiner Tochter gegangen war, fragte Darren Slocum seine Frau: »Was, zum Teufel, war das denn?«

»Keine Ahnung. Ihr war schlecht, sie wollte nach Hause. Sie ist ein Kind. Wahrscheinlich hat sie zu viel Müll in sich hineingefuttert. Vielleicht vermisst sie auch ihre Mutter, was weiß ich?« Als sie sich abwandte und weggehen wollte, packte er sie am Ellbogen.

»Lass mich los«, sagte sie.

»Was hatte sie in unserem Schlafzimmer zu suchen? Da hab ich sie nämlich gefunden. Ich hab sie gefragt, was sie da macht, und sie meinte, du hättest ihr gesagt, sie soll da drinbleiben. Das passt mir aber überhaupt nicht, dass ein fremdes Kind in unserem Schlafzimmer rumschnüffelt.«

»Die Mädels haben Verstecken gespielt«, erklärte Ann. »Ich hab ihr erlaubt, sich da zu verstecken.«

»Die Kinder sollen aber nicht in unserem Schlafzimmer spielen. Das ist tabu, wenn es –«

»Ist ja gut! Meine Güte, müssen wir da jetzt eine Staatsaffäre daraus machen? Meinst du nicht, dass ich schon genug andere Sorgen hab?«

»Du? Ja, glaubst du denn, du bist die Einzige, die sich Sorgen machen muss? Meinst du, die glauben, dass nur du da drinhängst? Dann will ich dir mal was sagen: Wenn sie dich drankriegen, kriegen sie mich gleich mit dran.«

»Ich weiß, ich weiß, du hast ja recht. Ich meine nur, uns fliegt so schon genug Scheiße um die Ohren, dass ich nicht auch noch darüber streiten muss, wo die Mädels im Haus spielen dürfen.«

»Es war schon eine saublöde Idee, Emily das mit dem Übernachten zu erlauben«, sagte Darren vorwurfsvoll.

Ann sah ihn erbost an. »Was sollen wir denn tun? Zu leben aufhören, solange wir diese Geschichte nicht geklärt haben? Was soll ich tun? Emily zu meiner Schwester abschieben, bis alles wieder seinen normalen Gang geht?«

»Und wie viel hast du für diese verdammte Pizza ausgegeben?«, fragte er. Er warf seine Arme in die Luft und sagte: »Glaubst du, wir können mit Geld um uns schmeißen?«

»Genau, Darren, die zwanzig Dollar, die ich für die Pizza ausgegeben habe, die würden uns jetzt bestimmt rausreißen. Wir sagen ihnen einfach, seht mal her, hier sind zwanzig Mäuse, jetzt gönnt uns aber eine Verschnaufpause.«

Wütend wandte er sich ab. Doch genauso schnell drehte er sich wieder um.

»Hast du vorhin telefoniert?«

»Was?«

»Das Lämpchen am Küchentelefon ist angegangen. Warst du das?«

Ann verdrehte die Augen. »Was hat dich denn gebissen?«

»Ich frage dich, ob du telefoniert hast?«

»Die Kleine hat ihren Vater angerufen. Schon vergessen? Die beiden sind gerade gegangen.«

Das ließ ihn einen Moment verstummen. Die ganze Zeit über hatte Ann nur einen Gedanken: Ich muss hier raus. Aber sie brauchte einen plausiblen Grund.

Das Telefon klingelte.

Im Wohnzimmer gab es auch einen Telefonanschluss. Ann war näher dran und reagierte schneller. Sie schnappte den Hörer und hielt ihn sich ans Ohr.

»Hallo?«

»Er war bei mir!«, kreischte eine Stimme.

»Mensch, Belinda?«

»Er hat gesagt, ich hab nicht mehr viel Zeit! Ich war im Keller, hab gerade ein paar Bestellungen fertiggemacht und –«

»Jetzt beruhig dich mal und brüll mir nicht so ins Ohr. Wer war bei dir?«

Darren schaltete sich ein. »Was ist los?« Ann machte eine abwehrende Geste.

»Dieser Typ«, sagte Belinda. »Der, mit dem du Geschäfte machst. Ich schwör's dir, Ann, einen Moment lang dachte ich … Ich hatte ja keine Ahnung, was der vorhatte. Ich muss mit dir reden. Wir müssen dieses Geld auftreiben. Zumindest die siebenunddreißigtausend für ihn, und was immer du beisteuerst, ich schwöre beim Grab meiner Mutter, ich zahl's dir zurück.«

Ann schloss die Augen, dachte an das Geld, das sie brauchten. Vielleicht konnte ihnen ihr früherer Anrufer, der, mit dem sie sich jetzt treffen wollte, irgendwie aus der Patsche helfen. Vielleicht konnte sie sagen: Das ist jetzt das allerletzte Mal, danach werde ich nie wieder etwas von dir verlangen. Oder etwas in der Art.

Etwas zum drüber Nachdenken.

»In Ordnung«, sagte Ann. »Wir lassen uns was einfallen.«

»Wir müssen uns treffen. Wir müssen das besprechen.«

Perfekt. »Gut«, sagte Ann. »Ich fahr jetzt los. Ich ruf dich gleich von unterwegs an, und wir machen einen Treffpunkt aus.«

»Gut«, sagte Belinda. »Ich hätte mich nie darauf einlassen sollen. Nie. Wenn ich gewusst hätte –«

»Belinda«, schnitt Ann ihr das Wort ab, »wir sehen uns gleich.« Sie legte auf und sagte zu Darren: »Er hat sie bedrängt.«

»Na wunderbar!«

»Ich muss weg.«

»Wieso?«

»Sie braucht jemanden zum Reden.«

Darren raufte sich die Haare. Er machte ein Gesicht, als wolle er auf irgendetwas einschlagen. »Jetzt sind wir endgültig im Arsch! Du hättest Belinda da nie mit hineinziehen dürfen. Sie ist einfach zu blöd. Das hast du uns eingebrockt, nicht ich.«

»Ich muss jetzt los.« Ann ließ ihn stehen, schnappte sich ihre Autoschlüssel und ihre Handtasche, die auf der Bank neben der Haustür lagen, und verließ das Haus.

Darren drehte sich um und sah Emily am anderen Ende des Wohnzimmers stehen. Sie zögerte.

»Warum müssen immer alle streiten?«, fragte sie.

»Geh ins Bett.« Die Stimme ihres Vaters klang wie leises Donnergrollen. »Du gehst jetzt augenblicklich ins Bett.«

Emily wandte sich um und rannte davon.

Darren zog den Vorhang zurück und sah zu, wie seine Frau mit ihrem BMW die Einfahrt verließ. Er achtete genau auf die Richtung, die sie einschlug.

Ann war Belinda dankbar, dass sie just in diesem Moment angerufen hatte. Das erleichterte ihr den Abgang erheblich. Doch es bedeutete nicht, dass sie sich unverzüglich mit Belinda treffen musste. Zuerst musste sie dieses andere Gespräch hinter sich bringen. Belinda sollte ruhig ein bisschen im eigenen Saft schmoren. Immerhin hatte sie sich das alles selbst zuzuschreiben.

Als sie endlich den Hafen erreichte, war es bereits dunkel, und die Sterne waren zu sehen. Sie hatte das Haus so fluchtartig verlassen, dass sie sich nicht einmal eine Jacke mitgenommen hatte. Das bereute sie jetzt. Es war kalt, kaum über zehn Grad. Alle paar Sekunden fegte eine Windbö die Blätter von den Bäumen.

Ann Slocum parkte ganz nah an der Pierkante, und weil es so kalt war, beschloss sie, mit laufendem Motor im Auto zu warten, bis Scheinwerfer auftauchten. Keine Menschenseele war im Hafen zu sehen, obwohl noch immer Boote hier lagen. Kein schlechter Treffpunkt, wenn man nicht gesehen werden wollte.

Fünf Minuten später bemerkte sie Scheinwerfer im Rückspiegel. Der Wagen fuhr direkt auf sie zu. Die Lichter waren so grell, dass Ann den Spiegel verstellen musste, um nicht völlig geblendet zu werden.

Sie stieg aus und ging um den Wagen herum, ihre Schritte knirschten auf dem Kies unter ihren Schuhen. Der Fahrer des anderen Wagens öffnete seine Tür und sprang förmlich heraus.

»Hey«, sagte Ann, »was ist denn –«

»Wer war das?«, fragte der Mann und stürzte auf sie zu.

»Wer war wer?«

»Vorhin, als wir telefoniert haben, wer war das?«

»Da war nichts, das war niemand, nichts, worüber du dir Gedanken machen musst! – Lass mich los!«

Er hatte sie an der Schulter gepackt und schüttelte sie. »Ich muss wissen, wer das war!«

Sie stemmte beide Hände gegen seine Brust und stieß ihn zurück. Er musste loslassen. Sie wandte sich um und ging zu ihrem Wagen zurück.

»Du lässt mich hier nicht so einfach stehen«, sagte er, packte sie am linken Ellbogen und riss sie herum. Sie stolperte, stützte sich am Heck des Wagens ab. Er stellte sich direkt vor sie, packte ihre Handgelenke und drückte sie hinunter auf den

Kofferraumdeckel. Dann presste er sich an sie und sagte ganz nahe an ihrem Ohr: »Ich hab genug von der ganzen Scheiße. Endgültig. Es ist aus.«

Blitzartig hob sie ein Knie und stieß zu.

»Scheiße!«, keuchte er und lockerte endlich seinen Griff.

Ann wand sich unter seinem Gewicht, schob sich am Kofferraumdeckel entlang und befand sich jetzt auf der Beifahrerseite. Von ihr zur Pierkante war es gerade mal ein halber Meter.

»Verdammt, Ann.« Wieder streckte der Mann die Hände nach ihr aus und packte sie am T-Shirt. Sie riss sich los, jedoch mit so viel Schwung, dass sie auf die Pierkante zutaumelte.

Ann versuchte, sich zu fangen, doch dazu hätte sie ein zweites Paar Füße gebraucht. Sie stürzte vom Pier und schlug sich dabei den Kopf an der Kante an.

Eine Sekunde später war ein Platschen zu hören, dann nichts mehr.

Der Mann spähte ins Wasser. Es war schwarz wie die Nacht, und er brauchte einen Moment, um den Körper auszumachen. Ann lag mit ausgebreiteten Armen im Wasser, Gesicht nach unten. Dann legten sich die Arme mit stummer Anmut an ihren Körper, und sie drehte sich langsam auf den Rücken. Mit leblosem Blick starrte sie ihm sekundenlang entgegen, während eine unsichtbare Kraft ihre Beine nach unten zog. Dann folgte der Rest ihres Körpers, ihr Gesicht eine weiße Qualle, die unter die Wasseroberfläche glitt.

ZEHN

Ich brachte Kelly zu Bett und tat mein Bestes, sie davon zu überzeugen, dass ich nicht sauer war, wenigstens nicht auf sie, und dass sie nichts zu befürchten hatte, was ihren Zusammenstoß mit Ann Slocum betraf. Dann ging ich hinunter in die Küche, schenkte mir einen Scotch ein und nahm ihn mit in mein Kellerbüro.

Ich saß da und überlegte, was ich tun sollte.

Oben in den Telefonen, die Sheila benutzt hatte, war die Nummer der Slocums bestimmt eingespeichert, hier unten bei mir jedoch nicht. Ich hatte es mir gerade mit meinem Drink gemütlich gemacht und keine Lust, wieder nach oben zu stapfen. Also wuchtete ich das Telefonbuch auf den Schreibtisch und schlug die Nummer nach. Ich nahm den Hörer in die Hand und wollte die Ziffern eintippen. Aber mein Zeigefinger rührte sich nicht.

Ich legte wieder auf.

Ehe ich Kelly zu Bett brachte, hatte ich mich bemüht, so viel wie möglich darüber aus ihr herauszubekommen, was Ann am Telefon gesagt hatte. Zuerst hatte ich ihr jedoch versprechen müssen, alles, wirklich alles in meiner Macht Stehende zu tun, damit Emily ihre Freundin blieb.

Kelly saß auf der Bettkante und bediente sich derselben Methode, die sie beim Buchstabieren oder Aufsagen von Gedichten anwandte. Sie schloss die Augen.

»Also«, sagte sie und kniff die Augen zu, »Mrs. Slocum rief

an und fragte diese Person, ob es ihren Handgelenken wieder gutgeht.«

»Was?«

»Sie hat gesagt, ich hoffe, dass deine Handgelenke sich wieder erholt haben, und du solltest lange Ärmel tragen, wenn es Schrammen gibt.«

»Sie hat mit jemandem telefoniert, der sich das Handgelenk gebrochen hat?«

»Glaub ich zumindest.«

»Was hat sie noch gesagt?«

»Ich weiß nicht mehr. Irgendwas, dass sie sich nächsten Mittwoch sehen.«

»Eine Verabredung also? Als wenn jemand einen Gips tragen muss, und der Gips wird nächste Woche abgenommen?«

Kelly nickte. »Ich glaub schon. Aber dann kam dieser andere Anruf. Das könnte einer von diesen Leuten gewesen sein, die dir so auf die Nerven gehen.«

»Was meinst du?«

»Na, diese Leute, die anrufen, wenn wir essen, die wollen, dass du Geld spendest oder die Zeitung kaufst.«

»Ein Telefonvermarkter?«

»Genau.«

»Warum glaubst du, dass es ein Telefonvermarkter war?«

»Weil das Erste, was sie gesagt hat, war, warum er anruft. Und irgendwas wegen ihrem Handy, dass das nicht an ist.«

Das ergab keinen Sinn. Warum sollte Ann Slocum etwas dagegen haben, dass Kelly hört, wie sie mit einem Verkäufer telefoniert?

»Was hat sie noch gesagt?«

»Sie hat was von Geld gesagt. Von Geld und dafür was bekommen oder so was in der Art. Sie wollte ein Geschäft machen.«

»Das kapier ich nicht«, sagte ich. »Sie wollte ein Geschäft mit einem Telefonvermarkter machen?«

»Und dann hat sie gesagt, er soll keinen Blödsinn machen, weil er sonst Kugeln in den Kopf kriegt.«

Ich schüttelte den Kopf. Das war mir zu hoch. Allerdings konnte ich mir durchaus vorstellen, zu so einem Typen zu sagen, dass ich ihm ein paar Kugeln verpasse.

»Hat sie irgendwas über Mr. Slocum gesagt?« Schließlich hatte Ann Kelly das Versprechen abgenommen, ihrem Mann nichts von dem Anruf zu sagen. Kelly schüttelte den Kopf. »Sonst irgendwas?«

»Eigentlich nicht. Hab ich was Schlimmes gemacht?«

Ich strich ihr beruhigend über den Rücken. »Nein. Überhaupt nicht.«

»Nein? Dann kommt Mrs. Slocum auch nicht her und schimpft wieder mit mir, oder?«

»Ganz bestimmt nicht. Ich lass deine Tür offen, damit ich dich höre, wenn du schlecht träumst oder so. Oder du kommst zu mir. Aber jetzt geh ich runter, einverstanden?«

»Einverstanden«, sagte sie und löschte ihr Licht.

Jetzt saß ich an meinem Schreibtisch und versuchte, mir einen Reim auf das Ganze zu machen.

Das erste Gespräch schien mir harmlos. Anscheinend hatte Ann sich nach dem Zustand von jemandem erkundigt, der sich verletzt hatte. Aber der zweite Anruf klang rätselhaft. Wenn es nur irgendeine Nervensäge war, die etwas verkaufen wollte, war Ann vielleicht sauer, dass sie das erste Gespräch hatte abbrechen müssen, um diesen Anruf zu beantworten. Das konnte ich gut verstehen. Vielleicht hatte sie deshalb dem Anrufer gedroht, ihm eine Kugel zu verpassen.

Ständig sprachen Menschen irgendwelche Drohungen aus, die sie nicht ernst meinten. Wie oft hatte ich das denn schon getan? In meiner Branche so gut wie täglich. Ich wollte unsere Lieferanten umbringen, weil sie nicht rechtzeitig lieferten. Und die Typen vom Holzplatz wollte ich umlegen, weil sie uns verzogene Bretter geschickt hatten. Erst unlängst hatte ich zu Ken Wang gesagt, dass ich ihm den Kopf abreiße, weil er einen Nagel in ein Wasserrohr gehämmert hatte, das direkt hinter einer Gipsplatte verlief.

Nur weil Ann Slocum sagte, sie würde jemandem am liebsten eine Kugel in den Kopf jagen, hieß das noch lange nicht, dass sie es auch wirklich vorhatte. Aber möglicherweise war sie nicht begeistert, dass ein Kind mitbekommen hatte, wie sie die Fassung verlor. Und wollte nicht, dass ihre Tochter erfuhr, dass sie am Telefon so mit jemandem geredet hatte.

Aber hatte sie wirklich etwas gesagt, das ihr Ehemann nicht erfahren sollte?

Eigentlich ging es mir nur um Kelly. Dass Ann Slocum ärgerlich war, weil Kelly sich in ihrem Schrank versteckt hatte, damit konnte ich leben. Aber so in Rage zu geraten, dass sie Kelly sagte, sie würde Emily als Freundin verlieren, ihr zu verbieten, das Zimmer zu verlassen, und dann auch noch das Telefon mitzunehmen, damit sie nicht anrufen konnte – was sollte der Scheiß?

Wieder nahm ich den Hörer in die Hand und wollte wählen.

Wieder legte ich auf.

Und was sollte der ganze Zirkus an der Tür, als ich Kelly abholte? Offensichtlich wusste Ann nicht, dass meine Tochter ein Handy hatte. Angenommen, Kelly hätte mich nicht angerufen, damit ich sie abhole, was hätte Ann als Nächstes getan?

Ich legte mir schon zurecht, was ich Ann sagen würde, wenn sie ans Telefon ging.

»Unterstehen Sie sich ja nicht, meine Tochter noch einmal so herunterzuputzen.«

Irgendwas in der Art.

Sollte ich tatsächlich anrufen.

Mein Glaube an Sheilas gesunden Menschenverstand hatte zwar in den letzten Wochen erheblich gelitten, trotzdem fragte ich mich, wie sie mit dieser Situation umgegangen wäre. Immerhin waren sie und Ann Freundinnen gewesen. Anders als ich, hatte Sheila anscheinend immer genau gewusst, was in einer prekären Lage zu tun, wie eine zwischenmenschliche Zeitbombe zu entschärfen war. Und am besten hatte sie dieses Talent bei mir einzusetzen gewusst. Einmal, als ein Typ in einem Riesengeländewagen mich auf dem Merritt Parkway geschnitten hatte, raste ich ihm hinterher in der Hoffnung, ihn einzuholen, um ihm den Finger zeigen zu können.

»Schau in den Rückspiegel«, sagte Sheila leise, als ich aufs Gas trat.

»Er ist vor mir, nicht hinter mir«, sagte ich.

»Schau in den Rückspiegel«, wiederholte sie.

Ich dachte, Scheiße, hinter mir ist die Polizei. Doch als ich in den Spiegel schaute, war es Kelly, die ich da in ihrem Kindersitz sah.

»Wenn dir an der Beleidigung von diesem Typ mehr liegt als an der Sicherheit deiner Tochter, dann nur zu«, sagte sie.

Ich nahm den Fuß vom Gas.

Was für eine weise Bemerkung von einer Frau, die eine Ausfahrt in der falschen Richtung befahren und damit sich selbst und noch zwei Menschen umgebracht hatte. Die Erinnerung an diesen Vorfall deckte sich mit dem Bild der ruhigen, besonnenen Frau, das ich von Sheila hatte. Ich konnte mir vorstellen, was sie in dieser Situation von meiner Absicht halten würde.

Angenommen, ich bekäme Ann Slocum ans Telefon und geigte ihr so richtig die Meinung? Für mich wäre das vielleicht eine Genugtuung. Aber was würde es für Kelly bedeuten? Würde Emilys Mutter ihre Tochter gegen Kelly aufhetzen? Würde es dazu führen, dass Emily die Seiten wechselte und zu den Kindern überlief, die Kelly »Säuferkind!« hinterherriefen?

Ich trank aus und überlegte hin und her, ob ich nach oben gehen und mir Nachschub holen sollte. Während ich da saß und spürte, wie die Wärme meinen Körper durchflutete, läutete das Telefon.

Ich schreckte zusammen.

Dann packte ich den Hörer. »Hallo?«

»Glen? Hier ist Belinda.«

»Oh, hey, Belinda.« Ich sah auf die Uhr. Fast zehn.

»Ich weiß, es ist schon spät«, sagte sie.

»Kein Problem.«

»Ich dachte, ich sollte Sie doch einmal anrufen. Ich glaube, wir haben uns seit der Beerdigung nicht mehr gesehen. Ich habe ein schlechtes Gewissen, weil ich mich nicht gemeldet habe, aber ich wollte mich nicht aufdrängen, verstehen Sie?«

»Aber klar.«

»Wie geht's Kelly? Geht sie wieder zur Schule?«

»Sie hat einiges zu knabbern. Aber sie schafft das schon. Wir schaffen das schon.«

»Ja, ich weiß, sie ist ja wirklich ein Prachtmädel. Ich muss … ich muss nur immer an Sheila denken. Ich meine, ich weiß schon, für mich war sie nur eine Freundin, Sie haben viel mehr verloren, aber es tut so weh. Es tut so unglaublich weh.«

Sie klang, als würde sie jeden Moment in Tränen ausbrechen. Das konnte ich jetzt wirklich nicht brauchen.

»Ich hätte sie so gern noch einmal gesehen«, fuhr sie fort.

Anfangs wusste ich nicht, was sie damit meinte. Dass sie sich gerne noch einmal mit Sheila getroffen hätte, bevor sie starb?

»Aber wo doch der Wagen gebrannt hat …«

Aha. Belinda meinte den geschlossenen Sarg. »Der Brand konnte gelöscht werden, bevor er sich im Fahrgastraum richtig ausbreiten konnte.«

»Genau«, sagte Belinda. »Ich glaube, ich habe so was gehört. Trotzdem frage ich mich die ganze Zeit, ob Sheila … man mag ja gar nicht daran denken … sich vorzustellen, wie schwer … Ich weiß gar nicht, wie ich das sagen soll.«

Was ging es sie an, ob Sheila bis zur Unkenntlichkeit verbrannt war? Wie in aller Welt kam sie auf die Idee, dass ich darüber reden wollte? Tröstete man so einen Mann, der gerade seine Frau verloren hatte? Indem man ihn fragte, ob was von ihr übrig geblieben war?

»Ich dachte, ein geschlossener Sarg ist am besten. Für Kelly.«

»Natürlich, natürlich, das versteh ich.«

»Es ist schon recht spät, Belinda, und –«

»Es ist mir sehr unangenehm, Glen, aber Sheilas Handtasche … hat man sie bergen können?«

»Ihre Handtasche? Ja, die Polizei hat sie mir gegeben.« Sie haben die Tasche durchsucht, nach Indizien, Quittungen. Irgendwoher musste schließlich die leere Wodkaflasche kommen, die im Wagen gelegen hatte. Sie haben nichts gefunden.

»Es ist nämlich so – das Ganze ist mir so peinlich, Glen –, aber ich hatte Sheila einen Umschlag gegeben, und jetzt wüsste ich gerne – das ist furchtbar, ich sollte Sie das gar nicht fragen.«

»Belinda.«

»Ich wüsste nur gerne, ob der vielleicht in ihrer Handtasche war.«

»Ich hab ihre Sachen durchgesehen, Belinda. An einen Umschlag kann ich mich nicht erinnern. Können Sie ihn vielleicht beschreiben?«

»Ein brauner Geschäftsumschlag. Übergröße.«

»Ich habe nichts Derartiges gesehen. Was war denn drin?«

Belinda zögerte. »Wie bitte?«

»Ich habe gefragt, was drin war.«

»Hm, ein bisschen Bargeld. Sheila sollte etwas für mich besorgen, wenn sie das nächste Mal in die Stadt kam.«

»In die Stadt? Nach New York?«

»Genau.«

»Sheila ist nicht so oft nach New York gefahren.«

»Ich glaube, sie plante eine Einkaufstour. Damentag. Und da habe ich sie gebeten, mir etwas mitzubringen.«

»Ich kann mir nicht vorstellen, dass Sie sich das hätten entgehen lassen.«

Belinda lachte nervös. »Na ja, in der Woche war's bei mir ziemlich stressig, und ich hätte es womöglich nicht geschafft.«

»Wie viel war denn in dem Umschlag?«

Schweigen. »Nicht viel. Nur ein bisschen was.«

»Ich habe nichts in der Art gesehen«, wiederholte ich. »Im Auto selbst hätte er verbrennen können, aber wenn er in der Tasche war, dann wäre ihm nichts geschehen. Hat Sheila Ihnen gesagt, dass sie an diesem Tag in die Stadt wollte?«

Erneutes Schweigen. »So hab ich … so habe ich sie jedenfalls verstanden, Glen.«

»Sie hat mir zwar gesagt, dass sie einiges zu erledigen hätte, aber von Manhattan war nicht die Rede.«

»Hören Sie, Glen. Ich hätte nie damit anfangen sollen. Ich will Sie nicht länger aufhalten. Es tut mir so leid, dass ich überhaupt angerufen habe.«

Sie legte einfach auf. Wartete nicht einmal mein »Wiederhören« ab.

Ich hielt den Hörer noch in der Hand und überlegte, ob ich Ann Slocum jetzt doch anrufen und ihr die Hölle heißmachen sollte für die Art, wie sie mit Kelly umgesprungen war, da hörte ich die Haustürklingel.

Es war Joan Mueller. Das Haar, aus dem Pferdeschwanz befreit, fiel ihr auf die Schultern, und sie trug ein eng anliegendes, tief ausgeschnittenes T-Shirt, aus dem ein winziges Stückchen eines violetten Spitzen-BH hervorblitzte.

»Ich habe dich vorhin heimkommen sehen, und jetzt war das Licht noch an«, sagte sie, als ich die Tür öffnete.

»Ich musste Kelly bei einer Freundin abholen.«

»Ist sie schon im Bett?«

»Ja«, sagte ich. »Möchtest du reinkommen?«

»Gern«, sagte sie lebhaft. Sie streifte mich ganz leicht, als sie an mir vorbeiging.

Vor dem Wohnzimmer blieb sie stehen. Vielleicht wartete sie darauf, dass ich sie zum Hinsetzen aufforderte. »Danke. Ich liebe Freitagabende. Keine Kinder am nächsten Morgen. Das ist das Gute daran. Das Schlimme ist, dass ich nicht weiß, was ich mit mir anfangen soll.«

»Was kann ich für dich tun, Joan? Ich hab deinen Wasserhahn nicht vergessen.«

Sie lächelte. »Ich wollte mich nur für heute Nachmittag bedanken.« Sie steckte die Hände in die Vordertaschen ihrer Jeans, die Daumen in die Gürtelschlaufen.

»Hab ich was verpasst?«

»Ich hatte dich ausgeliehen«, sagte sie und grinste. »Als eine Art Leibwächter.« Sie redete wohl von der Szene heute Nachmittag, als Carl Bain seinen Sohn abgeholt hatte. »Ich hab einen großen, starken Mann gebraucht, wenn du weißt, was ich meine.«

»Ich glaub eher nicht.«

»Wovor mir unter der Woche am meisten graut, ist, wenn er mir den Kleinen morgens bringt und wenn er ihn abends wieder abholt. Irgendwie hab ich einen Horror vor dem Kerl. Er hat so eine schlechte Aura, weißt du? Als ob er jeden Moment explodieren würde.«

»Hat er was zu dir gesagt? Dich bedroht?«

Sie zog die Hände aus den Hosentaschen und benutzte sie, als sie weitersprach, um ihren Worten Nachdruck zu verleihen. »Also, es ist so, ich glaube, er macht sich Gedanken, was der Junge vielleicht erzählt, wenn er bei mir ist. Carlson ist noch so klein, und in dem Alter sprechen sie halt alles aus, was ihnen gerade durch den Kopf geht.«

»Stimmt.«

»Und gelegentlich erzählt er von seiner Mutter. Alicia. So heißt sie. Aber er sagt Mommy zu ihr, nicht Alicia.« Sie verdrehte die Augen. »Natürlich. Als ob ich dir das extra sagen müsste. Egal, manchmal fragt man halt ein Kind, hey, was macht denn deine Mommy heute? Und einmal hat er gesagt, seine Mutter musste ins Krankenhaus, weil sie sich den Arm gebrochen hat. Und ich sage, ach herrje, wie ist denn das passiert, und Carlson sagt, weil sein Vater sie die Treppe runtergestoßen hat.«

»O Scheiße.«

»Was sagt man dazu? Aber am nächsten Tag kommt er und sagt, er hat sich geirrt. Sein Vater hätte ihm gesagt, seine Mutter sei gestolpert. Dann muss er also zu Hause zu seinem Vater gesagt haben, ich habe der Tagesmutter erzählt, dass Mommy ins Krankenhaus musste, weil sie die Treppe hinuntergestoßen wurde. Da ist er wahrscheinlich in Panik geraten, hat dem Kleinen erklärt, dass er das falsch verstanden hat, dass sie in Wirklichkeit gestolpert ist.« Sie schob die Unterlippe vor und stieß den Atem so heftig aus, dass ein paar Strähnen ihres Haars kurz in der Luft schwebten.

»Dann überlegst du also jeden Tag, wenn er kommt, was er denkt, dass du denkst?«, fragte ich sie.

»So ungefähr.«

»Wann hat der Kleine das denn erzählt?«

»Das erste Mal vor drei, vier Wochen. Eine Zeitlang war er ganz normal – der Vater, meine ich –, aber in letzter Zeit ist er irgendwie komisch, fragt mich, ob ich telefoniert habe und so.«

»Telefoniert. Mit wem?«

»Das hat er nicht gesagt. Aber ich frage mich, ob ihn vielleicht jemand angezeigt hat oder so.«

»Hast du's getan?«

Sie schüttelte langsam den Kopf. »Nie im Leben. Ich meine, nicht, dass ich nicht daran gedacht hätte. Aber ich kann's mir einfach nicht leisten, einen Kunden zu verlieren, verstehst du? Ich bin auf jedes einzelne Kind angewiesen, zumindest bis das Geld von der Ölfirma kommt. Ich will nur nicht, dass er es an mir auslässt, falls ihn tatsächlich jemand angezeigt hat. Und da dachte ich mir, wenn er sieht, dass ich einen starken Mann zum Nachbarn habe, überlegt er sich's vielleicht zweimal.«

Ich hatte den Eindruck, sie betonte den »starken Mann« besonders.

»Dann bin ich ja froh, dass ich helfen konnte.«

Sie legte den Kopf ein wenig schief und sah mir in die Augen. »Sie kommt bestimmt, weißt du? Ich meine, irgendwann. Und sie wird nicht zu knapp sein. Die Abfindung meine ich. Dann steh ich ziemlich gut da.«

»Sehr schön«, sagte ich. »Wurde aber auch Zeit.«

Darauf sagte sie erst mal nichts. »Was ich dich eigentlich fragen wollte: Kannst du dir vorstellen, dass Sheila ihn vielleicht angezeigt hat?«

»Sheila?«

»Ich hab's ihr erzählt, das muss ein paar Tage vor dem Unfall gewesen sein, und hab sie gefragt, was ich tun soll, jetzt, wo Carlson es mir erzählt hat. Irgendwie fand ich es nicht richtig, zu wissen, dass einer Frau der Arm gebrochen wurde, und nichts zu unternehmen. Ich hab sie gefragt, ob ich vielleicht anonym anrufen soll. Und ob sie glaubt, dass ich weiter auf Carlson aufpassen könnte, wenn sie ihn verhaften.«

»Du hast mit Sheila darüber geredet?«

Joan nickte. »Aber nur dieses eine Mal. Hat sie irgendwas gesagt, dass sie vielleicht die Polizei anrufen will?«

»Nein«, sagte ich. »Kein Wort.«

Wieder nickte Joan, wie um zu zeigen, dass sie verstand. »Sie hat gesagt, du bist ziemlich unter Druck wegen diesem Haus von dir, das da abgebrannt ist. Vielleicht wollte sie dich nicht auch noch damit belasten.«

Sie tippte sich mit einer Hand auf den Oberschenkel. »Na, wie dem auch sei, ich sollte jetzt wirklich gehen. Da kommt Freude auf, was? Wenn dir die Nachbarin spätabends mit ihren Problemen auf den Senkel geht.« Sie schlug einen spöttischen Ton an. »Hey, Nachbar, hast du eine Tasse Zucker für mich? Und wenn wir schon dabei sind, könntest du mir vielleicht den Leibwächter machen?« Sie lachte, hörte aber schlagartig wieder auf. »Also dann«, sagte sie und ging in ihr Haus zurück.

Ich beschloss, Ann Slocum an diesem Abend nicht mehr anzurufen. Ich würde eine Nacht darüber schlafen. Morgen früh würde ich meine Entscheidung treffen.

Als ich nach oben kam, schlummerte Kelly tief und fest in meinem Bett. Auf der Seite ihrer Mutter.

Samstagmorgen ließ ich Kelly schlafen. Vergangene Nacht hatte ich sie in ihr Bett zurückgetragen, und als ich jetzt hinunterging, um mir Kaffee zu machen, warf ich einen Blick in ihr Zimmer. Sie hatte einen Arm um Hoppy geschlungen und ihr Gesicht in seinen (ihren?) flauschigen Ohren vergraben.

Ich holte die Zeitung herein und überflog die Schlagzeilen, während ich am Esszimmertisch sitzend meinen Kaffee trank und Weizenschrot aß.

Ich konnte mich nicht konzentrieren. Ich fing einen Artikel an, und nach vier Absätzen merkte ich, dass ich nichts davon behalten hatte. Eine Meldung interessierte mich dann allerdings so, dass ich sie zu Ende las. Als Gipskartonplatten eine Zeitlang Mangelware waren – insbesondere während des Baubooms nach dem Hurrikan Katrina – und das Zeug tonnenweise aus China importiert wurde, erwiesen sich Hunderte Millionen Quadratmeter davon als toxisch. Der in Gips enthaltene Schwefel wird üblicherweise während der Herstellung der Platten herausgefiltert. Aus diesen Platten war der Schwefel jedoch nicht entfernt worden und verbreitete nicht nur einen üblen Geruch, sondern ließ auch Kupferrohre rosten und verursachte viele andere Schäden.

»Na wunderbar«, sagte ich laut. Wieder etwas, auf das wir in Zukunft achten mussten.

Ich schob die Zeitung beiseite, frühstückte zu Ende, spülte das Geschirr, ging hinunter in mein Büro, kam wieder hoch, suchte etwas im Pick-up, das ich nicht brauchte, ging wieder ins Haus.

In mir arbeitete es.

Gegen zehn sah ich noch mal nach Kelly. Sie schlief noch

immer. Ich ging wieder ins Büro hinunter, setzte mich an den Schreibtisch, nahm den Hörer in die Hand.

»Scheiß drauf«, sagte ich.

Niemand schließt meine Tochter ungestraft im Schlafzimmer ein. Ich wählte. Es klingelte dreimal, bevor jemand abhob. Eine Frau.

»Hallo?«, sagte ich. »Ann?«

»Nein, hier ist nicht Ann.«

Möglich, dass sie mich zum Narren hielt. Die Stimme klang wie ihre.

»Kann ich sie bitte sprechen?«

»Sie ist nicht ... wer spricht denn?«

»Hier ist Glen Garber, Kellys Vater.«

»Das ist jetzt ungünstig«, sagte die Frau.

»Mit wem spreche ich?«, fragte ich.

»Ich bin Janice. Anns Schwester. Es tut mir leid, aber Sie müssen es später noch mal versuchen.«

»Wissen Sie, wann sie wieder da ist?«

»Es tut mir leid – es gibt so viel, an das wir jetzt denken müssen. Wir müssen alles in die Wege leiten.«

»In die Wege leiten? Was meinen Sie mit ›in die Wege leiten‹?«

Sie legte auf.

ELF

Sheilas Mutter, Fiona Kingston, war noch nie ein Fan von mir gewesen. Sheilas Tod trug nur dazu bei, sie in ihrer ablehnenden Haltung zu bestärken.

Von Anfang an war sie der Meinung gewesen, ihre Tochter hätte etwas Besseres verdient. Nicht, dass sie das je so gesagt hätte, wenigstens nicht zu mir, aber ich war mir immer bewusst, dass Sheila, wenn es nach Fiona gegangen wäre, jemanden wie deren eigenen – ersten – Mann hätte heiraten sollen. Jemanden wie den verstorbenen Ronald Albert Gallant, bekannter und erfolgreicher Anwalt, angesehenes Mitglied der Gemeinde. Sheilas Vater.

Als er starb, war Sheila erst elf, doch sein Einfluss war nachhaltig. Er war der Maßstab, an dem alle potenziellen Bewerber um die Hand von Fionas Tochter gemessen wurden. Als sie noch keine zwanzig und es höchst unwahrscheinlich war, dass einer der Jungen, mit denen sie ausging, der Partner fürs Leben werden würde, musste sich Sheila intensiven Verhören durch ihre Mutter unterziehen lassen. Was machten seine Eltern? Welchen Clubs gehörte er an? Wie gut war er in der Schule? Wie viele Punkte hatte er beim Zulassungstest fürs Studium erzielt? Was wollte er im Leben erreichen?

Sheila hatte zwar nur elf Jahre lang einen Vater gehabt, trotzdem gab es für sie eine bleibende Erinnerung an ihn: Sie erinnerte sich, dass es da nicht viel zu erinnern gab. Er war selten zu Hause gewesen. Sein Leben hatte seiner Arbeit gehört, nicht seiner Familie. Wenn er da gewesen war, war er geistig abwesend und unnahbar.

Sheila war sich nicht so sicher, dass das die Art Mann war, die sie sich als Ehemann wünschte. Natürlich liebte sie ihren Vater und war am Boden zerstört, ihn so früh zu verlieren. Aber die Lücke, die er in ihrem Leben hinterließ, war nicht so groß, wie sie vielleicht erwartet hatte.

Nach dem Tod ihres Mannes – Herzinfarkt mit vierzig – mussten für Fiona sämtliche mütterlichen Gefühle – sofern überhaupt vorhanden – zurückstehen hinter der großen Aufgabe, den Haushalt allein zu führen. Robert Albert Gallant hatte seine Frau und seine Tochter wohlversorgt zurückgelassen, doch Fiona hatte sich nie mit den häuslichen Finanzen beschäftigt und brauchte geraume Zeit, um sich, mit Hilfe zahlreicher Anwälte, Steuerberater und Bankfachleute, einen Überblick zu verschaffen. Sobald sie jedoch Blut geleckt hatte, widmete sie sich voll und ganz der Überwachung ihrer geschäftlichen Angelegenheiten. Sie investierte klug und prüfte eingehend ihre Quartalsabrechnungen.

Trotzdem fand sie noch Zeit, das Leben ihrer Tochter zu managen.

Fiona hatte ihre Kleine nach Yale geschickt, damit sie Anwältin oder Topmanagerin wurde und sich mit ein bisschen Glück in einen mächtigen Staatsanwalt in spe verliebte. Nur zähneknirschend fand sie sich damit ab, dass ihre Tochter den Mann ihrer Träume nicht im Hörsaal kennengelernt hatte, bei der Erörterung der Feinheiten des Schadenersatzrechts, sondern in den Gängen der ehrwürdigen, efeuberankten Hallen, wo er, als Mitarbeiter in der Firma seines Vaters, neue Fenster einbaute. Vielleicht hätte Sheila, wenn sie mich nicht getroffen hätte, ihren Abschluss in Yale gemacht, aber da bin ich mir nicht so sicher. Sheila interessierte sich für das, was in der

Welt passierte, sie wollte etwas Praktisches tun und nicht in Hörsälen herumsitzen und endlose Vorträge über Dinge anhören, die ihr am Allerwertesten vorbeigingen.

Der Witz an der Sache war, dass von uns beiden ich derjenige mit dem Studienabschluss war. Meine Eltern hatten mich nach Norden geschickt, ans Bates College in Lewiston, Maine, wo ich, aus mir heute unbegreiflichen Gründen, Englisch studierte. Es war auch nicht gerade der Abschluss, der potenzielle Arbeitgeber so vom Hocker reißt, dass sie nach einer Bewerbung lechzen. Als ich mein Diplom in Händen hielt, fiel mir rein gar nichts ein, was ich mit diesem Wisch anfangen sollte. Lehrer wollte ich nicht werden. Und obwohl ich gerne schrieb, ging ich nicht mit dem Großen Amerikanischen Roman schwanger. Ich war mir noch nicht mal sicher, ob ich noch einen lesen wollte, zumindest in nächster Zukunft. Whitman und Hemingway und Melville standen mir bis oben hin.

Dieser vergammelte Wal. Ich hab die Schwarte nie zu Ende gelesen.

Aber trotz dieses Wischs gehörte ich zu einer Klasse von Menschen, die für Fiona schlicht unsichtbar war. Ich war eine Ameise, eine Arbeitsbiene, einer von Millionen ohne Gesicht, die die Welt am Laufen hielten, weshalb man sich glücklicherweise nicht groß mit ihnen abgeben musste. Sicherlich war Fiona froh, dass es Leute gab, die Häuser bauten und renovierten. So, wie sie froh war, dass andere den Müll abholten. Für sie gehörte ich in eine Kategorie mit den Leuten, die ihr die Dachrinnen ausräumten und den Rasen mähten – als sie noch das Haus in Connecticut hatte –, ihren Caddy warteten und das Klo reparierten, wenn die Spülung mal wieder nicht zu rinnen aufhören wollte, obwohl man schon ewig am Hebel rumprobiert hatte. Anscheinend zählte für sie überhaupt nicht, dass ich meine eigene Firma hatte – gut: von meinem Vater übernommen – oder dass ich mehrere Leute beschäftigte und als Bauunternehmer einen guten Ruf in Milford und Umgebung hatte. Dass ich erfolgreich war und mir, meiner Frau und meiner Tochter nicht nur ein Dach über dem Kopf bieten konnte, sondern das verdammte Ding auch noch selbst gebaut hatte. Der Einzige, der Fiona vielleicht mit seiner Hände Arbeit beeindrucken konnte, war der augenblickliche Liebling des Galeriepublikums, eine Art Jackson Pollock des 21. Jahrhunderts, dessen farbverschmierte Hosen Zeugnis für sein Genie und seine Exzentrizität waren und nicht bloß für sein Bemühen, sich den Lebensunterhalt zu verdienen.

Kunden wie Fiona hatte ich immer wieder gehabt. Sie gaben einem nicht die Hand, aus Angst, man könne ihre weichen Händchen mit seinen Schwielen zerkratzen.

Nachdem ich Fiona kennengelernt hatte, wollte es mir einfach nicht in den Kopf, dass Sheila ihre Tochter sein sollte. Es gab zwar eine gewisse äußere Ähnlichkeit, aber in jeder anderen Hinsicht waren sie wie Tag und Nacht. Fiona war es wichtig, den Status quo zu erhalten. In der Praxis hieß das, die Steuererleichterungen für die Reichen zu bewahren, darum zu beten, dass gleichgeschlechtliche Ehen nie legalisiert und Bagatelldiebstähle mit zweimal lebenslänglich bestraft wurden.

Fionas Entsetzen darüber, dass ihre Tochter mich heiratete, ließ sich nur mit einem messen: ihrem Entsetzen darüber, dass Sheila gelegentlich ehrenamtlich in einer Rechtsberatungsstelle tätig war und sich im Präsidentschaftswahlkampf des demokratischen Senators Chris Dodd engagierte.

»Tust du das, weil es dir wirklich am Herzen liegt oder weil du weißt, dass es deine Mutter zur Weißglut bringt?«, habe ich sie einmal gefragt.

»Weil es mir am Herzen liegt«, lautete ihre Antwort. »Dass es Mutter zur Weißglut bringt, ist nur ein Extra.«

Im ersten Jahr unserer Ehe sagte Sheila zu mir: »Sie ist ein Tyrann. Im Laufe der Jahre habe ich gelernt, dass ich nur eine Chance gegen sie habe: ihr die Stirn zu bieten. Was sie mir alles an den Kopf geworfen hat, als ich ihr sagte, dass ich dich heiraten werde! Aber am kränkendsten war nicht, was sie über dich gesagt hat, sondern über mich. Über die Entscheidungen, die ich in meinem Leben getroffen habe. Also ich bin stolz auf diese Entscheidungen. Und auch auf deine.«

Ich hatte mich entschieden, Dinge zu bauen. Veranden, Garagen, Anbauten, ganze Häuser. Nach dem Diplom bewarb ich mich um eine Stelle in der Firma meines Vaters, wo ich, seit ich sechzehn war, jeden Sommer gearbeitet hatte.

»Und wie sieht's mit Referenzen aus?«, fragte er mich, als ich 1992 zu ihm ins Büro kam. Da war ich zweiundzwanzig.

Ich liebte meine Arbeit und hatte Mitleid mit den Freunden, die ihre Tage in den Zellen von Großraumbüros absaßen und nach acht Stunden heimgingen, ohne irgendetwas zum Vorzeigen zu haben. Ich errichtete Gebäude. Die konnte man vorzeigen, wenn man an ihnen vorbeifuhr. Und ich baute sie gemeinsam mit meinem Vater, es verging kein Tag, an dem ich nicht etwas von ihm lernte. Einige Jahre später lernte ich bei diesem Fenstereinbau Sheila kennen, und kurz darauf zogen wir zusammen. Meinen Eltern gefiel das genauso wenig wie Fiona. Aber zwei Jahre später war Schluss mit unserem Leben in Sünde, wie meine Mutter es zu nennen beliebte, unter anderem auch deshalb, weil meine Mutter Krebs und nicht mehr lange zu leben hatte. Zu wissen, dass wir rechtsgültig verheiratet waren, schenkte ihr einen gewissen Seelenfrieden.

Vier Jahre später war ein Kind auf dem Weg.

Dad lebte lange genug, um Kelly auf dem Arm zu halten.

Als er nicht mehr war, wurde ich Firmenchef. Ich fühlte mich verwaist und überfordert. Die Fußstapfen waren zu groß für mich, aber ich gab mein Bestes. Ohne ihn war es nicht mehr dasselbe, aber ich liebte meine Arbeit noch immer. Ich hatte einen Grund, morgens aufzustehen. Ich hatte eine Aufgabe. Ich hatte nicht das Gefühl, ich müsse mich für meine Taten vor Sheilas Mutter rechtfertigen.

Sheila und ich, wir waren beide überrascht, als Fiona auf einmal einen Freund hatte. Marcus Kingston.

Seine erste Frau lebte noch irgendwo in Kalifornien, aber seine zweite war vor acht Jahren ums Leben gekommen, als so ein Rowdy in einem aufgemotzten Civic eine rote Ampel ignoriert hatte und ihr seitlich in ihren Lincoln gekracht war. Marcus war Importeur für Kleidung und sonstige Waren gewesen, hatte aber sein Geschäft gerade aufgegeben, als Fiona ihn bei einer Galerieeröffnung in Darien kennenlernte. Sein Beruf hatte ihn auf Tuchfühlung mit den Reichen und Einflussreichen gebracht, also genau den Leuten, mit denen Fiona so gerne verkehrte.

Als sie vor vier Jahren zu heiraten beschlossen, verkaufte Marcus sein Haus in Norwalk und Fiona ihres in Darien. Zusammen erstanden sie eine teure Eigentumswohnung mit Blick auf den Long Island Sound.

Sheilas Theorie war, dass Fiona eines Morgens mit dem Gedanken aufgewacht war: Will ich wirklich den Rest meines Lebens alleine verbringen? Ich musste zugeben, dass mir nie in den Sinn gekommen wäre, Fiona könne auch emotionale Bedürfnisse haben. Sie zeigte eine so unterkühlte und unabhängige Fassade, dass man es niemandem verübeln konnte, wenn er dachte, sie sei auf die Gesellschaft anderer nicht angewiesen. Doch unter dieser stahlharten Oberfläche verbarg sich ein sehr einsamer Mensch.

Marcus tauchte gerade zur rechten Zeit auf.

Mehr als einmal hatten Sheila und ich uns gefragt, ob Marcus' Beweggründe vielleicht etwas komplexer waren als Fionas. Auch er hatte lange allein gelebt, und es war durchaus plausibel, dass er sich ebenso danach sehnte, mit jemandem an seiner Seite aufzuwachen. Allerdings wussten wir auch, dass Marcus sein Unternehmen nicht für den erhofften Preis hatte verkaufen können und dass ein beträchtlicher Teil seines Einkommens noch immer an seine erste Frau in Sacramento ging. Fiona, die jahrelang so vorsichtig – ich wäre geneigt zu sagen: knausrig – mit ihrem Geld umgegangen war, machte es nun offensichtlich nichts aus, es für Marcus auszugeben. Die größte Nachsicht zeigte sie möglicherweise bei dem Segelboot, das er im Hafen von Darien ankern hatte.

Marcus betätigte sich gelegentlich als Berater für Importeure, die seine Erfahrung und seine Beziehungen zu schätzen wussten. Zwei-, dreimal die Woche ging er abends mit diesen Leuten essen und prahlte gerne, die Geschäftswelt gönne ihm einfach seinen Ruhestand nicht. Sheila und ich waren uns einig, dass er manchmal ein ziemlicher Angeber, offen gesagt, ein Arschloch sein konnte. Aber allem Anschein nach liebte Fiona ihn, und insgesamt wirkte sie mit ihm glücklicher als vorher ohne ihn.

Sie kamen oft zu uns, damit Fiona ihre Enkelin sehen konnte. Für mich mochte es jede Menge Gründe geben, Fiona nicht zu mögen, aber eines musste man ihr lassen: Sie liebte Kelly abgöttisch. Sie ging mit ihr einkaufen, ins Kino, nahm sie mit nach Manhattan in Museen und zu Broadway-Aufführungen. Hin und wieder ließ sie sich auch zu Toys R Us am Times Square verschleppen.

»Wo war diese Frau, als ich ein Kind war?«, hatte Sheila mich mehr als einmal gefragt.

In dieser Zeit hielten Fiona und ich eine Art Waffenstillstand. Sie konnte mich nicht leiden, und ich kam gut ohne sie aus, aber wir blieben höflich. Es herrschte kein offener Krieg.

Das änderte sich ziemlich rasch nach Sheilas Unfall.

Jetzt gab es kein Halten mehr. Sie gab mir die Schuld. Wenn ich gewusst hatte, dass Sheila alkoholgefährdet war, warum hatte ich nichts dagegen unternommen? Warum hatte ich nicht mit ihr, Fiona, darüber gesprochen? Warum hatte ich Sheila nicht gezwungen, eine Therapie zu machen? Was hatte ich mir dabei gedacht, sie durch halb Connecticut fahren zu lassen, wenn ich doch damit rechnen musste, dass sie nicht ganz nüchtern war?

Und wie oft war sie in diesem Zustand mit Kelly – ihrer Enkelin, Herrgott noch mal – herumgefahren?

»Du hast nichts davon gewusst?«, fragte Fiona mich bei der Beerdigung. »Wie gibt es das? Wie, zum Teufel, konntest du die Anzeichen übersehen?«

»Es gab keine Anzeichen«, sagte ich. »Keine richtigen.«

»Ja, das würde ich an deiner Stelle auch sagen«, keifte sie. »Daran musst du ja auch glauben. Dann bist du nämlich aus dem Schneider. Aber glaub mir, es muss Anzeichen gegeben haben. Du warst nur zu sehr mit deinen eigenen Blähungen beschäftigt, um es zu bemerken.«

»Fiona«, sagte Marcus und wollte sie wegziehen.

»Glaubst du vielleicht, sie hat sich eines Abends gesagt: Hey, ich werd jetzt Alkoholikerin, lass mich volllaufen und schlaf irgendwo mitten auf einer Autobahnabfahrt ein? Glaubst du, jemand tut so was? Einfach so, aus heiterem Himmel?«

»Ich nehme an, du hast etwas bemerkt«, sagte ich. »Dir entgeht ja rein gar nichts.«

Sie klapperte mit den Augendeckeln. »Wie hätte ich denn

etwas bemerken sollen? Ich habe nicht mit ihr unter einem Dach gelebt. Ich war nicht sieben Tage die Woche, zweiundfünfzig Wochen im Jahr mit ihr zusammen. Du schon. Dir hätte etwas auffallen müssen, und du hättest etwas dagegen unternehmen können. Du hast versagt! Du hast uns im Stich gelassen. Du hast Kelly im Stich gelassen. Aber vor allem hast du Sheila im Stich gelassen.«

Hätte Marcus mir diese Dinge an den Kopf geworfen, er hätte meine Faust zu spüren bekommen. Bei Fiona ging das natürlich nicht. Aber ich konnte mich nur mit Mühe zurückhalten. Kam das vielleicht daher, dass ich fürchtete, es könnte etwas dran sein an dem, was sie sagte?

Aber ich hätte doch bestimmt etwas bemerkt, wenn Sheila alkoholgefährdet gewesen wäre. Wie hätte mir das verborgen bleiben können? Hatte es Anzeichen gegeben? Warnsignale, die ich ignoriert hatte, weil ich nicht wahrhaben wollte, dass Sheila Probleme hatte? Klar, Sheila trank gern mal was, wie viele andere auch. Zu besonderen Anlässen. Wenn sie mit ihren Freundinnen essen ging. Bei Familientreffen. Wenn Kelly bei Fiona und Marcus in Darien übernachtete, machten wir zu zweit schon mal ein, zwei Flaschen Wein leer. Einmal habe ich sie aufgefangen, als sie nach so einem Gelage beim Treppehochgehen auf dem Teppich ausgerutscht war.

Aber das waren doch keine Hinweise auf etwas Ernsteres. Oder machte ich mir da was vor? Wollte ich nur der Wahrheit nicht ins Gesicht sehen?

Fiona hatte recht: Keine Frau beschloss einfach, sich sinnlos zu betrinken und mit ihrem Subaru rumzufahren.

Eines Abends, als Kelly schon im Bett war, stellte ich in aller Stille das Haus auf den Kopf. Sollte Sheila wirklich heimlich getrunken haben, dann musste sie irgendwo geheime Alkoholvorräte angelegt haben. Wenn nicht im Haus, dann in der Garage oder im Gartenschuppen, wo der Rasenmäher und rostige alte Gartenstühle standen.

Ich suchte alles ab. Und fand nichts.

Dann unterhielt ich mich mit ihren Freundinnen. Mit allen, die sie kannten. Als Erstes mit Belinda.

»Ja, einmal, beim Mittagessen«, erinnerte sie sich. »Sie hatte anderthalb Cosmopolitans getrunken und war ein bisschen angesäuselt. Und einmal, und ich schwöre Ihnen, ich bringe Sie um, wenn Sie es George erzählen, weil der kann sich bei so was so zickig anstellen, da haben wir was geraucht. Wir hatten unseren Damenabend, und ich hatte ein paar Joints dabei, mit denen haben wir uns ein bisschen entspannt. Nichts Ernstes. Aber sie hatte sich immer unter Kontrolle, und wenn sie mehr als ein Glas Alkohol getrunken hat, hat sie sich immer ein Taxi gerufen. Sie hatte ihren gesunden Menschenverstand. Sie war gescheit. Mir will das auch nicht in den Kopf, was da passiert ist, aber wahrscheinlich weiß man nie genau, was in einem anderen Menschen vorgeht.«

Sally Diehl aus dem Büro wollte es auch nicht einleuchten. »Aber ich hatte mal eine Cousine – also ich hab sie noch –, und die war voll auf Koks, das kann man sich gar nicht vorstellen, aber das Unglaublichste dabei war, wie lang sie es vor der ganzen Welt verbergen konnte, bis ihr eines Tages die Polizei das Haus auseinandernahm. Kein Mensch wusste was. Manchmal, und ich will damit nicht sagen, dass das bei Sheila so war, aber manchmal, da, na ja, da weiß man einfach nichts über die Leute, mit denen man täglich zu tun hat.«

Wie's aussah, gab es also zwei Möglichkeiten. Entweder war Sheila alkoholgefährdet gewesen und hatte es meisterhaft kaschiert, oder Sheila war alkoholgefährdet gewesen und ich nur zu blöd, um die Anzeichen zu erkennen.

Doch vielleicht gab es noch eine dritte Möglichkeit: Sheila

war nicht alkoholkrank gewesen und hatte sich nicht betrunken ans Steuer gesetzt. Wenn dies zutreffen sollte, dann müssten sämtliche toxikologischen Berichte falsch sein.

Dafür gab es keinerlei Anhaltspunkte.

In den Tagen nach Sheilas Tod, als ich mich bemühte, etwas zu begreifen, das nicht zu begreifen war, stöberte ich einige Leute aus ihrem Kurs auf. Es stellte sich heraus, dass Sheila an dem Abend gar nicht im Unterricht gewesen war, obwohl sie davor noch nie einen Kursabend verpasst hatte. Ihr Lehrer, Allan Butterfield, sagte, Sheila sei im Erwachsenenkurs mit Abstand die Beste gewesen.

»Sie hatte eine echte Motivation, diesen Kurs zu machen«, erzählte er mir bei einem Bier in einer Kneipe nicht weit von der Schule. »Sie hat gesagt: ›Ich mache das für meine Familie, für meinen Mann und meine Tochter, um unsere Firma voranzubringen.‹«

»Wann hat sie das zu Ihnen gesagt?«

Er dachte einen Moment nach. »Vor einem Monat?« Er klopfte mit dem Zeigefinger auf die Tischplatte. »Genau hier. Bei ein paar Bier.«

»Sheila hat hier ein paar Bier mit Ihnen getrunken?«, fragte ich.

»Also, ich hatte ein paar, drei vielleicht«, sagte Allan und wurde rot. »Aber Sheila? Ich glaube, sie hatte auch eins. Aber nur ein einziges Glas.«

»Haben Sie und Sheila das öfter gemacht?«

»Nein, nur dieses eine Mal«, sagte er. »Sie wollte rechtzeitig zu Hause sein, um ihrer Tochter einen Gutenachtkuss zu geben.«

Die Polizei ging davon aus, dass sie ihren Kurs geschwänzt und sich dafür irgendwo die Kante gegeben hatte. Wo das gewesen sein könnte, fanden sie nicht heraus. Nachfragen in sämtlichen Bars der Umgebung ergaben nichts. Niemand hatte sie gesehen, und auch in keinem der Spirituosenläden konnte sich jemand erinnern, ihr an diesem Abend Alkohol verkauft zu haben. Was natürlich alles nichts heißen musste.

Sie konnte stundenlang im Wagen gesessen und Zeug getrunken haben, das sie sich irgendwann und irgendwoanders besorgt hatte.

Ich hatte mehrmals bei der Polizei nachgefragt, ob vielleicht ein Versehen vorliegen könnte, und man hatte mir erklärt, die toxikologischen Berichte lögen nicht. Sie zeigten mir Kopien. Sheila hatte einen Blutalkoholspiegel von 2,2 Promille. Bei Sheilas Gewicht – knapp über sechzig Kilo – entsprach das etwa acht Gläsern Alkohol.

»Ich werfe dir nicht nur vor, dass du die Zeichen nicht erkannt hast«, hatte Fiona bei der Beerdigung gesagt. »Ich gebe dir die Schuld, dass sie überhaupt zu trinken begonnen hat. Ohne Zweifel hast du sie mit deiner Volkstümlichkeit im Sturm erobert, aber all die Jahre hindurch musste sie immer wieder daran denken, was für ein Leben sie hätte haben können. Ein besseres, erfüllteres Leben, als du es ihr je hättest bieten können. Und das hat sie kaputtgemacht.«

»Und das hat sie dir gesagt«, sagte ich.

»Das musste sie mir nicht sagen. Das wusste ich auch so.«

»Fiona, also wirklich«, sagte Marcus. »Jetzt mach mal halblang.« In diesem Moment war mir der Typ beinahe sympathisch.

»Jemand muss ihm das sagen, Marcus. Und später habe ich vielleicht nicht mehr die Kraft dazu.«

»Das bezweifle ich«, sagte ich.

»Hättest du ihr das Leben bieten können, das sie verdiente, hätte sie ihren Kummer nicht in Alkohol ertränken müssen.«

»Ich bringe Kelly nach Hause«, sagte ich. »Wiedersehen, Fiona.«

Aber, wie gesagt, sie liebte ihre Enkelin.
Und Kelly liebte sie. Und, bis zu einem gewissen Grad, auch Marcus. Wenn Kelly bei ihnen war, lagen die beiden ihr zu Füßen. Um Kellys willen bemühte ich mich, meine Aversion gegen Fiona nicht die Oberhand gewinnen zu lassen. Vor Sheilas Tod hatte Kelly ungefähr alle sechs Wochen das Wochenende bei ihnen verbracht.

Mir schwirrte noch immer der Kopf von der Nachricht, dass Ann Slocum – anscheinend – tot war, da hörte ich einen Wagen in der Einfahrt. Ich zog den Vorhang zur Seite und sah Marcus am Steuer seines Cadillac sitzen, Fiona neben ihm.

»Scheiße«, sagte ich. Wenn sie mir gesagt hatten, dass dies eines ihrer Wochenenden war, dann musste ich es vergessen haben. Ich war perplex. Weder Kelly noch ich hatten Fiona oder Marcus seit der Beerdigung gesehen. Ich hatte ein paar Mal am Telefon mit Fiona gesprochen, doch nur so lange, bis Kelly an der Nebenstelle abhob.

Ich stürmte die Treppe hoch, steckte den Kopf in Kellys Zimmer. Sie schlief.

»Hey, du«, sagte ich.

Sie wälzte sich herum, öffnete zuerst ein Auge, dann das andere. »Was ist denn?«

»Großmutter-Alarm. Fiona und Marcus sind da.«

Jetzt saß sie kerzengerade im Bett. »Echt?«

»Wusstest du, dass sie heute kommen?«

»Ähhh …«

»Ich nämlich nicht. Jetzt aber dalli.«

»Ich hab's komplett vergessen.«

»Hast du's denn gewusst?«

»Na ja, vielleicht schon.«

Ich sah sie an. »Also?«

»Kann sein, dass Grandma und ich darüber geskypt haben«, sagte sie. »Vielleicht hab ich da gesagt, dass sie mich ruhig besuchen kommen können, aber ich hab keinen bestimmten Tag ausgemacht. Glaub ich wenigstens.«

»Wie ich schon sagte: Jetzt aber dalli.«

Kelly schlüpfte gerade unter der Decke hervor, als es an der Tür klingelte. Ich ließ sie allein, damit sie sich anziehen konnte, und ging hinunter, um aufzumachen.

Vor mir stand Fiona, stocksteif und mit steinerner Miene. Direkt hinter ihr Marcus, dem das Ganze offensichtlich unangenehm war.

»Glen«, sagte sie.

»Hey, Glen«, sagte Marcus. »Wie geht's?«

»Das ist jetzt aber eine Überraschung«, sagte ich.

»Wir wollten Kelly besuchen«, sagte Fiona. »Sehen, wie sie zurechtkommt.«

»Ist das eines dieser Wochenenden?«

Fiona wurde rot. »Muss ich auf eines dieser Wochenenden warten, damit ich meine Enkelin sehen kann?«

»Es hätte sein können, dass wir unterwegs sind, und es hätte mir sehr leidgetan, wenn ihr umsonst gekommen wärt.«

Marcus räusperte sich. »Wir dachten, wir probieren's einfach.«

Ich war einen Schritt zurückgetreten, um sie hereinzulassen. »Du hast dich mit Kelly online unterhalten?«, fragte ich Fiona.

»Wir haben ein paarmal gechattet. Ich mache mir Sorgen um sie. Ich kann mir gut vorstellen, was in ihr vorgeht. Es muss so sein wie damals, als Sheila ihren Vater verlor. Sie war zwar älter als Kelly, es hat sie aber trotzdem schwer getroffen.«

»Auf der Autobahn war die Hölle los.« Marcus versuchte, die dicke Luft in der Diele zu verdünnen. »Anscheinend reißen die jetzt überall die Straßen auf.«

»Ja«, sagte ich. »Tun sie.«

»Hör mal«, fuhr er fort, »ich habe Fiona gesagt, dass das vielleicht keine so gute Idee ist, einfach vorbeizukommen, ohne anzurufen oder –«

»Marcus, du brauchst dich nicht für mich zu entschuldigen. Ich wollte etwas mit dir besprechen, Glen«, sagte Fiona förmlich.

»Und zwar?«

»Kelly hat mir via Skype erzählt, dass es ihr in der Schule momentan nicht so gutgeht.«

»Alles läuft bestens. Ihre Noten sind sogar ein bisschen besser als im Vorjahr.«

»Das meine ich nicht. Ich meine ihre Situation in der Gruppe.«

»Was ist damit?«

»Wie ich höre, sind die anderen Kinder grässlich zu ihr.«

Ich zögerte, ehe ich antwortete. »Es war nicht leicht für sie.«

»Das glaube ich auch, wenn man bedenkt, dass der Junge, der bei dem Unfall ums Leben gekommen ist, an Kellys Schule war. Sie wird gequält. Das ist keine gute Umgebung für ein Kind.«

»Sie hat dir erzählt, dass die Kinder ihr ›Säuferkind‹ hinterherrufen?«

»Ja, das hat sie. Dann weißt du also Bescheid?«

»Natürlich weiß ich Bescheid.«

»Ach so. Ich dachte mir nämlich, wenn du's wüsstest, würdest du sicher etwas unternehmen.«

Ich spürte wieder dieses Kribbeln im Nacken. Ich wollte

mich zwar nicht auf diese Diskussion einlassen, wollte ihr das aber auch nicht einfach durchgehen lassen. »Ich unternehme was, Fiona. Mach dir keine Sorgen.«

»Suchst du eine andere Schule für sie?«

»Fiona, sie hat's mir erst gestern Abend erzählt. Ich weiß ja nicht, wie's da war, wo du zur Schule gegangen bist, aber in Milford sind die Schulen am Wochenende geschlossen. Ich werde aber gleich Montag früh mit dem Direktor reden.«

Einen Augenblick lang funkelte Fiona mich an, dann schaute sie weg. Als sie mich wieder ansah, schien es, als bemühe sie sich um einen etwas freundlicheren Gesichtsausdruck.

»Ich hätte da eine Idee, wie du dir das ersparen könntest, Glen.«

»Und die wäre?«

»Marcus und ich haben über die Möglichkeit gesprochen, dass Kelly in Darien zur Schule geht.«

Wieder sah Marcus mich unbehaglich an. Ganz offensichtlich war diese Idee nicht auf seinem Mist gewachsen.

»Eher nicht«, sagte ich.

Sie nickte, als habe sie meine Reaktion vorhergesehen. »Ich kann deine Skepsis ja verstehen. Aber betrachten wir die Situation mal objektiv. Der ganze Druck, der momentan auf Kelly lastet, kann ihren schulischen Leistungen nicht förderlich sein. Wenn sie auf einer anderen Schule wäre, wo die anderen Kinder weder über sie noch über diese Jungen Bescheid wissen, könnte sie ganz neu anfangen.«

»Das vergeht schon wieder.«

»Und«, fuhr sie fort, »es gibt mehrere Schulen gar nicht weit weg von uns, die einen sehr guten Ruf haben. Die Schüler dort schneiden bei den Tests immer wesentlich besser ab als die in öffentlichen Schulen. Selbst wenn Kelly nicht so eine Tragödie erlebt und in ihrer Schule nicht so einen schweren Stand hätte, wären das Alternativen, über die man nachdenken sollte. Das sind gute, solide Institutionen mit tadellosen Referenzen. Viele der bekannteren Familien in Fairfaild County schicken ihre Kinder in diese Schulen.«

»Die können sich das bestimmt auch leisten.«

Fiona schüttelte den Kopf. »Das ist kein Problem, Glen. Um Schulgebühren kümmere ich mich.«

Ich glaubte, eine Regung in Marcus' Miene zu sehen. Ich sagte: »Ich denke, das wäre ein bisschen viel für Kelly, jeden Tag von hier nach Darien zur Schule zu fahren.«

Sie lächelte mich listig an, durchschaute mein Spiel. »Kelly würde unter der Woche natürlich bei uns wohnen, am Wochenende wäre sie bei dir. Wir haben schon mit einem Innenarchitekten gesprochen, einem Bekannten von Marcus, wie man das Zimmer, in dem Kelly jetzt schläft, wenn sie bei uns ist, für sie herrichten könnte. Sie bekäme einen Platz für ihren Computer, einen Schreibtisch, wo sie ihre Hausaufgaben machen könnte, und –«

»Du wirst sie mir nicht wegnehmen«, sagte ich.

»Aber woher denn!« Fiona tat gekränkt. »Dass du mir so etwas zutraust! Ich versuche, dir zu helfen, Glen. Dir und Kelly. Ich weiß, wie schwierig es ist, ein Kind allein aufzuziehen. Glaub mir, ich weiß, wovon ich rede. Ich kann mir denken, wie das für dich ist, Arbeit und Vatersein unter einen Hut zu bringen. Im Moment seid ihr wahrscheinlich noch in einer Art Ausnahmezustand, aber wart nur ab. Du bist auf einer Baustelle, irgendwo außerhalb von Milford, du wartest auf eine Lieferung oder eine Inspektion oder einen Kunden – keine Ahnung, ich will gar nicht so tun, als verstünde ich was von deinem Beruf –, und plötzlich fällt dir ein, dass du Kelly von der Schule abholen musst.«

»Da werd ich mich halt arrangieren müssen«, sagte ich.

Fiona streckte die Hand aus und berührte einen meiner verschränkten Arme. Welche Überwindung sie das gekostet haben musste! »Ich weiß, du und ich, wir waren nicht immer einer Meinung. Aber was ich dir hier vorschlage, ist nur zu Kellys Bestem. Ich möchte ihr jede sich bietende Möglichkeit geben.«

Gar so abwegig war dieser Vorschlag nicht, wenn ich meinen Stolz überwinden könnte, was das Zahlen der Schulgebühren betraf – Kelly auf eine Privatschule zu schicken konnte ich mir unmöglich leisten, weder hier noch sonstwo. Und hätte ich Fiona ihre uneigennützigen Motive abgenommen, wäre ich vielleicht auch bereit gewesen, über ihr Angebot nachzudenken. Aber ich wurde das Gefühl nicht los, dass das Ganze nur ein Versuch von ihr war, einen Keil zwischen meine Tochter und mich zu treiben. Jetzt, da Sheila nicht mehr war, wollte Fiona die Kontrolle über ihre Enkelin.

»Hab ich's dir nicht gesagt?«, meldete sich Marcus jetzt zu Wort. »Ich hab dir gesagt, dass das viel zu bedrängend wirkt.«

»Dich betrifft das ja wohl am wenigsten, Marcus«, sagte Fiona. »Kelly ist meine Enkelin, nicht deine. Zwischen euch beiden gibt es keine Blutsbande.«

Er sah in meine Richtung, als wolle er sagen, ich weiß, wie's dir geht, Kumpel.

»Und wie mich das betrifft«, gab Marcus zurück. »Kelly würde nämlich bei uns wohnen.« Noch ein Blick in meine Richtung. »Unter der Woche«, stellte er klar. »Und ich habe auch gar nichts dagegen, aber sag verdammt noch mal nicht, dass mich das nicht betrifft. Sag das ja nicht noch mal.«

»Kelly bleibt bei mir«, sagte ich.

»Verstehe«, sagte Fiona, die sich keineswegs geschlagen gab. »Du brauchst natürlich Zeit, dir das zu überlegen. Und wir wollen auch hören, was Kelly dazu zu sagen hat. Gut möglich, dass sie von der Idee begeistert ist.«

»Es ist und bleibt meine Entscheidung«, sagte ich.

»Aber sicher«, antwortete Fiona und tätschelte wieder meinen Arm. »Wo ist denn die kleine Prinzessin überhaupt? Ich dachte, wir könnten sie wenigstens zu einem kleinen Nachmittagsausflug abholen. Wir könnten ins Einkaufszentrum nach Stamford fahren und ihr vielleicht einen neuen Wintermantel oder so was kaufen.«

»Das Problem ist«, sagte ich, »dass etwas passiert ist, und ich noch gar keine Gelegenheit hatte, es Kelly zu erzählen. Keine Ahnung, wie sie's aufnehmen wird, aber wahrscheinlich wird es ihr ziemlich nahegehen.«

»Was denn?«, fragte Marcus.

»Ihr kennt doch Sheilas Freundin Ann. Sie hat eine Tochter, Emily. Sie und Kelly sind Freundinnen.«

Fiona nickte. Zu Marcus sagte sie: »Du erinnerst dich bestimmt an sie. Sie hat ihre Taschenparty hier veranstaltet.«

Marcus sah sie verständnislos an.

»Du musst dich doch an sie erinnern. Sie war ein richtiger Hingucker«, sagte Fiona. Die Missbilligung in ihrer Stimme war nicht zu überhören. Zu mir sagte sie: »Was ist denn mit ihr?«

»Gestern Abend haben wir sie noch gesehen. Kelly war zum Übernachten –«

»Was sagst du da?«, fragte Marcus. »Kelly hat bei dieser Frau – dieser Ann – übernachtet?«

»Genau. Aber Kelly rief mich an. Sie wollte nicht bleiben, und ich sollte sie wieder abholen. Und kurze Zeit später –«

»Daddy!«

Alle drei wandten wir uns der Treppe zu. Aus dieser Richtung war Kellys Schrei gekommen.

»Daddy, komm her! Schnell!«

Ich nahm zwei Stufen auf einmal und war gute zehn Sekunden vor Fiona und Marcus in ihrem Zimmer. Kelly war noch im Schlafanzug. Sie war an ihrem Schreibtisch, saß ganz weit vorn auf der Stuhlkante. Eine Hand lag auf der Maus, die andere zeigte auf den Computerbildschirm. Es war eine der Seiten, auf denen sie mit ihren Freundinnen chattete.

»Emilys Mom«, sagte sie. »Da steht was über Emilys Mom.«

Hinter mir sagte Marcus: »O Gott.«

»Ich wollte es dir gerade sagen.« Ich legte einen Arm um Kelly und warf Marcus und Fiona einen Blick zu. Raus hier. »Ich hab's selbst gerade erfahren, als die beiden klingelten.«

»Was ist denn passiert?«, fragte Kelly. »Ist sie einfach so gestorben?«

»Ich weiß es nicht. Ich meine, wahrscheinlich. Als ich heute Morgen bei ihr anrief –«

Kelly wollte meinen Arm abschütteln. »Ich hab dir doch gesagt, du sollst nicht anrufen.«

»Schon gut. Es spielt keine Rolle mehr. Ich dachte, Emilys Mutter sei am Apparat, aber es war ihre Tante, die Schwester ihrer Mutter. Sie hatte keine Zeit zum Reden, weil Mrs. Slocum gestorben ist.«

»Aber ich hab sie doch gesehen.«

»Ich weiß. Das ist ein Schock für dich.«

Kelly überlegte einen Augenblick. »Was soll ich tun? Soll ich Emily anrufen?«

»Ich glaub nicht. Sie und ihre Familie brauchen jetzt Zeit für sich.«

»Ich fühl mich ganz komisch.«

»Ich weiß.«

Wir saßen da, und es kam mir vor wie eine Ewigkeit. Ich hielt sie fest und streichelte ihren Arm, während sie weinte.

»Meine Mom und jetzt Emilys Mom«, sagte sie leise. »Vielleicht bin ich … vielleicht bin ich ja ein Unglücksbringer.«

»Sag doch so was nicht. Das darfst du nicht mal denken.«

Wir saßen noch eine Weile da, ohne zu sprechen, dann hatte ich das Gefühl, ich müsse mit ihr über unseren Besuch reden. »Deine Großmutter und Marcus wollten dich abholen. Nur für heute Nachmittag.«

Kelly schniefte. »Ach.«

»Und ich glaube, sie will dir ein paar Schulen in Darien zeigen. Hast du eine Ahnung, warum?«

Sie nickte. Sie schien nicht besonders überrascht. »Wahrscheinlich, weil ich ihr gesagt habe, dass ich meine Schule hasse.«

»Online«, sage ich.

»Mhm.«

»Tja, jetzt will sie, dass du unter der Woche bei ihnen wohnst und in Darien zur Schule gehst. Am Wochenende wärst du wieder bei mir.«

Sie schlang ihre Arme fest um mich. »Ich glaube nicht, dass ich das möchte.« Pause. »Aber dann wüssten die anderen Kinder wenigstens nichts über mich. Und auch nicht, was Mom getan hat.«

Eine Minute blieben wir so, eng umschlungen, ich tätschelte ihr den Hinterkopf.

»Wenn Emilys Mom eine Krankheit hatte, Vogelkrippe zum Beispiel, bekomm ich sie dann auch? Weil ich in ihrem Schlafzimmer war?«

»Es heißt Vogelgrippe, und ich glaube nicht, dass man in ein paar Stunden daran sterben kann. An einem Herzinfarkt vielleicht. Irgendwas in der Art. Aber nichts, womit du dich anstecken könntest.«

»Ein Herzinfarkt ist nicht ansteckend?«

»Nein.« Ich sah ihr in die Augen.

»Auf dem Video sieht sie überhaupt nicht krank aus.«

Ich stutzte. »Was?«

»Auf meinem Handy. Sie sieht ganz gesund aus.«

»Wovon redest du?«

»Da im Schrank, da hatte ich das Handy bereit, damit ich Emily filmen kann, wenn sie die Tür aufmacht. Das hab dir doch erzählt!«

»Du hast mir aber nicht erzählt, dass du ihre Mutter gefilmt hast. Ich dachte, du hast dein Handy weggesteckt, als Mrs. Slocum hereinkam.«

»Na ja, nicht sofort.«

»Hast du das Video noch?«

Kelly nickte.

»Zeig's mir.«

ZWÖLF

»Darren, ich muss Ihnen ein paar Fragen stellen.«

Er saß auf dem Beifahrersitz eines Zivilfahrzeugs. Hinter dem Lenkrad saß Detective Rona Wedmore von der Polizei in Milford, eine kleine, gedrungene Schwarze, Mitte vierzig. Sie trug eine hellbraune Lederjacke und Jeans, an ihrem Gürtel hing eine Pistole. Sie hatte eine unauffällige Kurzhaarfrisur. Die dezenten silbergrauen Strähnen, die ihr Haar seit kurzem unkaschiert durchzogen, waren Ausdruck ihrer Unabhängigkeit von der Meinung anderer, ohne sie mit der Nase darauf zu stoßen.

Darren Slocum hielt sich eine Hand vor die Augen. »Ich kann es einfach nicht fassen«, sagte er. »Ich kann nicht glauben, dass Ann nicht mehr da ist.«

»Ich weiß, das ist jetzt sehr schwer für Sie. Aber es gibt da ein paar Dinge, die ich noch mal mit Ihnen durchgehen muss.«

Rona Wedmore kannte Darren. Nicht gut, aber immerhin hatten sie denselben Arbeitgeber. Er war Streifenpolizist und sie bei der Kriminalpolizei. Sie waren sich schon an ein paar Tatorten über den Weg gelaufen, kannten sich gut genug, um einander zu grüßen, waren aber nicht befreundet. Wedmore kannte Slocums Ruf. Mindestens zwei Beschwerden wegen unverhältnismäßiger Gewaltanwendung. Nie bewiesene Gerüchte, er habe sich bei einer Drogenrazzia Geld unter den Nagel gerissen. Und jeder wusste von Anns Taschenpartys. Darren hatte Wedmore gefragt, ob sie eventuell ihre Wohnung für eine zur Verfügung stellen würde, und sie hatte abgelehnt.

»Fragen Sie«, sagte er.

»Wann hat Ann das Haus verlassen?«

»Halb zehn, Viertel vor, so um den Dreh.«

»Und hat sie gesagt, warum sie ausging?«

»Jemand hat sie angerufen.«

»Wer hat angerufen?«

»Belinda Morton. Sie sind befreundet.«

Er wusste, dass das nicht der einzige Anruf war. Wusste, dass sie schon vorher telefoniert hatte. Ann hatte jemanden angerufen, er hatte gesehen, wie das Lämpchen am Nebenanschluss aufleuchtete. Und von Emily wusste er, dass die kleine Garber ein Handy hatte und nicht, wie Ann ihm hatte weismachen wollen, ihren Vater über das Festnetz der Slocums angerufen hatte, damit er sie abholte.

»Warum wollten sie sich treffen?«

Darren Slocum schüttelte den Kopf. »Keine Ahnung. Sie sind Freundinnen. Sie reden miteinander, die eine weint sich bei der anderen aus. Ich dachte, sie würden irgendwo was trinken gehen.«

»Aber Ann und Belinda haben sich nicht getroffen?«

»Belinda hat gegen elf noch einmal angerufen und nach Ann gefragt. Sie hat gesagt, sie hätte es auf Anns Handy probiert, da wäre aber niemand rangegangen. Sie wollte wissen, wo Ann bliebe. Da hab ich angefangen, mir Sorgen zu machen.«

»Was haben Sie dann getan?«

»Ich hab Ann auf dem Handy angerufen. Vergeblich. Ich wollte herumfahren und sie suchen, schauen, ob ich ihren Wagen vielleicht irgendwo sehe, aber Emily hat geschlafen, und ich wollte sie nicht allein im Haus lassen.«

»Gut«, sagte Wedmore und machte sich ein paar Notizen. »Wie spät war es, als Sie auf dem Revier angerufen haben?«

»So um eins rum?«

Wedmore kannte die Antwort bereits. Slocum hatte um 00:58 Uhr seine Dienststelle angerufen.

»Ich wollte nicht den Notruf wählen. Ich meine, ich arbeite da, ich kenne alle Nummern. Also hab ich auf der normalen Leitung angerufen, hab bei der Leitstelle nachgefragt, also nicht offiziell, Sie wissen schon. Hab alle gebeten, nach Anns Wagen Ausschau zu halten, gesagt, dass ich mir Sorgen mache, dass sie vielleicht einen Unfall hatte oder so.«

»Und wann kam die Meldung?«

Slocum fuhr sich mit beiden Händen über die Wangen, um sich die Tränen abzuwischen. »Äh, lassen Sie mich überlegen. Ich glaube, so um zwei. Rigby hat mich angerufen.«

Officer Ken Rigby. Ein guter Mann, dachte Wedmore. »Gut. Ich versuche nur, ein Gefühl für die Chronologie der Ereignisse zu bekommen, verstehen Sie?«

»Hat irgendjemand was gesehen?«, fragte Darren Slocum. »Unten am Hafen? Hat irgendwer beobachtet, was passiert ist?«

»Wir sehen uns gerade nach Zeugen um, aber um diese Jahreszeit kommt da kaum jemand hin. Es gibt ein paar Häuser in der Nähe, vielleicht haben wir Glück. Man weiß ja nie.«

»Ja«, sagte Slocum. »Hoffen wir, dass jemand was gesehen hat. Aber was glauben Sie denn, was passiert ist?«

»Wir stehen erst am Anfang, Darren. Aber als Officer Rigby ankam, lief der Motor, die Tür war offen, und der rechte Hinterreifen war platt.«

»Ja?«, sagte Slocum, der aufmerksam zuhörte.

»Der Wagen stand mit der Beifahrerseite ganz dicht an der Pierkante. Im Moment ist alles nur Vermutung, aber es wäre möglich, dass sie nach hinten gegangen ist, um zu sehen, was los ist, und als sie sich vorbeugte, um sich den Reifen anzusehen, ist sie ausgerutscht.«

»Und ins Wasser gefallen.«

»Möglicherweise. Das Wasser ist an dieser Stelle nicht tief. Als Rigby mit der Taschenlampe herumleuchtete, hat er sie gleich entdeckt, direkt unter der Wasseroberfläche. Nichts deutete auf einen Raubüberfall hin. Ihre Tasche lag auf dem Beifahrersitz. Anscheinend unberührt. Geldbörse und Kreditkarten waren noch drin.«

Darren schüttelte den Kopf. »Warum hat sie nicht einfach mich angerufen? Oder einen Abschleppdienst? Irgendwen? Ich meine, was hat sie sich dabei gedacht? Dass sie den Reifen ganz allein wechselt, da unten, mitten in der Nacht?«

»Ich bin sicher, wir werden im Lauf der Ermittlungen mehr herausbekommen«, sagte Wedmore. »Haben Sie eine Ahnung, warum Ann überhaupt unten am Hafen unterwegs war? Wollte sie sich dort mit Belinda treffen?«

»Vielleicht, ich meine, vielleicht wollten sie lieber spazieren gehen, als irgendwo was trinken.«

»Aber wenn sie sich da hätten treffen wollen, hätte Belinda Sie doch nicht angerufen, um zu fragen, wo Ann ist«, gab Wedmore zu bedenken. »Sie hätte angerufen, um Ihnen zu sagen, dass sie den Wagen gefunden hat, Ann aber nicht da ist.«

»Ja. Ja, das klingt plausibel«, pflichtete ihr Darren bei.

»Damit komme ich also wieder zu meiner Frage zurück. Was wollte Ann da unten? Wäre es denkbar, dass sie sich vor Belinda noch mit jemand anderem treffen wollte?«

»Ich … ich wüsste nicht, mit wem«, antwortete er. »Rona, also ich glaube, ich kann Ihnen nicht mehr sagen … ich hab, ich habe eine Menge zu tun …«

Rona Wedmore blickte durch die Windschutzscheibe hinaus. Da stand Darrens Pick-up mit dem »Zu verkaufen«-Schild. Zwischen den Wohnzimmervorhängen lugte Emily hervor.

»Das muss furchtbar sein für Ihre Tochter«, sagte sie.

»Anns Schwester ist heute Morgen um fünf aus New Haven rübergekommen«, sagte Darren. »Sie hilft uns, alles auf die Reihe zu kriegen.«

Wedmore tätschelte Slocums Arm. »Wir werden tun, was wir können, das wissen Sie.«

Slocum sah sie mit blutunterlaufenen Augen an. »Ich weiß. Ich weiß, dass Sie das tun.«

Er sah Wedmore hinterher, und als sie um die Ecke war, zog er sein Handy heraus und tippte eine Nummer ein.

»Hallo?«

»Belinda?«

»O Gott, Darren, ich kann's –«

»Hör einfach nur zu. Du musst –«

»Ich dreh noch durch«, sagte sie atemlos. »Zuerst kommt dieser Mann und droht mir, dann rufst du mich morgens um vier an und sagst, dass Ann –«

»Hältst du jetzt mal für eine Sekunde die Klappe, verdammt noch mal?« Am anderen Ende der Leitung wurde es still. Darren fuhr fort: »Rona Wedmore ist auf dem Weg zu dir.«

»Rona wie?«

»Sie ist von der Kriminalpolizei in Milford. Ich kenne sie. Sie kommt zu dir, weil sie weiß, dass du und Ann miteinander gesprochen habt und euch treffen wolltet.«

»Alles klar.«

»Sag ihr, es war nur ein Gespräch unter Frauen. Du hattest Streit mit George und brauchtest jemanden zum Reden, so was in der Art. Kein Wort übers Geschäft oder den Typen, der bei dir war.«

»Aber Darren, wenn er sie nun umgebracht hat? Wir können doch nicht einfach –«

»Er hat sie nicht umgebracht«, unterbrach sie Darren. »Es war ein Unfall. Sie ist ins Wasser gefallen und hat sich den Kopf angeschlagen oder so. Aber hör auf mich, kein Wort über die anderen Geschichte. Haben wir uns verstanden?«

»Ja, ja, ist ja gut. Ich hab's kapiert.«

»Und wie war das noch mal, was hat Glen gestern Abend am Telefon zu dir gesagt?«

»Er sagte … er hat gesagt, der Wagen ist nicht völlig ausgebrannt. Sheilas Tasche ist nicht hinüber. Und außerdem hat er gesagt, dass kein Umschlag drin war.«

»Das hat er tatsächlich gesagt?«

»Ja.« Belinda versagte die Stimme.

Darren ließ sich das durch den Kopf gehen. »Dann wär's also möglich, dass das Geld noch irgendwo rumliegt.« Nach einer Pause fügte er hinzu: »Vielleicht hat Glen es ja schon gefunden.«

DREIZEHN

Kellys Handy lag neben ihrer Maus. Sie gab ein paar Befehle ein, dann hielt sie es mir hin. »Ich hab auf Pause gedrückt«, sagte sie. Das Bild auf dem winzigen Bildschirm war schmal und vertikal, wie ein um neunzig Grad gedrehter Briefschlitz. Auf diesem schmalen Streifen konnte ich ein Schlafzimmer ausmachen, im Vordergrund stand ein Bett.

»Warum schaut das so komisch aus?«, fragte ich sie.

»Na, die Schranktür, die war nur so ganz wenig offen«, antwortete Kelly.

»Ah ja, genau. Wie bring ich das jetzt zum Laufen?«

»Einfach drücken – komm, lass mich.«

Sie drückte auf irgendeine Taste, und das Bild begann, sich zu bewegen. Kelly musste beim Filmen ein bisschen gewackelt haben, denn der schmale Lichtstreifen bewegte sich hin und her, das Bett auf und ab.

Auf der anderen Seite des Bettes ging die Tür auf.

»Da ist Emilys Mom reingekommen«, sagte Kelly. »Und jetzt setzt sie sich aufs Bett.«

Die Frau war wahrscheinlich nicht viel mehr als einen Meter von der Schranktür entfernt. Sie streckte die Hand nach etwas aus, das außerhalb der Kameraweite lag, gleich darauf hatte sie ein Schnurlostelefon in der Hand. Sie tippte eine Nummer ein und hielt das Telefon ans Ohr.

Die Tonqualität war schlecht. »Hey«, sagte Ann Slocum. »Kannst du reden? … Ja, ich bin allein.«

»Kannst du das lauter machen?«, fragte ich Kelly.

»Eigentlich nicht«, antwortete sie.

»… deinen Handgelenken geht es wieder gut«, sagte Ann. »… musst du eben lange Ärmel tragen, bis die Schrammen verschwunden sind.«

»Siehst du?«, sagte Kelly. »Sie ist nicht krank. Sie hustet nicht oder so.«

»… wegen des nächsten Mals … Mittwoch ginge vielleicht.«

»Da kam dann der zweite Anruf«, sagte Kelly.

»Psst.«

»… gut, bis dann! – Hallo?«

»Ja, genau da.«

»Still, Kelly.«

»Genau da, da guckt sie irgendwie rüber und –«

»Psst!«

»… Geschäft ist Geschäft. Für neue Angebote bin ich immer offen.«

In diesem Augenblick schaute Ann Richtung Kleiderschrank. Bis dahin war das Video erstaunlich scharf gewesen, doch jetzt verschwand das Bild.

»Was ist da passiert?«, fragte ich.

»Da hab ich das Handy weggesteckt. Als sie zu mir herüberguckte. Da hab ich Angst bekommen.«

»Hat sie da zu reden aufgehört?«

»Nein, sie hatte mich ja noch nicht gesehen. Sie hat noch eine Zeitlang geredet. Über die andere Sache, von der ich dir erzählt hab. Wo sie dann so wütend geworden ist und so.«

Ich gab ihr das Handy zurück. »Kannst du das auf deinen Computer runterladen?«

Sie nickte.

»Und schickst du's mir dann? Als Datei oder so?«

Neuerliches Nicken.

»Dann mach das.«

»Bekomm ich jetzt Ärger?«

»Nein.«

»Warum soll ich dir das Video schicken?«

»Nur so … falls ich es mir nachher noch mal anschauen will.«

Von unten rief Fiona. »Alles in Ordnung?«

»Komme sofort!«, rief ich zurück.

Kelly sah mich an. »Was ist jetzt mit Grandma und Marcus? Was soll ich tun?«

»Was wäre dir denn am liebsten?«

Sie zögerte. »Wenn ich Emily nicht helfen kann, könnte ich ja mit ihnen eine Weile rausgehen. Aber könntest du mir dann einen Gefallen tun?«

»Klar«, sagte ich. »Was denn?«

»Könntest du rausfinden, was Emilys Mom zugestoßen ist?«

Ich war mir nicht sicher, ob ich das wirklich wollte, sagte jedoch: »Wenn ich was höre, sag ich dir Bescheid.«

»Was ist geschehen?«, fragte Fiona, als ich herunterkam.

Ich erzählte den beiden das Wenige, was ich wusste. Dass die Mutter von Kellys Freundin gestorben sei, ich aber nicht wisse, unter welchen Umständen.

»Die arme Kleine«, sagte Marcus, doch er meinte Kelly, nicht Emily. »Das ist schon ein bisschen viel auf einmal.«

»Ich bin sicher, wir werden bald erfahren, was passiert ist. Es kommt in den Nachrichten, oder es gibt eine Todesanzeige in der Zeitung, eine Gedenkseite auf Facebook, irgendwas. Wahrscheinlich bekommt Kelly eine SMS, bevor einer von uns was hört.«

»Wird sie trotzdem mit uns kommen?«, fragte Fiona.

»Ja, ich glaube schon.«

Kurz darauf kam Kelly auch schon herunter, fertig angezogen für einen Bummel. Bevor alle drei in Marcus' Caddy stiegen und losfuhren, verschwanden Kelly und ich kurz in der Küche. Sie umarmte ich. Ich kniete mich vor sie hin und wischte ihr eine Träne von der Wange.

»Außer mir kannte ich niemanden, dessen Mutter gestorben ist«, sagte sie. »Ich weiß, dass Emily jetzt echt traurig sein muss.«

»Ja, aber sie wird auch tapfer sein, genau wie du. Sie wird darüber hinwegkommen.«

Kelly nickte und schniefte.

»Du brauchst nicht mitzufahren, wenn du nicht willst«, sagte ich.

»Nein, das geht schon«, sagte Kelly. »Aber ich möchte nicht bei ihnen wohnen. Ich will immer nach Hause kommen und bei dir sein.«

Als ich allein im Haus war, machte ich mir eine Kanne Kaffee. Darum hatte Sheila sich immer gekümmert, und ich hatte den Bogen noch nicht raus – die Anzahl der Löffel, das Wasser so lange laufen lassen, bis es richtig kalt war. Ich schenkte mir einen Becher ein und ging auf die hintere Veranda. Es war ziemlich frisch, aber mit einer leichten Jacke war es schön hier draußen. Ich setzte mich und trank einen Schluck Kaffee. Nicht annähernd so gut wie der von Sheila, aber genießbar. Mehr verlangte ich von einem Kaffee gar nicht.

Abgesehen von der sanften Brise, die ein bisschen Herbstlaub von den drei Eichen in unserem Garten pflückte, war es hier draußen ganz still. Als sei die Welt, zumindest vorübergehend, zur Ruhe gekommen.

Die vergangenen Wochen waren die Hölle gewesen, aber die letzten fünfzehn Stunden hatten uns mitgerissen wie ein Strudel. Die gescheiterte Übernachtung, Kellys Geschichte über die belauschten Anrufe, Fionas unerwarteter Besuch und ihr unerwünschter Vorschlag, was Kellys Schule anging. Und das alles überschattet von Ann Slocums Tod.

Heiliger Strohsack.

»Was sagst du dazu, Sheila?«, sagte ich laut und schüttelte den Kopf. »Was, zum Teufel, sagst du dazu?«

Zwei kleine Mädchen, die in die gleiche Klasse gehen und innerhalb weniger Wochen ihre Mutter verlieren. Und Kelly hatte mich gebeten herauszufinden, was Emilys Mutter zugestoßen war. Ich wollte zwar nicht wirklich aktiv etwas in diese Richtung unternehmen, aber neugierig war ich trotzdem. Konnte es ein Herzinfarkt gewesen sein? Ein Aneurysma? Irgendwas vollkommen Unerwartetes, das sie von einer Sekunde auf die andere dahingerafft hatte? Hatte sie einen Unfall gehabt? War sie die Treppe hinuntergestürzt? War sie in der Dusche ausgerutscht und hatte sich das Genick gebrochen?

Würden seine Gefühle für Ann Darren Slocum bald genauso herumtreiben wie mich meine für Sheila? Würde Zorn die Trauer in den Hintergrund drängen? Vielleicht würde das auf jeden Fall geschehen, egal, wie seine Frau ums Leben gekommen war. Hätte Sheila der Schlag getroffen und sie wäre sofort gestorben, wäre ich vielleicht genauso wütend, aber meine Wut ginge in eine andere Richtung. Statt Sheila zu fragen, was sie sich eigentlich dabei gedacht hatte, würde ich mir diese Frage für den Alten Mann da oben aufheben.

»Ich versteh's immer noch nicht, Sheila«, sagte ich. »Wie hast du das hinbekommen? Wie konntest du so ein Problem geheim halten?«

Keine Antwort.

»Ich hab zu tun.« Ich schüttete den Rest meines Kaffees ins Gras und ging zurück ins Haus.

Ich beschloss, den Tag zu nutzen. Kelly war versorgt, ich könnte also ins Büro fahren und Dinge erledigen, zu denen ich die Woche über nicht gekommen war. Ich könnte aufräumen, Sägeblätter wechseln, mich vergewissern, dass niemand Werkzeug hatte mitgehen lassen. Ich könnte den Anrufbeantworter abhören, vielleicht sogar einige Leute zurückrufen. Dann hätte Sally Montagmorgen nicht so viel zu tun. Höchstwahrscheinlich waren es hauptsächlich Kunden, die nachfragten, warum die Arbeiten bei ihnen nicht zügiger vorangingen. Es gab nicht viele Projekte, die wir nach Zeitplan abwickeln konnten, sosehr wir uns auch bemühten. Die verschiedenen Handwerker unter einen Hut zu bringen – Installateure, Fliesenleger, Elektriker, um nur einige zu nennen – hat was von Dominosteine legen. Schafft man es, sie in der richtigen Zeit in die richtige Ordnung zu bringen, dann ergibt sich eines aus dem anderen. Nur leider kommt das nie vor. Material wird nicht wie versprochen geliefert. Leute werden krank. Man wird zu anderen Projekten zurückgerufen, die man schon für abgeschlossen hielt.

Man tut, was man kann.

Ich stellte gerade meine Kaffeetasse in die Spülmaschine, da hörte ich vor dem Haus eine Autotür zuschlagen. Ich ging nach vorne. Den weißen Pick-up, der quer am Ende der Einfahrt parkte, erkannte ich sofort. »Elektro Theo« stand auf der Tür, und Theo selbst, ein drahtiger Typ Mitte dreißig, der mich mit seinen eins fünfundachtzig um zehn Zentimeter überragte, zwängte sich gerade hinter dem Lenkrad heraus.

Eine Sekunde später ging auch die Beifahrertür auf, und

Sally stieg aus. Sally war achtundzwanzig. Sie hatte dunkelblondes Haar und war grobknochig, aber nicht dick. In der Highschool war sie eine gute Turnerin und Leichtathletin gewesen. Inzwischen war sie zwar nicht mehr ganz die frühere Sportskanone, lief jedoch noch immer jeden Morgen ihre fünf Kilometer und packte schon mal beim Abladen eines Pick-up voller Kanthölzer mit an, wenn Not am Mann war.

Sie war ein paar Zentimeter größer als ich und sagte im Spaß gern, dass sie, sollte sie kein anständiges Weihnachtsgeld bekommen, sich an mir schadlos halten würde. Nicht, dass ich es gerne zugab, aber dieses Jahr standen ihre Chancen nicht schlecht.

Sie hatte ein hübsches Gesicht und ein einnehmendes Lächeln und arbeitete schon fast zehn Jahre bei mir. Als sie sich mit zwanzig ein bisschen was dazuverdienen wollte, kam sie oft zu uns zum Babysitten. Doch es dauerte nicht lange, dann meinte sie, sie sei zu alt für so was, und fing bei Applebees als Aushilfskellnerin an.

Sie und Theo waren erst seit einem Jahr zusammen, aber im Büro sprach Sally schon von Heirat. Mir schien das etwas verfrüht. Es kam mir nicht zu, ihr diese Idee auszureden, aber ermutigen würde ich sie bestimmt nicht. Theo Stamos war in den letzten Wochen deutlich in meiner Achtung gesunken, und zwar nicht erst seit dem Brand. Er war kein übler Kerl, aber berüchtigt dafür, nicht zum vereinbarten Zeitpunkt aufzutauchen, und oft genug schluderte er auch bei der Arbeit. Seit dem Brand hatte ich ihm keinen Auftrag mehr gegeben, und ich bedauerte, dass ich mich nicht schon früher von ihm getrennt hatte.

»Theo«, sagte ich. »Hi, Sally.«

»Ich hab ihm gesagt, wir sollten's nicht tun«, sagte sie und beeilte sich, zwischen Theo und mich zu kommen.

»Das dauert nur eine Sekunde«, sagte Theo. Mit großen Schritten und lässig schwingenden Armen kam er auf mich zu. »Wie geht's denn so, Glen?«

»Gut«, sagte ich mit einem Blick auf die sogenannten Truck Nuts, die vom hinteren Stoßfänger seines Pick-up baumelten. Diese Hodennachbildungen aus Gummi waren auf unerklärliche Weise in den letzten paar Jahren zum Renner geworden. Jedes Mal, wenn ich hinter einem Pick-up mit solchen Dingern dran herfuhr, juckte es mich in den Fingern, mir eine Blechschere zu schnappen und eine Kastration vorzunehmen.

»Ich stör Sie nur ungern an einem Samstag, aber wir waren grad in der Nähe, und da dachte ich mir, warum nicht gleich?«, sagte Theo.

»Warum nicht gleich was?«

»Sie haben meine Dienste schon eine Weile nicht mehr in Anspruch genommen.«

Ich nickte. »Die Geschäfte laufen nicht mehr so gut, Theo.«

»Das weiß ich«, sagte er. »Aber Sally sagt, Sie haben noch einiges zu tun, bevor die totale Flaute kommt.« Sally zuckte zusammen. Es war ihr sichtlich unangenehm, dass Theo sie da mit hineinzog. »Also ist noch nicht ganz tote Hose. Sie haben mich nicht mehr gerufen, seit dieses Haus abgebrannt ist, und das ist nicht fair.«

»Sie haben die Leitungen gelegt.«

»Bei allem Respekt, Glen, aber haben Sie irgendeinen Beweis, dass es meine Schuld war?«

»Ich hab nichts gefunden, was das Gegenteil beweist.«

Er blickte zu Boden und kickte mit der Spitze seines Arbeitsstiefels einen Kieselstein weg. Dann sah er mich an. »Ich finde, das ist nicht richtig«, sagte er mit ausdrucksloser Stimme. »Sie haben Ihr Urteil schon gefällt. Ohne den geringsten Beweis.«

Es widerstrebte mir, Theo vor seiner Freundin bloßzustellen, insbesondere, weil Sally auch eine Freundin von mir war, aber er machte es mir nicht leicht. »Das ist mein Vorrecht«, sagte ich zu ihm. Theos Augen wurden schmal. Anscheinend wusste er nicht, was ich damit sagen wollte. Er sollte zwar nicht mehr für mich arbeiten, beleidigen wollte ich ihn aber trotzdem nicht. Also fügte ich hinzu: »Es ist meine Firma, ich entscheide, wer für mich arbeitet und wer nicht.«

»Ich finde das einfach nicht richtig«, wiederholte er. »Sagen Sie mir einen plausiblen Grund, warum Sie mir keinen Auftrag mehr geben.«

Sally lehnte sich an den Pick-up und schloss einen Moment die Augen. Davon wollte sie nichts hören.

»Sie sind nicht zuverlässig«, sagte ich. »Sie sagen, Sie kommen, und dann lassen Sie sich nicht blicken. Von dem Brand mal ganz abgesehen, Ihre Arbeit ist einfach nicht professionell. Sie machen Murks.«

»Sie wissen doch selbst, wie das bei uns ist«, versuchte er sich zu verteidigen. »Manchmal dauert's irgendwo länger, dann kommt man nicht rechtzeitig zur nächsten Baustelle. Und was soll das heißen, meine Arbeit ist nicht professionell? Das ist doch Schwachsinn.«

Ich schüttelte den Kopf. »Wenn ich einem Kunden verspreche, dass Sie am Vormittag kommen, und Sie kommen nicht, dann wirft das ein schlechtes Licht auf mich und die Firma.«

»Ich hab dir doch gesagt, lass es, Theo«, sagte Sally.

»Was haben die von der Feuerwehr denn gesagt?«, fragte Theo, und seine Stimme wurde lauter. »Haben die gesagt, dass ich die Leitungen falsch verlegt hab?«

»Ich warte noch auf den Abschlussbericht, aber sie haben gesagt, der Brand ist im Bereich des Sicherungskastens ausgebrochen.«

»Im Bereich«, wiederholte er. »Dann könnte genauso gut jemand ölgetränkte Lumpen in diesem Bereich liegen lassen haben, und das Ding ist deswegen in Rauch aufgegangen.«

»Mein Bauch sagt mir was anderes.«

»Scheiß auf Ihren Bauch«, schimpfte Theo.

Für mich war das Thema erledigt. Ich hatte mich entschieden, ihn nicht mehr einzusetzen, und damit basta. Mein Blick wanderte hinunter zu den Truck Nuts an seiner Stoßstange.

Theo sah das und fragte mich: »Brauchen Sie vielleicht welche?«

»Übrigens, eins noch«, sagte ich. »Wer mit so was hinten dran auf einer meiner Baustellen auftaucht, kann gleich wieder nach Hause fahren. Ich werde nicht zulassen, dass meine Tochter an so einer Zurschaustellung vorbeigehen muss.«

»Das geht Sie einen Scheißdreck an, was ich oder sonst wer an seinen Pick-up hängt.«

»Das stimmt«, sagte ich. »Aber ich entscheide, welche Pick-ups auf meine Baustellen dürfen und welche nicht.«

Theo biss sich in die Oberlippe. Seine Arme hingen herab, aber er ballte die Fäuste.

»Theo, gib Ruhe«, sagte Sally. »Ich hab dir doch gesagt, du sollst nicht herkommen, aber du wolltest ja nicht hören.« Dann wandte sie sich an mich. »Tut mir echt leid, Glen. Ich schwöre, ich hab's ihm gesagt.«

»Steig ein«, forderte Theo sie auf. Er setzte sich in den Wagen und knallte die Tür zu, aber Sally machte einen Schritt auf mich zu.

»Ich wollte deinen Freund nicht vor dir niedermachen, Sally. Aber er hat gefragt, und ich habe geantwortet.«

»In Wirklichkeit ist er gar nicht so«, sagte sie. »Er hat viele gute Eigenschaften. Zum Beispiel hat er ein gutes Herz. Unlängst hat ihm die Kassiererin bei Walgreens zu viel rausgegeben, und er hat's ihr zurückgegeben.«

Was sollte ich darauf sagen?

Sally sah zu Boden. Sie seufzte und schüttelte den Kopf. »Es gibt da noch was, über das ich mit dir reden wollte.«

Ich wartete.

»Mir ist gar nicht wohl dabei. Ich will nicht, dass er Ärger bekommt.«

»Theo?«

»Nein. Doug.«

»Was?«

»Er hat mich gebeten, ihm seinen Gehaltsscheck für eine Woche zu verdoppeln und ihm dafür die Woche darauf keinen zu schreiben. Ich hab ihm gesagt, wenn er einen Vorschuss will, dann muss er das mit dir ausmachen. Er meinte, das könnte ja unser kleines Geheimnis bleiben.«

Jetzt war ich derjenige, der seufzte. »Danke, dass du's mir gesagt hast.«

»Ich glaube, er hat riesige Geldsorgen, er und Betsy.«

»Er hat mich gestern Abend deswegen angerufen.«

»Ich weiß, du musst ihm sagen, dass ich's dir gesagt habe, aber wenn du's tust, sag ihm, es ist mir nicht leichtgefallen.«

»Lass das ruhig meine Sorge sein.« Ich berührte sie am Arm. »Wie geht's denn bei dir so? Im Büro kommt man ja zu nichts.«

»Geht schon«, sagte sie. »Er fehlt mir halt. Er fehlt mir sehr.«

Ich musste sie nicht fragen, wie lange es her war, seit ihr Vater gestorben war. Sie hatte ihn am selben Tag verloren wie ich Sheila.

»Ich finde es irgendwie … unheimlich«, sagte Sally. »Ich verlier meinen Dad, und ein paar Stunden später …«

»Ja«, sagte ich und rang mir ein Lächeln ab. Ich legte ihr eine Hand auf die Schulter. Obwohl Theo uns durch die Windschutzscheibe anfunkelte und sich bestimmt darüber ärgern würde, drückte ich sie schnell an mich. Das hatte ich zuletzt bei der Beerdigung ihres Vaters getan, die einen Tag vor Sheilas stattfand. In Anbetracht meiner eigenen Situation hätte ich mir die Zeremonie gern erspart. Aber Sally hatte keine Familie und keine Geschwister. Sie musste die schwere Last ganz allein tragen. Ich stellte meinen eigenen Kummer für zwei Stunden hintan und half Sally, mit ihrem fertig zu werden.

Inzwischen hatten sie herausgefunden, was geschehen war. Sallys Vater musste blutgerinnungshemmende Medikamente nehmen, um das Risiko eines weiteren Herzinfarkts zu minimieren. Sally hatte ihm seine Dosis am Morgen bereits verabreicht. Doch kurz nachdem sie das Haus verlassen hatte, hatte er das anscheinend schon vergessen und sich eine zweite Dosis gespritzt. Das führte dazu, dass er innerlich verblutete.

»Wir rappeln uns wieder hoch und stolpern weiter«, sagte ich zu ihr, während Theo uns wütend beobachtete. »Viel mehr können wir eh nicht tun.«

»Nein«, sagte sie. »Wie wird denn Kelly damit fertig? Ist sie zu Hause?« Sally war noch immer Kellys Lieblingsbabysitter, auch wenn sie nicht mehr auf sie aufgepasst hatte, seit Kelly vier war.

»Sie ist mit ihrer Großmutter und deren Mann unterwegs. Sie wird traurig sein, dass sie dich verpasst hat.« Ich zögerte. Es war mir noch nie leichtgefallen, etwas von mir selbst preiszugeben, doch auf einmal hörte ich mich sagen: »Es ist nicht einfach. Manche Vater-Tochter-Gespräche führen sich schwerer als andere.«

»O ja«, bestätigte Sally und grinste. »Ich kann mir dich lebhaft vorstellen, wie du sie auf den Besuch der roten Tante vorbereitest.«

»Ja, da freu ich mich schon drauf.« Vielleicht konnte ich das an Fiona abtreten, wenn es so weit war. Oder wenn ich dachte, dass es bald so weit sei.

»Wenn du willst, dass ich mit ihr –«

»Danke«, sagte ich. »Ich werd's mir merken. Hör mal, du solltest jetzt gehen. Theo sieht aus, als würden ihm jeden Moment die Sicherungen durchbrennen.«

Mit einer Neigung ihres Kopfes deutete sie auf den hinteren Stoßfänger des Pick-up. »Tut mir leid wegen diesen Dingern da.«

»Ich würde Kelly nie in einem Wagen mit solchen Dingern dran fahren lassen.«

Sie wurde rot. Meine Worte hatten sie beschämt. Unser Verhältnis war schon immer ein bisschen wie das zwischen kleiner Schwester und großem Bruder gewesen. Bestimmt kamen meine kritischen Bemerkungen bei ihr manchmal eher wie ein abfälliges Urteil an.

»Dann bis Montag«, sagte sie und stieg in den Pick-up. Theo ließ die Reifen quietschen, als er losfuhr.

Als ich ins Haus zurückging, läutete das Telefon. »Hallo?«

»Sie sind zu Hause«, sagte eine männliche Stimme, die mir bekannt vorkam.

»Wer spricht?«

»Darren Slocum. Wir müssen miteinander reden. Jetzt gleich.«

VIERZEHN

Ich ging hinaus auf die Veranda und wartete auf Darren Slocum.

Meine Neugier war geweckt. Was gab es zwischen Slocum und mir zu bereden? Ich hätte gedacht, er hätte im Moment andere Prioritäten. Einen Sarg auszusuchen, zum Beispiel.

Fünf Minuten später bog Slocums roter Pick-up schon in unsere Auffahrt und blieb vor dem Haus stehen. »Darren«, sagte ich und ging ihm die Verandastufen hinunter entgegen. Er kam auf mich zu, und ich hielt ihm die Hand hin. »Das mit Ann tut mir ja so leid.«

Wir schüttelten uns die Hände, Slocum beantwortete meine Beileidsbezeugung mit einem Nicken. »Ja«, sagte er. »Eine entsetzliche Geschichte.«

»Wie geht es Emily?«

»Es ist eine Katastrophe. Von einem Moment auf den anderen hat die Kleine keine Mutter mehr. Aber Sie wissen ja, wie das ist.«

»Was ist passiert, Darren?

Er schob seinen Unterkiefer vor und sah nach oben, als erhoffe er sich himmlischen Beistand für das, was ihm jetzt bevorstand. »Es gab einen Unfall.«

Bei dem Wort lief mir ein unerwarteter Schauer über den Rücken. »Einen Autounfall?«

»Sozusagen, aber nicht ganz«, sagte er und senkte wieder den Kopf, um mich anzusehen.

»Wie meinen Sie das?«

»Sie ist die High Street entlang zum Hafen runtergefahren, und anscheinend hatte sie einen Platten auf der Beifahrerseite. Sie ist stehen geblieben und ausgestiegen, um nachzusehen – die Tür stand offen, und der Motor lief noch. Ihre Tasche lag im Auto, unberührt. Auf jeden Fall stand sie ganz nah an der Pierkante, und es sieht so aus, als wäre sie ausgerutscht und ins Wasser gefallen. Ein Bekannter von mir, auch ein Polizist aus Milford, hat sie entdeckt. Direkt unter der Wasseroberfläche hat er sie gefunden.«

»O Gott«, sagte ich. »Das tut mir leid. Das tut mir wirklich leid.«

»Ja, na ja, danke.«

»Ich weiß nicht, was ich sonst sagen soll.«

»Ich dachte, Sie sollten es wissen, wo doch unsere Mädels Freundinnen sind und so.«

»Danke«, sagte ich.

»Weiß Ihre Kleine – Kelly – weiß sie's schon?«

Ich nickte. »Nachdem ich mit Ihrer – ich nehme an, das war Ihre Schwägerin – telefoniert hatte, wollte ich es ihr sagen, aber sie hatte es schon erfahren, beim Chatten mit ihren Freundinnen, vielleicht sogar von Emily.«

»Verstehe«, sagte er leise. »Muss auch für sie ein Schock gewesen sein.«

»Ja.«

»Ich hab mir überlegt, ob es vielleicht helfen würde, wenn ich mit Kelly rede, ihr selbst sage, was passiert ist.«

»Sie wollen mit Kelly reden?«

»Ja. Ist sie da?«

»Nein. Aber ich habe schon mit ihr gesprochen. Das geht schon klar.« Ich konnte mir nicht einen Grund denken, warum Darren Slocum mit Kelly reden sollte.

Sein Unterkiefer mahlte. »Wann kommt sie denn zurück? Ist sie bei einer anderen Freundin zum Spielen oder so?«

Ein kleiner Muskel neben seinem rechten Auge begann zu zucken. Er stand so unter Strom, dass jeden Moment die Funken fliegen konnten. Darauf war ich nicht scharf, also sprach ich leise und ruhig.

»Darren, selbst wenn sie hier wäre, glaube ich nicht, dass es etwas bringen würde, wenn Sie mit ihr reden. Sie hat gerade erst ihre Mutter verloren, und jetzt hat auch ihre beste Freundin die ihre verloren. Ich glaube, dass ich ihr in dieser Situation am besten helfen kann.«

Seine Enttäuschung war nicht zu übersehen.

»Na gut, Glen, dann will ich es kurz machen.«

Ich wartete.

»Was, zum Teufel, ist gestern Abend passiert?«

Ich stieß mit der Zunge gegen die Innenseite meiner Wange. »Wovon reden Sie, Darren?«

»Von Ihrer Kleinen. Warum wollte sie, dass Sie sie abholen?«

»Sie war ein bisschen angeschlagen.«

Er schüttelte den Kopf. »Nein, nein, kommen Sie mir nicht wieder damit. Irgendwas ist passiert.«

»Was immer passiert ist, es ist bei Ihnen passiert. Ich könnte Sie genau dasselbe fragen.«

»Sicher. Ich weiß nicht, was da passiert ist. Aber ich glaube, da war was zwischen meiner Frau und Ihrer Kleinen.«

»Darren, worauf wollen Sie hinaus?«

»Ich muss es wissen. Ich hab meine Gründe.«

»Hat das irgendwas mit dem Unfall zu tun?«

Wieder bewegte sich seine Kinnlade hin und her, doch diesmal ließ er sich Zeit mit der Antwort. Schließlich sagte er: »Ich glaube, jemand hat meine Frau angerufen. Ich glaube, dass dieser Anruf der Grund war, weshalb sie noch mal rausgefahren ist.«

»Verstehe«, sagte ich.

»Ich muss wissen, wer da angerufen hat.«

Resignierend hob ich die Hände. »Verdammt noch mal, Darren, entweder Sie sagen mir jetzt, was Sie wissen wollen, oder Sie fahren wieder nach Hause zu Ihrer Familie. Ich bin sicher, die brauchen Sie jetzt.«

»Die Mädels haben Verstecken gespielt. Ich glaube, Kelly hat sich in unserem Schlafzimmer versteckt, und vielleicht war sie da, als Ann telefoniert hat. Sie kann mir vielleicht sagen, mit wem Ann gesprochen hat.«

»Das ist doch Irrsinn.«

»Keineswegs. Als Sie rüberkamen und ich mich auf die Suche nach Ihrer Kleinen machte, da fand ich sie mitten in unserem Schlafzimmer. Sie sagte, Ann hat ihr befohlen, da zu bleiben als eine Art Strafe.«

Ich sagte nichts.

»Wenn Kelly was kaputtgemacht oder irgendwas getan hätte, was sie nicht hätte tun sollen, hätte Ann mir das bestimmt erzählt. Aber sie hat kein Wort gesagt, und das ist sonderbar. Kurz bevor sie wegfuhr, hat sie so eine Andeutung gemacht. Und sie hat mich angelogen, was das Telefonat angeht. Sie sagte, das muss Kelly gewesen sein, als sie Sie angerufen hat, aber Emily sagte mir später, dass Kelly ein Handy hat. Stimmt das?«

»Ich hab ihr nach dem Tod ihrer Mutter eins gekauft«, bestätigte ich. »Hören Sie, Darren, ich weiß nicht, was ich Ihnen sagen soll. Woher soll Kelly wissen, mit wem Ann telefoniert hat? Und was spielt das eigentlich für eine Rolle? Es ist ja nicht so, dass jemand sie aus dem Haus gelockt hätte. Ich meine, wenn Sie einen Verdacht in diese Richtung hätten, dann würden Sie das doch der Polizei sagen, oder?«

Als er schwieg, fuhr ich fort: »Und sollten Sie diesen Verdacht tatsächlich haben, dann müsste ich wahrscheinlich mit dem Ermittler reden, der den Unfall Ihrer Frau untersucht, denn ich glaube nicht, dass Sie das sind. So läuft das bei der Polizei ja wohl nicht, oder?«

»Ich habe jedes Recht, alles über die näheren Umstände des Todes meiner Frau zu erfahren.«

Das brachte eine Saite zum Klingen.

Dachte ich nicht genau dasselbe, was Sheila anging? Ihr Tod war ein Unfall, aber die näheren Umstände waren mir suspekt. Hatte ich nicht genau dasselbe getan wie Darren Slocum jetzt? Als ich mit den anderen Kursteilnehmern und dem Lehrer sprach, war ich da nicht auch auf der Suche nach der Wahrheit gewesen? Als ich das Haus auf den Kopf stellte, um rauszufinden, ob meine Frau irgendwo Alkohol versteckt hatte, den ich nicht finden sollte, suchte ich da nicht auch nach einer Antwort?

Wenn es etwas gab, von dem Ann nicht wollte, dass er es zu ihren Lebzeiten wusste, war es nicht vielleicht denkbar, dass er ein Recht hatte, es jetzt zu erfahren, da sie tot war?

Trotzdem, ich wollte da nicht hineingezogen werden. Und am allerwenigsten wollte ich, dass Kelly da hineingezogen wurde.

»Hören Sie…«, setzte ich an. Aber noch ehe ich mir zurechtlegen konnte, was genau ich eigentlich sagen wollte, fiel er mir schon ins Wort.

»Warum haben Sie heute Morgen bei uns angerufen?«

»Wie bitte?«

»Sie haben schon verstanden. Sie haben angerufen, und meine Schwägerin war dran. Sie sagten, Sie wollten mit Ann sprechen. Worüber?«

»Nur …« Noch war ich nicht bereit, die Wahrheit zu sagen.

»Ich wollte sie nur fragen, ob sie Kellys Plüschhasen gesehen hat. Hoppy. Aber dann hat sie ihn gefunden.«

»Schwachsinn. Glauben Sie, man kann so lange Polizist sein wie ich und nicht erkennen, wenn man angelogen wird? Wieso haben Sie angerufen? Hat Kelly Ihnen erzählt, was passiert ist? Und Sie wollten mit Ann darüber reden?«

Ich schüttelte den Kopf. »Himmelherrgott, Darren, warum gucken Sie nicht einfach die Anrufliste Ihres Telefons durch?«

Er lächelte. »So schlau war ich auch schon. Und wissen Sie was? Ann hat die Liste gelöscht. Die eingehenden genauso wie die abgehenden Gespräche. Wie finden Sie das? Deswegen will ich mit Kelly reden.«

Ich versuchte, einen versöhnlichen Ton anzuschlagen. »Ich weiß nicht, was für Probleme Sie und Ann miteinander hatten, und es tut mir leid, wenn Sie welche hatten, aber ich habe nicht das geringste Interesse, mich da hineinziehen zu lassen. Meine Tochter hat in den vergangenen Wochen genug durchgemacht. Sie hat ihre Mutter verloren. Die anderen Kinder – Ihre Tochter Gott sei Dank nicht – sind gemein zu ihr, weil Sheila … weil ihretwegen ein Kind aus dieser Schule ums Leben gekommen ist. Jetzt stirbt auch noch die Mutter ihrer Freundin. Sie wird eine Menge Zeit brauchen, um das zu verkraften.«

Slocums Anspannung ließ nach. Eben hatte er noch ausgesehen, als würde er mich gleich schlagen. Jetzt schien er besonnener.

»O Mann, bitte, helfen Sie mir doch«, sagte er.

Sekundenlang herrschte Schweigen zwischen uns. »Also gut«, erwiderte ich dann. »Kelly und ich haben auf der Heimfahrt miteinander gesprochen.«

»Und?«

»Ich mache Ihnen einen Vorschlag. Ich erzähle Ihnen, was

sie mir erzählt hat, und damit ist die Sache erledigt. Sie lassen sie damit in Ruhe.« Ich machte eine Pause, dann fügte ich hinzu: »Für immer.«

Slocum brauchte keine Sekunde zum Überlegen. »Einverstanden.«

»Kelly hatte sich im Schrank versteckt und auf Emily gewartet. Da kam Ann zum Telefonieren ins Schlafzimmer.«

Er nickte. »So ungefähr hab ich mir das gedacht.«

»Kelly hat gesagt, die erste Person, mit der Ihre Frau gesprochen hat, war –«

»Moment. Was war das?«

»Die erste Person, mit der Ihre Frau gesprochen hat, muss eine Freundin gewesen sein. Auf jeden Fall jemand, der sich das Handgelenk verletzt hat. Sie erkundigte sich, wie's diesem Jemand ging.«

»Es gab nicht nur den einen Anruf?«, fragte Slocum.

»Kelly hatte den Eindruck, es waren zwei. Es klopfte wohl in der Leitung, und Ann nahm einen zweiten Anruf entgegen.«

»Das erste Mal hat sie also selbst angerufen«, sagte Slocum mehr zu sich als zu mir. Ich schwieg. Dann fuhr er fort: »Also bei diesem ersten Anruf, da fragte sie jemanden, wie's ihm geht? Der hatte sich verletzt?«

»So in der Art. Aber dann kam dieser andere Anruf. Kelly sagte, sie hätte zuerst geglaubt, es wäre ein Telefonvermarkter oder so, weil Ann etwas von einem neuen Angebot sagte. Und dann wurde sie böse.«

»Böse? Warum?«

»Ann sagte irgendwas von keinen Blödsinn machen, sonst gibt's eine Kugel in den Kopf. Irgendwas in der Art.«

Da hatte Slocum was zu knabbern. »Eine Kugel in den Kopf?«

»Genau.«

»Sonst noch was?«

»Das war's eigentlich.«

»Was ist mit Namen? Ann muss doch einen Namen genannt haben?«

Ich schüttelte den Kopf. »Nein, Namen wurden nicht genannt.«

Damit gab Slocum sich zufrieden. Anscheinend glaubte er mir, dass ich ihm alles gesagt hatte, was ich wusste. Jetzt war ich mit fragen dran.

»Was ist denn los, verdammt noch mal, Darren?«

»Nichts.«

Mir auch recht, dachte ich. Ich hatte meine eigenen Probleme.

»Da ist noch was«, sagte Slocum. Sein Tonfall verhieß nichts Gutes. »Und weil Sie bereit waren, mir bei dieser Sache hier zu helfen, und mir schließlich doch meine Fragen beantwortet haben, bin ich gewillt, Ihnen bei der anderen Geschichte ein bisschen Spielraum zu lassen.«

»Wie bitte?«

»Irgendwas sagt mir, dass Sie kürzlich zu ein bisschen Geld gekommen sind. In den letzten paar Wochen.«

»Da komme ich nicht mehr mit, Darren.«

Er lächelte. Doch es war kein freundliches Lächeln. »Ich wollte Sie nur warnen. Dieses Geld, das gehört Ihnen nicht. Und es zu behalten ist sehr riskant. Überlegen Sie es sich. Nehmen Sie sich Zeit, einen Tag, von mir aus auch zwei, und tun Sie dann das Richtige. Später könnte dann nämlich zu spät sein.«

»Ich habe nicht die leiseste Ahnung, was Sie von mir wollen, und ich werde Ihnen was sagen: Mir zu drohen ist auch sehr riskant. Und es ist mir scheißegal, womit Sie Ihre Brötchen verdienen.«

»Zwei Tage«, wiederholte er. »Danach kann ich Ihnen nicht mehr helfen.«

»Fahren Sie heim, Darren.«

Er machte sich auf den Weg zu seinem Wagen, blieb noch ein letztes Mal stehen und sah mich nachdenklich an. »Ziemlich verzwickt das Ganze, das muss ich zugeben.«

»Was soll das wieder heißen?«

»Ihre Frau, meine Frau, zwei Freundinnen, beide mit kleinen Mädchen, die miteinander spielen, beide sterben innerhalb von zwei Wochen bei einem Unfall. Ist das alles nur Zufall?«

Der Gedanke war mir auch schon gekommen, diese seltsame Koinzidenz …

Mir fiel nichts ein, was ich darauf hätte erwidern können. Darren Slocum stieg in seinen Wagen und fuhr davon.

FÜNFZEHN

Als Kelly bei Fiona und Marcus im Wagen saß, bemerkte sie, dass sie noch nicht gefrühstückt hatte, und da es doch fast Zeit zum Mittagessen war, schlug sie vor, irgendwo etwas Mittagessenähnliches zu sich zu nehmen. Fiona hatte die Absicht, zuerst ins Stamford Town Center zu fahren, weil sie Kelly dort einen neuen Wintermantel kaufen wollte. Aus dem alten war das Kind schon herausgewachsen, und Fiona war nicht überzeugt, dass Glen das bemerken würde. Danach würden sie, auch das hatte Fiona bereits fest eingeplant, nach Darien fahren, wo sie Kelly die Privatschulen zeigen wollte, damit diese eine Vorstellung davon bekäme, wo sie hingehen konnte, sobald es Fiona gelungen war, Glen ihren Vorschlag schmackhaft zu machen.

»Wir essen im Stamford Town Center«, entschied Fiona. Kelly erwiderte, dort gebe es gute Selbstbedienungsrestaurants und sie würde noch so lange durchhalten. Fiona hätte zwar lieber in einem Restaurant gegessen, in dem man sich hinsetzen konnte und jemand kam, um die Bestellung aufzunehmen und das Essen zu bringen. Sie war allerdings geneigt, Nachsicht walten zu lassen, denn sie wollte genau wissen, was der Mutter ihrer Freundin zugestoßen war, und dazu war es wichtig, die Kleine bei Laune zu halten.

Als die drei sich hinsetzten, Marcus und Fiona jeweils mit einem Latte macchiato von Starbucks, Kelly mit einem Stück Peperonipizza, erkundigte Fiona sich nach der Übernachtung.

»Ich dachte, es wird lustig, aber dann war's doch nicht so toll.«

»Wieso das denn?«

»Ich bin früher nach Hause gefahren. Hab Daddy angerufen, dass er mich abholt.«

»Hat's dir denn nicht gefallen?«

»Anfangs schon, aber dann war's nicht mehr lustig.«

Fiona beugte sich zu ihr. »Und warum nicht?«

»Na ja«, sagte Kelly. »Emilys Mom hat sich schrecklich über mich geärgert.«

»Wirklich? Warum hat sie sich über dich geärgert?«

»Ich darf eigentlich nicht darüber reden.«

»Aber mit mir kannst du doch darüber sprechen. Ich bin deine Großmutter. Deiner Großmutter kannst du alles erzählen.«

»Ich weiß, aber ...« Aufmerksam betrachtete Kelly ihr Stück Pizza, zupfte sich eine Peperoni herunter und steckte sie sich in den Mund.

»Aber was?«, hakte Fiona nach.

»Eigentlich hab ich versprochen, dass ich keinem was sage, nur Dad hab ich's gesagt, weil er ist ja mein Dad.«

»Wem hast du das versprochen?«

»Emilys Mom.«

Fiona nickte. »Nun, die ist ja nicht mehr unter uns«, stellte sie trocken fest. »Also kannst du ein Versprechen ihr gegenüber auch nicht brechen, wenn du jetzt darüber sprichst.«

»Man darf Versprechen, die man Toten gegeben hat, brechen?«, fragte Kelly.

»Aber sicher.«

Marcus begann den Kopf zu schütteln. »Fiona, was machst du denn da?«

»Wie bitte?«, fuhr sie ihn an.

»Schau sie dir doch an. Du bringst sie ganz durcheinander. Gleich fängt sie an zu weinen.«

Es stimmte. Eine Träne lief Kelly über die Wange. Sie wischte sie mit dem Handrücken weg.

»Ich weiß, dass ihr das vielleicht Kummer macht, Schatz«, erwiderte Fiona. »Aber es kann auch eine Erleichterung sein, über ein traumatisches Ereignis zu sprechen.«

»Hä?«, machte Kelly.

»Wenn du über etwas sprichst, das dich quält, kann es sein, dass du dich nachher besser fühlst.«

»Aha. Ich weiß nicht.«

»Was war das denn für ein Versprechen, das du Emilys Mom geben musstest?«

»Sie wollte nicht, dass ich jemandem von dem Anruf erzähle.«

»Anruf?«, wiederholte Fiona. »Was für ein Anruf?«

»Der, den ich mitgehört habe.«

Marcus schüttelte missbilligend den Kopf, aber Fiona ignorierte ihn. »Du hast sie beim Telefonieren belauscht?«

»Nicht absichtlich«, sagte Kelly rasch. »Das würde ich nie tun. Das wäre spielonieren.«

»Spionieren, Kelly«, sagte Fiona, ohne die geringste Andeutung eines Lächelns. »Wenn es nicht absichtlich war, wie kommt es dann, dass du mitgehört hast?«

»Ich hab mich nur versteckt«, sagte Kelly. »Vor Emily. Und ich hab sowieso fast nichts gehört, weil sie so geflüstert hat.« Wieder lief ihr eine Träne über die Wange. »Muss ich wirklich darüber reden?«

»Kelly, es ist vielleicht nicht angenehm, sich damit auseinanderzusetzen, aber ich glaube –«

»Kann ich dich einen Augenblick sprechen?«, sagte Marcus zu seiner Frau.

»Was?«

»Herzchen«, sagte Marcus, zückte seine Brieftasche und drückte Kelly einen Zehner in die Hand, »nimm den und hol dir was zum Nachtisch.«

»Aber ich bin doch noch nicht mal mit meiner Pizza fertig.«

»Wenn du ihn dir jetzt holst, kannst du gleich damit loslegen, wenn du mit der Pizza fertig bist.«

Sie nahm den Zehner. »Na gut.«

Fiona und Marcus sahen ihr nach, wie sie auf einen Eisstand zusteuerte.

»Was, zum Teufel, ist denn mit dir los?«, fragte Marcus.

»Was soll los sein?«

»Die Kleine hat ihre Mutter verloren. Und jetzt ist auch die Mutter ihrer besten Freundin tot. Wir wollten sie ausführen und auf andere Gedanken bringen, verdammt noch mal, und du, du hast nichts Besseres zu tun, als sie einer hochnotpeinlichen Befragung zu unterziehen.«

»Sprich nicht in diesem Ton mit mir!«

»Fiona, manchmal … manchmal bist du dir einfach nicht darüber im Klaren, was für eine Wirkung du auf andere Menschen hast. Du kannst dich nicht … Hast du schon mal was von Empathie gehört?«

»Wie kannst du es wagen?«, schäumte sie. »Ich frage sie das alles nur, weil ich um ihr Wohlergehen besorgt bin.«

»Nein«, sagte er und schüttelte den Kopf. »Da steckt etwas ganz anderes dahinter. Könnte es vielleicht etwas damit zu tun haben, dass du diese Ann Slocum schon von Anfang an nicht leiden konntest?«

»Wovon redest du eigentlich?«

»Ich habe genau gesehen, wie du bei dieser Taschenparty, oder wie das heißt, mit ihr umgesprungen bist. Du hattest nichts als Verachtung für sie übrig. Den ganzen Abend über hast du sie von oben herab behandelt.«

Sie starrte ihn an. »Ich habe keine Ahnung, wie du darauf kommst.«

»Ich will dir nur sagen, dass ich mir das nicht länger ansehen werde. Du wirst dieses Kind nicht weiter in die Mangel nehmen. Wir gehen mit ihr einkaufen, wir fahren mit ihr diese Schulen ab, wenn du willst, obwohl es mir schleierhaft ist, wie du auf die Idee kommst, Glen würde von Montag bis Freitag seine Tochter hergeben, und dann bringen wir sie nach Hause.«

»Sie ist meine Enkelin, nicht deine«, sagte Fiona.

»Dann frag ich mich, warum ich derjenige von uns beiden bin, der sich Sorgen um sie macht?«

Fiona wollte etwas erwidern, bemerkte aber, dass Kelly keinen Meter von ihr entfernt stand, einen Eisbecher in der einen, das Telefon in der anderen Hand.

Sie hielt es Fiona hin. »Mein Dad will dich sprechen.«

SECHZEHN

Nach dem Gespräch mit Darren Slocum war ich sehr beunruhigt. Ich ging ins Haus zurück und rief sofort Kelly an.

»Hi, Dad«, sagte sie.

»Hallo, mein Schatz. Wo bist du?«

»Ich hol mir grad ein Eis im Einkaufszentrum.«

»In welchem?«

»In Stamford.«

»Kannst du mir deine Großmutter mal geben?«

»Sekunde. Sie sitzt da drüben.«

Ich hörte die typischen Hintergrundgeräusche eines Einkaufszentrums – Stimmengewirr, nichtssagende Musik –, dann die Stimme meiner Tochter: »Mein Dad will dich sprechen.«

»Ja, Glen?«

»Fiona, könntest du Kelly über Nacht nehmen?« Ich wusste, dass Kelly eine Zahnbürste, einen Schlafanzug und Anziehsachen für mehrere Tage bei Fiona in Darien hatte.

Kurzes Schweigen, dann Flüstern, als wolle sie verhindern, dass Kelly mithörte. »Ist das nicht ein bisschen früh, Glen?«

»Wie bitte?«

»Dass du dir jemanden einlädst? Ist es diese Frau von nebenan? Diese Mueller? Sheila hat mir von ihr erzählt. Ich hab sie an der Tür rumlungern sehen, als wir wegfuhren. Meine Tochter ist noch nicht einmal drei Wochen tot, ist dir das klar?«

Ich schloss die Augen und zählte bis drei. »Ann Slocums Mann war hier, als ihr schon weg wart. Er war ziemlich durch den Wind.«

»Was?«

»Er war, ich weiß nicht, irgendwie daneben. Er wollte mit Kelly reden, und ich kann mir nicht vorstellen, wozu das gut sein soll. Nur für den Fall, dass er es später noch mal probiert, fände ich es gescheiter, wenn Kelly bei dir bliebe.«

»Was meinst du mit ›irgendwie daneben‹?«

»Das ist eine lange Geschichte, Fiona. Was mir im Moment wirklich helfen würde, wäre, wenn du Kelly bis morgen nehmen könntest. Bis ich sicher bin, dass alles vorbei ist.«

»Was gibt's denn?«, hörte ich Marcus fragen.

»Gleich«, sagte Fiona zu ihm. Zu mir sagte sie: »Ja, natürlich, dann bleibt sie bei uns. Kein Problem.«

»Danke«, sagte ich und wartete, ob sie vielleicht auf die Idee kam, sich für das zu entschuldigen, was sie mir anfangs unterstellt hatte.

»Kelly will dich sprechen«, sagte sie.

Ich hörte, wie das Handy weitergereicht wurde, und dann: »Dad? Was ist denn los?«

»Du übernachtest heute bei Grandma. Nur diese eine Nacht.«

»Ja, gut«, sagte sie, nicht begeistert, aber auch nicht enttäuscht. »Ist was passiert?«

»Nichts Schlimmes, Mäuschen.«

»Hast du was über die Sache mit Emilys Mom erfahren?«

»Es war ein Unfall, Mäuschen«, sagte ich. »Sie ist verunglückt, als sie aus dem Wagen stieg, weil sie einen platten Reifen hatte.«

Kelly ließ das einen Moment auf sich einwirken. »Jetzt haben Emily und ich also echt was gemeinsam.«

Darren Slocum hatte behauptet, was er von mir gehört habe, genüge ihm, auch wenn es nicht viel war, was Kelly seine verstorbene Frau am Telefon hatte sagen hören. Aber ich traute dem Frieden nicht. Wie ich Fiona gesagt hatte, machte ich mir Sorgen, er könne wiederkommen, und Kelly einen Tag von zu Hause fernzuhalten schien mir eine gute Lösung. Ich hatte nicht die leiseste Ahnung, worauf er angespielt hatte, als er meinte, ich wäre kürzlich zu Geld gekommen. Seit Sheilas tödlichem Unfall waren noch keine drei Wochen vergangen, und er deutete an, ich hätte ein bisschen Glück gehabt?

Ich wusste nicht, was ich davon halten sollte, also hakte ich es als das Gefasel eines vom Kummer über den Tod seiner Frau verwirrten Mannes ab.

Nach dem Mittagessen fuhr ich dann wirklich ins Büro. Die Firma lag in einer Seitenstraße der Cherry Street, kurz vor dem Just Inn Time Hotel und etwa einen Kilometer vom Einkaufszentrum Connecticut Post Mall entfernt. Es gelang mir zwar, ein wenig Ordnung zu schaffen, aber beim Abhören des Anrufbeantworters merkte ich, dass ich mich nicht konzentrieren konnte. Eigentlich hatte ich mir vorgenommen, diese Leute zurückzurufen, doch im Moment war mir die Vorstellung unerträglich, mit einem Kunden zu sprechen oder bei ihm vorbeizuschauen und mir seine Beschwerden über unerledigte Arbeiten anzuhören. Ich machte mir aber Notizen, damit Sally sich am Montag mit ihnen in Verbindung setzen konnte. Was die Wahl ihrer Männerbekanntschaften anging, hatte Sally kein gutes Händchen, aber bei der Arbeit war sie immer auf Zack. Wir nannten sie unsere »Multitaskerin«, weil sie die Einzelheiten zahlloser Projekte gleichzeitig im Kopf behalten konnte. Ich hatte selbst erlebt, wie sie ein schwieriges Telefonat mit einem Fliesenlieferanten über das Material führte, das wir auf einer Baustelle brauchten, und sich parallel dazu Notizen über Sanitärmaterial für eine andere machte. Sally sagte dann immer, dass in ihrem Kopf mehrere Programme gleichzeitig liefen und dass sie sich damit das Recht auf einen totalen Systemausfall erworben hatte, der bestimmt eines Tages eintreten würde.

Nachdem ich im Büro alles abgeschlossen hatte, fuhr ich zu einem nahe gelegenen Supermarkt. Ich kaufte ein Steak für mich zum Abendessen, Salami, ein paar Dosen Thunfisch und Karottenstäbchen, damit Kelly und ich unter der Woche etwas zum Mittagessen hatten. Ich machte mir nicht viel aus Karotten, aber Sheila hätte sie bestimmt nicht nur in Kellys Lunchbox gern gesehen, sondern auch in meiner. Es war seltsam. Ich hatte zwar eine Stinkwut auf meine verstorbene Frau, wollte aber trotzdem respektieren, was ihr wichtig gewesen war.

Damit es am Morgen nicht zu hektisch zuging, bemühte ich mich, daran zu denken, die Lunchboxen schon am Abend davor herzurichten und mir von Kelly dabei helfen zu lassen.

Als sie fünf war, in die erste Klasse ging und zum ersten Mal jeden Tag etwas zu essen mitnehmen musste, bat sie uns, ihr auch immer einen Beutel Kartoffelchips dazuzustecken. Ihre Freundin Kristen bekäme jeden Tag einen mit, warum dann nicht auch sie? Also wenn Kristens Mutter ihr diesen Müll jeden Tag mitgeben wolle, sei das ihre Sache, sagten wir. Wir tun das jedenfalls nicht.

Kelly fragte daraufhin, ob sie Kekse aus Rice Krispies mitbekommen könne. Da waren zwar geschmolzene Marshmallows drin, aber die Getreideflocken waren doch gesund, oder? Ich half ihr also, welche zu machen. Wir schmolzen Butter und Marshmallows, mischten alles in einer riesigen Schüssel und füllten es in eine Auflaufschale. Glücklich und zufrieden nahm Kelly sich jeden Tag einen Keks mit in die Schule.

Ungefähr einen Monat später war Kristen bei Kelly zum Spielen. Irgendwann fragte sie beiläufig, ob wir auch noch Schokochips in die Kekse tun könnten. So mochte sie sie ganz besonders gern. Kelly hatte jeden Tag ihre Kekse gegen Kristens Kartoffelchips eingetauscht.

Diese Geschichte fiel mir wieder ein, als ich in den Gang mit den Frühstücksflocken kam. Ich musste lächeln. Wie lange das schon her war. Es wäre bestimmt nett, an einem der nächsten Abende mal wieder solche Kekse mit Kelly zu backen. Irgendwann im Lauf der dritten Klasse hatte sie nämlich selbst Geschmack an ihnen gefunden.

Ich streckte die Hand nach einer Packung aus, genau in dem Moment, als jemand anderes – eine Frau Ende dreißig, Anfang vierzig – genau das Gleiche tat. Sie war in Begleitung eines Jungen. Dunkles Haar, Jeans und Jeansjacke, dazu Laufschuhe mit einem Muster aus Streifen und Kringeln. Ich schätzte ihn auf sechzehn, siebzehn.

»Verzeihung«, sagte ich zu der Frau und zog den Arm zurück. »Nach Ihnen.«

Erst jetzt sah ich sie an. Und gleich noch einmal. Ich erkannte sie sofort. Ebenso wie den Jungen bei ihr.

Bonnie Wilkinson. Mutter von Brandon, Ehefrau von Connor.

Die beiden Menschen, die gestorben waren, als sie in Sheilas Wagen rasten.

Dann musste der Junge ihr Sohn Corey sein. Seine Augen wirkten erloschen, als hätten sie alle Tränen seines Lebens bereits vergossen.

Bluse und Hose waren Bonnie Wilkinson viel zu weit, ihr Gesicht war grau und verhärmt. Sie öffnete den Mund und vergaß ihn zu schließen, als ihr klarwurde, wer neben ihr stand.

Ich zog meinen Wagen zurück, um den beiden Platz zu machen. Ich brauchte keine Rice Krispies. Jedenfalls im Moment nicht. »Bin schon weg«, sagte ich.

Da fand sie ihre Sprache wieder, wenn auch mit Müh und Not. »Warten Sie nur ab«, sagte sie.

Ich blieb stehen. »Wie bitte?«

»Sie bekommen auch noch, was Sie verdienen«, sagte sie. »Und nicht zu knapp.« Ihr Sohn durchbohrte mich mit seinem erloschenen Blick.

Ich ließ meinen halbvollen Einkaufswagen stehen und verließ den Laden.

Ich fuhr zu einem anderen Supermarkt und holte mir dort, was ich benötigte. Und statt Rice Krispies kaufte ich, was ich für eine Lasagne zu brauchen glaubte. Ich wusste, so gut wie Sheilas würde meine nicht werden, aber probieren wollte ich es.

Auf der Heimfahrt machte ich einen Umweg, um bei Doug Pinder vorbeizuschauen.

Mein Vater hatte ihn ungefähr zu der Zeit eingestellt, als ich meinen Abschluss in Bates machte. Damals war Doug dreiundzwanzig und damit ein Jahr älter als ich. Wir hatten jahrelang Seite an Seite gearbeitet, doch es war stets klar, dass ich eines Tages der Boss sein würde, auch wenn niemand damit gerechnet hatte, dass es so bald sein würde.

Dad beaufsichtigte damals gerade die Bauarbeiten an einem Einfamilienhaus in Bridgeport. Er hatte soeben einen Pick-up mit über zwanzig großen Sperrholzplatten abgeladen, als er sich an die Brust griff und zu Boden stürzte. Der Sanitäter sagte, Dad war schon tot, ehe sein Kopf das weiche Gras berührte. Ich fuhr mit ihm im Rettungswagen ins Krankenhaus und zupfte ihm die Grashalme aus dem schütteren grauen Haar.

Dad war vierundsechzig geworden. Ich war damals dreißig. Ich ernannte Doug Pinder zum stellvertretenden Betriebsleiter.

Doug war eine gute rechte Hand. Er war Experte für Schreinerarbeiten, doch er verstand auch sonst genug vom Baugewerbe, um Arbeiten überwachen und mit anpacken zu können, wenn Not am Mann war. Und während ich eher zurückhaltend war, war Doug ein extrovertierter und herzlicher Mensch. Er wusste besser als ich, was er sagen und tun musste, um die Leute bei Laune zu halten, wenn es irgendwo brenzlig wurde. Jahrelang hätte ich nicht gewusst, wie ich ohne ihn hätte zurechtkommen sollen.

Doch in den letzten Monaten war Doug nicht mehr der Alte gewesen. Er war nicht mehr der Mittelpunkt einer Party oder wirkte zumindest nicht echt, wenn er versuchte, es zu sein. Ich wusste, dass er zu Hause Probleme hatte, und brauchte nicht lang, um zu erkennen, dass sie finanzieller Art waren. Als Doug und seine Frau Betsy vor vier Jahren ein neues Haus kauften, bekamen sie eine dieser zweitklassigen Hypotheken, bei denen man so gut wie keine Eigenmittel brauchte und die eigentlich zu schön waren, um wahr zu sein. Als im vergangenen Jahr die Verlängerung fällig war, standen sie plötzlich mit doppelt so hohen monatlichen Belastungen da.

Betsy hatte in der Buchhaltung eines GM-Vertragshändlers gearbeitet, bis dieser bankrottgegangen war. Sie hatte zwar eine Teilzeitstelle in einem Möbelhaus in Bridgeport gefunden, brachte aber bestimmt höchstens die Hälfte von dem nach Hause, was sie früher verdient hatte.

Das Gehalt, das Doug von mir bekam, war zwar nicht weniger geworden, aber damit hielten sie sich bestenfalls gerade so über Wasser. Wahrscheinlich waren sie eher am Ertrinken.

Die Geschäfte auf dem Bau- und Renovierungssektor liefen zwar schlecht, trotzdem war es mir bis jetzt gelungen, Lohnkürzungen zu vermeiden. Wenigstens bei meinen Angestellten, bei Doug, Sally, Ken Wang und Stewart, unserem Jüngsten von jenseits der Grenze.

Die Pinders wohnten in einer Seitenstraße der Roses Mill Road in einem einstöckigen Haus am Waldrand in der Nähe des Indian Lake. Als ich ankam, standen beide Wagen in der Einfahrt, Dougs uralter Toyota Pick-up mit Ladeflächenabdeckung und Betsys geleaster Infiniti.

Ich wollte gerade an die Haustür klopfen, da hörte ich laute Stimmen. Ich blieb einen Augenblick stehen und lauschte. Die Atmosphäre in diesem Haus konnte ich mir zwar ausmalen – dicke Luft war das Einzige, was mir dazu einfiel –, aber was tatsächlich gesprochen wurde, konnte ich nicht verstehen.

Ich klopfte laut, sonst – das war mir klar – würde mich bei diesem Tumult kein Mensch hören.

Das Gezeter verstummte fast augenblicklich, als hätte jemand einen Schalter umgelegt. Gleich darauf öffnete Doug die Tür. Sein Gesicht war gerötet, und Schweißperlen standen ihm auf der Stirn. Er lächelte und stieß die Insektenschutztür auf.

»Hey! Hoppla! Wen haben wir denn da?«

Ich trat ein.

»Hey, Bets, es ist Glenny!«

Von irgendwo oben kam ein fröhliches »Hi, Glen!«, als wäre nichts geschehen. Als hätten sie sich nicht gerade noch gegenseitig zerfleischt.

»Hi, Betsy«, rief ich nach oben.

»Magst du ein Bier?«, fragte Doug und führte mich in die Küche.

»Nein, mach dir –«

»Komm schon, ein Bier.«

»Na gut«, sagte ich. »Warum nicht?«

Als ich in die Küche kam, fiel mein Blick sofort auf einen Stapel ungeöffneter Briefumschläge neben dem Telefon. Sie sahen alle nach Rechnungen aus. Auf mehreren konnte ich in der linken oberen Ecke die Logos von Banken und Kreditkartenfirmen erkennen.

»Was darf's denn sein?«, fragte Doug und öffnete den Kühlschrank.

»Egal. Was du da hast.«

Er nahm zwei Dosen Coors, gab mir eine davon und riss seine gleich auf. Er streckte sie mir entgegen, damit wir anstoßen konnten. »Auf das Wochenende«, sagte er. »Wer immer es erfunden hat, ich würde ihm gern die Hand schütteln.«

»Genau«, sagte ich.

»Schön, dass du vorbeischaust. Echt klasse. Wollen wir uns ein Spiel anschauen oder so? Irgendwas läuft bestimmt. Ich hab noch gar nicht geguckt. Wenn schon sonst nichts, dann Golf. Es gibt Leute, die schauen sich kein Golf an, weil sie glauben, da tut sich nix. Aber mir gefällt's. Hauptsache, es gibt genügend Leute, die spielen, und die Kamera kann von einem Loch zum nächsten schalten, damit man nicht zu viel Zeit verplempert, den Leuten beim Rumlatschen zuzuschauen.«

»Ich muss gleich wieder weiter«, sagte ich. »Ich hab Lebensmittel im Auto. Einiges davon muss in den Kühlschrank.«

»Du könntest es ja so lange in unseren stellen«, bot Doug mir eifrig an. »Soll ich rausgehen und es holen? Kein Problem.«

»Nein. Es gibt da was, über das ich mit dir reden muss.«

»Scheiße, gibt's ein Problem auf einer von den Baustellen?«

»Nein, nichts dergleichen.«

Dougs Lächeln verschwand, als hätte man es von einer Tafel gelöscht. »Verdammt, Glen, du schmeißt mich doch nicht raus, oder?«

»Aber wo«, sagte ich.

Das Lächeln kehrte zurück. »Da bin ich aber froh. Mensch, jetzt hast du mich aber ganz schön erschreckt.«

Betsy klapperte die Treppe herunter. Sie kam in die Küche und küsste mich auf die Wange.

»Wie geht's meinem großen, starken Mann?«, sagte sie, aber mit ihren hohen Absätzen war sie beinahe genauso groß wie ich.

»Hi«, sagte ich.

Betsy war eigentlich ein zierliches Persönchen, ein Meter fünfundfünfzig, wenn's hochkam, trug aber zum Ausgleich oft mörderisch hohe Absätze. Heute hatte sie dazu einen kurzen schwarzen Rock, eine weiße Bluse und einen Blazer an. Über ihrem Arm hing eine Handtasche, auf deren einer Seite die Aufschrift »Prada« prangte. Die hatte sie wahrscheinlich an jenem Abend erstanden, als Ann Slocum bei uns ihre gefälschten Designerhandtaschen verhökerte. An Dougs Stelle würde ich mir Gedanken machen, wenn meine Frau so aus dem Haus ging.

»Wann kommst du wieder?«, fragte Doug sie.

»Wenn ich komme, bin ich da«, antwortete sie.

»Dass du ja nicht …« Doug verstummte. »Halt dich zurück.«

»Mach dir keine Sorgen, ich werd schon nichts anstellen«, sagte sie. Mir lächelte sie zu. »Doug glaubt, ich bin einkaufssüchtig.« Sie schüttelte den Kopf. »Alkoholsüchtig, vielleicht.« Sie lachte. Gleich darauf sah sie mich entsetzt an. »O Gott, Glen, es tut mir so leid, dass ich das gesagt habe.«

»Schon gut.«

»Ich hab einfach nicht nachgedacht.« Sie berührte mich am Arm.

»Das ist überhaupt dein Problem«, sagte Doug.

»Leck mich«, sagte sie so gelassen, als hätte sie ihm Gesundheit gewünscht, nachdem er geniest hatte. Die Hand noch immer auf meinem Arm, fragte sie mich: »Wie kommst du zurecht? Und Kelly? Wie geht's ihr?«

»Geht so.«

Sie drückte meinen Arm. »Wenn wir einen Dollar bekämen für jedes Mal, dass ich ins Fettnäpfchen trete, würden wir im Hilton wohnen. Ich muss los.«

»Glenny und ich machen's uns ein bisschen gemütlich«, sagte Doug, obwohl ich dachte, ich hätte ihm klargemacht, dass ich nicht viel Zeit hatte. Ich war froh, dass Betsy ging. Das, was ich Doug zu sagen hatte, wollte ich ihm sowieso nicht vor seiner Frau sagen.

Ich rechnete nicht damit, dass Betsy ihrem Mann einen Abschiedskuss geben würde, und ich hatte recht. Sie drehte sich auf ihren Mörderabsätzen um und verließ das Haus. Als die Haustür zufiel, grinste Doug verlegen und sagte: »Das Gewitter zieht ab.«

»Alles in Ordnung bei euch?«

»Klar doch! Alles im grünen Bereich.«

»Betsy sieht gut aus.«

»Ach, das ist keine, die sich gehenlässt, das ist so sicher wie die Schließfächer in der Bank. Wenn da nur was drin wäre.« Er rang sich ein Lachen ab. »Ich schwör dir, wie diese Frau mit dem Geld um sich schmeißt, könnte man glauben, sie hätte einen Gelddrucker im Keller. Sie muss irgendwo einen Geheimvorrat haben.«

Sein Blick landete auf dem Stapel ungeöffneter Rechnungen neben dem Telefon. Er stellte sich davor, zog eine Schublade auf und fegte sie hinein. Dort lagen bereits mehrere andere.

»Ordnung ist das halbe Leben«, sagte er.

»Setzen wir uns nach draußen«, schlug ich vor.

Wir nahmen unsere Bierdosen mit hinaus auf die Veranda. Von jenseits der Bäume war der Verkehr auf der Interstate 95 zu hören. Doug hatte eine Packung Zigaretten mitgenommen, klopfte eine heraus und steckte sie sich zwischen die Lippen. Beim Eintritt in die Firma war er ein starker Raucher gewesen, hatte es aber ein paar Jahre später aufgegeben. Im letzten halben Jahr hatte er es sich jedoch wieder angewöhnt. Er zündete sich die Zigarette an, inhalierte den Rauch und stieß ihn durch die Nasenlöcher aus. »Herrlicher Tag«, sagte er.

»Wunderschön.«

»Ganz schön frisch, aber da draußen spielen sie noch immer Golf.«

»Sally war heute bei mir«, sagte ich.

Er sah mich kurz an. »Aha?«

»Mit Theo.«

»O Gott, Theo. Glaubst du, sie wird ihn echt heiraten? Ist ja nicht so, dass ich ihn nicht leiden kann, aber ich glaube, sie hätte was Besseres verdient. Du weißt, was ich meine.«

»Theo wollte wissen, warum ich ihn nicht mehr einsetze.«

»Was hast du ihm gesagt?«

»Die Wahrheit. Dass er nicht gut genug arbeitet und dass der Sicherungskasten, den er eingebaut hat, wahrscheinlich der Grund ist, warum das Wilson-Haus abgebrannt ist.«

»Au weh.« Noch ein Schluck Bier, noch ein Zug an der Zigarette. »War's das?«

»Sally hat geplaudert, Doug.«

»Häh?«

»Es tut ihr leid, dass sie's tun musste, aber du hast ihr keine Wahl gelassen.«

»Ich weiß nicht, worauf du hinauswillst, Glenny.«

»Stell dich nicht blöd. Dazu kennen wir uns zu lang.«

Er senkte den Blick. »Es tut mir leid.«

»Wenn du einen Vorschuss brauchst, dann fragst du mich.«

»Hab ich getan, und du hast nein gesagt. Beim letzten Mal.«

»Das hätte dir reichen müssen. Wenn ich dir einen geben kann, geb ich dir einen, wenn ich nicht kann, tu ich's nicht. Die Zeiten sind alles andere als rosig. Die Aufträge werden immer weniger, und wenn die Versicherung für das Wilson-Haus nicht zahlt, sind wir wirklich im Arsch. Also mach nie wieder was hinter meinem Rücken und spann Sally dafür ein.«

»Ich war wirklich in der Klemme«, sagte Doug.

»Ich bin kein Mensch, der den anderen sagt, was sie tun sollen, Doug. Ich glaub nämlich nicht, dass es mich was angeht, wie die Leute ihr Leben leben. Aber bei dir mach ich eine Ausnahme. Ich seh doch, was da läuft. Die Bitten um Vorschuss. Die ungeöffneten Rechnungen. Betsy auf Einkaufstour, wo ihr bis zum Hals in Schulden steckt.«

Er sah mich nicht an. Auf einmal waren seine Schuhe rasend interessant.

»Ihr müsst das in den Griff bekommen, und zwar sofort. Vielleicht müsst ihr das Haus aufgeben, euch von einem Auto verabschieden, ein paar Sachen verkaufen. Vielleicht müsst ihr ganz von vorn anfangen, aber ihr müsst etwas tun. Auf eins kannst du dich aber verlassen: Ich werde dich nicht vor die Tür setzen, zumindest solange du nicht versuchst, mich auszutricksen.«

Er stellte seine Dose ab, warf die Zigarette weg und bedeckte seine Augen mit den Händen. Ich sollte ihn nicht weinen sehen.

»Ich bin so was von im Arsch«, sagte er. »Ich bin so was von total im Arsch. Aber damals haben die uns doch das Blaue vom Himmel herunter versprochen.«

»Wer sie?«

»Alle. Haben gesagt, wir können alles haben. Das Haus, die Autos, den Blue-Ray-Spieler, riesige Flachbildfernseher, alles, was wir wollten. Sogar jetzt, wo wir schon absaufen, schicken sie uns immer noch neue Kreditkarten. Betsy klammert sich dran, als wären es Rettungsringe, aber in Wirklichkeit sind es nur Anker, die uns noch weiter runterziehen.«

Er schniefte, rieb sich die Augen, sah mich an. »Sie hört mir gar nicht zu. Ich sag ihr immer wieder, wir können nicht so weitermachen, aber sie sagt, mach dir keine Sorgen, alles wird gut. Sie kapiert's einfach nicht.«

»Du aber auch nicht«, sagte ich. »Denn du tust nichts dagegen.«

»Willst du wissen, was wir tun? Wir haben jetzt um die zwanzig Kreditkarten. Wir nehmen die eine, um den Kontostand auf der anderen auszugleichen. Ich hab schon komplett den Überblick verloren. Ich kann mich nicht mehr überwinden, die Rechnungen aufzumachen. Ich will das alles gar nicht wissen.«

»Du musst das ja nicht allein stemmen«, sagte ich. »Es gibt Leute, die dir dabei helfen.«

»Manchmal glaub ich, es wäre leichter, sich eine Kugel durch den Kopf zu jagen.«

»Doug, denk nicht an so was. Pack den Stier bei den Hörnern. Du wirst eine ganze Weile brauchen, um dich aus diesem Sumpf herauszuziehen, aber wenn du jetzt anfängst, bist du früher draußen.« Ich stand auf. »Danke fürs Bier.«

Er schaffte es nicht, aufzustehen. Sein Blick war wieder auf den Boden geheftet.

»Ja, danke auch«, sagte er, aber es lag keine Aufrichtigkeit in seinem Ton. »Bei manchen hat Dankbarkeit halt ein kurzes Gedächtnis.«

Ich überlegte, ob ich darauf antworten sollte oder einfach gehen. Nach ein paar Sekunden sagte ich: »Ich weiß, ich hab dir mein Leben zu verdanken, Doug. Ohne dich hätte ich vielleicht nie aus diesem verräucherten Keller herausgefunden. Aber du kannst nicht ewig mit diesem Pfund wuchern. Das eine hat mit dem anderen nichts zu tun.«

»Aber sicher«, sagte er und sah auf den Garten hinaus. »Und ich … ich nehme an, du willst nicht, dass ich ein paar Leute anrufe.«

Ich blieb stehen. »Leute anrufen? Wozu?«

»Ich kenn dich schon lang, Glenny. Auf jeden Fall lang genug, um zu wissen, dass nicht jeder Auftrag in den Büchern steht. Lang genug, um zu wissen, dass du ein paar kleine Geheimnisse hast.«

Ich starrte ihn an.

»Erzähl mir bloß nicht, dass du nicht irgendwo einen Notgroschen versteckt hast«, sagte er, und seine Stimme klang allmählich wieder fester.

»Tu das nicht, Doug. Das ist unter deiner Würde.«

»Ein anonymer Anruf und du hast das Finanzamt so tief im Arsch, dass sie die Löcher in deinen Zähnen zählen können. Aber du hast es ja nicht nötig, jemandem zu helfen, der gerade ein paar Probleme hat. Denk mal darüber nach.«

SIEBZEHN

Darren Slocum stand hinter seinem Haus und tippte eine neue Nummer in sein Handy.

»Ja«, sagte der Mann, der den Anruf entgegennahm.

»Ich bin's. Slocum.«

»Ich weiß, wer dran ist.«

»Haben Sie's gehört?«

»Hab ich was gehört?«

»Das mit meiner Frau.«

»Wie wär's, wenn Sie's mir erzählen?«

»Sie ist tot. Letzte Nacht gestorben. Sie ist vom Pier gefallen.« Slocum wartete, dass der Mann etwas sagte, doch der schwieg. »Haben Sie nichts dazu zu sagen? Sind Sie gar nicht neugierig? Haben Sie denn keine einzige Frage, verdammt noch mal?«

»Wohin soll ich die Blumen schicken?«

»Ich weiß, dass Sie gestern bei Belinda waren. Sie haben sie in Angst und Schrecken versetzt. Haben Sie Ann angerufen? Wollten Sie sich mit ihr treffen? Waren Sie das? Haben Sie meine Frau umgebracht, Sie verdammtes Arschloch?«

»Nein.« Pause. »Sie?«

»Was? Nein.«

»Ich bin gestern Abend an Ihrem Haus vorbeigefahren, so gegen zehn, und ich habe weder den Wagen Ihrer Frau noch Ihren Pick-up in der Einfahrt gesehen. Vielleicht haben Sie sie ja vom Pier gestoßen.«

Slocum blinzelte. »Ich war ein paar Minuten weg. Als Ann wegfuhr, wollte ich ihr nach, aber ich wusste nicht, in welche Richtung sie gefahren war, da bin ich wieder umgekehrt.«

Ein paar Sekunden lang sagte keiner der beiden ein Wort. Schließlich fragte der Mann: »Gibt's sonst noch was?«

»Sonst noch was? *Sonst noch was?*«

»Ja. Gibt's sonst noch was? Ich bin kein Trauerberater. Was Ihrer Frau zugestoßen ist, interessiert mich nicht. Ich bin Geschäftsmann. Sie schulden mir Geld. Was ich von Ihnen hören will, wenn Sie mich anrufen, ist, was sich in der Richtung getan hat.«

»Sie bekommen Ihr Geld ja.«

»Ihrer Freundin habe ich gesagt, sie hat noch zwei Tage Zeit. Ich bin bereit, Ihnen eine ähnliche Frist einzuräumen.«

»Hören Sie, wenn Sie mir noch ein bisschen Zeit lassen, dann habe ich wieder Geld. Ich habe zwar nicht damit gerechnet, dass ich es Ihnen so zurückzahlen werde, aber Ann … sie hatte eine Lebensversicherung. Wenn die zahlt, dann ist mehr als genug –«

»Sie schulden mir *jetzt* Geld.«

»Hören Sie, Sie bekommen es ja. Und jetzt habe ich gerade alle Hände voll zu tun mit einer Beerdigung, Himmelherrgott.«

Der Mann am anderen Ende der Leitung sagte: »Ich bin sicher, Ihre Frau hat Ihnen erzählt, was sie gesehen hat, als sie mir Geld in die Canal Street gebracht hat.«

Der tote chinesische Kaufmann. Die beiden Frauen zur falschen Zeit am falschen Ort.

»Ja«, sagte Slocum.

»Auch er hatte Schulden.«

»Is ja gut«, sagte Slocum. »Was ich eigentlich sagen wollte, ich glaube, ich weiß inzwischen, wo das Geld ist.«

»Das Geld?«

»Garber hat Belinda erzählt, der Wagen ist nicht völlig ausgebrannt. Die Handtasche seiner Frau wurde gefunden, und da war kein Geld drin.«

»Reden Sie weiter.«

»Ich meine, es hätte zwar auch irgendwoanders im Wagen sein können, im Handschuhfach, zum Beispiel, aber ich glaube, am wahrscheinlichsten wäre es doch gewesen, dass sie's in der Tasche hatte.«

»Es sei denn«, sagte der Mann, »einer der ersten Polizisten am Unfallort, einer mit Ihrer untadeligen Dienstauffassung, hat es gefunden.«

»Ich war schon an vielen Unfallorten, und eines können Sie mir glauben, ein Polizist, der in der Handtasche einer Toten herumwühlt, also wirklich nicht. Ich meine, was gibt's denn da zu holen? Ein bisschen Kleingeld und ein paar Kreditkarten. Kein Mensch rechnet damit, einen Umschlag mit über sechzig Riesen zu finden.«

»Und wo ist er dann?«

»Vielleicht hatte sie ja gar nicht vor, ihn abzuliefern. Sie hat ihn behalten. Die Firma ihres Mannes steckt in finanziellen Schwierigkeiten.«

Der Mann schwieg.

»Sind Sie noch da?«

»Ich denke nach. Sie hat mich an diesem Tag angerufen, mir eine Nachricht hinterlassen. Sie sagte, es gäbe ein Problem, sie würde sich verspäten. Vielleicht war ihr Mann ja das Problem. Er hat das Geld gesehen und es ihr abgenommen.«

»Möglich wär's«, sagte Slocum.

Schweigen trat ein. Dann: »Ich werde Ihnen einen Gefallen tun. Betrachten Sie's als Sonderbeurlaubung im Trauerfall. Ich werde Garber einen Besuch abstatten.«

»Gut, aber hören Sie, ich weiß, Sie werden tun, was Sie tun müssen, aber tun Sie's nicht vor – ich meine, der Mann hat ein Kind.«

»Ein Kind?«

»Eine Tochter, so alt wie meine. Sie sind Freundinnen.«

»Perfekt.«

ACHTZEHN

Mein Vater war ein anständiger Kerl.

Er war stolz auf seine Arbeit. Sein Motto war: ganz oder gar nicht. Er war überzeugt, dass man den Respekt, den man anderen entgegenbringt, auch zurückbekommt. Er pfuschte nicht. Wenn er einen Kostenvoranschlag für einen Küchenumbau machte und ihn auf zwanzig Riesen ansetzte, dann deshalb, weil er glaubte, dass seine Arbeit das wert war. Dafür lieferte er hochwertiges Material und herausragendes handwerkliches Können. Wenn ihm jemand erzählte, jemand anderes würde das Ganze für vierzehntausend machen, dann sagte Dad: »Wenn Sie eine neue Küche für vierzehntausend Dollar wollen, dann nehmen Sie den, und gehen Sie mit Gott.« Und wenn dieser Jemand ihn später anrief und bat geradezubiegen, was die andere Firma verpfuscht hatte, dann sagte ihm Dad in aller Freundlichkeit, dass er seine Wahl getroffen habe und nun damit leben müsse.

Schwarzarbeit war bei Dad nicht drin. Das brachte die Leute immer ganz aus der Fassung. Sie dachten, wenn sie bar bezahlten, könnte Dad ihnen beim Preis was nachlassen, weil er ja dieses Einkommen nicht versteuern musste.

»Ich zahle meine Steuern«, pflegte Dad zu sagen. »Ich würde nicht so weit gehen zu behaupten, dass ich es immer gern tue, aber es ist meine verdammte Pflicht und Schuldigkeit. Wenn ich um ein Uhr nachts die Polizei anrufe, weil jemand bei mir einbricht, dann will ich, dass sie kommt. Ich will nicht hören: Ich bin allein auf dem Revier, weil sie Kollegen entlassen mussten, weil nicht genug Geld da war, um sie zu bezahlen. Leute, die ihre Steuern nicht zahlen, schaden uns allen. Es ist schlecht für das Gemeinwesen.«

Das entsprach nicht der gängigen Meinung. Damals genauso wenig wie heute. Aber ich achtete ihn dafür. Mein Vater war ein Mensch mit Prinzipien, und manchmal trieb er meine Mutter und mich damit in den Wahnsinn. Aber er stand zu seinen Überzeugungen. Er war kein Pharisäer.

An einigen Dingen, die ich getan hatte, würde er bestimmt Anstoß nehmen.

Ich halte mich eigentlich für einen ziemlich gesetzestreuen Bürger. Ich raube keine Banken aus. Wenn ich eine verlorene Brieftasche finde, stehle ich mir nicht das Bare und werfe den Rest in den Mülleimer. Ich kümmere mich darum, dass sie wieder in die Hände ihres rechtmäßigen Besitzers gelangt. Ich bemühe mich in angemessenem Rahmen, mich an Tempolimits zu halten. Ich blinke, bevor ich abbiege.

Ich habe niemanden umgebracht oder auch nur verletzt. Ein paar Kneipenschlägereien in meiner Jugend, klar. Ich langte ordentlich hin, und hinterher kippten wir alle noch ein paar und vergaßen das Ganze.

Ich habe mich nie betrunken ans Steuer gesetzt.

Und jedes Jahr reiche ich meine Steuererklärung ein und zahle meine Steuern. Nur halt nicht alle.

Aber ich gebe zu, es gab auch Zeiten, da habe ich mich, wenn die Wirtschaft kränkelte, an der sogenannten Schattenwirtschaft beteiligt. Ein paar Hunderter hier, eine paar Tausender da. Üblicherweise Arbeiten, die nicht über die Firma liefen. Sachen, die ich am Wochenende machte, in meiner Freizeit – als ich noch für meinen Vater arbeitete und auch danach. Eine Veranda für jemanden bei uns in der Straße.

Einen Keller für die Nachbarn. Ein neues Dach für die Garage von einem Kumpel. Arbeiten, die sich für die Firma vielleicht nicht rechneten, für mich aber sehr wohl.

Und wenn ich Hilfe brauchte, dann holte ich mir meinen Freund Doug dazu und bezahlte ihn von dem Geld, das ich bekam.

In mageren Zeiten musste ich mir davon zwar was abzwacken, aber das meiste kam in den Sparstrumpf. Ich wollte nicht, dass das Geld irgendwo aufscheint, also brachte ich es nicht auf die Bank. Ich hob es zu Hause auf, versteckt hinter einem abnehmbaren Stück der Holztäfelung im Kellerbüro. Sheila und ich waren die Einzigen, die von diesen knapp 17000 Dollar wussten.

Doug hatte zwar keine Ahnung, wie viel Geld ich zusammengespart hatte und wo ich es aufbewahrte, aber er wusste, dass ich Einnahmen hatte, die ich nicht versteuert hatte. Er übrigens auch. Aber als er diese Drohung ausstieß, wusste er genau, dass für mich mehr auf dem Spiel stand als für ihn. Ich besaß eine Firma.

Ich hatte dem Staat keine Millionen unterschlagen. Ich war nicht Enron oder die Wall Street. Doch ich hatte ein paar Tausender für mich behalten, die das Finanzamt mit Vergnügen eingesackt hätte. Wenn sie dahinterkämen und mir nachweisen könnten, dass ich ihnen Geld schuldete, würde ich schon einen Weg finden, es zurückzuzahlen.

Aber erst, nachdem sie bei mir alles auf den Kopf gestellt hätten. Sie würden meine Finanzen unter die Lupe nehmen, und wenn sie damit fertig waren, die Bücher von Garber Bau prüfen. Ich wusste, die waren rein wie frisch gefallener Schnee, allerdings würde es mich ein paar Tausender Buchprüferhonorar kosten, das auch zu beweisen.

Ich wusste, was mein Vater sagen würde, wenn er noch

lebte. Er würde mich an ein paar altbekannte Weisheiten erinnern: »Du erntest, was du säst«, hätte er gesagt. »Hättest du dir die Finger nicht schmutzig gemacht, müsstest du sie dir jetzt nicht waschen.«

Und er hätte recht.

Am späteren Samstagnachmittag packte ich meinen Werkzeugkasten und läutete bei Joan Mueller. Offensichtlich freute sie sich, mich zu sehen. Sie trug Jeansshorts und ein weißes Herrenhemd, die Zipfel vorne verknotet.

»Beinah hätt ich's vergessen«, sagte ich. »Das mit dem Wasserhahn.«

»Immer herein. Mach dir keinen Kopf wegen deinen chuhen, lass sie ruhig an. Wenn ich mir Sorgen um meinen Teppich machen würde, dann würde ich mir nicht jeden Tag ein halbes Dutzend Kinder ins Haus holen, das kannst du mir glauben.« Sie lachte.

»Nein, wahrscheinlich nicht.« Ich betrat dieses Haus nicht zum ersten Mal und wusste, wo die Küche war. Auf dem Küchentisch standen eine halbe Flasche Pinot Grigio und ein fast leeres Weinglas. Dazwischen lag eine *Cosmopolitan*.

»Magst du vielleicht ein Bier?«

»Nein, danke.«

»Bestimmt nicht?« Sie öffnete den Kühlschrank. »Ich hab Bud da, zwei Coors und ein Sam Adams. Ich glaube, Sheila hat mir mal erzählt, dass du Sam Adams magst.«

»Danke. Ich will wirklich nichts.«

Mit enttäuschter Miene machte sie den Kühlschrank zu. »Ich hätte nicht gedacht, dass es einen lebenden Mann gibt, der ein kaltes Bier verschmäht.«

»Ist es der hier?«, fragte ich und stellte mein Werkzeug auf die Arbeitsplatte neben der Spüle.

»Genau«, sagte sie.

Der Hahn tropfte nicht. »Sieht nicht aus, als wär da was.« Ich drehte das kalte Wasser auf, dann ab, dann wiederholte ich es mit dem heißen.

»Es kommt und geht«, sagte Joan. »Manchmal tropft's, dann wieder nicht. Mal ist den ganzen Tag Ruhe, dann gehe ich ins Bett, und schon hör ich's wieder: tropf, tropf, tropf. Es ist zum Aus-der-Haut-Fahren. Dann komme ich runter und drehe die Hähne fester zu.«

Ich hatte fast eine Minute lang den Wasserauslass angestarrt, und nicht ein einziger Tropfen war herausgekommen. »Mir scheint er in Ordnung, Joan. Wenn er wieder anfängt, sag Bescheid.«

»Also, es tut mir wirklich leid, dass du dir umsonst die Mühe gemacht hast. Ich komme mir vor wie der letzte Idiot. Setz dich doch einen Augenblick hin.«

Ich setzte mich ihr gegenüber an den Tisch.

»Joan, erzähl mir doch von diesem Gespräch mit Sheila, das über Mr. Bain.«

Sie winkte ab. »War nichts Wichtiges.«

»Aber du hast ihr von ihm erzählt. Davon, dass sein Sohn sagt, er schlägt seine Frau.«

»Also, so direkt hat der kleine Carlson das ja nicht gesagt, aber bei mir ist es so angekommen.«

»Und du hast mit Sheila darüber geredet, ob du die Polizei verständigen sollst?«

Joan nickte. »Ich hatte es eigentlich gar nicht vor, aber ich habe überlegt, ob sie's vielleicht getan hat. Sie hat aber nie ein Wort darüber verloren.« Sie lächelte mich teilnahmsvoll an. »Alles in allem spielt es jetzt wahrscheinlich keine Rolle mehr, ob sie's getan hat oder nicht.«

Ich dachte darüber nach. »Wahrscheinlich. Außer, dass dieser Typ seine Frau vielleicht immer noch schlägt. Und sich fragt, ob du ihn angezeigt hast. Vielleicht solltest du ihm sagen, dass es dir zu viel wird, dass du weniger Kinder willst und dass er zwei Wochen Zeit hat, sich jemand Neuen zu suchen.«

»Ich weiß nicht«, sagte sie. »Ich meine, er wird bald wissen, dass ich nur ihn vor die Tür setze. Und wer sagt mir, dass er, auch wenn ich nicht mehr auf sein Kind aufpasse, nicht zurückkommt, um abzurechnen, wenn er glaubt, dass ich ihn verpfiffen habe?« Sie schenkte sich nach. »Aber ich muss das ja nicht mehr lange machen. Wenn die Entschädigung kommt ... habe ich dir das schon erzählt?«

»Ja.«

»Eine halbe Million, haben sie mir gesagt.« Sie trank ein Drittel des Glases in einem Zug aus. »Dann bin ich gut versorgt. Ich würde wahrscheinlich trotzdem noch arbeiten – fünfhundert Riesen reichen auch nicht ewig –, aber mit der Kinderbetreuung würde ich aufhören. Das ist zu anstrengend, zu stressig. Das Haus ist immer ein Saustall.« Sie schwieg einen Augenblick. »Ich mag's, wenn's ordentlich ist. Und ich würde mich auch noch um Kelly kümmern, wenn sie von der Schule heimkommt. Sie ist ein Prachtmädel. Habe ich dir das schon gesagt? Einfach ein Prachtmädel. Es muss furchtbar für sie sein, keine Mutter mehr zu haben.«

Sie tätschelte mir die Hand und ließ ihre einen winzigen Augenblick zu lang auf meiner liegen.

»Sheila hatte so ein Glück mit dir«, sagte sie.

»Ich sollte jetzt gehen«, sagte ich.

»Bist du sicher, dass du kein Bier magst? Allein trinken macht keinen Spaß. Obwohl, wenn man keine Wahl hat ...« Sie lachte.

»Ganz sicher«, sagte ich, packte meinen Werkzeugkasten und sah zu, dass ich wegkam.

Ich lag fast die ganze Samstagnacht wach und grübelte, ob Darren Slocum am nächsten Tag wieder auftauchen und darauf bestehen würde, mit Kelly zu reden. Hoffentlich genügte ihm das, was ich ihm gesagt hatte. Ich grübelte, ob diese Telefonate, die Kelly mit angehört hatte, etwas zu bedeuten hatten. Ich grübelte, mit wem Ann gesprochen haben könnte und warum sie nicht wollte, dass ihr Mann etwas davon erfuhr. Und warum er so erpicht darauf war, es zu erfahren.

Wenn ich mir keine Gedanken über Darren machte, dachte ich über Doug nach und ob ich ihm ein paar Hunderter zukommen lassen sollte, aber nicht, weil ich glaubte, er würde mir tatsächlich die Steuerfahndung an den Hals hetzen. Ich war mir sicher, dass er seine Drohung nicht ernst gemeint hatte. Trotz gelegentlicher Differenzen waren wir seit Jahren gute Freunde. Ich überlegte hin und her, ob ich ihm Geld geben sollte, einfach weil er es brauchte. Gleichzeitig wusste ich, dass es, wenn ich einmal damit anfing, nie wieder aufhören würde. Selbst mit dem, was ich hinter der Täfelung versteckt hatte, reichte mein Geld nicht, die Finanzkrise von Doug und Betsy aus der Welt zu schaffen.

Ich wälzte mich von einer Seite auf die andere und grübelte über das abgebrannte Haus nach. Ich grübelte, ob die Versicherung den Schaden regulieren würde. Ich machte mir Sorgen, wie lange diese Wirtschaftsflaute dauern würde, ob es in fünf Monaten noch Aufträge für Garber Bau geben würde.

Ich musste an die Kinder denken, die Kelly ›Säuferkind‹ nannten.

Ich musste an den Mann denken, wegen dem Joan Mueller sich Sorgen machte, und an das ungelegene Interesse, das Joan für mich entwickelt zu haben schien. Sheila hat mir einmal im Spaß geraten, mich vor Joan in Acht zu nehmen. Das war noch, bevor Ely auf der Bohrinsel ums Leben gekommen war. Joan verschlänge mich mit den Augen, hatte Sheila behauptet. »Ich kenne diesen Blick. So hab ich dich auch angeschaut. Aber natürlich«, und da lächelte sie, »ist das schon lange her.«

Ich dachte auch kurz an Belinda und ihre merkwürdige Frage, ob in Sheilas Handtasche ein Umschlag gewesen sei.

Aber hauptsächlich dachte ich an Sheila.

»Warum?«, fragte ich die Zimmerdecke. »Warum hast du's getan?«

Noch immer so viel Zorn.

Noch immer so viel Sehnsucht.

Als Kelly am Sonntag kurz nach sechs zur Tür hereinspazierte, erwartete ich eigentlich, das Marcus und Fiona ihr folgen würden. Doch es kam nur Marcus.

»Wo ist denn deine Großmutter?«, fragte ich Kelly.

»Marcus hat mich allein gebracht«, antwortete sie. Kelly nannte Fionas zweiten Mann nie Grandpa oder Großvater. Das ließ Fiona nicht zu. »Damit wir ein bisschen Zeit ›für uns‹ haben.«

Marcus lächelte verlegen. »Wenn wir zu dritt sind, geht's immer nur um Mädchenkram. Also habe ich Fiona gebeten, mich Kelly allein nach Hause bringen zu lassen.«

»Und sie hat dich tatsächlich gelassen?«

Er nickte. Kein geringer Sieg, den er sich da an die Fahnen heften durfte. »Aber, um ehrlich zu sein, ich glaube, sie war heute nicht ganz auf der Höhe.«

Kelly fragte: »Was riecht denn da so?«

»Das ist Lasagne.«

»Du hast Lasagne gekauft?«

»Ich habe Lasagne gemacht.«

Es war schon beinahe Furcht, was sich da in Kellys Blick spiegelte. »Wir haben unterwegs Chicken Fingers gegessen.«

»Das stimmt«, sagte Marcus. »Glen, hast du vielleicht kurz Zeit?«

»Na klar«, sagte ich. »Kelly, Süße, geh doch schon mal in dein Zimmer und pack deine Sachen aus.«

»Ich hab doch gar nichts eingepackt, als wir los sind.«

»Dann eben ohne Auspacken.«

Kelly verschwand nach oben. Marcus kam in die Küche, zog einen Stuhl unter dem Küchentisch hervor und machte es sich bequem. Allerdings sah er, ehrlich gesagt, nicht so aus, als fühle er sich besonders behaglich.

»Also, wie geht's dir?«, fragte er. »Ich meine, wie geht's dir wirklich?«

Ich zuckte mit den Achseln. »Wie mein Vater immer sagte, man muss es nehmen, wie es kommt.«

»Weißt du, was mein Vater immer sagte?«, entgegnete Marcus.

»Sag's mir.«

»Die Dame da drüben hat einen knackigen Hintern.« Er klopfte mit der flachen Hand auf den Tisch. »Ich fand das witzig.«

»Tut mir leid, Marcus. Aber mir ist zurzeit nicht so nach Lachen.«

»Ich weiß. Entschuldige. Ich musste nur gerade an meinen alten Herrn denken. Das war vielleicht ein Mistkerl.« Er lächelte wehmütig. »Trotzdem hat meine Mutter ihn immer wieder zurückgenommen. Ich glaube, weil er uns im tiefsten Grunde seines Herzens liebte. Auch wenn man seine Zweifel haben konnte bei dem, was er sich manchmal leistete.« Sein Lächeln wich einem Ausdruck der Nachdenklichkeit, und er verstummte.

»Kann es sein, dass du etwas auf dem Herzen hast?«, fragte ich.

Der Anflug eines Lächelns. »Wenn du mich so fragst …«

»Etwas, über das du nicht mit Fiona reden willst?« Nicken. »Heißt das, es geht um Fiona?«

»Ich mache mir Sorgen um sie«, sagte er. »Das hat sie sehr getroffen. Die Tochter zu verlieren und so.«

»Zum Glück kann sie ja mir die Schuld dafür geben. Das hilft sicher.«

Marcus schüttelte den Kopf. »Sie würde es dir gegenüber natürlich nie zugeben, aber ich glaube, sie gibt sich selbst genauso viel Schuld wie dir. Vielleicht sogar mehr.«

Ich holte eine Flasche Scotch und zwei Gläser. Ich schenkte jedem von uns zwei Finger hoch ein und reichte Marcus sein Glas. Er stürzte den Whisky in einem Zug hinunter. Ich brauchte nicht viel länger.

»Erzähl weiter.«

»Sie geht ins Schlafzimmer und macht die Tür zu, und ich kann sie da drin weinen hören. Einmal hab ich gehört, wie sie weinend sagte, es wäre alles ihre Schuld. Als ich sie später danach fragte, stritt sie kategorisch ab, so etwas gesagt zu haben. Aber ich glaube, sie fragt sich dasselbe, was sie dich auch gefragt hat – warum sie die Anzeichen nicht gesehen hat. Warum hat sie nicht gemerkt, dass mit Sheila etwas nicht stimmt?«

»Sie hat mir nie signalisiert, dass sie mir etwas von der Last abnehmen möchte, die ich mit mir herumschleppe.«

»Fiona kann ziemlich schwierig sein«, sagte Marcus. »Das weiß ich. Aber unter dieser Granitfassade schlägt ein Herz.«

»Das hat sie wahrscheinlich jemand anderem rausgerissen und in sich versenkt.«

Er schnitt eine Grimasse. »Tja.« Dann schüttelte er den Kopf. »Da ist noch was.«

»Zum Thema Fiona?«

»Zum Thema Fiona.« Pause. »Und Kelly.«

»Was?«

»Eigentlich sind es zwei Sachen. Erstens diese Idee von Fiona, dass Kelly zu uns ziehen und in Darien zur Schule gehen soll. Nicht, dass ich was dagegen hätte, es ist nur –«

»Das kommt sowieso nicht in Frage«, sagte ich. »Fünf von sieben Tagen getrennt von Kelly? Kommt nicht in Frage.«

»Also, dieser Meinung bin ich eigentlich auch, nur aus einem anderen Grund.«

Ich sah ihn neugierig an. »Nämlich?«

»Fiona hat Geldsorgen.«

Ich goss mir noch einen Scotch ein. Marcus hielt mir sein Glas hin, und ich schenkte auch ihm nach. »Was ist denn los?«

»Du hast doch bestimmt von diesem Karnofsky gehört?«

Der Investment-Guru von der Wall Street, dessen Geschäfte sich inzwischen als weitverzweigtes Schneeballsystem entpuppt hatten. Unzählige Menschen hatten zig Millionen Dollar verloren und würden keinen Cent davon wiedersehen. »Ich schau ja Nachrichten«, sagte ich.

»Sie hatte einen großen Teil ihres Vermögens bei ihm angelegt.«

»Wie viel?«

»Ungefähr achtzig Prozent.«

Meine Augenbrauen rutschten eine Etage höher. »Wie viel ist davon jetzt beim Teufel?«

»Sie weiht mich nicht in alle ihre finanziellen Transaktionen ein, aber nach dem, was ich mitbekommen habe, müssten es plusminus zwei Millionen sein.«

»Heilige Scheiße!«

»Du sagst es.«

»Was wird sie tun?«

»Sie wird nicht verhungern, auch wenn die zwei Millionen weg sind. Aber sie wird sich einschränken müssen. Das, was ihr bleibt, muss ja noch ein paar Jährchen reichen, und das weiß sie auch. Und dann diese Idee mit der Privatschule für Kelly – Glen, hast du eine Ahnung, was diese Schulen kosten?«

»Wahrscheinlich mehr pro Semester, als ich für ein ganzes Haus verlange.«

»So ungefähr. Also, wenn das für dich ohnehin nicht in Frage kommt, musst du nur ein Machtwort sprechen. In gewisser Hinsicht wird das für sie auch eine Erleichterung sein. Sie wird sich deinem Willen beugen müssen, aber ihr bleibt immerhin das gute Gefühl, euch das Angebot gemacht zu haben.«

»Du hast gesagt, es gibt zwei Sachen.«

»Na ja, Fiona ist Kelly ganz schön auf die Pelle gerückt, wegen dieser Übernachtung und was da passiert ist.«

»Tatsächlich? Warum das denn?«

»Keine Ahnung. Auf jeden Fall hat sie Kelly ziemlich in Verlegenheit gebracht. Ich musste ihr richtig in die Parade fahren, damit sie endlich aufhört. Die Kleine hat eh schon genug durchgemacht, da muss Fiona nicht auch noch ein derartiges Kreuzverhör mit ihr veranstalten.«

»Was wollte sie denn damit bezwecken?«

Marcus stürzte seinen zweiten Scotch hinunter. »Du kennst doch Fiona. Die hat immer irgendwelche Hintergedanken.«

Kelly kam herunter. Dass ihr Großvater gegangen war, ohne sich von ihr zu verabschieden, schien sie nicht besonders zu wundern. »Er kam mir müde vor«, sagte sie. »Er hat gesagt, wir hätten viel zu besprechen, aber dann hat er fast nichts gesagt.«

»Vielleicht geht ihm zu viel durch den Kopf.«

Ich hatte die Lasagne aus dem Backofen geholt und zum

Abkühlen oben auf den Herd gestellt. Kelly begutachtete und beschnupperte sie.

»Oben gehört Sauce drauf«, sagte sie.

»Ich hab halt Käse draufgetan.«

Sie holte eine Gabel aus der Besteckschublade und stach mitten in die Lasagne. »Wo ist der Ricotta? Ist da überhaupt Ricotta drin?«

»Ricotta?«, wiederholte ich.

»Und außerdem hast du die falsche Form genommen«, fügte sie hinzu. »Die Lasagne wird komisch schmecken, wenn du sie in einer anderen Form machst.«

»Das war die einzige, die ich gefunden habe. Hör mal, willst du jetzt was davon haben oder nicht?«

»Ich hab keinen Hunger.«

»Ich probier sie mal.« Ich schaufelte mir etwas auf einen Teller und holte mir eine Gabel aus der Schublade. Kelly setzte sich zu mir an den Tisch und beobachtete mich, als sei ich ein Experiment im Biologieunterricht oder so was.

»Da war was, das macht dich bestimmt sauer«, sagte sie.

»Und zwar?

»Grandma hat mir ein paar von den Schulen gezeigt, in die ich gehen könnte. Aber ich hab sie nur von außen gesehen, weil ja Wochenende war.«

»Deswegen bin ich doch nicht sauer.«

»Wenn ich wirklich dort zur Schule gehen würde, würdest du dann mit mir zu Grandma und Marcus ziehen? Mein Zimmer dort ist wirklich groß. Da würde auch noch ein zweites Bett hineinpassen. Aber schnarchen dürftest du nicht.«

»Du wirst nicht in Darien zur Schule gehen«, sagte ich. »Ich werde mich nach einer anderen Schule hier in der Stadt umsehen, wenn du wirklich wechseln willst.«

»Emilys Dad war also gestern da?«, fragte Kelly.

»Ja.«

Sie machte ein erschrockenes Gesicht. »War er da, weil er uns zur Beerdigung einladen wollte?«

»Nein. Und so macht man das auch nicht. Man geht nicht rum und lädt ein – darüber brauchen wir uns jetzt keine Gedanken zu machen.«

»Warum ist er dann gekommen?«

»Er wollte nur wissen, ob mit dir alles in Ordnung ist, wo du doch Emilys Freundin bist und so.«

Sie dachte darüber nach, machte aber nicht den Eindruck, als hätte sie das beruhigt. »Und sonst wollte er nichts?«

»Wie zum Beispiel?«

»Er wollte nichts zurückhaben?«

Jetzt betrachtete ich sie genauer. »Wie zum Beispiel?«

Plötzlich sah Kelly ganz verängstigt drein. »Ich weiß nicht.«

»Was sollte er denn zurückwollen?«

»Ich hab mir schon Ärger eingehandelt, weil ich in ihrem Schlafzimmer war. Ich will nicht noch mehr Ärger.«

»Du bekommst keinen Ärger.«

»Und wenn doch?«, fragte sie und brach beinahe in Tränen aus.

»Kelly, hast du was aus dem Schlafzimmer der Slocums weggenommen.«

»Ich hab's nicht absichtlich getan.«

»Wie kann man etwas unabsichtlich mitnehmen?«

»Da im Schrank, da bin ich mit dem Fuß gegen eine Handtasche gestoßen und als ich sie wegschieben wollte, da klimperte etwas drin, also hab ich's rausgenommen, aber es war so dunkel, ich hab nicht gesehen, was es ist, da hab ich's eingesteckt.«

»Mensch, Kelly!«

»Ich wollte ja nur gucken, was das war, und wenn Emily mich gefunden hätte und ich wieder was gesehen hätte, hätte ich mir's anschauen können. Aber dann ist nicht Emily gekommen, sondern ihre Mom, da hab ich's einfach in der Hosentasche gelassen. Die war dann so ausgebeult, darum hab ich meine Hand so drübergehalten, als Mrs. Slocum verlangte, dass ich mich mitten ins Zimmer stelle.«

Müde schloss ich die Augen. »Was war's denn? Schmuck? Eine Uhr?« Sie schüttelte den Kopf. »Hast du's noch? Ist es hier?«

»Ich hab's in meinem Schuhbeutel versteckt.« Eine Träne lief ihr über die Wange.

»Geh und hol's.«

Sie stand auf und lief in ihr Zimmer. In weniger als einer Minute war sie zurück, in der Hand einen blaukarierten Beutel mit einem Segelboot vorne drauf.

Sie gab ihn mir. Was da auch drin war, es war auf jeden Fall schwerer, als ich erwartet hatte. Bevor ich den Beutel öffnete, tastete ich den Gegenstand darin ab. Mir drängte sich der Verdacht auf, dass Kelly ein Paar Armbänder aus dem Haus der Slocums hatte mitgehen lassen.

Ich steckte die Hand in den Beutel und holte den Gegenstand heraus. Er war schwer und mit einer hochglänzenden Nickelschicht überzogen.

»Das sind Handschellen«, ließ Kelly mich wissen.

»Ja«, sagte ich. »Das sind Handschellen.«

NEUNZEHN

»Glaubst du, Mr. Slocum ist gekommen, weil er die zurückwollte?«, fragte Kelly. »Bist du sicher, dass er nicht danach gefragt hat?«

»Ganz sicher«, sagte ich und untersuchte die Handschellen. Ein winziger Schlüssel war mit durchsichtigem Klebeband daran befestigt.

Ich gab Kelly ihren leeren Schuhbeutel zurück. »Wenn die in der Handtasche seiner Frau waren, weiß er vielleicht nicht mal was davon.«

»Sie ist aber gar keine Polizistin.«

»Ich weiß.«

»Aber vielleicht hat sie Mr. Slocum manchmal geholfen, wenn er Polizist sein musste.«

»Wäre möglich.«

»Wirst du sie ihm zurückgeben?«, fragte sie ängstlich.

Ich holte tief Luft. »Nein«, sagte ich. »Ich glaube, wir vergessen die einfach.«

»Aber was ich getan habe, das tut man nicht«, sagte Kelly. »Ich hab sie ja sozusagen gestohlen. Aber nicht richtig. Ich wollte nur nicht, dass Emilys Mom weiß, dass ich sie aus ihrer Tasche genommen habe.«

»Warum hast du sie denn nicht zurückgetan, als Mrs. Slocum dich allein gelassen hat?«

»Ich hatte doch solche Angst. Sie hat gesagt, ich soll mich mitten ins Zimmer stellen. Und ich dachte, wenn sie zurückkommt und mich wieder im Schrank findet, dann bekomm ich noch mehr Ärger.«

Ich nahm Kelly in den Arm.

»Ist ja gut.«

»Was ist, wenn wir sie in eine Schachtel tun und Mr. Slocum schicken, aber nicht draufschreiben, von wem sie ist?«

Ich schüttelte den Kopf. »Man kann ja auch mal was verlegen. Selbst wenn er von diesen Dingern weiß, wird es wahrscheinlich sehr lange dauern, bis er sie vermisst.«

»Aber was ist, wenn ein böser Mann in der Nacht in ihr Haus einbricht, und Mr. Slocum will die Handschellen aus der Tasche holen, um ihn zu fesseln, bis die anderen Polizisten kommen?«

Ich war froh, dass ich ihr nicht erklären musste, wofür genau diese Dinger in Wirklichkeit benutzt wurden. »Ich bin sicher, dass das nicht passieren wird«, sagte ich. »Und damit ist die Sache erledigt. Kein Wort mehr darüber.«

Ich scheuchte Kelly hinaus und legte die Handschellen in meine Nachttischschublade. Vielleicht würde ich sie in einen Sack stecken und mit der Müllabfuhr auf die Reise schicken. Wenn diese Handschellen in Ann Slocums Handtasche waren, dann war es nicht nur höchst unwahrscheinlich, dass ihr Mann davon wusste, sondern auch, dass sie überhaupt im Hause Slocum benutzt wurden. Kein Wunder, dass Ann nicht wollte, dass Darren etwas von diesem Anruf erfuhr.

Ich hätte gerne gewusst, wessen Handgelenke ihr so am Herzen gelegen hatten.

Am Morgen fuhr ich Kelly zur Schule. »Und ich hol dich auch wieder ab«, sagte ich.

»Ist gut.« So hatten wir es schon die ganze letzte Woche gemacht, seit Kelly nach Sheilas Tod wieder zur Schule ging. »Wie lang willst du das noch machen?«

»Noch eine Zeitlang.«

»Ich glaube, ich kann bald wieder mit dem Rad fahren.«

»Wahrscheinlich. Aber trotzdem machen wir's noch eine Weile so, wenn's dir recht ist.«

»Ist gut«, sagte sie ein wenig geknickt.

»Und wenn Mr. Slocum in der Schule auftaucht und dich sucht, dann redest du nicht mit ihm. Geh und sag's einem Lehrer.«

»Warum sollte er das denn tun? Wegen der Handschellen?«

»Hör mal, ich rechne ja gar nicht damit, dass er irgendwas tut, aber nur für den Fall. Und über die Handschellen reden wir nicht mehr, und deinen Freunden erzählst du auch nichts davon.«

»Nicht einmal Emily?«

»Emily am allerwenigsten. Niemandem, verstehst du?«

»Ist gut. Aber über andere Sachen darf ich schon mit Emily reden, oder?«

»Sie wird heute nicht in der Schule sein. Wahrscheinlich wird sie erst in ein paar Tagen wiederkommen.«

»Aber online rede ich doch mit ihr.«

Natürlich. Ich dachte wie ein Mensch aus einem anderen Jahrhundert.

»Werden wir zu der Gedenkzeremonie gehen?« Ein Ausdruck, der noch vor einem Monat ein Fremdwort für sie war. »Emily hat gesagt, heute kommen alle ins Bestattungsinstitut.«

Ich bezweifelte, dass das eine so gute Idee war. Erstens machte ich mir Sorgen, dass es Kelly zu sehr aufwühlen würde. Sie hatte eben erst die Beerdigung ihrer Mutter miterleben müssen und dabei fast ununterbrochen geweint. Wer konnte wissen, wie sie eine zweite so kurz danach verkraften würde? Und zweitens wollte ich nicht, dass sie auch nur in die Nähe von Darren Slocum kam.

»Ich weiß nicht recht, mein Schatz.«

»Ich muss aber hin.«

»Nein, musst du nicht. Alle würden verstehen, wenn du nicht kommst.«

»Du meinst, sie würden denken, ich will nicht? Aber das stimmt nicht. Ich will nicht, dass alle denken, ich bin eine feige Nuss.«

»Bist du auch nicht – und niemand würde das von dir denken.«

»Ich würde das denken. Ich würde mich für eine Riesenmuschi halten, wenn ich nicht ginge.«

»Eine was?«

Sie errötete.

»Eine feige Nuss. Außerdem sind Emily und ihre Eltern auch zu Moms Beerdigung gekommen.«

Da hatte Kelly recht. Die Slocums waren da gewesen. Aber in der Zwischenzeit hatte sich viel getan. Zwischen uns und den Slocums war einiges nicht mehr wie früher.

»Wenn ich nicht hingehe, wird Emily mich ewig hassen«, sagte Kelly. »Wenn du das willst, dann geh ich eben nicht hin.«

Ich sah zu ihr hinüber. »Wann geht's denn los?«

»Um drei.«

»Gut, ich hol dich um zwei von der Schule ab. Wir fahren nach Hause, ziehen uns um und fahren hin. Aber unter einer Bedingung: Du bleibst bei mir. Du bleibst da, wo ich dich sehen kann. Ist das klar?«

Kelly nickte. »Verstanden. Und du wirst nicht vergessen, was du mir versprochen hast?«

Wir waren an der Schule angekommen. Ich fuhr an den Straßenrand. »Ich werde es nicht vergessen.«

»Weißt du, was ich meine?«

»Ich weiß es. Dass ich mich nach einer anderen Schule für dich umsehe.«

»Gut, ich wollte nur sichergehen.«

Von der Schule fuhr ich in die Firma und sagte Sally, dass ich ihr ein paar Notizen zur Nachverfolgung von Anrufen gemacht hatte.

»Schon erledigt«, sagte sie.

»Und dann waren da noch ein paar andere Anrufe –«

»Erledigt«, wiederholte sie. »Bei manchen war noch keiner da, aber ich hab aufs Band gesprochen.«

»Irgendwelche Anfragen für Kostenvoranschläge?«

»Tut mir leid, Boss.«

Wir gingen schnell die offenen Baustellen durch. Aktuell waren es drei: eine Küchenrenovierung in Derby, eine Doppelgarage in Devon und ein Kellerausbau in einem fünf Jahre alten Haus in Milford Ost. Zum ersten Mal seit zwei Jahren bauten wir kein komplettes Haus, vom Boden bis zum Dach.

»Stewart und KF machen die Garage«, sagte Sally. Stewart kam aus Kanada, er war unser Jüngster. »KF« war Ken Wang, eigentlich eine Abkürzung seines Spitznamens Kentucky Fried Wang, oder KFW, weil er aus dem Süden stammte. »Doug ist nach Derby gefahren, am Keller arbeitet momentan niemand.«

»Alles klar.«

»Können wir kurz reden?«, fragte sie.

Wir gingen in mein Büro.

»Das mit Samstag tut mir leid«, sagte sie und setzte sich mir gegenüber.

»Mach dir keine Gedanken«, sagte ich. »Mit dir und Theo alles in Butter?«

»Ich hab ihn hinterher ein bisschen zusammengestaucht.

Ich weiß, es ist deine Firma und du bestimmst, wer für dich arbeitet und wer nicht.«

»So ist es.«

»Obwohl ich eigentlich glaube, dass er ein guter Elektriker ist. Er macht gerade ein paar Sachen in Dads – in meinem Haus.« Sally war zu ihrem Vater gezogen, als sich sein Gesundheitszustand verschlechtert hatte. Er war ein alter Brummbär gewesen, aber das hatte auch seinen Charme ausgemacht. Er hatte ein fanatisches Interesse am Bürgerkrieg gehabt und eine ansehnliche Sammlung alter und neuer Schusswaffen, auf die er sehr stolz gewesen war – eine Begeisterung, die ich nicht teilte. Ich wusste, wie man mit Waffen umging, hatte aber selbst nie eine besessen. Und seine politischen Ansichten hatte ich auch nicht geteilt. Er war nicht davon abzubringen, dass Richard Nixon der beste Präsident gewesen war, den die Vereinigten Staaten je hatten, »abgesehen von dieser Scheiße, die er da mit den Chinesen abgezogen hat, dieser idiotischen ›Annäherung‹«.

Sally hatte rasch erkannt, dass ihr Vater keine nennenswerten Ersparnisse hatte, die es ihm erlaubt hätten, in eine anständige Pflegeeinrichtung zu ziehen, also tat sie selbst, was sie konnte. Mittags hetzte sie nach Hause, um sich zu vergewissern, dass er gegessen hatte, was sie vorbereitet hatte, und auch seine Medizin genommen hatte. Die Ausgaben dafür waren horrend gewesen. Das wenige Geld, das da war, verschluckten die verschiedensten Medikamente: Insulin für den Diabetes, dazu noch Lisinopril und Warfarin und Heparininjektionen für sein Herz. Seine Sozialversicherung deckte die Kosten dafür nicht annähernd ab, also musste Sally ihre eigenen Ersparnisse angreifen. So ziemlich alles, was sie an Miete sparte, weil sie zu ihrem Vater gezogen war, ging für seine Medikamente drauf. Hätte er noch viel länger gelebt, hätte

Sally das Haus verkaufen und eine kleine Wohnung für sich und ihn suchen müssen. Doch jetzt gehörte das Haus ihr, und sie hatte gerade angefangen, es auf Vordermann zu bringen.

»Theo hat eine Menge alte Steckdosen ausgetauscht und eine Deckenlampe im Eingang montiert, und wenn er mit dem Bad fertig ist, dann hab ich da eine Fußbodenheizung. Ich kann es gar nicht erwarten: ein warmer Boden unter den Füßen, wenn ich an einem kalten Morgen ins Bad komme. Die Fliesen, gut, das ist was anderes. Die macht er diese Woche, und er ist ja eigentlich auch kein Fliesenleger, aber das kann ich später von jemand anderem in Ordnung bringen lassen. Doug vielleicht, wenn er's machen würde.«

»Toll«, sagte ich und dachte daran, worüber wir am Samstag gesprochen hatten.

»Ich wollte dir nur sagen, ich respektiere deine Entscheidung, und ich werde mein Bestes tun, dass er das auch tut.«

Es war mir ziemlich egal, ob er das tat oder nicht, Hauptsache, er hielt sich von meinen Baustellen fern. Aber das sagte ich natürlich nicht laut. »Ich bin dir sehr dankbar, Sally.«

Sie nagte an ihrer Lippe, als hätte sie noch etwas auf dem Herzen. »Glen …«

»Was geht dir denn gerade durch den Kopf?«

»Was hältst du von ihm? Ich meine, als Mann. Als Mann für mich.«

»Sally, ich kenn dich schon eine Ewigkeit, schon bevor du zum Babysitten zu uns gekommen bist. Und wenn es darum geht, dir zu sagen, was du im Büro zu tun hast, da hab ich nicht die geringsten Hemmungen. Aber dein Privatleben geht mich nichts an.«

»Gut, versuchen wir's anders: Angenommen, du kennst Theo und ich nicht, wäre er ein Mann, mit dem du mich verkuppeln würdest?«

»Ich verkupple niemanden.«

Sally verdrehte die Augen. »Herrgott, du bist unmöglich. Dann halt so: Ich kenne ihn nicht, und eines Tages sehe ich ihn auf einer Baustelle und sage zu dir: ›Hey, der ist aber süß, soll ich mich mal von ihm ausführen lassen?‹ Was würdest du dann sagen?«

»Er ist … er sieht nicht schlecht aus. Eigentlich sogar sehr gut, das muss man ihm lassen. Und er scheint dich echt gern zu haben. Einigermaßen zivilisiert ist er auch, solange er … nicht unter Druck kommt.«

Sie betrachtete mich eingehend. »Und jetzt kommt das ›Aber‹. Ich seh's dir an.«

Einen Augenblick spielte ich mit dem Gedanken, mich zu drücken. Doch Sally hatte es verdient, dass ich ehrlich zu ihr war. »Ich würde sagen, du hast was Besseres verdient.«

»Ah«, sagte sie. »Ja dann.«

»Du hast mich gefragt.«

»Und du hast mir geantwortet.« Sie rang sich ein Lächeln ab und schlug sich auf die Schenkel. »War das so schwierig?«

»Schon.«

»Ich meine, ich weiß, was du sagen willst. Aber was ist, wenn ich niemand Besseren finde?«

»Verkauf dich nicht unter Wert, Sal.«

»Ach komm, schau mich doch an«, sagte sie. »Ich bin fast zwei Meter groß. Ich gehör in den Zirkus.«

»Hör auf. Du bist schön.«

»Und du bist ein guter Lügner.« Sie stand auf, ging zur Tür und blieb da stehen. »Danke.«

Ich lächelte. Ich fuhr den Computer hoch und googelte »Schulen Milford«. Als Erstes suchte ich nach den nächstgelegenen Grundschulen und schrieb mir ein paar auf. Dann hielt ich nach Privatschulen Ausschau. Es gab ein paar katholische, aber ich hatte keine Ahnung, wie gut unsere Chancen waren, dort einen Platz zu bekommen. Wir waren nämlich nicht katholisch. Genau genommen waren wir gar nichts. Sheila und ich waren keine Kirchgänger und hatten Kelly nie taufen lassen, sehr zu Fionas Entsetzen.

Ich schrieb mir noch ein paar Namen und Telefonnummern von Schulen auf. Vielleicht hatte ich ja im Laufe des Tages Zeit, sie abzuklappern. Außerdem hinterließ ich Kellys Direktor eine Nachricht. Ich wollte aus ihm nicht die Namen der Kinder herauskitzeln, die Kelly ›Säuferkind‹ nannten, sondern vorfühlen, was er davon hielt, wenn sie angesichts ihrer verzwickten Lage die Schule wechselte.

Dann fuhr ich auf die Baustelle, die der Firma am nächsten lag. Das war die Doppelgarage in Devon. Der Kunde, ein pensionierter Versicherungsagent Mitte sechzig, hatte zwei Oldtimer – eine Corvette Baujahr 1959 und eine Corvette Sting Ray Baujahr 1963 mit der geteilten Heckscheibe –, aber nichts, um sie ordentlich unterzubringen.

Diese Garage war keine große Herausforderung. Kein Keller, keine Klempnerarbeiten außer einem Anschluss zum Autowaschen. Nur ein solider Kasten mit genügend Stauraum und Platz für eine Werkbank, gute Beleuchtung und jede Menge Steckdosen. Einen elektrischen Torantrieb hatte der Kunde abgelehnt, weil er nicht riskieren wollte, dass der eines Tages verrücktspielte und ihm einen seiner Schätze plattdrückte.

Als ich aus dem Wagen stieg, kam Ken Wang mir entgegen.

»Hey, Mr. G., gut schaunse heut aus, Herrschaften.«

Es war immer wieder zum Brüllen.

»Danke, KF. Wie läuft's bei euch?«

»Ausgezeichnet. Eins kann ich Ihnen flüstern, für eine von diesen Fetten würd ich meine linke Titte hergeben.«

»Schöne Autos.«

»Da hat einer hier rumgeschnüffelt, der wollte zu Ihnen.«

»Hat er gesagt, was er wollte?«

Ken schüttelte den Kopf. »Nein. Vielleicht ein neuer Auftrag. Also schön da bleiben.« Er grinste mich an.

Ich ging in die neue Garage, um zu sehen, wie es dort vorangging. Die Innenwände waren aus Gipskarton – auf einer Platte fand ich einen Stempel, der jede Befürchtung zerstreute, es könnte dieses giftige Zeug aus China sein –, und Stewart wollte gerade anfangen, die Übergänge abzuschleifen. »Schon ganz gut, was?«, sagte er.

Ich erklärte den beiden, wo sie die Regale anbringen sollten, und setzte mich wieder in den Wagen, um mir einen Kaffee aus meiner Thermoskanne zu gönnen und ein, zwei Schulen anzurufen. Ein kleines blaues Auto blieb am Straßenrand stehen, und ein Mann im blauen Anzug stieg aus. Er hatte einen Umschlag in der Hand. Vielleicht war das der Typ, den Ken vorhin gesehen hatte. Als er auf mich zukam, ließ ich das Fenster herunter.

»Glen Garber?«, fragte er.

»Steht zumindest auf dem Wagen«, witzelte ich.

»Aber Sie sind Mr. Garber?«

Ich nickte.

Er reichte mir den Umschlag zum Fenster herein und sagte: »Gilt als zugestellt.« Dann drehte er sich um und ging.

Ich stellte meinen Thermosbecher auf das Armaturenbrett und riss den Umschlag auf, holte die Papiere heraus und entfaltete sie. Der Briefkopf einer Anwaltskanzlei. So schnell ich konnte, überflog ich den Schrieb. Er war in einem Juristenkauderwelsch geschrieben, das ich zwar kaum verstand, aber das Wesentliche begriff ich doch.

Die Familie Wilkinson verklagte mich auf fünf Millionen

Dollar. Klagegrund: Fahrlässigkeit. Der springende Punkt war folgender: Ich hatte den Zustand meiner Frau nicht erkannt und nichts dagegen unternommen. Dieses Versäumnis war schlussendlich der Grund für den Tod von Connor und Brandon Wilson.

Ich bemühte mich, das Ganze noch einmal durchzulesen, gründlich diesmal, aber mir kamen die Tränen, und alles verschwamm mir vor den Augen. Ich schloss sie und lehnte den Kopf an die Kopfstütze.

»Toll gemacht, Sheila«, sagte ich.

ZWANZIG

»Interessant ist es auf jeden Fall«, sagte Edwin Campbell. Er nahm seine Brille mit der Metallfassung ab und legte sie neben das Schriftstück, das mir vor zwei Stunden zugestellt worden war. Er schüttelte den Kopf. »Ein bisschen überzogen, wie mir scheint, aber interessant.«

»Sie meinen also, ich muss mir deswegen keine Sorgen machen?«, fragte ich ihn und beugte mich vor. Wir saßen auf Ledersesseln im Besprechungszimmer seiner Kanzlei. Edwin war Ende sechzig und viele Jahre der Anwalt meines Vaters gewesen. Ich nahm auch heute noch seine Dienste in Anspruch, nicht nur aus Familientradition und Loyalität, sondern weil er sein Handwerk verstand. Sofort nach Zustellung der Papiere hatte ich ihn angerufen, und er hatte mir gleich einen Termin gegeben.

»Also, so weit würde ich auch wieder nicht gehen«, sagte Campbell. »Es gibt genügend Fälle dieser Art, die jahrelang von einer Instanz zur nächsten weitergereicht werden, und die Beschuldigten Unsummen für die Verteidigung kosten. Wir müssen also eine Erwiderung schreiben. Sie werden beweisen müssen, dass du wusstest, dass Sheila Alkoholikerin war, und dass du sehr wahrscheinlich wusstest, dass sie sich in alkoholisiertem Zustand ans Steuer eines Wagens setzen würde.«

»Ich habe Ihnen doch gesagt, dass mir nie –«

Edwin winkte ab. »Ich weiß, was du gesagt hast. Und ich

glaube dir. Aber ich glaube auch – und ich bin sicher, du hast das schon getan –, dass du unbedingt noch einmal über alles, was Sheila betrifft, gründlich nachdenken musst. Gibt es etwas, das du übersehen hast, etwas, das du vielleicht ignoriert hast, weil du es nicht wahrhaben wolltest? Etwas, was du dir nicht eingestehen willst? Jetzt musst du wirklich ehrlich zu dir selbst sein, auch wenn es weh tut, denn wenn es da etwas gibt, auch nur das winzigste Fitzelchen eines Beweises, dass du Grund zur Annahme hattest, Sheila sei fähig zu tun, was sie getan hat, dann müssen wir uns dem stellen und sehen, wie wir damit umgehen.«

»Ich hab Ihnen doch gesagt, da ist nichts.«

»Du hast deine Frau nie alkoholisiert gesehen?«

»Was, nie?«

»Das war meine Frage.«

»Doch, Scheiße, natürlich ist es vorgekommen, dass sie so viel getrunken hatte, dass sie den Alkohol spürte. Wer denn nicht?«

»In welchen Situationen?«

»Keine Ahnung. Weihnachten, Familienfeiern, ein Hochzeitstag, wenn wir ausgegangen sind. Partys.«

»Dann hatte Sheila also die Angewohnheit, bei all diesen Anlässen zu viel zu trinken?«

Ich kniff die Augen zusammen. »Herrgott, Edwin.«

»Ich spiele hier den Advocatus Diaboli. Aber du siehst, was rauskommen kann, wenn man nicht aufpasst. Ich weiß und du weißt, dass es einen Riesenunterschied macht, ob man sich zu Weihnachten ein paar Gläser gönnt oder ob man sich ans Steuer setzt, wenn man nicht sollte. Aber alles, was Bonnie Wilkinson an Beweisen braucht, ist eine Handvoll Zeugen, die Sheila erlebt haben in solchen Situationen, bei denen vielleicht auch du dabei gewesen bist.«

»Da wird sie sich aber ganz schön ranhalten müssen.«

»Was ist mit Belinda Morton?«

»Hah? Belinda war Sheilas Freundin. Was soll mit ihr sein?«

»Ich hab ein bisschen herumtelefoniert, bevor du gekommen bist, unter anderem mit Barnicke & Trundle. Das ist die Kanzlei, die Mrs. Wilkinson vertritt, und sie hatten keine Hemmungen mir vorzuschlagen, die ganze Sache außergerichtlich zu regeln.«

»Wovon reden Sie eigentlich?«

»Sie haben bereits eine Aussage von Mrs. Morton, dass, wenn sie und Sheila und noch eine Frau sich zum Mittagessen trafen, sie sich ziemlich beschickert haben.«

»Dann haben sie halt mehr als ein Glas getrunken. Sheila ist von diesen Treffen immer mit dem Taxi heimgefahren. Normalerweise ist sie schon mit dem Taxi hingefahren, weil sie wusste, dass sie einiges trinken würde.«

»Wirklich?«, fragte Edwin. »Dann ging sie also zum Mittagessen aus, in dem vollen Bewusstsein, dass sie viel trinken würde?«

Ich schüttelte den Kopf. »Sie haben sich ja nicht vorsätzlich betrunken. Sie hatten nur ihren Spaß beim Mittagessen. Sie spielen das viel zu hoch.«

»Nicht ich werde es sein, der das tut.« Er schwieg einen Augenblick. »Dann ist da noch die Sache mit dem Marihuana.«

»Mit dem was?«

»Anscheinend hat Belinda gesagt, dass sie und Sheila welches geraucht haben.«

»Belinda hat das gesagt?« Die Frau, die angeblich eine Freundin meiner Frau war?

»So wurde es mir berichtet. Soweit ich verstanden habe,

geht es um einen einmaligen Vorfall. Vor einem Jahr, bei den Mortons, hinten im Garten. Anscheinend ist der Ehemann dazugekommen und war sehr verstört.«

Ungläubig schüttelte ich den Kopf. »Was tut sie uns da an? Kelly und mir?«

»Ich weiß es nicht. Wollen wir ihr zugutehalten, dass sie sich der Tragweite ihrer Bemerkungen nicht bewusst war, als sie sie machte. Anscheinend war ihr Mann der Meinung, sie habe die Pflicht, über diese Vorfälle zu sprechen.«

Ich ließ mich in meinen Stuhl sinken. »Der Typ ist so ein Schisser. Selbst wenn sie beweisen könnten, dass Sheila beim Mittagessen gern ein Glas Wein oder einen Cosmopolitan getrunken hat, von da bis zum Beweis, dass sie sich in der Nacht des Unfalls betrunken ans Steuer gesetzt hat, ist es noch ein ziemlich weiter Weg.«

»Wie ich schon sagte, es ist ein bisschen überzogen. Aber in einem Fall wie diesem ist alles möglich, also dürfen wir ihn nicht auf die leichte Schulter nehmen. Überlass jetzt erst mal alles mir. Ich werde eine Erwiderung aufsetzen, und die können wir dann besprechen.«

Ich hatte das Gefühl, mein ganzes Leben flöge mir um die Ohren. Kaum glaubt man, schlimmer kann's nicht mehr werden …

Ich merkte, wie ich noch mehr zusammensackte. »Gott, was für eine Woche.«

»Was?«, fragte Edwin, widerstrebend, wie mir schien.

»Ich weiß noch immer nicht, wie das mit der Versicherung für dieses Haus weitergeht, das mir abgebrannt ist, einer meiner Mitarbeiter steht vor dem finanziellen Aus und geht mich die ganze Zeit um Vorschüsse an, wegen Sheilas Unfall rufen die Kinder in der Schule meiner Tochter ›Säuferkind‹ hinterher, die Mutter ihrer besten Freundin ist vor ein paar Tagen bei einem Unfall ums Leben gekommen, und ihr Mann nervt mich wegen eines Anrufs, den Kelly mit angehört hat, als sie zum Übernachten dort war. Und jetzt wollen mich die Wilkinsons mit ihrer Klage endgültig ruinieren.«

»Brrr«, sagte Edwin.

»Kann man wohl sagen.«

»Nein, geh noch mal ein Stück zurück.«

»Wie weit?«

»Die Mutter der Freundin deiner Tochter ist ums Leben gekommen und weiter?«

Ich erzählte ihm von Ann Slocums Tod und dass Darren Slocum jetzt unbedingt wissen wollte, was Kelly gehört hat, als Ann im Schlafzimmer telefonierte.

»Ann war die Dritte bei diesen Mittagessen«, fügte ich hinzu.

»Also, das ist interessant«, sagte Edwin.

»Ja.«

»Sagtest du Darren Slocum?«

»Richtig.«

»Von der Polizei in Milford?«

»Wieder richtig. Kennen Sie ihn?«

»Ich kenne seinen Ruf.«

»Das klingt aber gefährlich«, sagte ich.

»Ich weiß von mindestens zwei internen Ermittlungen gegen ihn. Einem Mann hat er während der Festnahme nach einer Kneipenschlägerei den Arm gebrochen. Bei der anderen Sache haben sie ihn im Zusammenhang mit verschwundenem Drogengeld aufs Korn genommen, aber da bin ich mir ziemlich sicher, dass es zu nichts geführt hat. Es gab mehrere Polizisten, die Zugriff auf das Beweismaterial hatten, also konnten sie ihm nichts anhängen.«

»Woher wissen Sie das?«

»Glaubst du, ich sitze den ganzen Tag hier und pussel an meiner Briefmarkensammlung rum?«

»Dann ist er also ein böser Cop?«

Edwin antwortete nicht gleich, so als ob noch andere Leute im Raum wären und er keine Verleumdungsklage riskieren wollte.

»Sagen wir, es liegt ein Schatten auf ihm.«

»Sheila war mit seiner Frau befreundet.«

»Über seine Frau weiß ich nicht viel. Nur, dass sie nicht seine erste war.«

»Ich wusste gar nicht, dass er schon mal verheiratet war.«

»Tja. Im Zusammenhang mit dem Ärger, den er sich da eingehandelt hat, war auch davon die Rede, dass er vor Jahren schon mal verheiratet war.«

»Scheidung?«

»Sie ist gestorben.«

»Woran?«

»Keine Ahnung.«

Ich dachte darüber nach. »Vielleicht ergibt das alles langsam einen Sinn. Er ist ein zwielichtiger Polizist, und seine Frau verkauft von zu Hause aus gefälschte Designerhandtaschen. Ich glaube, die haben ganz gut verdient mit diesen Taschen.« Dass das Ganze wahrscheinlich auch am Finanzamt vorbeilief, erwähnte ich nicht. Wer im Glashaus sitzt und so.

Edwin spitzte die Lippen. »Könnte sein, dass man bei der Polizei wenig Verständnis dafür aufbringt, dass er und seine Frau gefälschte Produkte verkaufen. Das ist illegal. Nicht der Besitz so einer Tasche, aber die Herstellung und der Verkauf.«

»Als Slocum Samstagvormittag zu mir kam, war er ziemlich neben der Spur. Für ihn gab es anscheinend einen Zusammenhang zwischen dem Anruf, den seine Frau erhalten hatte, und dem Unfall.«

»Und zwar?«

»Er sah das wohl so: Hätte sie nicht das Haus verlassen, um sich mit dem Anrufer zu treffen, hätte sie diese Reifenpanne vielleicht irgendwann und irgendwoanders gehabt, wäre nicht ins Wasser gefallen und folglich nicht gestorben.«

Wieder spitzte Edwin die Lippen.

»Woran denken Sie?«

»Weißt du, ob die Polizei den Fall Ann Slocum als Tod unter ungeklärten Umständen behandelt?«

»Keine Ahnung.«

Edwin presste die Lippen zusammen und fuhr sich mit der Zunge über die Zähne. So hatte ich ihn schon früher gesehen, wenn er tief in Gedanken war.

»Glen«, begann er zögernd.

»Ich höre.«

»Glaubst du an Zufälle?«

»Eigentlich nicht«, sagte ich. Ich ahnte, worauf er hinauswollte.

»Deine Frau kommt bei einem Unfall ums Leben, der, ich glaube, da sind wir uns einig, schwer nachvollziehbar ist. Und weniger als einen Monat später stirbt ihre Freundin unter mysteriösen, wenn nicht genauso wenig nachvollziehbaren Umständen bei einem anderen Unfall. Ich bin sicher, das ist deiner Aufmerksamkeit nicht entgangen.«

»Durchaus nicht, Edwin«, antwortete ich. In mir brach ein Tumult los. »Aber abgesehen von dieser Feststellung weiß ich nicht, was ich damit anfangen soll. Sehen Sie, worüber ich Tag und Nacht grüble, ist, wie Sheila so etwas tun konnte – wie sie gestorben ist. Was habe ich übersehen? Wie kann es sein, dass ich nicht wusste, dass sie ein Problem hatte? Herrgott, Edwin, soviel ich weiß, mochte sie Wodka überhaupt nicht, trotzdem lag eine leere Flasche in ihrem Wagen.«

Edwin trommelte mit den Fingern seiner linken Hand auf den Tisch. Er warf einen Blick auf das Bücherregal. »Du weißt, ich war schon immer ein Bewunderer von Arthur Conan Doyle. Ein Fan, könnte man sagen.«

Ich folgte seinem Blick. Ich stand auf, stellte mich vor das Regal und hielt den Kopf etwas schräg, um zu lesen, was auf den Bücherrücken stand. *Eine Studie in Scharlachrot, Die Abenteuer des Sherlock Holmes, Das Zeichen der Vier.*

»Die sehen echt alt aus«, sagte ich. »Darf ich?«

Edwin nickte, und ich zog eines der Bücher heraus. Vorsichtig schlug ich es auf. »Sind das alles Erstausgaben?«

»Nein. Aber ich habe welche, eingeschweißt und sicher verwahrt. Sogar ein vom Autor signiertes. Kennst du seine Bücher?«

»Kann ich nicht behaupten – das mit dem Hund vielleicht. Von Baskerville, stimmt's? Aus meiner Kinderzeit. Und Sheila und ich haben uns diesen Film angesehen, den mit dem Typen, der auch den *Iron Man* gespielt hat.«

Edwin schloss kurz die Augen. »Ein grauenhaftes Machwerk«, sagte er. »Nicht Iron Man, der hat mir gefallen.« Er wirkte enttäuscht, vielleicht ob der Lücken in meiner literarischen Bildung. Davon gab es einen Haufen.

»Ich will dich eines fragen – ganz ohne Umschweife: So, wie du Sheila kennst, besteht deiner Meinung nach auch nur die geringste Möglichkeit, dass sie vorsätzlich eine Flasche Wodka trinkt und dann den Unfall verursacht, der sie und zwei andere Menschen das Leben kostet?«

Ich schluckte. »Nein. Das ist unmöglich. Und trotzdem –«

»*Im Zeichen der Vier* sagt Holmes, und ich glaube, ich kann es wörtlich zitieren: ›Wenn man das Unmögliche ausgeschlossen hat, dann muss das, was übrig bleibt, die Wahrheit sein, so unwahrscheinlich sie auch klingen mag.‹ Ist dir dieser Satz geläufig?«

»Ich glaube, ich hab ihn schon mal gehört. Sie wollen also sagen, wenn es unmöglich ist, dass Sheila so etwas tun würde, dann muss es eine andere Erklärung für das geben, was geschehen ist, selbst wenn sie … wirklich absurd klingt.«

Edwin nickte. »In der Kurzversion.«

»Was für andere Erklärungen könnte es denn geben?«

Edwin schüttelte den Kopf. »Keine Ahnung. Aber in Anbetracht der jüngsten Entwicklungen solltest du meiner Meinung auf jeden Fall in Erwägung ziehen, dass es welche gibt.«

EINUNDZWANZIG

Als ich wieder im Wagen saß, klingelte mein Handy. Es war eine der Privatschulen, die ich angerufen hatte. Die Frau beantwortete meine Fragen zu Schulgebühren (höher, als ich gedacht hatte), ob Kelly mitten im Schuljahr wechseln dürfte (sie dürfte) und ob ihre schulischen Leistungen den Anforderungen für eine Aufnahme genügten (vielleicht).

»Und Sie wissen natürlich, dass wir ein Internat sind«, sagte sie. »Die Schüler wohnen hier.«

»Aber wir wohnen doch schon in Milford«, klärte ich sie auf. »Kelly könnte zu Hause wohnen bleiben.«

»Das entspricht aber nicht unserem Bildungsansatz«, klärte sie mich auf. »Wir glauben an eine eher ganzheitliche Förderung.«

»Trotzdem danke«, sagte ich. So ein Schwachsinn. Wenn Kelly in der gleichen Stadt wie ich war, dann würde sie auch bei mir wohnen. Es mochte ja Eltern geben, die ihren Nachwuchs nur zu gern in eine Schule abschoben, rund um die Uhr, sieben Tage die Woche. Ich gehörte jedenfalls nicht dazu.

Ich rief Sally an, um sie daran zu erinnern, dass ich zur Gedenkzeremonie für Ann Slocum fahren und den Rest des Tages wahrscheinlich weder ins Büro noch an eine der Baustellen zurückkehren würde. Bei der Schule angekommen, stellte ich den Wagen ab und ging ins Sekretariat, um Bescheid zu sagen, dass ich Kelly früher abholte. Von der Sekretärin erfuhr ich, dass zwei andere Kinder sowie Kellys und Emilys Lehrerin vorhätten, auch zu der Feier zu kommen.

Als Kelly ins Sekretariat kam, hielt sie einen kleinen Umschlag in der Hand. Sie sah mir nicht in die Augen, als sie ihn mir gab. Ich riss ihn auf und las die Mitteilung auf dem Weg zum Wagen.

»Was ist das?«, fragte ich. »Ist das von deiner Lehrerin?«

Kelly murmelte etwas, das entfernt wie ein Ja klang.

»Du bist einem anderen Kind auf den Fuß getreten? Schon wieder?«

Sie riss den Kopf herum und sah mich mit geröteten Augen an. »Geschieht ihm recht. Er hat ›Säuferkind‹ zu mir gesagt. Hast du schon eine neue Schule für mich gefunden?«

Ich legte ihr die Hand auf den Rücken und führte sie über den Parkplatz. »Fahren wir nach Hause und ziehen uns um.«

Ich stand im Schlafzimmer und nahm gerade den dritten Anlauf, meine Krawatte so zu binden, dass das breite Ende nicht kürzer ausfiel als das schmale, da kam Kelly herein. Sie trug ein einfaches marineblaues Kleid – ihre Mutter hatte es bei Gap gekauft – und eine passende Strumpfhose.

»Kann ich so gehen?«, fragte sie.

Sie sah wunderschön aus. »Unbedingt.«

»Bist du sicher?«

»Ganz sicher.

»Na gut.« Schon war sie wieder weg. Gerade noch rechtzeitig, denn ich wollte nicht, dass sie mein Gesicht sah. Zum ersten Mal in ihrem Leben hatte sie ihren Vater nach seiner Meinung zu ihrer Kleidung gefragt.

Das Bestattungsinstitut lag ganz in der Nähe des Stadtparks. Der Parkplatz war voll. Zwischen den anderen Autos standen mehrere Streifenwagen. Als wir über den Parkplatz gingen, nahm ich Kelly bei der Hand. Im Institut wies uns ein Mann in tadellosem schwarzem Anzug den Weg zum Empfangsraum für die Familie Slocum.

»Denk dran, bleib an meiner Seite«, flüsterte ich Kelly zu.

»Ich weiß schon.«

Kaum hatten wir den Raum betreten, in dem etwa dreißig Leute mit Kaffeetassen herumstanden und sich in gedämpftem Ton unterhielten, kam schon Emily, in schwarzem Kleid mit weißem Kragen, auf uns zugestürzt. Sie schlang die Arme um Kelly, und die beiden drückten sich, als hätten sie sich jahrelang nicht gesehen.

Alle beide brachen in Tränen aus.

Die Stimmen sanken zu einem kaum hörbaren Murmeln herab, als sich die Aufmerksamkeit der Gäste allmählich auf diese Mädchen richtete, die einander stützten und eine Verbundenheit zum Ausdruck brachten, die viele von uns bei so jungen Menschen wohl kaum vermutet hätten. Zwei Achtjährige vereint in Trauer, Mitgefühl und gegenseitigem Verständnis.

Mir ging es wahrscheinlich wie den meisten anderen. Ich war ergriffen. Doch ich konnte nicht mit ansehen, wie die beiden in aller Öffentlichkeit und doch so ganz allein dastanden. Ich kniete mich zu ihnen hin, legte jeder ganz leicht eine Hand auf den Rücken und sagte: »Hey.«

Eine der Frauen kniete sich auf der anderen Seite hin. Auf den ersten Blick sah sie aus wie Ann Slocum. Sie lächelte mir verlegen zu, eine Träne lief ihr über die Wange. »Ich bin Janice«, sagte sie. »Anns Schwester.«

»Glen«, sagte ich, nahm meine Hand von Kellys Rücken und streckte sie Janice hin.

»Ich besorge den Mädchen eine Erfrischung«, sagte sie. »Aber irgendwo, wo sie ungestört sind.«

Ich wollte Kelly eigentlich nicht aus den Augen lassen, doch in diesem Moment schien es mir am sinnvollsten, dass sie und Emily zusammenblieben. »Ja, gut«, sagte ich. Janice brachte die beiden, die die Arme umeinander gelegt hatten, hinaus. In einer Hinsicht war ich sogar froh darüber. Am anderen Ende des Saals stand nämlich der Sarg, und im Gegensatz zu dem meiner Frau war Ann Slocums Sarg offen. Ich wollte nicht, dass Kelly Emilys Mutter so sah. Ich wollte ihr nicht erklären müssen, warum man Anns Gesicht ansehen durfte und das ihrer Mutter nicht.

»Das war wirklich herzzerreißend«, sagte eine Frau hinter mir. Ich drehte mich um. Es war Belinda Morton. Neben ihr stand ihr Mann. »So etwas Trauriges habe in meinem ganzen Leben noch nicht gesehen.«

»Belinda«, sagte ich.

George Morton im schwarzen Anzug, weißen Hemd mit Umschlagmanschetten und mit roter Krawatte streckte mir die Hand hin. Ich nahm sie ein wenig widerwillig, denn anscheinend war er es gewesen, der seine Frau dazu gedrängt hatte, den Anwälten der Wilkinsons gegenüber aus dem Nähkästchen zu plaudern. »George«, sagte ich.

»Das ist alles so ... ich weiß gar nicht, wo ich anfangen soll«, sagte Belinda. »Zuerst Sheila und jetzt Ann. Zwei meiner besten Freundinnen.«

Ich konnte mich nicht überwinden, ihr irgendetwas Tröstliches sagen. Dazu war ich zu sauer auf sie. Aber das war nicht der richtige Augenblick, mich darüber auszulassen.

»Wir müssen daran glauben, dass ein Sinn in allem liegt, was das Leben uns beschert«, sagte George in seiner gewohnten geschwollenen Ausdrucksweise. Ihm eins auf die Nase zu geben, darin könnte ich jetzt gerade noch einen Sinn erkennen. Er gebärdete sich immer, als hätte er die Weisheit mit

Löffeln gefressen, redete von oben auf einen herab. Fraglos ein Kunststück – bei seiner Größe. Er war nämlich etliche Zentimeter kleiner als ich, und ich hatte einen guten Ausblick auf seinen tiefer gelegten Scheitel. Erstaunt registrierte ich, wie beunruhigt er wirkte. Seine Augen waren zwar nicht rot wie die seiner Frau, aber sie blickten besorgt und müde.

»Eine schreckliche Geschichte«, sagte er. »Was für ein Schock. Einfach grauenhaft.«

»Wo ist Darren?«, fragte ich.

»Ich hab ihn irgendwo gesehen«, sagte Belinda. »Soll ich ihn für Sie suchen?«

»Nein, nicht so wichtig.« Ich wollte nicht mit ihm reden, nur wissen, wo er sich rumtrieb. »Sind Sie später zu Hause?«

»Ich glaube schon«, sagte sie.

»Dann rufe ich Sie an.«

Sie wollte etwas sagen, unterbrach sich dann aber. George sah gerade nicht her, er beobachtete Leute, die Ann die letzte Ehre erwiesen, und sie nutzte die Gelegenheit, sich zu mir zu beugen und zu fragen: »Haben Sie ihn gefunden?«

»Wie bitte?«

»Den Umschlag? Sie haben ihn gefunden?«

Den hatte ich schon beinahe vergessen. »Nein. Es geht um was anderes.«

Das schien ihr richtig an die Nieren zu gehen, mehr noch als der Anblick der beiden Mädchen, die sich gegenseitig trösteten.

»Was?«, fragte George und wandte sich wieder uns zu.

»Nichts«, sagte Belinda. »Ich wollte nur ... Glen, es war schön, Sie zu sehen.« Nichts in ihrer Stimme deutete darauf hin, dass sie es so meinte, wie sie es sagte.

Sie dirigierte George zu den anderen Trauergästen. Ich hatte das Gefühl, Belinda wusste, worüber ich mit ihr reden wollte. Ich wollte ihr den Marsch blasen wegen ihrer Entscheidung, Bonnie Wilkinson zu helfen, mich in den finanziellen Ruin zu treiben.

Ich blieb allein zurück. Unter den Umstehenden war keiner, den ich auf Anhieb erkannt hätte. Da war eine Gruppe großer, breitschultriger Männer mit kurzen Haaren, die ich – dazu musste man kein Genie sein – als Polizeikollegen von Darren identifizierte. Er selbst war nicht dabei. Ich ging, um mir eine Tasse Kaffee zu holen, und stieß dabei mit einer kleinen schwarzen Frau zusammen, die dieselbe Absicht hatte.

»Verzeihung«, sagte ich.

»Keine Ursache«, sagte sie. »Ich glaube, wir kennen uns noch nicht.«

»Glen Garber.« Ich stellte meine Tasse ab, um ihr die Hand zu geben.

»Rona Wedmore.«

»Waren Sie mit Ann befreundet?«

Sie schüttelte den Kopf. »Ich kannte sie gar nicht. Ich bin von der Polizei Milford.« Sie neigte den Kopf in Richtung der Männergruppe, die mir gerade aufgefallen war. »Ich arbeite nicht direkt mit Darren zusammen, aber wir haben immer mal wieder miteinander zu tun. Ich bin bei der Kriminalpolizei.«

»Schön, Sie kennenzulernen«, sagte ich. Dann fügte ich hinzu: »Es klingt immer seltsam, wenn man so was bei solchen Anlässen sagt.«

Rona Wedmore nickte. »Stimmt.« Sie sah mich neugierig an. »Wie war doch Ihr Name noch mal?«

»Garber. Glen Garber.«

»Das war doch Ihre Tochter, die an diesem Tag bei den Slocums übernachtet hat?«

Ich fragte mich, woher sie das wissen konnte. Vielleicht war sie ja an der Untersuchung des Unfalls beteiligt.

»Na ja, Kelly wollte über Nacht bleiben, aber sie kam früher nach Hause.« Ich hatte das Gefühl, ich müsste noch mehr dazu sagen, wollte mich aber auf keine Einzelheiten der Ereignisse dieses Abends einlassen. Also sagte ich nur: »Sie war ein bisschen angeschlagen.«

»Geht es ihr jetzt wieder gut?«

»Ja, aber das Ganze ist ihr natürlich sehr nahegegangen. Emily ist ihre Freundin.«

»War das Ihre Tochter, war das Kelly, die da gerade …« Sie zeigte auf die Stelle, wo die Mädchen sich umarmt hatten.

»Ja.«

»Ihre Tochter … der Tod der Mutter ihrer Freundin scheint sie ziemlich getroffen zu haben.«

»Sie selbst hat ihre Mutter – meine Frau Sheila – erst vor ein paar Wochen verloren.«

Wedmore schien diese Information zu verarbeiten und abzugleichen mit Daten, die sie irgendwo in ihrem Kopf gespeichert hatte. »Mein herzliches Beileid. Ihre Frau …«

»Ein Unfall.«

»Ja. Ich weiß, welcher.«

»Es war nicht in Milford.«

Sie nickte. »Aber ich weiß Bescheid.«

»Zuerst Sheila, dann Ann«, sagte ich. »Ich glaube, für die Töchter ist es am schlimmsten. Da fällt mir ein, ich muss schauen, wo meine steckt. Entschuldigen Sie mich.«

Wedmore lächelte mir zu. Mit dem Kaffee in der Hand schlängelte ich mich zwischen den Trauergästen hindurch zur Tür. Ich dachte, ich würde Kelly und Emily im Foyer finden, doch da waren sie nicht. Im Bestattungsinstitut gab es mehrere Empfangsräume, und soweit ich das erkennen konnte, wurde nur der für die Slocums benutzt.

Ich marschierte von einer Tür zur anderen und steckte

überall kurz den Kopf hinein. Da glaubte ich, jemanden hinter mir vorüberhuschen zu hören, und sah mich um. Es war Emily auf dem Weg zurück in den Raum, wo ihre Mutter aufgebahrt lag. Sie war allein.

»Emily!«, rief ich leise.

Sie blieb stehen und drehte sich um. »Hallo, Mr. Garber.«

»Wo ist Kelly? Ist sie nicht bei dir?«

Emily schüttelte den Kopf und deutete auf eine geschlossene Tür. »Sie ist da drin.« Dann ging sie weiter.

Auf der Tür stand »Küche«, und anstelle des Griffs hatte sie eine Messingplatte. Ich drückte dagegen, und die Tür schwang nach innen auf. Die Küche war größer als eine normale, zweifellos wurde hier Essen für aufwendigere Veranstaltungen zubereitet.

»Kelly?«, sagte ich.

Ich ging hinein und sah sie mit baumelnden Beinen auf einer der Arbeitsplatten sitzen. Vor ihr stand Darren Slocum. Er musste sie hochgehoben haben. Allein wäre sie da nicht hinaufgekommen, beinahe auf gleiche Augenhöhe mit ihm.

»Daddy«, sagte Kelly, die Augen weit aufgerissen.

»Was, zum Teufel, machen Sie da?«, fragte ich und ging auf Slocum zu.

»Wir haben uns nur unterhalten«, sagte er. »Ich hab Kelly nur ein paar Fragen wegen –«

Meine Faust traf ihn voll aufs Kinn. Kelly schrie auf. Slocum taumelte, rückwärts in ein Regal voller übergroßer Töpfe. Zwei davon fielen krachend zu Boden. Orchesterbecken hätten weniger Krach gemacht.

Es dauerte nicht lange, da bescherten uns die Schreie und die Töpfe auch Publikum. Jemand vom Beerdigungsinstitut, eine Frau, die ich nicht kannte, und zwei riesige Kerle, die mir wie Polizisten aussahen, stürzten in die Küche. Sie sahen, wie

Slocum sich das Kinn rieb und dabei feststellte, dass ihm aus einem Mundwinkel Blut floss. Und dann sahen sie mich, meine Hand noch zur Faust geballt.

Die Polizisten nahmen Kurs auf mich.

»Nein, nein!«, sagte Slocum und hielt eine Hand hoch. »Ist schon gut. Ist schon gut.«

Ich zeigte mit dem Finger auf ihn und sagte: »Reden Sie ja nie wieder mit meiner Tochter. Wenn Sie's noch einmal versuchen, dann zieh ich Ihnen ein Vierkantholz über Ihren verfluchten Schädel.«

Ich hob Kelly hoch und marschierte mit ihr zum Parkplatz.

Ich konnte Sheila direkt hören: »Einem Mann bei der Gedenkzeremonie für seine Frau eine reinzuhauen. Tolle Leistung.«

ZWEIUNDZWANZIG

»Was wollte er von dir?«, fragte ich Kelly auf der Heimfahrt.

»Warum hast du Emilys Vater geschlagen?«, wimmerte sie. »Warum hast du das getan?«

»Ich hab dich was gefragt. Was wollte er von dir?«

»Er wollte, dass ich ihm von diesem Anruf erzähle.«

»Was hast du ihm gesagt?«

»Ich hab gesagt, ich soll nicht mehr darüber reden.«

»Und was hat er darauf gesagt?«

»Keine Ahnung. Er hat gesagt, ich soll wirklich gut über alles nachdenken, was ich gehört habe, und dann bist du hereingekommen, und dann hast du ihn geschlagen, und jetzt werden mich wieder alle hassen. Wieso hast du das getan?«

Ich hielt das Lenkrad so fest umklammert, dass ich dachte, es würde jeden Moment zerbrechen. »Du weißt, du hättest bei mir bleiben sollen.«

Tränen liefen ihr übers Gesicht, und sie sagte: »Du hast mich doch mit Emilys Tante mitgehen lassen.«

»Ich weiß, ich weiß, aber ich dir auch gesagt, du sollst nicht mit Mr. Slocum sprechen. Hab ich dir das gesagt, oder nicht?«

»Aber er ist in die Küche gekommen und hat Emily gesagt, sie soll rausgehen, und ich wusste doch nicht, was ich tun soll.«

Da kam ich wieder zu mir. Hatte ich den Verstand verloren? Himmelherrgott, sie war erst acht. Was hatte ich denn von ihr erwartet? Dass sie Darren Slocum zum Teufel jagte und wegging? Es gab keinen Grund, auf sie wütend zu sein. Ich konnte auf ihn wütend sein, und ganz bestimmt konnte ich auf mich selbst wütend sein, weil ich sie aus den Augen gelassen hatte. Aber es gab keinen Grund, diese Wut an Kelly auszulassen.

»Es tut mir leid«, sagte ich. »Es tut mir leid. Ich bin ja nicht auf dich böse. Ich bin doch nicht –«

»Ich hasse dich«, sagte sie. »Ich hasse, hasse, hasse dich.«

»Kelly, bitte.«

»Mit dir rede ich kein Wort mehr«, sagte sie und wandte mir den Rücken zu.

Den restlichen Heimweg legten wir schweigend zurück. Zu Hause angekommen, marschierte sie schnurstracks in ihr Zimmer und schlug die Tür hinter sich zu.

Ich ging in die Küche, stellte ein Glas und die Flasche Scotch auf den Tisch und schenkte mir ein. Als ich zwanzig Minuten später nach dem Telefonhörer griff, hatte ich mir schon zweimal nachgeschenkt. Ich tippte eine Nummer ein.

Es klingelte zweimal, dann wurde abgehoben. »Hallo? Glen?«

Belinda hatte auf die Nummernanzeige geschaut. »Ja.«

»Meine Güte, Glen, was ist denn passiert? Die Leute reden von nichts anderem. Sie haben Darren geschlagen? Ist das wirklich wahr? Und nebenan liegt seine tote Frau. Haben Sie das wirklich getan? Das kann doch nicht wahr sein.«

»Was, zum Teufel, haben Sie denen erzählt?«

»Was?«

»Den Anwälten?«

»Glen, ich weiß nicht, was –«

»Erst sagen Sie, dass Sheila zum Mittagessen Alkohol trinkt und stellen sie hin, als wäre sie Alkoholikerin, und dann erzählen Sie denen auch noch, dass Sie beide zusammen Marihuana geraucht haben?«

»Glen, bitte, ich wollte doch nicht –«

»Wo ist denn Ihr Hirn?«

»Was hätte ich denn tun sollen, lügen? Ich muss in einer Anwaltskanzlei erscheinen und soll lügen?«

»Niemand verlangt von Ihnen, dass Sie lügen«, sagte ich. »Es hätte schon genügt, wenn Sie ein paar Dinge für sich behalten hätten. Sie will fünf Millionen, Belinda. Bonnie Wilkinson verklagt mich auf fünf Millionen Dollar.«

»Es tut mir so leid, Glen. Ich wusste nicht, was ich tun sollte. George hat gesagt – Sie wissen doch, wie George ist, bei ihm muss immer alles nach Vorschrift gehen –, er hat gesagt, wenn ich nicht die Wahrheit sage, dann können sie Anklage gegen mich erheben oder mich wegen Nichtachtung des Gerichts belangen oder so was in der Art. Keine Ahnung, es war alles so verwirrend. Ich hatte bestimmt nie die Absicht –«

»Und es könnte sein, dass sie die fünf Millionen Ihretwegen auch bekommt. Dafür wollte ich mich nur bei Ihnen bedanken.«

»Glen, bitte. Ich weiß, ich hab Mist gebaut, aber Sie haben keine Ahnung, unter was für einem Druck ich in den letzten Wochen stehe.« Ihre Stimme drohte zu kippen. »Ich habe ein paar sehr dumme Entscheidungen getroffen, jetzt fliegt mir alles um die Ohren, ich –«

»Hat man Sie auch auf fünf Millionen verklagt, Belinda?«

»Was? Nein, niemand –«

»Dann danken Sie Ihrem Schöpfer«, sagte ich und legte auf.

Kurz darauf läutete es an der Tür. Kelly hatte sich noch nicht wieder blicken lassen.

Ich öffnete, und vor mir stand ein Mann in einem blauen

Anzug, mit irgendeinem Ausweis in der Hand. Er hatte schütteres silbernes Haar. Ich schätzte ihn auf Ende vierzig und knapp eins achtzig groß.

Ich öffnete die Tür noch weiter.

»Mr. Garber?«

»Der bin ich.«

»Arthur Twain. Ich komme in einer Ermittlungssache.«

Scheiße, dachte ich. Darren Slocum verklagt mich.

Vielleicht hatte ich zu stereotype Vorstellungen von Ermittlern, aber Twain schien mir zu gut gekleidet für einen Vertreter dieser Spezies. Der Anzug sah – wenigstens für mein ungeübtes Auge – ziemlich teuer aus, und seine schwarzen Lederschuhe waren frisch poliert. Seine Seidenkrawatte hatte wahrscheinlich mehr gekostet als alles, was ich anhatte, inklusive meiner stoßfesten Armbanduhr. Sein Modebewusstsein konnte allerdings nicht über das kleine Bäuchlein und die dicken Tränensäcke hinwegtäuschen. Gut gekleidet, aber schlecht in Form.

»Ja, gut«, sagte ich. »Kommen Sie rein.«

»Tut mir leid, dass ich einfach so hereinplatze.«

»Nein, das geht schon in Ordnung. Ich meine, ich hätte wohl mit Ihrem Besuch rechnen können.«

Er kniff die Augen zusammen. »Aha?«

Kelly, offensichtlich neugierig, wer da gekommen war, hatte ihr selbstgewähltes Exil verlassen und war heruntergekommen.

»Mäuschen, das ist ein Ermittler, Arthur …« Seinen Nachnamen hatte ich schon wieder vergessen.

»Twain«, sagte er.

»Hi«, sagte Kelly, die mich demonstrativ nicht ansah.

»Wie heißt du denn?«

»Kelly.«

»Nett, dich kennenzulernen, Kelly.«

»Wollten Sie zuerst mit Kelly sprechen oder mit mir, oder mit uns beiden zusammen? Ich meine, sie war ja dabei. Oder sollte ich lieber meinen Anwalt anrufen?« Was sicher das Klügste wäre, wie mir gerade dämmerte.

»Ich glaube, ich rede am besten mit Ihnen, Mr. Garber«, sagte Arthur Twain zögernd.

»Also dann, Mäuschen«, sagte ich zu Kelly, »wir rufen dich, wenn wir dich brauchen.« Ohne mich eines Blickes zu würdigen, ging sie wieder in ihr Zimmer.

Ich führte Twain ins Wohnzimmer. Ich wusste nicht, wie ich ihn ansprechen sollte. Mr. Twain, Officer?

»Nehmen Sie Platz, äh … Officer?«

»Arthur«, sagte er und setzte sich. Das hörte sich reichlich locker an für einen Kriminalbeamten.

»Wollen Sie Kaffee oder sonst irgendwas?« Ich war naiv genug zu glauben, ein guter Gastgeber zu sein, würde mir eine Anklage wegen Körperverletzung ersparen.

»Nein, danke. Als Erstes möchte ich Ihnen sagen, dass mir das mit Mrs. Garber sehr leid tut.«

»Oh.« Ich war sprachlos. Ich hatte nicht erwartet, dass Twain etwas von Sheila wusste oder sich nach ihr erkundigen würde. »Danke.«

»Wie lang ist es jetzt her?«

»Fast drei Wochen.«

»Ein Autounfall.« Eine Feststellung. Wenn Rona Wedmore Bescheid wusste, sollte ich mich wahrscheinlich nicht wundern, dass auch Twain auf dem Laufenden war.

»Ja. Sie wurden informiert?«

»Nein, ich habe nur ein bisschen recherchiert.«

Das kam mir zwar seltsam vor, aber ich fand mich damit ab. »Sie sind wegen des Vorfalls heute Nachmittag hier?«

Arthur legte den Kopf ein wenig schief. »Was für ein Vorfall wäre das denn, Mr. Garber?«

Ich lachte. »Entschuldigen Sie bitte, aber wie war das? Ich meine, wenn Sie nichts darüber wissen, werde ich Ihnen wohl kaum auf die Sprünge helfen.«

»Ich fürchte, ich kann Ihnen nicht ganz folgen, Mr. Garber.«

»Sie haben doch gesagt, Sie sind Ermittler, oder?«

»Genau.«

»Bei der Polizei in Milford.«

»Nein«, sagte Arthur. »Ich arbeite bei Stapleton. Ich bin kein Polizeiermittler, sondern Privatdetektiv.«

»Was ist Stapleton? Ein privates Ermittlungsbüro?«

»Genau.«

»Warum sollte sich jemand von dort darum scheren, dass ich einem Polizisten aus Milford einen Kinnhaken verpasst habe?«

»Darüber weiß ich nichts«, sagte Twain. »Ich bin wegen Ihrer Frau hier.«

»Wegen Sheila? Was wollen Sie denn über Sheila wissen?« Dann dämmerte es mir. »Sie arbeiten mit diesen Anwälten zusammen, die mich vor Gericht zerren wollen, stimmt's? Machen Sie, dass Sie hier rauskommen, Sie elender Schnüffler.«

»Mr. Garber, ich arbeite für keine Anwaltskanzlei, und ich vertrete auch niemanden, der irgendeinen Prozess gegen Sie angestrengt hat.«

»Warum sind Sie dann hier?«

»Ich bin hier, um Sie zu fragen, ob Ihre Frau vielleicht in kriminelle Machenschaften verwickelt war. Ich bin hier, um etwas über ihre Beteiligung am Verkauf von gefälschten Handtaschen zu erfahren.«

DREIUNDZWANZIG

»Raus«, sagte ich und machte einen Schritt auf die Haustür zu.

»Mr. Garber, bitte.«

»Raus, hab ich gesagt. Mir kommt niemand ins Haus, der solche Sachen von Sheila behauptet. Ich habe mir schon so viel Blödsinn darüber angehört, was meine Frau möglicherweise getan hat. Mir reicht's.« Ich hatte die Tür bereits geöffnet.

Als Twain sich nicht rührte, sagte ich: »Ich kann Sie auch eigenhändig hinauswerfen, wenn Ihnen das lieber ist.«

Twain wirkte ein wenig beunruhigt, bewegte sich aber nicht von der Stelle. »Mr. Garber, wenn Sie glauben, alles zu wissen, was es zu wissen gibt über Angelegenheiten, in die Ihre Frau vor ihrem Tod möglicherweise verwickelt war, wenn Sie keine einzige unbeantwortete Frage mehr haben, dann soll mir das recht sein, dann gehe ich.«

Ich sah ihn an.

»Aber sollten Sie noch irgendwelche Zweifel, irgendwelche Fragen haben, was die Aktivitäten Ihrer Frau betrifft, bevor sie starb, dann würde es sich für Sie wirklich lohnen, mir zuzuhören und mir vielleicht sogar ein paar Fragen zu beantworten.«

Ich hatte meine Hand noch immer an der Tür. Ich hörte mich atmen, spürte, wie das Blut in meinen Schläfen pulsierte.

Ich schloss die Tür. »Fünf Minuten.«

Wir gingen wieder ins Wohnzimmer und setzten uns.

»Als Erstes möchte ich Ihnen erklären, für wen genau ich arbeite«, sagte Twain. »Ich bin zugelassener Privatdetektiv beim Ermittlungsbüro Stapleton. Wir wurden von einem Zusammenschluss mehrerer großer Modekonzerne beauftragt, Unternehmungen aufzudecken, deren Inhalt der Handel mit Produktfälschungen, vor allem mit Taschenimitationen, ist.«

»Aha.«

»Sie wissen, dass es einen florierenden Handel mit Raubkopien gibt, nehme ich an?«, fuhr Twain fort.

»Ich hab davon gehört.«

»Dann lassen Sie mich gleich zum Punkt kommen.« Er holte einen Umschlag aus der Innentasche seines Sakkos und zog ein gefaltetes Blatt Papier heraus. Er glättete es und hielt es mir hin. Es war ein Fotoausdruck.

»Erkennen Sie diese Person?«

Widerwillig nahm ich das Blatt und betrachtete es. Ein großer Mann mit schwarzem Haar, schlank und fit aussehend, mit einer Narbe über dem rechten Auge. Der Hintergrund sah aus wie eine Straßenszene aus New York, es konnte aber auch jede andere Großstadt sein.

»Nein«, sagte ich und gab ihm das Bild zurück. »Den hab ich noch nie gesehen.«

»Sind Sie sicher?«

»Absolut. Gibt es sonst noch was?«

»Wollen Sie nicht wissen, wer das ist?«

»Eigentlich nicht.«

»Sollten Sie aber.«

»Wieso?«

»Ihre Frau hat ihn am Tag ihres Unfalls angerufen.«

»Sheila hat ihn angerufen?«

»Genau.«

Ich ließ meine Zunge im Mund kreisen. »Wer ist das?«

»Genau wissen wir es nicht. Er nennt sich Michael Sayer, Matthew Smith, Mark Salazar und Madden Sommer. Wir glauben, er heißt Sommer. Die Leute, für die er arbeitet, bezeichnen ihn als ihren Löser.«

»Löser?«

»Er löst Probleme.«

»Meine Frau kannte niemanden, der so heißt.«

»Sie hat Sommer am frühen Nachmittag auf seinem Handy angerufen.« Wieder griff Twain in seine Jacke. Diesmal zog er ein kleines Notizbuch heraus, ein Moleskin. Er blätterte darin, bis er gefunden hatte, was er suchte, und sagte: »Genau. Hier steht's. Kurz nach eins. Ich lese Ihnen eine Nummer vor.«

Er las mir eine Ziffernreihe vor. Ich hätte heulen können. Diese Nummer hatte ich schon ein paar Wochen nicht mehr gewählt.

»Erkannt?«, fragte Twain.

»Das ist Sheilas Handy.«

»Vom Handy Ihrer Frau ging um dreizehn Uhr zwei ein Anruf an Sommer ab.«

»Sie muss sich verwählt haben. Und woher wissen Sie das überhaupt, verdammt noch mal? Wo haben Sie diese Aufzeichnungen her?«

»Wir arbeiten mit mehreren Strafverfolgungsbehörden zusammen, die haben uns einige Erkenntnisse aus ihren Überwachungen zur Verfügung gestellt. Diese Nummer, die Ihre Frau da gewählt hat, gibt es übrigens schon nicht mehr. Sommer konsumiert Handys wie ich Käsekuchen.« Er tätschelte sich den Bauch.

»Na gut, dann hat Sheila ihn also angerufen. Wer ist er denn, zum Teufel? Ich meine, was macht er?«

»Das FBI bringt ihn mit organisierter Kriminalität in Verbindung.«

»Das ist doch lächerlich.«

»Keineswegs. Sommer erhält viele Anrufe von Frauen – und auch von Männern –, die von seinen kriminellen Verbindungen keine Ahnung haben. In ihren Augen ist er vielleicht ein etwas fragwürdiger Charakter, aber sie denken: Was ich nicht weiß, macht mich nicht heiß. Sie halten ihn schlicht für einen Geschäftsmann, den Vertreter einer Firma, die die Produkte importiert, die sie unter die Leute bringen wollen.«

»Was für Produkte? Vorhin haben Sie von Handtaschen gesprochen. Der Typ verschiebt Handtaschen?«

»Unter anderem.«

»Er sieht mir eher aus wie jemand, der Waffen oder Drogen beschafft.«

»Das kann er auch. Vor allem Letztere. Eine ganz bestimmte Kategorie davon.«

»Ich glaub Ihnen kein Wort. Der Typ sieht mir nicht aus wie einer, der seine Zeit mit Damenhandtaschen verplempert.«

»Sommer verschiebt alles, was ihm Geld einbringt, und da gehören eben auch Handtaschen dazu.«

»Was wollen Sie also damit sagen? Dass meine Frau ihm eine gefälschte Tasche abkaufen wollte?«

»Bei einer wär's nicht geblieben, wenn es überhaupt Handtaschen waren. Die Palette der Produkte, die Sommers Leute anbieten, ist sehr umfangreich. Und Raubkopien von Taschen sind definitiv darunter. Haben Sie schon mal was von Taschenpartys gehört, Mr. Garber?«

Ich war schon drauf und dran zu sagen: »Klar, wir hatten sogar eine hier bei uns.« Doch ich bremste mich ein.

»Ich bin sicher, dass Sie davon gehört haben«, fuhr er fort.

»Sie sind ziemlich beliebt. Frauen treffen sich, um gefälschte Designertaschen zu kaufen. Zu einem Bruchteil dessen, was die echten kosten. Ist ja auch lustig, ein Damenabend mit Salzgebäck und Wein. Und jede Dame geht mit einer schicken Tasche heim, die der echten von Prada oder Marc Jacobs oder Fendi oder Louis Vuitton oder Valentino verdammt ähnlich sieht. Und nur sie weiß, dass die nicht echt ist. Und alle anderen Damen auf der Party natürlich.«

Ich betrachtete ihn genauer. »Haben Sie keine richtigen Verbrechen aufzuklären?«

Arthur lächelte vielsagend. »Diese Frage hat man mir schon oft gestellt. Aber der Verkauf gefälschter Taschen ist ein Verbrechen, und zwar eines, das in den Zuständigkeitsbereich der Bundesbehörden fällt.«

»Es ist nicht zu fassen: Die Polizei verschwendet ihre Zeit mit so was, und im wirklichen Leben werden Menschen getötet und Drogen ins Land gebracht, und Terroristen hecken alles Mögliche aus. Dann spazieren halt ein paar Frauen mit unechten Marc Fendi –«

»Marc Jacobs oder Fendi.«

»Meinetwegen. Spazieren sie eben mit einer gefälschten Tasche rum. Wenn das alles ist, was sie sich leisten können, hätten sie sich eine echte sowieso nicht gekauft. Also, wen juckt das?«

»Wo soll ich anfangen?«, fragte Twain zurück. »Mit legal arbeitenden Firmen, die dadurch um die urheber- und markenrechtlich geschützten Früchte ihrer Arbeit betrogen werden? Den Millionen, die ihnen und allen, die für sie arbeiten, mit solchen Straftaten effektiv gestohlen werden?«

»Ich bin sicher, die verkraften das.«

»Ihre Tochter Kelly, wie alt ist sie?«

»Was hat das mit Kelly zu tun?«

»Ich tippe mal auf sieben.«

»Acht.«

»Stellen Sie sie sich mal vor, wie sie neun, zehn Stunden in einer Fabrik schuftet, die Raubkopien herstellt. Das tun Jungen und Mädchen ihres Alters nämlich in China, für einen Dollar am Tag. Arbeiten sich –«

»Ja genau, die armen, ausgebeuteten Kinder. Drücken Sie nur auf die Tränendrüse. Dabei geht's den Firmen doch in Wirklichkeit nur um entgangene Profite –«

»Arbeiten sich die Finger wund, werden gehalten wie Sklaven, damit eine Frau in Milford, Westport oder Darien durch die Gegend spazieren und den Leuten weismachen kann, sie wäre reicher, als sie tatsächlich ist. Wissen Sie, wo dieses Geld hingeht, Mr. Garber? Wenn eine Frau hier in Milford dreißig oder fünfzig oder hundert Dollar für eine Tasche hinblättert, wissen Sie, wo das Geld dann landet? Die Frau, die diese Taschenparty veranstaltet hat, bekommt natürlich ihren Anteil, aber sie muss den Lieferanten bezahlen, um diese Taschen überhaupt zu erhalten. Dieses Geld wird dazu verwendet, noch mehr Produkte zu fälschen, aber nicht nur Handtaschen. DVDs, Videospiele, Kinderspielzeug – mit Bleifarben bemalt, mit Teilen, die abbrechen und von Kindern verschluckt werden können, die dann daran ersticken. Minderwertiges Baumaterial mit gefälschten Gütesiegeln, sogar Fertigmilch für Babys, ob Sie's glauben oder nicht. Sogar gefälschte verschreibungspflichtige Medikamente gibt es, die sehen aus wie die echten und haben sogar dieselbe Identifikationsnummer aufgeprägt. Aber die Inhaltsstoffe sind nicht dieselben, da gibt es gar keine Regelungen. Ich rede nicht von billigeren Medikamenten aus Kanada. Ich rede von Pharmazeutika aus Indien, China. Manche von diesen Pillen, Mr. Garber, haben überhaupt keine Wirkung. Stellen Sie sich einen Rentner vor, der die Mindestrente erhält, ohne Zusatzeinkommen. Der kann sich sein Herzmittel oder was auch immer nicht leisten, findet im Internet etwas, das genauso aussieht, oder kauft es vom Freund eines Freundes, nimmt es, und eh Sie sich's versehen, ist er tot.«

Ich schwieg.

»Wissen Sie, wer bei all dem das große Geld macht? Das organisierte Verbrechen. Banden aus China, Russland, Indien, Pakistan. Von überall her. Und auch jede Menge Kriminelle aus unserer schönen Heimat. Das FBI sagt, einiges von dem Geld wandert auch in die Finanzierung von terroristischen Aktivitäten.«

»Ich bitte Sie«, sagte ich. »Da kauft sich eine harmlose Hausfrau eine Gucci-Tasche, und schon fliegen Flugzeuge in Hochhäuser?«

Arthur lächelte. »Sie spielen das herunter, aber ich habe da etwas in Ihrem Gesicht gesehen, gerade eben. Vielleicht, als ich Baumaterial erwähnte? Sie sind doch Bauunternehmer, oder?«

Das Wort hatte tatsächlich seine Wirkung auf mich nicht verfehlt, und vielleicht hatte ich die Augen zusammengekniffen.

»Ja«, sagte ich.

»Dann stellen Sie sich einmal vor, jemand, der für Sie arbeitet, installiert in einem Ihrer Häuser, keine Ahnung, gefälschte elektrische Bauteile. Teile, die aus China kommen und von außen genauso aussehen wie die Markenartikel, die für den Gebrauch bei uns produziert und zertifiziert werden. Aber innen drin sind sie der reine Schrott. Da sind Drähte mit viel zu kleinem Durchmesser. Sie überhitzen, es kommt zum Kurzschluss. Der Schutzschalter reagiert nicht. Man braucht nicht viel Phantasie, um sich vorzustellen, was da passieren kann.«

Ich fuhr mir mit der Hand über Mund und Kinn. Einen Augenblick lang war ich wieder in diesem raucherfüllten Keller. »Warum sind Sie dann hier? Wenn das so eine große Sache ist, warum stellt mir nicht die Polizei all diese Fragen, sondern Sie?«

»Wir arbeiten mit der Polizei zusammen, wo wir nur können, aber die hat nicht die Mittel, dieses Problems Herr zu werden. Das Geschäft mit gefälschten Produkten bringt jährlich fünfhundert Milliarden Dollar, und das ist wahrscheinlich eine vorsichtige Schätzung. Die Modeindustrie hat sich an private Sicherheitsfirmen und Ermittlungsbüros gewendet, um den Fälschern das Handwerk zu legen. Und da komme ich ins Spiel. Manchmal ist es recht einfach. Wir stoßen auf eine Frau, die Taschenpartys veranstaltet, in dem naiven Glauben, nichts Unrechtes zu tun, und wir sagen ihr, dass sie sich einer Straftat schuldig macht, und zwar einer, die unter Bundesrecht fällt. Sie hört damit auf, wir belangen sie nicht. Manchmal. Wenn wir solche Produkte in Läden finden, informieren wir den Händler und den Vermieter, dass das, was sie tun, illegal ist und wir die Polizei einschalten und alle gesetzlichen Möglichkeiten ausschöpfen werden, das rechtlich zu ahnden. Und manchmal tun wir das auch. Aber oft genug reicht schon die Drohung, um die Vermieter zum Handeln zu bewegen. Sie werfen solche Mieter raus und suchen sich welche, die das Gesetz befolgen und legale Ware verkaufen.

»Was ist, wenn man nur eine gefälschte Tasche kauft? Oder eine besitzt? Ist das auch strafbar?«

»Nein. Aber hätten Sie ein ruhiges Gewissen, wenn Sie eine Frau wären und mit einer Fälschung herumliefen und wüssten, dass so etwas passieren könnte?« Er zog noch zwei Bilder aus dem Umschlag und gab sie mir.

»Was ist – o Gott.«

Es waren Tatortaufnahmen. Wenn ich mir schon solche Bilder angucken musste, hätte ich sie lieber in Schwarzweiß gesehen. Aber das hier war in Technicolor. Die Leichen von zwei Frauen. In Blutlachen liegend. Um sie herum Taschen. Auf Tischen. Von den Wänden, von der Decke hängend.

»Meine Güte.«

Ich sah mir das zweite Foto an. Ein Mann, anscheinend in den Kopf geschossen, mit dem Oberkörper auf einem Schreibtisch liegend. Ich gab Twain die Bilder zurück. »Verflucht, was ist das denn?«

»Die Frauen heißen Pam Steigerwald und Edna Bauder. Zwei Touristinnen aus Butler, Pennsylvania. Zu einem Freundinnenwochenende in New York. Sie waren in der Canal Street auf der Suche nach Handtaschen zu Schnäppchenpreisen und leider zur falschen Zeit am falschen Ort. Der Mann heißt Andy Fong. Ein Händler und Importeur von in China gefälschten Taschen.«

»Ich kenne diese Leute nicht.«

»Ich zeige Ihnen das, weil es ein Beispiel dafür ist, was passieren kann, wenn man sich auf das Geschäft mit Produktfälschungen einlässt.«

Ich war wütend. »Das ist widerlich. Mir so was zu zeigen, mir eine Heidenangst zu machen, um mir klarzumachen, worauf Sie hinauswollen. Das hat nichts mit Sheila zu tun.«

»Die Polizei glaubt, unser Mann mit den vielen Namen, dieser Madden Sommer, wie wir ihn nennen, könnte dahinterstecken. Der Mann, den Ihre Frau an dem Tag anrief, als sie starb.«

VIERUNDZWANZIG

Drei Häuser vom Haus der Garbers entfernt auf der gegenüberliegenden Straßenseite saß Madden Sommer in seinem Wagen.

Er hatte seine Hand schon am Türgriff, als ein anderer Wagen am Straßenrand hielt und ein Mann ausstieg. Schwarze GM-Limousine. Gutgekleideter Mann. Ein bisschen verweichlicht sah er aus. Der Bauch hing ihm über den Gürtel. Die Haltung. Als die Haustür aufging, zeigte er Garber einen Ausweis.

Interessant, dachte Sommer und nahm die Hand von der Tür. Der Typ kam ihm nicht wie ein Polizist vor, aber man wusste ja nie. Er sah sich das Kennzeichen des Wagens an, dann tippte er eine Nummer in sein Handy.

»Hallo?«

»Ich bin's. Sie müssen ein Kennzeichen für mich nachsehen.«

»Ich bin eigentlich nicht im Dienst«, sagte Slocum. »Ich bin zu Hause, bei meiner Familie. Die Schwester meiner Frau ist da.«

»Schreiben Sie auf.«

»Ich hab doch gesagt –«

»F 7 –«

»Moment, Moment.« Sommer hörte Slocum nach Papier und Stift suchen. »Himmelherrgott. Wie geht's weiter?«

Sommer las die übrigen Ziffern vor. »Wie schnell?«

»Keine Ahnung. Kommt drauf an, wer Dienst hat.«

»In einer Stunde ruf ich wieder an. Dann haben Sie's.«

»Ich hab Ihnen doch gesagt, ich weiß nicht, ob ich's gleich bekomme. Wo sind Sie? Wo ist dieser Wagen, den Sie –«

Sommer steckte das Handy wieder in sein Sakko.

Garber hatte den Mann eingelassen. Sommer sah die Silhouetten im Wohnzimmer. Er hatte auch die anderen Fenster des Hauses beobachtet. Oben brannte Licht. Hin und wieder glitt ein Schatten über die zugezogenen Vorhänge, und einmal hatte jemand dahinter hervorgespäht.

Ein Kind. Ein kleines Mädchen.

FÜNFUNDZWANZIG

Ich stand auf und schüttelte zornig den Kopf. Die Vorstellung, Sheila könnte mit einem Typen wie Sommer etwas zu tun haben, und sei es nur telefonisch, beunruhigte mich zutiefst. Überhaupt hatte ich bereits genug Beunruhigendes über Sheila erfahren.

»Sie irren sich. Sheila hat den Typ nicht angerufen.«

»Wenn sie es nicht war, dann war es jemand, der ihr Handy benutzt hat. Hat sie es gelegentlich verliehen?«, fragte Twain.

»Nein. Aber – das passt doch hinten und vorne nicht zusammen.«

»Aber Ihre Frau hat gefälschte Taschen gekauft?«

Ich musste daran denken, wie ich letzten Freitag in ihrer Garderobe gestanden und überlegt hatte, ob die Zeit gekommen war, etwas mit Sheilas Sachen zu machen. Eine Unmenge Taschen hatte ich da gesehen.

»Ein paar vielleicht«, sagte ich.

»Würde es Ihnen etwas ausmachen, wenn ich sie mir ansehe?«

»Wozu?«

»Wenn Sie das so lange machen wie ich, lernen Sie, bestimmte Merkmale zu erkennen. So wie man eine Coach-Tasche von einer Gucci unterscheiden könnte, so kann ich manchmal erkennen, ob eine Tasche in der einen Fabrik in China hergestellt wurde oder in einer anderen. Dadurch bekomme ich zum Beispiel eine Vorstellung davon, welche Fälscher auf dem Markt gerade die Nase vorn haben.«

Ich zögerte. Warum sollte ich diesem Mann helfen? Was machte das jetzt noch für einen Unterschied? Bestenfalls würde Arthur Twain Sheilas Andenken beschmutzen. Warum ihm dabei helfen?

Als könne er meine Gedanken lesen, sagt er: »Ich bin nicht hier, um Ihre Frau zu diffamieren. Ich bin sicher, dass Mrs. Garber nie wissentlich gegen das Gesetz verstoßen hat oder das auch nur vorhatte. Das ist so ungefähr wie, keine Ahnung, TV-Kabel anzapfen. Das machte jeder, deshalb denkt sich auch keiner –«

»Sheila hat nie TV-Kabel angezapft. Und auch sonst nichts verbrochen.«

Arthur hob abwehrend die Hand. »Verzeihung. War nur ein Beispiel.«

Ich sagte nichts, fuhr mir nur mit der Zunge über die Lippen. »Sie war mal Gastgeberin für eine Party«, sagte ich. »Aber nur ein einziges Mal.«

Arthur nickte. »Wie lang ist das her?«

»Ein paar Wochen – nein, zwei Monate bevor sie starb.«

»Wenn Sie sagen, sie war Gastgeberin, heißt das, sie hat verkauft oder hat das jemand anderes gemacht?«

»Jemand anderes«, sagte ich. Ich überlegte, ob es fair war, jemand anderen da mit hineinzuziehen. Allerdings war die Person, deren Namen ich nennen würde, genauso immun gegen Strafverfolgung wie Sheila. »Eine Frau namens Ann Slocum. Eine Freundin von Sheila.«

Arthur sah in seinem Moleskin nach. »Ja, diesen Namen habe ich hier. Meiner Information nach stand sie in regelmäßigem Kontakt mit Mr. Sommer. Mit ihr werde ich auch sprechen müssen.«

»Viel Glück dabei«, sagte ich.

»Was soll das heißen?«

»Sie ist vor ein paar Tagen gestorben.«

Zum ersten Mal wirkte Arthur fassungslos. »Wann? Was ist passiert?«

»Freitagnacht oder Samstagmorgen. Sie hatte einen Unfall. Stieg aus, um nach einem Platten zu sehen, fiel vom Pier.«

»Du meine Güte. Das wusste ich nicht.« Twain brauchte Zeit, um das zu verarbeiten.

Auch ich hatte etwas zu verdauen. Am Tag, als sie starb, hatte Sheila einen Gangster angerufen. Einen Mann, der, nach allem, was Twain mir erzählt hatte, des dreifachen Mordes verdächtigt wurde. Ich musste daran denken, was Edwin mit dem Zitat von Conan Doyle gesagt hatte: Wenn eine Sache unmöglich schien, mussten die anderen Möglichkeiten, egal wie unwahrscheinlich sie klangen, in Betracht gezogen werden.

Sheila hatte einen Mordverdächtigen angerufen. Und noch ehe der Tag vergangen war, war sie tot.

Sie war nicht wie die Menschen auf den beiden Fotos gestorben. Sie war nicht erschossen worden. Niemand war zu ihr hingegangen und hatte ihr –

Eine Kugel in den Kopf gejagt.

Nein, so hatte es sich nicht zugetragen. Sie war bei einem Unfall gestorben. Einem Unfall, der für mich von Anfang an keinen Sinn ergeben hatte. Klar, für die trauernden Hinterbliebenen waren tödliche Unfälle immer sinnlos. Sinnlos, zufällig, willkürlich. Aber bei Sheilas Unfall war es etwas anderes.

Ihr Unfall lief ihrem Charakter so völlig zuwider.

War es möglich? War es denkbar, dass Sheilas Tod nicht das war, was er zu sein schien? Dass er zwar wie ein Unfall aussah, in Wirklichkeit aber –

»Mr. Garber?«

»Wie bitte?«

»Sie wollten mich noch einen Blick auf ein paar dieser Handtaschen werfen lassen, die Ihre Frau besaß.«

Das hatte ich schon wieder vergessen. »Warten Sie hier.«

Ich ging nach oben, an Kellys Zimmer vorbei. Sie hatte die Tür offen gelassen und saß am Computer. Ich ging hinein. »Hey«, sagte ich.

»Hey«, antwortete sie, ohne den Blick vom Bildschirm zu wenden. »Was will dieser Mann?«

»Er will sich ein paar von den Handtaschen deiner Mutter ansehen.«

Jetzt sah sie mich an. Erschrocken. »Warum will sich ein Mann Moms Taschen ansehen? Will er eine für seine Frau? Du verschenkst sie doch nicht?«

»Natürlich nicht.«

»Verkaufst du sie vielleicht?«, fragte sie in vorwurfsvollem Ton.

»Nein. Er will sie sich einfach nur ansehen. Er will herausfinden, wer Designertaschen fälscht, und dafür sorgen, dass sie das nicht mehr tun.«

»Warum?«

»Weil diese Leute die Originale kopieren.«

»Ist das schlimm?«

»Ja«, sagte ich. Da stand ich also und vertrat Arthurs Argumente, die ich eben noch in Bausch und Bogen zurückgewiesen hatte. »Das ist, wie wenn du in der Schule von jemandem abschreibst. Es ist nicht deine eigene Arbeit.«

»Dann ist das ja Betrug«, sagte Kelly.

»Genau.«

»Dann war Mom also eine Betrügerin, weil sie welche hatte?«

»Nein, deine Mutter war keine Betrügerin. Aber die Leute, die solche Taschen machen, das sind Betrüger.«

Kelly saugte die Lippen zwischen die Zähne. Offenbar rang sie mit einer schwerwiegenden Entscheidung. Wahrscheinlich darüber, ob sie mich wieder mögen sollte. »Ich bin noch immer sauer auf dich.«

»Das versteh ich.«

»Aber kann ich dir helfen?«

»Wobei?«

»Bei den Taschen.«

Ich deutete ihr, mich in Sheilas Garderobe zu begleiten. Auf dem Brett über den Kleiderbügeln standen zehn Taschen oder mehr. Ich reichte sie Kelly hinunter, und sie hängte sie sich über die Arme. Sie sah ziemlich niedlich aus, wie sie sie so ins Wohnzimmer hinunterschleppte und ein paarmal fast das Gleichgewicht verloren hätte.

»Hoppla«, sagte Arthur, als Kelly beinahe in ihn hineingerannt wäre. Sie senkte die Arme und ließ die Taschen links und rechts von sich zu Boden fallen.

»Tut mir leid«, sagte sie. »Die sind so schwer.«

»Du bist ganz schön stark, wenn du die alle bis hier runter tragen konntest.«

»Ich hab starke Armmuskeln«, sagte Kelly und begab sich in Bodybuilder-Pose.

»Wow«, sagte er.

»Sie können mal fühlen«, sagte sie.

»Ich glaub's dir auch so«, sagte er und behielt seine Hände bei sich. Er sah auf die Taschen hinunter. »Deine Mutter hatte aber viele Taschen.«

»Das sind aber nicht alle«, erklärte Kelly. »Nur die, die sie am liebsten hatte. Manchmal, wenn sie eine nicht so mochte, dann hat sie sie für die Armen gespendet.«

Arthur sah zu mir hoch und lächelte kurz. »Diese Taschen hier, wissen Sie, ob sie die in den letzten zwei Jahren gekauft hat?«

Ich wollte gerade sagen, dass ich das nicht wüsste, doch Kelly kam mir zuvor. »Ja. Die hier.« Sie hob eine schwarze Tasche mit einer überdimensionalen schwarzen Lederblume auf. Eine Valentino. »Die hat sie gekauft, als sie mit ihrer Freundin Mrs. Morton in die Stadt gefahren ist.«

Von wegen Freundin.

»Man kann erkennen, dass sie nicht echt ist«, sagte Kelly und öffnete die Tasche. »Weil da drin kein Etikett ist, auf dem draufsteht, wo sie herkommt, und das Futter ist auch nicht so schön, und wenn man sich sehr bemüht, kriegt man das Schildchen draußen auch ab.«

»Du kennst dich aber gut aus«, meinte Arthur.

»Ich zieh mir hier eine Kinderdetektivin groß«, sagte ich.

»Und die hier hat Mom nach der Party bekommen, die Emilys Mom bei uns gemacht hat«, fuhr Kelly fort.

Twain sah sie sich genau an. »Eine ziemlich gute Marc-Jacobs-Kopie.«

Kelly nickte erstaunt. »Meinem Dad wär das nie aufgefallen.«

»Und die hier«, sagte Twain, »ist eine exzellente Valentino-Fälschung.«

»Mensch«, sagte Kelly. »Sie sind sicher der einzige Dad auf der Welt, der so was weiß. Sind Sie ein Dad?«

»Ja.«

Sie hielt eine der anderen Taschen in die Höhe. »Die mochte Mom auch sehr gerne.«

Es war eine hellbraune Stofftasche mit Lederbesätzen, einem schmalen Schulterriemen, bedruckt mit einem Mosaik aus lauter »F«.

»Eine Fendi«, sagte Arthur und nahm die Tasche, um sie zu inspizieren. »Hübsch.«

»Eine gute Kopie?«, fragte ich.

»Nein«, sagte er. »Gar keine Kopie. Echt. Made in Italy.«

»Echt?«, fragte ich.

Twain nickte. »Vielleicht hat Ihre Frau sie im Angebot gefunden, aber wenn Sie die auf der Fifth Avenue kaufen, müssen Sie schon sieben-, achthundert Dollar lockermachen.«

»Die hat Mom von Grandma bekommen«, sagte Kelly. »Zum Geburtstag. Weißt du das nicht mehr?«

Ich wusste es tatsächlich nicht mehr. Fiona war nicht der Typ, der sich mit einer Imitation zufriedengab. Die Wahrscheinlichkeit, dass sie ihrer Tochter eine gefälschte Designertasche schenkte, war ungefähr so groß wie die, dass sie sie zu Wendy's einlud.

Als Twain die Tasche zu Boden fallen ließ, machte sie ein Geräusch. Als ob etwas darin rasselte.

Lieber Gott, dachte ich. Nicht noch ein Paar Handschellen. Dazu wäre mir nun wirklich nichts mehr eingefallen. Aber nach Metall hatte das Rasseln eigentlich nicht geklungen.

»Da ist was drin«, sagte Arthur und ergriff die Tasche am Riemen.

Ich nahm sie ihm aus der Hand. »Was immer da drin ist, es gehörte Sheila. Um die Taschen müssen Sie sich wohl kümmern, um das, was drin ist, nicht.«

Ich stand auf. »Entschuldigt mich«, sagte ich und ging in die Küche. Dort klappte ich die Schließe auf und öffnete die Tasche.

Ich fasste hinein und ertastete vier Plastikbehälter, jeder ungefähr so groß wie ein Glas Oliven. Sie trugen lauter verschiedene Etiketten. Lisinopril. Vicodin. Viagra. Omeprazol.

Alles in allem mehrere hundert Pillen.

SECHSUNDZWANZIG

Ich steckte die Dosen in die Tasche zurück, stellte diese in einen der Oberschränke und ging zurück ins Wohnzimmer. Twain sah mir erwartungsvoll entgegen. Als ich kein Wort über das verlor, was ich in der Tasche gefunden hatte, sagte er: »Gut, dann haben Sie vielen Dank, dass Sie sich Zeit genommen haben.«

Er gab mir seine Karte, forderte mich auf, mich bei ihm zu melden, wenn mir noch irgendetwas einfiele, das ihm weiterhelfen könnte, und ging.

»Der war eigentlich ganz nett«, sagte Kelly. »Was war denn in der Tasche?«

»Nichts.«

»Irgendwas muss da drin gewesen sein, sonst hätte es nicht geklappert.«

»Es war nichts.«

Sie wusste, dass ich log, doch sie wusste auch, dass sie nicht mehr aus mir herausbekommen würde.

»Na gut«, sagte sie. »Dann bin ich halt wieder sauer auf dich.« Sie stapfte die Treppe hoch, ging in ihr Zimmer zurück und schloss die Tür.

Ich nahm die Tasche mit den ganzen Pillen aus dem Küchenschrank und ging in mein Kellerbüro. Ich leerte die Dosen auf meinen Schreibtisch und sah zu, wie sie davonrollten.

»Verdammt!«, fluchte ich in den leeren Raum hinein. »Was

ist das für ein Scheiß, Sheila? Was, zum Teufel, ist das für ein Scheiß?«

Ich nahm die Plastikdosen eine nach der anderen in die Hand, schraubte den Deckel ab, sah hinein.

Hunderte kleine Pillen. Gelbe. Weiße. Die weltberühmten blauen. »Mensch, wie viele davon hätte ich denn nehmen sollen?«

Mir fiel wieder ein, was Twain gesagt hatte. Es gab nicht nur einen Riesenmarkt für gefälschte Handtaschen, DVDs und Baumaterial, sondern auch für verschreibungspflichtige Medikamente.

Was hatte Sheila an unserem letzten gemeinsamen Morgen gesagt?

»Ich hab da ein paar Ideen. Ideen, die uns weiterhelfen. Über diese Durststrecke zu kommen.«

»Aber nicht so«, sagte ich. »Doch nicht so.«

Jetzt, wo ich gesehen hatte, was in dieser Tasche war, wollte ich auch wissen, was vielleicht noch in allen anderen war. Also ging ich wieder nach oben – Kelly rührte sich nicht hinter ihrer geschlossenen Tür – und durchsuchte jede einzelne Handtasche in Sheilas Schrank. Ich fand alte Lippenstifte, Einkaufslisten, Kleingeld. Aber nichts wirklich Interessantes.

Ich ging wieder in den Keller. Die Handtasche, die Sheila bei sich hatte, als sich der Unfall ereignete, war – wie ich Belinda gesagt hatte – nicht verbrannt, aber auch nicht im besten Zustand. Erst war sie leicht angesengt und dann von Löschwasser durchweicht worden. Die Tasche hatte ich weggeworfen, nicht aber den Inhalt. Jetzt verspürte ich das Bedürfnis, mir das alles anzusehen.

Ich hatte die ganzen Sachen in eine Schuhschachtel getan. Die Schuhe waren längst durchgelaufen und entsorgt, die Schachtel würde aber wahrscheinlich noch Jahre überdauern.

Ich stellte sie auf den Tisch, sehr behutsam. Nach kurzem Zögern nahm ich den Deckel ab.

»Hallo, mein Schatz«, sagte ich.

Was für ein Unsinn, so etwas zu sagen. Aber als ich die vielen persönlichen Sachen meiner Frau sah, schien es mir das Natürlichste von der Welt. Auf ihre Art waren diese Erinnerungsstücke Sheila näher gewesen als ich. Sie waren in ihren letzten Sekunden bei ihr gewesen.

Ein Paar Ohrstecker mit braunroten Blutsprenkeln. Eine Halskette – ein Aluminiumanhänger an einer Lederschnur –, noch dunkler gefärbt von Sheilas Blut. Ich nahm sie in die Hand, hielt sie mir vors Gesicht, legte sie sacht an meine Wange. Behutsam ließ ich sie wieder in die Schachtel gleiten und wandte mich den Dingen aus ihrer Handtasche zu, die nicht blutbeschmiert waren. Zahnseide, eine Lesebrille in einem schmalen Metalletui, zwei Haarklammern aus Metall, in beiden klemmten noch ein paar von Sheilas Haaren. Eins dieser Dinger, die aussahen wie Filzstifte, mit dem man Flecken entfernen konnte. Sheila war immer auf irgendein Fast-Food-Malheur vorbereitet. Taschentücher. Eine kleine Packung Pflaster. Eine halbe Packung Zahnpflegekaugummi Geschmacksrichtung Cool Lime. Wenn wir uns mit Freunden trafen oder ihre Mutter besuchten, hatte sie sich im Auto immer zu mir gebeugt und meinen Atem geschnuppert. »Kau einen davon«, hatte sie gesagt. »Schnell. Du riechst wie ein Elchkadaver.« Dann waren da noch mehrere Bankomat-Quittungen, Kassenbelege von Drogerien und Lebensmittelläden, ein paar Visitenkarten, eine von der Kosmetikabteilung eines Kaufhauses, zwei von Einkaufstouren nach New York. Eine kleine Flasche Desinfektionsmittel für unterwegs. Ein paar kleine Haargummis, die sie immer für Kelly dabeihatte, ein Lippenstift von Bobby Brown, Augentropfen, ein Schminkspiegel, vier Nagelfeilen, ein kleiner Kopfhörer, den sie sich im Flugzeug gekauft hatte, als wir vor über einem Jahr zu einem verlängerten Wochenende nach Toronto geflogen waren. Als langjähriger Hockey-Fan wollte sie in Wayne Gretzkys Restaurant essen. »Wo, zum Teufel, ist er denn?«, fragte sie. »In der Küche«, sagte ich. »Der macht gerade dein Sandwich.«

Eine Erinnerung zu fast jedem Stück. Und weit und breit kein einziger Kassenzettel von einem Schnapsladen. Auch keine verschreibungspflichtigen Medikamente.

Es gab viele Gegenstände, bei denen ich mich länger aufhielt, aber einen gab es, der mich besonders interessierte.

Sheilas Handy.

Ich nahm es heraus, klappte es auf und drückte auf die Einschalttaste. Nichts tat sich. Das Handy war tot.

Ich öffnete die oberste Schreibtischschublade, wo ich das Ladekabel für mein eigenes Handy – das gleiche wie Sheilas – aufbewahrte. Ein Ende steckte ich ins Telefon, das andere in die Wandsteckdose. Klimpernd erwachte das Handy zum Leben.

Ich war noch nicht dazugekommen, es abzumelden. Es war Teil eines Pakets, zu dem auch meines, und jetzt auch das von Kelly, gehörte. Als ich Kellys Handy besorgt hatte, hätte ich Sheilas abmelden können, aber ich hatte es nicht über mich gebracht.

Als das Handy wieder betriebsbereit war, rief ich es von meinem Schreibtischtelefon aus an. Das war Erste, was mir in den Sinn kam.

Ich wählte die Nummer, die ich noch immer auswendig wusste, hörte den Freiton und sah, wie das Handy vor mir klingelte und vibrierte. Ich wartete das siebte Klingelzeichen ab. Danach würde die Mailbox anspringen, das wusste ich, und ich würde die Stimme meiner toten Frau hören.

»Hallo, hier ist Sheila. Ich bin entweder gerade am Telefon, habe es nicht bei mir oder Angst ranzugehen, weil ich gerade mit dem Auto unterwegs bin. Bitte hinterlassen Sie eine Nachricht.«

Und dann der Piepton.

Ich begann zu sprechen. »Ich … ich wollte nur …«

Ich legte auf, meine Hand zitterte.

Ich brauchte eine Minute, um mich wieder zu fangen.

»Ich wollte dir nur sagen«, sagte ich, obwohl außer mir niemand da war, »dass ich manches, was ich gesagt habe, seit du nicht mehr da bist, dass ich jetzt … Ich war so wütend auf dich. So verdammt wütend. Dass du das getan hast, dass du … so was Idiotisches tun konntest. Aber seit gestern oder so, ich weiß auch nicht … Das Ganze hat schon vorher keinen Sinn ergeben und jetzt noch weniger, aber je unsinniger es wird, desto mehr frage ich mich … frage ich mich, ob da vielleicht mehr dahintersteckt, ob vielleicht … ob ich dir vielleicht Unrecht getan habe, ob es vielleicht andere …«

Ich setzte mich hin und ließ meinen Gefühlen freien Lauf, versuchte nicht, sie zu unterdrücken. Nahm mir die Freiheit, alles rauszulassen. Wie Druck durch ein Ventil. Manchmal muss man ihn ablassen, sonst gibt es eine Explosion.

Nach zwei Minuten schnappte ich mir ein paar Taschentücher, wischte mir die Augen ab, putzte mir die Nase, holte ein paarmal tief Luft.

Und machte weiter.

Ich ging Sheilas Anrufliste durch. Meinen eigenen, der gerade erst eingegangen war, ignorierte ich. Arthur Twain hatte gesagt, Sheila hätte diesen Sommer am Tag ihres Unfalls angerufen, kurz nach eins.

Ich entdeckte eine Nummer in der Liste der abgegangenen Anrufe. Da stand es: 13:02. Eine Vorwahl in New York.

Ich schnappte mir den Hörer meines Schreibtischtelefons und wählte die Nummer. Es klingelte einmal ganz kurz, dann kam eine Ansage, die Nummer sei nicht mehr in Betrieb. Ich legte auf. Arthur Twain hatte auch gesagt, dass Sommer diese Nummer nicht mehr benutzte.

Ich nahm einen Stift und einen Zettel und fing an, mir alle Nummern aufzuschreiben, die Sheila am Tag des Unfalls und an den Tagen davor angerufen hatte. Mehrmals hatte sie mein Handy angerufen, zweimal in der Firma, dreimal hier zu Hause. Ich erkannte Belindas Nummer, dann Fionas Festnetznummer in Darien und ihre Handynummer.

Dann fiel mir noch ein, mir die Liste der eingehenden Anrufe anzusehen. Es gab mehrere von mir – von zu Hause, aus der Firma, vom Handy. Von Fiona. Belinda. Wie nicht anders zu erwarten.

Und siebzehn Anrufe von einer Nummer, die ich nicht erkannte. Aber nicht die Nummer, von der ich annahm, dass sie einmal Sommer gehört hatte. Keine New Yorker Nummer. Die meisten dieser Anrufe waren als »unbeantwortet« aufgelistet. Das bedeutete, dass Sheila sie entweder nicht gehört hatte oder nicht rangehen wollte.

Auch diese Nummer schrieb ich mir auf.

Ein Anruf von dieser Nummer war an dem Tag eingegangen, an dem sie starb, zwei am Tag davor, und täglich mindestens zwei in den sieben Tagen vor ihrem Tod.

Ich musste es wissen.

Wieder wählte ich aus dem Festnetz. Es läutete dreimal, dann ging der Anrufbeantworter ran.

»Hi, hier ist Allan Butterfield. Hinterlassen Sie eine Nachricht.«

Allan? Welcher Allan? Sheila kannte gar keinen –

Moment. Allan Butterfield. Sheilas Wirtschaftslehrer. Aus

welchem Grund hätte der sie so oft anrufen sollen? Und warum hätte sie seine Anrufe nicht annehmen sollen?

Ich warf den Hörer auf den Schreibtisch. Was gab es sonst noch zu tun? So viele Fragen, so wenig Antworten.

Ich betrachtete die Pillen. Wo hatte Sheila die her? Mit welchem Geld hatte sie sie bezahlt? Was wollte sie überhaupt damit –

Das Geld.

Das Geld, das ich versteckt hatte.

Die Einzigen, die wussten, dass ich Geld in der Wand versteckt hatte, waren Sheila und ich. Hatte sie hier zugegriffen? Hatte sie das Geld verwendet, um diese Pillen zu kaufen und dann weiterzuverkaufen?

Ich zog die Schreibtischschublade auf, holte einen Brieföffner heraus und ging um den Schreibtisch herum zur gegenüberliegenden Ecke des Büros. Ich steckte die Klinge in eine Fuge, rüttelte ein wenig und hatte in Sekundenschnelle eines der Paneele gelockert. Zum Vorschein kam ein rechteckiger Hohlraum, etwa vierzig Zentimeter breit, dreißig hoch und acht tief.

Festzustellen, ob von dem Geld zwischen den Pfosten etwas fehlte, dauerte nicht lang, es waren 500-Dollar-Bündel. Ich zählte vierunddreißig.

Das Geld, das ich über Jahre hinweg unversteuert angespart hatte, war komplett da.

Und noch etwas anderes.

Ein braunes Geschäftskuvert. Hinter den Geldbündeln. Ich zog es heraus, spürte, wie prall gefüllt es war.

In der linken oberen Ecke stand etwas geschrieben: »Von Belinda Morton.« Und, darunter hingekritzelt, eine Telefonnummer.

Ich erkannte sie sofort wieder. Ich hatte sie erst vor ein paar Minuten gesehen.

Es war die Nummer, die Sheila um 13.02 Uhr an ihrem Todestag gewählt hatte. Die Nummer, die laut Arthur Twain Madden Sommer gehört hatte.

Das Kuvert war zugeklebt. Ich schob den Brieföffner unter die Klappe und schnitt es sauber auf. Dann ging ich zum Schreibtisch zurück und leerte es aus.

Geld. Unmengen davon.

Tausende Dollar Bargeld.

»Heilige Maria Muttergottes«, sagte ich laut.

Dann hörte ich den Schuss.

Das Bersten von Glas.

Kellys Schreie.

SIEBENUNDZWANZIG

Es dauerte keine zehn Sekunden, da war ich die zwei Stockwerke schon hochgehetzt.

»Kelly!«, brüllte ich. »Kelly!«

Ich stieß ihre Tür so heftig auf, dass ich sie fast aus den Angeln riss. Ich hörte Kelly schreien, aber ich sah sie nicht. Was ich sah, waren Glasscherben, über den ganzen Fußboden verteilt. Das Fenster, das zur Straße hinausging, bot einen furchterregenden Anblick. Nichts als messerscharfe Zacken.

»Kelly!«

Ich hörte gedämpftes Weinen, stürzte zu ihrem Kleiderschrank und riss die Tür auf. Da saß sie, zusammengekauert auf einem Haufen Schuhe.

Sie sprang auf und schlang ihre Arme um mich.

»Alles in Ordnung? Mäuschen? Alles in Ordnung mit dir? Sag doch was!«

Sie ließ den Kopf an meine Brust fallen und schluchzte. »Daddy! Daddy!« Ich drückte sie so fest an mich, dass ich Angst hatte, ich könnte ihr was brechen.

»Ich bin da, ich bin da, ich bin da.« Ich versuchte, sie ein Stück von mir wegzuschieben, gerade so viel, dass ich sie ansehen konnte. »Bist du verletzt? Hat dich was getroffen? Scherben oder sonst was?«

»Ich weiß nicht«, wimmerte sie. »Ich bin so erschrocken!«

»Ich weiß, ich weiß. Kleines, ich muss sehen, ob du verletzt bist.«

Sie schniefte und nickte und ließ zu, dass ich sie auf Armeslänge von mir schob. Ich hielt nach Blut Ausschau, sah aber nirgendwo welches.

»Dich hat also kein Glas erwischt?«

»Ich hab hier gesessen.« Sie zeigte auf den Computer. Ihr Schreibtisch stand neben dem Fenster. Der Scherbenregen war an ihr vorbei ins Zimmer geprasselt.

»Erzähl mir, was passiert ist.«

»Ich saß da, und auf einmal hab ich ein Auto richtig schnell vorüberfahren gehört, und dann gab es einen Riesenkrach, und das ganze Glas kam herein. Da hab ich mich schnell im Schrank versteckt.«

»Das war sehr gescheit von dir«, lobte ich sie. »Wirklich schlau.« Ich zog sie wieder an mich.

»Was war denn das?«, fragte sie. »Hat wer auf unser Haus geschossen? War das ein Schuss?«

Das herauszufinden, dafür waren andere zuständig.

»Tja«, sagte Rona Wedmore. »So sieht man sich wieder.«

Sie kam ein paar Minuten nach den Streifenwagen der Polizei Milford an. Die Straße war abgeriegelt und ein gelbes Polizeiabsperrband um unser Grundstück gespannt worden.

»Die Welt ist ein Dorf«, erwiderte ich.

Zuerst unterhielt Wedmore sich ein paar Minuten mit Kelly. Dann wollte sie mich alleine sprechen. Als sie Kellys ängstlichen Blick sah, rief sie eine Streifenpolizistin herbei und fragte Kelly, ob sie Lust hätte, sich einmal einen Polizeiwagen von innen anzusehen. Ich versicherte meiner Tochter, dass es in Ordnung sei, mit der Polizistin zu gehen, und sie ließ sich wegführen.

»Machen Sie sich keine Sorgen«, sagte Wedmore.

»Aber woher denn, Detective?«, gab ich zurück. »Hat doch nur gerade jemand versucht, meine Tochter umzubringen.«

»Mr. Garber, ich weiß, Sie sind jetzt sehr aufgeregt. Wenn Sie es nicht wären, würde ich mich fragen, ob mit Ihnen etwas nicht stimmt. Aber lassen Sie uns einen Schritt nach dem anderen machen, damit wir erkennen, was wir wissen und was nicht. Was wir wissen, liegt auf der Hand: Jemand hat auf Ihr Haus geschossen und das Fenster im Zimmer Ihrer Tochter zertrümmert. Aber das ist auch schon alles, was wir mit Sicherheit sagen können. Es sei denn, es gibt etwas, das Sie wissen, mir aber nicht gesagt haben.«

Ich atmete ein und aus.

»Eigentlich ist es sogar ziemlich unwahrscheinlich, dass jemand es auf Ihre Tochter abgesehen hatte, wenn man sich anguckt, wo sie saß, als der Schuss fiel. Man hätte sie von der Straße aus gar nicht sehen können. Noch dazu waren die Vorhänge fast ganz zugezogen. Und noch etwas: Kelly ist erst acht, also nicht sehr groß, und niemand, der von der Straße aus in diesem Winkel durch ein Fenster schießt, kann ernsthaft erwarten, jemanden, der so klein ist, tatsächlich zu treffen.«

Ich nickte.

»Trotzdem hat jemand auf dieses Fenster geschossen. Haben Sie irgendeinen Verdacht, wer das getan haben könnte?«

»Nein«, sagte ich.

»Gibt es niemanden, der ein Hühnchen mit Ihnen zu rupfen hat? Niemanden, den Sie gegen sich aufgebracht haben?«

»Es gibt mehr Leute, die eine Wut auf mich haben, als ich zählen kann, aber keinen, der auf mein Haus schießen würde. Wenigstens glaub ich das nicht.«

»Officer Slocum wäre wahrscheinlich einer auf der Liste derer, die Grund haben, wütend auf Sie zu sein.« Ich sah sie an, sagte aber nichts. »Ich war bei der Feier. Wir haben uns dort kennengelernt. Und ich weiß, was Sie getan haben. Ich weiß, dass Sie Officer Slocum eine gelangt haben.«

»O Mann, glauben Sie, er war das?«

»Nein«, sagte sie scharf. »Das glaube ich nicht. Aber wen haben Sie in letzter Zeit sonst noch geschlagen und schon wieder vergessen? Muss ich eine Liste machen?«

»Ich hab's nicht vergessen – hören Sie, ich steh ein bisschen neben mir, ja?«

»Klar.« Sie schüttelte den Kopf. »Sie können von Glück reden, wissen Sie das?«

»Was? Weil jemand auf meine Tochter geschossen hat?«

»Weil Sie sich nicht wegen Tätlichkeit gegen einen Polizisten verantworten müssen.«

Daran hatte ich auch schon gedacht.

»Er wollte nichts gegen Sie unternehmen. Ich habe persönlich mit ihm darüber gesprochen. Wenn mir jemand bei der Gedenkzeremonie für meinen Ehemann einen Kinnhaken verpassen würde, dem würde ich einen Prozess anhängen, dass er nur so mit den Ohren schlackert.«

»Warum tut er's nicht?«

»Keine Ahnung. Ich habe nicht den Eindruck, dass Sie beide dicke Freunde sind. Ich würde meinen, er wartet auf eine Gelegenheit, es Ihnen selbst heimzuzahlen. Ich glaube nicht, dass er auf Ihr Haus schießen würde, aber ich würde mich ab sofort peinlich genau an Tempolimits halten. Wenn er Sie nicht rauswinkt, dann tut's einer von seinen Kumpeln.«

»Vielleicht hat einer von denen auch das hier getan.«

Wedmore machte ein besorgtes Gesicht. »Diese Möglichkeit müssen wir wohl in Betracht ziehen. Wenn wir die Kugel aus der Wand geholt haben, werden wir sie daraufhin untersuchen, ob sie aus einer Polizeiwaffe stammen könnte. Wie sieht's aus? Jetzt, da Sie ein bisschen Bedenkzeit hatten, ist Ihnen sonst noch jemand eingefallen, dem Sie in letzter Zeit auf die Zehen gestiegen sein könnten?«

»Die letzten Tage waren irgendwie … irgendwie merkwürdig«, sagte ich.

»Inwiefern?«

»Ich glaube … losgegangen ist es wahrscheinlich mit dieser Übernachtung.«

»Moment, die bei den Slocums?«, fragte Wedmore.

»Genau. Da gab es einen kleinen Zwischenfall.«

»Was für einen Zwischenfall?«

»Kelly und Emily, die Kleine von den Slocums, haben Verstecken gespielt. Kelly hatte sich im Schlafzimmer der Slocums im Schrank versteckt. Da kam Ann herein, um zu telefonieren. Als sie Kelly entdeckte, wurde sie sehr wütend, und dann hat Kelly angerufen, ich soll sie abholen.«

»Aha«, sagte Wedmore. »War's das?«

»Nein … nicht ganz. Darren vermutete, dass Kelly etwas von diesem Gespräch mitbekommen hat, von dem seine Frau ihm nichts gesagt hatte, und er wollte alles wissen, was Kelly gehört hat. Am Samstag kam er her und wollte mit ihr reden. Hat eine große Schau abgezogen. Ich sagte ihm, was Kelly gehört hatte, nämlich so gut wie nichts, und er hat versprochen, sie in Ruhe zu lassen. Aber dann hab ich ihn im Bestattungsinstitut erwischt, wie er sie ausgefragt hat. Ohne mein Wissen und ohne meine Erlaubnis.« Ich sah zu Boden. »Da hab ich ihm eine verpasst.«

Wedmore strich sich mit einer Hand mehrmals über den Nacken. »Tja. Warum hat sich Officer Slocum so viele Gedanken über diesen Anruf gemacht?«

»Er glaubt, dass das der Grund war, weshalb Ann an diesem Abend noch einmal weggefahren ist. Und dabei kam es ja zu diesem Unfall unten am Pier.«

Wedmore schwieg einen Augenblick.

»Das war doch ein Unfall, oder?«, fragte ich sie.

Ein Streifenpolizist kam ins Haus und unterbrach uns. »Verzeihung, Detective. Die Frau aus dem Nebenhaus, Joan …«

»Mueller«, half ich ihm aus.

»Genau. Sie sah gerade aus dem Fenster, als der Schuss fiel, und sie sagt, sie hat einen Wagen mit hoher Geschwindigkeit vorbeifahren sehen.«

»Hat sie was Genaueres gesehen? Ein Kennzeichen oder so was?«

»Kein Kennzeichen, aber sie hat gesagt, es war ein kleiner Wagen, aber hinten abgeschnitten, wie ein Kombi. Hört sich für mich wie ein Golf an, oder vielleicht ein Mazda 3, so was in der Richtung. Und sie hat gesagt, sie glaubt, er war silbern.«

»Hat sie den Fahrer gesehen?«, fragte Wedmore, aber ihre Stimme klang nicht sehr hoffnungsvoll. Immerhin war es schon dunkel.

»Nein«, sagte der Uniformierte. »Aber sie meinte, es hätten zwei Leute im Wagen gesessen. Vorne. Ach ja, und da war noch was oben an der Antenne. Etwas Gelbes, wie ein kleiner Ball.«

»Gut, klappern Sie weiter die Nachbarn ab. Vielleicht hat noch jemand was gesehen.«

Der Polizist ging hinaus, und Wedmore wandte ihre Aufmerksamkeit wieder mir zu. »Mr. Garber, wenn Ihnen noch etwas einfällt, rufen Sie mich an.« Sie griff in ihre Jackentasche und zog eine Karte heraus. »Und wenn wir etwas herausfinden, melde ich mich.«

»Sie haben meine Frage nicht beantwortet.«

»Was denn für eine?«

»Der Tod von Ann Slocum. Das war doch ein Unfall, oder?«

Wedmore sah mich mit undurchdringlicher Miene an. »Diese Ermittlung ist noch im Gang, Sir.« Sie drückte mir die Karte in die Hand. »Wenn Ihnen noch etwas einfällt.«

ACHTUNDZWANZIG

Slocum ging noch vor dem zweiten Klingeln ans Telefon.

»Haben Sie einen Namen zu dem Kennzeichen?«, fragte Sommer.

»Herrgott, was haben Sie getan?«

»Wie bitte?«

»Das Fenster von der kleinen Garber.« Darren schrie geradezu ins Telefon. »Das Fenster in ihrem Zimmer! Ist das Ihre Art, Leute unter Druck zu setzen? Indem Sie ihre Kinder umbringen?«

»Haben Sie einen Namen zu dem Kennzeichen?«

»Hören Sie mir eigentlich zu?«

»Der Name.«

»Sie sind unmöglich, wissen Sie das? Verdammte Scheiße.«

»Ich hab was zum Schreiben.«

Slocum musste erst tief Luft holen. Er hatte so laut geschrien, dass er beinahe heiser war. »Der Halter des Wagens ist ein gewisser Arthur Twain. Aus Hartford.«

»Adresse?«

Slocum gab sie ihm.

»Was haben Sie über ihn rausgefunden?«

»Er ist Ermittler. Privatdetektiv. Bei einem Ermittlungsbüro Stapleton.«

»Hab ich schon mal gehört.«

Slocum holte noch einmal tief Luft und bemühte sich, ruhig zu bleiben. »Hören Sie mir zu. Hören Sie mir gut zu. Sie können nicht einfach rumfahren und in Kinderzimmer reinballern. Das können Sie doch nicht tun, verdammt noch mal. Außerdem erregt es viel zu viel –«

Sommer hatte aufgelegt.

NEUNUNDZWANZIG

Es waren noch immer ein paar Polizisten in Kellys Zimmer, als ich wieder in den Keller hinunterging. Das Geld, das ich in dem braunen Umschlag gefunden hatte, lag nicht mehr auf dem Schreibtisch. In der Zeit zwischen meinem Notruf und der Ankunft des ersten Streifenwagens war ich schnell hinuntergelaufen. Kelly hatte ich mitgenommen, ließ sie aber vor der Bürotür warten, während ich das Geld wieder in die Wand steckte und das Paneel befestigte.

Ich war froh, dass ich das getan hatte, denn die Polizei sah sich im ganzen Haus um. Und ich wollte nicht noch mehr Anlass zu Fragen geben.

Ich rief Fiona an.

»Hallo? Glen? Gütiger Himmel, weißt du, wie spät es ist?«

»Du musst mir einen Gefallen tun.«

Ich konnte Marcus auf der anderen Seite des Bettes hören. »Wer ist das? Was gibt's?«

»Psst! Was für einen Gefallen? Wovon redest du?«

»Ich möchte, dass du dich eine Zeitlang um Kelly kümmerst.«

Ich spürte richtig, wie Fiona fieberhaft überlegte, was ich jetzt wieder im Schilde führte. Vielleicht erwachte gerade ihr früherer Verdacht wieder, ich wolle Kelly aus dem Weg haben, damit ich mir eine Frau ins Haus holen konnte.

»Was ist denn los?«, fragte sie. »Hast du es dir anders überlegt? Willst du jetzt doch, dass sie in Darien zur Schule geht?«

»Nein«, sagte ich. »Aber ich möchte, dass sie bei euch bleibt. Wenigstens ein paar Tage.«

»Warum? Ich meine, ich freue mich natürlich, wenn sie kommt, aber was steckt dahinter?«

»Kelly muss raus aus Milford. Keine Schule, nichts, was ihr Angst machen könnte. Sie hat eine schlimme Zeit hinter sich, und Abstand ist vielleicht genau das, was sie jetzt braucht.«

»Wird sie in der Schule nicht zu viel versäumen?«, fragte Fiona. »Da, wo sie ›Säuferkind‹ zu ihr sagen?«

»Fiona, ich muss wissen, ob ich auf dich zählen kann.«

»Lass mich mit Marcus reden, und ich ruf dich morgen früh zurück.«

»Ich brauche die Antwort jetzt. Ja oder nein.«

»Glen, was ist wirklich los?«

Ich schwieg einen Augenblick. Ich wollte Kelly aus Milford weghaben, irgendwohin, wo Darren oder jemand anderes sie nicht so leicht aufstöbern würde. Ich wusste, dass es in Fionas Haus eine Alarmanlage mit einer Direktleitung zur Polizei gab und dass Fiona sie rund um die Uhr anließ.

»Kelly ist hier nicht sicher«, sagte ich.

Schweigen am anderen Ende der Leitung. Länger noch als meines eben. Schließlich sagte Fiona: »In Ordnung.«

Ich ging nach oben, nahm Kelly mit ins Schlafzimmer und setzte mich mit ihr aufs Bett.

»Ich habe einen Entschluss gefasst und ich hoffe, du hast nichts dagegen«, fing ich an.

»Was ist denn?«

»Ich bringe dich morgen früh zu deinen Großeltern.«

»Gehe ich jetzt da zur Schule?«

»Nein. Es ist so eine Art Ferien.«

»Ferien? Wo fahren wir denn hin?«

»Von Wegfahren ist jetzt erst mal nicht die Rede, aber ich glaube, es spricht auch nichts dagegen.«

»Ich will nicht weg von dir.«

»Ich will das ja auch nicht. Aber hier bist du nicht sicher, und solange das so ist, ist es besser, du bist woanders. Bei Fiona und Marcus bist du in Sicherheit.«

Sie überlegte. »Ich würde gern nach London fliegen. Oder vielleicht nach Disney World.«

»Ich glaube, da solltest du dir nicht allzu große Hoffnungen machen.«

Sie nickte, dachte kurz nach und sagte dann: »Wenn ich hier nicht sicher bin, dann bist du's auch nicht. Machst du auch Ferien? Können wir nicht zusammen wegfahren?«

»Ich bleibe hier, aber mir wird nichts passieren. Ich werde sehr gut aufpassen. Und ich werde rausfinden, was hier vor sich geht.«

Sie legte die Arme um mich. »Mein Bett ist voller Scherben«, sagte sie.

»Du bleibst hier bei mir.«

Als die Polizei aus dem Haus war, zog Kelly ihren Schlafanzug an und schlüpfte unter meine Bettdecke. Sie schlief ziemlich rasch ein, was mich angesichts der Ereignisse dieses Abends doch wunderte. Aber wahrscheinlich verlangte ihr Körper nach Schlaf, sagte ihr, dass sie ihren Akku wieder aufladen musste, um mit allem fertig zu werden, was um sie herum geschah.

Mein Körper war da anders. Ich hatte nach dem Schuss auf unser Haus das Bedürfnis, laufend nach dem Rechten zu sehen. Ich machte alle Lichter aus, außer dem in der Küche und einem Nachtlicht auf dem Flur vor meinem Schlafzimmer. In regelmäßigen Abständen patrouillierte ich durchs Haus. Ich sah nach Kelly, ging nach unten, schaute auf die Straße hinaus, ging zurück in den ersten Stock und sah wieder nach Kelly.

Irgendwann gegen drei wurde ich langsam müde. Ich ging ins Schlafzimmer und streckte mich, ohne mich zuzudecken, auf meiner Seite des Bettes aus, den Kopf legte ich aufs Kissen.

Neben mir lag meine Tochter. Ich lauschte ihrem Atem. Ein und aus, ein und aus. So friedlich. Es war das erste beruhigende Geräusch, das ich seit langem gehört hatte.

Eigentlich wollte ich wach bleiben, um meinen Kontrollgang später fortzusetzen, doch schließlich übermannte mich der Schlaf. Schlagartig wie die Tore eines Feuerwehrhauses öffneten sich meine Augen wieder. Ein Blick auf den Wecker sagte mir, dass es kurz nach fünf war. Ich stand auf, um meine nächste Runde zu machen. Dann wieder ins Bett zu gehen schien mir sinnlos.

Ich machte mich ein bisschen im Haus zu schaffen, zahlte online ein paar überfällige Rechnungen, notierte mir, dass ich Orangensaft und Frühstücksflocken kaufen musste.

An diesem Morgen wurde auch der Müll abgeholt. Ich trug den Abfall aus dem ganzen Haus zusammen, einschließlich der Handschellen, die Kelly aus dem Haus der Slocums mitgenommen und ich in meinem Nachttisch versteckt hatte. Ich stopfte sie ganz tief in einen der Müllsäcke hinein, stellte zwei Tonnen auf die Straße, und um sieben hatte der Müllwagen bereits alles weggebracht.

Kurz darauf öffnete ich das Tor der Garage, um dort ein wenig aufzuräumen. Plötzlich merkte ich, dass jemand vor meinem Pick-up stand. Ich fuhr zusammen.

»Morgen«, sagte Joan Mueller. »Du bist heute aber früh auf. Sonst sehe ich dich meistens erst kurz vor acht aus dem Haus kommen. Ich kann mir vorstellen, dass du ganz schön geschockt bist.«

»Ja«, bestätigte ich.

»Hat die Polizei dir gesagt, dass ich ein Auto gesehen habe?«

»Ja. Danke für deine Hilfe.«

»Na ja, ich weiß nicht, ob das eine große Hilfe war. Viel hab ich ja nicht gesehen. Kein Kennzeichen oder so. Wie geht's denn Kelly?«

»Wie du gesagt hast, das hat uns beide ganz schön geschockt.«

»Wer tut denn so was? In ein Fenster schießen? Weißt du, was ich glaube? Das waren bloß ein paar Jugendliche, die sich einen dummen Scherz erlaubt haben. Einfach dumme Jungen. Magst du einen Kaffee? Ich habe gerade einen aufgesetzt und ich bringe dir gern einen. Zwei Schuss Milch, stimmt's?«

Ich schüttelte den Kopf. »Ich hab einiges zu erledigen, Joan. Und deine Kinder werden ja auch bald gebracht.«

»Wie wär's denn, wenn ... ich weiß, das ist ziemlich aufdringlich ... aber wie wär's, wenn ich dir einen Kaffee bringen würde, wenn Mr. Bain Carlson abliefert? Wäre das ein Problem für dich? Der Typ macht mir noch immer ganz schön Angst, und je häufiger er sieht, dass nebenan jemand wohnt, der auf mich aufpasst – und das heißt nicht, dass du das auch tun musst, denn ich will mich wirklich nicht aufdrängen oder so –, umso sicherer kann ich mir sein, dass er mir nicht auf die Pelle rückt wegen irgendwas, das ich vielleicht von seinem Sohn über diesen Sturz seiner Mutter gehört habe, wenn du verstehst, was ich meine. Keine Ahnung, du könntest ja gerade was vor deiner Garage machen, und wenn er da ist, dann kommst du so ganz zufällig rüber und sagst irgendwas wie: Hey, was ist jetzt mit dem Kaffee, den du mir versprochen hast?«

Ich seufzte. Auch ohne die Ereignisse der vergangenen

Nacht wäre ich jetzt zu keinem Widerstand mehr fähig gewesen.

»Geht klar.«

Etwa eine Viertelstunde später sah ich den roten Explorer in die Einfahrt biegen. Carl Bain, anscheinend in demselben Anzug, in dem ich ihn beim letzten Mal gesehen hatte, ging um den Wagen herum und öffnete die Tür, um seinen Sohn aus dem Kindersitz zu heben. Ich schlenderte hinüber, in den Anblick des Rasens vertieft, ganz so, als hätte ich Bain gar nicht bemerkt.

Als wir uns beide der Haustür näherten, hob ich den Kopf und sagte: »Oh, hallo. Morgen.«

»Morgen«, sagte er. Sein Sohn sagte nichts.

»Ich wollte nur, äh … Joan hat gesagt, ich bekomm einen Kaffee, wenn mir danach ist.« Ich kam mir vor wie der letzte Idiot. Wie hatte ich mich nur dazu bequatschen lassen können?

Die Tür ging auf, und Joan lächelte uns entgegen, den Becher Kaffee schon in der Hand. »Also, wenn das nicht die stärksten und attraktivsten Männer sind, die mir je untergekommen sind. Morgen, Glen! Alles klar?«

Der Junge schlüpfte ins Haus, immer noch ohne ein Wort zu sagen. Joan reichte mir meinen Kaffee. »Hier, Herr Nachbar. Und bei Ihnen, Mr. Bain? Auch alles klar?«

Er zuckte mit den Achseln. »Also dann um sechs.«

»Ja, dann einen wunderschönen Tag, Jungs.« Damit machte uns Joan die Tür vor der Nase zu, und ich stand da mit meinem blöden Kaffee, während Bain zum Wagen ging.

Das reicht, dachte ich. Ich lass mich da nicht noch mal hineinziehen. Das wird jetzt ein für alle Mal geklärt.

»Hey«, sagte ich. »Warten Sie mal.«

Bain blieb stehen und drehte sich um. »Ja?«

»Das ist ... wie soll ich sagen? Joan – Mrs. Mueller – sie ist in letzter Zeit ein bisschen nervös.«

Sofort machte er ein besorgtes Gesicht. »Ist was mit ihr? Sie gibt doch hoffentlich die Kinderbetreuung nicht auf? Ich habe lange gesucht, bis ich sie gefunden habe, und Carl, er fühlt sich hier richtig wohl und –«

»Nein, darum geht's nicht. Sie ... sie bildet sich ein, dass Sie sich Gedanken machen wegen etwas, das mit Ihrer Frau zu tun hat. Ich weiß nichts über Sie, Mr. Bain, und ich weiß auch nicht, was bei Ihnen zu Hause los ist, aber eines sollten Sie wissen: Mrs. Mueller hat nirgends angerufen, um –«

»Was wollen Sie eigentlich. Was ist mit meiner Frau?«

Noch während ich zugestimmt hatte, hatte ich bereut, dass ich mich zu diesem Theater mit dem Kaffee hatte überreden lassen, und jetzt bereute ich, dieses Gespräch überhaupt angeknüpft zu haben. »Ich will damit nur sagen, wenn es Probleme zwischen Ihnen und Ihrer Frau gibt, wenn jemand wegen irgendwelcher Gerüchte bei Ihnen war, ich hoffe, Sie bekommen die Hilfe, die Sie brauchen, aber eins müssen Sie wissen: Joan –«

Bain hob die Hand. »Ich habe keine Ahnung, was das hier soll, Kumpel, aber wenn Sie was von meiner Frau wissen, und wo ich sie finde, dann würde ich das liebend gern hören. Ansonsten kümmern Sie sich um Ihren eigenen Scheiß.«

Ich war baff. »Wo Sie sie finden?«

»Alicia ist kurz nach Carls Geburt abgehauen«, sagte er bitter. »Hat uns beide sitzenlassen. Ich hab die Frau seit fast vier Jahren nicht mehr gesehen. Carlson hat sie zuletzt gesehen, da war er vier Monate. Diese Frau könnte ihre eigene Sendung auf dem Disney-Kanal haben, und er würde sie nicht erkennen.«

DREISSIG

Ich hätte zurückgehen und an Joan Muellers Tür klopfen und fragen können, was sie sich dabei gedacht hatte, mich so zum Narren zu halten. Oder ob sie einfach nur übergeschnappt war. Doch ich hatte einen besseren Plan: Ich würde den größtmöglichen Bogen um sie machen.

Als Kelly zum Frühstück herunterkam, um ihre Frühstücksflocken zu essen, sagte ich zu ihr: »Wenn du von deiner Großmutter zurückkommst, wirst du nach der Schule nicht mehr zu Mrs. Mueller gehen.«

»Warum nicht?«

»Sie hat schon genug Kinder, um die sie sich kümmern muss.« Und sie auf die loszulassen schien mir mittlerweile auch höchst bedenklich, aber ich hatte im Moment andere Sorgen. »Wir werden dich für eine Nachmittagsbetreuung in der Schule oder so was anmelden.«

»Wenn ich dann überhaupt noch an dieser Schule bin«, erinnerte mich Kelly.

Ich rief Sally im Büro an.

»Ich weiß nicht, wann ich heute komme«, sagte ich. »Ich bringe Kelly zu ihren Großeltern.«

»Ja, schön«, antwortete Sally. »Dann hat sie einen Tag schulfrei.«

»Sie wird ein bisschen länger da bleiben. Tapetenwechsel. Ruf bitte Alfie von der Feuerwehr an.«

Alfred Scranton war stellvertretender Feuerwehrchef und

erster Ansprechpartner, wenn es um Brandermittlungen ging.

»Mach ich«, sagte Sally. »Worum geht's denn?«

»Gestern Abend habe ich mit jemandem über gefälschte elektrische Bauteile gesprochen. Zeug aus China oder wo immer es herkommt. Von außen sieht es echt aus, aber innen drin ist es nur Scheiße.«

»Daddy«, entrüstete sich Kelly.

»Ist es wegen des Brands?«, fragte Sally. Der war ein wunder Punkt bei ihr, immerhin hatte ihr Theo die Leitungen in dem Haus gelegt, das schließlich in Flammen aufgegangen war. Doch ich konnte ihr das nicht ersparen. Sie arbeitete im Büro, und früher oder später landete alles auf ihrem Schreibtisch.

»Ja«, sagte ich. »Frag nach, ob sie sich die Teile aus diesem Sicherungskasten genau angesehen haben. Ich will wissen, ob die original waren.«

»Ach komm, Glen, Theo würde so was doch nie in einem von deinen Häusern installieren.«

»Sally, ruf Alfie an, ja?«

»Ist gut«, sagte sie wenig begeistert. »Aber kann es sein, dass du einfach nur einen Sündenbock suchst?«

»Wie gut kennst mich inzwischen, Sally?«

»Du hast recht, ich nehm's zurück. Ich ruf ihn an.« Um das Thema zu wechseln, fragte sie: »Was ist denn mit Kelly? Geht's ihr gut? Nimmst du sie aus der Schule?«

Kelly stand auf, spülte ihre Schale aus und verließ die Küche.

»Um die Wahrheit zu sagen, bei uns war gestern Abend noch einiges los.«

»Was denn?«

»Jemand hat auf unser Haus geschossen.«

»Was? O Gott, Glen, was ist denn passiert?« Ich erzählte es ihr. »Das darf doch nicht wahr sein. Alles in Ordnung mit ihr?«

»Ja, es geht ihr ganz gut, wenn man bedenkt, was sie in letzter Zeit mitgemacht hat. Zuerst stirbt ihre Mutter, dann die ihrer Freundin und jetzt das. Sie braucht Abstand von Milford. Also bestell Doug, heute hat er das Sagen, ja? Wenn's Probleme gibt, erreichst du mich auf dem Handy.«

Sally sagte, sie würde sich melden und ich solle Kelly ganz fest von ihr drücken.

Kelly stand mit ihrem Koffer am Fuß der Treppe. »Sally lässt dich grüßen.«

»Kannst du den ins Auto bringen?«, fragte sie. »Ich will noch mal schauen, ob ich was vergessen habe.«

Das erinnerte mich daran, dass ich noch in der Schule Bescheid sagen musste, dass Kelly eine Zeitlang nicht kommen würde. Der Unterricht hatte schon begonnen, und wahrscheinlich würde bald jemand anrufen, weil ich sie für heute noch nicht entschuldigt hatte. Ich rief im Sekretariat an und hinterließ eine Nachricht auf dem Anrufbeantworter.

Ich nahm Kellys Koffer und ging hinaus zum Wagen. Ich öffnete die Heckklappe, hievte den Koffer hinein und nahm das Stück Kantholz heraus, das noch auf der Ladefläche lag. Es schien mir würdig, in die Restesammlung in meiner Garage aufgenommen zu werden.

Gerade wollte ich ins Haus zurückgehen, da stellte sich ein schwarzer Chrysler 300 quer vor meine Einfahrt. Ich hatte den Wagen noch nie gesehen. Auch dem Fahrer, der jetzt ausstieg, war ich noch nie begegnet, dennoch erkannte ich ihn.

Ich betrat das Haus, die Tür ließ ich einen Spalt offen.

»Kelly!«

Sie erschien oben auf dem Treppenabsatz. »Mhm?«

»Hör mir gut zu. Ich gehe jetzt raus, um mit dem Mann zu reden, der gerade gekommen ist. Sperr hinter mir ab. Schau aus dem Fenster. Wenn etwas passiert, wähl den Notruf.«

»Was ist denn –«

»Hast du mich verstanden?«

»Ja.«

Ich drehte mich um, und sie flitzte die Treppe herunter. Draußen wartete ich, bis ich das Schloss einrasten hörte.

Das Kantholz hielt ich noch immer in der Hand.

Der Fahrer, ein großer, schwarzhaariger Mann mit Lederjacke, schwarzen Hosen und auf Hochglanz polierten Schuhen, ging vorne um seinen Wagen herum und lehnte sich an die Beifahrertür. Er trug eine Sonnenbrille und machte keine Anstalten, sie abzunehmen.

»Kann ich Ihnen helfen?«

Er sah hinauf zu dem Fenster im ersten Stock, das mit einer Sperrholzplatte abgedeckt war. »Hat Ihnen jemand einen Ball ins Fenster geschossen, Mr. Garber?«

»Lassen Sie Ihren Wagen nicht da stehen, ich fahre gleich raus.«

»Bin gleich wieder weg. Will nur was abholen.« Er verschränkte die Arme vor der Brust. Er bemerkte das Kantholz in meiner Hand, beachtete es aber nicht weiter.

»Abholen? Was denn?« Als er die Arme verschränkte, waren ihm die Ärmel ein wenig hochgerutscht, und eine teure Uhr zum Vorschein gekommen. Unter dem Uhrband glaubte ich eine Druckstelle auf dem Handgelenk zu erkennen.

»Ein Päckchen, das Ihre Frau hätte abliefern sollen. Für ihre Freundin Belinda Morton.«

»Meine Frau ist tot.«

Er nickte. »Zufällig starb sie genau an dem Tag, an dem die Zustellung stattfinden sollte.«

»Ich weiß nicht, wovon Sie reden.«

Eine Ahnung hatte ich allerdings. Ich dachte an die Fragen, die Belinda mir gestellt hatte. Wegen eines Umschlags, den sie Sheila gegeben hatte.

Er rieb sich das Kinn mit der rechten Hand, als überlege er, was er mit mir anfangen sollte. Dabei rutschte sein Ärmel noch ein Stück weiter den Arm hinauf, und ich sah, dass die Druckstelle unter dem Uhrband eine Tätowierung war. Ein kunstvolles Kettenmuster, das rund ums ganze Handgelenk lief.

»Was gucken Sie? Meine Rolex?«

»Eine Fälschung?«

Er nickte beeindruckt. »Sie haben ein gutes Auge.«

»Eigentlich nicht«, sagte ich, »aber das ist Ihre Spezialität, oder?«

Er sah mich fragend an, sagte aber nichts.

»Sie sind Sommer«, sagte ich. »Zumindest ist das einer Ihrer vielen Namen. Sie machen in Fälschungen.«

Jetzt hatte ich seine volle Aufmerksamkeit. Ich sah förmlich, wie seine Augen hinter den dunklen Gläsern schmal wurden. »Mr. Twain hat Ihnen von mir erzählt.« Es war keine Frage. Ich hatte vielmehr den Eindruck, dass er mir damit zu verstehen geben wollte, dass er mich beobachtet hatte oder Twain oder uns beide.

»Warum hat meine Frau Sie an ihrem Todestag angerufen?«, fragte ich ihn.

Er stellte sich aufrecht hin, öffnete seine Arme, krümmte die Finger. Ich packte mein Kantholz fester.

»Sie hat eine Nachricht hinterlassen, dass sie nicht kommen kann«, sagte er. »Warum, glauben Sie, hat sie das getan?«

»Keine Ahnung.«

»Meine Theorie ist, sie hat ihre Meinung geändert. Oder

jemand hat es für sie getan. Vielleicht hatten Sie ja was damit zu tun.«

»Da täuschen Sie sich.«

Sommer lächelte. »Hören Sie, Mr. Garber, reden wir Klartext. Ich weiß, wie das ist. Sie haben finanzielle Probleme. Ihre Frau hat plötzlich eine Stange Geld. Sie sagen sich, hey, damit ließen sich ein paar von unseren Problemen lösen. Liege ich richtig?«

»Völlig daneben.«

Etwas erregte seine Aufmerksamkeit. »Kümmert sich Ihre Nachbarin um alles, was hier draußen passiert?«

»Hier kümmert sich jeder um jeden.«

Sommers Blick war von Joan Muellers Haus zu meinem gewandert.

»Sieht ganz danach aus«, sagte er. »Ist wohl Ihre Kleine, da hinter dem Vorhang?«

Ich bemühte mich, meine Stimme so gleichgültig wie möglich klingen zu lassen, hob aber gleichzeitig die Hand, in der ich das Holz hielt. »Wenn Sie auch nur ›Buh‹ machen, schlag ich Ihnen den Schädel ein.«

Er streckte die Hände von sich, als sei er gekränkt. »Mr. Garber, Sie interpretieren meine Absichten völlig falsch. Habe ich Sie bedroht? Habe ich Ihre Tochter bedroht? Ich bin Geschäftsmann, und das Einzige, was mich interessiert, ist der Abschluss eines Geschäfts. Und was machen Sie? Sie bedrohen mich an Leib und Leben.«

Ich überlegte einen Augenblick, wie ich weiter vorgehen wollte. »Dieses Geld, dieses Päckchen, Sie sagen, Belinda hat es meiner Frau gegeben, damit sie es Ihnen bringt?«

Sommers Kopf bewegte sich nur Millimeter weit auf und ab.

»Dann schauen Sie doch im Laufe des Tages mal bei ihr vorbei. Vielleicht hat sie ja Neuigkeiten für Sie.«

Sommer dachte kurz nach. »Also gut.« Er zeigte auf das Stück Holz. »Aber wenn nicht, dann sehen wir uns wieder.«

Damit drehte er sich um und stieg in seinen Wagen. Er fuhr so schnell davon, dass ich keine Gelegenheit hatte, sein Kennzeichen zu sehen. Nur Sekunden später hatte der Chrysler das Ende der Straße erreicht, bog ab und war verschwunden.

»Ich hab nicht den Notruf gewählt«, sagte Kelly, als ich hereinkam. »Ihr habt ausgesehen wie zwei, die nett miteinander plaudern.«

EINUNDDREISSIG

Emily Slocum fand ihren Vater im Bad beim Rasieren.

»Dad, da ist jemand an der Tür«, sagte sie mit ausdrucksloser Stimme.

»Was? Es ist noch nicht mal acht. Wer ist es?«

»Eine Frau.«

»Was für eine Frau?«

»Sie hat ein Abzeichen.«

Emily ging ins Schlafzimmer ihrer Eltern, um fernzusehen, und Darren Slocum wischte sich mit einem Handtuch den Rasierschaum ab. Während er sein Hemd zuknöpfte, betrachtete er seine Tochter. Das war so ziemlich das Einzige, was Emily in den vergangenen paar Tagen getan hatte. Dagesessen und auf den Fernseher gestarrt, ohne wirklich etwas wahrzunehmen. Ihr Blick war verschleiert, als sei sie in Trance.

Auf dem Weg zur Haustür machte er die letzten beiden Knöpfe zu. Die Frau stand auf den Fliesen, direkt an der Tür.

»Menschenskind, Rona, haben Sie Emily nicht gesagt, dass Sie es sind?«

»Doch. Wahrscheinlich hat sie's vergessen«, sagte Detective Wedmore.

»Ich hab mir gerade Kaffee gemacht. Wollen Sie einen?«

Wedmore bejahte und folgte ihm in die Küche. »Wie geht es Ihnen?«

»Nicht so toll«, sagte er und holte zwei Becher aus dem Regal. »Ich mach mir wirklich Sorgen um Emily. Sie heult sich nicht die Augen aus oder so was, aber mir wär's fast lieber, sie täte es. Irgendwie frisst sie alles in sich hinein. Und sie starrt nur vor sich hin.«

»Sie sollten mit ihr zum Arzt gehen. Vielleicht hat er eine Idee, wer ihr helfen könnte.«

»Ja, vielleicht. Ich lasse sie diese Woche nicht in die Schule gehen, sie bleibt zu Hause. Anns Schwester kommt oft rüber und löst mich ab. Die öffentliche Gedenkzeremonie hatten wir ja schon – danke fürs Kommen übrigens –, und heute machen wir nur etwas Kleines, im Familienrahmen.«

»Ich muss Ihnen noch ein paar Fragen zu dem Unfall stellen, Darren.«

»In Ordnung«, sagte er. »Milch, Zucker?«

»Schwarz«, sagte sie und nahm ihm den Becher ab. »Haben Sie noch mal darüber nachgedacht, warum Ann so spät am Abend zum Hafen gefahren ist? Allein?«

Slocum zuckte mit den Achseln. »Keine Ahnung. Manchmal, wenn sie nicht schlafen kann – nicht schlafen konnte –, ging sie nachts spazieren oder fuhr durch die Gegend. Vielleicht dachte sie, sie könnte sich entspannen, wenn sie da unten sitzt und aufs Wasser hinausschaut.«

»Aber sie wollte sich doch mit ihrer Freundin Belinda Morton treffen.«

»Stimmt. Aber dazu ist es ja nicht mehr gekommen.«

»Warum ist sie denn zuerst zum Hafen gefahren?«

»Wie gesagt, vielleicht brauchte sie erst mal einen klaren Kopf.«

Slocum goss sich Milch in den Kaffee und sah zu, wie er von Schwarz zu Hellbraun wechselte.

»Halten Sie es für möglich«, fragte Wedmore, »dass sie sich vor Belinda noch mit jemand anderem treffen wollte?«

»Mit wem zum Beispiel?«

»Das frage ich Sie.«

»Was ist los, Rona? Gibt es da was, das ich wissen sollte? Ist an Anns Unfall irgendwas faul?«

»Also gut, ich sage Ihnen, was ich festgestellt habe«, begann sie. »Ich war zweimal unten am Hafen. Und ich habe die Ermittlungsberichte gelesen.«

Slocum sah sie fragend an, den Kopf ein wenig zur Seite geneigt. »Und?«

»Und ich muss Ihnen sagen, Darren, für mich passt das nicht zusammen.«

Er trank einen Schluck Kaffee. »Was meinen Sie damit?«

»Anfangs sah es so aus, als habe Ann bemerkt, dass sie einen Platten hat. Sie steigt aus, um nachzusehen, lässt die Tür offen und den Motor laufen, geht hinten herum auf die Beifahrerseite, schaut nach, verliert aus irgendeinem Grund das Gleichgewicht, schlägt sich vielleicht den Kopf an der Pierkante an und fällt ins Wasser.« Sie sah ihm aufmerksam ins Gesicht. »Sind Sie schon so weit, sich das anzuhören?«

Sein Kopf hob und senkte sich langsam. »Natürlich.«

»Ich bin also selbst da hinuntergefahren und habe an derselben Stelle geparkt. Und ich kann mir beim besten Willen nicht vorstellen, wie es zugegangen sein soll. Sie hatte doch nichts getrunken.«

»Stimmt.«

»Als ich da unten stand, habe ich nämlich so getan, als würde ich stolpern.« Sie führte es ihm kurz vor, tat, als stolpere sie über ihre eigenen Füße. »Es ist gar nicht so schwer, sich wieder zu fangen, irgendwo festzuhalten, damit man nicht ins Wasser fällt.«

»Aber es war dunkel«, erinnerte er sie.

»Ich weiß, ich war gestern Abend da. So dunkel ist es da gar nicht. Es gibt jede Menge Straßenlampen.« Sie schüttelte den

Kopf, fuhr sich mit der Zunge über die Lippen. »Außerdem ist da noch etwas. Und es ist keine Kleinigkeit.«

Slocum wartete.

»Sie wissen ja, dass wir den Wagen für eine kriminaltechnische Untersuchung mitgenommen haben. Am Anfang ist es niemandem aufgefallen, aber dann haben die Techniker diese beiden merkwürdigen Kratzer auf dem Kofferraumdeckel gefunden.«

»Kratzer?«

»Wirklich ein merkwürdiger Platz dafür. Auf den Stoßstangen? Ja. Auf den Türen? Ja. Aber auf dem Kofferraumdeckel? Die Techniker meinen, die Kratzer sind ganz frisch.«

»Keine Ahnung, woher die stammen.«

»Ann hatte doch an beiden Händen Ringe«, sagte Wedmore.

»Äh, ja, stimmt. Links den Ehering und rechts einen anderen. Warum?«

»Stellen Sie sich vor, jemand wird an ein Autoheck gedrängt und stützt sich auf dem Kofferraum ab. Genau da sind die Kratzer.« Wedmore streckte die Arme leicht nach hinten, um es ihm vorzuführen. »Die Techniker glauben, die Kratzspuren könnten von Anns Ringen stammen.«

Slocums Augen weiteten sich. »Wenn sie einen Platten hatte und den Reservereifen herausholen wollte, dann hätte sie die Hände ja auf dem Kofferraum gehabt.«

»Nur gibt es nicht den geringsten Hinweis, dass sie überhaupt versucht hat, den Reifen zu wechseln. Sie hat ja noch nicht mal den Motor ausgemacht.«

»Rona, sagen Sie mir doch einfach, was Ihrer Meinung nach passiert ist.«

»Wenn ich das wüsste. Ich weiß nur eines, Darren. So, wie es aussieht, kann es sich nicht abgespielt haben. So, wie wir glauben sollen, dass es sich abgespielt hat, sieht es nicht aus.«

Er schüttelte den Kopf. »Was wollen Sie damit sagen? Dass es inszeniert war?«

»Ich will sagen, es fühlt sich für mich nicht richtig an. Aber wenn das alles wäre, dann müsste ich es vielleicht einfach so akzeptieren. Wie Sie schon sagten, vielleicht ist sie ja irgendwie gestolpert, hat das Gleichgewicht verloren und ist ins Wasser gefallen. So unwahrscheinlich das auch ist.«

Slocums Augen wurden schmal. »Aber Sie sagen, das ist noch nicht alles.«

»Nein. Da ist immer noch die Frage, warum sie überhaupt beschlossen hat, noch mal wegzufahren.«

Slocum sah sie verständnislos an. »Das habe ich Ihnen doch gerade gesagt. Belinda hat sie angerufen, und Ann hat beschlossen, erst einmal zum Hafen zu fahren.«

»Gab es nur diesen einen Anruf?«

»Ja. Und gleich danach ist sie weggefahren.«

»Und vorher hat sie nicht telefoniert? Irgendwann früher?«

»Wie oft wollen wir uns denn noch im Kreis drehen, Rona?«

»Darren, wollen Sie sich weiter dumm stellen oder offen und ehrlich zu mir sein?«

Darren Slocum sah sie misstrauisch an. »Und warum machen Sie nicht endlich reinen Tisch mit mir? Wenn es etwas gibt, was Sie sagen wollen, dann spucken Sie's aus, verdammt noch mal.«

»Was ist mit dem Anruf, den sie im Schlafzimmer angenommen hat? Der, den die kleine Garber gehört hat?«

Das hatte er nicht erwartet. »Rona, ich weiß nicht, was die Leute Ihnen alles erzählt haben, aber –«

»Warum hat Garber Ihnen gestern einen Kinnhaken verpasst? Was war da zwischen Ihnen beiden?«

»Nichts, nur ein kleines Missverständnis.«

»Die Kugel, die gestern Abend ins Fenster des Zimmers seiner Tochter knallte, war das auch nur ein kleines Missverständnis?«

»Menschenskind! Sie glauben doch nicht, dass ich was damit zu tun habe?«

»Der, der auf dieses Haus geschossen hat, hatte es vielleicht nicht auf die Kleine abgesehen, aber er wollte auf jeden Fall eine Botschaft vermitteln. Wollten Sie Glen Garber einen Denkzettel verpassen, weil er Sie geschlagen hat?«

»Verdammt, Rona, ich hatte nichts damit zu tun. Das müssen Sie mir glauben.«

»Überzeugen Sie mich. Sagen Sie mir, warum er im Bestattungsinstitut auf Sie losgegangen ist.«

»Sie glauben wahrscheinlich, Sie wissen es sowieso schon.«

Sie lächelte. »Sie haben ohne die Einwilligung ihres Vaters mit Kelly Garber gesprochen. Wie hört sich das an?« Als er schwieg, fuhr sie fort: »Sie haben schon vorher versucht, sie auszufragen, aber ihr Vater ließ das nicht zu, oder sie war da gar nicht zu Hause. Wie klingt das?«

»Genial. Ich bin fasziniert.«

»Und der Grund, warum Sie so dringend mit ihr reden wollten, ist der: Sie hatte sich in Ihrem Schlafzimmerschrank versteckt. Da kam Ann zum Telefonieren herein. Ein Telefonat, von dem Sie nichts wissen sollten. Das war der Anruf, wegen dem sie noch einmal wegfuhr. Kelly war im Schrank, während Ann dieses Gespräch führte, und Sie wollten wissen, was die Kleine gehört hat.« Sie streckte ihre Hände aus, als hätte sie gerade eine Showeinlage beendet. »Was sagen Sie jetzt?«

Slocum legte seine Hände auf die Küchenplatte und drückte sie nach unten, als bemühe er sich, seine Küche am Davonfliegen zu hindern. »Ich hab diesen Anruf nicht gehört, und ich habe nicht gehört, wie Ann mit dieser Person gesprochen hat. Und das ist die reine Wahrheit.«

»Aber Sie wissen, dass es einen gegeben hat. Sie wissen, dass Ann telefoniert hat und dass die Kleine dabei war.« Slocum schwieg, und sie fuhr fort. »Eines verstehe ich nicht, Darren. Sie sind Polizist und darin geschult, nach Ungereimtheiten Ausschau zu halten. Aber die näheren Umstände des Todes Ihrer eigenen Frau scheinen Sie nicht besonders zu interessieren.«

»Das stimmt nicht«, sagte er und zeigte vorwurfsvoll mit dem Finger auf Wedmore. »Wenn Sie wissen, dass Anns Tod kein Unfall war, dann will ich wissen, was Sie wissen.«

»Ich habe aber eher den Eindruck, dass Sie's nicht wissen wollen. Ich an Ihrer Stelle hätte hundert Fragen, wenn jemand stürbe, den ich kenne. Aber Sie haben nicht eine einzige.«

»Blödsinn.«

»Und ich kann mir eigentlich nur zwei, vielleicht drei Gründe denken, warum das so ist. Sie hatten etwas damit zu tun. Oder Sie wissen, wer's war, und wollen die Sache selbst in die Hand nehmen. Oder, und da bin ich noch am Grübeln, Sie wollen nicht, dass wir unsere Nase reinstecken, weil wir einen Stein ins Rollen bringen würden, den Sie lieber liegenlassen wollen, wo er ist.«

»Sie sind wirklich das Letzte«, sagte er. »Einem von Ihren eigenen Leuten am Zeug zu flicken, macht Sie das an? Sie wissen, dass die Kollegen reden? Über Sie? Wie Sie's überhaupt zur Kriminalpolizei geschafft haben? Ob das wieder so ein Akt von Gleichstellung war? Um den Mangel an schwarzen Kriminalpolizistinnen zu kompensieren?«

Wedmore zuckte nicht einmal mit der Wimper. »Gibt es jemanden, der bezeugen kann, dass Sie die ganze Nacht zu Hause waren?«

»Was? Das meinen Sie aber jetzt nicht ernst? Ich war hier bei Emily.«

»Das heißt, würde ich sie jetzt fragen, könnte sie mir bestätigen, dass Sie das Haus nicht verlassen haben. Ist sie denn nicht schlafen gegangen?«

»Ich werde nicht zulassen, dass Sie meiner Tochter in der momentanen Situation auf die Pelle rücken.«

»Mit anderen Worten, sie wäre nicht in der Lage zu bestätigen, dass Sie hier waren.«

Slocum bekam vor Wut einen roten Kopf. »Jetzt reicht's!« Wedmore schwieg.

»Sie schauen auf uns runter, weil wir noch immer in Uniform rumrennen. Sie glauben, Sie sind was Besseres, jetzt, als Detective. Und wir anderen, wir sind nur für die Drecksarbeit da.«

»Noch etwas«, sagte Wedmore. »Ich habe ein bisschen herumtelefoniert. Sie kommen jetzt ja bald zu Geld.«

»Wie bitte?«

»Die Lebensversicherung Ihrer Frau. Die hat sie erst vor ein paar Wochen abgeschlossen. Was springt dabei raus? Ein-, zweihundert Riesen?«

Slocum schüttelte den Kopf. »Sie haben echt Nerven.«

»Habe ich recht, Darren?«

»Ja. Na und? Ann und ich haben beide eine Lebensversicherung abgeschlossen. Wir waren der Meinung, unser Monatseinkommen reicht, um die Prämien zu bezahlen. Wir wollten sicherstellen, dass Emily versorgt ist, wenn uns was passiert.«

Wedmores Blick sagte deutlich, dass sie ihm das nicht abkaufte. »Sie waren schon mal verheiratet, stimmt's?«

Slocum ballte die Fäuste und bekam einen roten Kopf. »Ja«, sagte er. »War ich.«

»Waren Sie bei Ihrer ersten Frau auch der Begünstigte?«

Da musste er lächeln. »Nein«, sagte er. »Nach der Krebsdiagnose konnte sie keine Versicherung mehr abschließen.«

Wedmore kniff die Augen zusammen. Sie schwieg einen Moment, dann stellte sie ihren Becher ab. »Danke für den Kaffee. Ich finde allein hinaus.«

ZWEIUNDDREISSIG

»Ich muss noch zwei Anrufe erledigen, dann können wir losfahren«, sagte ich zu Kelly, bevor ich in mein Büro hinunterging. Sie verdrehte die Augen, wie um zu sagen: Da kommen wir ja nie hier raus. Als Erstes wollte ich die Polizei wegen Sommer anrufen, aber als ich den Hörer zur Hand nahm, fragte ich mich, was genau ich denen erzählen sollte. Von dem Mann ging zwar etwas Bedrohliches aus, aber tatsächlich bedroht hatte er mich nicht. Ich war derjenige gewesen, der gesagt hatte, ich würde ihm den Schädel einschlagen, wenn er Kelly zu nahe kam.

Also wählte ich die zweite Nummer. Belindas Immobilienbüro.

»Sie ist gerade nicht da«, sagte die Sekretärin. »Kann ich ihr etwas ausrichten?«

»Geben Sie mir ihre Handynummer?«

Sie gab sie mir. Ich legte auf und wählte die neue Nummer. Es klingelte zweimal, dann war sie am Apparat. »Glen?«, fragte sie.

»Ja, Belinda.«

»Ich bin gerade auf dem Sprung zu einer Hausbesichtigung. Können wir später reden? Kann ich Sie später zurückrufen?«

»Nein. Sofort.«

»Glen, wenn Sie anrufen, um mich wegen dieser Sache mit den Anwälten zur Schnecke zu machen, ich hab Ihnen doch schon gesagt, dass mir das leidtut, wirklich. Ich wollte doch nicht –«

»Sagen Sie mir, was in dem Umschlag war«, unterbrach ich sie, nahm den Deckel von dem Schuhkarton unterm Schreibtisch und holte den Umschlag heraus.

»Wie bitte?«

»Der Umschlag, den Sie Sheila gegeben haben. Beantworten Sie mir alle meine Fragen dazu, und er gehört Ihnen.«

Schweigen am anderen Ende der Leitung.

»Belinda?«

»Sie haben ihn gefunden? Er war also tatsächlich nicht in Sheilas Wagen?«

»Kommt darauf an. Sie sagen mir, was drin war, und ich sage Ihnen, ob ich ihn gefunden habe.«

Ich hörte seltsame Atemgeräusche. Ich fragte mich, ob sie hyperventilierte oder etwas in der Art.

»Belinda, sind Sie noch da?«

Ihre Stimme war kaum zu hören. »O Gott, ich fasse es nicht.«

»Was drin war!«

»Schon gut, schon gut. Es war ein Umschlag, ein braunes Geschäftskuvert. Und da war … da war Geld drin.«

»So weit, so gut. Wie viel Geld?«

»Es sollten … zweiundsechzigtausend sollten es sein.« Sie schniefte. Sie weinte.

Ich hatte es vergangene Nacht gezählt. Es stimmte. »Gut. Und wofür sollte das sein?«

»Um Waren zu bezahlen. Handtaschen. Eine Menge Handtaschen.«

»Was noch?«

»Nur …«

»Belinda, ich zünde jetzt ein kleines Feuer in meinem Mülleimer hier an, und jedes Mal, wenn Sie eine Frage nicht beantworten, werf ich einen Tausender hinein.«

»Glen, nein! Bitte nicht!«

»Was noch außer Taschen?«

»Ist gut. Ja, Taschen und auch Vitamine und –«

»Ich hole gerade mein Feuerzeug heraus.«

»Bitte! Also nicht direkt Vitamine. Eher Arzneimittel. Verschreibungspflichtige Medikamente. Nur viel billiger. Nicht, was Sie vielleicht denken, kein Crack oder Heroin oder so was. Sondern Medikamente, die Menschen helfen. Aber preisgünstiger.«

»Was sonst noch?«

»Das war's eigentlich. Noch ein paar andere Sachen, aber hauptsächlich Taschen und Medikamente.«

»Und wo kommt das ganze Zeug her?« Der Hörer in meiner Hand begann zu glühen.

»Na, von Taschenherstellern und Pharmafirmen.«

Ich war mit meiner Geduld am Ende. »Ich weiß noch was Besseres. Statt das Geld zu verbrennen, behalte ich es einfach.«

»Verdammt, Glen, was wollen Sie denn noch hören?«

»Alles!«, schrie ich. »Ich will wissen, wo Sie das Zeug herhaben, was Sie damit machen, was Sheila damit zu tun hatte und was, verdammt noch mal, mehr als sechzigtausend Riesen in einem Umschlag in meinem Haus verloren haben! Ich will wissen, warum Sheila dieses Geld hatte, warum Sie es ihr gegeben haben, was sie damit tun sollte. Ich will wissen, was zum Teufel an diesem letzten Tag passiert ist! Ich will wissen, was Sheila getan hat, wo sie war, mit wem sie sich getroffen hat. Bis zu dem Moment, wo sie diese Abfahrt raufgefahren ist. Das will ich von Ihnen hören, Belinda. Das will ich wissen.«

Als ich mit meinem verbalen Ausbruch fertig war, hörte ich sie weinen. »Ich weiß nicht auf alles eine Antwort, Glen.«

»Sagen Sie mir das, was Sie wissen. Ich hab hier Geld und keine Hemmungen, es zu verbrennen.«

Sie schniefte. »Die Slocums haben damit angefangen. Darren hat eines Nachts einen Minibus rausgewinkt, wegen Geschwindigkeitsüberschreitung, was weiß ich. Er schaut nach, was drin ist, und alles ist voller Handtaschen. Fälschungen, wissen Sie?«

»Ich weiß.«

»Darren verpasst dem Typen keinen Strafzettel, sondern fragt ihn über seine Geschäfte aus. Er denkt sich, das wäre eine Methode, mit der Ann etwas verdienen könnte, weil ihr ungefähr zu der Zeit die Kündigung ins Haus stand, und bei der Polizei waren sie gerade dabei, die Überstunden zu kürzen. Also bringt dieser Typ Darren mit seinen Lieferanten zusammen, irgendwelchen Leuten aus New York.«

»Ich höre.« Mit der freien Hand griff ich mir an die Stirn. Die ersten Vorboten heftiger Kopfschmerzen machten sich bemerkbar.

»Ann sagte, damit könnte man einen Haufen Geld machen, und nicht nur mit Taschen. Sie sagte, es gäbe noch Uhren und Schmuck und DVDs und Baumaterial – und für einiges davon hätte sie auch schon Interessenten. Aber sie hätte mit den Taschenpartys schon genug zu tun. Sie wollte nicht, dass ich auch Taschen verkaufe, denn dann würden wir uns Konkurrenz machen, aber wenn ich was von den anderen Sachen nehmen wollte – na ja, und weil es mit Immobilien in letzter Zeit ziemlich düster aussieht, habe ich gesagt, gut, dann versuch ich's mit den Medikamenten.«

»Drogen«, sagte ich.

»Ich habe Ihnen doch gesagt, dass es keine Drogen sind.

Ich betreibe schließlich kein Crystal-Meth-Labor. Es sind ganz legale verschreibungspflichtige Medikamente, hergestellt in Übersee. Ziemlich viel läuft über Chinatown – waren Sie schon mal in der Canal Street?«

»Wie ist Sheila da hineingeraten? Wie kam sie zu dieser Riesensumme? Warum machte sie diese Übergabe?«

»Sie wusste, wie schlecht es bei Ihnen lief, Glen. Sie machte diesen Kurs, um Ihnen zu helfen, aber dann war da dieser Brand und weit und breit keine Aufträge in Sicht, und sie wollte auch etwas tun. Sie hatte gerade erst angefangen. Mit den Medikamenten, ein, zwei Verkäufe, damit sie Kelly ein paar neue Kleider kaufen konnte.«

O Sheila, dachte ich. Das hättest du wirklich nicht tun sollen.

»Das Geld, Belinda.«

»Ann und Darren mussten Geld abliefern. Ebendiese zweiundsechzigtausend. Manchmal übergab ich das Geld. Sie wollten, dass man es ihnen persönlich brachte.«

»Sie?«

»Die Lieferanten. Ich glaube nicht, dass Ann oder Darren je einen von ihnen getroffen haben, aber es gab einen Kontaktmann. Ich bin mir nicht sicher, wie er wirklich heißt, aber –«

»Sommer? Groß, schwarzes Haar? Schicke Schuhe? Gefälschte Rolex?«

»Das könnte er sein. Wenn ich das Geld überbrachte, fuhr ich nach New York und warf es normalerweise in einen Briefkasten oder so. Wenn Ann es brachte, dann übergab sie es ihm manchmal persönlich. Aber am Tag, bevor ich nach New York fahren sollte, riefen mich zwei, drei Leute an, die sich am nächsten Tag ein paar von meinen Objekten ansehen wollten. Und da habe ich Sheila gefragt, weil sie sich ja auch dafür interessierte und sie an dem Tag eh zu ihrem Kurs musste, ob sie das Geld nicht abliefern könnte.«

Ich schloss die Augen. »Und sie hat ja gesagt.« Sheila hatte immer ja gesagt, wenn Freunde sie um Hilfe baten.

»Genau. Also gab ich ihr den Umschlag mit einer Telefonnummer drauf, falls es Probleme geben sollte.«

»Sommers Nummer«, sagte ich. »Sheila hat da angerufen. Einmal. Um zu sagen, dass ihr was dazwischengekommen ist. Das Geld hat unser Haus nie verlassen. Warum hat sie es nicht übergeben?«

»Ich schwöre Ihnen, ich weiß es nicht. Glen, die haben gesagt, wenn ich das Geld nicht bald auftreibe, dann passiert was. Wir haben einiges davon zurückzahlen können. Ich habe meine Kreditlinie ausgeschöpft und Darren und Ann siebzehntausend gegeben, sie haben noch mal acht draufgelegt, das macht insgesamt fünfundzwanzig. Damit fehlen aber immer noch siebenunddreißigtausend, und wenn wir die nicht bald auftreiben, müssen wir horrende Zinsen dafür zahlen. Ann hat mir gesagt, vor ihrem Tod natürlich, dass sie eine Lebensversicherung abgeschlossen hat, aber es kann Monate dauern, bis die ausgezahlt wird. Und diese Leute warten nicht gerne.«

»Vielleicht sollten Sie zur Polizei gehen«, schlug ich vor.

»Nein! Nein, hören Sie, wenn ich denen das Geld jetzt bringe, dann ist die Sache erledigt. Ich will keine Polizei. George – er hat keine Ahnung, dass ich das mache. Er flippt aus, wenn er erfährt, dass ich da mitgemacht habe.«

»Was, zum Teufel, ist da passiert?«, fragte ich mich genauso wie Belinda. »Sie ist nicht nach Manhattan gefahren oder wenn doch, dann hat sie das Geld nicht mitgenommen. Und in ihrem Kurs war sie auch nicht oder –«

»Dieser Kurs«, sagte Belinda. »Anfangs ist sie da so gern

hingegangen, aber dieser Lehrer – der ging ihr langsam auf die Nerven.«

»Reden Sie von Allan Butterfield? Hat er sie oft angerufen?«

»Ja. Und ich glaube nicht, dass es um Hausaufgaben ging. Wenn Sheila seine Nummer sah, ist sie nicht rangegangen.«

All diese entgangenen Anrufe auf Sheilas Handy. Die sie entweder nicht hörte oder nicht annahm. »Das könnte der Grund sein, warum sie den Kurs geschwänzt hat«, sagte ich. »Aber wo war sie dann?«

»Vielleicht ... vielleicht ist sie irgendwo hingegangen, um was zu trinken«, sagte Belinda vorsichtig. »Ich meine, anscheinend hat es sich ja so abgespielt. Vielleicht, weil sie so viel um die Ohren hatte, weil sie so fertig war, wollte sie einfach nur irgendwo sitzen und in Ruhe was trinken. Gott, mir geht's gerade genauso.«

Ich schwieg.

»Glen, es tut mir so leid. Alles, was passiert ist. Es tut mir leid, dass ich Sheila da mit reingezogen habe. Aber ob das etwas mit dem zu tun hat, was dann passiert ist, das wissen wir doch nicht. Vielleicht ... vielleicht hat sie Angst bekommen. Vielleicht sind ihr Bedenken gekommen, wegen dieser Medikamente, und vielleicht ist sie in eine Bar gegangen und –«

»Halten Sie den Mund, Belinda. Ich habe gehört, was ich hören wollte. Was sind Sie bloß für eine Freundin. Erst ziehen Sie Sheila da mit rein, und dann helfen Sie den Wilkinsons. Eine schöne Freundin sind Sie.«

»Glen«, wimmerte sie. »Ich habe Ihre Fragen beantwortet. Ich habe Ihnen alles gesagt, was ich weiß. Ich ... ich muss dieses Geld haben.«

»Schauen Sie in die Post«, sagte ich und legte auf.

DREIUNDDREISSIG

Der Weg zur Autobahn führte mich an Belindas Haus vorbei. Es war niemand zu Hause, also stopfte ich den Umschlag durch den Briefschlitz in der Haustür. Ich hatte tatsächlich kurz überlegt, ein paar Marken draufzukleben und es dem Wohlwollen der amerikanischen Post zu überlassen, ob Belinda ihr Geld zurückbekam oder nicht. Sauer genug war ich, aber schließlich siegte der gesunde Menschenverstand.

In Anbetracht meiner Lage, immerhin konnte ein schwebendes Gerichtsverfahren mich finanziell völlig ruinieren, hätte ich das Geld vielleicht behalten und kein Wort darüber verlieren sollen. Kleinvieh macht auch Mist. Doch es gehörte mir nicht, und ich glaubte Belinda, wenn sie sagte, dass Sheila es für sie hätte abliefern sollen. Ein Fluch lag auf diesem Geld. Ich wollte es nicht, und ich wollte keine Besuche mehr von Sommer.

Und irgendwie hatte es für mich ja auch seinen Zweck erfüllt. Es hatte Belinda gesprächig gemacht.

Jetzt wusste ich, was Sheila vorgehabt hatte, wie sie zusätzliches Geld hatte heranschaffen wollen. In meinen Augen hatte sie jedoch völlig falsch eingeschätzt, worauf sie sich da eingelassen hatte. Wissentlich hätte sie sich nie von einem Typen wie Sommer abhängig gemacht. Wahrscheinlich hatte sie ihn nie gesehen. Sheila hatte ein gutes Gespür für Menschen gehabt, und hätte sie Sommer je zu Gesicht bekommen, hätte sie schleunigst das Weite gesucht.

Daran glaubte ich aus tiefstem Herzen.

Je mehr ich über Sheilas letzten Tag erfuhr, desto überzeugter war ich, dass sie nicht irgendwo hingegangen war, um ihre Sorgen zu ertränken, und wenn es tausend Mal danach aussah. Sie hatte sich auch nicht ins Auto gesetzt und sich selbst und zwei andere Menschen umgebracht.

Da musste mehr dahinterstecken. Und ich fragte mich, wer wissen konnte, was das war? Sommer? Slocum?

Es gab jede Menge Gesprächsstoff für mich und Detective Wedmore, wenn wir uns das nächste Mal sahen.

Auf der Fahrt nach Darien fragte Kelly: »Wie lang muss ich denn weg?«

»Nicht lang, hoffe ich.«

»Was ist mit der Schule? Ist es schlimm, wenn ich die Schule so lang versäume?«

»Wenn es mehr als ein paar Tage werden sollten, hole ich von deiner Lehrerin Aufgaben für dich.«

Sie machte ein mürrisches Gesicht. »Was bringt es, nicht in die Schule zu gehen, wenn man trotzdem Aufgaben machen muss?«

Ich überhörte das. »Hör mal, es gibt da etwas sehr Ernstes, das ich mit dir besprechen muss.« Sie sah mich an. In den vergangenen Wochen hatte es so viele ernste Dinge zu besprechen gegeben. Wahrscheinlich hatte sie sich schon gefragt, ob das irgendwann auch ein Ende haben würde. »Du musst ganz, ganz doll aufpassen.«

»Ich pass doch immer auf. Meinst du, wenn ich über die Straße geh und so?«

»Ja, das auch. Aber du darfst nicht allein irgendwo hingehen. Du bleibst immer bei Grandma oder Marcus. Keine Alleingänge. Kein Radfahren oder –«

»Mein Rad ist zu Hause.«

»Das soll nur heißen, dass du bei ihnen bleibst. Die ganze Zeit.«

»Toll. Klingt nicht nach viel Spaß.«

Als wir in Darien von der Autobahn abfuhren, stand eine Frau am unteren Ende der Ausfahrt. Sie war bestimmt noch keine vierzig, sah aber doppelt so alt aus. Zu ihren Füßen standen ein vergammelt aussehender Rucksack und ein roter Plastikkorb, wie es sie für den kleinen Einkauf in Supermärkten gibt. In dem Korb waren ein paar Wasserflaschen und etwas, das aussah wie eine halbe Packung geschnittenes Weißbrot und ein Glas Erdnussbutter.

Sie hielt ein Schild hoch, auf das sie geschrieben hatte: »BRAUCH KLAMOTN & ARBEIT«.

»Menschenskind«, sagte ich.

»Sie war letztes Mal auch schon da«, sagte Kelly. »Ich hab Grandma gefragt, ob wir ihr Kleider geben könnten, aber sie hat gesagt, wir sind nicht für die Lösung der Probleme aller anderen zuständig.«

Typisch Fiona. Aber ein Körnchen Wahrheit steckte auch drin. »Man kann sich leider nicht um alle kümmern.«

»Aber wenn jeder Mensch nur einem einzigen anderen Menschen helfen würde, wäre vielen Menschen geholfen. Das hat Mom immer gesagt. Grandma hat jede Menge Kleider, die sie gar nicht mehr anzieht.«

»Ein paar begehbare Wandschränke voll«, präzisierte ich.

An der Ampel mussten wir stehenbleiben. Die Frau sah mich durch die Windschutzscheibe hindurch an.

»Darf ich ihr was geben?«, fragte Kelly.

»Lass ja dein Fenster oben.« Die Augen der Frau waren wie tot. Sie erwartete gar nicht, dass ich ihr was gab. Von wie viel Prozent der Fahrer, die an dieser Ampel anhalten mussten, bekam sie wohl etwas? Von zwei? Einem? Keinem? Wie war es so weit mit ihr gekommen? Hatte sie immer schon so ein Leben geführt, oder hatte sie irgendwann gelebt wie wir? Hatte sie einmal ein Haus, eine Familie, eine geregelte Arbeit gehabt? Vielleicht einen Ehemann? Angenommen, sie hatte das alles einmal besessen, hatte es ein Ereignis gegeben, ab dem es nur mehr bergab gegangen war? Hatte sie ihre Arbeit verloren? Oder ihr Mann? Hatte ihr Wagen den Geist aufgegeben und sie kein Geld gehabt, ihn reparieren zu lassen? Konnten sie deshalb nicht zur Arbeit fahren? Waren sie mit ihrer Hypothek in Verzug geraten und hatten ihr Haus verloren? Und als das weg war, war das der endgültige Abstieg? Und alles, was ihr noch übrigblieb, war das hier? Sich ans Ende der Autobahnabfahrt zu stellen und zu betteln?

Konnten wir nicht alle so enden, wenn an irgendeinem Punkt in unserem Leben etwas total schiefging und eine Kettenreaktion auslöste?

Ich fischte einen Fünf-Dollar-Schein aus der Hosentasche und ließ mein Fenster halb herunter. Die Frau kam näher, nahm mir den Schein aus der Hand, ohne ein Wort zu sagen, und ging an ihren Standplatz zurück.

»Für fünf Dollar bekommst du doch nichts«, sagte Kelly.

»Sag mir, was los ist«, forderte Fiona mich in der überdimensionierten Küche mit ihren Oberlichtern und Marmorplatten und sündhaft teuren Sub-Zero-Geräten auf. Kelly und Marcus unterhielten sich im Wohnzimmer.

Ich erzählte ihr von dem Schuss auf unser Haus. »Das und dieser Darren Slocum, der Kelly nicht in Frieden lässt, da schien es mir ratsam, sie wegzubringen. Bringt sie irgendwohin, wo sie sich amüsieren kann, das ist das Einzige, worum ich euch bitte.«

»Mein Gott, Glen, das ist ja entsetzlich. Und was will Anns Mann eigentlich von Kelly?«

Mein Handy klingelte. Eigentlich wollte ich jetzt nicht ans Telefon gehen, doch bei allem, was gerade los war, musste ich wissen, wer mich zu erreichen versuchte.

»Sekunde«, bat ich Fiona, zog das Handy heraus und sah nach, wer da anrief. Es war eine Nummer ohne Namen, doch ich war mir ziemlich sicher, dass es die der Feuerwehr Milford war. Wahrscheinlich Alfie, der mich zurückrief. Ich ließ die Mailbox rangehen.

»Es geht um das, was Kelly mit angehört hat, als Ann im Schlafzimmer telefonierte. Slocum glaubt, wenn er was aus Kelly rausbringt, dann hilft ihm das, rauszufinden, mit wem sie telefoniert hat.«

»Glaubst du, dass sie sich an irgendetwas erinnert?«

Ich schüttelte den Kopf. »Ich glaube nicht. Sie hat ja kaum etwas gehört. Der Mann klammert sich an einen Strohhalm. Er weiß einfach nicht mehr weiter.« Ich schwieg einen Moment. »Und irgendwie verstehe ich das auch«, sagte ich dann. »Ziemlich genauso ist es mir auch gegangen.«

Marcus und Kelly kamen in die Küche.

»Wir gehen Eis essen«, sagte Kelly strahlend. »Also, wir holen Eis und essen es hier. Mit Schokosauce und Karamellsauce und Marshmallowsauce.«

»Wir werden gut auf sie aufpassen«, versprach Marcus.

Bevor ich aufbrach, umarmte ich Kelly. Ich hielt sie so lange fest, dass sie sich schließlich aus meiner Umklammerung befreien musste.

Auf dem Weg zurück nach Milford, hörte ich die Nachricht auf meinem Handy ab.

»Hey, Glen, hier ist Alfie von der Feuerwehr. Hör mal,

eure Sally hat mich angerufen. Und wie's der Teufel will, wollte ich dich sowieso heute anrufen. Wir haben diese Teile von eurem Brand ins Labor geschickt, und gestern Nachmittag haben wir den Bericht bekommen, das war schon zu spät, um noch anzurufen, aber, ja, weswegen du angerufen hast: Du hattest recht. Diese Teile, die hätten nicht mal eine Minitaschenlampe zum Leuchten gebracht. Das war totaler Schrott. Billiger, gefälschter Ramsch. Das könnte dich echt brutal in die Scheiße reiten, mein Freund.«

Ich rief ihn zurück.

»Tut mir leid wegen der scheiß Nachrichten«, sagte Alfie.

»Erzähl mir alles ganz genau.«

»Was vom Sicherungskasten übrig geblieben ist, haben wir zur Untersuchung eingeschickt, und das war alles Schrott. Der Draht war so dünn, dass er in null Komma nichts durchgeschmolzen ist, als da Strom floss. Wir sehen so was immer häufiger, ich meine, nicht hier in Milford, obwohl das Zeug auch bei uns auftaucht. Aber landesweit wird es immer schlimmer. Der Schrott, der in manchen neuen Häusern eingebaut wird, den möcht ich nicht mal für meine Hundehütte. Hör mal, Glen, ich muss das der Versicherung schicken, das weißt du.«

»Ich weiß.«

»Und sobald die sehen, dass in dem Haus Material verwendet wurde, das die Sicherheitsnormen nicht erfüllt, werden sie keinen Cent lockermachen. Könnte sogar sein, dass sie dir überhaupt den Vertrag kündigen. Die werden sich sagen, wenn der Typ diese Scheiße in eins seiner Häuser eingebaut hat, dann hat er das vielleicht auch bei anderen getan.«

»Ich hab diesen Schrott nicht installiert, Alfie.«

»Du nicht, Glen, ich kenn dich lang genug, um zu wissen, dass du so was nie absichtlich tun würdest, aber jemand, der für dich arbeitet, hat's getan.«

»Ja, und ich bin mir auch ziemlich sicher, wer das war. Er arbeitet nicht mehr für mich.«

»Aber alle, für die der Typ immer noch arbeitet, müssen Bescheid wissen«, sagte Alfie. »Je mehr von diesem gefälschten Zeug er einbaut, desto größer die Wahrscheinlichkeit, dass irgendwann mal wer draufgeht.«

»Danke für die Warnung, Alfie.«

Ich klappte das Handy zu und warf es auf den Beifahrersitz.

Ich wollte Theo Stamos finden. Ich wollte Theo Stamos finden und den Hurensohn umbringen. Allerdings fuhr ich gerade durch Bridgeport, und da gab es auch jemanden, dem ich einen Besuch abstatten wollte. Theo musste warten.

VIERUNDDREISSIG

Belinda Morton traute ihren Ohren nicht, als sie Glen Garber sagen hörte, sie würde ihr Geld in der Post finden. Einen Umschlag mit zweiundsechzigtausend Dollar? So verrückt konnte er doch nicht sein, eine Summe wie diese der Post anzuvertrauen. Aber vielleicht hatte er das auch nur so gesagt, um ihr zu zeigen, wie wütend er auf sie war.

Nicht, dass sie es ihm verübeln konnte.

Sie war gerade auf dem Weg gewesen, um einem Paar in den Dreißigern eine Wohnung zu zeigen. Die beiden hatten genug vom Leben und Arbeiten in Manhattan, neue Arbeitsplätze in New Haven gefunden und waren jetzt auf der Suche nach etwas mit Blick auf den Long Island Sound. Sie hatte sie angerufen, ihnen gesagt, es gäbe einen Notfall in der Familie und sie müsse dringend nach Hause.

Und sie war schon beinahe aus der Bürotür, als dieser Mann auftauchte.

Er sagte, sein Name sei Arthur Twain, und er arbeite für ein privates Ermittlungsbüro oder eine Sicherheitsfirma oder etwas in der Art und wolle mit ihr über Ann Slocum sprechen und über gefälschte Handtaschen. Fragte, ob sie jemals auf einer Taschenparty gewesen sei und ob sie wisse, dass das Geld, das für gefälschte Markenprodukte ausgegeben wurde, das organisierte Verbrechen unterstütze. Sie spürte, wie sie ihre Kleidung durchschwitzte, obwohl es draußen gerade mal fünfzehn Grad waren.

»Es tut mir leid«, sagte sie wahrscheinlich zehn Mal. »Darüber weiß ich nichts. Wirklich, gar nichts.«

»Aber Sie waren doch mit Ann befreundet, oder?«, hakte er nach.

»Ich muss jetzt wirklich los, tut mir leid.«

Raus zum Wagen, mit quietschenden Reifen vom Parkplatz auf die Straße, so schnell, dass sie beinahe eine Radfahrerin über den Haufen gefahren hätte.

»Ruhig Blut, ruhig Blut, ruhig Blut«, sagte sie die ganze Zeit vor sich hin. Sie würde Darren anrufen und ihm von diesem Arthur Twain erzählen müssen, ihn fragen, was sie sagen sollte, wenn der wieder auftauchte.

Sie hoffte, dass Glen, als er sagte, sie solle in die Post schauen, in Wahrheit den Briefschlitz gemeint hatte. Sie stieg so rasch aus, dass sie nicht einmal die Wagentür zuschlug. Hätte sie ihre Schlüssel nicht zum Aufsperren der Haustür gebraucht, hätte sie sie wahrscheinlich stecken lassen.

Sie stürzte zur Tür, verstauchte sich beinahe den Knöchel, versuchte dreimal vergeblich den Schlüssel ins Schloss zu stecken, bis sie ihn endlich drehen und die Tür aufstoßen konnte. Sie blickte auf den Boden, dort, wo die Post immer hinfiel.

Nichts.

»Scheiße, Scheiße, Scheiße«, sagte sie. Auf wackeligen Beinen machte sie drei Schritte ins Haus, ließ sich auf die Treppe fallen, lehnte sich ans Geländer und merkte, wie sie zu zittern begann.

Dass das Geld nicht da war, hieß ja noch lange nicht, dass es verlorengegangen war, redete sie sich ein. Vielleicht hatte Glen es ja noch. Vielleicht würde er es erst später vorbeibringen. Vielleicht war er schon auf dem Weg.

Und vielleicht hatte der Mistkerl es tatsächlich mit der Post geschickt. Sähe ihm ähnlich. Wenn es etwas gab, das ihr in den Jahren der Freundschaft mit Sheila klargeworden war, dann dass Glen einen gewissen Hang zur Selbstgerechtigkeit –

Sie hörte ein Geräusch im Haus.

Es klang, als käme es aus der Küche.

Sie erstarrte, hielt den Atem an.

Jemand ließ Wasser in die Spüle laufen. Gläser klirrten.

Dann rief jemand: »Bist du das, Schatz?«

Belinda spürte, wie ihr ein Stein vom Herzen fiel, doch nur vorübergehend. Das war George! Warum, zum Teufel, war er zu Hause?

»Ja«, keuchte sie. »Ich bin's.«

Er kam um die Ecke und sah sie zusammengesunken auf der Treppe sitzen. Er trug denselben Anzug, den er am Tag zuvor bei der Gedenkfeier angehabt hatte. Ein anderes Hemd, aber auch das mit Umschlagmanschetten, ein strahlend weißer Streifen zwischen Händen und Sakkoärmeln.

»Du hast mich fast zu Tode erschreckt«, sagte sie zu ihm. »Was machst du denn hier? Dein Wagen steht gar nicht in der Einfahrt.«

»Als ich ins Büro kam, war mir irgendwie nicht gut«, sagte er. »Könnte der Fisch gewesen sein, den du gestern Abend gemacht hast. Da habe ich beschlossen, nach Hause zu fahren und heute von hier zu arbeiten. Ich fahre nicht ins Büro zurück, deshalb habe ich den Wagen in die Garage gestellt.« Das Büro von Georges Unternehmensberatung befand sich in New Haven, aber von zu Hause aus zu arbeiten war kein Problem für ihn. »Und was ist mit dir? Ich dachte, du hättest eine Besichtigung?«

»Ich … wurde abgesagt.«

»Was machst du denn auf der Treppe? Du siehst aus, als hättest du geweint.«

»Ich … mir geht's gut.«

»Bist du sicher?«, fragte George, griff in seine Sakkotasche und zog einen braunen Umschlag heraus. »Könnte es etwas damit zu tun haben, dass du das hier nicht gefunden hast?«

Im Nu war Belinda auf den Beinen. Sie hatte den Umschlag sofort erkannt. An seinem Umfang und ihrer eigenen Handschrift darauf. »Gib das her.«

Sie griff danach, doch er zog ihn weg und steckte ihn in die Tasche zurück.

»Ich hab gesagt, gib das her«, sagte sie.

George schüttelte betrübt den Kopf, als sei Belinda ein Kind, das gerade mit einer Sechs nach Hause gekommen war. »Dann hast du das also erwartet«, sagte er.

»Ja.«

»Da drin sind zweiundsechzigtausend Dollar. Jemand hat das durch den Briefschlitz geworfen. Du wusstest, dass das kommt?«

»Das ist was Geschäftliches. Eine Anzahlung auf ein Objekt am East Broadway.«

»Und was ist mit dieser Telefonnummer auf dem Umschlag? Und wer macht eine Anzahlung in bar und lässt sich nicht mal eine Quittung dafür geben? Und war's nur ein Zufall, dass ich Glen Garbers Pick-up vom Haus habe wegfahren sehen, als ich in unsere Straße bog? Ist Glen derjenige, der diese Anzahlung gemacht hat? Hast du was dagegen, wenn ich ihn danach frage?«

»Misch dich nicht in meine Sachen ein, George. Du hast schon genug angerichtet, als du mich überredet hast, mit diesen Anwälten über Sheila zu reden. Ist dir klar, wie schwer das Glen getroffen hat? Hast du auch nur eine Ahnung, was das für ihn bedeuten kann? Seinen finanziellen Ruin. Er könnte völlig bankrottgehen.«

George ließ das kalt. »Man muss sich seiner Verantwortung stellen, Belinda. Es gibt Prinzipien, denen man folgen muss. Und sollte Glen sich gewisser Probleme, die Sheila hatte, nicht gewahr gewesen sein, obwohl das in seiner Verantwortung lag, dann muss er einen Preis dafür zahlen. Und durch Briefschlitze geworfene Umschläge voller Geld verstoßen gegen diese Prinzipien. Bist du dir denn nicht im Klaren, was für Risiken wir uns aussetzen, wenn wir solches Geld im Haus haben?«

Gewahr. Sie hätte ihn umbringen können. Jahrelang hatte sie das ertragen. Dreizehn Jahre Salbaderei. Der Idiot hatte doch nicht die leiseste Ahnung, wovon er redete. Nicht die Ahnung einer Ahnung, wie tief sie in der Scheiße steckte. Und dass dieses Geld, dieser fette Umschlag mit Barem, der Zopf war, an dem sie sich wieder herausziehen konnte.

»Ich werde jetzt Folgendes tun«, sagte George. »Ich werde dieses Geld an einem sicheren Ort für dich aufbewahren, und sobald du mir eine plausible Erklärung liefern kannst, was es damit für eine Bewandtnis hat, und die Versicherung, dass verantwortungsbewusst damit umgegangen wird, werde ich es dir gern aushändigen.«

»George, nein. Das kannst du nicht tun.«

Doch er war schon auf dem Weg in sein Arbeitszimmer. Sie holte ihn erst ein, als er bereits das Porträt seines genauso salbadernden, engstirnigen, stocksteifen – aber Gott sei Dank toten – Arschloch-Vaters zur Seite klappte, um an den Safe dahinter zu kommen.

»Ich brauche dieses Geld«, sagte Belinda.

»Dann kann ich dir nur raten zu erklären, wo es herkommt und wofür es ist«, sagte George. Er drehte an dem Zahlenschloss und hatte den Safe im Nu geöffnet. Er warf den Umschlag hinein, schloss die Tür und aktivierte die Sperre durch eine Drehung der Metallscheibe. »Ich hoffe, das hat nichts mit diesen illegalen Damenaccessoires zu tun, die Ann verkaufte. Diese fürchterlichen Partys.«

Sie starrte ihn wütend an.

»Du weißt, wie ich über die Unantastbarkeit von Handelsmarken und Urheberrechten denke. Taschen zu verkaufen, die nicht sind, was sie zu sein vorgeben, die nicht echt sind, das gehört sich einfach nicht. Um die Wahrheit zu sagen: Ich verstehe nicht, was eine Frau überhaupt an einer Handtasche findet, die behauptet, eine Fendi oder was auch immer zu sein, und es nicht ist. Und weißt du, wieso? Weil sie es immer wissen würde. Was hat man davon, etwas mit sich herumzuschleppen, von dem man weiß, dass es nicht echt ist?«

Sie blickte auf das Resultat seiner Bemühungen, über seine Glatze hinwegzutäuschen.

»Wenn ich zum Beispiel zu einem Bruchteil dessen, was das Original kostet, einen Wagen haben könnte, der aussieht wie ein Ferrari, aber in Wirklichkeit ein Ford ist, also so einen Wagen will ich doch gar nicht.«

George in einem Ferrari, dachte Belinda. Das konnte sie sich genauso wenig vorstellen wie einen Esel als Piloten.

»Was ist eigentlich los mit dir?«, fragte sie. »Ein selbstgerechtes, überhebliches Arschloch warst du ja schon immer, aber in den letzten Tagen ist da noch was anderes. Du schläfst auf der Couch und sagst, du bist krank, aber du hast keine Grippe oder was in der Art, und unlängst, als ich reinkam, während du unter der Dusche warst, da –«

»Du bist nicht die Einzige, die Stress hat.«

»Und du sorgst gerade dafür, dass er nicht weniger wird. Du musst mir dieses Geld geben.«

»Es liegt ganz bei dir. Sag mir, was hier vor sich geht.«

»Du hast ja keine Ahnung, was du da tust.«

»Und ob ich das weiß«, sagte er. »Ich stelle mich meiner Verantwortung.«

Sie fragte sich, ob er das nach einem Besuch von Sommer auch noch sagen würde.

FÜNFUNDDREISSIG

Ich fuhr zum Bridgeport Business College und parkte auf dem Besucherparkplatz. Wie ein College sah es nicht gerade aus. Es war ein langgestreckter, niedriger Zweckbau, der auch nicht den geringsten akademischen Charme versprühte. Aber die Kurse waren angeblich sehr gut, und das war der Grund, warum Sheila sich für diese Schule entschieden hatte.

Ich hatte keine Ahnung, ob Allan Butterfield fest zum Kollegium gehörte oder hier nur nebenberuflich Abendkurse gab. Ich betrat das Gebäude und ging durch die trostlose Eingangshalle zu dem Mann hinter dem Informationsschalter.

»Ich suche einen Lehrer namens Butterfield.«

Er musste gar nicht erst nachsehen, sondern wies mir gleich die Richtung. »Gehen Sie bis ans Ende des Flurs dort drüben, dann rechts, das Büro ist auf der linken Seite. Die Namen stehen auf den Schildern.«

Eine Minute später stand ich vor Butterfields Tür und klopfte.

»Ja?«, rief eine gedämpfte Stimme von drinnen.

Ich drehte den Türknauf und öffnete. Vor mir lag ein kleines, unordentliches Büro. Es gab gerade genügend Platz für einen Schreibtisch und zwei Stühle. Papiere und Bücher waren wahllos aufeinandergestapelt.

Butterfield war nicht allein. Eine rothaarige Frau Anfang zwanzig saß ihm am Schreibtisch gegenüber, auf ihren Knien balancierte sie ein offenes Laptop.

»Verzeihung«, sagte ich.

»Oh, hi«, sagte Butterfield. »Glen, Glen Garber.« Offensichtlich erinnerte er sich an mich von unserem Gespräch nach Sheilas Tod her, als ich versucht hatte, ihre letzten Stunden zu rekonstruieren.

»Ich muss mit Ihnen reden«, sagte ich.

»Ich bin hier gleich fertig mit –«

»Sofort.«

Die Frau schloss ihr Laptop und sagte: »Kein Problem, ich kann ja später wiederkommen, Mr. Butterfield.«

»Tut mir leid, Jenny«, sagte er. »Kommen Sie doch morgen vorbei.«

Sie nickte, nahm ihre Jacke, die sie über die Stuhllehne gehängt hatte, und zwängte sich an mir vorbei durch die Tür. Unaufgefordert nahm ich auf ihrem Stuhl Platz.

»Also, Glen.« Beim ersten Treffen hatte ich ihn auf Anfang vierzig geschätzt, knapp eins siebzig groß, pummelig. Fast kahl, eine Lesebrille auf der Nasenspitze. »Bei unserem letzten Gespräch versuchten Sie herauszufinden, was Sheila am Tag des ... ich weiß noch, Sie waren sehr bekümmert. Haben Sie Antworten auf Ihre Fragen bekommen? Konnten Sie eine Art Schlussstrich ziehen?«

»Schlussstrich?« Ich schüttelte den Kopf. Das Wort schmeckte wie saure Milch auf meiner Zunge. »Nein, keinen Schlussstrich.«

»Tut mir sehr leid, das zu hören.«

Sinnlos, drum herum zu reden. Ich kam gleich zur Sache. »Warum gibt es in den Tagen vor ihrem Tod auf dem Handy meiner Frau so viele Anrufe von Ihnen?«

Er öffnete den Mund, aber es kam nichts heraus. Ein, zwei Sekunden lang war er völlig sprachlos. Ich sah, dass er nach einer Antwort suchte, doch das Beste, was ihm auf die Schnelle einfiel, war: »Wie bitte – ich – was?«

»Es gibt eine ganze Latte von Anrufen von Ihnen bei meiner Frau. Entgangene Anrufe. Für mich sieht es danach aus, dass sie die zwar erhalten hat, sie sie aber nicht annehmen wollte.«

»Es tut mir leid, aber ich habe keine Ahnung, wovon Sie reden. Ich meine, sicher, kann schon sein, dass ich hin und wieder einen Grund hatte, Ihre Frau anzurufen, in Zusammenhang mit dem Kurs, wegen Fragen, die sie zu den Aufgaben hatte, aber –«

»Das ist doch ausgemachter Schwachsinn, Allan«, sagte ich.

»Ehrlich, Glen, ich –«

»Eins sollten Sie wissen: Ich habe heute einen sehr, sehr schlechten Tag, und das zufällig in einem sehr, sehr schlechten Monat. Deswegen sollten Sie mir unbedingt glauben, wenn ich Ihnen sage, dass ich überhaupt nicht in der Stimmung für Schwachsinn bin. Warum die vielen Anrufe?«

Butterfield schien seine Fluchtchancen zu überschlagen. Das Büro war so vollgeräumt, dass er es nie hinter seinem Schreibtisch hervor zur Tür geschafft hätte, ohne über etwas zu stolpern, ehe ich ihm den Weg versperren konnte.

»Es war ganz und gar meine Schuld«, sagte er mit einem leichten Zittern in der Stimme.

»Was war Ihre Schuld?«

»Mein Benehmen, mein Benehmen war unangemessen«, sagte er. »Sheila – Mrs. Garber – sie war sehr, sehr nett. Einfach von Natur aus nett.«

»Ja«, sagte ich. »Ich weiß.«

»Sie war eben … sie war etwas ganz Besonderes. Mit ihr … mit ihr konnte ich reden.«

Ich sagte nichts.

»Ich habe eigentlich niemanden, wissen Sie. Ich war nie

verheiratet. Einmal, mit Mitte zwanzig, da war ich verlobt, aber es ist nicht gutgegangen.« Er nickte traurig. »Ich glaube, ich war nicht … sie hat gesagt, ich hätte es ein bisschen zu gut gemeint. Egal, ich habe ein Zimmer im ersten Stock eines hübschen alten Hauses in der Park Avenue. Ich habe diesen Job, und ich mag ihn auch und auch die Leute hier, die Kollegen, sie sind nett, aber ich habe kaum Freunde.«

»Allan, sagen Sie mir einfach –«

»Bitte. Was ich sagen will: Warmherzigkeit ist etwas, an das ich nicht gewöhnt bin. Ihre Frau war sehr freundlich zu mir.«

»Wie freundlich?«

»Eines Abends erwähnte ich im Kurs, dass ich nicht ganz bei der Sache sei, weil meine Tante gerade gestorben sei. Meine Mutter starb, als ich zehn war, und da haben mich meine Tante und mein Onkel aufgenommen. Sie stand mir also sehr nahe. Ich sagte, ich müsse ein bisschen eher Schluss machen, weil ich ein paar Tage bei meinem Onkel verbringen wollte. Selbst in guten Zeiten war er kaum in der Lage, für sich selbst zu sorgen, und jetzt, also ich wollte mich vergewissern, dass er sich nicht völlig gehenließ. Nach der Hälfte der Zeit machen wir immer eine Pause, und anscheinend ist Sheila da in den Supermarkt gegangen. Sie hat mich unauffällig zur Seite genommen und mir eine Tüte mit Kuchen und Bananen und Tee in die Hand gedrückt und gesagt: ›Das sollte für Sie und Ihren Onkel bis morgen früh reichen.‹ Und wissen Sie, was sie noch getan hat? Sie hat sich für den Kuchen entschuldigt. Weil sie ihn gekauft hat. Wenn sie das vorher gewusst hätte, dann hätte sie selbst einen gebacken. Ich war so gerührt. Das war so aufmerksam von ihr. Hat sie Ihnen je davon erzählt?«

»Nein«, sagte ich. Aber das war typisch Sheila.

»Es fällt mir sehr schwer, das zu sagen«, fuhr Butterfield fort. »Ich meine, es wird, ich weiß nicht, es wird Ihnen vielleicht merkwürdig vorkommen, aber es hat mich außerordentlich getroffen, dass sie auf einmal nicht mehr da war.«

»Warum die Anrufe, Allan?«

Er zog die Brauen zusammen und senkte den Kopf. »Ich habe mich lächerlich gemacht.«

Ich beschloss, ihm Zeit zu lassen.

»Ich habe Ihnen ja schon erzählt, dass Sheila und ich einmal nach dem Kurs etwas trinken gegangen sind. Das war alles. Ehrlich. Es war schön, jemanden zu haben, der einem zuhört. Ich erzählte ihr, dass ich als junger Mann Reiseschriftsteller werden wollte. Dass ich davon träumte, die ganze Welt zu bereisen und darüber zu schreiben. Und sie hat zu mir gesagt, sie hat gesagt, wenn es Ihr Traum ist, dann sollten Sie das auch tun. Ich bin vierundvierzig, hab ich zu ihr gesagt. Ich unterrichte hier. Das geht doch nicht. Nehmen Sie sich Urlaub, hat sie gesagt, fahren Sie an einen interessanten Ort und schreiben Sie darüber. Vielleicht können Sie das dann an eine Zeitschrift oder eine Zeitung verkaufen. Kündigen Sie nicht. Versuchen Sie es nebenbei, schauen Sie, wie's läuft.« Er nickte lebhaft, machte aber ein Gesicht, als würde er gleich in Tränen ausbrechen. »Jetzt fliege ich nächste Woche also nach Spanien. Ich tu's wirklich.«

»Das ist großartig«, sagte ich und wartete, dass er weitersprach.

»Nachdem ich die Reise gebucht hatte, wollte ich mich bei ihr bedanken. Ich habe sie zum Abendessen eingeladen. Habe ihr vorgeschlagen, einmal früher zum Kurs zu kommen, dann würde ich sie ausführen. Um mich bei ihr zu bedanken.«

»Was hat sie dazu gesagt?«

»Sie sagte: ›Ach, Allan, das geht doch nicht.‹ Da wurde mir klar, dass ich sie eigentlich um ein Rendezvous gebeten hatte. Ich weiß nicht, was ich mir dabei gedacht habe. Es tat mir so leid, es war mir so peinlich. Ich wollte … ich habe mich einfach nur gern mit ihr unterhalten. Sie konnte einen so aufbauen. Sie hat mir Mut gemacht, und ich habe so was Dummes getan.«

Ich hatte noch immer keine Ahnung, warum er so oft angerufen hatte, aber wahrscheinlich würde er gleich darauf zu sprechen kommen.

»Wahrscheinlich dachte ich, eine Entschuldigung allein reicht nicht. Ich habe ein paarmal angerufen und gesagt, dass es mir leidtut. Ich hatte Angst, dass sie den Kurs sausenlässt, aber sie hat meine Anrufe nicht mehr entgegengenommen.« Er sah zerknirscht aus. »Ich wollte mich ja nur ein letztes Mal bei ihr entschuldigen. Aber sie ist nicht mehr rangegangen. Da streckt mir jemand die Hand hin, und was mache ich? Ich schlage die Leute in die Flucht.« Er seufzte. »Das passiert mir ständig.«

»Glauben Sie, dass sie an diesem Abend zum Kurs kommen wollte?«, fragte ich. »Mir hat sie auf jeden Fall nichts davon gesagt, dass sie nicht mehr hinwill.«

»Sehen Sie, das habe ich mich auch gefragt«, sagte Butterfield. »Und der Kurs hat ihr ja wirklich Spaß gemacht. Sie hat sich so darauf gefreut, Ihnen unter die Arme greifen zu können. Die Woche davor erzählte sie mir, dass sie vielleicht etwas Eigenes aufziehen würde.«

Ich horchte auf. »Was hat sie darüber erzählt?«

»Sie wollte von zu Hause aus ein Geschäft betreiben, eventuell eine Webseite einrichten, auf der man Waren bestellen kann.«

»Was für Waren?«

»Gängige verschreibungspflichtige Medikamente. Ich – ich habe ihr gesagt, dass das vielleicht keine so gute Idee ist. Die Qualität der Produkte, es könnte schwierig sein festzustellen, ob sie etwas taugen. Und wenn sie die erwünschte Wirkung nicht hätten, dann könnte es sein, dass sie dafür haftbar gemacht wird. Sie sagte, daran hätte sie nicht gedacht, und sie würde da noch einmal nachhaken. Bis jetzt hätte sie noch kaum etwas verkauft, und wenn sie Grund zur Annahme hätte, dass diese Medikamente gefährlich sind, dann würde sie sie nicht verkaufen.«

Ich stand auf und streckte ihm die Hand hin. »Ich wünsche Ihnen viel, worüber Sie in Spanien schreiben können.«

Ich hatte schon fast die Ausfahrt Milford erreicht, als ich im Büro anrief.

»Garber Bau«, sagte Sally Diehl. »Wie kann ich Ihnen helfen?«

»Ich bin's. Guckst du neuerdings nicht mehr auf die Nummernanzeige?«

»Ich hab gerade einen glasierten Donut gegessen«, sagte sie, »und hatte zu viel mit Fingerablecken zu tun, um zu erkennen, dass du's bist.«

Ich überlegte, ob es eine Möglichkeit gab, von ihr zu erfahren, wo ich Theo finden konnte, ohne sie zu warnen, dass ich ihn umbringen wollte.

»Hat Alfie dich schon zurückgerufen?«, fragte sie.

»Noch nicht«, log ich. »Ich hatte gehofft, Theo vorher noch ein paar Fragen stellen zu können. Weißt du, wo er ist?«

»Warum willst du mit ihm reden?« Das klang abwehrend.

»Ich muss ihn nur ein paar Dinge fragen. Keine große Sache.«

Sie zögerte. »Er macht gerade neue Installationen in einem Haus in der Ward Street, unten am Hafen, gleich bei dir um die Ecke. Eine Riesensanierung.«

»Hast du eine Adresse?«

Die Hausnummer wusste sie nicht, meinte aber, die Baustelle wäre nicht zu übersehen. Wenn das Haus komplett umgebaut würde, dann würde bestimmt ein Schuttcontainer davorstehen, und außerdem sei es nicht schwierig, Theos Pickup zu erkennen. Immerhin stand sein Name drauf, und dann hingen da ja auch noch diese Plastikhoden hinten dran.

»War's das?«, fragte Sally.

»Im Moment ja.«

»Ich wollte dich nämlich auch anrufen. Doug ist heimgefahren.«

»Was? Ist er krank?«

»Ich glaube nicht, dass das der Grund war. Er hat mir nicht mal Bescheid gesagt. KF hat angerufen. Er sagt, Doug hätte einen Anruf bekommen, er glaubt von seiner Frau, und da ist er wie von Hunden gehetzt davongerast.«

»Hast du eine Ahnung, was passiert ist?«

»Ich habe ihn auf Handy angerufen, und er hat so was wie drei Sekunden mit mir gesprochen. ›Sie nehmen mir mein Haus‹, hat er gesagt, und das war's.«

»Scheiße. Hör mal, ich fahr schnell vorbei und schau, was los ist.«

»Sag mir Bescheid, ja?«

»Klar.«

Ich blieb auf der I 95 und fuhr an der Woodmont Road ab. Fünf Minuten später hielt ich vor Doug und Betsy Pinders Haus.

Der Vorgarten war ein einziges Chaos.

Es sah aus, als hätten die Pinders beschlossen umzuziehen, ihr gesamtes Hab und Gut vors Haus getragen und dann den Umzugswagen abbestellt.

Eine Kommode mit offenen Schubladen, halb geschlossene Koffer, aus denen Kleider quollen, Töpfe und Pfannen auf dem

Rasen verteilt, ein Besteckschubladeneinsatz auf dem Gehsteig. Drei Küchenstühle, ein Fernseher, ein DVD-Spieler, diverse CD-Hüllen. Ein Beistelltisch, Lampen, die auf dem Boden lagen. Es sah aus, als hätte jemand zehn Minuten Zeit gehabt, bevor sein Haus in die Luft flog, und was hier herumlag, war das, was er auf die Schnelle hatte retten können.

Doch das Haus war nicht in die Luft geflogen. Es stand da wie immer, nur mit einem neuen Schloss an der Eingangstür und einem offiziell aussehenden Wisch, der daran geheftet war.

Und mitten in diesem Trümmerhaufen – wie Menschen, die in ihrem von einem Tornado verwüsteten Haus nach Erinnerungsstücken stöberten – Doug und Betsy Pinder. Sie war mehr mit Weinen als mit Stöbern beschäftigt. Doug stand einfach nur da, schüttelte den Kopf und schien sich in einem Zustand irgendwo zwischen Fassungslosigkeit und Schock zu befinden.

Ich stieg aus und ging an Dougs altem Pick-up und Betsys Infiniti vorbei zu den beiden hin. Die Behördenvertreter, die diese Eskalation herbeigeführt hatten, waren längst verschwunden.

»Hey«, sagte ich. Doug hatte so konzentriert zu Boden gestarrt und Selbstgespräche geführt, dass er mich gar nicht bemerkt hatte. Betsy, die neben einem ihrer Küchenstühle aus Metall und Vinyl stand, sah mich mit tränenverschleiertem Blick an, dann wandte sie sich ab und setzte sich.

Doug hob den Kopf und sagte: »Ach, Glenny. Tut mir leid, dass ich von der Baustelle wegmusste.«

»Was ist denn passiert, Doug?«

»Sie haben uns ausgesperrt«, sagte er mit versagender Stimme. »Diese Hurensöhne haben uns aus unserem eigenen Haus ausgesperrt.«

»Und du hast nichts dagegen getan«, keifte Betsy und wandte sich uns zu. »Keinen verdammten Finger hast du gerührt, um sie daran zu hindern.«

»Was, zum Teufel, hätte ich denn tun sollen?«, schrie er. »Hätte ich sie erschießen sollen? Wär dir das lieber gewesen?«

Ich legte Doug eine Hand auf den Arm. »Erzähl mir, was passiert ist.«

Jetzt ging er auf mich los. »Und du brauchst gar nicht so tun«, sagte er. »Ich habe dich um Hilfe gebeten, und du hast mich in die Wüste geschickt.«

»Die Schwierigkeiten, in denen ihr steckt«, sagte ich ruhig und leise, »ich glaube nicht, dass ein, zwei Wochen Lohnvorschuss die gelöst hätten. Das weißt du doch genauso gut wie ich. Also, was ist passiert?«

»Eine Zwangsvollstreckung, das ist passiert. Sie sind gekommen und haben uns rausgeworfen.«

»So was geschieht doch nicht über Nacht. Da müsst ihr doch mindestens, wie viel?, drei Monate mit der Hypothek im Rückstand sein. Und dann schicken sie einen Brief und kleben euch einen Bescheid an die Tür und –«

»Meinst du, ich hab's nicht kommen sehen? Warum, zum Teufel, glaubst du denn, dass ich dich angebettelt hab?« Er schüttelte den Kopf. »Ich hätte doch ein bisschen über dich plaudern sollen.«

»Die ganze ungeöffnete Post, die vielen Rechnungen«, sagte ich, ohne auf seine letzte Bemerkung einzugehen. »Wahrscheinlich waren ein paar von den Mahnungen da drin.«

»Was soll ich denn jetzt tun?«, fragte er und streckte seine Arme nach seiner Einrichtung aus. »Was sollen wir denn jetzt tun?«

»Ah! Der Herr fängt an, sich Gedanken zu machen«, sagte

Betsy. »Das hätte dir ein bisschen früher einfallen müssen, Einstein.«

Doug starrte sie wütend an. »Genau, und du hast damit natürlich nichts zu tun. Rein gar nichts. Wie solltest du auch? Du warst ja nie daheim. Du warst einkaufen.«

Betsy schnellte hoch. Ihre Augen funkelten vor Zorn. Sie zeigte auf ihren Mann und stach mehrmals mit dem Finger in die Luft. »Wie wär's, wenn du gezeigt hättest, dass du ein Mann bist und die Lage unter Kontrolle gebracht hättest? Wer ist dazu da, die Dinge in die Hand zu nehmen? Hä? Wer ist hier der Ernährer, verdammt noch mal? Du? Dass ich nicht lache. Wann hättest du dich je richtig ins Zeug gelegt?«

»Und weißt du, was du tust?«, fauchte er. »Du saugst mir das Mark aus den Knochen. In jeder Hinsicht. Ich habe nichts mehr. Gar nichts. Das hast alles du dir gekrallt, Süße. Du hast dir alles gekrallt, was ich je hatte und war.«

»Ach ja? Steck ich deswegen jetzt bis zum Hals in der Scheiße? Weil das nämlich alles ist, was ich von dir je bekommen hab, seit –«

Doug stürzte auf sie zu. Seine ausgestreckten Hände zielten auf ihren Hals. Statt wegzurennen, blieb Betsy mit weit aufgerissenen Augen wie angewurzelt stehen. Etwa drei Meter lagen noch zwischen Doug und ihr, und das gab mir die Zeit, die ich brauchte, um ihn mit beiden Armen von hinten festzuhalten, ehe seine Hände ihren Hals umklammern konnten.

»Doug!« Ich schrie es ihm ins Ohr. »Doug!«

Er versuchte, sich loszureißen. Er war ein starker, sehniger Kerl, wie die meisten Leute, die auf dem Bau arbeiten. Aber ich war nicht weniger fit, flocht meine Finger vor seiner Brust ineinander und drückte ihm die Arme an den Körper. Ein, zwei Sekunden wehrte er sich noch, dann kapitulierte er.

Als Betsy sah, dass er nicht gefährlich werden konnte, fing

sie wieder mit ihren Schmähungen an. Wieder stach ihr Finger in die Luft. »Glaubst du vielleicht, dass ich das wollte? Glaubst du, dass es mir Spaß macht, vor meinem eigenen Haus zu stehen und nicht hineinzukönnen? Glaubst du –«

»Betsy!«, schrie ich. »Halt die Klappe!«

»Und wer, zum Teufel, glaubst du –«

»Alle beide. Haltet einfach mal einen Moment die Klappe.«

Betsy senkte ihren Finger, und ich lockerte meinen Griff um Dougs Brust. »Seht mal«, sagte ich. »Ich versteh das ja. Ihr seid mit den Nerven am Ende und wollt euch nur noch gegenseitig umbringen. Vielleicht sollte ich euch gar nicht davon abhalten. Ich hab, weiß Gott, genug andere Sorgen. Aber damit ist euer Problem nicht gelöst. Ihr müsst euch der Situation stellen.«

»Du hast leicht reden«, sagte Doug.

Jetzt war ich derjenige mit dem Finger vor seiner Nase. »Hör mir zu, du blöder Hund, du hast genau gewusst, dass dieser Tag kommen wird. Du kannst Betsy die Schuld geben oder mir oder Sally, weil sie dich nicht rausgehauen hat. Tatsache ist, du und Betsy, ihr sitzt in dieser Scheiße.« Dann wandte ich mich an Betsy. »Das gilt auch für dich. Ihr könnt jetzt was tun, um aus dieser Scheiße rauszukommen und wieder ein richtiges Leben zu führen, oder ihr könnt hier stehenbleiben und euch weiter anschreien. Was ist euch lieber?«

Betsy hatte Tränen in den Augen. »Er hat die Rechnungen nicht mal aufgemacht. Hat sie einfach in eine Schublade gestopft.«

»Was hätte es denn für einen Sinn gehabt, sie aufzumachen«, konterte Doug. »Wir hätten sie eh nicht bezahlen können.« Zu mir sagte er: »Sie haben uns abgezockt. Die Banken. Sie haben uns das Blaue vom Himmel herunter versprochen. Als wir das Haus kauften, brauchten wir kein bisschen eigenes Geld. Aber dann, als es so weit war, die Hypothek neu zu verhandeln, da hieß es auf einmal, wir haben euch doch gesagt, dass das auf euch zukommt. Aber das haben sie nicht, Glenny, die Arschlöcher haben kein Wort davon gesagt. Diese verfluchten Banker lassen sich vom Staat retten und zahlen sich selbst fette Prämien, und Leute wie wir haben die Arschkarte!«

»Doug«, sagte ich. Für mehr fehlte mir die Kraft.

Er nahm einen Stapel DVDs und schleuderte sie wie Frisbeescheiben quer durch den Garten. Dann packte er einen Küchenstuhl und drosch damit auf die Kommode ein. Betsy und ich ließen ihn machen. Als er sich ausgetobt hatte, stellte er den Stuhl wieder hin, setzte sich drauf und ließ den Kopf hängen.

»Wo könnt ihr denn wohnen?«, fragte ich Betsy.

Sie schniefte. »Bei meiner Mutter wahrscheinlich. In Derby.«

»Hat sie Platz für euch beide?«

»Schon. Aber sie wird es uns täglich unter die Nase reiben.«

»Wenn sie euch ein Dach über dem Kopf gibt, dann müsst ihr euch damit abfinden.«

»Leider.«

»Doug«, sagte ich. Er sah nicht hoch. »Doug.« Langsam hob er den Kopf. »Ich helfe dir, die Sachen in den Pick-up zu laden. Du kannst sie bei uns in die Lagerhalle stellen.« Die stand hinter dem Büro von Garber Bau. Wir bewahrten dort unser Material und unsere Geräte auf. »Da werden wir wahrscheinlich zwei Mal fahren müssen.«

Langsam stand er auf, hob eine einzelne DVD – einen Predator-Film – auf und ging damit wie ein zum Tode Verurteilter hinüber zum Pick-up. Er öffnete die Heckklappe und warf die DVD hinein.

In diesem Tempo würden wir ziemlich lange zum Beladen brauchen.

Ich stopfte ein paar Klamotten, die aus einem der Koffer quollen, hinein und schaffte es sogar, den Reißverschluss zuzuziehen. »Der kommt wahrscheinlich zu deiner Mutter?« Betsy nickte. »Dann stell ihn gleich in dein Auto.«

So langsam wie ihr Mann vorhin die DVD nahm sie jetzt den Koffer und legte ihn auf den Rücksitz ihres Infiniti. In der folgenden halben Stunde, in der wir die Sachen aus dem Vorgarten entweder in den Wagen oder in den Pick-up luden, sprach keiner der beiden ein Wort. Die Kommode und die Beistelltische passten weder in den einen, noch in den anderen. Da sagte Doug, er würde sie später abholen.

»Fährst du ins Büro?«, fragte er mich.

»Nein«, antwortete ich. »Ich muss noch woandershin.«

SECHSUNDDREISSIG

Das richtige Haus in der Ward Street zu finden war keine Hexerei. In diesem Teil von Milford gibt es viele ältere, malerische Häuser mit den gleichen architektonischen Besonderheiten, wie man sie bei Villen in Badeorten auf Martha's Vineyard oder irgendwo oben auf Cape Cod vermuten würde. Sheila und ich hatten manchmal davon gesprochen, in diese Gegend zu ziehen, die nur ein paar Straßen von uns entfernt lag. Aber ob man nun in derselben Straße umzog oder quer über den Kontinent, der Aufwand beim Zusammenpacken war immer derselbe.

Doch solche Gespräche waren schon lange her.

Es war ein einstöckiges Gebäude mit grünen Schindeln, das mit seinen kunstvoll geschnitzten Fassadenornamenten aussah wie ein Pfefferkuchenhaus. Wie ich erwartet hatte, stand ein Schuttcontainer in der Einfahrt. Vor dem Haus und seitlich davon parkten drei Pick-ups. Den ersten wies die Türaufschrift als Installateur aus, den zweiten als Baufirma. Auf dem dritten stand »Elektro Theo«. Einen Meter dahinter schnitt ein Arbeiter auf einem aus zwei Sägeböcken improvisierten Tisch mit einer Handkreissäge Kanthölzer in kleinere Stücke.

»Hey«, sagte ich. »Alles klar?«

Er nickte, dann sah er meinen Namen auf der Tür meines Pick-up »Kann ich Ihnen helfen?«

»Glen Garber«, sagte ich. »Sind Sie hier der Boss?«

»Nee, ich bin Pete. Hank ist der Boss. Hank Simmons. Er ist drinnen.«

Ich kannte Hank. Im Laufe der Jahre lernte man die anderen Leute in der Stadt kennen, die dasselbe machten wie man selbst.

»Und Theo? Ist er da?«

»Sein Wagen steht hier, also kann er nicht weit sein.«

»Danke.« Ich trat einen Schritt näher und bewunderte die Kreissäge. »Hübsch. Ist das eine Makita?«

»Genau.«

»Darf ich mal sehen?«

Er hob die Säge hoch und reichte sie mir. Ich nahm sie ihm ab, spürte ihr Gewicht in der Hand, drückte kurz auf den Schalter, um sie aufjaulen zu hören. »Sehr hübsch«, sagte ich. Ich zog ein paarmal am Verlängerungskabel, damit ich bis zum Heck von Theos Pick-up kam.

»Was machen Sie da?«

Ich hockte mich vor den dekorativen, fleischfarbenen Sack, der von der Stoßstange hing, und sah zu, dass ich einen sicheren Stand hatte. Bei solch heiklen Operationen will man schließlich keine Unfälle riskieren.

»Mensch, was machen Sie denn da?«

Ich schob die Schutzabdeckung über dem runden Sägeblatt zurück, hielt sie mit einer Hand fest und drückte dann mit dem Zeigefinger auf den Schalter. Kreischend erwachte die Säge zum Leben. Ich stützte den Ellbogen aufs Knie und durchschnitt die Aufhängung von Theos Stoßstangenschmuck. Als der Sack zu Boden fiel, nahm ich den Finger vom Schalter.

Ich ließ die Schutzabdeckung zurückgleiten, und als die Säge verstummt war, gab ich sie Pete wieder.

»Wirklich ein tolles Werkzeug«, sagte ich. »Danke.«

»Sind Sie übergeschnappt?«, fragte er. »Vollkommen bescheuert?«

Ich bückte mich, als höbe ich einen Golfball auf, nahm die Plastikhoden und ließ sie zweimal in meiner Hand hüpfen. »Theo ist drinnen, haben Sie gesagt?«

Pete nickte fassungslos.

»Gut, dann bring ich ihm die jetzt«, sagte ich und machte mich auf den Weg. Pete blieb stehen. Zweifellos überlegte er, ob er weiterarbeiten oder mir folgen sollte, um zu sehen, wie es weiterging.

Er beschloss zu bleiben, wo er war, schaltete die Säge aber nicht mehr ein.

Als ich durch die offene Haustür trat, hörte ich Arbeitsgeräusche durch das Haus hallen. Irgendwo hämmerte jemand, von anderswo kam das Zischen einer Nagelpistole, Männer riefen sich etwas zu. Das Hallen kam daher, dass das Haus völlig ohne Möbel und Teppiche war.

Ein Mann in den Sechzigern stand in der Diele und musterte mich von oben bis unten. »Hey, Glen Garber, alter Mistkerl. Wie geht's denn immer?«

»Ganz gut, Hank«, sagte ich. »Baust du noch immer Häuser, die einstürzen, wenn man die Tür zuschlägt?«

»Mehr oder weniger.« Er erblickte die Truck Nuts in meiner Hand. »Ich lass meine ja lieber in der Hose, aber jeder, wie er will.«

»Ich suche Theo.«

»Oben. Kann ich dir irgendwie helfen?«

»Nein, aber könnte sein, dass ich dir helfen kann. Ich komm nachher noch mal vorbei.«

Ich stieg die Treppe hoch, die mit einer transparenten Plastikplane bedeckt war, um den Stufenbelag zu schonen. Im ersten Stock angekommen, rief ich nach Theo.

»Hier drin!«, schrie er zurück.

Ich fand ihn in einem leeren Schlafzimmer. Er kniete auf

dem Boden und isolierte Drähte für neue Steckdosen ab. Ich blieb in der Tür stehen.

»Hey, Glen«, sagte er. »Was führt Sie denn her?«

Ich warf ihm die abgeschnittenen Hoden vor die Knie. »Ich glaube, das sind Ihre.«

Er sah auf sie hinunter, und sein Gesicht rötete sich vor Wut. »Sind Sie übergeschnappt?«

»Sie waren es, Sie Dreckschwein«, sagte ich.

»Was?«, fragte er und stand auf. »Was war ich?«

»Die Feuerwehr hat mir Bescheid gesagt.«

»Aha. Soll heißen?« Er blickte auf seine Gummihoden hinunter wie auf einen überfahrenen Hund.

»Soll heißen, dass Sie mein Haus abgefackelt haben. Die Teile, die Sie in den Sicherungskasten eingebaut haben, waren Schrott.«

»Ich hab keine Ahnung, wovon Sie reden.«

»Ich glaube, ich weiß jetzt, wie das läuft«, sagte ich. »Sie machen einen Kostenvoranschlag mit den Preisen für amerikanische Originalteile, dann kaufen Sie die gefälschten aus China, oder wo immer der Scheiß herkommt, zu einem Bruchteil dessen, was die echten Dinger kosten, und machen einen kräftigen Reibach. Das Problem ist nur, das Zeug taugt nichts. Es hält die Last nicht aus. Und die Schutzschalter lösen nicht aus. Und dann geht ein Haus halt in Flammen auf.«

Da stand Hank Simmons auf einmal hinter mir. »Was ist hier los?«

»Sperr mal die Ohren auf«, sagte ich über die Schulter zu ihm. »Das wird dich nämlich auch interessieren.«

»Sie können doch nicht einfach rumgehen und solche Sachen behaupten«, sagte Theo. Und mit einem letzten Blick auf seinen kastrierten Stoßstangenschmuck fügte er hinzu: »Und Sie lassen Ihre Dreckfinger von anderer Leute Wagen.«

»Ich hab mir nur gedacht, wenn einer selbst keine hat, braucht er erst recht keine an der Stoßstange.«

Ich war auf alles gefasst.

Als er zum Schlag ausholte, duckte ich mich und boxte ihm mit aller Kraft in den Magen. Doch dem Kampf fehlte es an Dramatik. Der erste Schlag war auch der letzte. Theo ging zu Boden.

»Scheiße!«, stöhnte er und hielt sich den Bauch.

Hank packte mich am Arm, aber ich schüttelte ihn ab. »Mensch, Glen, was, zum Teufel, ist in dich gefahren? Du kannst doch nicht einfach hier –«

Ich zeigte auf den Mann auf dem Boden und sagte zu Hank: »Wenn ich du wäre, würde ich mir alles, was er in diesem Haus installiert hat, sehr genau ansehen. Der Typ hat eins meiner Häuser abgefackelt.«

»… nichts damit zu tun«, keuchte Theo.

»Dieses Haus in der Shelter Cove Road?«, fragte Hank.

»Er hat gefälschte Teile eingebaut«, sagte ich.

»Verdammt.«

»Kannst du laut sagen. Und die Versicherungen zahlen nicht so gerne, wenn man ein Haus mit solchem Mist baut.«

»Er hat auch noch auf zwei anderen Baustellen von mir gearbeitet«, sagte Hank besorgt. Er sah auf Theo hinunter und fragte ihn: »Stimmt das? Ich schwöre bei Gott, wenn Sie –«

»Er lügt!« Keuchend kam Theo auf die Knie. »Das werden Sie mir büßen. Ich zeig Sie an. Wegen Körperverletzung!«

Ich wandte mich an Hank. »Du hast doch gesehen, dass er zuerst auf mich losgegangen ist?«

»Ich glaub schon«, sagte Hank.

»Bis dann, Theo«, sagte ich.

Ich wandte mich um und ging nach unten. Kaum war ich aus dem Haus, hörte ich, wie Theo hinter mir herlief. Schnell drehte ich mich um, weil ich damit rechnete, dass er wieder auf mich losgehen würde. Doch er machte keine Anstalten, gewalttätig zu werden.

»Sie tun mir unrecht, Mann«, sagte er. »Ich hab nichts damit zu tun.« Seine Stimme hatte etwas Flehendes.

»Klar«, sagte ich. Ich ließ mich nicht aus dem Konzept bringen. »Sie können einpacken. Sie sind erledigt. Ich werde dafür sorgen, dass alle erfahren, wie Sie arbeiten. Es wird bald keine Baufirma mehr in Connecticut geben, die Ihnen einen Auftrag gibt.«

»Tun Sie das nicht, Mann. Ich wollte doch nur das Beste. Sie waren doch immer anständig zu mir.«

»Sie können von Glück sagen, dass Sie dabei nicht auch noch jemanden umgebracht haben«, sagte ich. »Mich hätte es ja fast erwischt.«

Ich stieg in meinen Wagen, beschwingt wie schon lange nicht mehr. Es war fast wie ein Rausch. Ich hatte meine Wut und meinen Frust an Theo abreagiert. Er hatte nichts anderes verdient.

Doch dieser Rausch verflog rasch. Bald tat es mir leid. Ich hatte gerade Theo Stamos niedergeschlagen, den Mann, den Sally Diehl heiraten, mit dem sie den Rest ihres Lebens verbringen wollte. Ich hatte gerade geschworen, dafür zu sorgen, dass er in diesem Staat nie wieder einen Fuß auf den Boden bekommen würde.

Sally würde sauer sein.

SIEBENUNDDREISSIG

Als ich ins Büro kam, sah ich, dass Sally geweint hatte.

»Ich muss mit dir reden«, sagte ich.

»Ich weiß schon Bescheid«, sagte sie.

»Komm mit in mein Büro.«

»Scher dich zum Teufel.«

»Rein mit dir, verdammt.« Ich nahm sie sanft am Arm, führte sie in mein Büro und drückte sie auf einen Stuhl. Ich nahm mir einen anderen Stuhl und setzte mich dicht neben sie.

»Er hat gesagt, du hast das Ding abgeschnitten«, sagte sie. »Von seinem Pick-up.«

»Darüber hat er sich aufgeregt?«

»Und er hat gesagt, du hast ihm eine reingehauen. Wie konntest du? Wie konntest du ihn schlagen?«

»Hör mal, Sally, er ist auf mich losgegangen. Ich hab mich nur verteidigt.« Was ich ihr nicht sagte, war, dass ich ihn provoziert hatte. Ich zog ein paar Tücher aus der Schachtel und reichte sie ihr. »Beruhig dich wieder.«

Sie tupfte sich die Augen ab und schneuzte sich. »Du hast schon mit Alfie geredet, stimmt's?«

Ich nickte.

»Was hat er gesagt?«

»Dass der Sicherungskasten nicht den Anforderungen entsprach. Da drin war nur Müll. Billige Imitationen.«

»Und da gibst du gleich Theo die Schuld?«

»Sally, er hat diese Arbeit gemacht.«

Sie zerknüllte das Taschentuch in ihrer Hand. »Das muss aber nicht gleich heißen, dass das seine Schuld ist. Was ist, wenn ihm jemand die falschen Teile gegeben hat, und er hat den Unterschied nicht erkannt?«

»Hör mal, Sally. Das Ganze tut mir wirklich sehr leid. Es tut mir leid, dass du da hineingezogen wirst, weil ich dich gern hab. Du weißt, dass Sheila, als sie noch lebte, und ich immer große Stücke auf dich gehalten haben. Kelly liebt dich. Ich würde wer weiß was dafür geben, wenn ich an Theos Unschuld glauben könnte, weil ich weiß, was er dir bedeutet, aber –«

»Ich weiß es nicht.«

»Was weißt du nicht?«

»Ich weiß nicht, wie viel er mir wirklich bedeutet. Aber im Moment ist er alles, was ich habe.«

»Nun, darüber musst du dir selbst klarwerden. Und was ich tun muss, Sally, ist, mich selbst zu schützen, diese Firma und Menschen wie dich, die für mich arbeiten. Und wenn jemand, der für mich arbeitet, Mist baut, der uns vor Gericht bringen kann, der – Himmeldonnerwetter noch mal! – anderen Menschen das Leben kosten kann, dann muss ich tun, was getan werden muss.« Ich legte ihr die Hand auf die Schulter. »Aber es tut mir sehr leid, dass ich dir dabei weh tun musste.«

Sie nickte, tupfte sich wieder die Augen ab. »Ich weiß.«

»Und ich weiß, dass du gerade eine schlimme Zeit durchmachst. Du verlierst deinen Vater. Keine Familie in der Nähe, die dir helfen könnte.«

»Er ist einfach … gerade ging's ihm noch gut, und im nächsten Moment war er weg.«

»Ich weiß«, sagte ich. »Das ist nicht leicht. Schau dir meinen Dad an. Der lädt gerade noch den Pick-up ab, und auf einmal ist er tot.«

Sie nickte. »Du warst da«, sagte sie.

»Ja, ich war da, als er starb.«

»Nein, ich meine bei Dads Beerdigung. Ich traute meinen Augen kaum, als du kamst.«

»Sally, das wäre überhaupt nicht in Frage gekommen, dass ich nicht für dich da bin.«

»Schon, aber du hattest auch eine Beerdigung vorzubereiten. Ich hatte immer ein schlechtes Gewissen.«

»Du hattest ein schlechtes Gewissen? Warum denn?«

»Dass ich nicht zu Sheilas gekommen bin.«

»Mach dir deswegen keinen Kopf.«

»Nein, das macht mir wirklich zu schaffen. Ich meine, wenn du zum Begräbnis meines Vaters kommen konntest, warum konnte ich dann am nächsten Tag nicht zu dem von deiner Frau gehen?«

»Es war einfach zu viel für dich«, sagte ich. »Du bist doch fast noch ein Kind. Das soll keine Beleidigung sein. Wenn man älter wird, kann man mit solchen Sachen leichter umgehen.« Ich versuchte, einen leichteren Ton anzuschlagen. »Man lernt das Multitrauern.«

Sie schniefte. »Ich dachte immer, ich bin die Multitaskerin hier. ›Gib's Sally, die kann hundert Dinge gleichzeitig erledigen.‹ Anscheinend nicht immer.« Sie tupfte sich noch ein paarmal die Augen ab, dann fragte sie: »Ist Theo erledigt? Wird er hier in der Gegend je wieder einen Auftrag bekommen?«

»Keine Ahnung.«

»Er hat gesagt, du willst ihn fertigmachen.«

Ich stieß einen langen Seufzer aus. »Er hat sich selbst fertiggemacht.«

Da hatte ich offensichtlich das Falsche gesagt. Plötzlich stieß sie ihren Stuhl zurück und stand auf. »Du machst es einem nicht leicht, dich zu mögen, Glen. Manchmal bist du ein richtiger Korinthenkacker. Jetzt müssen wir wegziehen, und ich muss mir irgendwoanders einen Job suchen.« Sie stürmte aus dem Zimmer, doch nicht, ohne einen letzten Pfeil abzuschießen. »Hoffentlich bist du jetzt zufrieden.«

Konnte ich nicht behaupten.

Danach ging Sally nach Hause. Es war ohnehin schon Feierabend. Das Letzte, was sie mir in dürren Worten und knappen Sätzen sagte, war, dass Doug seinen vollbeladenen Pickup hinter der Lagerhalle geparkt hatte und dann mit Betsy im Infiniti zur Bank gefahren war, bevor sie zumachte, um zu sehen, ob noch was zu retten war. Sally sagte, Doug habe sie gebeten, mich zu fragen, ob ich vielleicht das Zeug von seinem Wagen abladen könnte, wenn ich Zeit hätte.

Ich stützte den Kopf in die Hände und blieb eine Weile so sitzen. Dann zog ich die unterste Schublade meines Schreibtischs auf, holte die halbvolle Flasche Dewars und ein Schnapsglas heraus und schenkte mir ein. Ich stöpselte sie wieder zu und stellte sie in die Schublade zurück.

Ich stürzte den Whisky hinunter und ging dann zur Lagerhalle. Viel gab es nicht, was ich für Doug in seiner momentan aussichtslosen Situation tun konnte, aber ihn seine und Betsys Einrichtung hier einstellen zu lassen war wenigstens etwas. In der Halle war viel Platz, und wenn man die Sachen vernünftig stapelte, würden sie niemanden stören. Den ganzen Kram jetzt abzuladen, hieße für Doug eine Sorge weniger, wenn – und falls – er morgen zur Arbeit erschien.

Die Sache mit Doug lag mir im Magen. Gelegentlich gab es Spannungen zwischen uns, insbesondere in letzter Zeit. Als mein Vater noch lebte, hatten wir mehrere Jahre Seite an Seite gearbeitet als mehr oder weniger Gleichgestellte. Und wir hatten nicht nur miteinander gearbeitet, wir hatten auch gemeinsam gespielt. Alles von Golf bis Video. Unsere Frauen hatten sich gegenseitig bedauert, während ihre erwachsenen Ehemänner einen ganzen Nachmittag hochkonzentriert mit Super Mario verplemperten. Und zum Beweis, dass wir keine Kinder mehr waren, hatten wir uns dabei auch gleich betrunken. Doug war immer schon ein Bruder Leichtfuß gewesen, der keinen Sinn darin sah, sich um den nächsten Tag zu sorgen, wenn er doch davor eine ganze Nacht zum Schlafen hatte. Das Dumme war nur, dass er jemanden geheiratet hatte, der sich noch weniger Sorgen machte. Nicht unbedingt eine ideale Kombination, wie der heutige Tag gezeigt hatte.

Seine Unbekümmertheit den ernsten Dingen des Lebens gegenüber war kein Problem, solange wir zusammenarbeiteten, doch als mein Vater starb, ich die Firma übernahm und Doug auf einmal ein Angestellter und kein Kollege mehr war, änderte sich das. Es begann damit, dass wir nicht mehr als Quartett auftraten. Als ich Firmenchef wurde, konnte Betsy sich nicht damit abfinden, dass sich das Gleichgewicht zu Sheilas Gunsten verschoben hatte. Betsy bildete sich ein, Sheila würde jetzt irgendwie die Frau des Chefs heraushängen lassen, beinahe so, als wäre ich plötzlich zu Donald Trump mutiert und Sheila zu Ivana oder wie seine aktuelle Ehefrau gerade hieß.

Die Eigenschaften, die ich an Doug früher so liebenswert gefunden hatte, brachten mich jetzt gelegentlich auf die Palme. An seiner Arbeit gab es nie etwas auszusetzen, aber es gab Tage, da meldete er sich krank, und ich wusste genau, er hatte einen Kater. Er ging nicht genügend auf die Anliegen der Kunden ein. »Die Leute sehen zu viele von diesen Renovierungsshows«, sagte er oft. »Sie erwarten, dass alles perfekt ist, aber im richtigen Leben gibt's so was nicht. Diese Shows haben ein Riesenbudget.«

Kunden hörten solche Ausreden nicht gern.

Wenn wir früher nicht Kumpel gewesen wären, hätte Doug sich wahrscheinlich nie getraut, mich um Vorschüsse anzugehen. Wenn wir früher nicht Kumpel gewesen wären, hätte ich schon beim ersten Mal nein gesagt und keinen Präzedenzfall geschaffen.

Ich wollte Doug ja helfen, aber retten konnte ich ihn nicht. Er und Betsy mussten erst ganz unten aufschlagen, ehe sie wieder Boden unter den Füßen bekamen. Ich konnte auch verstehen, dass er sich über die Banken aufregte, über diese Hypotheken, die zu schön waren, um wahr zu sein. Er war schließlich nicht der Einzige, der ihnen auf den Leim gegangen war.

Es gab viele Leute, die jetzt ihre Lektion lernten. Ich hoffte nur, dass Doug und Betsy die ihre verstanden, ehe sie sich gegenseitig umbrachten.

Ich ging ans hintere Ende von Dougs Pick-up und öffnete die Heckklappe. Die Pinders hatten keine Zeit gehabt, irgendein System in ihre Habseligkeiten zu bringen, deshalb lagen die Sachen kreuz und quer durcheinander im Wagen. Ich öffnete die Tür der Lagerhalle und räumte eine Ecke frei, um das Zeug dort unterzubringen. Als Erstes trug ich zwei Stühle, einen DVD-Spieler und Bettwäsche hinein. Die hätten sie wahrscheinlich eher bei Betsys Mutter brauchen können, aber darum konnten sie sich ja später kümmern.

Ich war schon fast fertig, da bemerkte ich direkt hinter der Fahrerkabine zwei Schachteln etwa so groß wie Weinkartons für zwölf Flaschen. Im Hockgang arbeitete ich mich nach vorne. Wenn man lange genug am Bau arbeitet, kann man sich so fortbewegen, ohne sich eine Leisten- oder Oberschenkelzerrung zuzuziehen.

Ich kniete mich neben die Kartons. Weil ich mir nicht sicher war, ob sie aus Dougs Haus stammten oder ob er sie schon länger im Wagen spazieren fuhr, klappte ich einen der Kartons auf und warf einen Blick hinein. Zuerst sah ich einen Haufen zerknülltes Zeitungspapier, das als Füllmaterial diente. Ich zog etwas davon heraus, um zu sehen, was darunter war. Der Karton war voller Elektrozubehör: Drahtspulen, Steckdosen, Abzweigdosen, Lichtschalter, Teile für Sicherungskästen.

Es wäre vielleicht interessant gewesen, zu lesen, was auf den Zeitungspapierfetzen stand, aber das war alles chinesisch.

ACHTUNDDREISSIG

Man sah es den Teilen nicht auf den ersten Blick an, dass sie Schrott waren. Für Raubkopien sahen sie sogar richtig echt aus. Aber während ich so dasaß und sie mir genauer ansah, entdeckte ich ein paar Dinge, die die Normen nicht erfüllten. Die Teile für den Sicherungskasten zum Beispiel trugen keine Prüfzeichen. Legal erzeugte Ware schon. Die Farbe des Kunststoffs, aus dem die Lichtschalter waren, war nicht gleichmäßig aufgetragen. Wenn man solche Dinger oft genug in der Hand hatte, fiel einem so was einfach auf.

Eine furchtbare Ahnung befiel mich. Was hatte Sally noch mal gesagt: »Was ist, wenn ihm jemand die falschen Teile gegeben hat, und er hat den Unterschied nicht erkannt?« Vielleicht war Theo noch nicht lange genug im Geschäft, um ein Gefühl für so was zu haben.

Scheiße.

Was, zum Teufel, hatte Schrott wie der hier in Dougs Pickup zu suchen? Was hatte er damit vor? Hatte er Material von einer unserer Baustellen gegen so etwas ausgetauscht?

Ich schob die beiden Kartons über die Ladefläche zur Heckklappe und lud sie in meinen eigenen Wagen. Dann sperrte ich die Lagerhalle, das Büro und das Tor zum Grundstück ab.

In der Hoffnung, dass sein Handy nicht wegen unbezahlter Rechnungen außer Betrieb gesetzt worden war, rief ich Doug an. Bestimmt war auch die Handyrechnung unter denen gewesen, die ungeöffnet in der Küchenschublade verschwunden waren.

Ich hatte Glück.

»Ja, Glen?« Er klang müde.

»Hey«, sagte ich. »Habt ihr euch schon bei Betsys Mom eingerichtet?«

»Ja, aber das ist kein Leben, Mann. Sie hat fünf Scheißkatzen.«

»Wie war's auf der Bank?«

»Die haben gerade geschlossen, als wir hinkamen. Wir werden gleich morgen früh dort auf der Matte stehen und die wieder zur Vernunft bringen. Das ist total unfair, echt, Mann.«

»Ja. Hör mal, ich muss mit dir reden.«

»Was gibt's denn?«

»Das geht nicht am Telefon. Ich weiß, du hast jetzt genug um die Ohren, aber es ist wichtig.«

»Tja, wenn du meinst.«

»Ich kann nach Derby kommen, aber ich weiß nicht, wo deine Schwiegermutter wohnt.« Doug gab mir die Adresse. Ich war mir ziemlich sicher, dass ich die Straße kannte. »Gut, dann bis gleich.«

»Hast du Zeit für ein Bier?«, fragte er. »Weil, hör mal, was ich da letztens zu dir gesagt hab, das mit dem Anruf, das war voll daneben. Tut mir echt leid. Elsie – das ist Betsys Mom –, sie hat Bier im Kühlschrank, und sie hat gesagt, ich darf mir drei am Tag nehmen. Ich heb eins für dich auf.«

»In Ordnung«, sagte ich. »Bis gleich.«

Es war nicht sehr weit bis Derby, aber ich hatte das Gefühl, die Fahrt dauere ewig. Ich hatte wirklich alles Theo in die Schuhe schieben wollen. Ich hatte den Typ noch nie gemocht, und seine Arbeit hatte mich auch nie wirklich überzeugt.

Wenn der Brand seine Schuld war, dann wäre mir das nur recht. Selbst wenn Sally ihn vermutlich heiraten würde.

Dass jetzt Doug als Bösewicht dastand, war das Letzte, was ich gewollt hatte. Ich fragte mich, wie mein Vater reagiert hätte, wenn er herausgefunden hätte, dass einer seiner loyalsten Angestellten etwas getan hatte, das den Untergang der Firma bedeuten konnte.

Er hätte ihn hochkant hinausgeschmissen.

Ich fand die Straße, bog ab und entdeckte ein paar Häuser weiter in einer Einfahrt auf der linken Seite Betsys Infiniti. Wie lange sie den wohl noch haben würde? Vermutlich würde sie bald auf einen zehn Jahre alten Chrysler Neon umsteigen müssen.

Ich parkte vor dem Haus ihrer Mutter, einem einstöckigen Ziegelbau. Eine siamesische Katze überwachte vom Fenster aus die Straße. Ich ging zur Haustür und wollte schon klopfen, da wurde sie von innen geöffnet.

»Du warst aber schnell da«, sagte Doug, mit einer Zigarette zwischen den Lippen. »Normalerweise bleibt man um diese Tageszeit irgendwo im Berufsverkehr stecken.«

»Es war nicht viel los.«

»Wie bist du denn gefahren? Ich nehme normalerweise –«

»Lass stecken, Doug.«

»Ja, sicher, klar. Aber das Bier trinkst du doch mit mir?«

»Nein.«

Er zog lang an der Zigarette und atmete den Rauch tief ein, dann warf er sie auf den Boden. Von dort stieg weiterhin der Rauch auf.

»Hör mal, ich bin dir wirklich dankbar für deine Hilfe heute Nachmittag und dafür, dass du, na du weißt schon, eine heikle Situation entschärft hast. Wenn du nicht da gewesen wärst, ich schwöre, ich weiß nicht, was ich mit Betsy gemacht hätte.«

»Da sind ganz schön die Emotionen hochgekocht«, sagte ich.

»Jetzt hier bei ihrer Mutter, gehen sie zu zweit auf mich los. Elsie ergreift in allem Betsys Partei. Ihr fehlt der Blick fürs große Ganze. Und das ganze Haus stinkt nach Katzenpisse.«

»Gehen wir ein paar Schritte«, sagte ich und führte ihn zum Wagen.

»Was hast du vor, Glenny?«

»Warte«, sagte ich. »Ich muss dir was zeigen.«

»Ja, klar. Ich vermute mal, ein Geldkoffer ist es nicht, oder?« Glen lachte gezwungen. Ich gab keine Antwort.

Ich sperrte die Heckklappe auf. Vor mir standen die beiden Kartons.

»Ich hab die Sachen für dich abgeladen.«

»Oh, das ist echt klasse von dir, Mann. Da hast du mir sehr geholfen. Ich hoffe, das Zeug verbraucht nicht zu viel Platz im Lager.«

»Diese Kisten hab ich vorn bei der Fahrerkabine gefunden.« Ich wartete auf eine Reaktion. Als keine kam, fuhr ich fort: »Erkennst du sie?«

Er zuckte mit den Achseln. »Sind halt Kisten.«

»Weißt du, was da drin ist?«

»Hab keinen Schimmer.«

»Wirklich nicht?«

»Können wir sie aufmachen?«

Ich klappte die erste auf, schob das zusammengeknüllte chinesische Zeitungspapier ein bisschen zur Seite und holte einen Leistungsschutzschalter heraus. Doug strich ein Zeitungsblatt glatt und sagte: »Wer kann denn so eine Scheiße lesen? Hast du dich schon mal gefragt, wie die in China Schreibmaschinen bauen mit der Million Zeichen, die die haben? Ihre Computertastaturen müssen breit wie Garagenzufahrten sein. Wie machen die das?«

»Keine Ahnung«, sagte ich.

»Dieses Zeug war in meinem Wagen?«, fragte Doug und schob das ganze Papier zur Seite.

»Genau. In dem anderen Karton ist das Gleiche drin. Schalter, Steckdosen, solche Sachen.«

»Hm«, sagte er.

»Willst du sagen, du weißt nicht, was das ist.«

»Natürlich weiß ich, was das ist. Schalter und so'n Scheiß. Aber ich habe keine Ahnung, wie das in meinen Wagen kommt. Material halt. Weißt du, was du alles hinten in deinem Pick-up hast?«

»Dieses Zeug, nichts davon ist geprüft. Das kommt aus Übersee und soll aussehen wie die Teile, die bei uns hergestellt und zugelassen werden.«

»Glaubst du?«

»Ich weiß es. Schrott wie der hier hat den Brand im Wilson-Haus verursacht, Doug.«

»Dieses Zeug hier? Sieht aber gar nicht verbrannt aus.«

»Zeug wie das hier. Ich hab's heute erfahren, von Alfie, dem Typen von der Feuerwehr.«

Er nahm mir das Teil, das ich aus dem Karton geholt hatte, aus der Hand. »Sieht doch ganz normal aus.«

»Es hat kein Prüfzeichen. Manche haben vielleicht sogar eins, aber das ist dann auch gefälscht.«

Er drehte es ein paarmal in der Hand. »Also, wenn das nicht echt aussieht.«

Ich nahm ihm das Teil aus der Hand und warf es in die Kiste. »Ich habe gerade Theo Stamos beschuldigt, dass er so was bei den Wilsons installiert hat. Es gab eine unschöne Szene. Er schwor Stein und Bein, dass er nichts damit zu tun hat. Ich hab's ihm nicht geglaubt. Eigentlich glaub ich's ihm noch immer nicht. Ich glaub, dass er die Dinger eingebaut hat. Aber ich frage mich, ob er's wissentlich getan hat.«

»Wissentlich?«

»Ich frage mich, ob jemand die Teile vielleicht ausgetauscht hat.«

»Warum sollte jemand das tun?« War Doug wirklich so begriffsstutzig, oder spielte er Theater?

»Wenn man dieses gefälschte Zeug gegen das echte austauscht, kann man das echte zurückbringen und ein hübsches Sümmchen dabei kassieren.«

»Tja, da hast du wahrscheinlich – *man?* Du meinst ich?«

»Genau das will ich von dir wissen, Doug. Ich will wissen, ob du das warst.«

»Mensch! Willst du mich verarschen? Glaubst du wirklich, ich würde so was tun?«

»Bis heute Nachmittag nicht, aber jetzt bin ich mir da nicht mehr so sicher. Du bist hinter meinem Rücken zu Sally gegangen und hast versucht, einen Vorschuss herauszuschinden. Das war ein Fehler. Du hast gedroht, mir das Finanzamt auf den Hals zu hetzen. Du und deine Frau, ihr steckt mitten in einer finanziellen Katastrophe, und Betsy schmeißt mit Geld um sich, als wenn sie's mit dem Computer ausdrucken könnte.«

»Komm schon, Mann. Das ist wirklich eine schwere Anschuldigung.«

»Das weiß ich. Und ich will, dass du mir erklärst, wie dieses Zeug in deinen Pick-up kommt.«

Doug schluckte und sah auf die Straße. Erst in die eine Richtung, dann in die andere. »Ich schwör dir, ich hab nicht die leiseste Ahnung, Glen.«

»Gar keine?«

»Null.« Plötzlich schien ihm ein Licht aufzugehen. »Weißt du, was ich glaube?«

»Sag's mir.«

»Ich glaube, jemand will mich reinlegen oder so.«

»Jemand will dir was anhängen?«

»Genau.«

»Wer will dir was anhängen, Doug?«

»Wenn ich das wüsste, würd ich's dir sagen, das kannst du mir glauben. Vielleicht ist es KF.«

»Ken Wang«, sagte ich.

»Er ist Chinese«, sagte Doug. »Vielleicht sind die Zeitungen in der Kiste da von ihm.«

»Er ist in Amerika aufgewachsen«, sagte ich. »Ich weiß nicht mal, ob er überhaupt chinesisch kann.«

»Ich hab ihn schon mal reden hören. Weißt du noch, als wir einmal zum Mittagessen in diesem chinesischen Lokal waren? Da hat Ken mit dem Besitzer gesprochen.«

»Daran kann ich mich nicht erinnern.«

»Ich schon. Das ging die ganze Zeit ›ei fu dies und mu shu das‹. Ihm solltest du mal auf den Zahn fühlen.«

»Das Zeug war in deinem Wagen, Doug.«

Betsy steckte den Kopf zur Tür heraus und rief: »Was gibt's denn?«

»Geh rein!«, schrie Doug sie an, und sie folgte.

»Weißt du, was ich glaube?«, fragte ich ihn.

»Was?«

»Ich glaube, ich kann mich nicht mehr auf dich verlassen. Du hast mich schwer enttäuscht.«

»Nie im Leben, Mann. Du kennst mich doch seit ewigen Zeiten.«

»Deshalb schmerzt es mich auch so. Ich weiß, du steckst bis über beide Ohren in der Scheiße, Doug. Ich weiß, dir sitzen die Gläubiger im Nacken. Aber dann bittet man um Hilfe. Man betrügt keinen Freund. Man bringt nicht seine ganze Existenz in Gefahr.«

»Ich mein es ernst, ich weiß nichts von diesen Kisten.«

»Du brauchst morgen nicht zu kommen«, sagte ich. »Nur, um deinen Pick-up abzuholen.«

»Was ist übermorgen? Was redest du denn da?« Dann fiel ihm etwas ein. »Kann ich mein Zeug trotzdem im Lager lassen?«

Ich schlug die Heckklappe zu und ging zur Fahrertür, Doug hinter mir her.

»Komm schon, Mann! Das ist der schlimmste Tag in meinem Leben, und was machst du? Du feuerst mich? Was soll der Scheiß?«

Ich stieg in den Wagen, schlug die Tür zu und sperrte sie ab. Selbst durch das geschlossene Fenster hörte ich Doug noch schreien.

»Und so was nennt sich Freund! Warum tust du mir das an, du Arschloch? Hah? Dein alter Herr hätte mich nie so behandelt!« Eine Pause, um Atem zu holen, dann: »Ich hätte dich verbrennen lassen sollen.«

Ich stieg aufs Gas und war schon auf der New Haven Avenue, als ich plötzlich nicht mehr konnte. Ich fuhr auf den Parkplatz einer Tankstelle und parkte. Die Ellbogen aufs Lenkrad gestützt und die Handballen gegen die Stirn gepresst, atmete ich tief ein und aus.

»Verdammt, Doug«, flüsterte ich. Nie im Leben hatte mich jemand so enttäuscht. Ich fühlte mich verraten und verkauft.

Da glaubt man, man kennt jemanden.

»Ich kenne überhaupt niemanden mehr«, sagte ich zu mir.

Als ich heimkam, dämmerte es schon.

Ich kehrte nur ungern in ein leeres Haus zurück. Ich wusste, es war richtig gewesen, Kelly wegzuschicken, aber im Moment hätte ich sie gerne bei mir gehabt. Ich brauchte jemanden. Ich hätte Kelly zwar nicht mein Herz ausgeschüttet, so wie ich es bei Sheila getan hätte – wie könnte ich sie mit meiner Enttäuschung über Doug belasten? –, aber ich hätte sie in den Arm genommen und ihre Arme um mich gespürt, und vielleicht wäre das schon genug gewesen.

Mit dem Elan eines Mannes auf dem Weg zum elektrischen Stuhl ging ich zur Tür. Als ich den Schlüssel ins Schloss stecken wollte, fiel mir auf, dass sie nur angelehnt war.

Ich wusste genau, dass ich beim Verlassen des Hauses die Tür zugezogen und abgeschlossen hatte.

Ich drückt sie ganz behutsam auf, gerade genug, um hineinschlüpfen zu können. Ich glaubte, aus der Küche ein Rumoren zu hören.

Es sah so aus, als bekäme ich, was ich wollte. Ich kehrte nicht in ein leeres Haus zurück.

NEUNUNDDREISSIG

Slocum war zur Connecticut Post Mall gefahren, um ein paar Dinge zu kaufen, die Emily vielleicht aufheitern konnten – Filzstifte, einen Block, einen Stoffhund und zwei Bücher von jemandem namens Beverly Cleary. Er hatte keine Ahnung, ob Emily mit denen etwas anfangen konnte, aber die Verkäuferin hatte gesagt, sie seien empfehlenswert für Achtjährige. Als er das Einkaufszentrum verließ, um zu seinem Wagen zu gehen, rief ihm ein Mann hinterher: »Officer Slocum? Kann ich Sie kurz sprechen?«

Slocum blieb stehen und drehte sich rasch um.

»Mein Name ist Arthur Twain«, sagte der Mann. »Ich hätte in paar Fragen an Sie. Haben Sie vielleicht einen Moment Zeit?«

»Nein, hab ich nicht.«

»Zunächst möchte ich Ihnen sagen, dass mir das mit Ihrer Frau sehr leidtut, Mr. Slocum. Ich muss Ihnen ein paar Fragen über ihre Geschäfte stellen, über die Partys, die sie veranstaltet hat, bei denen sie Handtaschen verkaufte. Mein Arbeitgeber wurde mit der Untersuchung von Markenrechtsverletzungen beauftragt. Gehe ich recht in der Annahme, dass Sie wissen, wovon ich rede?«

Slocum schüttelte den Kopf. »Ich habe Ihnen nichts zu sagen.« Er sah sich auf dem Parkplatz nach seinem Wagen um, entdeckte ihn und marschierte los.

Twain folgte ihm. »Was ich gerne wüsste, Officer, ist, wo

Sie die Ware herhatten? Ich glaube, Sie kennen einen Mann, der unter dem Namen Sommer bekannt ist?«

Slocum ging weiter.

»Wussten Sie, Sir, dass Sommer ein Tatverdächtiger bei einem dreifachen Mord in Manhattan ist? Sind Sie sich bewusst, dass Sie und Ihre Frau Geschäfte mit einem Mann gemacht haben, der nicht unbedeutende kriminelle Verbindungen hatte?«

Slocum drückte auf den Knopf seiner Fernbedienung und öffnete die Wagentür.

»Ich glaube, es wäre in Ihrem Interesse, mir zu helfen.« Twain sprach jetzt schneller, weil Slocum sich anschickte einzusteigen. »Sie sind da in etwas hineingeraten, zu tief, um alleine wieder herauszukommen. Wenn Sie mit mir reden möchten, ich habe ein Zimmer im Just Inn Time. Da bin ich noch bis –«

Slocum setzte sich ans Steuer, schlug die Tür zu, ließ den Motor an und fuhr davon. Twain stand da und sah ihm nach.

Detective Rona Wedmore wartete, bis es dunkel war, ehe sie zum dritten Mal zum Hafen fuhr. Nach Sonnenuntergang war es empfindlich kühl geworden. Wahrscheinlich nicht einmal zehn Grad. Hätte einen Schal und Handschuhe anziehen sollen, dachte sie. Als sie aus dem Wagen stieg, zog sie den Reißverschluss ihrer Jacke bis oben hin zu und schob die Hände in die Taschen.

Nicht mehr so viele Boote im Hafen wie noch vor einer Woche. Viele Besitzer hatten sie aus dem Wasser geholt und eingelagert. Um diese Jahreszeit war alles wie ausgestorben. Im Sommer herrschte hier rege Betriebsamkeit, doch jetzt verbreiteten die Boote in ihrer Verlassenheit eine Atmosphäre der Trauer.

Das Auto, mit dem Ann Slocum hier hergefahren war, stand natürlich nicht mehr da. Auf Wedmores Anweisung blieb es weiterhin in einer Polizeigarage.

Die Kratzer auf dem Kofferraumdeckel gingen ihr nicht aus dem Kopf. Und eben hatte sie noch etwas anderes erfahren. Der platte Reifen war von einer Messerklinge verursacht worden, die jemand genau am Rand in die Seitenwand gestoßen hatte. Ann Slocum war nicht über einen Nagel gefahren, und es hatte nicht den Anschein, als sei sie mit dem Platten überhaupt gefahren. Die Luft war erst entwichen, als der Wagen bereits stand.

Mit jeder neuen Entwicklung sah dieser Unfall weniger wie ein Unfall aus.

Sie hatte Slocum bei einer Lüge ertappt. Er hatte abgestritten, gewusst zu haben, dass Ann bereits vor ihrem Gespräch mit Belinda Morton telefoniert hatte. Doch dank ihrer Unterhaltung mit Glen Garber wusste Wedmore, dass Slocum etwas vertuschen wollte.

Die Geschichte, dass seine Frau abends gern mit dem Auto durch die Gegend fuhr, um einen klaren Kopf zu bekommen, war reine Erfindung. Wedmore wollte wissen, warum ein Polizist, der genügend Erfahrung haben müsste, um Ungereimtheiten an einem Tatort zu erkennen, bereitwillig akzeptierte, dass seine Frau bei einem Unfall gestorben sei, wenn es so viele Anhaltspunkte gab, die Argwohn erregen mussten.

Plausibel wurde Darren Slocums Verhalten allerdings dann, wenn er derjenige war, der seine Frau umgebracht hatte.

Wedmore kannte die Geschichten über Officer Darren Slocum. Die Anschuldigungen, er habe sich an Drogengeld vergriffen. Die Geschichten über extreme Gewaltanwendung bei Verhaftungen. Der Typ war eine tickende Zeitbombe. Alle wussten Bescheid, dass seine Frau einen Schwarzhandel betrieb und dass er ihr dabei half.

Er könnte es gewesen sein. Er hatte kein hieb- und stichfestes Alibi. Er hätte das Haus heimlich verlassen können, während seine Tochter schlief. Aber diesen Verdacht zu hegen und ihn auch zu beweisen waren zwei Paar Schuhe. Da gab es die Lebensversicherungen, die beide zugunsten des jeweils anderen abgeschlossen hatten. Das wäre ein überzeugendes Motiv, insbesondere wenn sie in finanziellen Schwierigkeiten steckten, aber es genügte nicht, den Kerl dranzukriegen.

Was Slocums erste Frau betraf, hatte Wedmore sich vergewissert, dass sie tatsächlich an Krebs gestorben war. Dafür hätte sie sich ohrfeigen können. Sie hätte die Fakten überprüfen müssen, ehe sie diese Sache aufs Tapet brachte. War auch ziemlich fies von ihr gewesen, das Thema überhaupt anzuschneiden.

Sie stand in der kalten Abendluft und blickte auf den Sund hinaus, als hoffe sie, die Antworten auf ihre Fragen würden auf wunderbare Weise ans Ufer gespült werden. Sie wandte sich um und ging zu ihrem Wagen zurück, als ihr das Licht auffiel.

Es kam von einem Kajütboot, das im Hafen ankerte. Hinter den Fenstern konnte sie Schatten sehen, die sich hin und her bewegten.

Wedmore ging mit großen Schritten über den Pier. Ihre Schritte hallten von den Planken wider. Als sie vor dem Boot stand, konnte sie von drinnen gedämpfte Stimmen hören. Sie beugte sich vor, klopfte an den Schiffsrumpf und rief: »Hallo? Hallo!«

Das Reden verstummte. Dann öffnete sich die Kajütentür, und ein hagerer Mann Ende sechzig, Anfang siebzig mit sauber gestutztem grauem Braut und Lesebrille kam heraus.

»Ja?«

»Hi!«, rief Wedmore. Sie gab sich als Detective von der Polizei Milford zu erkennen. Wie heißt das noch mal?, dachte sie. »Bitte um Erlaubnis, an Bord kommen zu dürfen.«

Er winkte sie hinauf und streckte eine Hand aus, um ihr zu helfen, aber sie schaffte es alleine. Er lud sie in die Kabine ein, wo eine Frau, vermutlich seine Ehefrau, an einem Tisch saß und in kleinen Schlucken heiße Schokolade trank. Der Duft von Kakao erfüllte die ganze Kabine.

»Das ist eine Polizistin«, sagte der Mann, und die Frau strahlte, als sei dieser Besuch das interessanteste Ereignis seit einer Ewigkeit.

Sie stellten sich als Elliot und Gwyn Teale vor. Als sie in Rente gegangen waren, hatten sie beschlossen, ganz aufs Boot zu ziehen, und ihr Haus in Stratford verkauft.

»Auch im Winter?«, fragte Wedmore.

»Aber sicher«, sagte Elliot. »Wir haben ein Heizgerät, wir haben Wasser, ist gar nicht so schlimm.«

»Ich finde es herrlich«, sagte Gwyn. »Hausarbeit konnte ich noch nie ausstehen. Hier ist alles viel einfacher.«

»Wenn wir Lebensmittel brauchen oder Wäsche waschen müssen, rufen wir ein Taxi und machen unsere Besorgungen«, sagte Elliot. »Es ist ziemlich eng, das muss ich zugeben, aber wir haben alles, was wir brauchen. Und wenn unsere Kinder zu Besuch kommen, müssen sie ins Hotel gehen. Das ist durchaus kein Nachteil.«

Wedmore war beeindruckt. Sie hatte keine Ahnung gehabt, dass man das ganze Jahr über hier leben konnte, und zweifelte daran, dass irgendeiner der Ermittler im Fall Ann Slocum auf die Idee gekommen war, sich auf den Booten nach möglichen Zeugen umzusehen.

»Ich wollte Sie nach der Frau fragen, die vor ein paar Tagen hier ums Leben gekommen ist.«

»Was für eine Frau?«, fragte Eliot.

»Gleich da drüben ist Freitagnacht eine Frau verunglückt. Sie ist vom Pier gefallen und hat sich dabei den Kopf angeschlagen. Ihre Leiche wurde ein paar Stunden später von einem Polizisten gefunden, dem ihr Wagen aufgefallen war. Er stand mit laufendem Motor und offener Tür auf dem Pier.«

»Das ist uns ja ganz neu«, sagte Gwyn. »Aber wir haben keinen Fernseher und hören auch nicht viel Radio. Eine Zeitung haben wir auch nicht abonniert, und einen Computer gibt's hier erst recht nicht. Also kommen wir auch nicht ins Internet. Der Herrgott selbst könnte sich hier ein Boot mieten, und wir würden nichts davon mitbekommen.«

»Das ist die reine Wahrheit«, bestätigte Elliot.

»Und die Polizei haben Sie Samstagmorgen auch nicht gesehen?«

»Ein paar Streifenwagen sind mir schon aufgefallen«, sagte Elliot. »Aber wir hatten nicht das Gefühl, dass uns das etwas anging, deshalb sind wir nicht hinausgegangen.«

Wedmore seufzte. Wenn sie nicht einmal neugierig genug waren herauszufinden, was ein Aufgebot an Polizeiwagen hier zu suchen hatte, dann war es nicht sehr wahrscheinlich, dass sie von den anderen Vorgängen in dieser Nacht etwas mitbekommen hatten.

»Dann ist Ihnen in der Nacht von Freitag auf Samstag also nichts Ungewöhnliches aufgefallen?«

Die beiden Alten sahen sich an. »Nur diese Autos, die da runtergekommen sind, was meinst du, Lieber?«, sagte Gwyn.

»Nur die«, bestätigte Elliot.

»Autos?«, fragte Wedmore. »Wann war das?«

»Sie müssen nämlich wissen, wenn jemand die Rampe zum Pier herunterfährt«, erklärte Gwyn, »dann leuchten uns die Scheinwerfer genau ins Schlafzimmer.« Sie lächelte, dann zeigte sie auf eine Tür, durch die Wedmore ein Bett erkennen konnte, das zum Bug hin schmaler wurde. »Na ja, Schlafzimmer ist vielleicht zu viel gesagt, aber es hat ein paar winzige Fenster. Und ich würde sagen, es muss so zwischen zehn und elf gewesen sein.«

»Ist Ihnen sonst noch etwas aufgefallen?«

»Ich habe mich vor eins der Fenster gekniet und hinausgeguckt«, sagte Elliot. »Aber es muss nicht unbedingt das gewesen sein, wovon Sie gesprochen haben.«

»Wie meinen Sie das?«

»Na ja, es waren zwei Autos. Da ist nicht nur eines runtergefahren. Eine Frau ist ausgestiegen, genau in dem Moment, als der zweite Wagen sich hinter ihren gestellt hat.«

»Dieser erste Wagen, war das ein BMW?«

Elliot machte ein nachdenkliches Gesicht. »Könnte sein. Ich interessiere mich nicht so für Automarken.«

»Und der Wagen, der dahinter stehengeblieben ist, erinnern Sie sich, wie der aussah?«

»Eigentlich nicht.«

»Könnten Sie zumindest sagen, ob es ein Pick-up war? Ein roter?«

Er schüttelte den Kopf. »Nein, ein Pick-up war es definitiv nicht. Das wäre mir aufgefallen, glaube ich. Der wäre höher gewesen, hätte eine andere Form gehabt. Ich glaube, es war ein ganz normales Auto, aber das ist so ziemlich das Einzige, was ich Ihnen sagen kann.«

»Haben Sie den Fahrer gesehen?«

Noch ein Kopfschütteln. »Kann ich nicht behaupten. Ich habe mich gleich wieder hingelegt und weitergeschlafen. Eines kann ich Ihnen sagen: Ich habe nie besser geschlafen als jetzt, wo ich nachts die Wellen gegen das Boot schlagen höre.« Er lächelte. »Das ist wie ein Wiegenlied.«

VIERZIG

Ich stand in der Diele und überlegte, wie ich mit dem Eindringling verfahren sollte, der sich in meiner Küche zu schaffen machte.

Ich könnte hineinstürzen und das Überraschungsmoment nutzen. Doch möglicherweise wartete der ungebetene Gast schon auf mich. Und wenn es Sommer war, der auf mich wartete, dann hatte er, wie ich wusste, eine Waffe. Ich nicht. Also nicht unbedingt die beste Idee.

Ich könnte mich erkühnen, »Wer ist da?« zu rufen. Aber das hatte dieselben Nachteile wie die erste Strategie. Wenn jemand in der Küche auf mich wartete, dann wäre es für ihn genauso einfach, herauszukommen und mich abzuknallen, wie drinnen darauf zu warten, dass ich mich als Zielscheibe anbot.

Eine dritte Variante schien mir am vernünftigsten. Ganz leise das Haus wieder zu verlassen und die Polizei zu verständigen. Geräuschlos griff ich nach dem Handy in meiner Jacke. Weil jedoch das Piepsen der Tasten beim Wählen der Notrufnummer den Eindringling auf mich aufmerksam machen könnte, beschloss ich, damit zu warten, bis ich draußen war.

Ich drehte mich gerade um, um hinauszuschlüpfen, da hörte ich den schrillen Schrei einer Frau.

»O Gott! Mir ist fast das Herz stehengeblieben!«

Sie stand in der Küchentür, eine Flasche Bier in einer Hand, einen Teller mit Knabbergebäck und Käse in der anderen.

Auch mein Herz war nahe dran, mir den Dienst zu versagen, aber ich konnte einen Schrei unterdrücken. »Himmel, Joan, was machst du denn hier?«

Ihre Augen waren weit aufgerissen. »Bist du auf Zehenspitzen gegangen oder wie? Ich hab dich gar nicht reinkommen hören.«

»Joan.«

»Is ja gut, is ja gut. Jetzt nimm doch erst mal das Bier hier.« Lächelnd kam sie mir zwei Schritte entgegen. Sie trug enge Jeans und wieder das Oberteil, das Ausblick auf ein Stück BH gab. »Du siehst aus, als könntest du's brauchen. Eigentlich wollte ich mir das einverleiben, während ich auf dich warte, aber jetzt nimm du's, ich mach mir noch eins auf. Ich hab mir gedacht, ein bisschen was zum Knabbern wär vielleicht auch nicht schlecht.«

»Wie bist du hier reingekommen?«

»Was? Hat Sheila dir das nie gesagt?«

»Was gesagt?

»Dass ich einen Schlüssel habe. Wir hatten beide einen Schlüssel von der anderen, für alle Fälle. Na, zum Beispiel, wenn Kelly nach der Schule zu mir kam, aber was von zu Hause brauchte. Oder so was. Kelly ist nicht da, oder? Ich meine, ich hab gesehen, dass du einen kleinen Koffer für sie in den Wagen getan hast, da dachte ich mir, sie fährt vielleicht ein paar Tage zu Fiona, nach dem Schuss auf das Haus und so. Habt ihr's so gemacht? Das ist sehr vernünftig, ganz bestimmt.«

Ich stand noch ganz benommen da. »Geh nach Hause, Joan.«

Ihre Gesichtszüge entgleisten. »Es tut mir leid. Ich weiß doch, was du gerade durchmachst, und da dachte ich, es muss doch schon ewig her sein, dass jemand etwas Nettes für dich getan hat. Das stimmt doch, oder? Sheila hat mir erzählt, dass ihre Mutter nie mit dir warmgeworden ist, deshalb weiß ich, dass sie dir in den vergangenen Wochen ganz sicher kein Trost gewesen sein kann.«

»Carl Bain hat keine Frau«, sagte ich. »Zumindest keine, mit der er zusammenlebt. Sie ist abgehauen, als Carlson noch ein Baby war.«

Joan stand wie erstarrt da. Der Teller mit dem Salzgebäck und dem Käse schien plötzlich einen Zentner zu wiegen.

»Warum hast du mir dieses Märchen erzählt?«, fragte ich sie. »Denn es war doch ein Märchen, oder? Der Kleine hat nie ein Wort davon gesagt, dass sein Vater seiner Mutter wehgetan hat. Und du hast nie mit Sheila darüber gesprochen, was du tun sollst. Das war alles erstunken und erlogen, stimmt's? Das hast du erfunden.«

Joans Augen füllten sich mit Tränen.

»Warum in aller Welt?«, fragte ich, obwohl ich es mir eigentlich schon denken konnte.

Eine Träne rollte ihr die Wange herab. »Sag mir, dass du nicht mit ihm geredet hast.«

»Ist doch völlig egal, woher ich es weiß. Ich weiß es und Punkt. So was kannst du doch nicht machen.« Ich schüttelte den Kopf. »Das geht einfach nicht.« Ich nahm ihr das Bier und den Teller ab und trug beides in die Küche. Als ich mich umdrehte, stand sie da und wirkte auf einmal sehr klein.

»Ich glaube immer noch, eines Tages kommt er zur Tür herein«, sagte sie. »Die Bohrinsel ist zwar untergegangen, aber irgendwie konnte Ely sich an einem Teil festhalten, und vielleicht hat ihn irgendein Schiff rausgefischt, aber er hatte keinen Ausweis, und vielleicht hat er sein Gedächtnis verloren, wie in dem Film mit Matt Damon, kennst du den? Aber dann kehrt seine Erinnerung zurück, und er kommt heim.« Sie kramte ein Taschentuch aus einer Hosentasche, tupfte sich die Augen ab und schneuzte sich. »Ich weiß ja, dass das nicht passieren wird. Ich weiß es. Aber er fehlt mir.«

»Ich weiß«, sagte ich. »Es tut mir leid.«

»Ely war immer für mich da. Er hat mich beschützt. Hat sich um mich gekümmert. Das macht jetzt niemand mehr. Ich … ich wollte einfach vor irgendwas beschützt werden, wollte jemanden haben, der mich beschützt …«

Joan versuchte, mich anzusehen, konnte es aber nicht. »Es hat sich so gut angefühlt, weißt du?« Ihr Gesicht verzog sich, und mehr Tränen flossen. »Zu wissen, dass du da bist. Dass ich bei dir anklopfen kann.«

»Du kannst bei mir anklopfen«, sagte ich. »Wenn es etwas Reales ist.«

»Und umgekehrt wollte ich auch für jemand da sein. Ely hat sich um mich gekümmert, aber ich hab mich auch um ihn gekümmert. Und jetzt, nach allem, was dir passiert ist, brauchst du das auch. Du brauchst jemanden, der sich um dich kümmert. Ich dachte … ich dachte, das könnte ich sein. Aber was ich noch gesagt habe, das mit dem Geld, das ich bekomme, das stimmt, ich schwöre bei Gott. Ich bekomme eine satte Abfindung.«

Ich wollte ein paar Schritte auf sie zumachen, hielt mich aber zurück. Das war eine Situation, die sehr schnell sehr heikel werden konnte, wenn ich nicht gegensteuerte.

»Joan«, sagte ich sanft, »du bist ein guter Mensch, ein gütiger Mensch.«

»Mir ist nicht entgangen, dass du nicht Frau gesagt hast.«

»Das bist du natürlich, keine Frage«, sagte ich. »Aber … ich will das nicht. Nicht nur mit dir nicht, mit niemandem. Ich bin noch nicht so weit. Ich bin sogar noch sehr, sehr weit weg davon. Und ich habe keine Ahnung, wie lange es dauert, bis sich das ändert. Das Einzige, was mir jetzt am Herzen liegt, das Einzige, worum ich mich jetzt kümmern möchte, ist meine Kleine.«

»Klar«, sagte Joan. »Das versteh ich.«

Wir standen noch einen Augenblick so da. Schließlich sagte Joan: »Dann geh ich jetzt, ja?«

»Ja.«

Sie wandte sich zur Tür.

»Joan«, sagte ich.

Sie blieb stehen, und da war dieser Blick in ihren Augen, dieser Schimmer von Hoffnung, dass ich es mir vielleicht anders überlegt hatte, dass ich, so wie sie, einen Schlussstrich unter meine Einsamkeit und meinen Schmerz und meine Trauer ziehen wollte, dass ich sie in den Arm nehmen und nach oben führen würde und dass sie mir morgen Frühstück machen würde, so wie sie es für Ely getan hatte.

»Der Schlüssel«, sagte ich.

Sie blinzelte. »Oh, ja, klar.« Sie fischte ihn aus ihrer Hosentasche, legte ihn auf den Küchentisch und ging.

Wie oft, überlegte ich, war Joan schon herübergekommen, wenn ich nicht da war, und was hatte sie wohl getrieben?

Einen Augenblick überlegte ich auch, ob sie sich eventuell für einen mir bekannten Wirtschaftslehrer interessieren würde.

EINUNDVIERZIG

Ich aß das Salzgebäck und den Käse und trank das Bier. Dabei ließ ich die anderen Ereignisse dieses Tages Revue passieren und versuchte, mir einen Reim darauf zu machen.

Sommers Besuch. Die zweiundsechzigtausend Dollar, die Sheila ihm von Belinda bringen sollte. Der Elektroschrott, der das Haus, das ich gebaut hatte, in Schutt und Asche gelegt hatte. Der Zusammenstoß mit Theo Stamos. Die gefälschten elektrischen Bauteile, die ich in Doug Pinders Pick-up entdeckt hatte.

Mir schwirrte der Kopf. Es gab so viele Informationen – und gleichzeitig so wenige, dass ich nicht wusste, wo die eine anfing und die andere aufhörte. Dass ich am Rande der Erschöpfung taumelte, verbesserte meine Aufnahmefähigkeit auch nicht unbedingt. Ich hatte einfach zu viele schlaflose Nächte verbracht.

Ich trank das Bier aus und griff zum Telefon. Ich wollte mich vergewissern, dass mit Kelly alles in Ordnung war, ehe ich zu Bett ging.

Ich gab die Kurzwahl für ihr Handy ein. Nach dem zweiten Klingeln hob sie ab.

»Hi, Daddy«, sagte sie. »Ich wollte gerade ins Bett gehen und habe gehofft, dass du das bist.«

»Wie läuft's denn, mein Schatz?«

»Ganz gut. Irgendwie langweilig. Grandma ist am Überlegen, ob wir nach Boston fahren sollen, damit wir nicht nur hier rumsitzen. Zuerst wollte ich auch, aber jetzt will ich nur noch nach Hause. Ich dachte, wenn ich hier herkomme, bin ich nicht mehr so traurig, aber Grandma ist auch traurig, und da ist das nicht so leicht. Aber sie sagt, dort gibt es ein großes Aquarium. Das ist wie das Googleheim Museum. Du weißt schon, das, wo du im obersten Stock anfängst und immer im Kreis gehst, bis du ganz unten ankommst. Das Aquarium ist genauso. Da gibt es diesen riesigen Glaskasten voller Wasser, und du gehst oben los und immer weiter, bis du ganz unten bist.«

»Klingt spannend. Ist sie da? Deine Großmutter?«

»Wart mal.«

Ein Rascheln. »Ja, Glen.«

»Hi. Alles in Ordnung?«

»Alles bestens. Wolltest du etwas Bestimmtes?«

»Ich wollte mich nur vergewissern, dass es Kelly gutgeht.«

»Es geht ihr gut. Ich nehme an, sie hat dir gesagt, dass wir über einen Ausflug nachdenken.«

»Boston.«

»Aber ich weiß nicht, ob ich dem jetzt gewachsen bin.«

»Sag einfach Bescheid, was ihr beschlossen habt«, sagte ich. Fiona gab das Telefon an Kelly zurück, damit ich ihr gute Nacht sagen konnte.

Kaum hatte ich aufgelegt, klingelte das Telefon. Ich hob ab, ohne auf die Rufnummernanzeige zu sehen. »Hallo?«

»Glen?« Ein Mann.

»Wer ist da?«

»Glen, hier ist George Morton. Könnten wir uns vielleicht auf einen Drink treffen?«

Er erwartete mich in einer Kneipe in Devon. Sie war ein bisschen unter George Mortons Niveau, aber vielleicht hatte er sie ausgesucht, weil er glaubte, ich würde mich hier wohler fühlen.

In einiger Entfernung von der Sitznische, in der George saß, hockten vier Jugendliche an einem Tisch. Wenn jemand deren Ausweise kontrolliert und sie akzeptiert hatte, dann wohl deshalb, weil sie sich die von älteren Freunden geborgt hatten. Aber dieses Lokal machte nicht den Eindruck, als würde man sich hier um solche Dinge scheren.

George machte keine Anstalten, sich zu erheben, als ich an seinen Tisch kam. Ich schlüpfte in die Bank auf der anderen Seite des Tisches und spürte, wie meine Jeans über klebrige Flecken streiften. George war legerer gekleidet als üblich, er trug ein Hilfiger-Hemd mit Button-down-Kragen und eine Jeansjacke. Vor ihm stand eine Flasche Heineken.

»Danke, dass Sie gekommen sind«, sagte er.

»Sie wollten am Telefon nicht sagen, worum es geht.«

»Das ist nichts, was man am Telefon erörtern sollte, Glen. Darf ich Sie auf ein Bier einladen?«

Ich hatte gerade erst eines getrunken. »Klar«, sagte ich.

George machte die Kellnerin auf sich aufmerksam, und ich bestellte ein Sam Adams. George hatte die Hände auf den Tisch gelegt. Seine Finger waren ineinander verschränkt, und seine Arme hatten ein schützendes V um sein Bier gebildet.

»Sie haben dieses Treffen vorgeschlagen, George.«

»Erzählen Sie mir von dem Umschlag voll Geld, den Sie heute in meinem Haus abgeliefert haben.«

»Wenn Sie davon wissen, aber nicht wissen, wofür er ist, dann heißt das, dass Belinda es Ihnen nicht gesagt hat. Aber dass er von mir ist, hat sie Ihnen gesagt?«

»Ich habe gesehen, wie Sie ihn in den Briefschlitz gesteckt haben.«

Ich sah hinüber zu den Jugendlichen. Allmählich ließen sie

die Sau raus. Auf ihrem Tisch standen drei Krüge Bier, und alle Gläser waren frisch gefüllt.

»Na dann. Wenn Sie sonst noch was wissen wollen, fragen Sie Belinda.«

»Sie ist nicht sehr gesprächig. Sie sagt nur, dass das Geld eine Anzahlung auf ein Haus ist. Sie kaufen ein Haus, Glen? Reißen es ab und bauen ein neues auf dem Grundstück? Der Grund, warum ich Sie das frage, ist, dass ich eigentlich den Eindruck hatte, Sie wären im Moment nicht so gut bei Kasse.«

Ich lächelte und trank von meinem Bier. »Hören Sie, George, ich weiß nicht, wie Sie auf die Idee kommen, ich schulde Ihnen einen Gefallen oder eine Erklärung für irgendetwas. Meines Wissens waren Sie derjenige, der Belinda dazu überredet hat, den Anwälten der Wilkinsons alles Mögliche über Sheila zu erzählen, dass sie gern was getrunken und einmal mit Ihrer Frau Gras geraucht hat und –«

»Wenn Sie das Aussageprotokoll meiner Frau aufmerksam lesen, werden Sie sehen, dass da steht, dass Sheila in Gegenwart meiner Frau Marihuana geraucht hat, nicht, dass Belinda es auch geraucht hat.«

»Ah, verstehe. Dann haben Sie also kein Problem damit, meine Frau in den Dreck zu ziehen, achten aber sehr genau darauf, dass die Ihre dabei keinen Spritzer abkriegt. Hat Ihnen die Wilkinson einen Anteil versprochen, wenn sie alles bekommt, was ich habe? Ist es so gelaufen?«

»Ich habe getan, was ich für richtig hielt.« Er löste seine verschränkten Finger, streckte einen Arm aus und tippte theatralisch mit dem Zeigefinger auf den Tisch. »Hier geht's um eine Frau, die ihren Mann und ein Kind verloren hat, und Sie wollen, dass meine Frau lügt und damit verhindert, dass ihnen Gerechtigkeit widerfährt?«

»Wenn meine Frau dafür bekannt gewesen wäre, dass sie

kiffte und besoffen durch die Gegend fuhr, dann wäre das vielleicht ein vertretbares Argument, George. Aber meine Frau war weder als Kifferin noch als Säuferin bekannt. Also schieben Sie sich Ihre frommen Sprüche in den Arsch.«

Er kniff wütend die Augen zusammen. »Ich finde, jeder hat die Pflicht zu tun, was er für richtig hält. Ich finde, es gibt gewisse Prinzipien, die darf man nicht aufgeben. Und Geldumschläge ohne Erklärung in Briefschlitze zu stecken, das ist keine Art, Geschäfte zu machen.«

»Und ex! Und ex! Und ex!« Drei der Jungen feuerten den vierten an, der sein Glas in Sekundenschnelle leerte. Sie schenkten ihm nach und feuerten ihn wieder an.

Ich sah wieder George an, dann seinen rabiat klopfenden Finger, dann ließ ich eine Hand auf seinen ausgestreckten Arm fallen und hielt ihn fest. George riss die Augen auf. Er versuchte, seine Hand wegzuziehen, doch es gelang ihm nicht.

»Wo wir gerade bei Prinzipien sind«, sagte ich. »Welche Prinzipien hat denn ein Mann, der sich von einer Frau, die nicht seine Frau ist, Handschellen anlegen lässt?«

Durch das Ausstrecken seines Arms hatte er sein Handgelenk entblößt. Es war rundherum knallrot. An ein paar Stellen hatte sich ein Schorf gebildet, als wäre die Haut dort erst kürzlich wund gescheuert worden.

Es war ein Schuss ins Blaue, das war mir klar. Aber George Morton bewegte sich in Ann Slocums Umfeld. Und die Worte, die ich in dem kurzen Videoausschnitt gehört hatte, klangen nicht danach, als seien sie an einen Fremden gerichtet.

»Lassen Sie mich los!«, zischte er, während er sich weiter bemühte, seine Hand freizubekommen. »Ich habe keine Ahnung, wovon Sie reden.«

»Sagen Sie mir, wo Sie diese Schrammen herhaben. Sie haben zwei Sekunden Zeit.«

»Ich – ich –«

»Zu lang.«

»Sie haben mich völlig überrumpelt. Die habe ich – die sind von der Gartenarbeit.«

»Beide Handgelenke? Dieselben Schrammen? Was sind das denn für Gartenarbeiten, bei denen man sich solche Verletzungen zuzieht?«

Ich ließ seine Hand los und legte meine wieder um mein Bier.

»Ich weiß nicht – ich habe keine Ahnung, worauf Sie hinauswollen«, sagte er.

»Sie sind doch so für Ehrlichkeit und Offenheit, da bitte ich Belinda doch gleich, uns Gesellschaft zu leisten, dann müssen Sie diese Geschichte nicht zweimal erzählen.« Ich tat, als griffe ich nach meinem Handy.

Er hielt meinen Arm fest. Jetzt erlaubte mir sein ausgestreckter Arm einen noch besseren Blick auf die Schrammen. »Bitte.«

Ich stieß seine Hand weg, griff aber nicht nach dem Telefon. »Reden Sie.«

»O Gott«, winselte er. »O mein Gott.«

Ich wartete.

»Dass Ann Sheila das erzählt hat. Ich fasse es nicht«, flüsterte er. »Und dass Sheila es Ihnen erzählt. Daher wissen Sie es, stimmt's?«

Ich lächelte bedeutungsvoll. Warum sollte ich ihm erzählen, dass ich mein Wissen vom Handy meiner Tochter hatte und von dem, was sie aus Ann Slocums Handtasche genommen hatte? Versuch mal, das zu erklären, dachte ich mir. Und wenn ich es genau bedachte: Ann hätte es Sheila erzählt haben können, obwohl ich das ernsthaft bezweifelte.

»Sie wissen es also«, sagte er. »Dass Ann ihr das erzählt

hat … Dass sie das offen zugegeben hat. O Gott, wenn Ann es Sheila gesagt hat, dann kann sie es genauso gut …«

Er bedeckte das Gesicht mit den Händen. Wie ein Mann am Rande eines Nervenzusammenbruchs. »Sie wissen ja nicht, wie lange ich schon damit lebe, Angst habe, dass … dass jemand dahinterkommt, dass …«

»Erzählen Sie«, sagte ich. Ich saß da mit einem selbstgefälligen Lächeln wie einer von diesen verdammten Buddhas.

»Ann brauchte Geld. Es ist ihnen schon immer zwischen den Fingern zerronnen, ihr und Darren, auch dann noch, als sie schon nebenbei diese Taschen verkaufte. Ich fand sie immer schon … unwiderstehlich. Attraktiv. Sehr … energisch. Sie merkte – sie bemerkte mein Interesse. Ich war nicht der, der den ersten Schritt gemacht hat. Das hätte ich nie gekonnt. Aber einmal hat sie vorgeschlagen, dass wir uns zum Kaffee treffen, und sie … machte mir ein Angebot.«

»Ein geschäftliches Angebot«, sagte ich.

George hatte seine Hände wieder auf den Tisch gelegt. »Genau. Wir haben uns getroffen, zweimal in einem Motel hier in Milford, aber das war uns dann zu riskant, hier mitten in der Stadt, deshalb gingen wir schließlich in ein Days Inn in New Haven.«

»Sie haben sie also dafür bezahlt, dass sie Ihnen Handschellen anlegte und …?«

Er wandte den Kopf ab. »Das ergab sich erst mit der Zeit. Am Anfang war es nur, Sie wissen schon, ganz normaler Sex.«

»Läuft's zu Hause nicht so, George?«

Er schüttelte den Kopf. Darauf wollte er nicht eingehen. »Ich habe … ich wollte nur ein wenig Abwechslung.«

»Wie viel haben Sie ihr gezahlt?«

»Dreihundert, jedes Mal.«

»Ich vermute, davon war nicht die Rede, als Sie zum Anwalt marschierten und meiner Frau dieses Leumundszeugnis ausstellten«, sagte ich. »Aber warum auch? Sind ja schließlich zwei völlig verschiedene Dinge.«

»Glen, hören Sie, ich bitte Sie hier um absolute Diskretion. Das verstehen Sie doch, oder?«

»Na klar.« *Blödes Arschloch.*

»Das Problem war nur, sie wollte mehr.«

»Sie erhöhte ihr Honorar?«

»Nicht ganz«, sagte er. Ich trank einen Schluck von meinem kalten Bier und ließ ihm Zeit. »Ann sagte, es wäre doch furchtbar, wenn Belinda je dahinterkäme. Als sie es das erste Mal sagte, erwiderte ich noch, das sehe ich ganz genauso. Als sie's zum zweiten Mal sagte, wurde mir klar, worauf sie hinauswollte. Sie wollte mehr Geld, damit sie den Mund hält. Ich hätte nie gedacht, dass sie es weitererzählen würde. Das wäre doch Wahnsinn. Sie und Belinda waren Freundinnen. Schon lange. Und wenn sie es ihr erzählte, würde alles herauskommen, Darren würde es erfahren –«

»Darren wusste nicht Bescheid?« Das klang plausibel, wenn man bedachte, dass Ann Kelly eingeschärft hatte, Stillschweigen zu bewahren über das, was sie mit angehört hatte.

»Er hatte keine Ahnung. Eigentlich glaubte ich ja nicht, dass sie jemals darüber reden würde, aber ich wollte kein Risiko eingehen. Es war nur …«, und jetzt wurde seine Stimme sehr leise, »Ann hatte mich fotografiert, einmal, mit ihrer Handykamera, als ich, Sie wissen schon, ans Bett gefesselt war. Auf dem Bild war nur ich zu sehen. Sie sagte, das wäre doch ein Spaß, wenn das irgendwie in Belindas Posteingang landen würde. Ich bin mir nicht mal sicher, ob sie dieses Foto wirklich geschossen hat. Sie konnte auch nur so getan haben, als ob, aber ich wusste es eben nicht. Und so gab ich ihr jedes

Mal einen Hunderter extra. Damit war sie dann anscheinend zufrieden, bis, tja …«

»Bis sie tot war.«

»Mhh.«

Der Junge, der das Bier hinuntergestürzt hatte, trank nicht mehr. »Ich kann nicht mehr«, sagte er. »Ende.«

»Wollen wir wetten?«, sagte einer seiner Freunde. Ein anderer packte ihn von hinten, und der dritte hielt seinen Kopf fest. Der erste setzte ihm den Bierkrug an die Lippen. Er kippte ihn langsam, und dem Jungen floss das Bier übers Kinn und runter aufs Hemd. Doch anscheinend floss auch einiges davon in seine Kehle, denn der Adamsapfel hüpfte auf und ab.

Der Junge würde sehr bald sehr blau sein. Ich konnte nur hoffen, dass diese Wahnsinnigen nicht vorhatten, mit dem Auto zu fahren –

»Als sie diesen Unfall hatte«, sagte George, »da war ich wie vor den Kopf geschlagen. Richtig in die Knochen gefahren ist mir das. Ich konnte es einfach nicht glauben. Aber irgendwie, und ich sage das nur ungern, irgendwie war ich auch erleichtert.«

»Erleichtert.«

»Sie konnte mir nichts mehr anhaben.«

»Es sei denn, dieses Foto gibt es tatsächlich irgendwo. Auf ihrem Handy.«

»Ich bete, dass es auf dem Grund des Hafens liegt. Jeder Tag, der vergeht, an dem die Polizei sich nicht meldet …«

»Da könnten Sie vielleicht sogar Glück haben«, sagte ich.

»Ich hoffe es.«

Ich stieß mit der Zunge gegen die Innenseite meiner Wange. »Ich muss Sie um einen Gefallen bitten, George.«

»Was?«

»Ich möchte, dass Sie Belinda dazu bringen, sich das noch

mal zu überlegen, was sie diesen Anwälten erzählt hat. Diese Sache mit dem Gras – dass das ein Missverständnis war. Das waren nur ein paar türkische Zigaretten oder so was. Sie könnte auch sagen, dass Sheila, soweit sie das mitbekommen hat, sich beim Trinken immer zurückgehalten hat, was in meinen Augen auch stimmt.«

Ich sah George lange und eindringlich an, um mich zu vergewissern, dass die Botschaft bei ihm angekommen war.

»Jetzt erpressen Sie mich auch«, sagte er. »Wenn ich das nicht tue, dann sagen Sie es Belinda.«

Ich schüttelte den Kopf. »Das würde ich nie tun. Ich dachte, ich erzähl's Darren.«

George schluckte. »Ich werde sehen, was ich tun kann.«

»Glauben Sie nicht, dass ich das nicht zu schätzen wüsste.«

»Aber dieses Geld. Diese zweiundsechzigtausend. Was, zum Teufel, hat es damit auf sich?«

Ich schüttelte den Kopf. »Wie gesagt, da müssen Sie Belinda fragen.«

Wenn die Polizei Anns Tod nicht als Unfall behandeln würde, hätte ich mich auf diesen Deal vielleicht nicht eingelassen. Denn, sollte Ann tatsächlich ermordet worden sein, dann wäre George einer der Hauptverdächtigen.

Genauso wie Darren und Belinda übrigens. Wenn sie Bescheid gewusst hatten.

Ich war so erschöpft, dass ich keine Kraft mehr hatte, über diese neuen Enthüllungen nachzudenken. Ich fuhr nach Hause und ging ins Bett.

Diesmal ließ der Schlaf nicht lange auf sich warten. Und er wäre nur zu willkommen gewesen, hätte ich nicht diesen Alptraum gehabt.

Sheila saß auf einem Stuhl, einem chromglänzenden Zahnarztstuhl mit roter Polsterung. Sie war mit Gurten und Riemen daran gefesselt. In ihrem Mund steckte ein Trichter, so tief hineingeschoben, dass er bis in den Rachen reichen musste. In den Trichter mündete eine mit Klammern an der Decke befestigte Flasche, so groß wie ein Kühlschrank. Eine Wodkaflasche. Wodka floss heraus, überflutete den Trichter, spritzte auf den Boden. Es war eine Art Waterboarding, nur mit Alkohol statt Wasser. Sheila versuchte, sich loszureißen und ihren Kopf wegzudrehen, und irgendwie war ich auch da und schrie aus Leibeskräften. Sie sollten aufhören, wer diese »sie« auch sein mochten.

Ich erwachte schweißgebadet. Die Laken waren nass.

Ich war mir ziemlich sicher, was diesen Traum ausgelöst hatte. Diese Jugendlichen am Nebentisch. Die Bier auf ex getrunken hatten. Meine Gedanken kehrten zurück zu dem Moment, als die drei anderen ihrem Freund die Arme festgehalten und ihn gezwungen hatten, noch mehr Alkohol zu trinken.

Sie gossen ihm das Bier in die Kehle.

Der Junge hätte sich auch ohne diese Zwangsmaßnahme betrunken, das war klar. Aber was, wenn er das nicht vorgehabt hätte? Er hätte nichts, aber auch gar nichts gegen die anderen ausrichten können.

Man konnte einen anderen Menschen dazu bringen, zu viel zu trinken. Man konnte ihn dazu zwingen. Und es war gar nicht so schwer.

Und dann dachte ich: Was wäre gewesen, wenn sie den Jungen in ein Auto gesetzt hätten? Vielleicht sogar ans Steuer?

Menschenskind.

Ich setzte mich auf.

War das möglich? Konnte es sich so abgespielt haben?

Was, wenn Sheila gezwungen worden war, zu viel zu trinken? So viel, dass sie jedes Urteilsvermögen verloren hatte und ins Auto gestiegen war. Oder wenn jemand anderes sie ins Auto gesetzt hätte, nachdem er ihr eine große Menge Alkohol verabreicht hatte?

War das so abwegig? Kurz gesagt: ja.

Doch je länger ich darüber nachdachte, desto mehr war ich überzeugt, dass es zumindest möglich war. Ich musste wieder an das Zitat von Sherlock Holmes denken, das ich von Edwin gehört hatte. Zugegeben, es klang ziemlich weit hergeholt, trotzdem schien es mir weit weniger unsinnig als das Szenario, das man mir hatte einreden wollen. Dass Sheila sich absichtlich betrunken und dann ans Steuer ihres Wagens gesetzt hatte.

Der Haken an dieser haarsträubenden Theorie war, dass sie zwei fundamentale Fragen aufwarf:

Wer sollte sie dazu gezwungen haben, so viel zu trinken?

Und warum?

Das Klingeln des Telefons erschreckte mich beinahe zu Tode. Die Digitalanzeige meines Weckers zeigte 2:03. Himmelherrgott. Irgendwas sagte mir, dass es Joan war. Ich hatte keinen Nerv für ihre Probleme.

»Hallo?«, sagte ich.

»Glen, Sally hier.« Sie klang völlig aufgelöst. »Es tut mir so leid, dass ich dich so spät noch störe, aber ich weiß nicht, was ich tun soll, ich wusste nicht, wen ich sonst hätte anrufen können oder –«

»Sally, Sally, einen Moment«, sagte ich. Ich zupfte an meinem Oberteil, spürte, wie nass es war. »Eins nach dem anderen. Sag mir, was los ist. Ist mit dir alles in Ordnung?

»Es ist wegen Theo«, schniefte sie. »Ich bin bei ihm zu Hause, und er ist nicht da. Da muss was passiert sein.«

ZWEIUNDVIERZIG

Sally sagte mir, wie ich fahren musste, und ich schrieb mit. Meine Hand zitterte ein wenig.

Theo wohnte auf dem Land, in einem Wohnmobil auf einem unbebauten Grundstück westlich von Trumbull. Ich nahm den Milford Parkway bis hinauf zum Merritt Parkway und fuhr von da Richtung Westen weiter. Hinter Trumbull fuhr ich auf der Sport Hill Road nach Norden und bog dann links in die Delaware Road ab. Von da rief ich Sally auf dem Handy am. Sie hatte mich vorgewarnt, dass die Grundstückseinfahrt leicht zu übersehen war, besonders nachts. Deshalb sollte ich sie anrufen, und sie würde mich an der Delaware Road abholen.

Ich brauchte fast eine Stunde, um hinzukommen. Es war schon fast halb vier, als ich an den Straßenrand fuhr. Sally lehnte am Heck ihres Chevy Tahoe. Sie machte ein paar Schritte vorwärts, wahrscheinlich um sich zu vergewissern, dass die Scheinwerfer, die da von der Straße abschwenkten, meine waren. Ich machte eine Sekunde das Innenlicht an und winkte, damit sie sich keine Gedanken machen musste, ob es vielleicht doch ein Unbekannter war.

Wir waren hier wirklich mitten in der Pampa. Weit und breit kein Haus zu sehen.

Sally lief mir entgegen und stürzte sich in meine Arme. Ich drückte sie fest an mich, um sie zu beruhigen. »Es ist kein Mensch da, aber Theos Wagen steht da.«

Theo hatte seinen Pick-up am Ende der Zufahrt stehen lassen, was erklärte, warum Sally ihren Wagen am Straßenrand geparkt hatte. Im Vorbeigehen registrierte ich, dass Theo den Stoßstangenschmuck, den ich ihm abgeschnitten hatte, noch nicht ersetzt hatte.

Wir gingen die beiden Reifenspuren entlang, die Theo Stamos' Einfahrt darstellten. Es waren vielleicht dreißig Meter bis zu Theos Unterkunft, einem etwa fünfzehn bis zwanzig Meter langen, von Roststreifen übersäten Wohnmobil, das wahrscheinlich aus den Siebzigern stammte. Es stand schräg, und die Seite mit den beiden Türen – eine vorne und eine hinten – zeigte Richtung Nordwesten. Das Licht, das drinnen brannte, reichte, damit wir sehen konnten, wo wir hintraten.

»Wie lang wohnt er denn schon hier?«, fragte ich.

»Solang ich ihn kenne. Das sind jetzt zwei Jahre. Ich versteh nicht, wo er ist. Vor zwei Stunden haben wir telefoniert.«

»Um ein Uhr morgens?«

»So ungefähr.«

»Ist das nicht ein bisschen spät?«

»Also gut, wir haben uns gezofft.« Sie seufzte. »Deinetwegen.«

Ich schwieg.

»Ich meine, Theo war ziemlich sauer auf dich, und er hat es an mir ausgelassen, als wär's meine Schuld oder weil ich für dich arbeite.«

»Das tut mir leid, Sally.«

»Und dann höre ich, dass in der Zwischenzeit etwas passiert ist, mit Doug.« Sogar in der Dunkelheit sah ich ihren vorwurfsvollen Blick. »Etwas, das Theo vielleicht entlasten kann.«

Ich war noch nicht dazu gekommen, ihr von den gefälschten elektrischen Bauteilen in Dougs Pick-up zu berichten. »Das wollte ich dir noch erzählen«, sagte ich.

»Doug hatte diesen gefälschten Schrott? Kistenweise?«

»Genau«, sagte ich.

»Hast du mal daran gedacht, dass Theo vielleicht gar nichts damit zu tun hatte? Ich meine, wenn Doug diese Teile jetzt hat, hätte er sie nicht auch schon haben können, als das Haus der Wilsons abbrannte?«

»Keine Ahnung«, sagte ich. »Aber selbst wenn es so wäre, Theo hat sie installiert, und er hätte den Unterschied merken müssen.«

»Du bist unmöglich.«

»Wie hast du das über Doug erfahren?«, fragte ich sie.

»Er hat mich angerufen. Er war am Boden zerstört. Noch dazu, wo ihr schon so lange Freunde seid, wo er dir doch das Leben gerettet hat und überhaupt.«

Ich zuckte innerlich zusammen.

»Und ich hab's Theo gesagt«, fuhr Sally fort. »Und er war fuchsteufelswild, hat mich ständig angerufen deswegen, das letzte Mal so gegen eins. Da dachte ich mir, ich fahr lieber her und seh zu, dass er sich wieder beruhigt.«

»Und er war nicht da?«

Wir hatten die Stufen erreicht, die zur Tür des Wohnmobils führten.

»Nein«, sagte Sally. »Aber wenn er nicht da ist, warum ist dann sein Auto da?«

»Warst du schon drin?«

Sie nickte.

»Du hast einen Schlüssel?«

Wieder Nicken. »Aber es war offen, als ich kam.«

»Er liegt nicht vielleicht da drin, ohnmächtig oder so?« Sie schüttelte den Kopf. »Sehen wir trotzdem mal nach.«

Ich öffnete die Metalltür und trat ein. Für ein Wohnmobil war es ziemlich geräumig. Ich stand in einem Wohnzimmer, vielleicht drei Meter mal dreieinhalb. Eine Couch stand da und ein paar Polstersessel, ein Großbildfernseher auf einer Stereoanlage, ein Durcheinander von DVDs und Videospielen. Ein paar leere Bierflaschen standen herum, aber alles weit entfernt vom Chaos einer Studentenbude.

Von der Küche, die, wenn man reinkam, links hinter einer Abtrennung war, konnte man das nicht behaupten. Die Spüle quoll über von schmutzigem Geschirr. Überall auf der Arbeitsplatte standen leere Take-away-Behälter herum, dazu noch zwei Pizzaschachteln. Theos Wagenschlüssel lagen auf dem Küchentisch, daneben ein Stapel Rechnungen und anderer Papierkram, der mit seiner Arbeit zu tun hatte. Das war zwar ein ziemlicher Saustall, aber nichts sah anders aus, als man es erwartet hätte. Es gab keine umgestürzten Stühle oder Blut an der Wand.

Ich nahm die Schlüssel in die Hand und schwenkte sie. »Ich glaube nicht, dass er weit kommt ohne die«, sagte ich, als wären sie eine Art Indiz.

Am anderen Ende der Küche führte ein schmaler Flur in die linke Hälfte des Wohnmobils. Vier Türen gingen davon ab – zu zwei kleinen Schlafzimmern, einem Bad und einem größeren Schlafzimmer ganz hinten. Die zwei kleineren Schlafzimmer dienten als Abstellräume. Sie beherbergten leere Lautsprecherboxen, Anziehsachen, Werkzeug sowie stapelweise *Penthouse* und *Playboy* und Hefte, die noch tiefere Einsichten boten.

Auf den ersten Blick sah ich nichts, was nach gefälschtem Elektromaterial aussah.

Das Bad war nicht anders, als man es bei einem alleinlebenden Mann erwarten würde. Nur unwesentlich gepflegter als eine öffentliche Toilette an einer Autobahntankstelle.

»Hast du hier schon mal übernachtet?«, fragte ich Sally. Ich wollte nichts über ihr Liebesleben erfahren, ich konnte mir nur einfach nicht vorstellen, dass sie so eine Schweinerei hinnehmen würde.

Sie schauderte. »O Gott, nein. Theo hat immer bei mir übernachtet.«

»Wenn ihr zwei heiratet, zieht ihr dann in ... dein Haus?« Beinahe hätte ich gesagt »ins Haus deines Vaters«.

»Mhm.«

»Ist hier irgendwas anders als sonst?«, fragte ich.

»Nur das übliche Horrorkabinett«, antwortete sie. »Wo könnte er denn sein?«

»Könnte er mit einem Freund weggefahren sein? Vielleicht ist jemand vorbeigekommen, und die zwei sind was trinken gegangen oder so.«

Sally überlegte einen Augenblick. »Warum hat er dann die Schlüssel nicht mitgenommen und abgesperrt, als er aus dem Haus ging? Er ist bestimmt nicht scharf drauf, dass ihm jemand den Wagen stiehlt.«

»Hast du's schon auf dem Handy probiert?«

»Bevor ich hergefahren bin. Und das Telefon hier auch. Bei beiden ging der Anrufbeantworter ran.«

Ich überlegte. »Wir sollten es noch mal probieren.« Ich ging in die Küche zurück, um das Telefon dort zu benutzen. »Warte mal«, sagte ich. »Schauen wir uns doch mal die Anrufliste an. Wenn ihn jemand auf dem Festnetz angerufen hat, um was mit ihm zu unternehmen, sehen wir, wer's war.«

Die Liste bestand allein aus Sallys Nummer. Kein weiterer Anruf in den vergangenen Stunden. »Nur du«, teilte ich ihr mit.

»Vielleicht hat er jemanden angerufen«, sagte Sally.

»Das wäre eine Möglichkeit.« Ich rief die Liste der abgegangenen Anrufe auf. Sie zeigte nicht nur die letzte, sondern die letzten zehn angerufenen Nummern.

Es gab drei Anrufe in den letzten acht Stunden. Einer auf Sallys Handy, einer bei ihr zu Hause und der dritte, der jüngste, bei einer Nummer, die ich sehr gut kannte.

»Er hat Doug angerufen?«, wunderte sich Sally.

»Genau.« Auf einmal hatte ich ein ungutes Gefühl. Wenn Theo tatsächlich nicht gewusst hatte, dass das Material, das er verwendete, Schrott war, und glaubte, Doug sei dafür verantwortlich, hatte er ihn möglicherweise zur Rede stellen wollen. Von Angesicht zu Angesicht.

Aber Theos Pick-up war ja noch hier. War es denkbar, dass jemand ihn abgeholt und zu Doug gebracht hatte? Aber dann waren wir wieder bei der Frage, warum er seine Schlüssel nicht mitgenommen hatte. Man sperrt doch ab, wenn man das Haus verlässt, und man lässt seine Schlüssel nicht liegen, damit einem jemand den Wagen stiehlt.

»Ich überlege, ob ich ihn anrufen soll«, sagte ich.

»Wen?«, fragte Sally. »Doug oder Theo?«

Ich hatte eigentlich Doug gemeint, aber wenn Sally es schon länger nicht mehr bei Theo probiert hatte, dann war es sicher nicht verkehrt, es noch einmal zu versuchen.

Ich ging zur Eingangstür und sah hinaus, in der Hoffnung, Theo vielleicht die Zufahrt heraufkommen zu sehen.

»Probier's mal«, sagte ich zu Sally.

Sally zog ihr Handy heraus und drückte auf eine Taste. Sie hielt es sich ans Ohr. Nach ein paar Sekunden sagte sie: »Nichts.«

Ich war mir nicht sicher, aber ich glaubte, etwas gehört zu haben. »Probier's noch mal.«

Ich stellte mich auf die Stufen hinaus und blieb mit angehaltenem Atem regungslos stehen. Um mich herum drangen nur die Geräusche der Nacht an mein Ohr. Doch von weiter weg, aus dem Wald, war das Klingeln eines Telefons zu hören, da war ich mir ziemlich sicher.

Sally kam heraus. »Ich hab's noch mal versucht, aber er geht noch immer nicht ran.«

»Guck mal, ob du eine Taschenlampe findest«, sagte ich. Ich hatte eine im Wagen, wollte aber nicht zur Straße hinunter- und wieder hochlaufen müssen.

Sally ging wieder hinein und kam gleich darauf mit einer lichtstarken Taschenlampe zurück.

»Bleib hier«, sagte ich und packte die Lampe. »Ruf immer wieder die Nummer an.«

»Wo gehst du denn hin?«

»Tu's einfach.«

Ich stieg die Stufen hinunter, überquerte etwas, das man vielleicht als Vorplatz bezeichnen konnte, und ging auf den Wald zu.

»Hast du gewählt?«, rief ich zum Wohnmobil zurück.

»Bin gerade dabei!«

Rechts vor mir klingelte ein Telefon. Nach dem fünften Mal hörte es auf. Offensichtlich hatte Theo es so eingestellt, dass es danach auf die Mailbox umschaltete.

Die Taschenlampe hin und her schwenkend, stapfte ich durch hohes Gras.

»Noch mal!«, rief ich.

Sekunden später klingelte das Telefon wieder. Jetzt schon deutlich näher.

Rechts von mir stand eine Baumgruppe. Das Klingeln hörte sich an, als käme es von dahinter.

Jetzt hatte es aufgehört.

Ich ging weiter, schwenkte auch die Lampe weiter hin und her.

»Was siehst du?«, rief Sally.

»Er muss sein Handy hier draußen verloren haben« sagte ich über die Schulter. »Ruf noch mal an.«

Als das Telefon diesmal läutete, zuckte ich vor Schreck zusammen, so nahe klang es. Es musste rechts hinter mir sein. Rasch drehte ich mich um, und der Lampenstrahl fiel auf die Stelle, von der das Läuten kam.

Das Handy steckte anscheinend noch in einer von Theos Vordertaschen. Der Klingelton musste ziemlich laut eingestellt sein, was auch nicht verwunderlich war, wo Theo doch auf Baustellen arbeitete. Dort ging es immer laut zu. Wäre es leiser gewesen, hätte ich es nie gehört, denn Theo lag auf dem Bauch.

Seine Arme waren über dem Kopf ausgestreckt, und seine Beine irgendwie unnatürlich gespreizt. Im Lichtkegel der Taschenlampe glänzten die feuchten Blutflecken auf seinem Hemdrücken wie Öl.

DREIUNDVIERZIG

Ich hatte nicht bemerkt, dass Sally mir hinterhergekommen war, und als sie zu schreien anfing, erschreckte sie mich fast zu Tode. Ich legte die Arme um sie und stellte mich mit dem Rücken zu Theos Leiche, so dass Sally sie nicht sehen konnte. Außerdem leuchtete so die Lampe nach oben in die Bäume hinein, sie würde also auch nicht viel sehen, wenn sie hinter mich blickte.

»O Gott«, sagte sie. »Ist er das?«

»Ich glaube«, antwortete ich. »Ganz nah rangegangen bin ich zwar nicht, aber es sieht schon so aus.«

Sie klammerte sich an mich. Zitterte. »O Gott, o Gott, Glen, o Gott!«

»Ich weiß, ich weiß. Wir müssen zum Haus zurück.«

Mir war ziemlich rasch klargeworden, dass der, der Theo das angetan hatte, womöglich noch in der Nähe war. Hier im Wald konnte es gefährlich für uns werden. Wir mussten weg und die Polizei verständigen. Aber auch das Wohnmobil schien mir nicht gerade der sicherste Ort, das zu tun.

»Komm mit«, sagte ich.

»Wo gehen wir denn hin?«

»Zu meinem Wagen. Komm schon. Schnell.«

Ich trieb sie vor mir her aus dem Wald, über den Vorplatz, die Holperpiste hinunter zu meinem Pick-up. Ich schubste sie auf den Beifahrersitz und rannte dann auf die Fahrerseite. So sinnlos das zwei Stunden vor Sonnenaufgang auch war, blickte ich mich dennoch ständig nach Theos Mörder um, der vielleicht gerade Sally und mich ins Visier nahm.

Ich wusste nicht, ob Theo erschossen worden war, ich nahm es nur an. Hier draußen auf dem Land konnte man ohne weiteres ein, zwei Schüsse abfeuern, ohne dass jemand etwas hörte. Und selbst wenn jemand sie hörte, würde er kaum etwas unternehmen.

Im Augenblick waren wir lebende Zielscheiben, sogar im Wagen. Sally murmelte immer noch »O Gott« vor sich hin, als ich schon den Motor startete und den Vorwärtsgang einlegte.

»Warum fahren wir weg?«, fragte sie. »Warum flüchten wir?«

»Wir kommen ja zurück«, sagte ich, »aber erst rufen wir die Polizei.«

Beim Losfahren trat ich so fest aufs Gaspedal, dass unter mir der Kies vom Bankett aufspritzte. Die Hinterreifen quietschten, als sie die Fahrbahn berührten. Das Lenkrad hatte ich so fest umklammert, dass mir die Hände weh taten. Wir waren etwa einen halben Kilometer mit hundert Sachen gefahren, da erregte etwas im Rückspiegel meine Aufmerksamkeit.

Scheinwerfer.

»Hallo«, sagte ich.

»Was ist?«, fragte Sally.

»Da ist jemand hinter uns.«

»Wie meinst du das? Jemand, der uns verfolgt?«

»Keine Ahnung.«

Ich konnte zwar nicht erkennen, ob es ein Personenwagen oder ein Pick-up war, aber eines war unverkennbar: Die Scheinwerfer in meinem Rückspiegel wurden immer größer.

Ich beschleunigte auf hundertzehn. Dann auf hundertzwanzig.

Sally drehte sich um. »Hängen wir ihn ab?«

Alle zwei Sekunden sah ich in den Rückspiegel. »Ich glaube nicht.« Ich spürte mein Herz in meiner Brust hämmern. »Also gut, mal sehen, was er macht, wenn ich langsamer fahre.«

Ich nahm den Fuß vom Gas, und der Wagen wurde langsamer, bis er wieder annähernd am Tempolimit war. Die Scheinwerfer in meinem Rückspiegel wurden noch größer und extrem hell. Jetzt konnte ich erkennen, dass sie ziemlich weit oben montiert waren, also mussten sie zu einem Pick-up oder einem Geländewagen gehören.

Und der Hurensohn hatte die Fernlichter an. Ich griff nach dem Spiegel, um ihn so zu verstellen, dass ich nicht völlig geblendet wurde.

Jetzt saß mir der Typ schon fast auf der Stoßstange.

»Festhalten«, sagt ich.

Ich stieg auf die Bremse, nicht so kräftig, dass der Hintermann mir reinfahren würde, aber kräftig genug, dass wir uns nicht dreimal überschlugen, wenn ich jetzt in die Tankstelle abfuhr, die wir gerade erreichten.

In dem Moment, in dem meine Bremslichter aufleuchteten, ging eine Hupe los und plärrte weiter, als ich schon auf den Vorplatz der Tankstelle abbog. Der Wagen scherte kurz auf die Gegenfahrbahn aus, doch statt langsamer zu werden, gab der Fahrer noch mehr Gas. Ich bremste jetzt stärker und sah aus meinem Seitenfenster.

Es war ein schwarzer Hummer, der da mit dröhnender Hupe an uns vorbei in die Nacht hineinfuhr.

Sally und ich saßen keuchend im schwachen Schein der Zapfsäulen.

»Falscher Alarm«, sagte ich.

Ich holte mein Handy heraus, drückte die drei Tasten und wartete darauf, dass jemand meinen Notruf entgegennahm.

Die Morgendämmerung hatte schon eingesetzt, als wir an den Tatort zurückkehrten. Ein Streifenwagen holte uns an der Tankstelle ab. Ich wendete und fuhr dem Polizisten zu Theos Einfahrt voraus. Die aufgehende Sonne machte es leichter, ihn in den Wald zum Fundort der Leiche zu führen. In etwa drei Metern Entfernung blieb ich mit Sally stehen.

Kurze Zeit später waren noch mehr Streifenwagen da und das Stück Straße abgesperrt. Ein schwarzer Polizist namens Dillon sprach als Erstes mit Sally und mir, um die Ereignisse in der richtigen Reihenfolge festzuhalten. Er sagte, ein Detective würde das Ganze noch einmal mit uns durchgehen. Das stimmte auch, nur dass wir auf diese Fragerunde noch eine Stunde warten mussten.

Man hatte uns gesagt, wir sollten hierbleiben, und so saßen wir die meiste Zeit in meinem Wagen und hörten Radio. Sally schien wie betäubt. Minutenlang saß sie nur da und starrte auf das Armaturenbrett.

»Geht's?«, fragte ich immer wieder, und meist nickte sie dann einmal.

Einmal streckte ich die Hand aus, um ihr zur Aufmunterung den Arm zu tätscheln, doch sie zog ihn weg.

»Was ist?«, fragte ich.

Sie drehte sich zu mir und betrachtete mich. »Du hast das alles in Gang gesetzt.«

»Wie bitte?«

»Bist rumgegangen und hast Theo und Doug beschuldigt.«

»Wir wissen nicht, was hier passiert ist, Sally.«

Sie wandte den Blick wieder ab und sah zur Windschutzscheibe hinaus. »Ich sag ja nur, erst fährst du zu Theo, dann zu Doug, dann reden die beiden mitten in der Nacht miteinander, und dann passiert was.«

Ich wollte zu meiner Verteidigung sagen, dass ich aufgrund

von Informationen und eigenen Erkenntnissen gehandelt hatte. Und dass ich nicht gewollt hatte, dass so etwas geschieht. Doch ich schwieg.

Ich sagte mir, das Beste sei, auf harte Fakten zu warten. Möglich, dass sich herausstellte, dass Sally mit ihren Vorwürfen recht hatte.

Dann war noch immer Zeit, mich ihnen zu stellen.

Ich sagte der Ermittlungsleiterin, sie hieß Julie Stryker, dass wir Doug Pinders Nummer auf Theos Liste der gewählten Nummern gefunden hatten. Dann musste ich ihr auch sagen, wo er zu finden war, nämlich im Haus seiner Schwiegermutter.

»Aber er ist ein anständiger Kerl«, sagte ich. »So was würde er nie tun.«

»Es gab also kein böses Blut zwischen den beiden?«, fragte Stryker.

Ich zögerte. »Eigentlich nicht … Aber es könnte sein, dass sie was zu klären hatten. Gestern sind ein paar Sachen herausgekommen.«

Detective Stryker wollte wissen, was für Sachen. Ich gab die Information weiter, die ich von der Feuerwehr erhalten hatte, und erklärte ihr, inwiefern sie Theo betraf. Schließlich erzählte ich ihr, was ich in Dougs Pick-up gefunden und was das mit der ganzen Sache zu tun hatte.

»Es könnte also sein, dass die beiden sich gegenseitig die Schuld für den Brand auf Ihrer Baustelle in die Schuhe schieben wollen«, fasste Stryker zusammen.

»Möglich wär's«, sagte ich. »Ich kann ja Doug anrufen und fragen, ob –«

»Nein, Mr. Garber, rufen Sie ihn nicht an. Wir werden selbst mit Mr. Pinder sprechen.«

Ken Wang rief an.

»Hey, Boss, Stew und ich würden jetzt anfangen zu arbeiten, aber es ist kein Mensch da. Wo ist denn Sally? Sie kommt doch normalerweise und sperrt alles auf.«

»Sie ist bei mir.«

»Was?«

Ich konnte beinahe hören, wie seine Augenbrauen in die Höhe schossen. »Sie hatte heute Nacht Ärger. Und ich glaube, Doug wird auch nicht kommen. Hör mal, Ken, ich würde dich das lieber persönlich fragen, aber es muss jetzt gleich sein.«

»Immer raus mit der Sprache, Herrschaften.«

»Ich brauch dich jetzt. Du musste jetzt Doug sein. Meine rechte Hand.«

»Schschscheiße. Was ist denn mit Doug?«

»Kannst du das?«

»Klar. Krieg ich auch mehr Geld?«

»Darüber reden wir, wenn wir uns sehen«, sagte ich. »Sieh dich um, was zu tun ist, und tu's.« Dann legte ich auf.

Als Stryker wieder zu uns stieß, wollte sie keine Fragen beantworten, aber eins erfuhren wir zumindest: Theo war erschossen worden. Drei Schüsse. In den Rücken.

Sally versuchte, sich zusammenzureißen, jedoch mit wenig Erfolg.

»Hat Theo Verwandte in der Gegend?«, fragte ich sie.

Diese Frage konnte sie mir immerhin beantworten. Er hatte einen verheirateten Bruder in Providence, eine Schwester in Utica, die kürzlich geschieden worden war, und sein Vater lebte noch in Griechenland. Theos Mutter war vor drei Jahren gestorben. Wenn es also darum ginge, die nächsten Angehörigen zu verständigen, meinte Sally, dann solle die Polizei am besten bei seinem Bruder anfangen. Er war einer, der gut anpacken konnte, er würde sich um die Beerdigung kümmern, das Wohnmobil ausräumen, solche Sachen.

»Soll ich ihn für dich anrufen?«

»Macht das nicht die Polizei?«

»Wahrscheinlich schon.«

»Ich kann das nicht«, sagte Sally. »Ich kann's nicht.«

»Hör mal«, sagte ich, »wenn es sonst noch was gibt, was ich für dich tun kann, sag's mir.«

Sie sah mich mit nassen Augen an. »Das vorhin im Wagen … das tut mir leid.«

»Schon gut.«

»Ich weiß, du hast getan, was du tun musstest. Es ist nur, ich dachte, er ist meine einzige Chance. Ich meine, er war kein Märchenprinz, aber ich glaube, er hat mich geliebt.«

Wir schwiegen ein paar Minuten. Es gab da etwas, das mir nicht aus dem Kopf wollte. Etwas, das schon da gewesen war, bevor ich zu Bett ging, und selbst die schrecklichen Ereignisse der vergangenen Stunden hatten es nicht völlig aus meinem Bewusstsein verdrängen können.

»Ich muss dich was fragen«, sagte ich zu Sally.

»Ja?«

»Das klingt jetzt völlig hirnverbrannt, aber ich muss es loswerden.«

»Hat es was mit Theo zu tun?«

»Nein, mit Sheila.«

»Ja, klar, frag nur, Glen.«

»Du weißt doch, Sheilas Tod, ich hab das alles nie wirklich zusammenbekommen.«

»Ich weiß«, sagte sie leise.

»Es wollte mir nie einleuchten, dass Sheila sich betrunken ans Steuer gesetzt haben soll. Aber mir ist keine andere rationale Erklärung eingefallen für das, was passiert ist.«

»Ja«, sagte Sally.

»Aber jetzt hab ich eine.«

Sie hielt den Kopf schief und sah mich neugierig an. »Nämlich?«

»Es ist eigentlich ganz einfach. Was, wenn jemand sie zum Trinken gezwungen hätte?«

»Was?«

»Vielleicht waren die Ergebnisse der Tests, die sie in der Gerichtsmedizin gemacht haben, doch richtig, und Sheila war betrunken. Aber was ist, wenn jemand ihr das Zeug gegen ihren Willen eingeflößt hat?«

»Glen, das ist doch verrückt«, sagte Sally. »Wer sollte Sheila denn so was antun?«

Ich umklammerte das Lenkrad mit meiner Rechten. »Tja, also, genau weiß ich das auch nicht, aber in letzter Zeit ist so viel kranker Scheiß passiert. Ich könnte dir stundenlang davon erzählen, aber –«

»Wie der Schuss auf dein Haus, zum Beispiel?«

»Genau, und noch ein Haufen anderer Scheiß. Da ist ein Typ, dem Sheila was übergeben wollte, an dem Tag, als sie starb. Es hing alles irgendwie mit Anns Taschenpartys zusammen. Belinda steckte da auch mit drin. Und es ging nicht nur um Handtaschen.«

»Ich versteh nicht, worauf du hinauswillst, Glen.«

»Macht nichts. Was ich damit sagen will: Sheila hat ihn gar nicht getroffen. Diese Übergabe hat nie stattgefunden.«

»Langsam. Das ist jetzt zu viel Information auf einmal«, sagte Sally. »Erst Theo, dann deine Theorie über Sheilas Unfall. Mensch, Glen, willst du ernsthaft behaupten – dass jemand Sheila zum Trinken gezwungen hat, weil er wollte, dass sie einen Unfall baut? Ich meine, woher sollte der denn wissen, dass das auch funktioniert? Es hätte ja sein können, dass sie schon einschläft, während sie den Schlüssel umdreht oder in den erstbesten Graben fährt. Es kann sich doch keiner darauf verlassen, dass sie eine Autobahnabfahrt hochfährt und dort tut, was sie getan hat.«

Ich stieß einen langen Seufzer der Enttäuschung aus.

»Tut mir leid«, sagte sie.

»Ich versteh ja deine Einwände«, sagte ich. »Aber zum ersten Mal habe ich überhaupt eine Theorie. Eine richtige, ernstzunehmende Theorie darüber, wie Sheila ums Leben gekommen sein könnte. Vielleicht … vielleicht war sie ja schon tot, bevor ihr Wagen auf die Ausfahrt gestellt wurde. Jemand hat sie erst betrunken und dann kaltgemacht, ins Auto gesetzt und dort stehenlassen.«

Ich sah zu Sally hinüber. Ihre Miene war so mitleidig, dass es mir peinlich war.

»Was ist?«

»Es ist nur … es tut mir so leid für dich«, sagte sie. »Ich weiß, wie sehr du sie geliebt hast. Ich meine, ich an deiner Stelle würde wahrscheinlich dasselbe tun, ich würde mir auch den Kopf zerbrechen, wie so was passieren kann, aber Glen, ich meine …«

Ich ergriff ihre Hand. »Schon gut. Es tut mir leid. Du hast schon genug um die Ohren, da muss ich dir nicht auch noch mit meinen Hirngespinsten kommen.«

Als die Polizei mit uns fertig war, und das dauerte fast bis zum Mittag, brachte ich Sally zu ihrem Wagen und vergewisserte mich, dass sie sich anschnallte. »Bist du sicher, dass du fahren kannst?«

Sie nickte und fuhr davon.

Ich stieg in meinen eigenen Wagen und machte mich auf die Suche nach Doug Pinder. Falls die Polizei ihn nicht schon gefunden hatte.

Zuerst probierte ich es auf seinem Handy, doch niemand hob ab. Ich hatte weder eine Nummer von Betsy noch von ihrer Mutter, also beschloss ich, einfach hinzufahren. Als ich gegen eins zum Haus kam, stand ein Streifenwagen auf der gegenüberliegenden Straßenseite. In der Einfahrt stand nur ein alter Chevrolet Impala, der wahrscheinlich Betsys Mutter gehörte.

Als ich ausstieg, kam ein Polizist aus dem Streifenwagen und sagte: »Verzeihung, Sir!«

Ich blieb stehen.

»Würden Sie mir bitte Ihren Namen sagen?«

»Glen Garber.«

»Ich muss Sie um einen Ausweis bitten«, sagte er und überquerte die Straße. Ich kramte meine Brieftasche hervor, nahm meinen Führerschein heraus und zeigte ihn ihm. »Was führt Sie hierher, Sir?«

»Ich bin auf der Suche nach Doug Pinder«, sagte ich. »Auf den warten Sie wahrscheinlich auch?«

»Haben Sie eine Ahnung, wo Mr. Pinder sein könnte?«

»Daraus schließe ich, dass er nicht hier ist.«

»Wenn Sie irgendeine Vermutung haben, dann müssen Sie uns das sagen. Wir müssen dringend mit ihm sprechen.«

»Ich weiß«, sagte ich. »Ich komme gerade von Theo Stamos' Wohnmobil. Ich weiß, worum es geht. Ich hab den Notruf gewählt. Ist Betsy da?«

Er nickte. Anscheinend brauchte er mich nicht mehr, also ging ich zur Haustür und klopfte. Eine Frau Mitte sechzig öffnete, zu ihren Füßen eine Handvoll Katzen, von denen drei hinaushuschten. »Ja?«, sagte sie.

»Ich bin Glen«, sagte ich. »Sie müssen Betsys Mutter sein.« Sie widersprach nicht, und ich fragte: »Ist sie da?«

»Bets!«, schrie die Alte über die Schulter ins Haus hinein.

»Eins kann ich Ihnen sagen: Hier geht's zu wie in einem Taubenschlag.«

Betsy kam aus dem Wohnzimmer. Ihre Miene verriet, dass ihre Begeisterung, mich zu sehen, sich in Grenzen hielt. »Na, Glen, was gibt's?«

»Ich suche Doug«, sagte ich und betrat das Haus. Vorsichtig, um keine Katze zu zerquetschen, schloss ich die Tür.

»Du und dieser Scheißcop da draußen«, sagte sie. »Was soll der ganze Zirkus?«

»Keine Ahnung. Ich muss unbedingt mit Doug reden.«

»Haben dir deine Beschuldigungen gestern nicht gereicht? Ich dachte, du bist sein Freund.«

»Ich bin sein Freund«, sagte ich, obwohl ich wusste, dass es im Moment nicht danach aussah. »Wann ist er hier weggefahren?«

»Woher soll ich das wissen? Irgendwann mitten in der Nacht. Verschwindet einfach mit meinem Wagen.« Soweit ich wusste, stand Dougs Pick-up noch im Betrieb, also konnte das stimmen. »Und ich komm hier nicht weg. Wo ist der verdammte Kerl? Und was will die Polizei von ihm? Als ob wir nicht schon genug Probleme hätten. So gehen sie also mit Leuten um, die ihr Haus verlieren? Behandeln sie wie Kriminelle? Wir müssen heute auf die Bank und sehen, wie wir unser Haus wiederbekommen. Wie, zum Teufel, sollen wir das denn tun, wenn er sich weiß Gott wo herumtreibt?«

Ich wollte sie schon bitten, ihm zu sagen, er solle mich anrufen, wenn er zurückkäme, überlegte es mir jedoch anders. Mit der Polizei vor der Haustür würde er wohl kaum die Gelegenheit dazu bekommen.

»Was glauben die eigentlich, was er angestellt hat«, fragte Betsy.

»Hat Doug was gesagt, dass er zu Theo fährt?«

»Zu mir hat er gar nichts gesagt. Meinst du diesen griechischen Elektriker?«

»Genau.«

»Was ist mit ihm?«

»Er ist tot.«

»Tot?«

»Theo wurde vergangene Nacht erschossen. Die Polizei muss Doug sprechen. Wenn er zu Theo gefahren ist, um mit ihm zu reden, hat er vielleicht etwas gesehen oder gehört, das der Polizei helfen könnte, den Täter zu fassen.«

»Dann glauben die also nicht, dass Doug irgendwas damit zu tun hat?«, erkundigte sie sich. »Ist er so eine Art Zeuge?«

»Sie müssen ihn eben finden, Betsy. Das ist alles.«

Als Nächstes fuhr ich nach Milford, um mein Glück in der Firma zu versuchen. Das Tor im Maschendrahtzaun, der Garber Bau von der Straße abgrenzte, war geschlossen. Da niemand da war, um das Büro zu hüten, hatte Ken alles abgeschlossen, bevor er zu der Baustelle gefahren war, die seiner Meinung nach Priorität hatte. Von Betsys Infiniti keine Spur, aber auch hier stand ein Polizeiwagen auf der anderen Straßenseite, und ich musste die ganze Prozedur noch einmal über mich ergehen lassen und erklären, dass ich nicht Doug Pinder war.

Als der Polizist mit mir fertig war, schloss ich das Tor auf und machte eine Runde durch Büro und Lagerhalle. Vielleicht hatte Doug ja einen Weg gefunden, ungesehen aufs Firmengelände zu kommen. Auch in seinem Pick-up, der noch hinter dem Lager stand, sah ich nach, doch keine Spur von Doug.

Ich schloss wieder alles ab und machte mich auf den Weg zu dem Haus, in dem Doug und Betsy nun nicht mehr lebten. Es konnte ja sein, dass er versucht hatte, sich Zugang zu verschaffen, um noch ein paar Dinge zusammenzuraffen, die sie gestern hatten zurücklassen müssen, weil sie in der kurzen Zeit, die man ihnen gegeben hatte, nicht alles aus dem Haus hatten schleppen können.

Als ich um die Ecke bog, sah ich den Infiniti in der Einfahrt stehen. Doug saß auf den Stufen vor der Haustür, die Arme auf die Knie gestützt, in der rechten Hand eine Flasche Bier, in der linken eine Zigarette.

Ich stieg aus.

»Hey, Partner«, sagte er, und ein Lächeln huschte über sein Gesicht. »Wills'n Bier?« Es klang, als hätte er schon mehr als eines gehabt.

Ich ging zu ihm. »Nein, für mich nichts.«

Das Türschloss schien intakt zu sein. Wenn Doug ins Haus gelangt war, dann auf irgendeinem anderen Weg.

»Was machst du hier?«, fragte ich.

»Dassis mein Haus«, sagte er. »Warum sollte ich nich hier sein?«

»Jetzt gehört's der Bank, Doug.«

»Ach ja, danke, dassu mich erinnerst«, sagte er und nahm einen kräftigen Schluck aus der Flasche. »Aber ich hab schon immer gern hier draußen gesessen und ein Bier gezischt. Das kann ich ja wohl noch tun.« Er schlug mit der Hand auf die Betonplatte neben sich. »Hol dir'n Stuhl.«

Ich setzte mich auch auf die Stufe.

»Wo bist du gewesen?«, fragte ich ihn.

»Ach, da und dort«, antwortete er, zog an seiner Zigarette und stieß den Rauch durch die Nase aus. »Und du willst dir sicher nich die Gurgel schmieren?« Er deutete auf den Sechserpack zu seinen Füßen, in dem noch eine Flasche stand.

»Ganz sicher. Warst du gestern Nacht bei Theo draußen?«

»Hä?«, machte er. »Woher weissu'n das?«

»Er hat dich angerufen.«

»Stimmt genau. Aber er hat nur mich aufgeweckt, weil ich allein unten im Keller penne.« Wieder blies er Rauch aus und trank einen Schluck.

»Was?«

»Das mussu dir mal reinziehen. Betsys alte Dame will nich, dass wir unter ihrem Dach zusammen in einem Bett schlafen. Die Vorstellung, dass Menschen in ihrem Haus ›intim sind‹, is ihr unangenehm, sagt sie, also schlaf ich im Keller und Betsy oben. Sie behandelt uns wie Teenager, nich wie'n Ehepaar. Unfassbar, was? Ganz im Vertrauen, ich glaub nich, dass Betsys Mom viel von mir hält, aber um eins brauchsie sich wirklich keine Sorgen machen: nämlich, dassich und ihre Tochter zur Sache kommen könnten. Da spielt sich schon lang nix mehr ab. Ich glaub, Betsy is das ganz recht, dann können sie und ihre Mutter nämlich den ganzen Abend über mich lästern, ohne dassich was mitkrieg.«

»Was wollte Theo denn?«

»Er hat gesagt, er muss mit mir reden, mehr nich. Ich sag: Spinnsu, was ist denn so wichtig, dassu mitten in der Nacht mit mir reden musst? Und er sagt: ›Schwing deinen Arsch zu mir rauf, dann sag ich's dir.‹ Oder so was in der Art.«

»Und dann bist du losgefahren.«

»Stimmt irgendwas nich, Glenny?«

»Erzähl mir einfach, was du gemacht hast.«

»Ich bin hochgefahren. Er hat mir gesagt, wie ich fahren soll, und ich bin gefahren. Weissu, wassich glaub?«

»Sag's mir.«

»Ich glaub, er wollte mich verarschen.«

»Was meinst du damit?«

»Ich bin den ganzen Weg da raufgefahren, und der griechische Hurensohn war gar nich da.«

»Nicht da?«

»Unauffindbar.« Er schüttelte den Kopf.

»Du hast dich umgesehen?«

»Sein Wagen war da, aber ihn hab ich nirgendwo gefunden. Ich hab in seinem Wohnmobil nachgeguckt – er wohnt in einem Wohnmobil, wussessu das?«

»Ja.«

»Ich bin reingegangen, hab mich umgesehen, keine Spur von dem blöden Arschloch.«

»Was hast du dann gemacht?«

»Bin durch die Gegend gefahren.« Er trank sein Bier aus und warf die Flasche ins Gras. »Bissu sicher, dassu nicht doch die letzte willst?«

»Absolut. Vielleicht wär's besser, du –«

»Mach dir um mich keine Sorgen«, sagte er, ergriff die Flasche und öffnete sie. »Die is'n bisschen warm. Aber scheiß drauf.«

»Du bist also durch die Gegend gefahren?«

»Na ja, jetz war ich eh schon auf, und zu Betsy und ihrer Mutter zurückzufahren, darauf hatte ich keinen Bock. Was hätte mich dort schon erwartet? Außerdem fährt sich der Infiniti echt gut, und wer weiß, wie lange wir ihn noch haben, bevor die ihn sich zurückholen. Eine Zeitlang hab ich unten am Strand geparkt, da muss ich eingeschlafen sein, weil auf einmal war's zehn.«

»Und dann?«

»Hab ich mir Bier geholt und beschlossen, mich hier herzuhocken und über meine Zukunft nachzudenken.« Er grinste. »Richtig rosig isse nich.«

»Du hast also Theo gar nicht gesehen?«

»Soweit ich mich erinnern kann, nein«, sagte er und lachte leise. Er hatte seine Zigarette zu Ende geraucht und warf sie da hin, wo die Flasche schon lag.

»Was glaubst du, worüber wollte er mit dir reden?«

»Keine Ahnung, aber worüber ich mit ihm reden wollte, das wusste ich.«

»Und zwar?«

»Warum er mir diese Kisten mit den schrottigen Teilen in den Wagen gestellt hat.«

»Hat er dir denn gesagt, dass er's war?«

»Ach, woher.«

»Aber du glaubst, dass er's war? Als wir uns das letzte Mal unterhalten haben, hast du dich so angehört, als glaubtest du, KF war's.«

Er hob umständlich die Schultern. »Könnte sein, dassich mich da eines gewissen kriminalissischen Rassismus schuldig gemacht habe, Glenny. Pfui, schäm dich!« In einer theatralischen Geste schlug er sich auf den Rücken der Hand, in der er das Bier hielt. »Aber, Scheiße, Theo? Er war eh schon der wahrscheinlichsse Kandidat. Ich meine, wenn er's war, der diesen Schrott in dem Haus installiert hat, dann isses ja auch nich unwahrscheinlich, dass er die Kisten in mein Wagen gestellt hat. Wenn ich mir das zusammenreimen kann, versteh ich nich, warum du's nich kannss. Ich wollte ihn fragen, warum er versucht, mich hinzuhängen. Und das werd ich ihn auch fragen, wenn ich ihn das nächste Mal seh, den Saukerl.«

»Theo ist tot«, sagte ich und beobachtete seine Reaktion.

Er blinzelte müde. »Was war das?«

»Er ist tot, Doug.«

»Tja, Scheiße, dann wirss nich ganz leicht sein, mit ihm zu reden, was?« Er nahm einen kräftigen Schluck aus seiner letzten Flasche Bier. »Hat er sich einen elektrischen Schlag geholt? Passen würss ja.«

»Nein. Er wurde erschossen.«

»Erschossen? Hassu gesagt erschossen?«

»Hab ich. Doug, sag mir, dass du Theo nicht erschossen hast.«

»Herrgott, dassis wirklich allerhand, weissu das? Zuerst beschuldigst du mich, dassich unsere eigenen Häuser abfackel, und jetz soll ich auch noch rumgehen und Leute abknallen?«

»Dann ist die Antwort also nein«, sagte ich.

»Wirssu's mir glauben, wenn ich nein sage? Weil in letzter Zeit bist du nich grade das, was ich eine große Hilfe nennen würde.«

»Es tut mir leid, Doug. Vielleicht, keine Ahnung, vielleicht gibt's ja eine Erklärung –«

»Hallo, wassis das denn?«, sagte er und blickte auf die Straße.

Es war ein Streifenwagen. Ohne Sirene, ohne Blaulicht kam er daher. Der Wagen blieb vor der Einfahrt stehen, und eine Polizistin stieg aus.

»Douglas Pinder?«, fragte sie.

Er hob die Hand. »Das bin ich, Herzchen.«

Sie sprach in das Funkgerät, das an ihrer Schulter befestigt war, und kam dann auf uns zu.

»Mr. Pinder, ich habe den Auftrag, Sie zu einer Befragung abzuholen.«

»Wenn Sie Fragen haben, dann fragen Sie.«

»Nein, Sir, Sie müssen aufs Revier kommen.«

»Kann ich mein Bier noch austrinken?«

Ich sagte zu ihm: »Doug, tu, was sie sagt.« Und zu ihr: »Er hat ein bisschen was getrunken, aber er ist harmlos.«

»Wer sind Sie, Sir?«

»Ich bin Glen Garber. Doug arbeitet bei mir.«

Er riss den Kopf herum. »Ich hab mein Job wieder? Dassis eine gute Nachricht. Wir haben schon eine Menge Zeit verloren, aber ein bisschen was schaffen wir schon noch. Du darfs aber nich erwarten, dassich noch einen Nagel gerade einschlagen kann. Und schwere Maschinen sollte ich wahrscheinlich auch nich bedienen.«

Noch zwei Streifenwagen fuhren auf das Haus zu.

»Was ist das denn? Ein Polizeitreffen?«, fragte Doug. »Glenny, hol uns doch schnell mal ein paar Donuts.«

»Ich fordere Sie auf, mit mir mitzukommen, Sir«, sagte die Polizistin. »Friedlich.«

»Also gut«, sagte er und stellte sein Bier ab. »Aber zuerst muss ich meiner Frau noch ihr Auto zurückbringen.« Er grinste mich an. »Was wetten wir, dassas Luder shoppen gehen will?«

»Sir, der Infiniti dort, gehört der Ihnen?«

Die anderen Polizeiwagen hatten angehalten, und aus jedem stieg ein Polizist.

»Der gehört Betsy«, sagte Doug. »Wissen Sie, wenn ich ganz ehrlich bin, sollte ich jetz vielleicht doch nich damit fahren. Auf was ich im Moment gut verzichten kann, is eine Anzeige wegen Trunkenheit am Steuer, wenn Sie wissen, was ich meine.«

Die Polizistin nickte dem Kollegen, der dem Infiniti am nächsten war, zu. Er öffnete die Tür und sah hinein.

»Wenn Sie eine Runde fahren wollen«, sagte Doug, »ich hab die Schlüssel irgendwo hier in meiner Tasche.«

»Sir«, sagte die Polizistin jetzt strenger als vorher.

Doug stand auf, schwankte kurz, dann sagte er: »Also gut, um was ge-he-t's denn? Warum wollen Sie mit mir reden?« Er sah mich an. »Isses wegen Theo?«

»Sag nichts«, ermahnte ich ihn.

»Warum denn nich?« Er fragte die Polizistin: »Isses wegen Theo Stamos? Mein Boss hier sagt, er wurde erschossen. Dassis aber ulkig, weil ich bin letzte Nacht bei ihm gewesen.«

»Doug«, sagte ich. »Ich bitte dich.«

»Hier entlang bitte«, sagte die Polizistin und führte ihn zu ihrem Wagen. Er ging widerstandslos mit.

Der Polizist, der den Kopf in den Infiniti gesteckt hatte, zog ihn wieder heraus, griff in seine Tasche und holte einen Latexhandschuh heraus. Er zog ihn sich über die Hand, ließ ihn schnalzen, und beugte sich wieder in den Wagen.

»So dreckig isses auch wieder nich da drin«, sagte Doug, als er am Infiniti vorbeimarschierte.

Als der Polizist diesmal aus dem Infiniti herauskam, baumelte von seinem kleinen Finger, den er in den Abzugsbügel gesteckt hatte, eine Pistole.

»Hoppla«, sagte Doug, bevor er auf den Rücksitz des Streifenwagens geschoben wurde. »Glen, schau dir das an! Betsy hat eine Knarre im Wagen! Verdammich, ich muss jetz echt ein bisschen netter zu ihr sein.«

VIERUNDVIERZIG

Ich sah dem Wagen hinterher, mit dem Doug Pinder weggebracht wurde. Der andere Polizist pflanzte sich neben dem Infiniti auf, anscheinend, um ihn zu bewachen. Irgendwas sagte mir, dass Betsy ihren Wagen nicht so bald zurückbekommen würde. Der kam bestimmt ins Labor, genauso wie die Pistole, die sie darin gefunden hatten.

So eine Scheiße.

Ich überlegte, ob ich Betsy vorwarnen sollte, kam jedoch zu dem Schluss, dass es nicht allzu lang dauern konnte, bis sie es erfuhr. Der Polizist, der vor dem Haus ihrer Mutter postiert war, wurde bestimmt informiert, dass man Pinder gefunden und Betsys Wagen beschlagnahmt hatte. Was sie wohl härter treffen würde? Dass ihr Mann in einer Mordsache befragt wurde oder dass sie auf ihren fahrbaren Untersatz verzichten musste?

In den letzten vierundzwanzig Stunden war die ganze Welt in Scherben gegangen. Nicht ein Winkel, der davon verschont geblieben wäre. Mir war richtig schlecht. Nicht zuletzt deshalb, weil ich nicht glaubte, dass Doug das Zeug zu einem Mörder hatte. Dass er sich daran bereichert hatte, Elektroramsch zu verwenden, konnte ich mir zur Not noch vorstellen, aber dass er einen Mord begehen würde?

Nun war es aber leider so, dass Doug tatsächlich zu Theo gefahren war. Er hatte Grund, sauer auf ihn zu sein. Und eine Waffe im Wagen. Vielleicht hatte er es getan und sich hinterher so volllaufen lassen, dass er sich an nichts mehr erinnerte. Oder war schon voll, als er den Abzug betätigte.

Drei Mal.

Um jemanden im Dunkeln – dazu noch im Wald – dreimal zu treffen, dazu musste man allerdings ziemlich nüchtern sein.

Ich wusste nicht mehr, was ich denken sollte. Also stieg ich in den Wagen und fuhr in die Firma zurück. Ich schloss das Tor zum Grundstück auf, dann das Büro. Ich hatte das Gefühl, es sei Wochenende. Kein Mensch da, alles still.

Das Lämpchen am Telefon blinkte. Ich nahm den Hörer ab und hörte den Anrufbeantworter ab. Siebzehn Nachrichten. Ich nahm mir einen Stift und einen Block und fing an, mir eine nach der anderen zu notieren.

»Wir sind hier mit den Gipsplatten, Glen. Wo seid ihr denn, Herrschaften? Wie's aussieht, nicht bei der Arbeit. Ist heute ein Feiertag, von dem ich nichts weiß?«

»Ich habe letzte Woche schon angerufen. Sie haben uns vergangenen Sommer einen Wintergarten angebaut. Und jetzt haben wir Bienen hier drinnen. Wir glauben, die haben irgendwo ein Schlupfloch gefunden. Könnten Sie vielleicht mal vorbeikommen und sich das anschauen?«

»Ich heiße Ryan und ich wollte wissen, ob ich mich bei Ihnen bewerben könnte. Meine Mom sagt, sie schmeißt mich raus, wenn ich mir keine Arbeit suche.«

Und so ging es weiter. Genau wie Sally vor ein paar Tagen fiel auch mir jetzt auf, dass nicht ein einziger Anruf dabei war, der möglicherweise einen Auftrag versprach. Scheiße, so weit das Auge reichte.

Als ich mir alle siebzehn Anrufe notiert hatte, fing ich an, die Leute zurückzurufen. Beinahe bis fünf saß ich da und telefonierte mit Subunternehmern, Lieferanten, früheren Kunden. Das ließ mich meine Scherereien zwar nicht vergessen, lenkte mich aber wenigstens eine Zeitlang davon ab, weil ich mich auf etwas konzentrieren konnte, dem ich auch gewachsen war.

Ich erledigte so viele Anrufe, wie ich konnte, dann lehnte ich mich zurück und stieß einen langen, erschöpften Seufzer aus.

Ich betrachtete Sheilas Foto auf dem Schreibtisch und sagte: »Was tu ich hier eigentlich?«

Ich musste wieder an den Tag denken, an dem ich eigentlich die Garage meines verstorbenen Vaters hatte ausräumen wollen. Plötzlich fielen mir jede Menge Sachen ein, die ich in meinem eigenen Haus zu erledigen hatte. Ich befestigte ein paar lose Schindeln, reparierte ein kaputtes Insektengitter, ersetzte eine Verandastufe, die zu faulen begonnen hatte.

Sheila stand da und sah mir zu, wie ich das Brett zurechtschnitt. Als der Lärm der Säge verstummt war, sagte sie: »Wenn dir die Arbeit hier ausgeht, dann kannst du ja bei den Nachbarn weitermachen, damit du dich nicht um den Kram deines Vaters kümmern musst. Der Kamin der Jacksons fängt auch an zu bröckeln.«

Sie wusste immer, wenn ich mich vor etwas drückte. Und genau das tat ich auch jetzt. Aber ich drückte mich vor mehr als einer unangenehmen Aufgabe.

Ich drückte mich vor der Wahrheit.

Ich hatte hier rumgesessen, Liegengebliebenes abgearbeitet, Nachrichten vom Anrufbeantworter abgeschrieben – aber das eigentliche Problem hatte ich nicht angepackt. An der nächsten Straßenecke lauerte schon die Trichterwolke des Tornados, aber ich kehrte brav das Laub in der Einfahrt zusammen.

Die längste Zeit hatte ich alle damit genervt, dass Sheila

nicht der Typ gewesen war, sich betrunken ans Steuer zu setzen. Und nun hatte ich den Verdacht, dass Sheila gezwungen worden war zu tun, was sie getan hatte. Meine Phantasie quälte mich mit grauenhaften Bildern. Bilder, so schrecklich wie in meinem Alptraum. In jeder wachen Minute machten sie sich in meinem Kopf breit.

Jemand hatte Sheila etwa Furchtbares angetan. Das glaubte ich jetzt.

Jemand steckte hinter ihrem Tod. Hatte ihn irgendwie inszeniert.

»Jemand hat sie umgebracht«, sagte ich.

Laut.

»Jemand hat Sheila ermordet.«

Ich hatte nichts Konkretes. Keine Beweise. Ich hatte nur dieses Bauchgefühl, das im Strudel der Ereignisse um Ann Slocum, ihren Mann, diesen Sommer, Belinda und die zweiundsechzigtausend, die Sheila für sie hätte überbringen sollen, immer stärker geworden war.

Alles deutete in eine Richtung.

Und ich war überzeugt, diese Richtung hieß Mord. Jemand hatte meine Frau betrunken in ihren Wagen gesetzt und sterben lassen.

Und mit ihr noch zwei andere Menschen.

Ich war mir so sicher, wie man sich nur sein konnte.

Ich griff zum Telefon, wählte die Nummer der Polizei Milford und fragte nach Detective Rona Wedmore.

»Der Unfall Ihrer Frau hat sich außerhalb meines Zuständigkeitsbereichs ereignet«, sagte mir Wedmore beim Kaffee eine Stunde später. Wir hatten uns bei McDonald's an der Bridgeport Avenue verabredet. Sie dachte, ich hätte sie angerufen, um zu hören, ob die Polizei herausgefunden habe, wer auf mein Haus geschossen hatte. Ich sagte ihr, wenn sie es mir sagen könnte, dann würde ich es gerne wissen, ansonsten hätte ich eigentlich etwas anderes mit ihr zu besprechen.

»Sie sehen mir nicht wie jemand aus, der das zum Vorwand nimmt, sich mit einer Sache nicht auseinanderzusetzen«, sagte ich.

»Das ist kein Vorwand«, sagte sie. »Das ist eine Tatsache. Wenn ich anfange, in fremden Fällen rumzuschnüffeln, mache ich mich sehr unbeliebt.«

»Und wenn es einen Zusammenhang mit einem Fall vor Ort gäbe?«

»Nämlich?

»Den von Ann Slocum.«

»Erzählen Sie.«

»Ich glaube nicht, dass der Tod meiner Frau ein Unfall war. Und deshalb frage ich mich, ob nicht vielleicht auch Anns Tod nicht das ist, wonach es aussieht. Die beiden waren Freundinnen, unsere Töchter spielten miteinander, beide hatten die gleiche Nebenbeschäftigung, obwohl die eine sich stärker engagierte als die andere. Es gibt einfach viel zu viele Zufälle bei dem Ganzen. Und Sie wissen, dass Darren halb übergeschnappt ist wegen des Anrufs, den Kelly gehört hat. Gut, ich bin kein Polizist, aber irgendwie ist es doch wie mit Häusern. Man kommt rein, und für die meisten Leute sieht alles ganz normal aus. Aber wenn *ich* reingehe, dann sehe ich Sachen, die den anderen nicht auffallen. An einer Stelle ist der Verputz vielleicht nicht so glatt, wie er sein sollte, weil da einer drübergeschmiert hat, um zu vertuschen, dass Wasser reinkommt, oder man spürt, wie die Bodenbretter sich unter den Arbeitsschuhen bewegen, und man weiß, dass da kein Estrich drunter ist. Man weiß einfach, dass da was nicht stimmt. Und das ist genau das Gefühl, das ich beim Unfall meiner Frau habe. Und bei dem von Ann.«

»Haben Sie irgendwelche Beweise, Mr. Garber, dass Ann Slocums Tod kein Unfall war?«

»Wie zum Beispiel?«

»Etwas, das Sie gesehen oder gehört haben, irgendetwas Konkretes zur Untermauerung Ihrer Behauptung.«

»Was Konkretes?«, wiederholte ich. »Ich sage Ihnen, was ich glaube. Ich sage Ihnen, was ich für wahr halte.«

»Ich brauche mehr als das«, sagte Wedmore.

»Gehen Sie nie nach Gefühl?«, fragte ich sie.

»Wenn es meines ist, schon«, antwortete sie mit dem Anflug eines Lächelns.

»Kommen Sie, wollen Sie mir weismachen, dass Sie nicht auch daran glauben? Ann Slocum verlässt nach diesem mehr als merkwürdigen Anruf mitten in der Nacht das Haus und landet im Hafenbecken. Und ihr Mann schluckt das alles, ohne Fragen zu stellen?«

»Er ist Polizist«, sagte Wedmore. Stellte sie sich wirklich hinter ihn, oder spielte sie nur Advocatus Diaboli?

»Ich bitte Sie«, sagte ich. »Ich habe von den Anschuldigungen gegen ihn gehört. Und Sie wissen bestimmt, dass er und seine Frau nebenbei einen Handel mit Raubkopien betrieben haben. So was kauft man nicht en gros bei Walmart ein, und das Startkapital dafür bekommt man auch nicht bei der Citibank. Da muss man sich schon mit sehr zwielichtigen Zeitgenossen einlassen. Die Slocums haben auch noch andere Leute eingespannt, um gefälschtes Zeug zu verkaufen, und nicht nur Handtaschen. Verschreibungspflichtige Medikamente, zum Beispiel. Und Baumaterial.«

In diesem Moment kam mir zum ersten Mal in den Sinn, dass die Slocums ohne weiteres auch die Elektroteile geliefert haben konnten, wegen denen das Haus abgebrannt war, das ich gerade erst gebaut hatte. Ich erinnerte mich vage, dass Sally einmal erzählt hatte, Theo hätte irgendwas bei den Slocums repariert. Und sollte tatsächlich Doug die Teile beschafft haben, dann gab es auch da eine Verbindung: Betsy und Ann hatten sich bei der Taschenparty kennengelernt, die Ann bei uns veranstaltet hatte. Und es war auch nicht ausgeschlossen, dass sie sich schon davor kannten.

»An dem Tag, an dem Sheila starb«, sagte ich, »wollte sie etwas für Belinda erledigen. Sie wollte einem Mann namens Sommer Geld von Belinda übergeben. Aber dieses Geld wurde nie übergeben. Dafür hatte Sheila diesen Unfall. Und dieser Sommer ist ein ziemlich brutaler Typ. Er war vor ein paar Tagen bei mir, und Arthur Twain sagt, er ist ein Verdächtiger in einem Dreifachmord in New York.«

»Was?« Wedmore hatte ihr Notizbuch gezückt und alles mitgeschrieben. Als ich zu Twain und dem dreifachen Mord kam, blickte sie auf. »Wer, zum Teufel, ist Arthur Twain, und was für ein Dreifachmord?«

Ich berichtete ihr vom Besuch des Privatermittlers und dem, was er mir erzählt hatte.

»Und dann ist Sommer bei Ihnen aufgetaucht? Hat er Sie bedroht?«

»Er dachte, ich hätte das Geld. Dass es bei dem Unfall vielleicht gar nicht verbrannt ist.«

»Ist es bei dem Unfall verbrannt?«

Ich zögerte. »Nein, ich hab's gefunden. Bei uns zu Hause. Sheila hatte es gar nicht mitgenommen.«

»Menschenskind«, sagte Wedmore. »Über wie viel Geld reden wir da eigentlich?« Ich sagte es ihr. Ihr fielen fast die Augen aus dem Kopf. Doch sie fasste sich im Bruchteil einer Sekunde. »Und Sie haben es ihm gegeben?«

»Belinda hatte mich bereits angerufen und alle möglichen Andeutungen gemacht, über ein Päckchen mit Geld. Ich glaube, Sommer hatte ihr schon die Hölle heißgemacht, damit sie ihre Schulden bezahlt. Als ich das Geld fand, habe ich es Belinda gegeben, damit sie den Typen loswird. Von diesem Geld wollte ich bestimmt nichts.«

Wedmore legte den Stift aus der Hand. »Vielleicht ging es bei dem Anruf ja darum.«

»Bei dem, den Kelly gehört hat?«

»Nein, bei dem, von dem Darren erzählt hat. Kurz bevor Mrs. Slocum aus dem Haus ging, hat Belinda Morton sie angerufen. Aber die hat mit keinem Wort erwähnt, dass sie deswegen angerufen hat.«

»Sie haben mit ihr gesprochen?«

Wedmore nickte. »Ich war bei ihr zu Hause.«

Ich überlegte hin und her, ob ich ihr von George Mortons Verhältnis mit Ann Slocum erzählen sollte und dass sie ihn erpresst hatte. Diese Information zurückzuhalten war im Moment mein Druckmittel gegen Morton, damit er Belinda dazu brachte, ihre Aussage über Sheila zurückzunehmen. Ich überlegte, was dafür sprach, Wedmore wirklich alles zu erzählen. Dann dachte ich an die finanzielle Zukunft, die meine Tochter und mich erwartete, und kam zu dem Schluss, dass ich, zumindest im Augenblick, an meine eigenen Interessen denken musste. Sollte sich aber herausstellen, dass Mortons Fesselspielchen irgendetwas mit Sheilas Ende zu tun hatten – ich konnte es mir zwar nicht vorstellen, außer Sheila hatte wirklich von den beiden gewusst und sich damit in Gefahr gebracht –, dann würde ich Wedmore alles erzählen, was ich wusste.

»Wollten Sie gerade etwas sagen?«, fragte sie.

»Nein. Das wär's im Moment.«

Wedmore machte sich noch ein paar Notizen, dann sah sie mich an.

»Mr. Garber«, sagte sie, in demselben Ton, den mein Arzt anschlug, wenn er mir sagte, ich solle mir keine Sorgen machen, bis die Befunde kämen, »ich glaube, Sie gehen jetzt am besten nach Hause. Ich kümmere mich darum. Ich werde ein bisschen rumtelefonieren.«

»Finden Sie diesen Sommer«, sagte ich. »Bringen Sie Darren Slocum aufs Revier und stellen Sie ihm ein paar drängende Fragen.«

»Ich bitte Sie, sich zu gedulden und mich meine Arbeit tun zu lassen«, erwiderte sie.

»Was machen Sie als Nächstes? Wenn Sie hier weggehen?«

»Ich fahre nach Hause und mache Abendessen für mich und meinen Mann.« Sie sah hinüber zum Tresen. »Oder vielleicht nehme ich was von hier mit. Und morgen widme ich mich Ihren Anliegen mit der ganzen Aufmerksamkeit, die ihnen gebührt.«

»Sie halten mich für durchgeknallt«, sagte ich.

»Nein«, sagte sie und sah mir direkt in die Augen. »Keineswegs.«

Ich hatte zwar das Gefühl, dass sie mich ernst nahm, doch ihre Ankündigung, sich erst morgen mit der ganzen Sache zu beschäftigen, war mir zu wenig.

Also musste ich sie heute Abend selbst in die Hand nehmen.

Wedmore sagte, sie würde sich melden, stand auf und stellte sich in die Schlange vor dem Tresen. Ich beobachtete sie einen Augenblick, dann erregte etwas anderes meine Aufmerksamkeit. Ich musste zweimal hinsehen.

Vor ihr standen zwei Jugendliche in der Schlange, die sich gegenseitig herumschubsten und dabei die Augen nicht von einem iPhone oder etwas in der Art ließen, das einer der beiden in der Hand hielt. Einen der Jungen erkannte ich. Er hatte neben Bonnie Wilkinson im Supermarkt gestanden, als ich mit ihr zusammenstieß. Er hatte dabeigestanden, als sie mir sagte, ich würde bekommen, was ich verdiente. Und kurz darauf bekam ich die Forderung ihrer Anwälte.

Das war Corey Wilkinson. Der Junge, dessen Vater und Bruder tot waren, weil Sheilas Wagen ihnen in der Ausfahrt im Weg stand.

Ich wollte hier nicht sitzen, wenn die beiden mit ihrem Essen vorbeigingen. Ich konnte ihn nicht ansehen.

Ich saß in meinem Pick-up und wollte schon den Motor anlassen, als die beiden aus dem Lokal kamen, jeder mit einer braunen Papiertüte und einem Getränk in der Hand. Schnell überquerten sie den Parkplatz und stiegen in einen kleinen silbernen Wagen, Corey auf der Beifahrerseite, der andere Junge setzte sich ans Steuer.

Der Wagen war ein VW Golf, ein Modell aus den späten neunziger Jahren. Die Spitze der kurzen, dicken Antenne, die hinten aus dem Dach ragte, zierte ein gelber Ball, etwas kleiner als ein Tennisball. Als sie an mir vorüberfuhren, sah ich den Smiley, der daraufgemalt war.

FÜNFUNDVIERZIG

Arthur Twain lehnte von Kissen gestützt am Kopfteil seines Bettes in seinem Zimmer im Just Inn Time, sein Laptop auf dem Schoß, sein Handy neben ihm auf der Tagesdecke. Er hatte durchaus schon besser gewohnt, aber sonst war in der Stadt nichts mehr frei gewesen.

Er kam nicht weiter. Belinda Morton wollte nicht mit ihm reden. Darren Slocum wollte nicht mit ihm reden. Der Einzige, der überhaupt mit ihm gesprochen hatte, war Glen Garber. Doch er hatte noch andere Namen, andere Frauen, die Handtaschenpartys von Ann Slocum besucht hatten. Sally Diehl. Pamela Forster. Laura Cantrell. Susanne Janigan. Betsy Pinder. Ein, zwei Tage wollte er es in Milford noch versuchen, sehen, ob er die eine oder andere der Frauen zum Sprechen bringen und eine genauere Vorstellung bekommen konnte, aus wie vielen verschiedenen Ecken die Taschen kamen, die hier verkauft wurden.

Einer Sache war Twain sich sicher: Slocum und seine tote Frau waren wie die Nabe eines Rads hier in der Gegend gewesen. Sie hatten die verschiedensten Produkte in diesen Teil von Connecticut gebracht. Ann verkaufte Handtaschen, ein, zwei Leute nahmen ihnen pharmazeutische Produkte ab und verkauften sie weiter, und selbst Baumaterial wurde verhökert, zumindest Dinge, die leicht zu transportieren waren wie zum Beispiel Elektroteile. Keine giftigen Gipsplatten.

Nicht, dass Twain die anderen gefälschten Produkte egal

gewesen wären, aber es waren die Modekonzerne, die ihn bezahlten. Wenn ihn eine Drogenspur zu den Taschenimitationen führte, wunderbar, aber sich auch um solche Dinge zu kümmern, dafür wurde er nicht bezahlt. Einmal war er auf der Suche nach der Quelle gefälschter Fendi-Taschen in einem Keller in Boston auf ein Labor zur Fälschung von DVDs gestoßen. Jeden Tag wurden dort an die fünftausend Raubkopien von Filmen hergestellt, manche davon liefen sogar noch im Kino. Twain rief die Behörden an, die sich um so etwas kümmerten, und das Fälschernest wurde noch in derselben Woche ausgehoben.

Er erstattete seinem Arbeitgeber gerade Bericht über den Stand der Ermittlungen in Milford, als es an seiner Tür klopfte.

»Sekunde!«, rief er. Er stellte das Laptop beiseite und schwang die Füße aus dem Bett. Er hatte keine Schuhe an. Mit sechs Schritten hatte er die Tür erreicht und spähte durch das Guckloch. Er sah nur schwarz. Es war das erste Mal, dass Twain durch das Guckloch sah. Vielleicht war es ja kaputt, oder jemand hatte Kaugummi darauf geklebt. In einem Hotel wie diesem musste man mit so etwas rechnen und auch damit, dass das Reinigungspersonal es nicht bemerkte.

Vielleicht hielt aber auch jemand den Finger darüber.

»Wer ist da?«, fragte er.

»Glen Garber.«

»Mr. Garber.«

Er konnte sich nicht erinnern, Garber den Namen seines Hotels gesagt zu haben. Er hatte sich hier noch gar nicht eingemietet, als er ihn besuchte. Eine Karte hatte er Garber gegeben, dessen war er sich sicher, also warum rief der Mann ihn nicht an, statt seine Spur bis hierher zu verfolgen?

Es sei denn, er hatte Twain etwas mitzuteilen, über das er aus Sicherheitsgründen lieber nicht am Telefon reden wollte.

Wenn es überhaupt Garber war.

»Können Sie einen Schritt von der Tür weggehen?«, fragte Twain und hielt sein Auge wieder an den Spion. »Ich kann Sie nicht richtig sehen.«

»Aber sicher«, sagte der Mann jenseits der Tür. »Sehen Sie mich jetzt?«

Der Spion war immer noch schwarz. Also war er kaputt, oder der Mann hielt noch immer den Finger darauf.

»Geben Sie mir eine Minute«, sagte Twain. »Ich komme gerade aus der Dusche.«

»Kein Problem«, sagte die Stimme.

Twains Aktenkoffer lag auf dem Schreibtisch. Er öffnete ihn und holte aus dem Fach unter dem Deckel eine kurzläufige Faustfeuerwaffe. Ihr Gewicht in seiner rechten Hand gab ihm ein beruhigendes Gefühl. Er sah auf seine Schuhe hinunter, die auf dem Boden neben dem Bett standen, und überlegte, ob er hineinschlüpfen sollte, beschloss aber, sich nicht damit aufzuhalten. Er kehrte zur Tür zurück, versuchte es noch einmal mit dem Guckloch.

Immer noch schwarz.

Er schob die Kette mit der Linken zurück, dann drehte er leise den Türknauf.

Was dann geschah, dauerte nur ein paar Sekunden.

Die Tür wurde mit ungeheurer Wucht aufgestoßen. Wäre sie ihm nur gegen den Körper gekracht, wäre das schon schlimm genug gewesen. Aber der untere Türrand zerschmetterte ihm die Zehen des linken Fußes. Twain brüllte vor Schmerz auf und fiel der Länge nach zu Boden.

Eine Gestalt betrat das Zimmer. Geduckt und flink. Twain hatte ihn noch nie in natura gesehen, aber er wusste sofort, mit wem er es zu tun hatte. Und er sah, dass Sommers Hände in Handschuhen steckten. Und dass er in einer eine Pistole hielt.

Trotz der Schmerzen war es Twain gelungen, seine eigene Waffe festzuhalten. Den Rücken auf den Teppichboden gepresst, der wie zermatschte Raupen aussah, die Beine unnatürlich gespreizt, hob er rasch den Arm und versuchte Sommer ins Visier zu nehmen.

Pfft.

Twain spürte etwas Heißes unter seinem rechten Arm und ließ seine Waffe fallen. Er wollte danach greifen, doch dieser neue Schmerz fühlte sich irgendwie anders an als der in seinem Fuß. Er saugte ihm in Sekundenschnelle alle Kraft aus dem Körper.

Sommer ging zu ihm und stellte sich mit einem Fuß auf sein Handgelenk, um ihn daran zu hindern, sich seine Waffe zurückzuholen. Twain sah in den Lauf von Sommers Pistole, registrierte den Schalldämpfer an dessen Ende.

Pfft.

Der zweite Schuss traf Twain mitten in die Stirn. Er zuckte noch ein paarmal, dann war es vorbei.

Sommers Handy klingelte. Er steckte die Waffe weg und zog das Handy heraus.

»Ja.«

»Was machen Sie gerade?«, fragte Slocum.

»Mich um das Problem kümmern, von dem Sie mir erzählt haben.«

Slocum zögerte, als wolle er etwas fragen, überlegte es sich jedoch anders. »Sie haben gesagt, dass wir zu Belinda fahren, um das Geld abzuholen, dass Garber gesagt hat, bis heute Abend hat sie's.«

»Ja. Ich hab sie vor einiger Zeit angerufen. Sie hat gesagt, sie hat das Geld, aber es gibt ein Problem. Irgendwas mit ihrem Mann.«

Sommer sah zu Boden und trat einen Schritt von der Leiche

zurück. Das Blut hatte zu fließen begonnen, und er wollte nicht, dass seine Schuhe damit in Kontakt kamen.

»Ah, George. Der kann manchmal recht zickig werden.«

»Das ist kein Problem.«

»Ich komme mit. Wenn sie das Geld hat, acht Riesen schuldet sie mir. Ich muss eine Beerdigung bezahlen.«

SECHSUNDVIERZIG

Ich legte den Vorwärtsgang ein und reihte mich hinter dem silbernen Golf in den Verkehr ein.

An dem Abend, als auf mein Haus geschossen worden war, hatte der Streifenpolizist Wedmore gesagt, die Nachbarin – Joan Mueller – hätte einen kleinen silbernen Wagen vorbeifahren sehen, an dessen Antenne etwas Rundes, Gelbes gesteckt habe.

Diese Beschreibung passte hervorragend auf den Wagen von Corey Wilkinsons Freund.

Ich wechselte die Spur und fuhr jetzt direkt hinter ihnen. Auf dem Block, den ich immer auf dem Armaturenbrett liegen hatte, notierte ich mir das Kennzeichen des Golf. Damit hätte ich meine Verfolgung auch beenden und die Nummer der Polizei melden können, aber das war nicht das, was ich wollte.

Die beiden Jugendlichen aßen während der Fahrt. Ich fuhr ihnen bis zur Connecticut Post Mall hinterher, wo der Freund Corey am Eingang neben Macy's absetzte. Beim Aussteigen nahm Corey den ganzen McDonalds-Müll mit, winkte seinem Kumpel zum Abschied zu und stopfte das Zeug in den nächstgelegenen Abfalleimer. Er wollte gerade die Treppe zum Einkaufszentrum hochgehen, da hielt ich an, ließ das Fenster herunter und rief nach ihm.

»Hey, Corey!«

Er blieb stehen und drehte sich um. Er brauchte mehrere

Sekunden, bis er mich erkannte. Dann verzog er das Gesicht zu einer »Du kannst mich mal!«-Grimasse wandte sich um und wollte weitergehen.

»Es ist wegen meines Fensters«, schrie ich ihm nach.

Er blieb wieder stehen, drehte sich langsam um. Ich winkte ihn zu mir, doch er blieb, wo er war. Da sagte ich: »Entweder wir beide unterhalten uns jetzt, oder ich verständige die Polizei. Ich hab das Kennzeichen von deinem Freund. Was meinst du, was wäre ihm lieber?«

Er kam näher, aber nur bis auf einen knappen halben Meter, dann blieb er stehen. »Steig ein«, sagte ich.

»Was wollen Sie eigentlich?«

»Ich hab gesagt, steig ein. Du kannst einsteigen, oder ich ruf die Polizei.«

Corey brauchte noch mal ein paar Sekunden, dann öffnete er die Tür. Ich stieg aufs Gas und fuhr Richtung Route 1.

»Wie heißt dein Freund?«, fragte ich ihn.

»Was für ein Freund?«, fragte er zurück und blickte geradeaus.

»Corey, ich finde es ja doch heraus. Also hör auf, dich blöd zu stellen und sag's mir.«

»Rick.«

»Rick, und wie noch?«

»Rick Stahl.«

»Wie ist das an diesem Abend gelaufen? Hat Rick den Wagen gelenkt, und du hast geschossen?«

Corey sah mich an. »Ich hab keine Ahnung, wovon Sie reden.«

»Na gut, halt dich fest, ich dreh jetzt hier um.«

»Wieso, was denn?«

»Ich bring dich jetzt direkt zur Polizei. Ich werde dich Detective Wedmore vorstellen. Du wirst sie bestimmt mögen.«

»Is ja gut, is ja gut! Machen Sie mir ein Angebot.«

Ich warf ihm einen Blick zu. »Ein Angebot? Hast du das wirklich gesagt? Du willst mein Angebot hören? Ihr zwei Witzbolde habt auf mein Haus geschossen. Ihr habt das Fenster im Zimmer meiner Tochter zertrümmert.« Ich stach mehrmals mit dem Finger vor ihm in die Luft. »Im Zimmer meiner Tochter, du verdammter Idiot! Hast du das kapiert? Und sie war im Zimmer. Da hast du mein Angebot!«

Er schwieg.

»Was mit deinem Dad und deinem Bruder passiert ist, tut mir unendlich leid, das kannst du mir glauben, und ich verstehe, wer deiner Meinung nach dafür verantwortlich ist. Aber mir ist es scheißegal, ob du glaubst, dass meine Frau deinen kompletten Stammbaum ausgerottet hat – du schießt nicht ins Zimmer meiner Tochter.« Ich packte seinen Arm, umklammerte ihn wie ein Schraubstock und schüttelte ihn.

»Hast du mich verstanden?«

»Mhm.«

»Ich hab nichts gehört.«

»Ja.«

Ich ließ ihn nicht los. »Wer hat geschossen?«

»Wir haben doch nicht gewusst, dass jemand im Zimmer ist«, sagte er. »Wir haben nicht mal gewusst, wessen Zimmer es ist.« Ich drückte noch fester zu. »Ich war's. Ich habe geschossen. Rick ist gefahren – ich habe noch keinen Führerschein –, und ich habe hinten gesessen, bei runtergelassenem Fenster, und beim Vorbeifahren habe ich geschossen, und ich schwöre bei Gott, ich wollte nur das Haus treffen oder Ihren Wagen oder sonst was in der Art. Ich hätte nie gedacht, dass ich ein Fenster treffen würde oder dass jemand im Zimmer ist.«

Ich stieß seinen Arm weg. Wir fuhren schweigend weiter. Schließlich fragte ich ihn: »Sag mir nur eines.«

»Hah?«

»Was hast du dir dabei gedacht?«

»Gedacht?«

Fast hätte ich gelacht. »Versteh schon, ›denken‹ kann man das ja wohl kaum nennen, aber trotzdem: Was sollte das Ganze?«

»Ich wollte einfach was tun«, sagte er leise. »Ich meine, meine Mutter verklagt Sie, aber ich wollte auch irgendwas tun.« Er sah mich an, und ich sah, dass ihm Tränen in die Augen traten. »Nicht nur sie hat Menschen verloren. Ich doch auch. Meinen Dad und meinen Bruder.«

»Du wolltest uns Angst einjagen«, sagte ich.

»Wahrscheinlich.«

»Also, das ist dir gelungen. Du hast mir Angst eingejagt. Und weißt du, wem du noch Angst eingejagt hast?«

Er wartete, dass ich es ihm sagte.

»Du hast meiner Tochter Kelly Angst eingejagt. Sie ist acht. Acht. Jahre. Alt. Die Kugel schlug nicht mal zwei Meter von ihr entfernt durchs Fenster. Sie hat geschrien wie am Spieß und sich im Schrank versteckt. Ihr ganzes Bett war voller Scherben. Hast du verstanden, was ich gesagt habe?«

»Ich hab's verstanden.«

»Geht's dir jetzt besser? Kannst du das, was mit deinem Bruder und deinem Dad passiert ist, jetzt besser aushalten, weil du ein kleines Mädchen zu Tode erschreckt hast? Ist das die Gerechtigkeit, auf die du aus bist?«

Corey sagte nichts.

»Wem gehörte die Waffe?«

»Rick. Also seinem Vater. Er hat alle möglichen.«

»Ich geb dir eine halbe Stunde«, sagte ich.

»Was?«

»Wenn du in einer halben Stunde nicht da bist, ruf ich die

Polizei. Du rufst jetzt deinen Freund Rick an. Ihr seid beide in einer halben Stunde bei mir, mit der Waffe, und ihr werdet sie mir geben.«

»Sein Dad wird ihm bestimmt nicht –«

»In einer halben Stunde«, wiederholte ich. »Und noch was.«

Er sah mich besorgt an.

»Bring deine Mutter mit.«

»Was?«

»Du hast schon verstanden.« Ich fuhr an den Straßenrand und hielt an. »Raus.«

»Hier? Wir sind hier doch mitten in der Pampa.«

»Stimmt genau.«

Er stieg aus. Als ich davonfuhr, sah ich im Rückspiegel, wie er telefonierte.

Fünfunddreißig Minuten später standen sie vor meiner Tür. Ich hätte ihnen auch fünfundvierzig gegeben, bevor ich Wedmore angerufen hätte. Die beiden Jungen, die sehr nervös wirkten, wurden von Coreys Mutter begleitet. Bonnie Wilkinson sah blass und mitgenommen aus. Sie betrachtete mich mit einer Mischung aus Verachtung und Besorgnis.

Rick hatte eine Papiertüte in der Hand.

Ich öffnete die Tür und winkte alle herein. Niemand sagte etwas. Rick gab mir die Tüte. Ich rollte sie auf und sah hinein.

Die Pistole.

»Sie wissen Bescheid?«, fragte ich Bonnie Wilkinson.

Sie nickte.

»Wenn's nur seinetwegen wäre«, sagte ich mit einer Kopfbewegung Richtung Rick, »dann würde ich die Polizei verständigen. Aber ich kann ihn nicht anzeigen, ohne gleichzeitig Ihren Sohn anzuzeigen.« Der Junge hatte gerade seinen Vater und seinen Bruder verloren. Ich konnte den Wilkinsons nicht noch mehr Kummer bereiten, auch wenn die Mutter Klage gegen mich erhoben hatte.

Sie nickte wieder.

»Aber wenn die beiden so etwas noch einmal versuchen, wenn die meine Tochter auch nur schief ansehen, dann hält mich nichts mehr auf.«

»Ich verstehe«, sagte Mrs. Wilkinson.

Rick sagte: »Was soll ich denn meinem Dad sagen, wenn er merkt, dass die Pistole nicht mehr da ist?«

»Keine Ahnung.«

»Ich rede mit ihm«, sagte Mrs. Wilkinson zu ihm. Einen Augenblick lang sagte niemand ein Wort. Schließlich sagte sie: »Ich wusste nicht, dass Corey so etwas Hirnverbranntes vorhatte. Ich hätte es nie zugelassen.«

Ich wollte ihr sagen, dass ich das wisse. Ich wollte ihr sagen, ich sei froh, dass ihre Strategie darauf zielte, uns vor Gericht zu erledigen, nicht auf der Straße. Doch ich nickte nur.

Es gab nichts mehr zu sagen. Als sie sich der Tür zuwandten, sagte ich zu Rick: »Eins noch.«

Er sah mich an.

»Schau, dass du diesen Ball auf deiner Antenne loswirst, bevor die Polizei ihn entdeckt.«

SIEBENUNDVIERZIG

Kurz nachdem die drei gegangen waren, läutete das Telefon.

»Mr. Garber, hier ist Detective Julie Stryker.« Die Ermittlerin im Mord an Theo Stamos.

»Hi«, sagte ich

»Ich habe eine Frage an Sie. Warum könnte Theo Stamos Ihnen einen Brief geschrieben haben?«

»Einen Brief?«

»Genau.«

»War's ein Drohbrief? Ich habe ihm gesagt, dass er von mir keine Aufträge mehr bekommt. So einen Brief haben Sie gefunden?«

»Er lag in einem Stapel anderer Papiere auf dem Küchentisch. Sieht so aus, als habe er sich Notizen gemacht. Weil er Ihnen einen Brief schreiben wollte. Vielleicht wollte er Sie auch anrufen. Und vorher seine Gedanken ordnen.«

»Was steht in den Notizen?«

»Anscheinend sollte es eine Art Entschuldigung werden, vielleicht sogar ein Geständnis. Können Sie sich vorstellen, was er Ihnen gestehen wollte?«

»Ich habe Ihnen doch von dem Haus erzählt, in dem er die Elektroinstallationen gemacht hat und das dann abgebrannt ist.«

»Kürzlich gab es einen Zwischenfall zwischen Ihnen beiden. Ich habe mit einem Hank Simmons gesprochen. Mr. Stamos hat auf einer seiner Baustellen gearbeitet.«

»Ja.« Mir war klar, dass sie es früher oder später sowieso rausfinden würde. »Ich habe ihn mit ein paar Neuigkeiten konfrontiert. Ich hatte gerade von der Feuerwehr gehört, dass die Elektroteile, die er in dem abgebrannten Haus verwendet hatte, nichts taugten. Sie haben den Brand verursacht.«

»Das haben Sie mir aber heute Vormittag nicht gesagt.«

»Das mit den Elektroteilen habe ich Ihnen gesagt.«

»Laut Aussage von Mr. Simmons haben Sie Mr. Stamos ... Gummihoden vom Wagen geschnitten?«

»Ja«, sagte ich.

Pause. »Kann ich Ihnen, ehrlich gesagt, nicht verdenken.«

Mir wurde klar, dass es nicht sehr klug war, mit ihr zu reden. Leg auf und ruf Edwin an, dachte ich. War ich durch meine Auseinandersetzung mit Theo verdächtig? Immerhin war ich auch da oben bei seinem Wohnmobil gewesen. Ich hatte die Leiche gefunden. Glaubte Stryker, dass ich etwas mit dem Mord zu tun hatte?

Aber wenn sie mich für verdächtig hielt, würde sie mir all diese Fragen am Telefon stellen? Hätte da nicht schon ein Streifenwagen vor meinem Haus auf mich gewartet?

Und dann hatten sie natürlich Doug in Gewahrsam.

»Darum ging's also in dieser Entschuldigung?«, fragte ich. »Um den Brand?«

»Schwer zu sagen. Ganz oben auf dem Blatt steht Ihr Name, darunter ein paar Worte. Ich lese Ihnen vor, was er geschrieben hat. Denken Sie daran, das Ganze sind nur Fragmente. Nur Halbsätze, noch dazu in einer Sauklaue geschrieben. Und mit der Rechtschreibung hatte er's auch nicht so.«

»Alles klar.«

»Mal sehen ... ja, hier. ›Mr. Garber, Ihr Urteil über mich, nicht fair‹ und ›das mit Wilson tut mir leid‹. Wer ist Wilson?«

»Das abgebrannte Haus war für die Wilsons.«

»Gut. Dann ›versuche nur, über die Runden zu kommen‹ und ›dachte die Teile sind‹, das sieht aus wie n, o, vielleicht ein r und ein m und –«

»›Normgerecht‹ wahrscheinlich. Er dachte, die Teile entsprächen den Vorschriften.«

»Und ›kann es nicht mehr vertuschen‹. Ergibt das für Sie einen Sinn?«

»Nein«, sagte ich.

»Und das Letzte, was da steht, ist ›mit Ihrer Frau tut mir leid‹. Warum sollte ihm etwas leidtun, das Ihre Frau betrifft, Mr. Garber?«

Mich fröstelte. »Steht da noch mehr darüber?«

»Das ist alles. Was könnte das sein, was Ihre Frau betrifft und ihm leidtut? Ist sie da? Könnten Sie sie ans Telefon holen?«

»Meine Frau ist tot.«

»Oh«, sagte Stryker. »Wann ist sie denn verschieden?«

»Vor fast drei Wochen.«

»Erst?«

»Ja.«

»War sie krank?«

»Nein«, sagte ich. »Jemand ist ihr in den Wagen gefahren. Dabei wurde sie getötet.«

Ich spürte, wie ihr Interesse wuchs. »War Mr. Stamos schuld an diesem Unfall? Könnte es das sein, was ihm leidgetan hat?«

»Ich weiß nicht, warum er das schreibt. Er ist ihr nicht reingefahren.«

»Dann hatte er also mit dem Unfall nichts zu tun?«

»Nein … nein«, sagte ich.

»Sie haben da ein wenig gezögert.«

»Nein«, wiederholte ich. Was, zum Teufel, hatte das zu bedeuten? Warum hatte Theo das geschrieben? Natürlich hatten viele Leute etwas in der Art gesagt. *Das mit Sheila tut mir leid.* Aber hier passte es überhaupt nicht her. Es ergab keinen Sinn.

»Ich kapier's nicht«, sagte ich. »Jetzt habe ich eine Frage an Sie.«

»Schießen Sie los.«

»Sind Sie sich sicher, was Doug betrifft? Glauben Sie wirklich, dass er Theo umgebracht hat?«

»Wir haben ihn angeklagt, Mr. Garber. Das ist meine Antwort.«

»Was ist mit der Pistole, die Sie im Wagen gefunden haben? Ich wette, dass Dougs Fingerabdrücke da nicht drauf sind. Auch wenn es die Waffe ist, mit der Theo erschossen wurde.«

Pause. »Wie kommen Sie darauf?«

»Ich habe mich in letzter Zeit zu wenig um Doug gekümmert. Jetzt bin ich wieder voll für ihn da. Ich glaube nicht, dass er es war. Er hat nicht das Zeug zum Mörder.«

»Wer war's dann?«

Da war ich im Moment überfragt. Ich schwieg.

»Also, wenn Ihnen dazu etwas einfällt, rufen Sie mich an.«

Jemand hämmerte an meine Haustür.

»Betsy«, sagte ich, als ich öffnete.

Sie stand auf der Veranda, eine Hand in die Hüfte gestemmt, und sah aus, als würde sie mir am liebsten eine reinhauen. Am Straßenrand stand ein Wagen im Leerlauf, hinter dem Lenkrad saß ihre Mutter.

»Ich komme wegen Dougs Pick-up«, sagte sie.

»Wie bitte?«

»Die Polizei hat meinen Wagen. Die haben ihn in irgendein Kriminallabor gebracht, und ich brauche einen fahrbaren Untersatz. Ich will Dougs Wagen.«

»Komm morgen vorbei«, sagte ich. »Wenn ich wieder im Büro bin.«

»Ich hab den Schlüssel für seinen Wagen, aber ich habe keinen Schlüssel fürs Tor. Gib ihn mir, dann hol ich mir den Pick-up.«

»Ich geb dir überhaupt keine Schlüssel, Betsy. Bis morgen kann deine Mutter dich doch fahren.«

»Wenn du mir nicht traust und Angst hast, dass ich dir mit deinem heißgeliebten Elektrospielzeug durchbrenne, dann komm mit und sperr mir auf, damit ich den Pick-up holen kann. Dauert keine fünf Minuten.«

»Es war ein langer Tag, und ich hab noch zu tun«, sagte ich.

»Was du nicht sagst!«, sagte sie, mittlerweile mit beiden Händen an den Hüften. »*Du* hattest also einen schweren Tag. Zuerst verlier ich mein Haus, und am nächsten Tag wird mein Mann wegen Mordes verhaftet. Aber *du* hattest einen schweren Tag.«

Ich seufzte. »Willst du reinkommen?«

Sie erwog das Angebot und kam dann ohne ein weiteres Wort ins Haus.

»Erzähl mir, wie's Doug geht«, forderte ich sie auf.

»Wie's ihm geht? Ja, Scheiße, was glaubst du denn, wie's ihm geht?«

»Betsy, es interessiert mich wirklich. Wie geht's ihm?«

»Weiß ich nicht«, sagte sie. »Ich hab ihn nicht gesehen.«

»Sie lassen dich nicht zu ihm?«

Diese Frage mochte sie nicht, sie sah weg. »Ich hatte noch nicht wirklich Gelegenheit dazu. Aber wahrscheinlich haben sie ihn irgendwo eingesperrt, wo ich ihn eh nicht besuchen kann.« Sie blickte kurz auf ihre Hände hinunter, die kaum merklich zu zittern schienen. »Gott, ich bin mit den Nerven am Ende.« Sie schob die Hände in die Vordertaschen ihrer hautengen Jeans.

»Hast du ihm einen Anwalt besorgt?«

Sie lachte. »Einen Anwalt? Soll das ein Witz sein? Glaubst du wirklich, ich kann mir einen Anwalt leisten?«

»Was ist mit einem Pflichtverteidiger?«

»Ja, klar. Wie gut würde so einer wohl sein?«

Ich dachte an das Geld in der Wand meines Bürokellers. Mit dem könnte ich einen Anwalt für Doug engagieren.

»Außerdem«, fügte Betsy hinzu, »habe ich auch noch was anderes zu tun.«

»Den Pick-up zu holen, ist das deine erste Priorität?«

»Ich brauch einen Wagen. Meine Mutter braucht ihren selbst.«

»Hast du ihn schon aufgegeben, Betsy? Ist es so? Dich interessiert gar nicht mehr, was aus ihm wird?«

»Natürlich interessiert's mich. Aber jetzt haben sie ihn. Sie hätten ihn nicht angeklagt, wenn sie nicht was gegen ihn in der Hand hätten, sagt meine Mom. Ich meine, die wissen wahrscheinlich, dass er da oben war, bei Theos Wohnmobil. Da ist diese Waffe im Auto, und sie sagen, das ist die, mit der er erschossen wurde. Was brauchst du denn noch? Ich wusste nicht mal, dass er eine Knarre hatte.« Sie schüttelte den Kopf. »Da denkt man, man kennt jemand.«

»Ich wusste nicht, dass du so kalt bist, Betsy.«

»Ich will nur ein anständiges Leben«, sagte sie. »Ich hab was Besseres verdient als das hier. Ist das ein Verbrechen?«

»Doug hat einmal, nur so im Spaß, zu mir gesagt, dass er sich manchmal fragt, ob du irgendwo Geld gehortet hast. Wie kommt er auf so was, was meinst du?«

»Wenn ich irgendwo ein geheimes Geldversteck hätte, würde ich dann bei meiner Mutter wohnen und dich anbetteln, dass ich mir die elende Schrottkarre von meinem Mann holen darf?«

»Das ist keine Antwort, Betsy. Hat Doug recht? Hast du irgendwo Geld auf die Seite gebracht? Mir ist nicht entgangen, dass die Stapel von Rechnungen in eurer Küche dich nicht davon abgehalten haben, einkaufen zu gehen. Du warst immer noch flüssig, obwohl eure Kreditkarten wahrscheinlich schon längst gesperrt waren.«

»Ich fass es nicht. Echt nicht. Glaubst du, ich geh auf den Strich oder so was?«

»Nein«, sagte ich. Aber interessant war es schon, dass sie das sagte, wenn ich an das dachte, was ich über Ann Slocum erfahren hatte.

Sie schüttelte zornig den Kopf. »Na gut, manchmal hilft mir meine Mom aus der Klemme. Sie steckt mir schon mal ein paar Scheine zu.«

»Betsy, sag mir die Wahrheit.«

»Wenn du's unbedingt wissen musst: Sie sieht vielleicht nicht aus, als hätte sie Geld zum Verprassen, aber da war so ein Onkel, von dem hat sie vor ein paar Jahren was geerbt. So an die achtzigtausend, nachdem sie das Haus verkauft hatte. Sie war die einzige Verwandte, also hat sie's bekommen.«

»Wusste Doug Bescheid?«

»Himmel nein. Ich bin doch nicht blöd. Sie hat mir manchmal was zugesteckt, wenn wir knapp waren oder wenn wir die Raten für die Kreditkarten nicht zahlen konnten.« Sie lachte. »Wenn die ganzen Banken uns dauernd Kreditkarten schicken, warum sollen wir sie dann nicht benutzen? Ich sag da jedenfalls nicht nein.«

»Damit hast du dein Haus verloren, Betsy.«

Die Hände wanderten von den Hosentaschen wieder zu den Hüften. »Wie kommst du eigentlich auf die Idee, dass du besser bist als alle anderen? Kommt man damit auf die Welt, oder kriegt man das erst mit der Zeit?«

»Was hast du gemacht, als Doug zu Theo gefahren ist?«

»Häh?«, machte sie. »Wovon redest du?«

»Das war nur eine Frage, Betsy. Was hast du gemacht, während Doug unterwegs war?«

»Ich wusste nicht mal, dass er weg war, bis ich in der Früh aufgestanden bin und mein Wagen war weg. Was soll ich denn gemacht haben? Geschlafen hab ich.«

»Warst du schon mal oben bei Theo?«

»Was? Nein. Was soll ich da oben?«

»Woher weißt du dann, dass er in einem Wohnmobil wohnt?«

»Was?«

»Gerade vor einer Minute hast du gesagt, dass er bei Theos Wohnmobil war. Woher weißt du das?«

»Was soll diese Fragerei? Wahrscheinlich hat's die Polizei mir gesagt, keine Ahnung. Was hat dich denn gebissen? Und kann ich mir den Pick-up jetzt holen oder nicht?«

»Komm morgen vorbei«, sagte ich. »Wenn ich nicht da bin, dann vielleicht Sally. Oder KF. Irgendjemand wird dir schon helfen. Aber im Moment haben wir geschlossen.«

Ich brachte sie zur Tür und schloss hinter ihr ab.

Ich musste die ganze Zeit an das denken, was Doug gesagt hatte: dass er und Betsy bei ihrer Mutter nicht mal im selben Zimmer schliefen. Es wäre also nicht ausgeschlossen, dass Betsy um die Zeit, zu der Doug das Haus verließ, um zu Theo zu fahren, gar nicht daheim gewesen war.

Sie hätte weiß Gott wo sein können.

Keine Ahnung, worauf ich mit meinen Spekulationen hinauswollte, warum ich Betsy unterstellte, dass sie … Das kam wahrscheinlich davon, dass es ihr anscheinend völlig egal war, wie es mit Doug weiterging. Er war in Haft, und sie besuchte ihn nicht mal. Anscheinend gab sie sich mit der Version der Ereignisse zufrieden, die sie von der Polizei bekommen hatte.

Genau wie Darren Slocum hatte Betsy kein Interesse, den Dingen auf den Grund zu gehen. Sie fand sich einfach mit den Tatsachen ab.

ACHTUNDVIERZIG

Sommer brachte seinen Chrysler ein paar Häuser entfernt von Belinda Mortons Grundstück in der Cloverdale Avenue zum Stehen, machte die Scheinwerfer aus und schaltete den Motor ab.

Slocum auf dem Beifahrersitz sagte: »Ich muss Sie was fragen.«

Sommer sah ihn an.

»Sagen Sie mir, dass Sie die Kleine von Garber nicht umbringen wollten. Als Sie in ihr Fenster schossen.«

Sommer schüttelte gelangweilt den Kopf. »Das waren irgendwelche Jugendlichen. Die fuhren vorbei, während ich da parkte. Danach war es zu riskant, noch länger zu bleiben. Deshalb war ich heute Morgen bei Garber.«

»Menschenskind, hätten Sie mir das nicht einfach sagen können? Ich hab schon geglaubt, Sie hätten um ein Haar Emilys Freundin umgebracht.«

»Und trotzdem sitzen Sie hier und machen noch immer Geschäfte mit mir«, sagte Sommer.

»Und was ist mit Twain? Haben Sie –«

Sommer hob die Hand. »Das reicht. Kommen Sie mit rein?«

»Nein«, sagte Slocum. »Solange ich meinen Anteil krieg, ist das nicht notwendig.«

Sommer stieg aus. Den Schlüssel ließ er stecken. Kurz piepte ein Warnton auf, als die Innenbeleuchtung anging. Slocum sah Sommer hinterher, als dieser entschlossen auf das Haus

aufs College schicken können. Davon erholt er sich vielleicht sein Lebtag nicht mehr, wenn die Wilkinson gewinnt.«

»Du warst derjenige, der so große Töne gespuckt hat, von wegen tun, was du für richtig hältst.«

»Ich bin mir jetzt nicht mehr ganz so sicher, was hier wirklich das Richtige ist. Ich meine, nur weil Sheila vielleicht mit Marihuana experimentiert hat, heißt das ja nicht, dass sie es in der Unfallnacht geraucht hat. Und nach dem, was ich gehört habe, haben sie keine Drogen in ihrem Blut gefunden, sondern nur Alkohol.«

»Was ist los, George? Du änderst doch sonst nie deine Meinung über irgendetwas.«

»Was ich damit sagen will: Wenn du das nächste Mal mit den Anwälten sprichst, solltest du sagen, dass du dich vielleicht geirrt hast. Dass du inzwischen nachgedacht hast und dich jetzt genauer entsinnst, wie das damals wirklich war. Dass Sheila nichts Unrechtes getan hat.«

»Wo kommt das denn jetzt her?«

»Ich will einfach tun, was richtig ist.«

»Du willst tun, was richtig ist? Dann mach diesen verdammten Safe auf.«

»Tja, Belinda, das eine hat mit dem anderen überhaupt nichts zu tun. Ich möchte noch immer, dass du mir erklärst, was es mit dem Geld auf sich hat, und ich möchte auch, dass du weißt, dass ich geneigt bin, das Ganze nicht so eng zu sehen. Vielleicht habe ich ja, nur dieses eine Mal, ein wenig übers Ziel hinausgeschossen, als –«

»Was in aller Welt ist denn mit deinem Handgelenk passiert?«

»Was? Nichts.«

Doch sie packte seinen Arm und schob den Ärmel zurück. »Was hast du denn gemacht? Das ist nicht einfach passiert. Es sieht aus, als wär's schon am Abheilen. Wann ist das passiert? Du deckst das schon seit Tagen zu. Bist du deshalb in letzter Zeit so komisch? Ziehst du dich deshalb nicht vor mir aus, schläfst nicht mit mir, was – sind es beide Handgelenke?«

»Es ist ein Ausschlag«, sagte er. »Rühr's nicht an, sonst bekommst du's auch. Es ist sehr ansteckend.«

»Wo hast du dir denn das geholt? War's Giftefeu?«

»So etwas Ähnliches. Ich wollte nur, dass –«

Es läutete an der Tür. Das brachte sie beide zum Schweigen.

»Es hat geläutet«, sagte George. »Willst du vielleicht nachsehen, wer's ist?«

Belinda warf George einen wütenden Blick zu, als er auf die Taste der Fernbedienung drückte, um zumindest noch den Schluss von Judge Judys Moralpredigt zu hören. Sie ging zur Haustür und öffnete sie, ohne nachzudenken, denn mit Sommer hatte sie nicht gerechnet. Sie hatte ihm gesagt, er solle sie anrufen, dann würden sie sich für morgen verabreden. Bis dahin, so hoffte sie, hätte sie einen Weg gefunden, George zum Öffnen des Safes zu überreden.

Anscheinend hatte es eine Programmänderung gegeben.

»O Gott«, sagte sie. »Ich dachte, wir hätten morgen ausgemacht. Ich brauch noch –«

»Keine Zeit mehr«, sagte Sommer, trat ein und schloss die Tür hinter sich.

»Wer ist da?«, rief George.

»Mein Mann ist zu Hause«, flüsterte Belinda.

Sommer sah sie an. *Na und?,* sagte sein Blick. »Sie haben doch das Geld?«

Mit einer Kopfbewegung deutete sie in die Richtung, aus der die Stimme ihres Mannes gekommen war. »Er hat's gefunden und meint, damit stimmt was nicht, und er will es nicht aus dem Safe holen, bis ich ihm sage, wofür es ist.«

»Sagen Sie's ihm.«

»Ich habe ihm gesagt, es ist eine Anzahlung für ein Grundstück, aber er glaubt mir nicht. George ist sehr pedantisch, wenn es um korrekte Unterlagen und Quittungen und Belege geht.«

Sommer seufzte und sah zum Wohnzimmer hinüber. »Dann muss ich ihm wohl welche zeigen.«

Und Belinda dachte: Was soll's. Ich hab schon alles versucht.

Slocum holte sein Handy heraus, drückte auf eine Taste und hielt sich das Telefon ans Ohr.

»Hi, Daddy«, sagte Emily Slocum.

»Hi, Schätzchen.«

»Wolltest du mit Tante Janice reden?«

»Nein, ich wollte nur ein bisschen mit dir plaudern.«

Darren Slocum ließ das Haus der Mortons nicht aus den Augen und hoffte, dass Sommer bald wieder herauskäme. Solche Situationen behagten ihm gar nicht. Er machte sich keine Illusionen über Sommer. Er wusste ganz genau, wozu der fähig war. Ann hatte ihm erzählt, was in der Canal Street vorgefallen war, was sie ihn hatte tun sehen. Voller Unruhe saß Darren im Wagen und fragte sich, wie weit Sommer in diesem Fall wohl gehen würde.

Aber wenn Sommer sein Geld bekäme, wenn das hier ohne Zwischenfall über die Bühne ginge, dann könnte das das Ende sein. Sie haben Ihr Geld bekommen, würde er ihm sagen. Und jetzt suchen Sie sich jemand anderen, der Ihr Zeug hier verkauft. Jetzt, wo Ann tot war, wollte Slocum aus der Sache raus. Keine Taschenpartys mehr, keine verschreibungspflichtigen Medikamente für Belinda. Kein Elektrozubehör für Theo Stamos.

Slocum wollte raus. Raus aus dieser Sache. Raus aus Milford.

Seine Tage als Polizist waren wahrscheinlich ohnehin gezählt. Die Sache mit dem gestohlenen Drogengeld, das er als Startkapital für diesen Handel mit Raubkopien verwendet hatte, beschäftigte seine Vorgesetzten noch immer. Selbst wenn sie ihn dafür nicht drankriegen konnten, der üble Geruch, der ihm jetzt schon anhaftete, konnte nur noch schlimmer werden. Vielleicht sollte er einfach seine Dienstmarke abgeben. Wenn er von selbst ginge, würden sie die Untersuchung vielleicht still und leise einschlafen lassen. Sie würden sich damit zufriedengeben, ihn loszuwerden. Er würde umziehen. Vielleicht irgendwohin in den Norden von New York. Oder nach Pittsburgh. Sich einen Job bei einer Sicherheitsfirma suchen. Oder so was.

In solchen Momenten, wenn Slocum sich schämte für den Weg, den er eingeschlagen hatte, die Entscheidungen, die er getroffen hatte, die Leute, mit denen er sich eingelassen hatte, in solchen Momenten rief er seine Tochter an. Ein Mann, der seine Tochter liebt, redete er sich ein, kann nicht nur böse sein.

Ich bin ein anständiger Mann. Mein kleines Mädchen bedeutet mir mehr als alles andere auf der Welt.

Und so hatte er, während er auf Sommer wartete, seine Tochter angerufen.

»Wo bist du, Daddy?«, fragte Emily.

»Ich sitze in einem Auto und warte auf jemanden«, sagte er. »Und was machst du gerade?«

»Nichts.«

»Irgendwas musst du doch tun.«

»Tante Janice und ich waren am Computer. Ich hab ihr gezeigt, wie viele Freunde ich hab und was ihnen gefällt. Kannst du nicht nach Hause kommen?«

»Es dauert nicht mehr lang. Ich muss nur noch ein paar Sachen unter Dach und Fach bringen.«

»Mom fehlt mir.«

»Ich weiß. Mir auch.«

»Tante Janice hat gesagt, wir sollten in Urlaub fahren. Du und ich.«

»Das ist eine gute Idee. Wohin würdest du denn gerne fahren?«

»Vielleicht nach Boston?«

»Warum Boston?«

»Weil Kelly gesagt hat, dass sie da vielleicht hinfährt.«

»Kelly Garber ist in Boston?«

»Im Moment nicht. Jetzt ist sie bei ihrer Oma.«

»Also, ich glaube, es würde uns guttun, irgendwohin zu fahren, und wenn du nach Boston willst, dann soll mir das recht sein.«

»Dort gibt es ein Aquarium.«

»Das wär doch toll«, sagte Slocum. Er sah Scheinwerfer, die auf ihn zukamen. »Alle möglichen Fische anzuschauen und Haie und Delphine.«

»Wann muss ich zurück in die Schule?«

»Nächste Woche, würde ich sagen.«

Der Wagen parkte vor dem Haus der Mortons. Die Scheinwerfer gingen aus.

»Schätzchen«, sagte Slocum. »Daddy muss jetzt Schluss machen. Ich ruf dich später wieder an.«

Belinda führte Sommer ins Wohnzimmer. George drehte sich in seinem Lederfernsehsessel um, als er merkte, dass sie hereinkam. Er nahm die Fernbedienung und stellte wieder den Ton aus.

»Hey«, sagte er, weil er nur Belinda sah.

»Du hast Besuch«, sagte sie.

George sah auf. Da stand Sommer. »Oh, hallo, ich glaube, wir –«

Sommer packte George im Genick, zerrte ihn aus dem Sessel und beförderte ihn mit dem Kopf voran mitten in *Judge Judy* hinein. Der Plasmafernseher ging zu Bruch.

Die Scheinwerfer waren ausgegangen, aber niemand stieg aus dem Wagen. Slocum glaubte zu erkennen, dass der Fahrer auf das Haus der Mortons starrte. Vielleicht überlegte er, was er tun sollte. Wer, zum Teufel, ist das, dachte Slocum.

Der Flachbildschirm zersprang. George schrie. Belinda schrie.

Sommer zerrte George vom Fernseher weg. George blutete am Kopf und schlug wild mit den Armen um sich. Er wollte Sommer treffen und versetzte ihm auch den einen oder anderen Klaps, der einer Mücke vielleicht den Garaus gemacht hätte, hier aber keinen großen Effekt erzielte.

»Wo ist es?«, fragte Sommer.

»Was?«, winselte George. »Was wollen Sie?«

»Das Geld.«

»In meinem Arbeitszimmer«, sagte George. »Es ist in meinem Arbeitszimmer.«

»Nach Ihnen«, sagte Sommer, ließ George jedoch nicht los, sondern packte seinen Hemdkragen und drehte ihn enger.

»Das war nicht notwendig!«, schrie Belinda Sommer an. »Er blutet.«

Mit der freien Hand stieß Sommer sie aus dem Weg, wobei er ihr mitten auf die rechte Brust griff. Belinda taumelte rückwärts gegen den Türrahmen.

»Es ist in einem Safe, stimmt's?«, fragte Sommer.

»Ja, ja, es ist im Safe«, sagte George. Er führte Sommer ins Arbeitszimmer und um den Schreibtisch herum. »Er ist in der Wand, hinter dem Bild da.«

»Aufmachen«, sagte Sommer und stieß George quer

durchs Zimmer, bis er mit dem Gesicht im Porträt seines Vaters landete.

Sommer ließ ein wenig locker, damit George das Bild zur Seite klappen konnte. Der Safe mit dem Kombinationsschloss kam zum Vorschein.

»Das sind also die Leute, mit denen du Geschäfte machst«, zischte George Belinda an.

»Du Volltrottel!«, schrie sie ihn an. »Das hast du dir selbst eingebrockt!«

George legte seine Finger auf die Wählscheibe, aber sie zitterten. »Ich … ich weiß nicht, ob ich das kann.«

Sommer seufzte. Er packte George jetzt mit der Linken, um die Rechte frei zu haben und zog ihn weg, um den Zahlenkranz selbst drehen zu können. Seine Hand zitterte kein bisschen.

»Ich höre«, sagte er.

»Schon gut, schon gut, drehen Sie zweimal nach rechts, dann links bis vierundzwanzig, rechts bis elf –«

Verdammt will ich sein, dachte Belinda. Er hat meinen Geburtstag genommen.

Genau in dem Augenblick, als George die dritte Zahl sagen wollte, die Belinda jetzt auch selbst hätte ergänzen können, klingelte es im Zimmer.

Ein Handy.

Belinda ließ ihres auch zu Hause an, doch es war nicht ihr Klingelton. George schaltete seines immer aus, wenn er nicht unterwegs war. Also musste es das von Sommer sein. Doch der hielt mit einer Hand George fest, und mit der anderen gab er die Kombination ein. Es blieb ihm also nichts anderes übrig, als das Klingeln zu ignorieren.

Die Fahrertür ging auf. Slocum kniff die Augen zusammen, um zu sehen, wer es war.

Die Person überquerte die Straße.

»Geh unter die Lampe«, flüsterte Slocum mit zusammengebissenen Zähnen. »Unter die Lampe.«

Es war, als würde Slocums Flehen erhört. Die Person blieb einen winzigen Augenblick unter der Straßenlampe stehen. Den Blick noch immer auf das Haus gerichtet. Jetzt konnte Slocum erkennen, wer das war.

»Scheiße, nein«, sagte er und holte sein Handy aus der Brusttasche. Er klappte es auf, rief Sommers Nummer auf und drückte auf die Wähltaste.

»Geh ran, geh ran, geh ran.«

Sommer stellte die letzte Zahl ein, hörte, wie sich das Schloss öffnete, und zog die Tresortür auf. In diesem Moment hörte auch sein Handy auf zu klingeln. Er ließ George' Hemd los und griff nach dem Geldumschlag.

»Na endlich«, sagte er.

George erkannte seine Chance und wollte flüchten. Doch er war nicht schnell genug. Sommer ließ den Umschlag fallen, packte George am Arm und schleuderte ihn auf den ledergepolsterten Bürostuhl. Der Stuhl kippte samt George um.

Sommer griff in sein Sakko und zog die Pistole. Er zielte auf George und sagte: »Machen Sie keinen Mist.«

Doch weil Belinda schrie, als sie die Waffe sah, hätte George Sommers Warnung beinahe nicht gehört.

Und keiner von ihnen hörte die Türklingel.

NEUNUNDVIERZIG

Als Betsy und ihre Mutter weg waren, ging ich nach oben ins Bad und spritzte mir Wasser ins Gesicht. Ich schaute in den Spiegel, sah die dunklen Ringe unter meinen Augen. Sollte ich schon früher einmal so tief auf dem Zahnfleisch dahergekrochen sein, konnte ich mich jedenfalls nicht mehr daran erinnern.

Ich kam aus dem Bad und setzte mich auf das Bett, das ich einmal mit Sheila geteilt hatte. Ich ließ meine Hand über die Decke gleiten, hinüber auf Sheilas Seite. Hier hatten wir uns jede Nacht zur Ruhe gelegt, uns von unseren Hoffnungen und Träumen erzählt, gelacht und geweint, uns geliebt. Hier hatten wir Kelly gezeugt.

Ich stützte die Ellbogen auf die Knie und den Kopf in die Hände. So saß ich eine Weile und spürte, wie mir die Tränen kamen, doch ich ließ sie nicht fließen. Dazu war jetzt keine Zeit.

Ich atmete ein paarmal tief ein und aus, würgte den Schmerz, die Verzweiflung und den Kummer hinunter.

»Reiß dich zusammen, Weichei«, befahl ich mir. »Heb deinen Arsch, du hast jede Menge Orte und Leute abzuklappern.«

Was für Orte und Leute das sein sollten, das war mir keineswegs klar. Klar war mir nur, dass ich hier nicht rumhocken konnte, während Rona Wedmore ihren Big Mac und ihre Pommes aß, sich schlafen legte und bis morgen wartete, um den Dingen nachzugehen, von denen ich ihr erzählt hatte. Ich wollte ihnen jetzt auf den Grund gehen. Ich musste etwas tun, durfte nicht aufhören, Fragen zu stellen.

Ich musste wissen, was Sheila zugestoßen war.

Ich wusste, was sie in diesem Moment zu mir sagen würde, wenn sie könnte: »Mach eine von deinen Listen.«

Ich hatte Block und Schreibzeug auf dem Nachttisch für den Fall, dass ich in der Nacht aufwachte und mir Sachen durch den Kopf gingen wie: »Heute werden bei den Bernsteins die Arbeitsplatten eingebaut, ich muss dafür sorgen, dass die Tischler rechtzeitig da sind.« Das schrieb ich mir dann auf, damit ich es nicht vergaß.

Als ich mir schon einige Punkte notiert hatte, fiel mir auf, dass das eigentlich gar keine Liste von Dingen war, die abzuarbeiten waren, sondern ein Katalog von Fragen, auf die ich noch keine Antwort hatte.

Was hatte Sheila in ihren letzten Stunden gemacht? Wo hatte sie sich so betrunken? Wurde sie, und zu dieser Auffassung neigte ich immer mehr, ermordet? Und wenn Sheilas Tod ein Mord war, folgte daraus, dass auch Ann ermordet worden war?

War es möglich, dass Ann von ihrem Mann Darren ermordet worden war? Oder von George Morton, den sie erpresste? Oder vielleicht sogar von Belinda, die den beiden möglicherweise auf die Schliche gekommen war? Und was war mit Sommer, der laut Arthur Twain sowieso schon ein Mordverdächtiger war? Die Slocums und er kannten sich gut.

Jeder von ihnen hätte es sein können. War es logisch anzunehmen, dass dieselbe Person, egal, wer sie war, auch Sheila auf dem Gewissen hatte?

Mein Bauch sagte ja. Aber mein Bauch kannte nur wenige Fakten.

Was war eigentlich mit Belinda? Sie hatte selbst zugegeben, dass sie Sheila das Geld für Sommer gegeben hatte. Ich fragte mich langsam, ob Belinda vielleicht mehr wusste, als sie mir bisher gesagt hatte. Ich wollte noch einmal mit ihr reden, am besten ohne dass George in der Nähe war.

Schließlich war da noch Theo. Wie hing der Mord an ihm mit dem Rest zusammen? Gab es überhaupt eine Verbindung? Oder war es so einfach, wie es aussah? Er und Doug hatten sich in die Haare gekriegt, und Doug hatte ihn erschossen?

Ich wusste es nicht, aber ich kritzelte weiter.

Die allerletzte Frage unterstrich ich vier Mal:

Warum hat Theo mir einen Brief geschrieben, um mir zu sagen, dass ihm das mit Sheila leidtut?

Ich ging noch einmal alles durch, was ich mir notiert hatte. Hingen diese Fragen alle irgendwie zusammen? Und wenn ja, wie? Wenn ich die Antwort auf eine von ihnen fände, hätte ich dann auch die Lösung für alle anderen?

Ich wusste, mit wem ich als Erstes reden wollte.

Auf dem Weg zum Wagen schnappte ich mir die Papiertüte mit der Pistole. Die würde im Long Island Sound oder im Hafen von Milford oder im Gulf Pond ihr nasses Grab finden. In einem Gewässer jedenfalls, das tief genug war, diese Waffe für alle Zeiten zu verschlucken.

Ich sperrte die Haustür zu, stieg in meinen Pick-up und schob die Tüte unter meinen Sitz. Ich fuhr rückwärts aus der Einfahrt und schaltete dabei die Scheinwerfer ein. Weit musste ich nicht fahren. Nur von einem Viertel Milfords in ein anderes.

Als ich zu dem Haus kam, ließ ich den Wagen ausrollen. Ich parkte gegenüber, betrachtete eine Weile das Haus und überlegte mir, was ich sagen wollte. Bei einigen meiner Fragen würde es mir nicht leichtfallen, sie zu stellen. Und eine würde ich mir bis ganz zum Schluss aufsparen.

Schließlich öffnete ich die Wagentür, schlug sie hinter mir zu und überquerte die Straße im Licht der Straßenlampen. Ein paar Häuser weiter parkte ein Auto am Straßenrand, sonst war nichts und niemand zu sehen.

Ich ging zur Haustür und läutete. Wartete. Läutete wieder. Ich wollte schon ein drittes Mal läuten, da hörte ich jemanden kommen.

Die Tür ging auf.

»Hey«, sagt ich. »Ich muss mit dir reden.«

»Klar«, sagte Sally. Sie schien ein bisschen überrascht, mich zu sehen. »Komm doch rein.«

FÜNFZIG

Sally umarmte mich, als ich die Diele betrat. Sie führte mich ins Wohnzimmer.

»Wie geht's dir?«

»Nicht so toll.«

»Kann ich mir vorstellen. Wahrscheinlich stehst du noch unter Schock.«

»Kann sein, ja, vielleicht. Es kann irgendwie nicht sein, dass er tot ist.«

»Ich weiß.«

»Theos Bruder hat aus Providence angerufen. Er kommt runter und kümmert sich um alles, sobald sie, du weißt schon, sobald die Polizei den Leichnam freigibt. Der Vater kommt morgen oder übermorgen aus Griechenland. Ich frage mich, ob sie ihn nach Hause bringen.«

»Nach Griechenland?«

»Mhm.« Sie lachte auf. Ein kurzes, trauriges Lachen. »Da wollten wir eines Tages mal hin.«

Ich wusste nicht, was ich sagen sollte.

»Ich bin nicht Fisch und nicht Fleisch. Ich meine, ich hab ihn geliebt, aber ich weiß, dass er nicht das große Los war. Ich bin mir nicht mal sicher, ob ich den Rest meines Lebens mit ihm hätte verbringen wollen. Aber manchmal muss eine Frau tun, was getan werden muss, um nicht den Rest ihres Lebens allein zu bleiben.«

»Sally.«

»Schon gut, ich will jetzt keine Komplimente hören oder so. Aber ich hätte auch nichts dagegen, wenn du mir ein paar hinwirfst.« Sie lachte wieder. Unter Tränen. »Und er war fast mit meinem Bad fertig. Ist das zu fassen? Der Boden wird schon schön warm, aber ein paar Fliesen hätte er noch verlegen müssen und die Badewanne abdichten. Ich dachte, nächstes Wochenende könnten wir beide hier schon ein Schaumbad nehmen.«

Ich muss weggesehen haben.

»Bring ich dich in Verlegenheit?«, fragte Sally.

»Nein, überhaupt nicht. Es ist nur … es tut mir so leid.«

»Du und ich, wir sind schon ein tolles Gespann, was?«, sagte Sally. »Vor drei Wochen verlier ich meinen Vater, du verlierst Sheila und jetzt das.«

Darüber musste ich jetzt doch lächeln. »Kann man wohl sagen, wir sind wirklich ausgesprochene Glücksbringer.«

Etwas, an das ich bis zu diesem Moment noch nie gedacht hatte, veranlasste mich zu fragen: »Sally, als dein Vater noch lebte und du all diese Medikamente für ihn kaufen musstest, da hast du doch nie welche bei Sheila gekauft, oder? Oder bei Belinda? Und auch sonst nirgends, nur in der Apotheke?«

Mir ging der schreckliche Gedanke durch den Kopf, dass Sally vielleicht minderwertige, wirkungslose Kopien verkauft worden waren, die den Tod ihres Vaters herbeigeführt haben könnten.

Sally war verdutzt. »Was? Warum sollte ich Medikamente bei Sheila oder sonst wem kaufen?«

Ich stieß einen Seufzer der Erleichterung aus. »Vor ihrem Tod hat sie überlegt, ob sie vielleicht einen kleinen Handel aufziehen soll mit den gängigsten verschreibungspflichtigen Medikamenten, nur viel billiger als in einer normalen Apotheke.«

Sallys Augenbrauen gingen hoch. »Mensch. Die hätte ich brauchen können.«

»Nein, die hättest du gar nicht haben wollen. Die hätten völlig nutzlos sein können.« Wir setzten uns einander gegenüber hin.

Sally fragte: »Was gibt's Neues von Doug?«

»Ich weiß eigentlich nur, dass Anklage gegen ihn erhoben wurde.«

»Ich kann es nicht fassen.«

»Ich auch nicht.«

»Ich meine, wir haben jahrelang mit ihm zusammengearbeitet. Ich hätte das nie für möglich gehalten.«

Sallys Definition von »ich kann es nicht fassen« unterschied sich offensichtlich von meiner. Sie war geschockt, akzeptierte aber, dass es sich so verhielt. Ich nicht. Ich war felsenfest von Dougs Unschuld überzeugt.

»Ich glaube, ich weiß, was passiert ist«, sagte Sally. »Es ist zwar nur eine Theorie, aber ich glaube, als Theo dämmerte, dass Doug die Teile ausgetauscht hat, haben sie sich in die Wolle gekriegt, und Doug hatte Angst, dass Theo dir sagen würde, was er getan hatte.«

»Vielleicht«, sagte ich ohne große Überzeugung. »Aber das passt gar nicht zu ihm. Ich kann mir Doug nicht vorstellen, wie er jemanden in den Rücken schießt.«

»Viele Leute haben in letzter Zeit Dinge getan, die in unseren Augen keinen Sinn ergaben«, sagte sie, und ich wusste, dass sie auf Sheila anspielte.

»Lass uns darüber reden, weswegen ich eigentlich gekommen bin«, sagte ich. Sally sah mich erwartungsvoll an. »Detective Stryker hat mich angerufen. Sie hat gesagt, Theo hätte eine Art Brief geschrieben, vielleicht sogar erst kurz bevor er umgebracht wurde.«

»Was für einen Brief denn? Wo hat sie den gefunden?«

»Auf dem Küchentisch im Wohnmobil, glaub ich, unter irgendwelchen Papieren. Stryker hat gesagt, es hätte ausgesehen, als sei das Ganze für mich bestimmt gewesen. Notizen, eine Liste von Dingen, die er mir sagen wollte.«

»Das hat er immer so gemacht«, bestätigte Sally. »Schreiben war nicht seine große Stärke. Er schrieb sich Gedanken auf, machte sich eine Art Konzept von dem, was er sagen wollte, bevor er einen Brief schrieb. Was waren denn das für Notizen?«

»Das Ganze war ein bisschen zusammenhanglos, ergab nicht viel Sinn, aber ein Punkt unterschied sich von allem anderen. Da stand was in der Art wie: tut mir leid wegen Ihrer Frau.«

»Leid wegen Sheila?«

Ich nickte. »Was hältst du davon?«

»Keine Ahnung«, sagte Sally. »Ich meine, wahrscheinlich heißt es genau das, was da steht. Es tat ihm leid, dass Sheila von uns gegangen ist.«

Ich schüttelte den Kopf. »Das versteh ich nicht. Theo und ich waren nicht gerade Freunde. Insbesondere nach diesem Zusammenstoß nicht. Und außerdem sind seit Sheilas Tod schon ein paar Wochen vergangen. Warum sollte er mir das jetzt sagen?«

Auch Sally schüttelte den Kopf. »Ist schon ein bisschen extrem, was?«

»Deshalb wollte ich dich fragen, wie gut du ihn wirklich kanntest. Hältst du's für möglich, dass Theo etwas mit Sheilas Tod zu tun hatte?«

Sally stand auf. »Ach Gott, Glen, wirklich. Geht's noch?«

»Ich frage ja nur.«

»Ich weiß, du konntest ihn nicht leiden, und von seinen

Fähigkeiten als Elektriker hast du auch nichts gehalten, und diese Truck Nuts, die von seiner Stoßstange baumelten, waren eine Beleidigung für dein empfindsames Gemüt, aber Herrgott im Himmel, das ist doch nicht dein Ernst? Theo soll deine Frau umgebracht haben? Glen, niemand hat Sheila umgebracht. Die Einzige, die Schuld an Sheilas Tod hat, ist Sheila selbst. Hör mal, ich weiß ja, wie dich das kränkt, dass ich das sage, aber es ist die Wahrheit, und je früher du dich damit abfindest, desto früher kannst du wieder ein normales Leben führen und aufhören, alle anderen zu nerven.«

»Aber was Theo schreibt, klingt, als habe er wegen irgendwas ein schlechtes Gewissen.«

Sally schüttelte den Kopf. Sie schäumte vor Wut, ihre Wangen glühten.

»Das ist wirklich, also das ist wirklich das Gemeinste, was du je zu mir gesagt hast.«

Ich stand auf. Mir war klar, hier kam ich nicht weiter. »Es tut mir leid, Sally«, sagte ich. »Das sollte kein Angriff auf dich sein.«

Sie ging mir voran zur Haustür. »Ich glaube, du solltest gehen, Glen.«

»Schon gut«, sagte ich.

»Und ich glaube, ich möchte kündigen.«

»Was?«

»Ich glaube nicht, dass ich noch für dich arbeiten kann.«

»Sally, bitte.«

»Es tut mir leid, aber ich glaube, ich muss jetzt nach vorne schauen. Privat und beruflich. Vielleicht muss ich einfach ganz neu anfangen. Ich könnte bestimmt einen guten Preis für dieses Haus erzielen. Ich könnte woanders hinziehen.«

»Sally, es tut mir leid. Ich schätze dich außerordentlich. Wir müssen abwarten, bis sich wieder alles beruhigt. Wir sind alle mit den Nerven am Ende. Es ist so viel passiert in diesem Monat. Bei mir, bei dir. Nimm dir zwei Wochen frei. Such dir Hilfe. Ernsthaft, ich hab auch schon daran gedacht. Es gibt Tage, da glaub ich, ich dreh durch. Tu bloß –«

Die Tür stand schon offen. »Geh, Glen. Geh einfach.«

Ich ging.

EINUNDFÜNFZIG

Rona Wedmore ging mit zwei Big Macs und einer großen Portion Pommes nach Hause. Keine Limo, keine Milchshakes. In ihrem Kühlschrank gab es Getränke. Wozu für etwas Restaurantpreise zahlen, das man schon zu Hause hatte? Und außerdem gab es bei McDonald's kein Bier.

Sie stellte den Wagen in der Einfahrt ihres Hauses in Stratford ab und schloss die Haustür auf.

»Ich bin da«, rief sie. »Und ich hab was von Macky mitgebracht.«

Sie erhielt keine Antwort. Doch Detective Rona Wedmore beunruhigte das nicht. Sie hörte, dass der Fernseher an war. Klang wie eine Folge von *Seinfeld.*

Lamont liebte Seinfeld. Rona hoffte, dass er eines Tages während einer Folge sogar lachen würde.

Sie nahm ihre Waffe vom Gürtel und sperrte sie in eine Schublade des Schreibtischs in einem als Arbeitszimmer genutzten Gästezimmer. Auch wenn sie nur kurz zu Hause war, nahm sie die Waffe immer ab und deponierte sie an sicherer Stelle.

Als das erledigt war, ging sie durch die Küche in ein kleines Zimmer an der Rückseite des Hauses, das sie noch renoviert hatten, bevor Lamont rübergegangen war. Nicht groß, aber groß genug für einen Zweisitzer, einen Couchtisch und einen Fernseher. Hier verbrachten sie viel Zeit gemeinsam. Lamont verbrachte fast seine gesamte Zeit hier.

»Hey, mein Schatz«, sagte sie, als sie mit der braunen Tüte hereinkam. Sie beugte sich vor und küsste ihren Mann auf die Stirn. Sein Blick war unverwandt auf die Abenteuer von Jerry, Elaine, George und Kramer gerichtet. »Magst du ein Bier dazu?« Lamont schwieg. »Bier kommt sofort.«

Sie stellte zwei Tablettständer vor das Sofa, dann ging sie in die Küche. Sie legte die Big Macs auf zwei Teller und teilte die Pommes zwischen den beiden auf. Auf Lamonts Teller spritzte sie Ketchup. Sie selbst hatte sich noch nie etwas aus Ketchup auf ihren Pommes gemacht. Sie mochte sie am liebsten nur gesalzen.

Sie stellte die Teller auf die Tabletts und ging dann noch einmal in die Küche. Sie füllte ein Glas mit Leitungswasser für sich selbst und holte ein Bier aus dem Kühlschrank. Dann kehrte sie ins Fernsehzimmer zurück. Lamont hatte sein Essen noch nicht angerührt. Er wartete immer auf sie. Bitte und danke zu sagen war zwar im Moment nicht sein Ding, aber er fing nie zu essen an, solange sie nicht neben ihm saß.

Rona Wedmore biss in den Big Mac. Lamont tat es ihr nach.

»Ab und zu«, sagte sie, »schmecken die richtig gut, findest du nicht?«

Der Arzt hatte ihr erklärt, nur weil Lamont selbst nichts zu sagen hatte, hieß das nicht unbedingt, dass er wollte, dass auch sie schwieg. Inzwischen hatte sie sich an die einseitige Konversation gewöhnt. Das ging jetzt schon mehrere Monate so. Sie wünschte sich, dass Lamont ihr Geplapper über die Arbeit und das Wetter und ob Barack eine zweite Amtszeit schaffen würde, irgendwann so satthatte, dass er sich endlich zu ihr umdrehte und sagte: »Himmel, Arsch und Zwirn, kannst du bitte endlich die Klappe halten?«

Wäre das ein Genuss!

Lamont tauchte ein Kartoffelstäbchen in Ketchup und

steckte es als Ganzes in den Mund. Er sah zu, wie Kramer die Tür aufriss und in Jerrys Wohnung schlitterte.

»Das kann ich nicht oft genug sehen«, sagte Rona. »Da könnt ich mich jedes Mal totlachen.«

Während der Werbung erzählte sie ihm von ihrem Tag. »Das ist das erste Mal, dass ich gegen einen Polizisten ermitteln muss«, sagte sie. »Das wird ein richtiger Eiertanz. Aber dieser Typ, mit dem ist irgendwas oberfaul. Der scheint sich einen Dreck dafür zu interessieren, wie seine Frau zu Tode gekommen ist. Was hältst du davon?«

Lamont aß das nächste Kartoffelstäbchen.

Der Arzt sagte, er könne schlagartig in die Realität zurückkehren. Vielleicht morgen, vielleicht nächste Woche, vielleicht in einem Jahr.

Vielleicht nie.

Aber zumindest konnte er daheim sein. Er funktionierte ja, mehr oder weniger. Konnte duschen, sich anziehen, sich ein Sandwich machen. Sie konnte ihn sogar anrufen. Dann schaute er auf die Anzeige, und wenn sie es war, hob er ab, und sie konnte ihm etwas sagen. Solange es nicht notwendig war, dass er ihr antwortete, war alles gut.

Manchmal rief sie nur an, um ihm zu sagen, dass sie ihn liebte.

Und am anderen Ende der Leitung herrschte Schweigen.

»Ich hör dich, Liebster«, sagte sie dann. »Ich hör dich.«

Als Kriminalpolizistin hatte sie schon manches gesehen. In Milford blieb ihr vielleicht einiges von dem erspart, was ihre Kollegen in L. A. oder Miami oder New York in schöner Regelmäßigkeit zu Gesicht bekamen, aber einiges hatte auch sie gesehen.

Den grässlichen Anblick, der sich Lamont drüben im Irak geboten hatte, konnte sie sich allerdings selbst mit all ihrer

Phantasie nicht vorstellen. Man hatte es ihr beschrieben – die irakischen Schulkinder und wie sie versehentlich in eine improvisierte Sprengvorrichtung gelaufen waren –, und trotzdem machte ihr Kopf da nicht mit.

Wahrscheinlich ebenso wenig wie der von Lamont.

Als er fertig gegessen hatte, trug Rona das Geschirr in die Küche und räumte die Tablettständer weg. Dann setzte sie sich zu ihm auf die Couch.

»Ich muss noch mal weg«, sagte sie. »Es dauert nicht lang. Aber ich habe heute noch mal mit diesem Mann gesprochen, seine Frau ist vor ein paar Wochen bei einem Autounfall gestorben. Und der Typ und seine Tochter, du glaubst nicht, was die alles mitgemacht haben. Er denkt, da ist was faul an den Umständen, unter denen seine Frau ums Leben gekommen ist. Und ich glaube das auch.«

Lamont nahm die Fernbedienung und zappte sich von einem Sender zum nächsten.

»Ich habe ihm zwar gesagt, dass ich bis morgen nichts mehr unternehmen werde, aber ich will heute Abend noch mit jemandem reden. Macht's dir was aus, wenn ich noch mal kurz weggehe?«

Lamont landete bei einer Folge von *Raumschiff Enterprise*. Dem Original. Mit Kirk und Spock.

Wedmore küsste ihn noch einmal auf die Stirn. Sie schnallte sich ihre Waffe wieder um, schlüpfte in ihre Jacke und verließ das Haus.

Sie fuhr über die Brücke nach Milford zurück, vorbei an dem Autohaus, wo die Wiederaufbauarbeiten nach dem Brand noch immer nicht abgeschlossen waren, fand den Weg in die Gegend, in der Belinda Morton wohnte, und parkte gegenüber deren Haus. Sie betrachtete es einen Moment, dann stieg sie aus. Sie sah sich kurz in der Straße um, das war ihr schon in Fleisch und Blut übergegangen. Registrierte den dunklen Chrysler, der ein paar Häuser weiter parkte.

Alles war still.

Sie ging zur Tür und klingelte.

Es war beinahe komisch. In dem Moment, indem sie auf den Klingelknopf drückte, kam ein Schrei aus dem Inneren des Hauses, so als hätte sie ihn ausgelöst.

Rona tat drei Dinge in rascher Reihenfolge. Sie zog ihr Handy heraus, drückte eine Taste und sagte: »Bitte um Verstärkung.« Dann rasselte sie die Adresse herunter. Das Handy kehrte in die Jackentasche zurück, die Pistole verließ den Gürtel.

Diesmal drückte sie nicht mehr auf die Klingel. Sie hämmerte mit der Faust an die Tür.

»Polizei!«, rief sie.

Doch die Frau hörte nicht auf zu schreien.

Den Luxus, auf Verstärkung zu warten, konnte Wedmore sich nicht leisten. Sie versuchte, die Tür zu öffnen, und stellte fest, dass sie unversperrt war. Sie stieß sie auf und trat gleichzeitig einen Schritt zur Seite. Die Arme durchgestreckt, die Waffe mit beiden Händen umklammert, lugte sie vorsichtig um die Ecke. Die Diele war leer.

Das Schreien hatte aufgehört, aber jetzt hatte eine Frau, vermutlich dieselbe, die gerade noch wie am Spieß gebrüllt hatte, sich aufs Bitten verlegt: »Bitte, bringen Sie ihn nicht um! Bitte. Nehmen Sie das Geld und gehen Sie.«

Die Stimme eines Mannes: »Her mit dem Umschlag.«

Wedmore folgte den Stimmen. Sie ging durchs Wohnzimmer, dann durch ein Zimmer, in dem ein großer Fernseher mit eingeschlagenem Bildschirm schief an der Wand hing.

Jetzt das Wimmern eines zweiten Mannes: »Es tut mir leid! Es tut mir leid. Nehmen Sie's einfach!«

Wedmore überlegte, was für Möglichkeiten sie hatte. In der Diele die Stellung halten, bis Hilfe kam? Von da, wo sie gerade stand, rufen, dass die Polizei im Haus war? Oder einfach –

Die Frau schrie wieder. »Nicht schießen! Nein!«

Viel Zeit hatte Wedmore nicht mehr. Sie trat durch die Tür. In einer Nanosekunde machte sie sich ein Bild von den Örtlichkeiten.

Ein Arbeitszimmer. Am hinteren Ende ein breiter Eichenschreibtisch. An den Wänden überfüllte Bücherregale. Rechts ein Fenster, das auf den Garten hinausging.

An der Wand hinter dem Schreibtisch war ein an Scharnieren befestigtes, gerahmtes Gemälde aufgeklappt worden und gab den Blick frei auf einen offenen Wandsafe.

Auf einer Seite stand eine Frau. Rona Wedmore erkannte Belinda Morton. Ihr Gesicht war vor Schreck verzerrt. Ein Mann mittleren Alters lag auf den Knien. Das musste George Morton sein. Sein Kopf mit dem schütterem Haar war blutverschmiert, und er blickte in den Lauf einer Pistole. Der Mann, der die Waffe auf ihn gerichtet hielt, war schlank, gut gekleidet und hatte glänzendes schwarzes Haar. Wedmore kannte ihn nicht.

Die Arme steif nach vorne gestreckt, beide Hände um die Waffe gekrallt, schrie sie mit einer Stimme, die sie kaum als ihre eigene erkannte: »Polizei! Waffe fallen lassen!«

Der Mann war schneller, als sie erwartet hatte. Eben hatte er noch Belinda Mortons Mann angesehen, doch gleich darauf hatte sich sein ganzer Oberkörper gedreht, und er sah Wedmore direkt ins Gesicht.

Auch seine Waffe hatte sich bewegt. Der Lauf war jetzt kaum mehr als ein schwarzer Punkt in Wedmores Auge.

Mit einer Ausweichbewegung nach rechts rief sie noch einmal: »Fallen –«

Das *Pffft* hörte sie kaum.

Allerdings spürte sie es.

Es gelang ihr, ebenfalls einen Schuss abzufeuern. Sie kam aber nicht mehr dazu, zu sehen, ob sie ihr Ziel getroffen hatte.

Wedmore ging zu Boden.

ZWEIUNDFÜNFZIG

Darren Slocum, auf der Straße im Chrysler sitzend, hörte den Schuss.

»O Scheiße«, sagte er laut.

Er griff nach dem Schlüssel, der noch im Zündschloss steckte und stieg aus dem Wagen. In der offenen Beifahrertür stand er da und überlegte, was er tun solle. Es hing vor allem davon ab, auf wen geschossen worden war. Wenn überhaupt. Es hätte auch eine Art Warnschuss sein können. Oder ein Schuss könnte sich versehentlich gelöst haben. Oder jemand könnte danebengeschossen haben.

Eines wusste Slocum jedenfalls: wer vorhin ins Haus gegangen war. Er hatte Rona Wedmore beobachtet, wie sie aus ihrem Wagen gestiegen war, die Straße überquert und an die Haustür gehämmert hatte. Er glaubte, Lärm aus dem Haus gehört zu haben, war sich jedoch nicht sicher. Er hatte gesehen, dass sie ihr Handy herausgeholt und ganz kurz telefoniert hatte, bevor sie mit gezückter Pistole das Haus betrat.

Schlecht.

Sollte Wedmore Sommer erschossen haben, dann war es das Klügste zu verschwinden. Und keinesfalls in Sommers Auto. Dann wäre es am besten, den Schlüssel wieder ins Schloss zu stecken und den Chrysler stehenzulassen, damit alle glaubten, Sommer sei allein zum Haus der Mortons gekommen. Wenn Slocum wegfuhr, und die Polizei keinen Wagen auf der Straße fand, würde sie wissen, dass Sommer einen Komplizen hatte.

Und Darren wollte nicht, dass sie anfingen, nach einem Komplizen zu suchen.

Natürlich war es auch möglich, dass in dem Durcheinander, das wahrscheinlich im Haus entstanden war, Belinda oder George erschossen worden waren. Und dann, zu dieser Erkenntnis kam Darren Slocum schließlich, gab es noch eine Möglichkeit, die allerschlimmste: dass Detective Rona Wedmore getötet worden war.

Von Sommer.

Dann wartete Slocum gerade auf einen Polizistenmörder.

Noch schlechter.

Lass es Sommer sein, dachte Slocum. Das wäre überhaupt das Beste. Wenn Sommer tot war, konnte er nicht mehr viel sagen. Er konnte nichts über seine Geschäfte mit Darren und seiner Frau ausplaudern. Selbst für Darren, der von Berufs wegen mit allerlei Gesocks zu tun hatte, war Sommer ein besonders furchteinflößendes Exemplar dieser Spezies. Einer Sache war er sich ganz sicher: Er würde nachts besser schlafen, wenn er wüsste, dass der Typ tot war.

Grübelnd und unentschlossen stand er neben dem Wagen. Was sollte er tun? Hier bleiben? Zum Haus gehen? Einfach abhauen? Zu Fuß würde er es in zehn Minuten von der Cloverdale Avenue zu sich nach Hause in den Harborside Drive schaffen.

Und dann? Was, wenn seine Kollegen eins und eins zusammenzählten? Wenn sie vor seiner Tür standen, würden sie ihm Handschellen anlegen, auch wenn Sommer tot war und kein Wort gesagt hatte?

Wenn er nach Hause kam, sollte er alles zusammenpacken und mit Emily verschwinden? Und wenn er realistisch war, wie weit glaubte er, kommen zu können? Er war auf so etwas überhaupt nicht vorbereitet. Er hatte nichts, um eine andere

Identität anzunehmen. Die Kreditkarten, die er besaß, waren alle auf seinen Namen ausgestellt. Wie lang würden die Behörden brauchen, um ihn aufzustöbern? Einen Mann auf der Flucht mit einem kleinen Mädchen im Schlepptau?

Einen Tag? Wenn überhaupt.

Was sollte er tun? Er konnte sich nicht entschließen. Zuerst musste er wissen, was sich in dem Haus abgespielt –

Jemand kam heraus.

Es war Sommer. Mit einer Waffe in der Hand.

Er rannte auf den Wagen zu. Slocum lief ihm entgegen. »Was, zum Teufel, ist da drin passiert?«, rief er.

»Rein in den Wagen«, sagte Sommer, nicht sehr laut, aber entschieden. »Ich habe das Geld.«

Slocum blieb, wo er war. »Der Schuss? Was war da los?«

Sommer stand jetzt ganz dicht vor ihm. »Rein in den verdammten Wagen.«

»Ich hab Rona Wedmore da reingehen sehen. Eine Polizistin! Und Sie kommen heraus, allein. Was ist da drin passiert?« Slocum packte Sommer bei den Aufschlägen seines Sakkos. »Was haben Sie getan, verdammt noch mal?«

»Ich habe auf sie geschossen. Steigen Sie ein.«

In der Ferne heulten Sirenen.

Slocums Hände glitten an Sommers Aufschlägen hinunter. Mit hängenden Armen stand er da und schüttelte ein, zwei Mal den Kopf, als sei eine Art Frieden über ihn gekommen.

»Wird's bald«, sagte Sommer.

Doch Slocum rührte sich nicht. »Es ist vorbei. Das alles. Es ist vorbei.« Er sah zum Haus hinüber. »Ist sie tot?«

»Wen interessiert's?«

Überrascht hörte Slocum sich sagen: »Mich. Sie ist eine Kollegin. Und viel mehr Polizistin, als ich je war. Eine Kollegin ist verletzt, da muss ich helfen.«

Sommer richtete seine Pistole auf Slocum. »Müssen Sie nicht«, sagte er. Und drückte ab.

Slocum griff sich an die linke Seite, direkt über dem Gürtel, und sah hinunter. Blut quoll zwischen seinen Fingern hervor. Er fiel zuerst auf die Knie, dann kippte er zur Seite, die Hand noch immer auf der Wunde.

Sommer überquerte die Straße, schlug die Beifahrertür zu, ging um den Wagen herum und setzte sich ans Steuer. Er streckte die Hand aus, um den Zündschlüssel zu drehen.

»Was zum –«

Der Schlüssel, den er extra hatte stecken lassen, war nicht mehr da. Er öffnete die Tür, damit die Innenraumbeleuchtung anging und er sehen konnte, ob der Schlüssel auf die Bodenmatte gefallen war.

Noch mehr Sirenen.

»Verdammt!«, sagte er. Er stieg wieder aus und war mit wenigen langen Schritten bei Slocum, der sich noch immer den Bauch hielt, als könne er sich dadurch selbst zusammenhalten.

»Der Schlüssel. Her mit dem Schlüssel.«

»Leck mich«, sagte Slocum.

Sommer kniete sich hin und tastete Slocums Taschen ab. Er beschmierte sich die Hände mit Blut. »Wo ist er, verdammt? Wo ist er?«

In diesem Augenblick hob er zufällig den Kopf und sah zum Haus der Mortons.

Jemand taumelte aus dem Haus, in einer Hand eine Waffe, die andere gegen die Schulter gepresst. Rona Wedmore. Sie warf einen Blick ins Haus zurück und rief: »Bleiben Sie, wo Sie sind.«

Sommer dachte, schlimmer könne es nicht mehr kommen.

Da kam ein Pick-up um die Ecke und fuhr auf das Haus zu.

DREIUNDFÜNFZIG

Schon ehe ich von daheim weggefahren war, hatte ich mich entschlossen, nach Sally gleich Belinda aufzusuchen.

Mir war elend zumute, als ich Sallys Haus verließ. Wie es aussah, würde ich sie verlieren, als Mitarbeiterin und als Freundin. Aber ich hatte sie einfach fragen müssen, was Theo gemeint haben könnte, als er schrieb, das mit Sheila tue ihm leid.

Das war nicht die übliche Beleidsbekundung. Da steckte mehr dahinter.

Auf dem Weg zum Wagen rätselte ich, wo die Verbindung liegen könnte. Einmal angenommen, Doug hatte mit dem Ganzen nichts zu tun, dann war es nicht unwahrscheinlich, dass Theo sein Elektromaterial über Darren und Ann Slocum bezogen hatte. Und die Schwierigkeiten der beiden waren eng verflochten mit meinen und Sheilas.

Doch wie genau das alles zusammenhing, war und blieb mir schleierhaft.

Jetzt wollte ich erst mal mit Belinda sprechen. Dann würde ich Slocum einen Besuch abstatten. Was ich die beiden fragen wollte oder wie ich mich überhaupt verhalten sollte, wusste ich noch nicht. Besonders bei Slocum war ich ratlos. Das letzte Mal hatte ich ihn im Bestattungsinstitut gesehen – und niedergeschlagen.

Als ich in die Cloverdale Avenue einbog und auf das Haus der Mortons zufuhr, sah ich sofort, dass hier etwas nicht stimmte.

Eine schwarze Frau war gerade aus dem Haus gekommen. Eher schon getaumelt. Die linke Hand hatte sie auf die rechte Schulter gepresst, in der rechten Hand hielt sie eine Pistole.

Jetzt erkannte ich sie. Es war Detective Rona Wedmore.

Etwa drei Häuser von Belindas Haus entfernt sah ich einen schwarzen Chrysler 300 am Straßenrand stehen. Es war das gleiche Modell, das Sommer heute Morgen gefahren hatte, als er wegen des Geldes zu mir gekommen war. Die Fahrertür war offen, aber ich konnte niemanden hinter dem Lenkrad sehen.

Ein paar Meter vor dem Chrysler entdeckte ich einen Mann, der auf dem Grasstreifen zwischen der Straße und dem Gehsteig kniete. Beim Näherkommen erfasste ihn das Licht meiner Scheinwerfer, und ich sah, dass er sich über etwas beugte. Es war eine zweite Person auf dem Boden, anscheinend verletzt.

In dem Knienden erkannte ich Sommer. Wer auf dem Boden lag, konnte ich nicht erkennen, nur, dass Sommer seine Taschen durchsuchte.

Ich schaltete auf Parken und öffnete die Tür.

Rona Wedmore sah in meine Richtung, und sobald meine Füße den Asphalt berührten, schrie sie: »Nein! Zurück in den Wagen!«

»Was ist passiert?«, fragte ich, noch immer im Schutz der Autotür.

Wedmore stand jetzt direkt unter dem Verandalicht des Morton-Hauses, und ich konnte sie besser sehen. Zwischen den Fingern der Hand, die sie gegen die Schulter presste, sickerte es rot heraus. Einen Augenblick lehnte sie sich an einen Pfosten, dann kam sie die Stufen herunter. Sie hatte die Hand von der Verletzung genommen, um sich am Geländer festhalten zu können.

Ich hörte das Heulen mehrerer Sirenen.

Wedmore war jetzt unten angekommen, deutete mit ihrer Waffe auf Sommer und rief mir zu: »Weg hier! Er ist bewaffnet.«

In diesem Augenblick hob Sommer den Arm und zielte mit seiner Pistole auf Wedmore. Den Schuss hörte ich kaum, aber das Holzgeländer, an dem sie sich gerade noch festgehalten hatte, splitterte.

Sommer fuhr mit der Durchsuchung des Mannes fort, packte etwas und rannte zu der offenen Tür des Chrysler.

Ich sah über die Schulter in meinen Wagen. Da, unter dem Sitz, lugte ein Stück der Papiertüte hervor. Ich hatte die Waffe, die mir die Jungen gegeben hatten, noch nicht entsorgt.

Hätte ich auf meinen Verstand gehört, wäre ich in den Wagen gehechtet und auf dem Boden liegen geblieben, bis Sommer verschwunden war. Doch ich tat es nicht, so wie damals, als ich versucht hatte, den Brand im Keller der Wilsons zu löschen, und nicht mehr aus dem Rauch herausgefunden hatte.

Ich holte die Tüte unter dem Sitz hervor, riss sie auf und packte die Pistole.

Mit dieser Waffe war ich so gut wie gar nicht vertraut. Ich kannte die Marke nicht und hätte nicht mal annähernd sagen können, wann oder wo sie hergestellt worden war.

Und am wenigsten wusste ich, ob sie geladen war.

Waren Corey Wilkinson und sein Freund Rick dumm genug, mir eine geladene Waffe ins Haus zu bringen? Sie waren dumm genug gewesen, auf dieses Haus zu schießen, also gab es eine Chance, dass die Antwort auf diese Frage ja war.

Als Sommer in den Wagen stieg, umklammerte ich den Pistolengriff fester. Ich hörte den Motor starten. Die Scheinwerfer leuchteten auf wie Feueraugen. Rona Wedmore lief, ein wenig zögerlich, über den Rasen der Mortons zur Straße. Sie wirkte unsicher auf den Beinen, so als würde sie jeden Moment das Gleichgewicht verlieren. Gerade hob sie die Schusshand und zielte damit auf Sommers Wagen.

Mit quietschenden Reifen fuhr der Chrysler los.

Als Wedmore vom Rasen auf den Gehsteig trat, knickte ihr der rechte Fuß weg, sie stolperte und stürzte seitlich zu Boden. Sommer steuerte direkt auf sie zu.

Ich ging um die offene Wagentür herum und sprintete zu Wedmore hin. Der schwarze Wagen setzte seine Fahrt fort. Ich blieb stehen, stemmte die Füße fest in den Boden, umklammerte die Pistole mit beiden Händen und hob sie auf Schulterhöhe.

Rona Wedmore schrie etwas, aber ich verstand nicht, was. Ich drückte auf den Abzug.

Klick.

Nichts geschah.

Der Wagen kam immer näher.

Ich drückte ein zweites Mal auf den Abzug.

Der Rückstoß riss mir die Arme in die Luft, und ich spürte, wie ich einen halben Schritt zurücktaumelte. Über die Windschutzscheibe des Chrysler breitete sich von der Beifahrerseite her ein Spinnennetz aus. Sommer verriss das Lenkrad nach links und schoss mit quietschenden Reifen in weniger als drei Metern Entfernung an mir vorbei. Ich warf mich in die entgegengesetzte Richtung, stürzte und rollte auf Wedmore zu. Nur ein paar Zentimeter von ihr entfernt blieb ich liegen.

Es gab einen dumpfen Knall, ein Kratzen auf Metall und dann einen lauten Krach.

Bis ich mich umgedreht hatte, um zu sehen, was passiert war, war der Chrysler schon über den Gehsteig auf der anderen Straßenseite mitten in einen Vorgarten geschleudert und in einen Baum gekracht.

»Unten bleiben!«, schrie Wedmore mich an.

Aber ich war schon auf den Beinen, die Pistole noch immer in der Hand. Mein Herz pumpte so viel Blut durch den Körper, das Adrenalin breitete sich so rasch aus, dass ich unempfänglich war für Vernunft oder gesunden Menschenverstand.

Ich rannte zu dem Chrysler, schlich von hinten vorsichtig um den Wagen herum, so wie ich es mir bei den Polizisten im Fernsehen abgeguckt hatte. Unter dem Wagen ragte ein geknicktes graues Metallstück hervor. Daraus schloss ich, dass Sommer ein Straßenschild umgemäht hatte, ehe er in den Baum gerauscht war. Der Motor lief noch, und aus der verbogenen Motorhaube wölbte sich eine Dampfwolke. Doch anstelle des gewohnten Brummens gab der Chrysler ein Geräusch von sich, das mehr an Nägel in einem Mixer erinnerte.

Als ich mich der Fahrerseite näherte, sah ich zuerst einen aufgeblasenen Airbag und dann Sommer.

Eigentlich war es nicht mehr nötig, die Pistole auf ihn zu richten.

Die Kante eines weißen Metallschilds mit der Aufschrift »Tempolimit 40« hatte Sommer an der Stirn getroffen und ihm die Schädeldecke sauber abrasiert.

VIERUNDFÜNFZIG

Zwei Rettungswagen waren zum Haus der Mortons gerufen worden. Darren Slocum, dessen Zustand als kritischer eingeschätzt wurde als der von Rona Wedmore, wurde als Erster ins Krankenhaus gebracht. Die Kugel war glatt durch seinen Körper durchgegangen, ganz weit links außen. Vor Ort war es noch zu früh für eine endgültige Diagnose, doch es sah so aus, als wären keine lebenswichtigen Organe verletzt worden. Wedmore hatte einen Streifschuss an der Schulter abbekommen und einiges an Blut verloren, doch sie war schon wieder auf den Beinen. Bis die Sanitäter sie zwangen, sich hinzulegen.

Die Mortons waren mehr oder weniger glimpflich davongekommen, obwohl George sich Schnittwunden am Kopf zugezogen hatte, als Sommer ihn in den Fernseher gerammt hatte. Traumatisiert waren sie jedoch auf jeden Fall. Belinda erzählte mir, was sich im Haus abgespielt hatte. Wedmore war ins Zimmer gestürzt und hatte sich geduckt, als Sommer auf sie geschossen hatte. Dann war er mit dem Geldumschlag geflohen. Vermutlich hatte er geahnt, dass die Polizistin schon Verstärkung angefordert und er nicht viel Zeit zum Verschwinden hatte.

Ich zitterte noch eine ganze Weile. Ich war zwar nicht verletzt, aber die Sanitäter wickelten mich in Decken und sorgten dafür, dass ich mich hinsetzte, damit ich ihnen nicht umkippte.

Die Polizei hatte eine Menge Fragen an mich. Zum Glück

hatte Wedmore, bevor sie weggebracht wurde, ein gutes Wort für mich eingelegt.

»Der blöde Hund hat gerade einen erwischt, der versucht hat, zwei Polizisten zu töten«, sagte sie, als man sie in den Krankenwagen schob.

Ihre Kollegen befragten mich zur Waffe.

»Ist das Ihre?«

»Mehr oder weniger.«

»Ist sie registriert?«

»Nicht, dass ich wüsste.«

Irgendetwas sagte mir, dass ich dafür ein paar auf die Finger kriegen würde, mehr aber auch nicht. Wahrscheinlich dachten sie daran, wie sie später dastehen würden, wenn sie jemanden durch die Mangel drehten, der eine Polizistin aus Milford davor bewahrt hatte, überfahren zu werden.

Doch obwohl sie mich nachsichtig behandelten, dauerte die Befragung auf dem Revier bis zum nächsten Morgen. Gegen sieben fuhren sie mich zu meinem Pick-up zurück, mit dem ich schließlich die Fahrt nach Hause antrat.

Wo ich ins Bett fiel.

Gegen drei Uhr Nachmittag wachte ich auf. Das Telefon klingelte.

»Mr. Garber?«

»Mhm?«

»Mr. Garber, hier ist Rona Wedmore.«

Ich blinzelte ein paarmal und sah auf den Wecker. Ich hatte jedes Zeitgefühl verloren. »Hey«, sagte ich. »Wie geht's Ihnen?«

»Gut. Ich bin noch im Krankenhaus. In ein paar Minuten darf ich nach Hause gehen. Ich wollte Ihnen nur sagen, dass das, was Sie getan haben, so ziemlich das Dümmste, Unsinnigste, Hirnverbrannteste war, was ich je erlebt habe. Danke.«

»Immer gerne. Was haben Sie von Darren Slocum gehört?«

»Er ist auf der Intensivstation, aber es sieht gut aus, er wird durchkommen.« Nach einer Pause sagte sie: »Aber das könnte ihm noch leidtun, wenn die da oben mit ihm fertig sind.«

»Er hat ziemlich viel Dreck am Stecken«, sagte ich.

»Er ist mit Sommer zu den Mortons gefahren. Das könnte ihm eine Anklage wegen Mittäterschaft und weiß der Himmel was sonst noch einbringen.«

»Und sonst? Haben Sie irgendwas über meine Frau in Erfahrung gebracht? Oder über Darrens Frau?«

»Wir wissen noch längst nicht alles, Mr. Garber. Sommer ist tot, von ihm erfahren wir also nichts mehr. Aber das war vielleicht ein mieses Dreckschwein. Noch wissen wir nichts Genaues, aber es würde mich nicht wundern zu hören, dass er irgendwie hinter dem Tod sowohl von Ihrer Frau als auch von Ann Slocum steckte. Und es gibt Hinweise, dass er auch Arthur Twain umgebracht hat, im Just Inn Time.«

Ich fuhr in die Höhe und warf die Decke von mir. »Twain?«

»Sie wussten es nicht?«

»Ich wusste es nicht.« Ich war wie vor den Kopf geschlagen.

Sie erzählte mir, was sie darüber wusste. Dann kam ich wieder auf Sheila zurück. »Ich habe keine Ahnung, wie er es angestellt haben könnte, aber wenn man bedenkt, wozu Sommer fähig war, wäre es möglich, dass er tatsächlich Sheila auf dem Gewissen hat. Er hat sie betrunken gemacht und in den Wagen gesetzt. Früher oder später würde ein anderer Wagen da schon reinfahren.«

Wedmore schwieg.

»Detective?«

»Ich bin noch dran.«

»Das überzeugt sie nicht?«

»Sommer hat die Leute erschossen«, sagte sie. »Das hat er mit allen gemacht, die ihm in die Quere kamen. Einen Aufwand wie den, den Sie beschreiben, hat er nie betrieben, wenn er jemanden umbrachte.« Nach einer Pause sagte sie: »Vielleicht, Mr. Garber, und ich bitte Sie, es nicht als Respektlosigkeit aufzufassen, wenn ich Ihnen das sage, aber vielleicht müssen Sie sich einfach damit abfinden, dass im Fall Ihrer Frau alles tatsächlich so ist, wie es scheint. Ich weiß, das ist nicht einfach, aber manchmal ist die Wahrheit nur schwer zu ertragen.«

Jetzt war ich derjenige, der schwieg.

Ich starrte aus dem Fenster auf die große Ulme im Vorgarten. An den Zweigen hingen nur noch wenige Blätter. Noch ein paar Wochen, dann würde da draußen Schnee liegen.

»Auf jeden Fall wollte ich mich bei Ihnen bedanken«, sagte Rona Wedmore und legte auf.

Ich saß auf dem Bett, den Kopf auf die Hände gestützt. Vielleicht war das ja das Ende. Die Menschen starben, und ihre Geheimnisse starben mit ihnen. Auf manche Fragen gab es eine Antwort, aber nicht auf alle.

Vielleicht war ich am Ende meines Weges angelangt. Vielleicht war es vorbei.

FÜNFUNDFÜNFZIG

Ich rief Kelly an.

»Ich hol dich heute ab.«

»Wann? Wann kommst du?«

»Heute Abend. Ich muss erst noch ein paar Sachen erledigen.«

»Dann bin ich zu Hause also wieder in Sicherheit?«

Ich antwortete nicht gleich. Sommer war tot. Slocum im Krankenhaus. Und wer für das zerschossene Fenster verantwortlich war, wusste ich auch. Wenn es noch jemanden gab, der uns gefährlich werden könnte, hatte ich jedenfalls keine Ahnung, wer das sein sollte.

»Ja, Mäuschen. Du bist hier wieder sicher. Aber es gibt etwas, das ich dir noch erzählen muss.«

»Was?«

Ihre Stimme klang beunruhigt. Sie hatte schon so viel mitgemacht, dass sie eigentlich immer damit rechnete, dass etwas Schlimmes geschah.

»Es ist wegen Emilys Dad. Er wurde verletzt.«

»Was ist passiert?«

»Ein sehr, sehr böser Mann hat auf ihn geschossen. Ich glaube, er wird bald wieder gesund, aber er muss noch eine Zeitlang im Krankenhaus bleiben.«

»Wurde der böse Mann, der auf ihn geschossen hat, erwischt?«

Irgendwann würde die Kelly die ganze Geschichte wahrscheinlich erfahren, wenn nicht von mir, dann von jemand anderem. Aber im Moment sah ich keine Notwendigkeit, ins Detail zu gehen. »Ja.«

»Ist er gestorben?«

»Ja.«

»In letzter Zeit sterben ziemlich viele Leute«, sagte Kelly.

»Ich glaube, jetzt wird wieder Ruhe einkehren«, erwiderte ich.

»Ich weiß, warum Emilys Dad nicht gestorben ist.«

Damit hatte ich nicht gerechnet. »Warum denn nicht, Mäuschen?«

»Weil Gott nicht zulässt, dass ein Mädchen Mutter und Vater verliert. Weil dann niemand mehr da wäre, der sich um sie kümmert.«

»So habe ich das noch gar nicht betrachtet.«

»Dir wird nichts passieren, stimmt's? Das geht doch nicht, oder?«

»Mir wird bestimmt nichts passieren«, sagte ich. »Das geht nicht, weil du das Wichtigste für mich bist.«

»Versprochen?«

»Versprochen.«

Ich trödelte noch ein wenig im Haus herum. Machte mir Kaffee, gab Frühstücksflocken in eine Schale. Holte die Zeitung herein, die schon seit Stunden auf den Verandastufen lag. Über die Ereignisse der vergangenen Nacht stand nichts drin. Wahrscheinlich war es für die Morgenzeitung schon zu spät gewesen. Online würde ich vermutlich etwas finden, aber ich konnte mich nicht dazu aufraffen, nachzusehen.

Dann rief ich ein paar Leute an. Ken Wang, um ihm zu sagen, dass er noch immer Boss war. Als Nächstes Sally. Doch sie ging weder an ihr Handy noch ans Telefon daheim. Ich hinterließ eine Nachricht. »Sally, wir sollten miteinander reden. Bitte.«

Als das Telefon kurz darauf klingelte, dachte ich, sie wäre es, doch es war noch mal Wedmore. »Ich wollte Sie nur schnell auf den neuesten Stand bringen«, sagte sie. »Gleich kommt eine detaillierte Pressemeldung heraus über das, was passiert ist. Ihr Name steht drin. Sie sind ein Held.«

»Toll«, sagte ich.

»Ich will damit nur sagen, dass die Medien bald wie ein Heuschreckenschwarm über Sie herfallen könnten. Wenn Ihnen das nichts ausmacht, dann viel Spaß.«

»Danke für die Warnung.«

Ich sollte also vernünftigerweise das Haus so schnell wie möglich verlassen. Ich ging nach oben, duschte, und als ich aus der Kabine kam, läutete das Telefon. Vorsichtig, damit ich mit meinen nassen Füßen auf den Fliesen nicht ausrutschte, ging ich vom Bad ins Schlafzimmer. Die Rufnummer wurde nicht angezeigt. Schlechtes Zeichen.

»Hallo?«

»Spreche ich mit Glen Garber?« Eine Frau.

»Kann ich was ausrichten?«

»Hier ist Cecilia Harmer vom *Register*. Wissen Sie, wann er wieder da ist oder wo ich ihn vielleicht erreichen könnte?«

»Er ist nicht da, und ich kann ihn leider auch nicht erreichen.«

Ich trocknete mich ab und zog frische Sachen an. Das Telefon klingelte wieder. Diesmal ging ich gar nicht erst ran. Mir fiel etwas ein, das ich Ken hätte sagen wollen, konnte mich aber nicht überwinden, ihn anzurufen. Wenn ich ihm eine E-Mail schickte, würde er sie auf seinem Blackberry sofort bekommen.

Ich ging in mein Büro im Keller und sah nach, ob das

Stück Wandverkleidung, hinter dem sich mein Geld verbarg, noch an Ort und Stelle war. Es war. Ich schaltete den Computer ein, und als er so weit war, öffnete ich mein Mail-Programm.

Außer ein bisschen Spam war nicht viel im Posteingang. Eine Nachricht erregte jedoch meine Aufmerksamkeit.

Sie war von Kelly.

Ich hatte völlig vergessen, dass ich sie gebeten hatte, mir das Video zu schicken, das sie mit ihrem Handy aufgenommen hatte, während sie im Kleiderschrank der Slocums stand. Ich war bis jetzt nicht dazu gekommen, es mir richtig anzusehen. Jetzt hatte es wahrscheinlich auch nicht mehr viel Sinn, aber ich war neugierig.

Immerhin hatte der Alptraum der letzten Tage mit dieser Übernachtung begonnen. Der eigentliche Alptraum hatte natürlich in der Nacht begonnen, in der Sheila starb, aber gerade, als ich mich der Hoffnung hingegeben hatte, unser Leben würde in normale Bahnen zurückkehren, geschah diese Sache mit Ann Slocum.

Ich klickte die Nachricht an und öffnete das Video.

Ich schob den Cursor auf das »Play«-Symbol und klickte.

»Hey. Kannst du reden? Ja, ich bin allein … schön, ich hoffe, deinen Handgelenken geht es wieder gut … ja, dann musst du eben lange Ärmel tragen, bis die Schrammen verschwunden sind … also, weil du gefragt hast wegen des nächsten Mals … Mittwoch ginge vielleicht, wenn's bei dir geht. Aber eins muss ich dir sagen: Ich brauche mehr für … verschiedene Auslagen und – warte mal, ich bekomme gerade noch einen Anruf … gut, bis dann! – Hallo?«

Ich klickte auf die Stopptaste. Ich war mir ziemlich sicher, dass ich jetzt wusste, worum es hier ging. Ann sprach mit George über die Handschellen. Ich klickte erneut auf den Anfang der Aufnahme, aber diesmal ließ ich das Video nach dem »Hallo?« weiterlaufen.

Ann Slocum sagte: *»Was soll das? ... doch nicht ... anrufen ... mein Handy ist aus ... keine gute Zeit ... Kleine hat jemanden zum Übernachten ... Ja, ist er ... aber ... wir haben eine Abmachung ... das Geld und ...etwas anderes zurück ... Geschäft ist Geschäft. Für neue Angebote bin ich immer offen.«*

Dann wurde das Bild schlagartig unscharf und verschwand schließlich ganz. Offenbar war das der Moment, in dem Kelly ihr Handy weggesteckt hatte.

Ich spielte das Video noch mal von vorne ab und dachte, Eigentlich sollte ich das an Detective Wedmore weiterschicken, wer weiß, wozu's gut ist? Zu nicht viel, wahrscheinlich. Wenn Kelly den ganzen Anruf aufgenommen hätte, auch den Teil, wo Ann davon sprach, jemandem eine Kugel in den Kopf zu jagen, wäre das vielleicht hilfreich gewesen.

Aber meine Neugier war schon geweckt von dem bisschen, was ich gehört hatte. Insbesondere ab da, wo Ann den zweiten Anruf entgegennahm. Hatte dieser Anrufer Ann um ein Treffen gebeten? War sie deshalb in dieser Nacht weggefahren?«

Ich hörte mir diesen Abschnitt noch einmal an.

»Was soll das? ... doch nicht ... anrufen ... mein Handy ist aus ... keine gute Zeit.«

Ann sprach auch da, wo man in der Aufnahme nichts verstand. Ich drehte lauter und schaltete auf den Vollbildschirm-Modus. Vielleicht konnte ich ja etwas von Anns Lippen ablesen.

»Was soll das? ... doch nicht ... anrufen ... mein Handy ist aus ...

Ich klickte auf Stopp, ging zurück. Ich war mir ziemlich

sicher, dass Ann in der zweiten Lücke »Nummer« und noch ein, zwei Wörter sagte.

Wieder starten. Zuhören. Anns Mund beobachten. Ja, da war es: *»Nummer«*. Und ich glaubte, auch das andere erraten zu können. Sie sagte: *»doch nicht diese Nummer anrufen. Oh, stimmt, mein Handy ist aus.«*

Ich nahm einen Stift und Papier und schrieb auf, was Ann meiner Meinung nach sagte.

Immer wieder spielte ich diese Sequenz ab und setzte die Satzfetzen langsam zu einem Ganzen zusammen.

»... doch nicht diese Nummer anrufen. Oh, stimmt, mein Handy ist aus. Das ist jetzt keine gute Zeit. Die Kleine hat jemanden zum Übernachten ...«

Das nächste Wort konnte ich nicht identifizieren, nahm aber an, es hieß *»da«*. Zurückgehen, wieder starten.

»... doch nicht diese Nummer anrufen. Oh, stimmt, mein Handy ist aus. Das ist jetzt keine gute Zeit. Die Kleine hat jemanden zum Übernachten da.« Dann gab es eine Lücke von sechs, sieben Sekunden, in denen Ann nichts sagte, sondern zuhörte. Dann *»Ja, ist er. In der Küche. Nein, aber ... wir haben eine Abmachung. Ich bekomm das Geld und ... etwas anderes zurück.«*

Um das zusammenzubekommen, brauchte ich fast zwanzig Minuten. Ich ließ die Aufnahme weiterlaufen. Jetzt kamen zwei Stellen, bei denen ich zwar sah, wie Anns Lippen sich bewegten, aber nicht verstehen konnte, was sie sagte.

»Ich krieg das Geld und ... etwas anderes zurück ... Geschäft ist Geschäft. Für neue Angebote bin ich immer offen.« In der Lücke zwischen »zurück« und »Geschäft«, sagte sie etwas ganz Kurzes. Ich spielte die Stelle noch mal ab. Ein Wort, dachte ich. Ein Wort, dass mit »m« begann.

»Mo«, sagte ich laut. »Mo.«

»Ich bekomm das Geld und … etwas zurück mo … Geschäft ist Geschäft. Für neue Angebote bin ich immer offen.«

Wiederholung.

Und noch einmal.

Die Lautstärke war jetzt auf Maximum, ich hielt ein Ohr ganz nahe an den Bildschirm und schloss die Augen. Bildete mir ein, nach dem »m« irgendwas Kehliges zu hören, und am Schluss möglicherweise ein »s«.

Konnte das sein?

Ich öffnete die Augen und ging mit der Aufnahme noch einmal zwei Sekunden zurück. Ich dachte, ich hätte das Wort jetzt gehört, aber in diesem Zusammenhang ergab es für mich keinen Sinn.

Also spielte ich es wieder, sah aufmerksam auf den Bildschirm, bewegte meinen Mund wie Ann, beobachtete ihre Lippen ganz genau, um zu sehen, ob es möglich war, dass sie das sagten, was ich glaubte, dass sie sagten.

»Ich krieg das Geld und du bekommst etwas anderes zurück, Marcus. Geschäft ist Geschäft. Für neue Angebote bin ich immer offen.«

Heilige Scheiße.

Ich musste sofort zu Kelly.

SECHSUNDFÜNFZIG

»Macht's dir bestimmt nichts aus, wenn ich kurz weggehe?«, fragte Fiona ihre Enkelin. Sie saß mit ihr auf dem Sofa und tat ihr Bestes, das Kind zu beruhigen. Auf dem Couchtisch stand ein Glas Weißwein, aus dem sie immer wieder nippte.

»Nein«, sagte Kelly.

»Ich weiß, wie schrecklich das für dich ist, was du da gerade erfahren hast. Furchtbar, das mit Emilys Vater.«

»Mir geht's gut.«

»Es ist nur so, dass wir kaum mehr etwas im Haus haben, und dein Vater sagt, er holt dich erst heute Abend ab. Wir brauchen also etwas zum Abendessen. Denn wir lassen uns ganz bestimmt keine Pizza bringen oder so etwas.«

Dann stellte sie ihr Glas mit einer schwungvollen Geste auf den Tisch und stand auf.

»Wir werden uns prächtig amüsieren«, sagte Marcus und rubbelte Kelly über den Kopf. »Nicht wahr, Spätzchen?«

Kelly blickte zu ihm auf und lächelte. »Bestimmt. Was möchtest du denn tun?«

»Wir könnten uns zum Beispiel einen Film ansehen«, sagte Marcus.

»Auf einen Film habe ich eigentlich keine Lust.«

»Euch wird schon was einfallen«, meinte Fiona.

»Gehen wir doch spazieren«, schlug Marcus vor.

»Wenn du meinst«, sagte Kelly lustlos.

Fiona nahm ihre Handtasche und holte die Autoschlüssel

heraus. »Es dauert nicht lang«, sagte sie. »Eine Stunde vielleicht.«

»Alles klar«, sagte Marcus.

Kaum hatte Fiona die Wohnung verlassen, bemerkte Kelly, dass die ihr Handy vergessen hatte. Es lag auf dem Tisch in der Diele und hing am Ladegerät.

»Mach dir keine Sorgen«, sagte Marcus. »Sie ist ja bald wieder da.« Er forderte Kelly auf, sich mit ihm auf die hintere Terrasse zu setzen. Von da konnte man über den gepflegten Garten bis zum Long Island Sound sehen.

»Dann fährst du heute also heim«, sagte er.

»Sieht so aus.« Kelly saß auf einem der Korbstühle und schlenkerte mit den Beinen.

»Ich glaube, das ist das erste Mal, dass wir zwei Gelegenheit haben, uns allein zu unterhalten, seit du da bist.«

»Kann sein.«

»Deine Großmutter hat mir alles erzählt. Klingt, als ob sich zu Hause wieder alles beruhigt hätte. Alles, weswegen dein Vater sich Sorgen gemacht hat, hat sich erledigt. Das ist doch prima, oder?«

Kelly nickte. Am liebsten wäre sie schon jetzt abgeholt worden. Sie würde lieber mit ihrem Vater zu Abend essen. Grandma und Marcus hin und wieder zu besuchen war in Ordnung, aber bei ihnen zu leben war ganz schön langweilig. Fiona las die ganze Zeit Bücher oder Hochglanzmagazine über die Häuser berühmter Leute, und Marcus sah fern. Daran wäre ja nichts auszusetzen gewesen, wenn es etwas Interessantes gewesen wäre, aber es waren immer nur Nachrichtensendungen. Kelly war sich ganz sicher, dass sie hier nicht leben und zur Schule gehen und die ganze Woche von ihrem Dad getrennt sein wollte. Grandma und Marcus waren, tja, sie waren alt. Auch ihr Dad war alt, aber nicht *so* alt.

Fiona machte manchmal etwas mit ihr, aber dann sagte sie, Kelly solle sich allein beschäftigen, aber leise. Und wie Marcus die ganze Zeit lächelte – das ging ihr am allermeisten auf die Nerven. Es war dieses Lächeln von alten Leuten, an dem überhaupt nichts Echtes war.

So ungefähr wie jetzt gerade.

»Das war ja eine ganz schön turbulente Zeit für dich«, sagte Marcus. »Seit dieser komischen Übernachtung bei deiner Freundin.«

»Ja«, sagte Kelly.

»Fiona – Grandma –, als sie dir all diese Fragen stellte über das, was passiert ist, während du dich im Schrank von Emilys Mutter versteckt hast, ich hab dir angesehen, dass dir das ziemlich unangenehm war.«

Kelly nickte. »Schon irgendwie.«

»Kann ich mir vorstellen.«

»Ich durfte ja auch gar nicht darüber reden. Ich meine, Emilys Mom hat das gesagt, und Dad wollte auch nicht, dass ich darüber rede. Und schon gar nicht mit Emilys Dad, der hat sich nämlich furchtbar aufgeregt und wollte unbedingt wissen, was ich gehört habe.«

»Aber du hast es ihm nicht gesagt.«

Kelly schüttelte entschieden den Kopf.

»Aber jetzt, wo der böse Mann tot ist«, fuhr Marcus fort, »ist das alles wahrscheinlich nicht mehr wichtig. Unter diese Geschichte kannst du jetzt endgültig einen dicken Strich ziehen.«

»Dann kann ich ja jetzt vielleicht auch das Video auf meinem Handy löschen.«

Marcus kniff die Augen zusammen. »Das Video? Welches Video denn?«

»Das ich gemacht hab, während ich im Schrank war.«

Marcus hustete. »Du hast ein Video gemacht, während du im Schrank warst? Von Ann Slocum? Während sie telefonierte?«

Kelly nickte. Jetzt kam ihr Marcus' Lächeln besonders unecht vor.

»Hast du dein Handy dabei?«, fragte er. Als Kelly nickte, sagte er: »Zeig's mir.«

Kelly holte es aus ihrer Hosentasche, tippte auf ein paar Tasten, dann setzte sie sich neben Marcus auf das Korbsofa und hielt ihm das Handy hin, damit er sich das Video ansehen konnte.«

»Siehst du, ich drücke einfach da drauf, und da ist es schon.«

»Hey. Kannst du reden?«

»Was ist das?«, fragte Marcus. »Wann war das?«

»Das war gleich, nachdem sie reingekommen ist. Sie hat jemanden angerufen, der sich am Handgelenk verletzt hat.«

»... wenn's bei dir geht. Aber eins muss ich dir sagen: Ich brauche –«

»Mit wem redet sie da?«, fragte Marcus.

Kelly zuckte mit den Achseln. »Das weiß ich nicht. Ich weiß auch nicht, wer der zweite Anrufer war.«

»Der zweite?«

»Siehst du, gerade hast du's verpasst, weil du so viel geredet hast«, rügte sie ihn. »Sie bekommt einen zweiten Anruf, darum verabschiedet sie sich von der ersten Person. Ich geh noch mal zurück, damit du's hören kannst.«

»Was soll das? ... doch nicht ... anrufen ... mein Handy ist aus ...«

»Hörst du? Das ist der zweite Anrufer«, sagte Kelly.

»Pssssst!«

Marcus sagte es so grob, dass es sich für Kelly wie eine Ohrfeige anfühlte. Jetzt lächelte er nicht mehr.

»... etwas anderes zurück ... Für neue Angebote –«

»Mach das aus«, sagte Marcus.

»Aber da kommt noch was«, sagte Kelly.

»Du machst das jetzt aus. Sofort.«

Kelly fand es merkwürdig, dass er auf einmal nichts mehr sehen wollte, wo es ihn doch gerade noch so brennend interessiert hatte.

Sie rückte von ihm ab. Marcus stand auf. Er machte ein finsteres Gesicht. Sie fand es unheimlich, wie schnell bei Erwachsenen die Laune umschlagen konnte.

»Geh spielen«, schnauzte er sie an.

»Gut«, sagte Kelly. »Ich hoffe, dass mein Dad bald kommt.«

Sie ging in das Zimmer, das sie benutzte, wenn sie zu Besuch war, und fing an, die wenigen Kleidungsstücke, die sie mitgebracht hatte, aus der Schublade zu räumen. Wenn Marcus jetzt zu spinnen anfing, dann war sie erst recht froh, bald hier wegzukommen.

Den Koffer hatte sie in wenigen Minuten gepackt. Dann nahm sie ihr Handy, um das Video zu löschen. Doch sie überlegte es sich anders. Wegen Marcus hatte sie es nicht zu Ende ansehen können. Daher beschloss sie, es sich noch einmal ganz anzusehen.

Sie holte die Kopfhörer, die sie mitgebracht hatte, um mit dem Handy Musik zu hören, und schloss sie an. Dann ließ sie das Video laufen.

Und gleich noch einmal.

Und ein drittes Mal.

Sie begriff zwar nicht, was Marcus so wütend gemacht hatte, dafür entdeckte sie etwas, das ihr davor noch nie aufgefallen war.

Sie zog die Kopfhörer aus dem Handy und machte sich auf

die Suche nach ihm, auch wenn er so gereizt war. Sie fand ihn in der Küche, wo er auf und ab lief.

»Soll ich dir was echt Komisches sagen?«

»Was?«, fragte er. Seine Laune schien sich nicht gebessert zu haben.

Kelly hob das Handy hoch und sagte: »Stell dir vor, in dem Video hört es sich fast so an, als ob Emilys Mom deinen Namen sagt.«

SIEBENUNDFÜNFZIG

Als Erstes rief ich bei Fiona an. Nach fünfmal Klingeln meldete sich der Anrufbeantworter. »Fiona, ruf mich an«, sagte ich. Dann probierte ich's auf ihrem Handy. Hier klingelte es acht Mal, bevor sich die Mailbox einschaltete. »Fiona, hier ist Glen. Ich hab's bei dir zu Hause probiert, aber da geht niemand ran. Ruf mich sofort an, wenn du das hier hörst. Auf dem Handy, hörst du? Auf dem Handy.«

Dann probierte ich es auf Kellys Handy. Ihres war so eingestellt, dass es nach fünf Mal Klingeln auf Voicemail schaltete. Und genau das tat es auch.

»Hallo, hier ist Kelly! Nachrichten bitte nach dem Pupston!« Ein kleiner, zugegebenermaßen nicht ganz salonfähiger, Scherz meiner Tochter.

»Kelly, Daddy hier. Ruf mich sofort auf dem Handy an, wenn du das hörst, ja?«

Ich nahm die Autoschlüssel. Machte die Haustür auf.

»Mr. Garber! Mr. Garber!«

Den Zugang zum Haus blockierten eine elegant gekleidete Blondine mit gezücktem Mikrofon und ein Kameramann. Quer vor der Garageneinfahrt stand der Ü-Wagen eines Nachrichtensenders.

»Mr. Garber, wir würden gerne mit Ihnen reden!«, rief die Frau. »Die Polizei sagt, Sie haben den Mann zur Strecke gebracht, der zwei Polizisten angeschossen hat, und wir hätten Sie gerne –«

»Schaffen Sie diesen Schweißwagen da weg«, sagte ich, als ich an ihr vorbeiging und den Kameramann zur Seite rempelte.

»Hey, aufpassen, Kumpel!«

»Bitte, Mr. Garber, könnten wir –«

Ich stieg in den Pick-up. Weder die Reporterin noch der Kameramann bewegten sich zum Ü-Wagen, und ich hatte keine Zeit zu warten. Ich startete, fuhr ein Stück rückwärts, wich dann auf den Rasen aus, wobei ich um Haaresbreite einen Baum verfehlte, und rumpelte hinaus auf die Straße.

Ich legte den Vorwärtsgang ein und brauste mit aufheulendem Motor und quietschenden Reifen davon. Beim Rückwärtsfahren hatte ich noch gesehen, wie Joan Mueller am Wohnzimmerfenster stehend den ganzen Rummel beobachtete.

Auf der Fahrt ließ ich mir alles noch einmal durch den Kopf gehen. Das Ganze ergab einen Sinn. Marcus hatte Ann auf der Taschenparty in unserem Haus kennengelernt. Und ich wusste, dass Ann Eindruck auf ihn gemacht hatte. Wenn er etwas mit ihr angefangen hatte –

Was, wenn Ann mit ihm dieselbe Nummer abgezogen hatte wie mit George? Angenommen, sie hatte ein Verhältnis mit ihm begonnen und ihn dann damit erpresst? Hatte sie gedroht, dafür zu sorgen, dass Fiona von seiner Untreue erfuhr? Ihm jedoch angeboten, gegen Geld Stillschweigen zu bewahren?

Was hatte sie in dem Video noch mal gesagt? Sie bekäme das Geld, und er bekäme was anderes zurück. Ihr Schweigen. Offensichtlich hatte Marcus die Absicht, eine neue Vereinbarung mit ihr zu treffen. Wollte er vielleicht versuchen, sie herunterzuhandeln?

Und deshalb wollte er sich mit ihr treffen.

Ann hatte an diesem Abend das Haus verlassen, um sich mit Marcus zu treffen.

Gelbe Ampeln und Geschwindigkeitsbegrenzungen ignorierend, fuhr ich in Richtung des Connecticut Turnpike. Mit Karacho nahm ich die Auffahrt Richtung Westen. Bis Darien brauchte man eine halbe Stunde. Ich hoffte, es in zwanzig Minuten zu schaffen, vorausgesetzt, der Verkehr spielte mit. Der Pick-up war nicht gerade ein Rennwagen, aber hundertdreißig sollte er schaffen, notfalls sogar noch mehr.

Warum ging eigentlich keiner an sein Telefon?

Ann trifft sich also mit Marcus unten am Hafen. Es kommt zu einer Auseinandersetzung, am Ende ist Ann tot.

Ich war mir sicher: Marcus Kingston hatte Ann Slocum ermordet.

Hieß das aber auch, dass er etwas mit Sheilas Tod zu tun hatte? Mittlerweile war ich mir ziemlich sicher, dass es einen Zusammenhang zwischen den beiden Todesfällen gab.

War es möglich, dass Marcus irgendwie den Unfall inszeniert hatte, der Sheila das Leben gekostet hatte? Sie betrunken gemacht hatte? Ihren Wagen auf der Ausfahrt abgestellt und gewartet hatte, dass ein anderer Wagen hineinfuhr?

Und wenn er es getan hatte, warum? Wusste Sheila, dass er ein Verhältnis mit Ann hatte? Hatte sie gedroht, es ihrer Mutter zu sagen? Und Marcus hatte sie umgebracht, um sie zum Schweigen zu bringen?

Ich hatte nicht den leisesten Schimmer.

Nur eines wusste ich ganz sicher: Meine Tochter befand sich unter einem Dach mit Marcus. Einem Mann, dem ich jetzt das Allerschlimmste zutraute.

Ich versuchte es noch einmal bei Fiona zu Hause. Noch immer ging kein Mensch ran. Genauso wenig wie an ihr und Kellys Handy. Wann wäre das je vorgekommen? Dass überhaupt niemand ans Telefon ging?

Es gab noch andere Leute, die ich anrufen musste, doch

deren Nummern wusste ich nicht auswendig, und ich fuhr so schnell, dass es zu riskant gewesen wäre, am Handy herumzufummeln, um sie herauszusuchen.

Auf gut Glück drückte ich auf eine meiner Kurzwahltasten. Es klingelte ein paarmal, dann hörte ich Sallys Ansage.

»Hier ist Sally Diehl. Ich kann Ihren Anruf leider nicht entgegennehmen, aber bitte hinterlassen Sie eine Nachricht.«

»Sally, verdammt, Glen hier! Wenn du da bist, heb ab! Kelly ist in Gefahr und –«

Es klickte, dann hörte ich: »Glen?«

»Sally, ich brauch Hilfe.«

»Was ist los?«

»Ich kann das jetzt nicht alles erklären, aber ich glaube, Marcus hat Ann Slocum umgebracht. Und womöglich auch Sheila.«

»Verdammt, Glen, was redest du –«

»Hör mir zu! Schreib dir folgende Adresse auf –«

»Moment, Moment, ich muss wir was zum Schreiben holen. So, schieß los.«

Ich rasselte Fionas Adresse in Darien herunter. »Kelly ist dort, wenn sie nicht mit Fiona und Marcus irgendwo unterwegs ist. Du musst Detective Rona Wedmore anrufen.«

»Warte. Rona … Wedmore.«

»Sie war heute im Krankenhaus in Milford, aber jetzt wahrscheinlich nicht mehr. Ruf bei der Polizei an, ganz normal, über die Zentrale, sag ihnen, du musst unbedingt mit ihr reden. Und wenn du sie nicht erwischst, sag ihnen, sie sollen sich mit der Polizei in Darien in Verbindung setzen. Die sollen jemanden zu dieser Adresse hinschicken.«

Ein Blick auf den Tacho sagte mir, dass ich schon über hundertvierzig fuhr. Der Pick-up vibrierte und klapperte, dass es sich anfühlte, als würde er jeden Moment abheben.

»Hast du's?«, fragte ich.

»Ja, aber Glen, das klingt –«

»Mach schon!«

Ich legte auf. Gerade noch rechtzeitig, um dem Traktoranhänger vor mir nicht hinten draufzufahren. Ich scherte aus und spürte, wie mein Wagen leicht ins Schleudern geriet. Ich fuhr noch immer mit Bleifuß.

ACHTUNDFÜNFZIG

»Das wollen wir doch mal sehen«, sagte Marcus und nahm Kelly ihr Telefon aus der Hand.

Er spielte das Video vom Anfang bis zum Ende ab.

»Hast du das gehört?«, fragte Kelly. »Sie sagt so was wie ›Marcus, Geschäft ist Geschäft‹. Hast du's gehört?«

»Ja«, sagte er. »Ich glaube schon.«

Das Festnetztelefon klingelte. Als Marcus keine Anstalten machte abzuheben, fragte Kelly: »Soll ich rangehen?«

»Nein, lass es einfach klingeln. Wenn es wichtig ist, werden sie schon eine Nachricht hinterlassen.«

Sekunden später machte Fionas Handy auf dem Tisch in der Diele Radau.

»Und jetzt?«, fragte Kelly.

»Kümmer dich nicht drum«, sagte Marcus, Kellys Handy noch immer in der Hand. Als auch das plötzlich klingelte, erschrak Kelly.

»Das ist meins!«, sagte sie. »Da muss ich rangehen.«

Marcus hob das Handy so hoch, dass Kelly es nicht erreichen konnte. »Aber nicht jetzt. Wir unterhalten uns gerade.«

»Kann ich sehen, wer's ist?«

Marcus schüttelte den Kopf. »Du kannst später nachsehen.«

»Das ist gemein« protestierte Kelly. »Das ist mein Handy.«

Als das Klingeln aufgehört hatte, steckte Marcus das Handy in die Hosentasche. Völlig verdutzt sah Kelly ihm dabei zu.

»Kelly«, sagte Marcus, »hast du das auf dem Video heute zum allerersten Mal gehört?«

»Häh?« Sie rang noch immer um Fassung. Wie kam der Mann ihrer Großmutter dazu, einfach ihr Handy zu stehlen? »Ja, schon.«

»Hat irgendjemand anderes das je bemerkt?«

»Ich glaube nicht. Der Einzige, der das Video außer mir gesehen hat, ist mein Dad. Ich hab's ihm gemailt.«

»Aha«, sagte Marcus. »Nur ihr zwei.«

»Warum hast du an dem Abend Emilys Mom angerufen?«

»Sei bitte still.«

»Gib mir mein Handy zurück.«

»Gleich, Kind. Ich muss nachdenken.«

»Worüber musst du nachdenken?«, fragte sie. »Bitte gib's mir wieder. Ich hab doch gar nichts gemacht. Ich räume immer meine Sachen weg und tu, was du und Grandma mir sagt.«

»Wir haben doch vorhin überlegt, ob wir spazieren gehen sollen. Das könnten wir doch jetzt tun, meinst du nicht?«

Kelly mochte nicht, wie Marcus gerade dreinsah. Nicht einmal sein gekünsteltes Lächeln brachte er zustande. Sie wollte nach Hause. Und zwar sofort. »Gib mir mein Handy, damit ich meinen Dad anrufen kann.«

»Ich gebe dir dein Handy, wenn es mir passt«, sagte er.

Kelly drehte sich jäh um und verließ die Küche. Sie ging zum nächsten Festnetztelefon und begann, die Handynummer ihres Vaters einzutippen.

Marcus riss ihr den Hörer aus der Hand und knallte ihn auf die Gabel.

»Jetzt wird nicht telefoniert, du kleines Luder«, sagte er.

Kellys Lippe zitterte. So hatte Fionas Mann noch nie mit

ihr gesprochen. Marcus packte sie am Handgelenk und drückte fest zu. »Fang jetzt bloß nicht an zu plärren!«

»Du tust mir weh«, sagte Kelly. »Lass mich los! Lass los!«

»Setz dich hin«, sagt er und zwang sie auf das Sofa hinter dem Couchtisch. Er stellte sich so hin, dass sie nicht aufstehen konnte. Die Kleine wimmerte.

»Das geht mir auf die Nerven«, sagte er zu ihr. »Hör sofort auf, oder ich dreh dir den Hals um.«

Kelly bemühte sich, ihr Schluchzen zu unterdrücken. Seltsame Geräusche drangen aus ihrer Kehle. Sie wischte sich mit dem Zeigefinger die Nase ab und versuchte auch, sich die Tränen von den Wangen zu wischen.

Minutenlang stand Marcus nur da und führte Selbstgespräche. »... muss was tun«, sagte er. Unvermittelt packte er Kelly am Handgelenk. »Ein Spaziergang. Wir machen jetzt einen Spaziergang.«

»Ich will aber nicht«, protestierte Kelly.

»Das ist doch prima. Die frische Luft wird uns guttun.«

»Nein!«, schrie Kelly. »Ich will nicht!«

In diesem Augenblick ging die Eingangstür auf, und Fiona kam herein. »Jetzt hab ich doch tatsächlich mein –«

Was für ein Anblick. Marcus, knallrot und bebend, hielt Kelly fest. Die Kleine weinte, die Augen vor Angst weit aufgerissen.

»Grandma!«, rief sie und versuchte, sich loszureißen. Aber Marcus ließ nicht locker.

»Was ist denn hier los?«, fragte Fiona streng. »Marcus, lass das Kind los!«

Aber er ließ nicht los. Kelly schrie weiter.

»Marcus!«, rief Fiona. »Ich habe gesagt, du –«

»Halt die Klappe, Fiona«, sagte er. »Halt deine verdammte Klappe.«

»Bist du übergeschnappt? Was machst du denn da?«

»Was hab ich gesagt?«, brüllte er sie an. »Hast du nicht gehört, was ich gesagt hab? Du sollst die Klappe halten, oder ich dreh ihr den Hals um. Ich schwöre bei Gott, ich tu's.«

Fiona machte zwei zaghafte Schritte auf ihn zu. »Marcus, so sag mir doch –«

»Wo ist dein Schlüssel?«

»Was?«

»Dein Autoschlüssel. Wo ist der?«

»Marcus, was du auch vorhast, es ist Wahnsinn.«

Marcus legte Kelly einen Arm um den Hals.

»Er ist im Wagen. Ich hab ihn stecken lassen.«

»Geh mir aus dem Weg. Kelly und ich fahren weg.«

»Bitte Marcus, sag mir doch, was eigentlich los ist.«

»Es ist wegen Emilys Mom«, platzte Kelly heraus.

»Was?«

»Hör gar nicht hin«, sagte Marcus. »Das ist nur dummes –«

Draußen wurde eine Autotür zugeschlagen.

NEUNUNDFÜNFZIG

Das Erste, was ich sah, als ich in Fionas Wohnzimmer stürzte, war Marcus, der einen Arm um Kellys Hals geschlungen hatte. Dann Fiona, kreidebleich vor Angst.

»Bleib, wo du bist«, sagte er, und ich gehorchte.

»Alles ist okay, Mäuschen«, sagte ich. »Es wird alles gut. Daddy ist da.«

»Hast du Fionas Wagen blockiert?«, fragte Marcus. »Wir werden jetzt nämlich wegfahren.«

»Es ist zu spät, Marcus. Ich weiß es. Die Polizei weiß es.«

»Die wissen gar nichts«, sagte er.

»Wissen was nicht?«, fragte Fiona. »Was wissen sie nicht?«

»Ann ist an diesem Abend noch mal weggefahren, um sich mit dir zu treffen, stimmt's?«, sagte ich. »Weil sie dich nämlich erpresst hat. Du hast sie an diesem Abend rausgelockt, um sie umzubringen.«

Marcus' Augen funkelten vor Wut. »Das ist nicht wahr.« Er sah Fiona an. »Es ist nicht wahr.«

Ungläubig sah Fiona erst mich und dann wieder Marcus an.

Ich sagte: »Und ob das wahr ist. Ann sagt deinen Namen. Auf dem Video.«

»Ich wollte nur mit ihr reden«, sagte er. »Sie ist hingefallen. Es war nicht meine Schuld. Es war ein Unfall. Frag doch die Polizei. Sie hatte einen Platten. Sie ist ausgestiegen, um nachzusehen.«

Woher sollte Marcus das wissen? Doch nur, wenn er diesen »Unfall« selbst inszeniert hatte.

Fiona stand neben dem Couchtisch. »Marcus, das kann doch nicht wahr sein«, sagte sie.

»Es ist vorbei, Marcus«, sagte ich. »Ich habe dieses Video, auf dem Ann deinen Namen sagt, an alle Kontakte aus meinem E-Mail-Adressbuch geschickt. Alle werden es erfahren, Marcus. Lass Kelly los.«

Doch er hielt sie weiter fest.

»Ich bitte dich« sagte ich. »Sie ist doch nur ein kleines Mädchen.«

»Ich will einen Vorsprung«, sagte er. »Ich nehme sie mit, du gibst mir eine halbe Stunde, dann lass ich sie irgendwo aussteigen.«

»Nein«, sagte ich. »Aber ich gebe dir einen Vorsprung, wenn du Kelly loslässt. Und wenn du mir eine Frage beantwortest.«

»Welche?«

»Sheila.«

»Was ist mit ihr?«

»Warum Sheila?«

Marcus schnitt eine Grimasse. »Ich weiß nicht, wovon du sprichst.«

»Ich weiß nicht genau, wie du's gemacht hast, aber ich muss wissen, warum. Wusste sie Bescheid? Hat sie gewusst, dass du ein Verhältnis mit Ann hast? Hat sie gedroht, es ihrer Mutter zu erzählen? Hast du's deshalb getan?«

Fionas Mund klappte auf. Zuerst war sie so entgeistert, dass sie kein Wort herausbrachte, doch schließlich flüsterte sie: »Nein.«

Ihre Blicke trafen sich. »Fiona, das ist alles totaler Schwachsinn. Glen lügt, das ist –«

»Du hast Sheila umgebracht? Meine Tochter? Du hast meine Tochter umgebracht?«

Marcus schloss den Arm fester um Kellys Hals. Sie hustete und versuchte, seinen Griff zu lockern, sich zu befreien, aber gegen die Kräfte eines erwachsenen Mannes konnte sie nichts ausrichten.

»Geh zur Seite und lass mich gehen«, sagte er.

»Du kannst nicht entkommen«, sagte ich. »Die Polizei wird dich finden. Wenn du Kelly was tust, wird es nur noch schlimmer für dich. Du verlässt dieses Haus nicht mit Kelly. Vergiss es.«

Kelly versuchte weiter, sich aus Marcus' Umklammerung zu befreien. Ich warf einen Blick auf Fiona. Sie war eine Bombe, die jeden Moment in die Luft gehen konnte.

Marcus nickte. »Dass du dich da bloß nicht täuschst. Ein Schritt weiter, und ich brech ihr das Genick. Ich schwöre – Herrgott!«

Kelly hatte das rechte Bein gehoben und Marcus mit ihrem Absatz mit aller Kraft auf den Fuß getreten. Er schrie auf, und sein Griff um ihren Hals lockerte sich.

Gleichzeitig hatte Fiona das Weinglas auf dem Couchtisch ergriffen und es gegen die Tischkante geschlagen. Sie hielt jetzt nur noch den Stiel mit dem Glasboden in der Hand, ein funkelndes Stück Glas voll scharfer Zacken.

Kelly hatte sich Marcus' Würgegriff entwunden und rannte zu mir.

Das zerbrochene Glas vorgestreckt und einen fast schon tierischen Schrei ausstoßend machte Fiona einen Satz nach vorn. Noch ehe sie Marcus erreichte, tropfte Blut von ihren Fingern, weil sie sich selbst geschnitten hatte. Doch sie schien keinen Schmerz zu fühlen, schien nur ein Ziel zu haben: ihren Mann zu töten.

Ich wäre ja dazwischengegangen, doch Kelly klammerte sich an mich.

Marcus hob den Arm, um Fionas Angriff abzuwehren, doch sie war von einer Kraft erfüllt, die weit über die seine hinausging. Sie stürzte sich auf ihn und rammte ihm die Glaszacken in den Hals.

Blut spritzte an mehreren Stellen aus seiner Kehle. Qualvolle, gurgelnde Geräusche waren zu hören, und er presste sich beide Hände an den Hals. Blut tropfte ihm zwischen den Fingern hervor.

Ich schrie: »Fiona!«, und schüttelte Kelly ab. Ich packte Fiona, die noch immer das zerbrochene Glas schwang, von hinten.

Marcus fiel auf den Teppich.

Ich sah Kelly in die Augen und sagte ruhig und mit fester Stimme: »Drück auf die Polizeitaste an der Alarmanlage.«

Sie rannte los.

Marcus hatte seine Hände um seinen Hals gelegt, um zu verhindern, dass sein ganzes Blut aus ihm heraussprudelte. Ich hielt Fiona fest und sagte immer wieder zu ihr: »Es ist gut. Es ist gut. Du hast es geschafft. Du hast es geschafft. Du hast ihn erwischt.«

Fiona begann in meinen Armen zu weinen und zu klagen. Sie ließ das Glas fallen, drehte sich um und schlang ihre blutigen Arme um mich.

»Was hab ich getan?«, schluchzte sie. »Was hab ich getan?«

Ich wusste, sie redete nicht davon, was sie gerade mit Marcus gemacht hatte. Sie sprach davon, dass sie diesen Mann in ihr Leben geholt und auf ihre Familie losgelassen hatte.

SECHZIG

Nur Sekunden, nachdem Kelly die Notruftaste gedrückt hatte, meldete sich jemand vom Sicherheitspersonal. Ich nahm den Anruf entgegen und sagte, sie sollten einen Rettungswagen und die Polizei schicken.

Kaum hatte ich aufgelegt, war die Polizei schon da. Doch das war das Resultat von Sallys Anruf bei der Polizei in Milford, die die Kollegen in Darien verständigt hatten.

Die Sanitäter kümmerten sich sofort um Marcus, und zu meiner Überraschung gelang es ihnen, ihn zu stabilisieren. Ich hatte ihn eigentlich schon abgeschrieben. Mit heulender Sirene raste der Rettungswagen davon.

Noch während sich Marcus gurgelnd auf dem Boden gewunden hatte, hatte ich Kelly aus dem Haus gebracht. Ich wollte nicht, dass sie noch mehr miterleben musste, als sie ohnehin schon gesehen hatte. Ich hob sie hoch, und sie schlang die Arme um meinen Hals. Ich tätschelte ihr sanft den Rücken und wiegte sie ein wenig, um sie zu beruhigen. »Es ist vorbei«, sagte ich zu ihr.

Die Lippen an mein Ohr gepresst, sagte sie: »Er hat Emilys Mom getötet.«

»Das stimmt«, sagte ich.

»Und Mom?«

»Ich weiß es nicht, mein Schatz, aber es sieht fast so aus.«

»Hätte er mich auch getötet?«

Ich umarmte sie fester. »Ich hätte nie zugelassen, dass er dir etwas tut«, sagte ich, ließ aber unerwähnt, dass die Sache vielleicht anders ausgegangen wäre, wenn ich nur fünf Minuten später angekommen wäre.

In den Minuten vor Ankunft des Rettungswagens war Fiona allein mit Marcus. Einmal konnte ich von draußen sehen, wie sie auf der Kante des Couchtischs saß und nur auf ihn hinuntersah. Wahrscheinlich wartete sie darauf, dass er starb. Ich machte mir Sorgen, sie könnte etwas Unüberlegtes tun. Es war aber nicht Marcus, um den ich fürchtete, sondern sie. Eine Zeitlang konnte sie sich kaum beruhigen, sie schrie und machte sich Vorwürfe, was sie getan, was sie nicht zu verhindern gewusst hatte. Es wäre gut gewesen, wenn ich bei ihr hätte bleiben können, aber ich hatte nur eine Priorität: Kelly aus dem Haus zu bringen.

Als die Streifenwagen einer nach dem anderen kamen, sagte ich Bescheid, dass die Frau in der Wohnung wahrscheinlich traumatisiert war – das waren wir wohl alle –, und im Nu hatten sie auch Fiona nach draußen gebracht.

Sie wirkte beinahe katatonisch.

Sie setzte sich auf eine kleine Bank, die sie im Vorgarten aufgestellt hatte, und saß nur da, ohne ein Wort zu sagen.

»Fiona«, sagte ich leise. Sie schien mich nicht zu hören. »Fiona.«

Langsam drehte sie den Kopf zu mir. Sie sah zwar in meine Richtung, ich war mir jedoch nicht sicher, ob sie mich überhaupt wahrnahm. Schließlich sagte sie: »Wie geht's dir, Kleines?«

Kelly schaute um meine Schulter herum zu ihr und antwortete: »Mir geht's gut, Grandma.«

»Das ist gut«, sagte Fiona. »Es tut mir leid, dass es diesmal bei uns nicht sehr schön für dich war.«

Als ich meine Aussage machte, bemühte ich mich, Fiona in einem möglichst guten Licht erscheinen zu lassen.

Marcus hatte ihre Enkelin festgehalten und gedroht, ihr das Genick zu brechen. Er hatte mehr oder weniger zugegeben, Ann Slocum umgebracht zu haben. Er hatte die Absicht gehabt, Kelly als Geisel zu nehmen und mit ihr zu flüchten. Als Kelly ihm auf den Fuß getreten war, war das Fionas Chance, ihn aufzuhalten und damit zu verhindern, dass er etwas Schlimmeres tat.

Darüber hinaus war sie auf ihn losgegangen, weil sie glaubte, er habe ihre Tochter umgebracht.

Meine Frau.

Sheila.

Er hatte es abgestritten, aber das wunderte mich nicht. Dass er Ann auf dem Gewissen hatte, hatte er ja so gut wie gestanden, aber sich vor Fiona und mir auch zum Mord an Sheila zu bekennen, das war noch einmal etwas ganz anderes. Lag ich richtig mit meiner Vermutung, er habe Sheila getötet, weil sie von seinem Verhältnis mit Ann wusste? Hatte er sie getötet, um zu verhindern, dass sie es Fiona sagte?

Und wie hatte er Sheilas Unfall inszeniert? Wie hatte er es angestellt, sie betrunken zu machen und ihren Wagen auf der Autobahnabfahrt abzustellen?

Ich hoffte, dass man ihn, sollte er sich erholen, so unter Druck setzen konnte, dass er alle noch offenen Fragen beantworten würde.

Ich wusste nicht, wie ich die Vergangenheit hinter mir lassen sollte, wenn ich niemals die Wahrheit erfuhr.

EINUNDSECHZIG

Es wäre falsch zu behaupten, unser Leben verlief wieder in seinen gewohnten Bahnen. Ich bezweifelte, ob das je wieder der Fall sein würde. Aber in den folgenden Tagen kehrte etwas wie Routine in unseren Alltag zurück.

Die erste Nacht war allerdings weit davon entfernt.

Nach all dem Entsetzlichen, das sie in Fionas Haus erlebt hatte, schlief Kelly sehr unruhig. Sie warf sich im Bett herum, und einmal fing sie sogar zu schreien an. Ich rannte in ihr Zimmer und setzte sie aufrecht hin. Ihre Augen waren geöffnet, und sie sah mich an, doch in ihrem Blick lag eine Leere, die ich noch nie zuvor bei ihr gesehen hatte. Sie schrie: »Nein! Nein!«, und da wurde mir klar, dass sie noch schlief. Ich rief ihren Namen, immer wieder, bis sie blinzelte und erwachte.

Ich holte mir einen Schlafsack aus dem Keller, rollte ihn neben ihrem Bett auf dem Boden aus und verbrachte den Rest der Nacht dort. Ich legte meine Hand auf ihre Matratze, und sie hielt sie bis zum Morgen fest.

Ich machte Eier zum Frühstück. Wir redeten über die Schule und über Filme, und Kelly sagte ein paar interessante Dinge über die Sängerin Miley Cirus. Die hätte sich von einem Mädchen, das sie gern zur Freundin gehabt hätte, in jemanden verwandelt, der nur noch sexy und überdreht war.

»Du musst heute nicht zur Schule gehen«, sagte ich. »Du gehst zurück, wenn du so weit bist.«

»Vielleicht, wenn ich zwölf bin«, sagte sie.

»Träum weiter, Süße.«

Und sie lächelte.

An diesem Tag nahm ich sie zur Arbeit mit. Sie begleitete mich zu zwei Baustellen und spielte an meinem Computer, nachdem wir ins Büro zurückgekehrt waren. Dort herrschte das reinste Chaos. Dutzende unbeantwortete Anrufe. Jede Menge unbezahlte Rechnungen.

Ken Wang sagte, er hätte getan, was er konnte, den Laden in Schuss zu halten, aber ohne Doug und Sally sei er auf keinen grünen Zweig gekommen.

»Was ist denn mit Doug?«, wollte er wissen. »Wir brauchen ihn.«

»Keine Ahnung«, sagte ich. »Er ist noch in Untersuchungshaft.«

»Wollen Sie meine Meinung hören? Wenn er Theo tatsächlich umgebracht hat, dann war das total gerechtfertigt. Ich hab auch schon ein paarmal daran gedacht. Und wo, zum Teufel, ist Sally?«

»Sie arbeitet nicht mehr hier.«

»Sagen Sie doch so was nicht.«

»Das ist, was sie zu mir gesagt hat.«

»Hier ein gutgemeinter Rat, Herrschaften: Holen Sie diese Frau zurück, und wenn Sie sie auf Knien darum bitten müssen. Sie glauben vielleicht, Sie schmeißen diesen Laden, und wenn Sie diese Illusion glücklich macht, dann soll mir das recht sein, aber sie ist diejenige, die dafür sorgt, dass hier alles läuft.«

Ich seufzte. »Sie kommt nicht zurück.«

»Ich hoffe, es macht Ihnen nichts aus, wenn ich Ihnen das sage, wo Sie doch der Boss sind und so, aber Sie müssen ganz schöne Scheiße – ups, tut mir leid, Kelly.«

»Schon in Ordnung«, sagte sie und drehte sich einmal mit

meinem Stuhl um die eigene Achse. »Ich habe in letzter Zeit Schlimmeres gehört und gesehen.«

Kelly hatte sich mit Emily online und am Telefon unterhalten. Deren Tante Janice kümmerte sich weiter um das Mädchen, während Darren Slocum im Krankenhaus lag. Wahrscheinlich würde er noch etwa eine Woche dort bleiben und auch zu Hause noch Hilfe brauchen.

»Emily sagt, dass ihr Dad dann kein Polizist mehr sein wird«, sagte Kelly.

»Aha.«

»Sie sagt, er macht dann etwas anderes. Und dass sie vielleicht wegziehen. Ich will nicht, dass sie wegzieht.«

Ich strich ihr über den Kopf. »Ich weiß. Sie ist eine gute Freundin, und ihr zwei braucht euch gegenseitig.«

»Ich soll morgen Abend zu ihr kommen. Vielleicht zum Pizzaessen. Aber nicht zum Übernachten. Ich werde mein ganzes Leben nie mehr irgendwo anders übernachten.«

»Guter Plan«, sagte ich. »Aber besuchen kannst du sie schon. Wir reden morgen darüber.«

»Auf welche Baustellen fahren wir morgen?«

Rona Wedmore besuchte mich in der Firma. Sie trug den Arm in der Schlinge.

»Ich dachte, es war die Schulter«, sagte ich.

»Sie sagen, es heilt besser, wenn ich den Arm stillhalte. Ich habe Sie im Fernsehen gesehen, wie Sie die Nachrichtenreporterin zur Schnecke gemacht haben. Sehr cool.«

Ich lächelte.

»Meine Behörde will Ihnen eine Auszeichnung verleihen«, sagte sie. »Ich wollte es ihnen ausreden, hab ihnen gesagt, dass Sie komplett verrückt sind, aber die bestehen darauf.«

»Ich will nichts«, sagte ich. »Was ist mit Marcus. Kann er schon reden?«

»Der wird ziemlich lang nicht mehr reden. Dafür hat Ihre Schwiegermutter gesorgt. Aber er lässt auch durch seine Anwälte nichts sagen.«

»Er hat Sheila umgebracht.«

Wedmore fuhr sich mit der Zunge über die oberen Zähne. »Für Ann Slocum bekommen wir ihn dran, aber bis jetzt haben wir nichts, was ihn irgendwie mit dem Tod Ihrer Frau in Verbindung bringt.«

»Sie müssen weitersuchen.«

»Das werden wir. Aber ...« Sie seufzte. »Ich glaube, Sie sollten sich mit dem Gedanken anfreunden, dass niemand Ihre Frau umgebracht hat. Wenn Sie sich überlegen, unter was für einem Druck sie stand, vielleicht hat sie an diesem Abend etwas gesucht, um sich ein bisschen davon zu befreien. Sie hat was getrunken, sie hat ein paar falsche Entscheidungen getroffen.«

Ich sah sie an.

»Ich weiß, das ist nicht das, was Sie hören wollen.«

Ich lehnte mich an einen Aktenschrank und verschränkte die Hände vor der Brust. Ich spürte einen Kloß im Hals. »Ich habe so oft darüber nachgedacht. Ich versteh schon, was Sie meinen. Und irgendwie ... irgendwie weiß ich ja, dass ich mich vielleicht damit abfinden muss, dass sie in eine ganz üble Sache hineingeraten ist. Und dann hat sie sich zu etwas hinreißen lassen, was sie sonst nie getan hätte. Sie hat sich so tief in die Scheiße geritten wie nie zuvor in ihrem Leben und hat es nicht über sich gebracht, es mir zu sagen. Aber sie hätte mit mir reden sollen. Gemeinsam hätten wir eine Lösung gefunden.«

Wedmore nickte mitfühlend.

»Vielleicht wollen Sie ja, dass es Marcus war«, sagte. »Vielleicht brauchen Sie das jetzt.«

Ich wusste nicht, was ich darauf sagen sollte.

Eine Weile schwiegen wir beide. Dann sagte Wedmore: »Glauben Sie, es gibt einen Grund für alles, was passiert?«

»Sheila hat daran geglaubt. Ich war eigentlich nie so ganz davon überzeugt.«

»Da geht's mir wie Ihnen. Oder es ging mir wenigstens so. Jetzt bin ich mir nicht mehr so sicher. Ich glaube, es gab einen Grund, warum ich angeschossen wurde.«

Ich schob meine Hände in die Hosentaschen. »Ich kann mir keinen vernünftigen Grund dafür denken, angeschossen zu werden. Es sei denn, man wird für das nächste halbe Jahr vom Dienst freigestellt. Bei voller Lohnfortzahlung.«

»Tja.« Sie wandte eine Sekunde den Blick ab. Dann sagte sie: »Als ich ins Krankenhaus eingeliefert wurde, hat man meinen Mann geholt und zu mir gebracht. Wissen Sie, was er getan hat, als er mich sah?«

Ich schüttelte den Kopf.

»Er hat gesagt: ›Geht's dir gut?‹«

Ich fand nichts Besonderes dabei, aber für sie schien es so wichtig zu sein wie sonst nichts auf der Welt.

»Ich glaube, ich sollte einen Kuchen mitbringen«, sagte Kelly am nächsten Tag. »Wenn Emily die Pizza spendiert, dann sollte ich den Nachtisch mitbringen.«

»Gut.«

Ich hatte mit Janice telefoniert, um mich zu vergewissern, dass Kelly wirklich willkommen war. Janice sagte, Emily habe den ganzen Tag von nichts anderem geredet, als dass ihre beste Freundin sie besuchen käme.

Ich schlug vor, bei einer Konditorei vorbeizufahren, aber Kelly bestand darauf, in einen Supermarkt zu fahren und einen tiefgefrorenen Schokoladenkuchen von Sara Lee zu kaufen. »Den mag Emily am liebsten. Warum reibst du dir den Kopf, Daddy?«

»Ich hab in den letzten Tagen dauernd Kopfweh. Aber ich glaube, das ist nur der Stress.«

»Das versteh ich.«

Emily hatte schon nach uns Ausschau gehalten und kam aus dem Haus gelaufen, als wir in die Einfahrt bogen. Janice folgte ihr. Die Mädchen umarmten sich und rannten ins Haus.

Janice blieb draußen, um mit mir zu reden. »Ich wollte Ihnen danken. Dafür, dass Sie den Mann aufgehalten haben, der auf Darren geschossen hat.«

»Ich wollte schon auch meine eigene Haut retten.«

»Trotzdem«, sagte sie und berührte mich kurz am Arm.

»Was wird aus ihm?«

»Er hat gekündigt, und er hat einen guten Anwalt. Er hat angeboten, alles zu sagen, was er weiß. Über das, was Sommer getan hat, über die Leute, für die er gearbeitet hat. Ich hoffe, dass er, wenn er trotzdem ins Gefängnis muss, mit ein paar Monaten davonkommt. Dann kann er sich um Emily kümmern. Er liebt sie mehr als alles andere auf der Welt.«

»Natürlich. Ich hoffe, es klappt, um Emilys willen. In zwei Stunden komme ich Kelly abholen. Ist Ihnen das recht?«

»Wunderbar.«

Ich stieg in den Wagen, aber ich fuhr nicht nach Hause. Es gab noch einen Zwischenstopp zu machen.

Ungefähr fünf Minuten später parkte ich vor einem anderen Haus. Ich ging zur Tür und klingelte.

Ein paar Sekunden später öffnete Sally Diehl. Sie hatte Gummihandschuhe an und hielt eine Silikonpistole in der Hand.

»Wir müssen reden«, sagte ich.

ZWEIUNDSECHZIG

»Du musst zurückkommen«, sagte ich. »Ich brauche dich.«

»Ich habe dir doch gesagt, ich kündige«, sagte Sally.

»Vor ein paar Tagen, als ich in der Patsche saß, als ich Kelly abholen wollte und Hilfe brauchte, da habe ich dich angerufen. Du weißt immer, was zu tun ist. Findest für alles eine Lösung. Du warst schon immer die Frau für knifflige Fälle, Sally. Ich will dich nicht verlieren. Garber Bau bricht auseinander, und ich brauche dich, um die Firma zusammenzuhalten.«

Sie stand da und strich sich eine Strähne zurück, die ihr in die Augen gefallen war.

»Was ist mit dieser Silikonspritze?«

»Ich versuche gerade, um die Wanne herum alles dicht zu machen. Theo hat das Bad zwar renoviert, aber fertig geworden ist er damit nicht.«

»Lass mich reinkommen.«

Sally sah mich noch einmal an, dann machte sie die Tür ganz auf. »Wo ist Kelly?«

»Bei Emily. Pizza essen.«

»Ist das die Kleine, deren Vater angeschossen wurde?«

»Genau.«

Sally fragte, was genau bei Fiona passiert sei, und ich erzählte ihr alles, auch wenn ich nicht gern daran erinnert wurde.

»O Gott.« Sie hatte die Silikonpistole weggelegt, die Gummihandschuhe ausgezogen und sich an den Küchentisch gesetzt. Ich lehnte mich an die Arbeitsplatte.

»Kannst du laut sagen.« Ich massierte mir die Schläfen. »Gott, hab ich Kopfweh.«

»Dann hat Marcus also Ann umgebracht?«, fragte Sally.

»Ja.«

»Und Sheila auch?«

»Höchstwahrscheinlich.« Nach einer Pause sagte ich: »Es sei denn ... es sei denn, es ist so passiert, wie es aussah.«

Sallys Miene wurde weicher.

»Ich hab ja versucht, dir das klarzumachen«, sagte sie. »Aber du warst nicht mehr du selbst.«

Ich schüttelte den Kopf. Die Schmerzen wurden langsam unerträglich.

»Was ist mit Theo?«

»Die Beerdigung war gestern. Es war fürchterlich, Glen, ehrlich. Alle haben geweint. Ich dachte schon, sein Bruder wirft sich auf den Sarg, als sie ihn hinunterließen.«

»Ich hätte da sein sollen.«

»Nein«, sagte sie entschieden. »Hättest du nicht.«

»Es tut mir leid, was ich gesagt habe, Sally. Vielleicht hat Theo es ja wirklich genauso gemeint, wie er es auf diesen Zettel da hingeschrieben hat – dass es ihm leidtut. Und ich hab da was hineingeheimnisst.« Ich rieb mir den Kopf. »Hast du Paracetamol oder so was? Ich hab das Gefühl, mein Schädel platzt gleich.«

»In der Schublade gleich hinter deinem Allerwertesten.«

Ich drehte mich um, zog die Schublade heraus und hatte ein veritables Arzneimitteldepot vor mir. Verschiedenste Schmerzmittel, Verbände, Spritzen. »Das ist ja eine richtige Apotheke hier drin«, sagte ich.

»Da ist noch ein Haufen Zeug von meinem Dad. Ich bin

noch nicht zum Ausmisten gekommen«, sagte Sally. »Muss ich jetzt aber bald einmal tun.«

Ich fand das Paracetamol, schloss die Schublade und schraubte die Verschlusskappe ab.

»Sag mir, dass du dir das mit der Kündigung zumindest noch einmal überlegst«, bat ich sie. »KF steht kurz vor einem Nervenzusammenbruch.«

Ich schüttelte zwei Pillen auf die Arbeitsplatte. Wenn ich früher mit Sheila im Auto unterwegs gewesen war, Kopfschmerzen bekam und kein Wasser hatte, um die Pillen aus dem Handschuhfach damit hinunterzuschlucken, bestand sie immer darauf, dass wir irgendwo hielten, wo ich was zu trinken bekam.

»Du kannst sie nicht einfach so schlucken«, sagte sie immer. »Die bleiben dir ja im Hals stecken.«

Also sagte ich: »Glas?«

»Auf dem Abtropfgestell.«

In dem Gestell neben der Spüle sah ich ein paar Gläser, einen einzelnen Teller, Besteck. Als ich nach dem Glas griff, fiel mein Blick auf etwas, das ich hier nicht erwartet hatte.

Eine Auflaufform.

Die Lasagneschale, die ich seit mehr als drei Wochen nicht mehr gesehen hatte. Bräunlichorange.

Die Farbe einer Kaki, wie Sheila immer gesagt hatte.

DREIUNDSECHZIG

Vorsichtig hob ich die Form aus der Abtropftasse und stellte sie auf die Küchenplatte.

Sally lachte. »Willst du daraus trinken?«

»Was macht die hier?«, fragte ich langsam.

»Was?«

»Diese Lasagneschale. Die kenn ich. Die gehört Sheila. Was macht die hier?«

»Bist du sicher?«, fragte Sally. »Ich bin mir ziemlich sicher, dass das meine ist.«

Im Laufe der Zeit hatte sich bei Sheila und mir eine Routine eingespielt: Sie machte das Abendessen, ich räumte hinterher auf. Wenn man jahrelang immer wieder dieselben Teller und Schüsseln und Gläser und Backformen abspült, kennt man sie in- und auswendig. Wenn diese Form aus unserem Haus stammte, dann musste auf der Unterseite, in einer Ecke, ein Fleck sein: die Reste eines Preisschilds, die nie ganz verschwunden waren.

Ich drehte die Form um. Der Fleck war da, genau an der Stelle, an der ich ihn erwartet hatte.

»Nein«, sagte ich. »Das ist unsere. Darin hat Sheila immer Lasagne gemacht.«

Sally war aufgestanden und zu mir gekommen, um sich die Schale anzusehen. Sie betrachtete sie genau, guckte hinein, drehte sie um, sah sich die Unterseite an. »Keine Ahnung, Glen. Wenn du's sagst, dann wird es schon eure sein.«

»Wie kommt die hierher?«

»Was weiß ich? Auf jeden Fall ist sie nicht zum Fenster hereingeflogen. Wahrscheinlich hat Sheila mir mal Lasagne gebracht, und ich habe vergessen, das Ding zurückzugeben. Schlag mich halt.«

»Sheila hat am Tag ihres Unfalls Lasagne gemacht. Sie hat zwei Teller für Kelly und mich in den Kühlschrank gestellt. Aber der Rest war weg. Und unlängst wollte ich's selbst mal probieren, hab aber die Auflaufform nicht gefunden.« Ich hielt sie in die Höhe. »Weil sie hier war.«

»Glen, bitte. Willst du mir damit irgendwas sagen?«

»Dein Vater ist am selben Tag gestorben wie Sheila. Ich weiß noch, dass ich es Sheila am Telefon gesagt habe, bevor sie aus dem Haus ging. Sie sagte, wir müssen irgendwas für dich tun. Und kaum hatte sie aufgelegt, hat sie wohl beschlossen, dir den Rest der Lasagne zu bringen. Das hat sie immer so gemacht. Wenn jemand gestorben ist, hat sie den Hinterbliebenen was zum Essen gebracht. Sogar Leuten, die sie nicht besonders gut kannte. Wie ihrem Wirtschaftslehrer zum Beispiel.«

»Also wirklich, Glen, langsam machst du mir Angst.«

»Sie war hier, stimmt's? Sie hat dich besucht, wollte dich trösten, und deshalb ist sie nicht in die Stadt gefahren. Deshalb hatte sie das Geld nicht dabei. Deshalb hat sie's zu Hause versteckt.«

»Was für ein Geld? Wovon redest du eigentlich?«

»Sie wollte es nicht mit sich rumschleppen. Sie ist hergekommen, um dir in deiner Trauer um deinen Vater beizustehen. An diesem Nachmittag. Sie dachte, es ist wichtiger, sich um eine Freundin zu kümmern, die gerade ihren Vater verloren hat, als einen Gang für Belinda zu erledigen. Wenn sie an dem Tag bei dir war, warum hast du mir nichts davon gesagt?«

»Glen, ich bitte dich«, sagte Sally. Die Schale noch immer in einer Hand haltend, deutete sie mit der anderen auf die Paracetamoltabletten auf der Arbeitsplatte. »Nimm die. Ich glaube, mit deinem Kopf stimmt was nicht.«

Tatsächlich wurden die Schmerzen immer unerträglicher. Ich zerbrach mir buchstäblich den Kopf, wie Sheilas Lasagneform hierhergekommen war. Eine Sekunde lang sah ich von Sally zu den Tabletten, dann fiel mir noch etwas ein, was ich ihr sagen wollte.

Ich drehte den Kopf zu ihr und sagte: »Ich bin halb wahnsinnig geworden, als ich –«

Ich sah gerade noch, wie die Form auf mich zukam. Dann wurde alles schwarz.

Ich war beim Arzt. Grippeimpfung.

»Tut gar nicht weh«, sagte er, als er sich mit der Nadel meinem Arm näherte. Doch in dem Moment, in dem sie meine Haut durchstach und in die Vene eindrang, schrie ich vor Schmerz auf.

»Wer wird sich denn so anstellen«, sagte er. Er spritzte das Serum hinein und zog die Nadel wieder heraus.

»So«, sagte er und hielt auf einmal noch eine Spritze in der Hand. »Tut gar nicht weh.«

»Was soll das?«, fragte ich. »Eine reicht doch.«

»Wer wird sich denn so anstellen«, sagte er. Er spritzte das Serum hinein und zog die Nadel wieder heraus.

»So«, sagte er und hielt auf einmal noch eine Spritze in der Hand. »Tut gar nicht weh.«

»Moment! Nein! Halt! Was soll das? Aufhören! Weg mit dieser Scheißspritze, Sie verdammtes Arsch–«

Ich öffnete die Augen.

»Ah, gut, du lebst noch«, sagte Sally. Sie war mir so nahe,

dass ich ihr Parfum riechen konnte. Ich musste ein paarmal zwinkern, um sie und den Rest der Welt wieder scharf zu sehen.

Die Welt war zur Seite gekippt und hing über mir. Ich lag auf Sally Diehls Küchenboden. Ein paar Zentimeter von mir entfernt, über das Linoleum verstreut, lag Sheilas Lasagneschale. Oder das, was davon übrig war. Unzählige Scherben.

»Du hast vielleicht einen harten Schädel«, bemerkte Sally, als sie sich über mich beugte. »Ich hatte schon Angst, ich hab zu fest zugeschlagen und dich umgebracht. Aber jetzt klappt das doch.«

Sie richtete sich ein wenig auf, und ich sah die Spritze in ihrer Hand. »Ich glaube, das ist die letzte«, sagte sie. »Jetzt bist du voll bis obenhin. Das geht direkt ins Blut über, ich glaub, du brauchst auf diese Weise viel weniger, als wenn du's trinken würdest.«

Ich wollte mich umdrehen, um zu sehen, was hinter mir war, aber da war etwas in meinem Rücken, das mich daran hinderte. Eine Sekunde später begriff ich, dass es meine Hände waren. Sie waren hinter meinem Rücken gefesselt. Irgendetwas haftete an den Haaren auf meinen Handgelenken. Reißfestes Klebeband. Und nicht zu knapp.

Sally hatte sich einen Stuhl geholt und ihn neben mich gestellt. Sie setzte sich rittlings darauf. Die Arme hatte sie auf die Rückenlehne gestützt. In einer Hand hielt sie eine Pistole.

»Es tut mir wirklich leid, Glen. Das mit dir und Sheila. Ihr zwei seid wirklich unmöglich. Sie war zu nett, und du, du bist wie ein Hund mit seinem Knochen.«

Mein Kopf dröhnte, und ich schmeckte Blut im Mund. Wahrscheinlich hatte ich eine ganz schön tiefe Wunde auf der Stirn, und das Blut war mir übers Gesicht gelaufen.

Aber es waren nicht nur die Kopfschmerzen. Da war noch

ein anderes Gefühl. Irgendwie schwindlig. Als ob die Küche sich um mich herum drehte. Anfangs hatte ich gedacht, es wäre die Kopfverletzung, aber jetzt war ich mir nicht mehr so sicher.

Es fühlt sich an ... ja, es fühlte sich an, als sei ich betrunken.

»Jetzt fängt's an zu wirken, stimmt's?«, fragte Sally. »Ein Gefühl, als hätte man einen in der Krone, ja? Ich hab ziemlich viel Übung mit Injektionen. Musste ja Dad immer sein Insulin spritzen. Aber du hast kein Insulin bekommen. Dich hab ich mit Wodka abgefüllt.«

»Sheila«, sagte ich. »Das hast du auch mit Sheila gemacht.«

Sally sagte nichts. Sie sah mich nur an. Dann schaute sie auf ihre Armbanduhr.

»Warum, Sally? Warum hast du das gemacht?«

»Bitte, Glen, lass es einfach wirken. Bald wirst du dich echt toll fühlen. Und nichts mehr wird wirklich wichtig sein.«

Sie hatte recht. In meinen Kopf breitete sich ein Nebel aus, der nicht von dem Schlag mit der Lasagneform kam.

»Sag's mir«, bat ich sie. »Ich muss es wissen.«

Sally presste die Lippen zusammen. Sie sah weg, dann wieder her.

»Er war noch nicht tot«, sagte sie.

Die Worte ergaben keinen Sinn für mich. Der Alkohol in meinen Adern wirkte sich anscheinend schon auf mein Begriffsvermögen aus.

»Ich ... was?«

»Mein Dad«, sagte sie. »Die Wirkung hatte noch nicht eingesetzt.«

»Ich ... kapier ich nicht.«

»Als ich dich an dem Morgen anrief und dir sagte, er sei tot, da war er's noch nicht ganz. Ich hatte ihm die doppelte Dosis Heparin gegeben und wartete drauf, dass er innerlich verblutete. Aber dann erholt sich der Idiot wieder ein bisschen. Und da platzt Sheila mit der scheiß Lasagne herein. Kommt einfach rein, ohne zu klopfen, und labert gleich los: ›Ach, Sally, es tut mir ja so leid für dich. Hier ist was, das kannst du in den Kühlschrank stellen, für später.‹ Und dann sieht sie meinen Dad. Und der atmet noch, und sie ist ganz verdattert: ›Was, er lebt?‹, sagt sie. Und dass wir unbedingt den Notarzt rufen müssen. Und hört gar nicht mehr auf.«

Ich blinzelte wieder. Sally wurde mal scharf, dann wieder unscharf. »Du hast deinen Vater umgebracht?«

»Ich konnte nicht mehr, Glen. Ich hab meine Wohnung aufgegeben – mit dem, was die Medikamente verschlangen, konnte ich mir die Miete nicht mehr leisten – und bin zu ihm gezogen. Aber das Geld für die Medikamente, Herrgott … und bald hätte ich ihn irgendwo unterbringen müssen, und hast du eine Ahnung, was das kostet? Ich hätte das Haus hier verkaufen müssen, und so wie's wirtschaftlich im Moment aussieht, was glaubst du, wie viel ich für dieses Loch bekommen hätte? Ich hab's schon vor mir gesehen, kaum hätte ich auf der Straße gesessen, wäre er auch gestorben. Ich musste das Ganze beschleunigen.«

Sie seufzte. »Ich konnte doch nicht zulassen, dass Sheila zur Polizei rennt und sagt, ich hab meinen Dad umgebracht. Ich hab ihr eins übergezogen und sie mit Wodka abgefüllt.«

»Sally, du erfindest das gerade, stimmt's?«

»Wie fühlst du dich, Glen. Jetzt müsste es eigentlich wirken. Keine Schmerzen und so?«

»Der … Unfall.« Ich bemühte mich, deutlich zu sprechen.

»Kämpf nicht dagegen an«, sagte sie. »Es ist besser so.«

»Wie … hast du das gemacht?«

Noch ein Seufzer. »Theo hat mir geholfen. Ist hergekommen und konnte gar nicht fassen, was ich getan hatte. Aber ich wusste, dass er diesen Elektroschrott von den Slocums gekauft und im Wilson-Haus installiert hat, da konnte er nicht nein sagen. Ich hab ihren Wagen auf die Ausfahrt gefahren, sie hinters Lenkrad gesetzt, und Theo hat mich zurückgefahren. Aber heute Abend muss ich alles ganz allein machen.«

»Sally, Sally.« Ich bemühte mich, trotz des Zeugs, das da durch meine Adern floss, einen klaren Kopf zu behalten. »Du hast doch … du warst doch Teil der Familie …«

Sie nickte. »Ich weiß. Das macht mir auch zu schaffen. Wirklich. Aber eins muss ich dir sagen, Glen: In letzter Zeit warst du ein bisschen sehr herablassend. Von wegen, ich habe nicht die richtigen Entscheidungen getroffen. Ich habe meine Entscheidungen getroffen, Glen. Ich habe mich entschieden, mich um mich selbst zu kümmern. Weil es sonst niemand tut.«

»Theos Notizen«, sagte ich. »Dass es ihm leidtut …«

Soweit ich es beurteilen konnte, schien Sally über etwas nachzudenken. »Ich weiß, er hat sich dir gegenüber wie ein Arschloch benommen, aber der Typ hatte tatsächlich ein Gewissen. Es hat ihn aufgefressen. Der Brand, Sheila. Er wollte beichten.«

»Doug«, flüsterte ich. »Du hast alles so arrangiert … stimmt's? Ihm die Kisten in den Pick-up gestellt, um Theo aus der Schusslinie zu bringen.«

»Ich will nicht darüber reden, Glen. Das tut zu weh.«

»Wie … Moment … Scheiße, nein … du hast Theo umgebracht. Du warst das.«

Zum ersten Mal hatte ich den Eindruck, dass ihr das Ganze naheging. Sie rieb sich die Augen. »Ich hab nur getan, was notwendig war, klar? So wie jetzt. Ich tu, was getan werden muss.«

»Dein … Verlobter …«

»Er hat mich von zu Hause angerufen und gesagt, er hält es nicht mehr aus. Er muss Doug sagen, dass es nicht seine Schuld war. Ich hab gesagt, Theo, tu nichts, bis ich bei dir bin. Und als ich dann da war, hab ich zu ihm gesagt, na gut, ruf Doug an, lad ihn ein, sag's ihm persönlich, so gehört sich das. Und nachdem er telefoniert hat, bin ich mit ihm in den Wald gegangen. Ich hatte eine von Dads Pistolen mitgenommen.«

Eine Träne lief ihr über die Wange.

»Ich hab meinen Wagen versteckt, Theos Pick-up unten an der Straße geparkt, damit Doug nicht rauffahren konnte. Als er alles nach Theo absuchte, hab ich ihm die Pistole in den Wagen gelegt. In Betsys Wagen.«

Das konnte ich gerade noch begreifen, doch mein Hirn vernebelte sich immer mehr.

»Eins musst du nämlich verstehen, Glen: Ich bin lieber ledig und in Freiheit, als verheiratet und den Rest meines Lebens hinter Gittern. Du musst aufstehen.«

»Was?«

Sie stand auf und kniete sich neben mich. Mit einer Hand hielt sie die Waffe fest, mit der anderen packte sie mich am Ellbogen. »Gehen wir. Auf-auf.«

»Sally«, sagte ich. Schwankend lag ich nun auf den Knien. »Stellst du mich jetzt auch auf einer Autobahnabfahrt ab?«

»Nein. Noch einmal geht nicht.«

»Was ... wie denn?«

»Komm schon, Glen, bitte. Du kannst nichts mehr ändern. Mach es uns beiden nicht so schwer.«

Sie zog mit aller Kraft, und ich kam auf die Füße. Sally war schon immer durchtrainiert gewesen, und noch dazu war sie größer als ich. Und noch etwas hatte sie mir voraus: Sie war nüchtern. Ich versuchte, meine Handgelenke freizubekommen, aber Sally hatte auch da ganze Arbeit geleistet. Hätte ich genug Zeit gehabt, hätte ich es vielleicht geschafft. »Wo gehen wir hin?«

»Ins Bad«, sagte Sally.

»Was? Ich muss nicht ins Bad.« Dann überlegte ich einen Augenblick. »Vielleicht doch.«

Ich schwankte. Ich war eindeutig betrunken.

»Hier lang, Glen. Einen Schritt nach dem anderen.« Geduldig führte sie mich von der Küche ins Esszimmer, wo ich gegen einen Stuhl lief, und von da in den Flur, der zu den Schlafzimmern und zum Bad führte.

Was Sally genau vorhatte, wusste ich nicht, aber irgendetwas musste ich dagegen tun. Versuchen, ihr zu entkommen.

Ich startete einen Überraschungsangriff. Mit meinem ganzen Gewicht warf ich mich gegen sie und stieß sie mit der Schulter gegen die Wand. Sie riss einen Wedgwood-Teller mit dem Profil von Richard Nixon vom Haken, er fiel zu Boden und zerbrach.

Ich wollte losrennen, stolperte jedoch über den Läufer und fiel hin. Ohne Hände, mit denen ich meinen Fall hätte abfangen können, landete ich mit einem Wangenknochen auf dem Boden. Schmerz schoss mir durch den Kiefer.

»Verdammt, Glen, jetzt sei nicht so ein Arschloch!«, rief Sally. Ich drehte den Kopf und sah sie über mir stehen, die Pistole auf mein Gesicht gerichtet. »Hoch mit dir, du Idiot, und diesmal helfe ich dir nicht.«

Ganz, ganz langsam kam ich auf die Füße. Mit der Waffe deutete sie auf die Badezimmertür. »Da rein«, sagte sie.

Ich stand im Eingang zu Sallys renoviertem Bad, verschaffte mir rasch einen Eindruck von Theos Werk. Die Toilette, das Waschbecken und die Badewanne waren aus glänzendem weißen Porzellan. Der Boden war in schwarz-weißem Schachbrettmuster gefliest, doch die Fliesen lagen nicht überall plan auf. Manche der Fugen waren nicht völlig ausgefüllt, und der Heizdraht schimmerte durch.

Mir fiel auch auf, dass die Badewanne erst zur Hälfte mit Silikon abgedichtet war. Wahrscheinlich war sie noch nie benutzt worden.

Aber sie war voll Wasser.

»Auf die Knie«, sagte Sally.

Selbst in meinem Zustand dämmerte mir, wie es jetzt weitergehen würde. Wie Sheila würde man mich, mit sehr viel Alkohol im Blut, tot in meinem Wagen auffinden. Aber nicht auf einer Autobahnabfahrt.

Mich würden sie im Wasser finden.

Wenn ich das mit jemandem tun müsste, dann würde ich ihn irgendwo am Golf Pond von der Straße abkommen lassen. Ich würde mein Opfer hinter das Lenkrad setzen, den Wagen ins Wasser rollen und untergehen lassen. Zu Fuß nach Hause gehen. Wenn sie die Leiche aus dem Wasser zogen, würde die Lunge voll Wasser sein.

Das konnte ich nicht zulassen. Meinetwegen nicht und Kellys wegen nicht. Ich würde sie nicht allein lassen.

»Es … es wird nicht klappen, Sally«, sagte ich. »Am Ende werden sie rausfinden, wie's wirklich war.«

»Auf die Knie«, wiederholte sie. »Gesicht zur Wanne.«

Sie versetzte mir einen heftigen Tritt in die rechte Kniekehle, und ich fiel wie ein Stein zu Boden.

Die Fliesen unter meinen Knien waren hart. Sogar durch die Hose spürte ich die Wärme, die sie verströmten. Mein linkes Knie lag auf zwei unebenen Fliesen. Eine machte ein knirschendes Geräusch unter meinem Gewicht, ein Zeichen, dass der Boden der reine Pfusch war.

Wenn die Fliesen Sprünge hatten, wenn Wasser nach unten sickerte, dann –

Dann ging alles sehr schnell. Sally ließ die Pistole auf die Ablage neben dem Waschbecken fallen und warf sich auf mich. Sie legte ihr ganzes Gewicht auf meine Schultern und drückte mir den Kopf über den Rand der Wanne.

Ich brachte gerade noch »Himmel, nein –« heraus, dann war mein Kopf unter Wasser.

Ich hatte wahrscheinlich damit gerechnet, dass es warm wie Badewasser sein würde, aber es war eiskalt und drang mir sofort in Mund und Nase.

Für eine halbe Sekunde konnte ich Sally abschütteln, den Kopf heben und keuchend Luft holen, aber dann war sie wieder auf mir. Mit einer Hand packte sie mich an den Haaren, um mir den Kopf nach unten zu drücken, mit der anderen hinten am Gürtel, um mich weiter in die Wanne zu schieben. Meine Hände waren gefesselt, trotzdem spritzte Wasser in alle Richtungen.

Sollte es spritzen.

Meine Gedanken überschlugen sich. Mit allem, was mir an Verstand und Sauerstoff noch zur Verfügung stand, suchte ich nach einer Möglichkeit, unter Sally hervorzukommen. Der Wannenrand war wie ein Hebel für sie, mit seiner Hilfe konnte sie meinen Kopf unter Wasser halten. Sie rechnete damit, dass ich mich wehren, mit aller Kraft versuchen würde, Oberkörper und Kopf zu heben, aber sie war gut darauf vorbereitet, das zu verhindern. Ob ich sie aus dem Gleichgewicht bringen konnte, wenn ich meinen Widerstand plötzlich aufgab und mich ganz in die Wanne fallen ließ?

Ich ließ es darauf ankommen.

Abrupt ließ ich mich tiefer ins Wasser sinken. Meine Stirn schlug auf dem Wannenboden auf. Ich spürte, wie Sally meinen Gürtel losließ, und ließ mich mit dem ganzen Körper in die Wanne gleiten. Auf diese Weise brachte ich meinen Kopf wieder aus dem Wasser. Ich saß jetzt in der Wanne, den Rücken an der Wand.

Wieder holte ich keuchend Luft, bemühte mich so viel davon in die Lunge zu bekommen, wie ich nur konnte.

Wasser schwappte über den Wannenrand, ergoss sich auf den Boden und tropfte in die Lüftungsschlitze und die zahlreichen Ritzen zwischen den Fliesen. Ich warf mich herum, um noch mehr Wasser aus der Wanne zu drücken. Auf diese Art war es nicht nur schwerer für Sally, mir den Kopf unter Wasser zu drücken, sondern das Wasser lief auch dorthin, wo ich es haben wollte.

Daumen halten, dass Theo durchgehend gepfuscht hatte.

Ich zog meine Beine an, streckte sie blitzartig wieder aus und stieß sie Sally mit voller Wucht in die Brust. Diese Bewegung katapultierte sie auf den Boden zurück, während ich seitlich in die Wanne kippte. Eins meiner Beine hing noch über den Wannenrand.

Sally hatte die Hände nach hinten gestreckt, um den Fall abzufedern. Ihre Handflächen landeten auf den Fliesen, das Wasser stand ihr beinahe bis zu den Fingerknöcheln.

Da passierte etwas.

Das Geräusch von sprühenden Funken. Sally war plötzlich wie erstarrt. Ihre Augen wurden riesengroß.

Dann gab es einen Kurzschluss in der Badezimmerleuchte, und es wurde dunkel. Doch im schwachen Schein einer Lampe im Flur sah ich Sallys Körper zu Boden fallen. Es platschte leise.

Sie lag da, starrte an die Decke, kein Muskel regte sich.

Die Fußbodenheizung. Das Wasser hat einen Kurzschluss verursacht, der Stromschlag hatte Sally getötet.

Eigentlich durfte so etwas nicht passieren, wenn die Leitungen fachgerecht verlegt und die richtigen Teile verwendet wurden – und wenn der Fliesenleger sein Handwerk verstand.

Theo. Der geniale Elektriker. Gott segne ihn.

Mit einiger Mühe gelang es mir, in der Wanne aufzustehen. Meine Schuhe, meine Kleider, alles war durchnässt. Als das Licht im Bad ausging, wusste ich, dass die Sicherung rausgesprungen war und ich gefahrlos aus der Wanne steigen konnte.

Ich torkelte in die Küche, stellte mich mit dem Rücken vor eine Schublade und schaffte es, ein Messer herauszuangeln. Wäre ich nüchtern gewesen, hätte ich das Klebeband in maximal zwei Minuten durchgeschnitten gehabt, aber in meinem momentanen Zustand brauchte ich fast zehn. Immer wieder fiel mir das Messer aus der Hand.

Als ich die Hände wieder frei hatte, eilte ich zu Sallys Telefon. Ich rief zwei Nummern an. Die zweite war die Notrufnummer. Die erste war die von Kellys Handy.

»Hey, Mäuschen«, sagte ich. »Es ist alles in Ordnung, aber bei Sally hat es einen kleinen Unfall gegeben, es dauert also noch, bis ich komme.«

DREI WOCHEN SPÄTER

EPILOG

Ich zog den Packbandabroller über den großen Karton, dann sagte ich zu Kelly: »Rubbel mit der Hand da drüber, damit es auf den Klappen wirklich fest klebt.«

Sie presste beide Hände auf den Klebstreifen und rieb mehrmals darüber. »Das hält jetzt aber«, sagte sie.

»Und du bist ganz sicher, dass es dir nichts ausmacht?«, fragte ich.

Sie sah zu mir hoch und nickte. In ihrem Blick lag Trauer, aber auch Entschlossenheit. »Ich glaube, Mom hätte es auch gewollt«, sagte sie. »Sie hat gerne geholfen.«

»Ja«, bestätigte ich. »So war sie.« Ich schaute in den fast leeren begehbaren Schrank. »Ich glaube, das war der letzte Karton. Bringen wir ihn hinunter. Sie haben gesagt, der Pick-up kommt zwischen zehn und zwölf.«

Ich trug den Karton nach unten und stellte ihn zu den vier anderen, ähnlich großen, neben die Haustür. Wahrscheinlich hätte ich auch alles in Mülltüten packen können, aber das fand ich nicht richtig. Ich wollte, dass alles sauber gefaltet war, es sollte nicht als Lumpenhaufen an seinem Bestimmungsort ankommen.

»Glaubst du, diese obdachlose Frau in Darien wird davon was abkriegen?«, fragte Kelly.

»Ich weißt nicht. Sicher ist es nicht. Aber es kann sein, dass es hier in Milford jemanden gibt, der was bekommt, und wenn uns diese Frau, die wir da neulich gesehen haben, nicht leidgetan hätte, dann würde jetzt auch niemand bei uns hier die Sachen erhalten.«

»Und was ist dann mit dieser Frau in Darien?«

»Vielleicht hat ja eine Frau aus Darien hier in Milford oder in New Haven oder in Bridgeport jemanden gesehen, der Hilfe braucht. Und wenn die dann Kleider spendet, bekommt die Frau, die wir gesehen haben, vielleicht was davon ab.«

Ich merkte, dass Kelly nicht überzeugt war.

Gemeinsam stellten wir die vier Kisten vor die Haustür. Als wir fertig waren, wischte Kelly sich demonstrativ über die Stirn. »Darf ich Rad fahren?«, fragte sie. Ich war in letzter Zeit sehr gluckenhaft gewesen, hatte sie kaum aus den Augen gelassen.

»Nur hier auf der Straße«, sagte ich. »Wo ich dich sehen kann.«

Sie nickte, ging zur Garage, die offen stand, und schob ihr Fahrrad heraus.

»Emilys Dad ist aus dem Krankenhaus«, sagte sie.

»Hab ich gehört.«

»Sie ziehen wirklich um. Emilys Dad hat Verwandte in Ohio, darum ziehen sie dorthin. Ist Ohio weit weg?«

»Schon ein bisschen.«

Das schien sie nicht gern zu hören. »Bleibt es dabei, dass Grandma heute kommt?«

»Hat sie jedenfalls gesagt. Ich dachte, wir gehen zusammen essen.«

Fiona zog auch um, aber nicht nach Ohio. Sie suchte gerade eine Eigentumswohnung in Milford, damit sie in unserer Nähe sein konnte. In Kellys Nähe jedenfalls. Sie war nach dem Vorfall nicht mehr in ihre alte Wohnung zurückgekehrt, sondern ins Hotel gegangen. Ihre Wohnung stand jetzt zum Verkauf, und Fiona hatte eine Umzugsfirma beauftragt, sie zu räumen, damit sie keinen Fuß mehr dort hineinsetzen musste. Sie hatte auch die Scheidung von Marcus eingereicht, der, sobald er aus dem Krankenhaus entlassen wurde, in eine hübsche Zelle ziehen und dort darauf warten würde, dass man ihm wegen Mordes den Prozess machte.

Gegen Fiona war bis jetzt keine Klage wegen Körperverletzung an Marcus erhoben worden, und das würde höchstwahrscheinlich auch nicht mehr geschehen. Denn wie sich herausstellte, hatte sie genug Geld, um sich den besten Anwalt leisten zu können. Marcus hatte gelogen, als er mir erzählte, sie hätte ihr Geld bei diesem riesigen Anlagebetrug verloren. Er hatte nur verhindern wollen, dass Kelly zu ihnen zog, und sich überlegt, dass ich, wenn ich glaubte, Fiona könne es sich gar nicht leisten, Kelly auf eine Privatschule zu schicken, dafür sorgen würde, dass das auch nicht geschah.

Kelly setzte ihren Helm auf und radelte bis ans Ende der Einfahrt. Dort bog sie links ab und strampelte wie wild.

Sie war wirklich die Tochter ihrer Mutter. Es war ihre Idee gewesen, Sheilas Sachen einer der Organisationen in Milford zu spenden, die Kleider an Bedürftige verteilten. Ein paar Sachen hatte Kelly allerdings behalten wollen. Das bisschen Schmuck, das ihre Mutter besessen hatte. Sheila war nicht besonders scharf auf Diamanten gewesen, obwohl … wenn ich ihr öfter welche gekauft hätte, wer weiß? Es gab auch einen roten Kaschmirpulli, der sich, wie Kelly mir sagte, immer so schön weich an ihrer Wange angefühlt hatte, wenn sie aneinandergekuschelt ferngesehen hatten. Den wollte sie behalten.

Von den Handtaschen wollte sie nicht eine einzige.

Kelly ging wieder zur Schule. Dort erging es ihr jetzt viel besser. Die Zeitungen und Fernsehnachrichten hatten entscheidend dazu beigetragen. Als die Wahrheit herauskam, insbesondere die Tatsache, dass Sheila keine Schuld am Tod der beiden Wilkinsons hatte, hörten die anderen Kinder auf, sie zu triezen. Und Bonnie Wilkinson hatte ihre Fünf-Millionen-Dollar-Klage fallenlassen. Der Klagegrund hatte sich schließlich als nichtig erwiesen. Kelly bekam psychologische Unterstützung, um all das Schreckliche zu verarbeiten, das um sie herum geschehen war. Und bis jetzt sah es so aus, als täte sie ihr gut. Obwohl ich noch immer jede zweite Nacht auf dem Boden neben ihrem Bett schlief.

Auch die Anklage gegen Doug Pinder war fallengelassen worden, und er arbeitete wieder bei mir. Betsy blieb bei ihrer Mutter, und Doug nahm sich eine Einzimmerwohnung in Golden Hill. Sie wollten sich scheiden lassen. Unschöne Streitereien ums Vermögen waren jedenfalls nicht zu erwarten.

Ich wusste nicht, ob sich zwischen Doug und mir wieder alles einrenken würde. Ich hatte ihn zu Unrecht beschuldigt. Ich hatte ihm nicht geglaubt, als er seine Unschuld beteuerte. Ich versuchte, das, zumindest teilweise, wiedergutzumachen, indem ich von meinem geheimen Geldvorrat Edwin Campbell dafür bezahlte, dass er Dougs Freilassung vorantrieb.

Was mein Gewissen am meisten belastete, war Dougs versöhnliche Haltung. Als ich versucht hatte, ihm zu sagen, wie mies ich mich fühlte, hatte er abgewinkt und gesagt: »Mach dir keinen Kopf, Glenny. Das nächste Mal, wenn du in einem brennenden Keller steckst, zisch ich erst mal ein Bier.«

Einige Dinge waren noch nicht ausgestanden. Ich schlug mich noch immer mit meiner Versicherung wegen des Hauses der Wilsons herum. Mein Argument war, dass ich nicht nur nicht fahrlässig gehandelt hatte, sondern selbst das Opfer eines Verbrechens geworden war. Edwin war zuversichtlich.

Auch geschäftlich schien es wieder bergauf zu gehen. Diese Woche hatte ich schon drei Kostenvoranschläge abgeliefert, und ich führte gerade Bewerbungsgespräche, um jemanden zu finden, der sich ums Büro und alles Organisatorische kümmerte.

Kelly war bis zur Ecke gefahren und kam gerade wieder zurückgeradelt. »Guck mal!«, rief sie. »Ohne Hände.« Doch mehr als eine Sekunde schaffte sie es nicht, ihre Hände vom Lenker zu nehmen. »Warte, ich mach's gleich noch mal.«

Ein Transporter kam langsam herangefahren. Der Fahrer suchte offensichtlich eine bestimmte Hausnummer. Ich stand auf, stieg die Verandatreppe hinunter und winkte, um ihn auf mich aufmerksam zu machen.

Er hielt an, stieg aus, öffnete die Hecktür und kam dann über den Rasen auf mich zu.

»Schöner Tag«, sagte er. »Aber wer weiß? In zwei Wochen haben wir vielleicht schon Schnee.«

»Gut möglich«, sagte ich.

»Die ganzen Kartons hier?«, fragte er.

»Genau.«

»Gut, wenn man das Zeug loswird, was?«, sagte er fröhlich. »Sie misten den Kleiderschrank aus, und die Frau hat Platz für neue Klamotten, stimmt's oder hab ich recht?«

Wir schafften alle Kartons auf einmal zum Wagen. Als er den letzten in den Laderaum stellte und nach hinten zu den anderen Tüten und Kisten mit Spenden schob, sagte er: »Der ist aber ganz schön schwer.«

»Da sind lauter Taschen drin«, sagte ich.

Er schloss die Hecktür, bedankte und verabschiedete sich und stieg wieder in den Transporter. Er ließ den Motor an und fuhr los.

Und da hörte ich sie. Es war nicht so wie sonst immer, wenn ich mir nur vorstellte, was sie gerade sagen könnte. Diesmal hörte ich ihre Stimme.

»Du schaffst das.«

»Ich hätte es von Anfang wissen müssen«, sagte ich. »Aber ich hab dir die Schuld gegeben. Hab an dir gezweifelt.«

»Das ist alles nicht mehr wichtig. Aber gib acht auf unsere Kleine.«

»Du fehlst mir«, sagte ich.

»Psst. Sieh mal.«

Auf dem Gehsteig flitzte Kelly mit ausgestreckten Armen vorbei. »Ohne Hände!«, quietschte sie. »Echt jetzt!«

Und dann packte sie wieder den Lenker, bremste jäh und kam mit rutschenden Reifen zum Stehen. Sie stellte sich mit beiden Füßen auf den Gehsteig, das Fahrrad zwischen den Beinen, den Rücken zu mir, statt Kopf nur Helm, und sah dem Wagen nach, bis er am Ende der Straße abbog. Gute zehn Sekunden blieb sie so stehen und schaute. Vielleicht hoffte sie, wie ihr Vater, dass der Transporter zurückkäme, dass wir alles rückgängig machen könnten.

DANKSAGUNG

Ich bin froh, dass ich das Buch nur schreiben musste. Viele, viele andere haben es zur Reife gebracht. Mein besonderer Dank geht an Juliet Ewers, Helen Heller, Kate Miciak, Mark Streatfeild, Bill Massey, Susan Lamb, Paige Barclay, Libby McGuire, Milan Springle und die Agentur Marsh.

Danken möchte ich auch meinem Sohn, Spencer Barclay, und dem Team seiner Loading Doc Productions – Alex Kingsmill, Jeff Winch, Nick Storring und Eva Kolcze – für die Buchtrailer, die sie immer für mich produzieren.

Und schließlich möchte ich Ihnen danken, liebe Buchhändler, liebe Leser: Was wäre ich ohne Sie?